맨해튼 트랜스퍼

MANHATTAN TRANSFER
by John Dos Passos

Copyright © 1925 by John Dos Passos.
Copyright renewed 1953 by John Dos Passos.
All Rights Reserved.

Korean translation copyright © 2012 by Munhakdongne Publishing Co.
Korean translation rights arranged with Roslyn Targ Literary Agency, Inc.
through EYA (Eric Yang Agency).

세계문학전집
098

John Dos Passos : Manhattan Transfer

맨해튼 트랜스퍼

존 더스패서스 장편소설
박경희 옮김

문학동네

차례 █

제3부

제1부

1. 페리 선착장

깨진 널빤지 사이로 부서진 상자와 오렌지껍질, 썩은 양배추 꼭지들이 둥둥 떠다니고, 갈매기 세 마리가 원을 그리며 그 위를 날고 있다. 페리선이 물살에 휩쓸려 옆으로 미끄러지면 둥근 이물 밑에서 초록빛 파도가 하얀 거품을 일으킨다. 부서진 파도를 삼키고, 부딪고, 미끄러지며 페리선이 천천히 선착장에 자리를 잡는다. 수동 권양기가 쩔럭쩔럭 쇠사슬 소리를 내며 신나게 돌아간다. 문이 위로 접혀 올라가면 발들이 배와 부두 사이를 건너뛴다. 압착기 속에 밀어넣은 사과처럼 남녀가 서로 밀고 밀리면서 분뇨 냄새 나는 선착장의 나무 터널을 빠져나온다.

간호사가 환자용 변기를 들듯 바구니를 멀찌감치 든 채 문을 열었다. 차분한 초록 톤으로 벽을 칠한 넓은 방은 건조하고 더웠다. 공기

중에는 알코올과 요오드포름 냄새가 배어 있고, 벽 앞에 줄줄이 놓인 나머지 바구니들 속에서 시크무레한 울음소리가 발버둥 치듯 흘러나왔다. 바구니를 내려놓으며 간호사가 입을 오므리고 힐끗 안을 들여다본다. 갓 태어난 아기가 솜이불 속에서 뒤엉킨 지렁이처럼 가냘프게 꿈틀거렸다.

페리에서 한 노인이 바이올린을 켜고 있었다. 그는 원숭이 같은 얼굴 한구석을 잔뜩 찌푸리고 찢어진 에나멜가죽 구두코 끝으로 박자를 맞췄다. 버드 코르페닝은 강을 등지고 배의 난간에 앉아 그를 지켜보았다. 선선한 강바람이 불어와 꾹 눌러쓴 챙이 낡은 모자 주변의 머리카락을 날리고 관자놀이에 흐르는 땀을 말려주었다. 발은 물집투성이에 몸은 녹초가 되었지만, 페리선이 찰싹찰싹 작은 가리비 모양의 파도를 일으키며 선착장으로 다가가자 갑자기 뭔가 더운 것이 스멀거리며 혈관을 타고 오르는 것만 같았다. "이보슈 형씨, 배가 닿는 곳에서 시내까지 얼마나 걸립니까?" 그가 옆에 서 있는 젊은 남자에게 물었다. 남자는 밀짚모자를 쓰고 흰색과 파란색이 섞인 줄무늬 넥타이를 매고 있었다.

버드의 먼지 낀 구두에서 출발한 젊은 남자의 시선은 해진 외투소매 밖으로 드러난 붉은 손목을 거쳐, 여윈 칠면조 같은 목을 스쳐갔다. 그리고 찢어진 모자 차양 아래서 물끄러미 바라보는 버드의 눈을 천천히 시건방지게 쳐다보았다.

"그야 목적지가 어디냐에 달렸죠."

"브로드웨이로 가려면 어떻게 해야 하오? ……난 중심지로 가고 싫소!"

"동쪽으로 한 블록쯤 걷다가 브로드웨이를 따라 내려가요. 걸을 만큼 걷다보면 중심지로 가게 돼 있어요."

"고맙소. 그렇게 하리다."

바이올린 연주자가 모자를 들고 사람들 틈을 비집고 지나갔다. 홀렁 벗어진 머리에 몇 올 남은 흰 머리카락이 바람에 흩어졌다. 버드는 문득 그의 얼굴이 자신을 향해 있음을 알았다. 검은 핀처럼 쭉 찢어진 두 눈이 바라보고 있었다. "없우." 버드는 무뚝뚝하게 한마디 툭 던지고 돌아서서 칼날 같은 빛을 되쏘는 확 트인 수면을 바라보았다. 선착장의 금이 간 벽이 가까워지자 페리선의 속도가 늦춰지며 쿵 부딪히는 소리가 났다. 쇠사슬이 쩔럭거리고 버드는 인파에 휩쓸려 선착장을 빠져나왔다. 그는 석탄을 실은 두 대의 짐마차 사이를 빠져나왔다. 먼지가 자욱한 넓은 도로를 지나 노란 전차 쪽으로 걸어갔다. 무릎이 떨렸다. 그는 두 손을 주머니 깊숙이 찔러넣었다.

다음 블록으로 가는 길 중간쯤에 식사라고 써 붙인 간이식당차가 보였다. 그는 쭈뼛거리며 회전의자에 걸터앉아 메뉴판을 뚫어져라 쳐다보았다.

"계란프라이와 커피 주쇼."

"양쪽 다요?" 카운터 뒤의 빨간 머리 사내가 주근깨가 많은 살찐 아래팔을 앞치마에 닦으며 물었다. 버드 코르페닝은 허리를 펴고 똑바로 앉았다.

"뭐요?"

"계란이요. 양쪽 다 익혀요, 한쪽만 익혀요?"

"아, 양쪽 다 익혀줘요." 버드는 다시 카운터에 몸을 숙이고 앉아 두 손에 얼굴을 묻었다.

"손님, 녹초가 되셨네요." 카운터 뒤의 남자가 기름이 지글거리는 프라이팬 위에 계란을 깨뜨려 넣으며 말했다.

"북부에서 내려왔어요. 오늘 아침에 십오 마일을 걸었소."

남자는 벌어진 잇새로 휘파람을 불었다. "대도시로 일자리를 구하러 오셨다?"

버드는 고개를 끄덕였다. 카운터 뒤의 남자는 가장자리가 갈색으로 탄 지글거리는 계란을 휙 소리 나게 접시에 옮겨 담고는 버터와 빵을 곁들여 손님 앞으로 밀어주었다. "내가 공짜로 충고 한마디 해드릴까. 일자리 구하기 전에 먼저 면도부터 하고 머리도 깎아요. 그 양복에 붙은 지푸라기도 좀 떼어내시고. 그래야 뭐가 돼도 될 겁니다. 도시라는 게 그런 걸 따지는 데거든요."

"이래 봬도 난 쓸 만한 일꾼이오, 사람을 뭘로 보고." 버드는 음식을 입안 가득 틀어넣고 투덜거렸다.

"누가 뭐라나, 그냥 충고라는 거지." 빨간 머리 사내는 그렇게 대답하고는 조리대 쪽으로 돌아섰다.

에드 대처는 가슴을 졸이며 병원 입구의 넓은 대리석 계단을 올라갔다. 약 냄새가 목을 죄어왔다. 얼굴에 녹말풀을 먹인 듯한 여자가 창구 너머에서 그를 빤히 쳐다보았다. 그는 목소리를 가다듬으려 애썼다.

"대처 부인의 상태를 알고 싶은데요."

"네, 올라가보세요."

"저 그러니까, 아무 문제 없다는 건가요?"

"위층의 담당 간호사가 알 거예요. 왼쪽 계단으로 올라가시면 삼층이 산부인과 병동입니다."

에드 대처는 초록색 파라핀 종이에 싼 꽃다발을 들고 있었다. 휘청거리며 계단을 올라가는데 융단에 받친 놋쇠막대가 발끝에 걸렸다. 넓은 계단이 함께 휘청이는 듯했다. 문이 닫히자 숨넘어갈 듯하던 비명이 뚝 끊어졌다. 그는 간호사 한 명을 멈춰 세웠다.

"저, 대처 부인을 만나러 왔습니다만."

"병실 알고 계시면 그냥 가세요."

"옮겼다고 해서요."

"복도 끝의 데스크에 가서 물어보시면 알아요."

그는 차가운 입술을 물었다. 복도 끝에서 뺨이 불그레한 여자가 미소를 지으며 그를 바라보았다.

"문제없으시고요. 건강한 공주님을 낳으셨네요."

"네, 그런데 아내가 초산인데다 워낙 몸이 약해놔서요." 그는 눈을 깜빡이며 말을 더듬었다.

"걱정하시는 마음 충분히 이해하죠…… 들어가보시고 산모가 깨어 있으면 말씀 나누세요. 아기는 두 시간 전에 태어났어요. 산모가 피곤해하지 않도록 주의하시고요."

에드 대처는 금발 콧수염을 기르고 흐린 회색 눈을 가진 작은 체구의 남자였다. 그는 간호사의 손을 덥석 쥐며 누렇고 들쑥날쑥한 치아가 다 드러나도록 활짝 웃었다.

"우리한테 첫아이랍니다."

"축하드려요." 간호사가 말했다.

칙칙한 가스등 불빛 아래 줄지어 놓은 침대들, 쉴 새 없이 부스럭대는 침대시트에서 풍기는 퀴퀴한 냄새, 기름 낀 얼굴, 수척한 얼굴, 노란 얼굴, 하얀 얼굴. 저기 있군. 힘없이 늘어진 금발에, 여윈 얼굴을 있는 대로 찌푸린 수지의 모습이 보였다. 그는 종이를 풀고 장미를 꺼내 침대 머리맡 탁자 위에 올려놓았다. 창밖을 보니 물속을 들여다보는 것 같았다. 광장의 나무들은 서로 엉켜 푸른 거미줄처럼 보였다. 길 아래쪽에서부터 가로등이 켜지며 초록 불빛이 벽돌색 주택단지를 환히 비췄다. 동물의 살처럼 붉게 물든 하늘에 굴뚝 꼭대기의 통풍관과 물탱크가 선명하게 모습을 드러냈다. 수지의 푸른 눈꺼풀이 열렸다.

"에드, 당신……이에요? 에드, 그거 티 로즈잖아요. 당신도 참 쓸데없이."

"그럼 어떡해. 당신이 이 꽃을 좋아한다는 걸 아는데."

간호사 한 명이 우물쭈물 침대 끝에 서 있었다.

"간호사 아가씨, 우리 아이 좀 볼 수 있을까요?"

간호사가 고개를 끄덕였다. 턱이 길고 안색이 창백한 여자는 입을 꼭 다물고 있었다.

"정말 꼴 보기 싫어." 수지가 속삭였다. "저 여자만 보면 짜증이 나요. 딱 시집 못 간 노처녀티를 낸다니까."

"당신이 참아. 기껏해야 하루 이틀인데 뭘."

수지는 눈을 감았다.

"아이 이름은 여전히 엘런이라고 할 거요?"

간호사가 바구니를 들고 돌아와 수지의 침대 곁에 올려놓았다.

"이렇게 예쁠 수가!" 에드가 말했다. "숨 쉬는 것 좀 봐…… 오일을 발라주었군." 그는 아내가 팔꿈치로 몸을 지탱하고 일어나도록 도왔다. 땋아 올린 금발이 풀어져 그의 손과 팔 위로 흘러내렸다. "간호사 분들은 어떻게 저 애들을 구별하나요?"

"우리도 구별 못할 때가 있어요." 간호사가 입만 웃으며 말했다. 수지는 자줏빛이 도는 작은 얼굴로 마땅찮은 듯 바라보았다. "이 애가 내 아이인 건 맞죠?"

"물론이죠."

"하지만 표 하나 달려 있지 않잖아요."

"당장 표를 달도록 하죠."

"내 아이는 머리카락이 까맸어요." 수지가 베개를 베고 누우며 숨을 헐떡였다.

"산모분과 똑같이 사랑스럽고 밝은 솜털이 나 있는걸요."

수지가 팔을 머리 위로 뻗고 소리를 질렀다. "내 아기가 아니야. 내 아기가 아니란 말이야. 저리 치워…… 저 여자가 내 아기를 훔쳤어."

"여보, 제발! 여보, 제발!" 대처는 이불 끝을 매트리스 아래로 여미며 아내를 제지하려고 했다.

"어쩌나." 간호사가 바구니를 들며 조용히 말했다. "진정제를 주사해야겠네요."

수지가 침대에서 꼿꼿이 일어나 앉았다. "저리 치워욧!" 그녀는 새된 비명을 지르더니 발작을 일으키다 푹 쓰러져서 신음하듯 훌쩍였다.

"맙소사!" 에드 대처는 소리를 지르며 두 손을 움켜쥐었다.

"대처 씨, 오늘 저녁에는 이만 가보시는 편이 나을 것 같네요……
곧 안정이 될 거예요…… 장미는 제가 물에 꽂아두죠."

마지막 계단을 내려올 때 통통하게 살찐 남자가 스쳐 지나갔다. 남
자는 손을 마주 비비며 어슬렁어슬렁 계단을 내려가고 있었다. 두 사
람의 눈이 마주쳤다.

"별일 없으시죠, 선생님?" 통통한 남자가 물었다.

"아, 네. 뭐 그렇죠." 대처가 건성으로 대답했다.

통통한 남자가 그를 향해 돌아서며 굵직한 목소리로 기쁘게 말했
다. "축하해주세요, 우리 집사람이 아들을 낳았어요!" 남자가 독일어
억양이 섞인 말투로 말했다. 그는 남자가 내민 포동포동한 작은 손을
잡고 악수했다. "전 딸입니다." 그가 어리바리한 표정으로 말했다.

"오 년 동안 해마다 딸만 낳다가 이번엔 듬직한 아들을 낳았지 뭡
니까."

"아, 네." 포장도로에 발을 디디며 에드 대처가 말했다. "좋으시겠
어요."

"함께 축배를 들고 싶은데 제가 한 잔 사도 될까요?"

"좋죠."

3번 애비뉴 모퉁이에 있는 바의 격자무늬 하프도어가 열렸다. 그들
은 얌전히 걸어 룸 안쪽으로 들어갔다.

"아이고," 홈집투성이인 갈색 테이블 앞에 앉으며 독일 사람이 말
했다. "집안 걱정이 끊일 날이 없습니다."

"누가 아니랍니까. 우린 첫아이지요."

"맥주 하시렵니까?"

"예, 뭐. 저는 아무거나 좋습니다."

"집안에 입이 불어난 기념으로 수입 쿨름바허 맥주 두 병 주시오."

병마개가 펑 열리고 엷은 암갈색 거품이 유리잔 위로 흘러내렸다.

"프로스트*!" 독일인이 잔을 들어 올리며 말했다. 그는 콧수염에 묻은 거품을 문질러 닦아내더니 발그레한 주먹으로 테이블을 쿵 내리쳤다. "실례지만, 성함이?"

"대처라고 합니다."

"실례지만 대처 선생, 직업을 여쭤봐도 되겠습니까?"

"회계사입니다. 하루빨리 공인회계사 자격증을 따고 싶습니다."

"나는 인쇄소를 합니다. 이름은 주커올시다. 마르쿠스 안토니우스 주커요."

"만나서 반갑습니다, 주커 선생."

그들은 테이블 위에 놓인 맥주병 사이로 악수를 나누었다.

"공인회계사 되면 큰돈 벌지요." 주커 씨가 말했다.

"태어난 딸애를 위해 큰돈을 벌어야지요."

"자식들 밑으로 들어가는 돈은 끝이 없어요." 주커 씨는 굵은 목소리로 계속 말했다.

"저도 한 잔 사고 싶은데 괜찮으시죠?" 주머니 안에 남은 돈을 따져보며 대처가 말했다. 수지는 내가 이렇게 주점에 앉아 술을 마시는 걸 달가워하지 않을 거야. 하지만 한 번쯤이야, 이러면서 배우는 거

* 독일어로 '건배'를 뜻한다.

지. 아빠가 된다는 게 뭔지 배우는 중이니까.

"많을수록 좋죠." 주커 씨가 말했다. "……하지만 자식이란 게 돈 먹는 하마니까…… 주구장창 먹어대고 옷만 해뜨리는 겁니다. 그것도 사업만 잘 굴러간다면야…… 아이고! 주택융자니 대출이니 임금 인상이니, 그놈의 정신 나간 노조와 사회주의자에 폭도들까지……"

"누가 아니랍니까? 주커 선생."

주커 씨는 양손의 엄지와 검지로 콧수염에 묻은 거품을 짜내듯 닦았다. "매번 늠름한 아들녀석들만 쑥쑥 나와주는 것도 아니고 말이죠, 대처 선생."

"딸도 마찬가지죠, 주커 선생."

새 병을 가져온 바텐더가 테이블 위에 흘러넘친 맥주를 닦아내고 가까이에 서서 귀를 기울였다. 붉은 손에 행주가 대롱대롱 매달려 있었다.

"내 아들녀석은 아들을 낳고 샴페인으로 축배를 들었으면 합니다. 그러자고 대도시에 사는 게 아니겠습니까."

"제 딸은 얌전히 자라서 좋은 데 시집이나 갔으면 좋겠습니다. 요즘 애들처럼 겉멋만 들지 말고 말입니다. 은퇴해서 허드슨 강 북쪽에다 땅이나 한 뼘 마련해서 늘그막에는 정원이나 가꾸고 살아야 할 텐데 말이죠…… 업무상 오가다보면 퇴직하고서도 연수입이 삼천 달러씩 되는 친구들이 꽤 됩니다. 그게 다 저축 덕분이죠."

"저축해봤자예요." 바텐더가 말했다. "십 년이나 죽어라 저축을 했는데 은행이 파산하는 바람에 휴지 조각이나 다름없는 통장만 남았어요. 확실한 소식통에게서 정보를 따낸 다음, 걸어보는 거죠. 그것밖에 없어요."

"그건 도박이잖소!" 대처가 말을 막았다.

"네, 도박 맞죠." 이렇게 말하고 바텐더는 빈 병 둘을 흔들며 카운터로 돌아갔다.

"도박이라. 저 사람 말도 일리가 있어요." 주커 씨가 골똘히 맥주병을 내려다보았다. "야망이 있는 사람이라면 기회를 잡을 줄 알아야죠. 내가 프랑크푸르트에서 여기로 올 때 열두 살이었는데, 가진 거라곤 야망뿐이었어요. 이제 아들놈이 생겼으니…… 아, 아들놈 이름은 황제의 이름을 따 빌헬름이라고 지을 겁니다."

"우리 딸은 제 어머니의 이름을 따라 엘런이라고 부르기로 했습니다." 에드 대처의 눈에 눈물이 고였다.

주커 씨가 일어섰다. "그럼 저는 가보겠습니다, 대처 선생. 만나서 반가웠습니다. 딸들이 기다리고 있어서 그만 집에 가봐야겠네요."

대처는 포동포동한 손과 악수를 나눴다. 그는 흐뭇한 기분으로 부모가 된다는 행복과 생일케이크, 크리스마스 같은 것들을 그려보며 암갈색 거품이 만드는 안개 너머로 주커 씨가 하프도어를 열고 뒤뚱뒤뚱 걸어 나가는 모습을 바라보았다. 한동안 그렇게 있다가 그는 기지개를 켰다. 이런 데서 이러고 있는 줄 알면 수지가 좋아하지 않겠지…… 수지와 태어난 아이를 위해서라면 뭐든 하리라.

"이봐요, 손님! 계산은 어쩌실 건데요?" 그가 문가에 섰을 때 바텐더가 등 뒤에서 외쳤다.

"아까 그 친구가 계산 안 했어요?"

"계산은 무슨."

"한턱낸다고 한 건 그 사람인데……"

바텐더는 붉은 갈퀴 같은 손으로 돈을 끌어모으며 큰 소리로 웃었다. "그 술고래 영감탱이가 돈 모으는 재미에 정신이 나갔나보죠."

턱수염을 기르고 중산모를 쓴, 다리가 O자로 휜 키 작은 사내가 앨런 스트리트를 걷고 있었다. 하늘색, 훈제연어색, 겨자색 조각이불이 널린 길에 햇살이 터널처럼 이어지고, 진저브레드색의 중고 가구들이 보도에 뒹굴었다. 그는 차가운 두 손을 프록코트 위로 꺼내 뒷짐을 지고 짐 상자와 뛰노는 아이들 사이를 비켜 갔다. 그는 아랫입술을 잘근잘근 깨물며 손을 쥐었다 폈다 했다. 아이들이 떠드는 소리도, 머리 위를 지나는 고가열차의 요란한 굉음도 들리지 않는 듯했다. 다닥다닥 붙은 가난한 임대주택들에서 풍겨오는 기름기와 달콤함이 뒤섞인 냄새도 아랑곳없이 그저 걷고만 있었다.

운하 모퉁이의 노란 페인트칠을 한 드럭스토어 앞에 멈춰 선 그는 초록색 광고 간판 위의 얼굴을 멍하니 들여다보았다. 깔끔하게 면도한 지적이고 개성 있는 얼굴, 아치형 눈썹과 정성 들여 다듬은 숱 많은 콧수염은 은행잔고가 두둑한 사람의 얼굴이었다. 산뜻하게 날이 선 칼라와 폭 넓은 검정 넥타이 위로 한 사내의 얼굴이 당당하고 여유로운 표정을 짓고 있었다. 그 아래 광고문구에는 습자본에서 베낀 듯한 글씨로 킹 C. 질레트라고 쓰여 있었다. 머리 위의 문구는 혁지(革砥)는 가라! 숫돌도 가라! 턱수염이 난 키 작은 사내는 중산모를 땀이 흐르는 이마 뒤로 젖혀 쓰고 한참 동안 가진 자의 자부심이 넘치는 킹 C. 질레트의 눈을 들여다보았다. 그러고 나서 주먹을 불끈 쥐고 어깨를 쭉 편 다음 드럭스토어로 들어갔다.

아내와 딸들은 외출하고 없었다. 그는 가스버너 위에 물주전자를 올려놓은 다음 벽난로 선반에 있던 가위로 길고 고불거리는 갈색 턱수염을 조금씩 잘라냈다. 막 구입한, 니켈이 번쩍이는 안전면도기로 조심스레 면도를 시작했다. 얼룩진 거울 앞에 서서 부드럽고 흰 뺨을 어루만지며 그는 몸을 떨었다. 콧수염을 다듬고 있을 때 등 뒤에서 왁자한 소리가 들렸다. 그들을 향해 고개를 돌렸다. 킹 C. 질레트처럼 말쑥한 얼굴, 달러의 후광을 받은 미소였다. 두 소녀의 눈이 두개골에서 튀어나올 듯했다. "어, 엄마아 아빠가!" 둘 중에 큰 소녀가 외쳤다. 그의 아내는 던져지는 세탁물 봉투처럼 안락의자에 털썩 주저앉으며 앞치마를 머리끝까지 뒤집어썼다.

"아이고머니나!" 그녀는 신음 소리를 내며 의자를 앞뒤로 흔들었다.

"왜 그래? 마음에 안 들어?" 그는 번쩍거리는 안전면도기를 들고 서성대며 이따금 매끈한 턱을 가만히 쓰다듬어보았다.

2. 메트로폴리스

바빌론과 니네베는 벽돌로 지어졌다. 아테네는 황금과 대리석 기둥으로 세워졌다. 로마는 자갈로 만든 널따란 아치가 떠받치고 있었다. 콘스탄티노플의 골든혼을 둘러싼 첨탑들은 커다란 촛불들처럼 빛났고…… 강철, 유리, 타일, 콘크리트가 마천루를 짓는 재료가 될 것이다. 수백만 개의 창이 달린 빌딩들이 좁은 섬을 가득 메우고 빛을 발하며 우뚝 설 것이다. 피라미드 위의 피라미드처럼, 뇌우 위의 소나기구름처럼.

문을 닫고 방 안으로 들어서자 에드 대처는 몹시 외로워지고, 견딜 수 없이 불안해졌다. 수지가 옆에 있다면 앞으로 큰돈을 벌 거라고 말해줄 수 있었을 텐데. 어린 엘런 이름으로 매주 십 달러씩 꼬박꼬박 저축을 해야지. 일 년이면 오백이십 달러…… 십 년이면 이자는 제쳐

두더라도 오천 달러가 넘는다. 연이율을 사 퍼센트로 치고 오백이십 달러에 대한 복리를 계산해봐야지. 그는 들뜬 기분으로 좁은 방 안을 서성였다. 가스등이 고양이가 가르랑거리듯 포근한 소리를 냈다. 마루의 석탄 통 옆에 놓여 있던 〈저널〉의 헤드라인이 눈에 들어왔다. 수지를 병원으로 데려갈 때 택시를 부르러 뛰어나가며 떨어뜨린 것이었다.

모턴 지사 대 뉴욕 시 법안에 서명
법안 성립과 더불어 뉴욕은 장차 세계 제2의 대도시로 발돋움

그는 깊은 숨을 쉬며 신문을 접어 테이블 위에 올려놓았다. 세계 제2의 대도시…… 그런데도 아버지는 내게 온테오라에 있는 그의 손바닥만한 가게에 남으라고 하셨지. 수지가 아니었다면 그랬을지도 모른다…… 신사 여러분, 오늘 저녁 저는 귀사의 동업자라는 영예로운 지위를 받아들이며 제 사랑하는 아내를 소개할까 합니다. 그녀야말로 저의 오늘을 있게 한 사람입니다.

난로 쪽으로 몸을 푹 숙이다가 코트 뒷자락이 책꽂이 옆 콘솔을 스치는 바람에 그 위의 도자기인형이 바닥으로 떨어졌다. 깨진 조각들을 주워 올리려 몸을 숙이며 그는 낮은 소리로 혀를 찼다. 파란 도자기로 만들어진 네덜란드 소녀의 머리가 몸에서 떨어져 나갔다.

"수지가 무척 아끼는 건데 어쩌나. 그만 자는 게 좋겠군."

그는 창문을 밀어 올리고 밖으로 몸을 내밀었다. 거리 막다른 곳에서 고가열차가 덜컹거리며 지나갔다. 매캐한 석탄 연기가 콧구멍을

파고들었다. 그는 한동안 창턱에 몸을 걸친 채 거리를 훑어보았다. 세계 제2의 대도시. 벽돌집들과 희미한 전등불 속에서, 마주 보이는 이웃집 현관의 계단 앞에서 시시덕거리며 싸움질하는 사내녀석들 사이에서, 경찰의 절도 있고 힘찬 발걸음 속에서 그는 어떤 움직임을 느꼈다. 군인들의 행진, 팰리세이즈 절벽 아래로 허드슨 강을 거슬러가는 외륜선이나 선거행렬처럼, 긴 거리를 지나 기둥으로 둘러싸인 하얗고 높고 웅대한 무엇을 향해 나아가는 움직임. 메트로폴리스.

후다닥 뛰는 발소리가 거리에 가득 울려 퍼졌다. 누군가 숨을 헐떡이며 외마디 소리를 질렀다. 불이야!

"어디요?"

건너편에 모여 있던 소년들이 자취 없이 사라졌다. 대처는 방 안으로 돌아섰다. 숨 막힐 듯 더웠다. 몸이 근질거리며 밖으로 뛰쳐나가고 싶었다. 자야 돼. 길 아래에서 철컥대는 말발굽 소리와 미처 날뛰는 소방차의 종소리가 들려왔다. 그냥 보기만 하자. 그는 모자를 움켜쥔 채 계단을 뛰어 내려갔다.

"어느 쪽이에요?"

"다음 블록이에요."

"임대아파트요."

창문이 좁은 육층 임대건물을 말하는 거였다. 이제 막 구조용 사다리가 세워지고 있었다. 아래쪽 창문 도처에서 작은 불꽃이 튀고 갈색 연기가 쏟아져 나왔다. 경찰 세 명이 곤봉을 휘두르며 사람들을 맞은 편 집 계단과 난간 쪽으로 밀어냈다. 텅 빈 거리 한가운데서 소방차와 빨간 호스 차에 달린 놋쇠가 반짝거렸다. 구경꾼들이 숨을 죽이고 위층 창가에서 움직이는 그림자들과 이따금 번쩍 켜졌다 꺼지는 전등 불빛을 물끄러미 바라보았다. 건물 꼭대기에서 가늘고 긴 불꽃 한 줄기가 로마폭죽처럼 치솟았다.

"통풍구네요." 한 남자가 대처의 귀에 대고 속삭였다. 바람이 휙 불어오자 거리는 연기와 천조각 눌어붙은 냄새로 가득했다. 대처는 갑자기 속이 메스꺼웠다. 연기가 사라진 후에 보니 몇 사람씩 한 덩어리가 되어 발을 버둥거리며 창틀에 매달려 있었다. 다른 쪽에서는 소방관의 도움으로 여자들이 사다리를 타고 내려왔다. 건물 중앙의 불꽃이 한층 거세게 타올랐다. 뭔가 검은 것이 창에서 보도로 떨어지고 비명이 들려왔다. 경찰이 구경꾼들을 거리 끝으로 쫓아냈다. 새로운 소방차가 속속 도착하고 있었다.

"경보기가 다섯 번이나 울렸다던데요." 누군가 말했다. "이럴 수 있어요? 꼭대기 두 층에 있는 사람들은 꼼짝없이 갇힌 거지요. 누가 일부러 불을 낸 게 틀림없어요. 몹쓸 방화범 같으니."

한 젊은 남자가 가스등 옆 연석에 쭈그리고 앉아 있었다. 대처는 구경꾼들에 밀려 그 옆으로 다가갔다.

"저이는 이탈리아 사람이에요."

"마누라가 저 건물 안에 있다던데."

"경찰들이 못 들어가게 한다잖아요." "여자가 임신 중이라잖아요. 남편이 영어가 짧아서 경찰들한테 부탁도 못 하고, 원."

남자의 파란색 바지 멜빵은 등에서 노끈으로 묶여 있었다. 그는 어깨를 들먹이며 이따금 알아듣지 못할, 신음에 가까운 소리들을 토해냈다.

대처가 구경꾼들 틈을 겨우 빠져나오자 모퉁이에서 한 남자가 화재 경보기 상자 안을 들여다보고 있었다. 옆을 지나갈 때 남자의 옷에서 나는 석유 냄새가 코를 찔렀다. 남자는 씩 웃으며 그를 바라보았다. 축 늘어진 볼에 툭 튀어나온 눈, 밝은색 눈동자를 가진 사람이었다. 대처는 갑자기 손발이 싸늘해짐을 느꼈다. 방화범. 신문에서 보니 그들은 그렇게 현장 주변을 맴돌며 지켜본다고 했다. 그는 서둘러 집으로 돌아가 계단을 뛰어 올라간 다음 등 뒤로 문을 잠갔다. 방은 고요하고 텅 비어 있었다. 참, 수지가 없지. 그는 옷을 벗기 시작했다. 남자의 옷에서 풍기던 석유 냄새를 잊을 수 없었다.

페리 씨는 산책용 지팡이로 우엉 이파리를 두드리고 있었다. 부동산중개인은 유창한 말솜씨로 그를 설득하는 중이었다.

"페리 씨, 제가 장담하는데 이건 두 번 다시 없는 기횝니다. 그런 말도 있잖습니까…… 기회는 왔을 때 잡으라고요. 이 땅은 육 개월 안에 두 배로 오른다니까요. 제가 확실히 보장합니다. 잊지 마세요, 이제 우린 세계 제2의 대도시 뉴욕의 일원입니다…… 두고 보세요, 머지않아 선생님과 제가 이 두 눈으로 확인하게 될 겁니다. 이스트 강에 다리가 하나씩 놓이고, 롱아일랜드와 맨해튼이 하나가 되고, 퀸스 구가 지금의 애스터플레이스처럼 거대도시의 뛰는 심장이면서 중심이 되겠지요."

"알지요, 알아. 하지만 나는 절대 안전한 것을 찾는단 말이오. 집도 짓고 싶고. 우리 집사람이 지난 몇 년간 몸이 좋지 않아서……"

"지금 제가 말씀드리는 것보다 더 안전한 게 어디 있습니까? 페리 씨, 저는 상당한 개인적 손해까지 감수하면서 최근의 가장 안전한 부동산을 소개해드리는 건데 모르시겠어요? 안전은 물론이고 아늑함과 편리함, 거기에 호화로움까지 드리려는 겁니다. 페리 씨, 우리는 원하든 원치 않든 하나의 거대한 파도 위에 올라탔어요. 발전과 진보라는 거대한 파도 말입니다. 앞으로 몇 해 동안 엄청난 변화가 일어날 겁니다. 전화, 전기, 철로, 마차가 아닌 교통수단들. 이런 새로운 기술 발명품들이 우리를 어디론가 이끌고 가겠죠. 우리도 그 대열에 들어가 진보의 선두에 서야만…… 오, 하느님! 이게 무슨 의미인지 저 같은 사람은 표현할 수조차 없는……" 마른풀과 우엉을 톡톡 건드리던 페리 씨의 지팡이가 뭔가 다른 것으로 옮겨갔다. 그는 몸을 굽혀 나선형 홈이 파인 뿔이 두 개 달린 세모난 해골을 주워 올렸다. "허!" 그가 말했다. "그놈 참 잘생긴 숫양이었겠는걸!"

이발소 안의 몽롱한 공기 속에 깊이 밴 비누거품과 베이럼, 그을린 머리카락 냄새를 맡으며 버드는 앉은 자리에서 꾸벅꾸벅 졸고 있었다. 크고 붉은 두 손을 무릎 사이에 끼고 있었다. 찰각찰각 고막을 울리는 가위 소리에 섞여 나이액에서 배를 곯으며 걸어 내려오던 때의 무거운 발소리가 여전히 들려왔다.

"다음 손님!"

"뭐라고? 아, 네. 면도하고 이발만요."

이발사의 암팡진 손이 머리를 훑고 지나가며 귀 뒤에서 가위 소리가 호박벌 소리처럼 찰각찰각 울렸다. 그는 자꾸 감기는 눈을 부릅뜨고 잠과 싸웠다. 줄무늬 가운 위로 모랫빛 머리카락이 흩어져 내리고 그 너머로 그의 구두를 닦는 흑인아이의 망치 같은 머리가 오르락내리락하는 게 보였다.

"그렇죠." 옆 의자에 앉은 사내가 굵고 나른한 목소리로 말했다. "이제 민주당도 강력한 후보를 지명할 때가……"

"목덜미도 밀까요?" 기름이 번들거리는 이발사의 둥그런 얼굴이 다가왔다.

버드는 고개를 끄덕였다.

"샴푸는요?"

"됐수다."

면도를 하려고 이발사가 의자를 뒤로 젖혔을 때 버드는 뒤집힌 진흙거북처럼 한껏 목을 늘여 뽑고 싶었다. 비누거품이 나른하게 얼굴 위에 퍼지자 코가 간질거리고 귀가 멍했다. 깃털이불처럼 얼굴을 뒤덮은 거품, 파란 거품, 까만 거품을 걷어내며 멀리서 면도날이 반짝거린다. 검푸른 비누거품 구름을 헤치고 괭잇날이 번쩍인다. 감자밭에 벌렁 나자빠진 노인, 거품처럼 하얗게 자란 노인의 수염은 피투성이다. 발뒤꿈치의 물집부터 양말까지 온통 피투성이다. 그는 가운 밑에서 죽은 사람의 것처럼 단단하고 차디찬 두 손을 힘껏 마주 쥐었다. 일으켜줘…… 그는 눈을 떴다. 부드러운 손끝이 그의 턱을 쓰다듬었다. 그는 물끄러미 천장을 바라보았다. 파리 네 마리가 빨간 크레프지로 만든 종 모양의 전등갓 주위를 8자 모양으로 날아다녔다. 입안의 혀가 가죽처럼 뻣뻣했다. 이발사가 의자를 다시 원래대로 일으켰다. 버드는 눈을 끔뻑이며 주위를 둘러보았다. "오십 센트하고, 구두 닦은 값 오 센트입니다."

불구 어머니 살해 자백……

"잠깐 여기서 신문 좀 봐도 될까요?" 그 자신의 목소리가 귓속을 후벼 파는 듯했다.

"그러세요."

파커* 친구들의 비호……

검은 활자가 눈앞에서 꿈틀거린다. 러시아인…… 폭도들의 투석…… (〈헤럴드〉특전) 뉴저지 주 트렌턴발.

올해 나이 14세의 네이선 시베츠는 2주간 범행 사실을 완강히 부인해오다가 오늘 경찰에 자신이 불구의 노모를 살해했음을 자백했다. 그는 시내에서 6마일 떨어진 제이콥스 크릭에 있는 자택에서 말다툼 끝에 어머니인 해너 시베츠를 살해한 것으로 밝혀졌으며, 오늘 밤 대배심 배심원의 평결을 기다리고 있다.

적에 맞서 뤼순 항의 포위를 풀다……** 릭스 부인, 부군의 유골을 잃다.

5월 24일 화요일 여덟시경이었습니다. 저는 밤새 스팀 롤러 위에 엎어져 자다가 집으로 돌아왔어요. 그리고 좀 더 잘 생각으로 이층

---

* 앨턴 B. 파커는 1904년 민주당 후보로 대통령 선거에 출마했으나 현직 대통령이던 루스벨트에게 참패했다. 법관 시절 노동자의 권리를 옹호해 이름을 떨쳤다.
** 러일전쟁 당시인 1904년, 일본 해군은 러시아군의 군사기지인 뤼순을 10개월 동안 해상 봉쇄했다.

으로 올라갔죠. 겨우 잠이 들려는데 어머니가 올라와 일어나라고, 그러지 않으면 아래층으로 던져버리겠다고 했습니다. 어머니가 정말 저를 아래층으로 던져버릴 기세였습니다. 그래서 제가 먼저 어머니를 던졌더니 땅바닥으로 떨어졌어요. 내려가보니 목이 한쪽으로 뒤틀려 있었고요. 어머니가 죽었다는 걸 확인하고 목을 바로 튼 다음 제 침대 커버로 시체를 덮었습니다.

버드는 신문을 가만히 접어 의자 위에 올려놓은 후 이발소를 나왔다. 바깥 공기에선 사람 냄새가 물씬 풍기고, 소음과 햇살이 가득했다. 건초더미 속의 바늘 하나에 지나지 않아…… "난 스물다섯인데." 그는 소리 내어 투덜거렸다. 열네 살이라…… 그는 포도(鋪道) 위를 더 빨리 걸었다. 햇살이 고가열차의 교각을 지나자 푸른 도로 위에 따뜻하고 샛노란 줄무늬가 생긴다. 건초더미 속의 바늘 하나에 지나지 않아.

에드 대처는 피아노 건반 앞에 웅크리고 앉아 〈모스키토 퍼레이드〉*의 음을 더듬더듬 두드리고 있었다. 먼지를 머금은 일요일 오후 햇살이 창에 걸린 두꺼운 레이스 커튼을 뚫고 들어와 양탄자의 붉은 장미 위에서 몸을 뒤틀었다. 어지러운 거실 안에 빛의 점과 파편이 가득 흩어졌다. 수지 대처는 창가에 기운 없이 앉아 창백한 혈색을 더 두드러지게 하는 푸른 눈으로 그를 바라보고 있었다. 두 사람 가운데 놓인, 햇살이 비치는 양탄자의 장미 사이로 어린 엘런이 조심스레 스텝을

---

* 하워드 휘트니가 작곡한 1899년 곡.

밟으며 춤을 추었다. 아이는 조그만 두 손으로 분홍 주름이 달린 드레스 단을 추켜올리고 때로 작지만 단호한 목소리로 말했다. "엄마, 내 표정 어때요?"

"저 애를 좀 봐요!" 대처가 피아노를 계속 치며 말했다. "어엿한 꼬마 발레리나가 아닌가!"

일요신문이 테이블에서 떨어져 바닥에 놓여 있었다. 엘런은 그 위에서 춤을 추기 시작했다. 아이의 작고 날랜 발 밑에서 신문지가 갈가리 찢어졌다.

"얘, 엘런. 그러면 못써." 분홍색 비로드 천을 씌운 소파에 앉아 있던 수지가 우는소리로 말했다.

"엄마, 춤출 땐 그래도 돼."

"엄마가 하지 말라지 않니." 에드 대처는 곡을 〈뱃노래〉로 바꿨다. 엘런은 곡에 맞춰 팔을 휘젓고, 발로는 민첩하게 신문을 찢으며 계속 춤을 추었다.

"에드, 애 좀 저리 데려가요. 신문을 다 찢고 있어요."

손가락의 움직임이 늦춰지고 건반음이 늘어졌다. "아가, 그러면 못써. 아빠가 아직 다 못 읽었어."

엘런은 아랑곳 않고 계속 춤을 추었다. 대처는 피아노 의자에서 일어나 아이에게로 달려가 발버둥 치며 깔깔거리는 아이를 무릎에 앉혔다. "엘런, 엄마 말씀 잘 들어야지. 물건도 망가뜨리면 안 돼. 이 신문 하나 만드는 데 돈이 얼마나 많이 드는 줄 아니. 게다가 여러 사람들이 일을 해야 돼. 아빠가 일부러 나가서 사온 건데 다 읽지도 못했어. 엘리, 이제 아빠 말 알았지? 이 세상에는 건설이 필요한 거야, 파괴가 아니고." 그는 다시 〈뱃노래〉를 치고, 엘런은 햇살이 내리는 양탄자 들판의 장미 사이로 조심스레 스텝을 밟으며 춤을 추었다.

식당 테이블에 여섯 명의 남자가 둘러앉아 모자를 뒤로 젖혀 쓴 채 서둘러 식사를 하고 있었다.

"이럴 수가!" 한 손에 커피를 들고 한 손엔 신문을 들고 있던 젊은 남자가 테이블 끝에서 외쳤다.

"말도 안 돼!"

"뭐가 말이 안 돼?" 입 한쪽에 이쑤시개를 문 얼굴 긴 남자가 으르렁대듯 말했다.

"5번 애비뉴에 큰 뱀이 나타나…… 오늘 오전 열한시 반, 5번 애비뉴와 42번가 사이에 있는 크로턴 저수지 방벽의 구멍으로 큰 뱀이 기어 나와 보도를 가로지르기 시작했다. 길을 지나다 이 광경을 목격한 여성들은 비명을 지르며 사방으로 대피했으며……"

"난 또 뭐라고……"

"그건 아무것도 아냐." 한 노인이 말했다. "나 어릴 적엔 브루클린 개펄로 도요새 사냥을 다녔는걸……"

"큰일 났네! 아홉시 십오 분 전이에요." 젊은 남자가 중얼거리며 신문을 접고 부리나케 허드슨 스트리트로 나갔다. 거리는 붉은 아침노을 속을 활기차게 걸어가는 남녀로 붐볐다. 짐마차를 끄는 말의 털북숭이 발굽에 박힌 편자 끌리는 소리와 물건을 잔뜩 실은 마차 바퀴의 삐걱거리는 소리에 귀가 먹먹해졌다. 먼지가 한바탕 주변을 휩쓸고 갔다. 꽃무늬 보닛을 쓰고, 도도하게 치켜든 턱 밑으로 커다란 라벤더색 리본을 묶은 아가씨가 M. 설리번 사 물품보관창고 앞에서 그를 기다리고 있었다. 젊은 남자는 막 마개를 딴 사이다 병처럼 온몸에 거품이 끓어오르는 기분이었다.

"안녕, 에밀리! ……에밀리, 나 말이야, 급료가 올랐어."

"이러다 지각하겠어, 알아?"

"정말이야, 이 달러나 올랐다니까."

여자는 턱을 한쪽으로 살짝 치켜들었다가 이내 반대쪽으로 돌렸다.

"겨우 고깟 것."

"내 급료가 오르면 어떻게 한다고 했더라." 그 말에 여자는 킬킬대며 그의 눈을 들여다보았다.

"이건 시작일 뿐이야……"

"하지만 주당 십오 달러로 뭘 해?"

"한 달이면 육십 달러인데다 수입 업무도 배우는 중이잖아."

"바보, 이러다 늦겠어." 여자는 획 돌아서 주름 잡힌 항아리치마를 좌우로 살랑거리며 지저분한 계단을 올라갔다.

"제길! 정말 정떨어지는 여자야. 정떨어지는 여자." 눈가에 어린 뜨거운 눈물을 닦아내고 그는 빠른 걸음으로 허드슨 가를 따라 내려가 윙클 앤 걸릭, 서인도 수입상 사무실로 갔다.

권양기 옆의 갑판은 따뜻하고 소금물에 축축하게 젖어 있었다. 그들은 기름에 전 두꺼운 데님바지를 입고 나란히 누워 졸린 목소리로 소곤거렸다. 멕시코 만으로 들어오는 길고 선명한 회녹색 물결이 배의 이물에 철썩 부딪혀 갈라지는 소리가 귓전을 가득 메웠다.

"이봐 친구, 난 뉴욕으로 가버릴 거야. 항구에 닿으면 그길로 육지로 내빼야지. 정착해야 해. 이 개 같은 생활은 이제 신물이 나." 캐빈보이*는 금발에 핑크빛과 크림빛이 도는 갸름한 얼굴을 하고 있었다. 말하는 도중에 불 꺼진 담배꽁초가 입술 사이에서 떨어졌다. "빌어먹을!" 그는 갑판을 굴러가는 담배를 잡으려고 손을 뻗었다. 담배는 그의 손을 빠져나가 배수구로 들어갔다.

"내버려둬. 담배는 남아도는걸 뭐." 아지랑이가 피어오르는 햇빛 아래 엎드려 더러운 두 발을 파닥거리던 옆의 청년이 말했다. "영사가 돌려보낼걸."

"누가 그 손에 잡힌대?"

"군대는 어쩌고?"

"군대는 무슨. 군대고 프랑스고 다 개나 물어가라지."

"너 미국 시민이 되려고 그래?"

"안 될 거 있어? 누구나 자기 나라를 선택할 권리가 있다고."

옆의 청년은 생각에 잠긴 듯 주먹으로 코를 쓱 문지르더니 잇새로 숨을 토하며 길게 휘파람을 불었다.

"에밀, 넌 똑똑한 녀석이야." 그가 말했다.

"콩고, 그러지 말고 너도 같이 가는 게 어때? 너라고 냄새나는 배 안의 주방에서 개고생하며 평생을 보내고 싶진 않을 거 아냐."

콩고는 돌아누웠다가 일어서더니 다리를 꼬고 앉아 덥수룩하게 자란 검은 고수머리를 긁적였다.

---

* 선실의 급사.

"뉴욕에서 여자 값은 얼마나 하지?"

"나도 몰라, 비싸겠지…… 난 그런 짓거리 하자고 육지에 가겠다는 게 아냐. 좋은 일자리를 찾아 일하고 싶어. 넌 여자 생각 말고는 머리에 든 게 없냐?"

"그게 뭐! 그럼 안 돼?" 이렇게 대꾸하고 콩고는 다시 갑판에 납작 엎드려 검댕이 잔뜩 묻은 얼굴을 엇갈리게 놓은 팔 속에 묻었다.

"나는 뭔가 돼보고 싶어. 그게 내 생각이야. 유럽은 썩은 냄새가 나. 미국에서라면 누구나 뭔가 될 수 있어. 출신과 상관없이, 학력도 문제가 안 돼. 뭐든 앞으로 나아가는 거야."

"만약 지금 이 따뜻한 갑판 위에 예쁘고 삼삼한 아가씨가 나타난대도 너는 한번 해보고 싶다는 생각이 안 들 거란 말이지?"

"부자만 되면 뭐든 차고 넘치게 가질 수 있어."

"미국서는 군대도 안 가나?"

"군대를 왜 가? 걔네들 목표는 그저 돈이야. 싸움도 싫어해. 싸우는 통에 장사나 하자는 거지."

콩고는 아무 대답도 하지 않았다.

캐빈보이는 똑바로 누워 구름을 바라보았다. 구름은 서쪽에서 흘러왔다. 겹겹이 둘러싼 거대한 빌딩 같은 구름 사이로 햇살이 은박지처럼 반짝 빛났다. 그는 우뚝 솟은 하얀 건물들이 즐비한 거리를 걸었다. 하얀 깃을 세운 프록코트를 입고 말끔하고 넓은 은박지 계단을 오른 다음, 파란 정문을 지나 물결무늬 대리석이 깔린 연회장에 닿았다. 긴 은박지 테이블 위에서 돈이, 지폐와 은화와 금화가 부스럭부스럭 쩔렁쩔렁 소리를 냈다.

"젠장, 시간 다 됐군." 망대에서 겹쳐 울리는 종소리가 희미하게 들려왔다.

"잊지 마, 콩고! 뭍에 오르는 첫날……" 그는 윗입술과 아랫입술을 오므려 펑 하는 소리를 냈다. "내빼는 거야."

"어, 깜빡 잠이 들었네. 귀여운 금발 아가씨 꿈을 꿨어. 여자랑 재미 좀 보려는데 사람을 깨우고 그래." 캐빈보이는 툴툴거리며 일어나 잠시 서쪽 하늘을 바라보았다. 긴 파도 자락이 니켈처럼 차고 딱딱한 하늘 앞에서 날카로운 선을 그리며 사라졌다. 그는 콩고의 얼굴을 갑판에 찍어 누른 다음 맨발에 신은 나무슬리퍼를 달가닥거리며 배의 후미로 달려갔다.

유월의 토요일이 뜨겁던 여름의 시들해진 끝자락으로 110번가를 훑고 지나갔다. 수지 대처는 불안하게 침대에 누워 이불 위로 앙상하고 파리한 두 손을 쭉 뻗었다. 간이벽 너머에서 사람 소리가 들려왔다. 젊은 여자가 코맹맹이 소리로 외쳤다.

"엄마, 글쎄 그 사람한테는 돌아가지 않을 거라니까요!"

그러자 나이 든 유대인 여자가 침착하게 타이르듯 말했다. "얘, 로지, 결혼생활이란 게 마냥 좋을 수만은 없는 거다. 결혼하면 여자는 그저 남편을 믿고 따라야 하는 법이야."

"싫어요. 못하겠어요. 그 더러운 우리로 돌아가고 싶지 않아요."

수지는 몸을 일으켜 앉았다. 나이 든 여자의 다음 말은 들리지 않았다.

"난 이제 유대인이 아니라고요!" 갑자기 젊은 여자가 꽥 소리를 질렀다. "여긴 러시아가 아녜요. 우린 뉴욕이란 곳에 있다고요. 여기서는 여자들도 얼마간 권리가 있어요." 문이 쾅 닫히더니 사방이 조용해졌다.

수지 대처는 침대에서 뒤척이며 신음 소리를 냈다. 지독한 사람들, 잠시도 조용할 날이 없다니까. 아래층에서는 피아놀라*가 쿵쾅거리며 〈행복한 과부〉**를 쳤다. 못살아! 에드는 왜 안 올까? 아픈 사람을 혼자 내버려두고 나가버리다니 남편도 자식도 둘 다 너무해. 이기주의자. 그녀는 입을 일그러뜨리며 울기 시작했다. 이윽고 다시 안정을 되찾은 그녀는 침대에 누운 채 천장을 물끄러미 바라보았다. 파리가 윙윙 소리를 내며 전등갓 주위를 성가시게 날아다녔다. 거리 아래쪽에서는 짐마차가 덜컹거리며 지나갔다. 아이들이 시끄럽게 떠드는 소리가 들려왔다. 호외요! 한 소년이 외치며 지나갔다. 또 어디서 불이 났나. 저 끔찍한 시카고 극장의 화재사건. 아, 미칠 것 같아! 그녀는 침대 위에서 엎치락뒤치락하며 뾰족한 손톱 끝으로 손바닥을 쥐어뜯었다. 약을 한 알 더 먹어야겠어. 그럼 잠이 올지도 몰라. 그녀는 한쪽 팔꿈치로 몸을 받치고 일어나 작은 함석상자에 남아 있던 마지막 알약을 꺼냈다. 물 한 모금을 꿀꺽 삼키자 약이 쑥 넘어가고 목이 시원해지는 것 같았다. 그녀는 눈을 감고 조용히 누웠다.

별안간 잠에서 깨어났을 때는 엘런이 구릿빛 고수머리를 날리며 온 방 안을 휘젓고 있었다. 초록빛 베레모가 뒤로 벗겨질 듯했다.

---

* 미국산 자동피아노.
** 프란츠 레하르의 오페라. 1905년 빈에서 초연된 후 유럽과 미국 각지에서 성황리에 공연되었다.

"엄마, 난 남자애가 될래."

"너무 떠들면 안 되지. 엄마 몸이 안 좋으시니까."

"난 남자애가 될래."

"에드, 애를 대체 어떻게 한 거예요? 너무 흥분해 있잖아요."

"그냥 기분이 좋은 것뿐이야, 수지. 정말 멋진 연극을 봤어. 당신도 좋아했을 텐데. 얼마나 시적이었는지 몰라. 모드 애덤스도 훌륭했고. 엘리도 처음부터 끝까지 푹 빠져 있었어."

"실없는 사람. 저렇게 어린 아이를 데리고……"

"아빠, 난 남자애가 될래."

"나는 지금 이대로 우리 아이의 모습이 보기 좋아. 다음번에 갈 때는 당신도 데려가리다. 수지."

"에드, 당신도 잘 알잖아요, 내게 그런 날이 오지 않으리란 거……" 그녀는 등을 꼿꼿이 세우고 앉았다. 푸석푸석하고 노란 머리카락이 등 뒤로 축 늘어졌다. "아, 죽어버렸으면…… 죽어버리면 당신과 저 애에게 더이상 짐이 되지 않을 텐데…… 둘 다 나를 미워하고 있어. 그렇지 않으면 이렇게 날 혼자 놔둘 리 없어." 그러고는 숨 가쁘게 두 손에 얼굴을 파묻었다.

"아, 죽어버렸으면." 손가락 사이로 흐느낌이 새어나왔다.

"수지, 말도 안 돼. 그런 고약한 말이 어디 있단 말이오." 에드는 아내의 몸을 감싸 안으며 침대 옆 모서리에 걸터앉았다.

그녀는 조용히 울며 머리를 남편의 어깨에 기댔다. 엘런은 회색 눈을 동그랗게 뜨고 서서 그들의 모습을 빤히 쳐다보았다. 그러고는 방안을 팔짝팔짝 뛰어다니며 혼잣말로 노래했다. "엘리는 남자애가 될 거야, 엘리는 남자애가 될 거야."

물집이 생긴 발을 질질 끌며 버드는 천천히 큰 걸음으로 브로드웨이를 걸어 내려갔다. 공터를 지날 때 잡초와 야트막한 옻나무들과 돼지풀 사이에서 양철 캔이 반짝 빛났다. 즐비한 광고판과 불 더럼 간판 사이를 빠져나와 오두막과 무허가 판자촌을 지나자 쓰레기가 수북한 구덩이가 나타났다. 주변에 재와 슬래그를 실어 내다버리는 덤프카트의 바큇자국이 남아 있었다. 회색 노두(露頭)*가 튀어나온 곳을 증기 드릴이 쉴 새 없이 뚫어 부수고 있었다. 짐마차가 땅에서 캐낸 돌과 진흙을 잔뜩 싣고 널빤지 깔린 길을 가까스로 넘어 큰길로 들어섰다. 그는 어느덧 노란 벽돌로 지은 임대아파트가 늘어선 새 포장도로에 와 있었다. 식료품가게와 중국인 세탁소, 간이식당, 꽃집과 야채가게, 양복점, 조제식품점의 쇼윈도를 기웃거리며 걸었다. 신축 건물 앞의 비계 아래를 지나다가 그는 한 노인과 눈이 마주쳤다. 노인은 보도의 모퉁이에 앉아 오일램프의 심지를 다듬고 있었다. 버드는 그의 곁으로 다가가 바지춤을 올리며 헛기침을 했다.

"저, 노인장, 어디 좋은 일자리 없을까요?"

"좋은 일자리라고 했소, 젊은 양반? 일자리야 늘 있지만…… 난 한 달하고 나흘이 지나면 예순다섯이라네. 다섯 살 때부터 이날 이때까지 손에서 일을 놓은 적이 없지만, 좋은 일자리라는 건 구경도 못해봤어."

---

* 광맥, 암석이나 지층, 석탄층 따위가 지표에 드러난 부분.

"무슨 일이든 좋습니다."

"조합원증은 있나?"

"아무것도 없어요."

"그럼 공사장 일은 글렀군." 노인이 말했다. 그는 빳빳하고 흰 턱수염을 손등으로 문지르며 다시 오일램프 위로 몸을 숙였다. 버드는 그 자리에 멈춰 서서 먼지가 자욱한 신축 건물의 비계를 바라보았다. 초소 안에 앉아 있는 중산모를 쓴 남자가 그를 유심히 쳐다보고 있었다. 그는 불안한 마음에 발걸음을 재촉했다. 좀 더 중심지로 들어간다면……

다음 모퉁이에 닿으니 우아한 흰 자동차 주변에 사람들이 북적거렸다. 자동차 뒤쪽에서 증기가 뭉게구름처럼 피어올랐다. 경찰이 한 소년의 겨드랑이 아래를 붙잡고 들어 올렸다. 차 안에서는 바다코끼리처럼 하얀 구레나룻을 기른 남자가 벌건 얼굴로 고함을 치고 있었다.

"이봐요, 경관 나리, 글쎄 저 녀석이 돌을 던졌다니까요…… 저런 것들은 애초에 싹을 잘라내야지. 경찰이라는 자가 부랑아와 깡패 들을 보고도 못 본 척하다니……"

머리를 정수리까지 깔끔히 올려 묶은 여자가 차 안의 사내에게 삿대질을 하며 새된 소리를 질렀다. "경찰관님, 저 사람이 나를 치어 죽일 뻔했어요! 사람을 치어 죽일 뻔했다고요!"

버드는 정육점용 앞치마를 두르고 야구 모자를 뒤로 돌려 쓴 젊은이 곁으로 슬쩍 다가갔다.

"무슨 일이오?"

"난들 알아요…… 늘 있는 자동차 소동이겠죠, 뭐. 신문 안 봤어요? 불평할 만하죠. 저 빌어먹을 차가 무슨 권리로 아이들과 여자들을 들이받으며 시내를 달린단 말예요?"

"아니, 정말 그런 짓을 합니까?"

"그렇다니까요."

"저…… 혹시…… 이 근처에 혹시 일자리 좀 있을까요?" 그러자 정육점 점원이 고개를 젖히고 큰 소리로 웃었다.

"난…… 또…… 한 푼 구걸하려나보다 했네…… 뉴욕분은 아닌 것 같은데…… 제가 하나 알려드리죠. 브로드웨이를 따라 곧장 내려가면 시청이 나올 거예요."

"거기가 중심지인가요?"

"그렇죠…… 거기 위층으로 올라가서 시장에게 물어보세요…… 시의원 자리 하나 없습니까……"

"이런 망할 자식!" 버드는 투덜대며 빠른 걸음으로 그곳을 떠났다.

"굴러라, 주사위야…… 구르란 말이야, 이 생겨먹다 만 놈아!"

"좋아. 잘한다, 슬래츠!"

"7이요!" 슬래츠는 손안의 주사위를 흔들어 바닥에 던지고 나서, 엄지손가락을 땀이 밴 반대편 손가락 사이에 넣어 뚝 하고 부러지는 소리를 냈다. "젠장."

"슬래츠, 네 주사위 던지는 솜씨는 예술이야."

누덕누덕 기운 무릎들이 가운데 수북이 쌓인 동전을 빙 둘러싸고 있었다. 그 위로 더러운 손들이 오 센트짜리 동전을 하나씩 보냈다. 사우스 스트리트의 가로등 밑에 다섯 명의 소년이 쭈그려 앉아 있었다.

"계집들아, 우리가 간다…… 굴러, 이 빌어먹을 것들아. 구르란 말이야, 염병."

"얘들아, 튀어! 레너드 패들이 이쪽으로 오고 있어!"

"그 자식 대갈통을 박살 냈으면……"

무리 중 넷은 이미 부두로 돌아섰다. 그들은 뒤도 돌아보지 않고 흩어져 차차 사라졌다. 턱이 없어 하관이 새부리 같은 제일 작은 소년이 혼자 남아 조용히 동전을 주워 모았다. 그러고 나서 담벼락을 따라 달려가 두 집 사이의 컴컴한 골목 안으로 몸을 감췄다. 그는 굴뚝 뒤에 찰싹 붙어 기다렸다. 패거리의 떠들썩한 목소리가 골목 안까지 들려오는가 싶더니 이내 거리 저쪽으로 사라졌다. 소년은 손에 든 오 센트짜리 동전들을 세어보았다. 열 개다. "음, 오십 센트네…… 뚱보 레너드가 훔쳐갔다고 해야지." 주머니에는 구멍이 뚫려 있어 그는 셔츠 자락에 오 센트 동전들을 집어넣고 끝을 동여맸다.

눈부시게 하얀 타원형 테이블에 자리마다 백포도주 잔과 샴페인 잔이 사이좋게 놓여 있었다. 하얗게 반짝이는 여덟 개의 접시 위에는 여덟 개의 캐비아 카나페가 양상추 이파리 위에 까만 구슬처럼 놓여 있었다. 동그랗게 썬 레몬이 곁들여졌고, 얇게 저민 양파와 달걀흰자도 뿌려져 있었다. "보쿠 드 수앙, 조심하라니까!" 늙은 웨이터가 우툴두툴한 이마에 주름을 지으며 프랑스어를 섞어 말했다. 그는 작은 몸집으로 종종걸음 치며, 얼마 안 남은 검은 머리 몇 가닥을 둥근 민머리 위로 찰싹 붙여 빗어 넘겼다.

"알겠습니다." 에밀이 진지하게 고개를 끄덕였다. 셔츠 칼라가 목에 지나치게 꼭 끼었다. 그는 세팅된 테이블 위에 놓인 니켈 얼음통에 마지막 샴페인 병을 넣었다.

"조심하라니까, 염병…… 그자는 돈을 종잇조각처럼 뿌려댄다니까 그러네…… 팁을 두둑이 준단 말야, 알아? 아주 엄청난 부자지. 얼마를 쓰든 상관 안 해." 에밀이 테이블보의 주름을 잡아 폈다. "페 파, 코모, 사.* 놔둬! 손때 묻잖아."

그들은 겨드랑이에 냅킨을 끼고 양쪽 발에 번갈아 체중을 옮겨 실으며 기다리고 있었다. 아래층의 레스토랑에서 느끼한 버터 냄새가 풍겨오고 포크와 나이프와 접시가 부딪치는 소리, 조용한 왈츠 음악이 들려왔다.

급사장이 문밖에서 굽실 고개를 숙이자 에밀은 입술을 지그시 깨물며 공손한 미소를 지었다. 살굿빛 야회용 코트를 입은 뻐드렁니의 금발 여자가 얼굴이 달덩이 같은 사내의 팔을 붙잡고, 옷자락을 스치며 들어왔다. 남자는 실크해트를 범퍼처럼 가슴팍에 들고 있었다. 다음에는 곱슬머리에 푸른 옷을 입고 이가 드러나게 활짝 웃는 젊은 여자, 머리를 틀어 올리고 목에 검은 벨벳리본을 맨 통통한 여자, 병 모양의 코, 누렇고 긴 얼굴…… 셔츠 앞자락, 흰 넥타이를 고쳐 매는 손길들, 실크해트와 에나멜구두의 검은 광택. 금니가 들여다보이는 족제비 같은 얼굴의 사내가 쉴 새 없이 팔을 흔들며 까마귀 같은 목소리로 인사말을 쏟아냈다. 사내의 가슴에는 오 센트 동전만한 다이아몬드가 달려 있었다.

---

* Fais pas, como, ça. 하지 마, 그만둬. Fais pas ça가 옳은 프랑스어 표현이지만 이탈리아어를 섞어 쓰고 있음.

휴대품보관소의 빨간 머리 아가씨가 외투를 받아 챙겼다. 늙은 웨이터가 에밀을 팔꿈치로 쿡 찔렀다. 그는 한편에서 허리를 굽혀 인사하며 말했다. "저 사람이 빅 보스야." 발을 끄는 소리, 옷자락 스치는 소리를 내며 손님들이 안으로 들어오자 에밀은 벽으로 바짝 붙어 섰다. 숨을 들이마시자 파촐리 향이 훅 끼쳐오며 갑자기 모근까지 후끈 달아올랐다.

"그런데, 피피 워터스는 왜 안 보이나?" 다이아몬드 장식단추를 단 남자가 외쳤다.

"삼십 분 이상은 걸릴 거라던데요. 팬들이 무대 입구를 막고 내보내주지 않을 거예요."

"아무리 그 여자의 생일이라지만 마냥 기다릴 수는 없지. 난 누굴 기다려본 적이 없는 사람이야." 그는 잠시 선 채로 테이블 주변의 여자들을 훑어보더니 연미복 소매 밖으로 커프스 끝을 팽팽하게 잡아당기고 털썩 주저앉았다. 캐비아가 게 눈 감추듯 사라졌다. "이봐, 웨이터, 화이트와인 쿠프*는 어떻게 됐나?" 그가 쉰 목소리로 외쳤다. "곧 준비하겠습니다." 에밀이 숨죽인 채 접시를 치웠다. 늙은 웨이터가 볼이 넓은 컷글라스 주전자에서 페퍼민트 이파리와 얼음, 레몬껍질, 길게 썬 오이 조각이 떠 있는 쿠프를 따르자 받침 있는 술잔에 뿌연 서리가 낀 듯했다.

"음, 바로 이거야." 다이아몬드 장식단추를 단 남자는 유리잔을 들어 쩝쩝 입맛을 다시며 마셨다. 잔을 내려놓고 그는 옆자리에 앉은 여

---

* 과일소스, 민트, 화이트와인 등을 섞어 만든 음료.

자를 곁눈질했다. 여자는 잘게 자른 빵조각에 버터를 조금씩 발라 꾸역꾸역 입에 집어넣으며 중얼거렸다. "전 많이 못 먹어요. 워낙 양이 적어서요."

"먹는 배 따로, 마시는 배 따로겠지, 메리? 안 그래?"

여자는 암탉처럼 요란하게 웃으며 접은 부채로 그의 어깨를 탁 쳤다. "아아, 정말 재미있는 분이셔. 정말 재미있으시다니까."

"불 좀 붙여, 니미럴." 나이 든 웨이터가 에밀의 귀에 속삭였다.

에밀이 세팅 테이블 위에 놓인 두 개의 보온 그릇 아래 불을 붙이자 뜨거운 셰리주와 크림과 랍스터 냄새가 방 안으로 퍼졌다. 식기 부딪치는 소리와 향수 냄새, 담배 연기가 자욱한 방 안의 공기는 후끈했다. 랍스터 뉴버그를 먹을 수 있도록 준비하고 잔을 채워준 다음, 에밀은 벽에 기대어 땀에 젖은 머리를 쓸어 넘겼다. 그의 눈길은 앞에 앉은 여자의 풍만한 어깨선에서 파우더를 바른 등을 따라 내려갔다. 레이스 장식끈에 달린 조그만 은고리가 제대로 걸려 있지 않았다. 옆에 앉은 대머리 신사가 여자의 다리를 슬쩍 건드렸다. 에밀 또래의 젊은 여자였다. 그녀는 촉촉한 입술을 반쯤 벌리고 남자의 얼굴을 빤히 올려다보았다. 에밀은 현기증을 느끼면서도 눈을 뗄 수 없었다.

"그런데 우리 아름다운 피피는 뭐하느라 안 오는 거야?" 다이아몬드 장식단추를 단 남자가 입에 랍스터를 가득 쑤셔넣은 채 새된 소리로 말했다. "이깟 시시한 파티쯤 안중에 없을 만큼 오늘 밤 공연도 빅히트를 쳤다 이 말이신가?"

"그 정도 성공이면 정신이 오락가락할 만하죠."

"우리가 기다릴 거라고 믿는다면 낭패 좀 보겠는걸, 하하하." 다이아몬드 장식단추를 단 남자가 소리 내어 웃었다. "난 누굴 기다려본 적이 없는 사람이고, 그건 앞으로도 마찬가지야."

테이블 뒤쪽에 앉은 얼굴이 달덩이 같은 남자는 접시를 밀어놓고 옆에 앉은 여자의 팔찌를 만지며 노닥거렸다. "올가, 오늘 밤 당신은 깁슨 걸*과 진배없구려."

"요즘 제 초상화를 그리게 하고 있어요." 여자가 잔을 불빛에 비추어 들며 대꾸했다.

"깁슨한테 말이오?"

"아뇨, 진짜 화가한테요."

"그렇담 그건 내가 사리다!"

"글쎄 그렇게 될까요……"

금발을 볼륨 있게 빗어 올린 여자가 고개를 끄덕였다.

"올가, 당신은 참 사람 애간장을 태우는 재주가 있어."

여자는 뻐드렁니를 감추고 입술을 오므린 채 웃었다.

한 남자가 다이아몬드 장식단추를 단 남자에게 고개를 끄덕여 보이더니 뭉툭한 손가락으로 테이블 위를 두드렸다.

"안 됩니다. 부동산시장에서 23번가는 이제 한물갔어요…… 그건 누구나 인정하는 겁니다…… 자세한 얘기는 언제 조용히 따로 시간을 내기로 하고, 고댈밍 선생님…… 애스터, 밴더빌트, 피시…… 뉴욕에서 큰돈을 만졌다는 사람들의 비결이 뭡니까? 두말할 것 없이 부동산이죠. 다음에 한몫 크게 잡을 기회가 올 때 거기 끼느냐 마느냐는

---

* C. D. 깁슨이 1890년대 미국 잡지에 게재한 여성 캐릭터에 붙여진 이름. 1차 대전 발발 이전까지 이상적인 여성상으로 대중적 캐릭터가 되어 미국인 생활 깊숙이 침투했다.

우리한테 달렸어요. 때가 거의 왔어요…… 40번가를 사세요……"

다이아몬드 장식단추를 단 남자는 한쪽 눈썹을 치키며 고개를 저었다. "오늘 밤만은 미인의 무릎에 고개를 묻으리니, 세상의 근심 걱정은 물러가라…… 그런 말이 있지 않던가…… 웨이터! 빌어먹을 그깟 샴페인 하나 가져오라는데 뭘 이리 꾸물대?" 그는 일어서서 손을 입에 대고 헛기침을 한 후 쉰 목소리로 노래를 부르기 시작했다.

오, 대서양이 모두 샴페인이라면
샴페인의 파도가 눈부시게 밀려오리

모두 박수를 쳤다. 늙은 웨이터는 막 아이스크림 케이크를 잘라놓고, 얼굴이 홍당무가 된 채 꽉 막힌 샴페인 코르크 마개를 따고 있었다. 코르크 마개가 펑 하고 터지자 머리에 왕관 장식을 한 여자가 새된 비명을 질렀다. 사람들은 다이아몬드 장식단추를 단 남자를 향해 건배를 들었다.

당신은 유쾌하고 좋은 친구……

"그런데 이 요리는 뭐라고 부르지?" 병 모양 코의 사내가 옆에 앉은 젊은 여자에게 몸을 기울이며 물었다. 여자는 검은 머리에 가운데 가르마를 타고 소매가 불룩한 연두색 드레스를 입고 있었다. 그는 눈을 끔뻑이며 여자의 까만 눈을 빤히 바라보았다.

"이렇게 맛있는 음식은 처음 먹어보는데…… 이봐, 아가씨, 이 동네는 자주 오지 않아서……" 그는 남은 잔을 꿀꺽 비웠다. "어쩌다 한 번 와도 실망하고 가기 일쑤인데……" 그는 샴페인을 마시고 열에 들뜬 눈으로 여자의 목과 어깨, 드러낸 팔을 훑었다. "그런데 이번엔 웬일인지……"

"금을 캐러 다니는 생활은 근사하겠죠." 그녀는 얼굴을 붉히며 말을 잘랐다.

"좋은 시절이었지. 거칠지만 사내다운 인생…… 그 시절에 금을 넉넉히 모아둬서 다행이야…… 이제 그런 행운은 다시없을 거야, 다시는."

그녀는 그를 올려다보았다. "행운이라니, 겸손한 말씀이시네요."

에밀은 프라이빗룸 문밖에 서 있었다. 서빙할 것은 더이상 없었다. 휴대품보관소의 빨간 머리 여자가 주름장식이 달린 커다란 망토를 팔에 걸치고 지나갔다. 그는 미소를 지으며 그녀의 시선을 끌려고 했다. 그녀는 흥 소리를 내며 코를 치켜들었다. 웨이터라고 사람을 거들떠보지도 않는구나. 내가 돈만 벌어봐라.

"어이, 찰리에게 미국 사람 입맛에 맞게 생산한 모에 샹동으로 두 병 더 가져오라고 해." 늙은 웨이터의 쉿쉿거리는 목소리가 들려왔다.

얼굴이 달덩이 같은 사내가 일어났다. "신사숙녀 여러분!"

"돼지우리 조용히!" 누군가 외쳤다.

"암퇘지 대장이 연설하시려나보네요." 올가가 속삭였다.

"신사숙녀 여러분, 유감스럽게도 베들레헴의 별이자 일정이 바쁜 우리의 여배우는 이 자리에 동석하지 못하였으므로……"

"길리, 신성모독하지 마요." 머리에 왕관 장식을 한 여자가 말했다.

"신사숙녀 여러분, 제가 부족해서……"

"길리, 당신 취했어요."

"……조류가 ……그러니까 내 말은 대세가 우리 쪽이냐 아니냐……"

누군가 그의 웃옷 자락을 잡아당겼다. 얼굴이 달덩이 같은 사나이는 쿵 소리를 내며 의자에 주저앉았다.

"추해요." 머리에 왕관 장식을 한 여자가 테이블 끝에 앉아 있던 누렇고 긴 얼굴의 남자에게 말을 꺼냈다. "정말이지 추해요. 대령님, 길리는 평소엔 안 그런데 술만 조금 들어갔다 하면 불경스러워져요."

대령은 시가의 은박지를 꼼꼼히 벗겨내고 있었다. "이런 세상에, 정말 그렇습니까?" 그는 길게 끄는 말투로 말했다. 빳빳한 흰 콧수염 위의 얼굴은 표정이 없었다.

"딱한 앳킨스 영감에 대해서도 끔찍한 얘기들이 돌더라고요. 왜 맨스필드 사에서 일하던 엘리엇 앳킨스 있잖아요."

"그런가요?" 대령은 자개손잡이가 달린 주머니칼로 시가의 끝을 자르며 건성으로 말했다.

"체스터, 메이비 에번스가 호평받고 있단 소식은 들었어요?"

"올가, 난 솔직히 이해가 안 가. 그 여자 몸매도 영 아닌데……"

"캔자스에서 순회공연을 하던 중에 어느 밤엔가는 글쎄 남자가 술이 떡이 되어서 연설을 하고……"

"그 여자는 노래도 못하고……"

"무대에서 별로던데……"

"그 여자는 어디를 뜯어보나 볼만한 구석이 하나도 없는 게……"

"거기다 밥 잉거솔*풍의 연설이라니……"

"참 대단한 친구였지…… 전에 시카고에서 잘 알고 지냈는데……"

"설마요." 대령이 불붙인 성냥을 조심스레 시가 끝으로 가져갔다.

"갑자기 무시무시한 천둥번개가 치더니 불덩이가 이쪽 창을 뚫고 들어와 저쪽 창으로 나가는 거예요."

"그래서…… 그가…… 죽었소?" 대령이 천장에 파란 담배 연기를 내뿜으며 물었다.

"뭐라고요? 그럼 밥 잉거솔이 벼락을 맞았단 말씀이에요?" 올가가 새된 소리로 외쳤다. "그럴 만도 하죠, 그런 무신론자는."

"꼭 그런 건 아니지만, 그 일로 놀란 후에 인생의 중요한 일들을 깨닫고 지금은 감리교 목사가 됐잖아."

"거참 요상하죠, 배우들도 보면 말년에는 목사가 되기 일쑤고."

"그래야 교회도 신도들을 끌어모으지." 다이아몬드 장식단추를 단 남자가 쉰 목소리로 말했다.

문밖에서는 두 명의 웨이터가 서성거리며 웅성대는 소리에 귀를 기울이고 있었다. "에라, 빌어먹을 놈들." 늙은 웨이터가 말했다. 에밀은 어깨를 으쓱했다. "저 까만 머리 여자는 밤새도록 네게 추파를 던지는데 그래……" 그는 에밀에게 얼굴을 가까이 가져다 대며 눈을 찡긋했다. "잘하면 괜찮은 거 하나 걸리겠어."

"거저 줘도 싫어요, 저런 사람들. 병이나 옮으면 어쩌려고요."

---

* 19세기의 '위대한 불가지론자'로 유명한 정치가이자 웅변가. 성서를 맹렬히 비판하고, 인본주의 철학과 과학적 합리주의 사상을 전파했다. 비정통적 종교관으로 인해 정치적 요직에 오르지 못했으나 유명 연사로 이름을 떨쳤다.

늙은 웨이터는 허벅지를 탁 쳤다. "요즘 젊은이들이란…… 나 젊을 땐 기회가 오면 우선 잡고 봤구먼."

"이쪽은 거들떠보지도 않는걸요……" 에밀이 이를 악문 채 말했다. "모두 야회복을 입혀놓은 인형들에 불과해요."

"잠깐, 하나씩 차근차근 배우는 거야."

문이 열렸다. 그들은 다이아몬드 장식단추를 단 남자에게 공손히 고개를 숙였다. 누군가 그의 셔츠 앞가슴에 여자 다리 한 쌍을 그려놓았다. 그의 두 뺨은 활활 타고 있었다. 한쪽 눈두덩이 축 늘어져 족제비 같은 얼굴이 묘하게 뒤틀려 보였다.

"빌어먹을, 마르코, 어떻게 된 거야?" 그가 중얼거렸다. "마실 게 없잖아…… 그 애틀랜틱 오션인가 하는 거하고 지금 마시던 거 두 병 더 가져와."

"예, 알겠습니다. 곧……" 늙은 웨이터가 고개를 숙였다. "에밀, 어거스트에게 당장 가져오라고 일러, 차게 해서."

복도를 내려갈 때 에밀의 귀에 노랫소리가 들려왔다.

오, 대서양이 모두 샴페인이라면
샴페인의 파……도……가……

화장실에서 돌아오는 달덩이 얼굴과 병 모양 코는 서로 팔짱을 끼고 홀의 야자수 사이를 갈지자로 비틀거리며 걷고 있었다.

"저 멍청한 녀석들 때문에 기분 엿 같군."

"맞아. 이건 예전 우리가 샌프란시스코에서 가졌던 그런 샴페인 곁들인 저녁과는 달라, 다르다고."

"좋은 시절이었지, 그때가 좋았어."

"그건 그렇고," 달덩이 얼굴 사내가 벽에 뻣뻣하게 기대서며 말했다. "홀리오크, 자네 오늘 아침 내가 신문에 올린 고무 무역에 관한 짧지만 임팩트 강한 기사 혹시 읽어봤나? 그걸 보고 투자자들이 몰려들겠지…… 쥐새끼들처럼."

"고무에 관해 자네가 뭘 안다고? 그따위가 무슨 소용이야."

"홀리오크, 두고 보라고. 인생 최고의 기회를 놓치지 말란 말이야. 술에 취했든 아니든 내 이 코는 돈 냄새를…… 놓치는 법이 없거든."

"그런 본인은 왜 빈털터리셔?" 병코 남자는 불쾌하던 얼굴이 자줏빛으로 변하며 자지러지도록 웃었다.

"그거야 내가 언제나 정보를 친구들에게 줘버리니까 그렇지." 달덩이 얼굴 사내가 풀죽은 듯이 말했다. "이봐, 웨이터. 우리 파티장이 어디지?"

"이쪽입니다."

아코디언처럼 주름이 잡힌 빨간 드레스가 그들의 곁을 스쳐갔다. 작고 갸름한 얼굴 옆으로 부드러운 갈색 곱슬머리를 늘어뜨린 여자였다. 웃을 때 진주처럼 흰 이가 드러났다.

"피피 워터스다!" 모두 일제히 소리를 질렀다. "아, 사랑스러운 피피, 내 품에 안겨주오!"

그녀는 의자 위에 앉은 채 들것에 실린 듯 옮겨졌다. 발이 한쪽으로 흔들릴 때마다 기울어진 잔에서 샴페인 방울이 떨어졌다.

"메리 크리스마스!"

"해피 뉴 이어!"

"생일 축하합……"

그녀를 따라온 금발의 젊은 사내가 테이블 주변을 돌며 복잡한 스텝의 춤과 노래를 선보였다.

우리는 동물시장에 갔어요
새와 동물들이 있었죠
커다란 비비가
달빛 속에서
누런 털을 빗고 있었어요[*]

"어맛!" 피피 워터스가 외마디 소리를 지르며 다이아몬드 장식단추를 단 남자의 흰 머리카락을 흩뜨려놓았다. "어맛!" 한마디와 함께 그녀는 의자에서 내려와 방을 돌며 춤을 추었다. 다리를 높이 들자 무릎 주변에서 스커트가 펄럭였다.

"아이고 맙소사, 프렌치 캉캉이구먼!"

"망아지 발레가 따로 없군."

반짝이는 검정 스타킹과 빨간 장미가 달린 슬리퍼를 신은 그녀의 쭉 뺀 다리가 남자들의 얼굴 앞을 휙휙 스쳐갔다.

"미친 여자야." 왕관 장식을 한 여자가 외쳤다.

아이쿠. 홀리오크는 문지방에 비틀거리며 서 있었다. 머리에 쓴 실

---

[*] 동요 〈동물시장〉.

린더*가 빨갛게 달아오른 병코까지 덮어씌울 지경이었다. 피피가 탁 소리를 내며 모자를 걷어찼다.

"명중!" 모두가 소리쳤다.

"이런 망할, 저 여자가 내 눈을 찼어."

그녀는 잠시 눈을 동그랗게 뜨고 그를 바라보다가, 다이아몬드 장식단추를 단 남자의 셔츠 입은 넓은 가슴에 얼굴을 파묻고 울었다. "이런 모욕은 참을 수 없어요." 그녀는 훌쩍이며 말했다.

"반대쪽 눈을 비벼**."

"누가 붕대 좀 가져오지."

"제기랄, 저 여자 덕에 이 친구 눈알이 튀어나올 뻔했어."

"웨이터, 마차 좀 불러."

"의사는 없어요?"

"어쩌다 이런 일이."

손수건 한 장을 눈물과 피로 흥건히 적시고 병코는 비틀거리며 밖으로 나갔다. 다른 사람들도 그의 뒤를 따라 우르르 몰려 나갔다. 마지막으로 금발의 젊은 사내가 춤을 추고 노래를 부르며 뒤따랐다.

> 커다란 비비가 달빛 속에서
> 누런 털을 빗고 있었어요

피피 워터스는 테이블 위에 고개를 묻고 흐느꼈다.

---

* 영국 신사들이 주로 쓰는 긴 모자.
** 한쪽 눈이 아플 때 다른 쪽 눈을 비비면 낫는다는 속설이 있다.

"그만 울어요, 피피." 저녁 내내 줄곧 한자리에 앉아 있던 대령이 입을 열었다. "여기, 이게 당신한테 도움이 될 것 같소." 그는 샴페인 잔을 테이블 저편의 그녀 쪽으로 밀어주었다.

그녀는 훌쩍이며 한 모금씩 마시기 시작했다. "안녕하세요, 로저 씨. 잘 지내시죠, 자기?"

"덕분에 아주 잘 지내긴 하는데…… 따분해 죽을 지경이오. 보면 모르겠소? 이따위 시시한 인간들과 저녁이라니……"

"저 배가 고파요."

"음식은 남은 것 같지 않던데."

"대령님이 와 계신 줄 몰랐어요. 알았다면 훨씬 미리 왔을 거예요, 정말."

"진심인가? ……거 듣던 중 반가운 소리군."

대령의 시가에서 긴 재가 떨어졌다. 그가 자리를 박차고 일어섰다. "피피, 내가 마차를 부를 테니 그걸 타고 공원으로 갑시다……"

그녀는 샴페인을 마저 마시고 웃으며 고개를 끄덕였다. "어머나, 네시네요……"

"쌀쌀한데 뭐 걸칠 건 있겠지?"

그녀는 다시 고개를 끄덕였다.

"좋아, 피피…… 멋져. 오늘은 유난히 컨디션이 좋군." 대령의 누런 시가빛 얼굴에 주름진 웃음이 가득 번졌다. "자, 갑시다."

그녀는 어리둥절한 듯 주변을 둘러보았다. "저 누구랑 함께 오지 않았나요?"

"신경 쓸 것 없소!"

그들이 로비로 나가니 금발의 젊은 사내가 인공 야자수 밑의 소화용 양동이에 먹은 것을 가만히 토하고 있었다.

"내버려두고 가요." 그녀가 코를 찡그리며 말했다.

"신경 쓸 것 없소." 대령이 말했다.

에밀이 그들의 외투를 가져왔다. 빨간 머리 아가씨는 이미 집에 가고 없었다.

"이봐, 웨이터." 대령은 그에게 지팡이를 흔들었다. "승합마차 한 대 불러주구려…… 말은 얌전한 놈으로, 마부도 정신 말짱한 사람으로."

"네, 알겠습니다, 선생님."

지붕과 굴뚝 위로 보이는 하늘은 사파이어처럼 파랬다. 대령은 동이 터오는 새벽의 공기를 깊이 들이마신 다음 시가를 홈통에 던졌다. "클레어몬트 레스토랑에서 간단하게 아침식사를 하면 어떻겠소? 밤새 입에 맞는 음식을 못 먹었소. 그 들쩍지근한 샴페인하고는, 에잇!"

피피가 키득거렸다. 대령이 말굽 뒤의 덥수룩하게 털이 난 곳을 살펴보고 말의 머리를 쓰다듬어준 다음 그들은 마차에 올라탔다. 마차가 달리자 대령이 조심스레 피피에게 팔을 둘렀다. 에밀은 잠시 레스토랑 입구에 서서 구겨진 오 달러짜리 지폐의 주름을 폈다. 피곤하고 발등이 아팠다.

에밀이 레스토랑 뒷문으로 나오자 콩고가 문턱에 걸터앉아 그를 기다리고 있었다. 올려 세운 나달나달한 코트 깃 밑으로 보이는 콩고의 피부가 퍼렇게 얼어 보였다.

"친굽니다." 에밀이 마르코에게 말했다. "같은 배로 건너왔어요."

"코트 밑에 마실 거라도 한 병 못 넣어 온 거야? 세상에! 여기서 꽤 반반한 여자들이 나오던데."

"근데 어쩐 일이야?"

"쫓겨났지 뭐…… 그 자식과 다신 상종할 일 없어. 커피나 마시러 가자."

그들은 공터에 있는 간이식당차에서 커피와 도넛을 주문했다.

"에 비앵(어때), 이 우라질 나라가 마음에 드나?" 마르코가 물었다.

"안 들 건 뭐예요? 난 어디든 좋아요. 다 거기서 거기죠. 프랑스에서는 못 벌어도 잘살고, 여기선 잘 벌어도 못살고."

"쿠에스토 파에세 에 콤플레타멘테 소토 소프라(이놈의 나라는 완전히 뒤죽박죽이야)."

"난 다시 배를 탈까 해……"

"무슨 똥배짱으로 영어는 안 배우는 거야?" 꽃양배추 얼굴의 사내가 머그잔 세 개를 카운터에 탕 소리 나게 내려놓으며 말했다.

"우리가 영어를 쓰면." 마르코가 지지 않고 대꾸했다. "당신 귀에 좋은 말 안 들릴 텐데."

"어쩌다 잘린 거야?"

"제기랄, 난들 알아. 늙다리 주인영감이랑 싸웠지. 마구간 옆에 살았는데 마차는 물론이고 집 안의 마루까지 닦으라잖아…… 마누라 상판대기는 이렇게 생겨가지고." 콩고가 입을 쑥 빨아들이며 사팔뜨기 눈을 해 보였다.

마르코가 웃었다. "우라질 연놈들!"

"의사소통은 어떻게 했지?"

"손짓으로 뭘 시키면 고개를 끄덕이면서 네, 알겠습니다, 했지. 아
침 여덟시에 가서 저녁 여섯시까지 일했는데 날이 갈수록 더러운 일
만 시키잖아…… 어젯밤엔 욕실 변기를 닦으라더군. 고개를 저었
지…… 그건 여자들 일이라고…… 그랬더니 여편네가 화가 머리끝까
지 치솟아서 소리를 지르기 시작하잖아. 그런데 웬일로 내가 갑자기
영어가 되는 거야…… 여자에게 꺼져버려, 라고 했지. 그랬더니 영감
이 와서 채찍을 휘두르며 나를 거리로 내쫓으면서 주급을 줄 수 없다
나…… 다투다보니까 영감이 경찰을 불렀더군. 경찰에게 그 늙은이
가 나한테 일주일치 급료 십 달러를 줘야 한다고 했더니 그 작자가,
꺼져, 이 더러운 이탈리아 놈아! 그러면서 곤봉으로 머리를 때리는 게
아니겠어…… 참 더러워서……"

마르코는 얼굴이 빨개졌다. "너더러 더러운 이탈리아 놈이라고 했
단 말이야?"

콩고가 입에 도넛을 가득 문 채 고개를 끄덕였다.

"저도 촌뜨기 아일랜드 놈인 주제에." 마르코가 영어로 중얼거렸
다. "이놈의 염병할 도시 이젠 지긋지긋해……"

"어딜 가도 마찬가지야. 경찰한테 얻어맞고, 돈 있는 놈들은 쥐꼬
리만한 월급 주면서 우리를 부려먹고, 그게 다 누구 책임이겠어? 우
라질 조물주의 실수고, 내 실수고, 에밀 너의 실수야……"

"세상을 이따위로 만든 건 우리가 아냐…… 그자들이 만들었든가,
아니면 신이 그런 거지."

"신도 경찰처럼 그들 편이야…… 두고 봐, 언젠가 신도 죽여버릴
테니까…… 난 무정부주의자야."

신이여, 부르주아를 가로등에 매달아주소서, 콩고가 낮게 노래를 읊조렸다.

"넌 우리 편이냐?"

콩고가 어깨를 으쓱해 보였다. "난 가톨릭도 프로테스탄트도 아니야. 돈 한 푼 없고, 일자리도 없어. 이것 봐." 콩고가 지저분한 손가락으로 바지 무릎의 길게 찢긴 자리를 가리켰다. "무정부주의자라니까…… 제기랄, 난 세네갈로 가서 깜둥이가 되겠어."

"넌 원래 그렇게 보여." 에밀이 웃었다.

"그러니까 날 콩고라고 부르는 거 아냐."

"싱거운 소리 그만하고," 에밀이 말을 이었다. "사람은 다 같은 거야. 출세하는 놈과 못하는 놈이 있을 뿐이지…… 그러니까 나도 뉴욕으로 온 거고."

"이십오 년 전에는 나도 그렇게 생각했지…… 자네들도 나처럼 나이 들면 알 거야. 이따금 뼛속까지 억울한 생각이 들지 않나? 여기가……" 그는 빳빳이 주름을 편 셔츠의 가슴을 손마디로 쳤다. "여기서 불덩이 같은 게 치솟으면서 숨이 막힐 것만 같아…… 그러면 혼잣말을 하지. 기운 내, 우리의 세상이 올 거야, 피비린내 나는 복수의 날이."

"저도 혼잣말을 해요." 에밀이 말했다. "내가 돈만 벌어봐라."

"그 말이야, 토리노를 떠나기 전에 마지막으로 어머니를 보러 갔다가 친구녀석들이 모인 자리에 가게 됐는데…… 카푸아에서 온 녀석이 연설을 하는 거야…… 훤칠한 게 잘생긴 놈이었지, 키도 크고 늘씬했어…… 혁명 후에 누구도 다른 사람의 밥벌이에 기대어 살지 않으면 권력은 사라질 거라고…… 경찰, 정부, 군인, 대통령, 국왕……
이런 건 모두 권력이야. 권력은 실제가 아니지. 그건 환상이야. 노동
자들의 믿음이 그 모든 걸 만들어낸단 말이야. 돈과 재산에 대한 맹신
을 떨치면 잠에서 깨어나 꿈을 꾼 거구나 하게 된다고. 폭탄도 바리케
이드도 필요 없어…… 종교니, 정치니 민주주의니 그런 모든 게 우리
를 잠자게 하려는 수작들이야…… 모두가 돌아다니며 외쳐야 해. 이
렇게, 잠에서 깨어 일어나라!"

"아저씨가 거리로 나서면 저도 같이 갈게요." 콩고가 말했다.

"내가 말하는 사람이 누군지 아나? ……바로 에리코 말라테스타*
야. 이탈리아에서 가리발디 다음가는 큰 인물이지…… 평생을 감옥
과 망명지에서 보냈지. 이집트, 영국, 남미, 도처에서…… 나도 그런
사람만 될 수 있다면 무슨 일을 당하든 상관없어. 교수형이든 총살이
든…… 상관 않는다고…… 난 행복할 거야."

"정신 나간 사람이네요." 에밀이 천천히 말했다. "정신 나간 것 같
아요."

마르코가 남은 커피를 꿀꺽 삼켰다. "잠깐만. 자네들은 젊어. 알겠
어…… 차차 이해가 될 거야…… 그리고 내가 한 말 기억해…… 때
가 오면 난 너무 늦었을지도 몰라. 아니, 죽었을 수도 있지만, 노동자
들이 노예 같은 삶에서 깨어날 날이 오겠지…… 자네들이 거리로 나
가면 경찰들이 줄행랑을 칠 거고, 은행에 들어가 바닥에 돈이 천지여
도 몸을 굽혀 돈을 줍지 않을 거야. 더이상 가치가 없을 테니까……

---

* 이탈리아의 무정부주의자.

온 세계가 준비하고 있어. 중국에까지 동지가 있단 말이야…… 너희 프랑스의 코뮌이 시초였어…… 사회주의는 실패했어. 다음 일격은 무정부주의자들의 차례야…… 우리가 실패하면 또 다른 누군가가 하겠지……"

콩고가 하품을 했다. "피곤해 죽겠어."

밖의 텅 빈 거리에 레몬빛의 먼동이 밀려와 건물 사이의 어두운 그림자들을 산산이 부쉈다. 추녀 끝과 비상사다리의 난간과 재양동이의 가장자리에서 물방울이 떨어지고, 가로등이 꺼졌다. 그들은 길모퉁이에 서서 브로드웨이를 바라보았다. 마치 불에 타버린 듯 좁고 꽉꽉했다.

"동트는 걸 볼 때면" 마르코가 목에 뭔가 걸린 사람처럼 말했다. "혹시나, 어쩌면 오늘은, 하고 혼잣말을 하게 돼." 그는 헛기침을 하고 가로등 기둥에 침을 탁 뱉었다. 그러고는 뒤뚱뒤뚱 그들로부터 멀어져가며 찬 공기를 깊숙이 들이마셨다.

"콩고, 진심이야, 배를 다시 타겠다는 거?"

"못할 게 뭐야? 배 타고 세상 구경 좀 하는 거지……"

"네가 가면…… 방을 다시 구해야 할 텐데……"

"얹혀살 친구가 나타나겠지."

"너 이번에 가면 평생 배 타게 될 거야."

"그럼 안 돼? 네가 부자 돼서 결혼하면 보러 올게."

그들은 6번 애비뉴를 걸어 내려갔다. 고가열차가 머리 위로 요란스레 지나간 다음에도 한동안 기둥에 미세한 떨림이 남아 있다가 차츰 사라져갔다.

"다른 일자리를 찾아서 좀 더 버텨보는 게 어때?"

콩고는 외투 앞주머니에서 구부러진 담배 두 개비를 꺼내 에밀에게 하나를 건네주고는 바지 엉덩이에다 성냥을 휙 그어 불을 붙였다. 그리고 천천히 콧구멍으로 연기를 내뿜었다. "말해두는데, 꽉 잠긴 기분이야……" 그는 쭉 편 손을 울대뼈에 가져다댔다. "여기까지…… 다시 고향으로 돌아가서 보르도의 여자들이라도 만날까봐. 적어도 개네들은 고래수염으로 만든 코르셋은 안 입고 다니잖아…… 해군에 지원해서 빨간 술 달린 모자라도 쓰고 다녀볼까…… 여자들한테 인기가 있어. 인생 별거야? 월급날 퍼마시고 뽕가는 거지. 한바탕 질펀하게 놀고 극동에도 가보고 말이야."

"그리고 매독에 걸려서 서른에 인생 거덜 내고."

"그래서? 사람 몸은 칠 년 주기로 바뀐다고."

하숙집 계단에서 양배추와 김빠진 맥주 냄새가 났다. 그들은 하품을 하며 비틀비틀 올라갔다.

"웨이터란 게 힘든 직업이네…… 발바닥이 어찌나 아픈지…… 저거 봐, 오늘 날씨가 좋겠는데. 저 건너편 물탱크 위로 해가 나네."

콩고는 신발과 양말, 바지를 벗어 던지고 고양이처럼 침대에 웅크렸다.

"저 망할 놈의 차일 사이로 햇빛이 모조리 들어오네." 에밀이 침대 가장자리에서 기지개를 켜며 중얼거렸다. 그는 꼬깃꼬깃한 시트 위에 누워 엎치락뒤치락 몸을 뒤척였다. 옆에서 콩고의 낮고 고른 숨소리가 들려왔다. 나도 저래봤으면, 에밀은 생각했다. 어떻게 저리 태평일까…… 하지만 저런 식으로는 세상을 살아갈 수 없어. 어리석기는…… 마르코는 늙은 얼간이야.

그는 똑바로 누워 곰팡이 슨 천장을 올려다보았다. 고가열차가 벽을 뒤흔들며 지나갈 때면 매번 움찔했다. 빌어먹을 돈을 모아야 해, 돈을. 옆으로 돌아눕자 침대기둥의 둥근 머리가 흔들리며 마르코의 거렁거렁한 쉰 목소리가 떠올랐다. 동트는 걸 볼 때면, 혹시나, 어쩌면 오늘은, 하고 혼잣말을 하게 돼.

"올라프슨 씨, 저는 잠시 실례하겠습니다." 중개인이 말했다. "사모님과 두 분이 아파트를 보고 결정을 내리실 동안……" 그들은 텅 빈 방에 나란히 앉아 있었다. 창밖으로 뿌연 허드슨 강이 보였다. 정박중인 군함과 상류로 방향을 트는 범선도 보였다.

아내가 갑자기 그에게로 돌아서며 눈을 반짝였다. "여보, 빌리! 생각 좀 해봐요."

그는 그녀의 어깨를 잡고 천천히 끌어안았다. "바다 냄새가 날 정도야."

"빌리, 우리가 여기 살게 된다니…… 리버사이드 드라이브에요. 집들이를 해야겠어요. 리버사이드 드라이브 218번지, 윌리엄 C. 올라프슨 부인…… 명함에 이렇게 주소를 써도 될까 모르겠어요." 그녀는 그의 손을 잡고 아무도 산 적 없는 깨끗하고 텅 빈 방들로 이끌었다. 그는 체격이 좋은 사내였다. 하얗고 앳된 얼굴에 창백한 푸른 눈이 퀭했다.

"버사, 꽤 큰돈이야."

"우린 할 수 있어요, 그렇고말고요. 수준에 맞춰 사는 거예요. 당신

지위도 생각해야죠. ……생각해봐요, 우리가 여기서 얼마나 행복해
질지."

중개인이 다시 거실로 돌아왔다. "네, 네, 좋습니다…… 긍정적인
쪽으로 결정이 날 것 같군요…… 현명하신 선택이에요, 뉴욕에 이만
한 데는 없습니다. 몇 달만 지나보세요, 그땐 돈을 싸가지고 와서 사
정한대도 소용없습니다."

"네, 다음 달 첫날에 입주하도록 하죠."

"잘 생각하신 겁니다. 후회 없는 결정이 될 겁니다, 올라프슨 씨."

"해당 액수를 내일 아침에 수표로 보내드리겠습니다."

"편하신 대로 하세요…… 현주소가 어떻게 되시는지……" 주택중
개인이 공책을 꺼내고 혀끝으로 연필심을 적셨다.

"애스터 호텔이라고 쓰는 편이 낫겠네요." 여자가 남편보다 먼저
나서서 말했다.

"짐은 지금 창고에 보관하고 있어요."

올라프슨 씨가 얼굴을 붉혔다.

"그리고…… 저…… 뉴욕에 사는 지인 두 분의 성함을 불러주셔야
겠습니다."

"저는 파크 애비뉴 43번지에 있는 키팅 앤 브래들리 설비회사의 부
사장입니다만……"

"얼마 전에 부사장이 되셨어요." 올라프슨 부인이 덧붙였다.

밖으로 나와 리버사이드 드라이브에서 센 바람을 맞고 걸어가며 아
내가 외쳤다. "여보, 너무 행복해요…… 정말이지 이제야 사는 보람
이 있는 것 같아요."

"그런데, 왜 그 사람에게 우리가 애스터에 묵는다고 한 거야?"

"그럼 그 사람에게 우리가 브롱크스에 산다는 말을 어떻게 해요? 그런 말을 하면 우리를 유대인으로 생각할 텐데, 그러면 아파트를 임대해주려고 했겠어요?"

"내가 그런 거 좋아하지 않는다는 걸 알면서 그래."

"정 거짓말한 게 찜찜하면 남은 기간 동안 애스터로 옮겨가서 살면 되겠네요…… 난 아직 한 번도 시내 번화가의 호텔에서 자본 적이 없거든요."

"버사, 그건 기본원칙 같은 거잖소…… 당신이 그런 식으로 행동하는 거 맘에 들지 않아."

그녀는 돌아서서 코를 벌렁거리며 그를 바라보았다. "당신은 어쩜 그렇게 화끈한 데가 없어요, 빌리…… 아, 정말 하늘이 왜 내게 좀 더 남자다운 남편을 점지해주지 않으신 걸까."

그는 그녀의 팔을 잡았다. "저기로 갑시다." 그는 얼굴을 돌린 채 퉁명스레 말했다.

그들은 텅 빈 건설부지를 가로질러 걷고 있었다. 한 모퉁이에 물막이판을 댄 반쯤 허물어져가는 농가가 서 있었다. 반쪽만 남은 방 안에는 푸른 벽지에 갈색 얼룩이 졌고, 그을린 난로와 부서진 붙박이장, 반으로 접힌 철제침대가 남아 있었다.

버드의 기름진 손가락 사이로 접시가 쉴 새 없이 빠져나간다. 헹굼물과 뜨거운 비눗물 냄새. 작은 행주로 쓱쓱 두 번 돌려 닦고, 물에 담가 헹군 다음, 건조대에 올려놓으면, 다음은 마른행주를 쥔 코가 긴 유대인 청년 차례다. 흘러내린 물에 무릎이 젖고, 아래팔에는 기름이 스며들고, 팔꿈치가 뻐근하다.

"제길, 이건 백인이 할 일이 아니야."

"밥벌이만 된다면 난 상관없어." 접시가 덜그럭대는 소리, 불 위에서 지글거리는 소리 너머로 유대인 청년이 말했다. 세 명의 요리사가 땀을 흘리며 햄과 계란을 굽고, 햄버그스테이크와 노릇한 감자를 만들고, 콘드비프 해시 같은 것들을 조리하고 있었다.

"그래, 먹고는 살아야지." 버드가 말하고 나서 혓바닥으로 잇새에 낀 절인 고기 한 점을 훑어내 입천장에서 짓이겼다. 작은 행주로 쓱쓱 두 번 돌려 닦고, 물에 담가 헹군 다음, 건조대에 올려놓으면, 다음은 마른행주를 쥔 코가 긴 유대인 청년 차례다. 휴식. 유대인 청년이 버드에게 담배를 건넸다. 그들은 개수통에 몸을 기대고 서 있었다.

"접시닦이로 어느 세월에 돈을 벌겠어." 말하는 유대인 청년의 두꺼운 입술 사이로 담배가 까딱까딱거렸다.

"백인이 할 일은 아니야." 버드가 말했다. "웨이터가 나아, 팁이 있으니까."

뻣뻣한 갈색 중산모를 쓴 남자가 회전문을 열고 간이식당으로 들어왔다. 광대뼈가 튀어나오고 가느다란 돼지눈을 한 남자의 입 한가운데에 긴 시가가 물려 있었다. 버드는 그와 눈이 마주치자 내장까지 서늘해지는 것 같았다.

"저 사람은 누구지?" 그는 동료에게 속삭여 물었다.

"몰라…… 손님인가봐."

"짭새 같지 않아?"

"그걸 내가 어떻게 알아? 난 감방 가본 적 없어." 유대인 청년은 얼굴을 붉히며 아래턱을 내밀었다.

운반 담당이 다시 더러운 접시들을 잔뜩 가져왔다. 작은 행주로 쓱쓱 두 번 돌려 닦고, 물에 담가 헹군 다음, 건조대에 올려놓는다. 갈색 중산모를 쓴 남자가 부엌을 돌아 나갈 때 버드는 기름투성이인 빨간 손을 들여다보았다. 설사 짭새라도 뭐 어때…… 수북이 쌓인 설거지를 마치자 버드는 손을 닦고 문 쪽으로 어슬렁어슬렁 걸어가 외투와 모자를 옷걸이에서 내린 다음 뒷문으로 빠져나왔다. 쓰레기통을 지나쳐 거리로 나갔다. 멍청이, 두 시간이나 공짜 일을 해주다니…… 안경점의 진열장에 있는 시계가 두시 이십오분을 가리키고 있었다. 그는 브로드웨이 거리를 따라 걸었다. 링컨 광장을 지나고, 콜럼버스 서클을 가로질러 점점 더 중심지로, 북적이는 군중 속으로 향했다.

그녀는 턱을 무릎에 대고, 잠옷을 발끝까지 팽팽히 당겨 덮은 채 침대에 웅크리고 앉아 있었다.

"이제 그만 누워 자, 아가…… 자겠다고 엄마한테 약속해."

"아빠가 잘 자라고 입맞춤해주지 않아?"

"집에 오시는 대로 그렇게 할 거야. 엄마는 스핑건 아주머니 댁에 카드놀이하러 간다."

"아빠는 언제 오는데?"

"엘리, 자라고 했지…… 불 켜놓을게."

"싫어, 엄마. 그림자가 생긴단 말이야. ……아빠는 언제 오나니까?"

"일 마치는 대로." 그녀는 가스등을 줄였다. 구석의 그림자에 날개들이 돈다.

"잘 자라, 엘런." 엄마가 나가자 문 위의 가느다란 빛줄기가 점점 가늘어지더니 실이 되어 천장을 따라 떠돌아다녔다. 찰칵, 손잡이 돌아가는 소리가 났다. 복도에서 발소리가 멀어져가고 현관문을 닫는 소리가 났다. 조용한 방 어디선가 시계 소리가 째깍째깍 울렸다. 아파트 바깥, 집 바깥, 바퀴와 말발굽 소리, 희미한 사람 목소리. 소음이 커졌다. 침대 주변은 칠흑처럼 어두웠다. 문 모서리의 L자를 뒤집어 놓은 것 같은 가는 빛을 빼고는.

엘리는 발을 뻗고 싶었지만 엄두가 나지 않았다. 문 모서리의 L자에서 눈을 뗄 수 없었다. 눈을 감으면 빛이 사라질 것 같았다. 침대 뒤, 창의 커튼 뒤, 벽장 안, 테이블 밑에서 그림자가 삐걱거리며 슬그머니 기어 나와 그녀에게로 왔다. 엘런은 발목을 잡아당기고 무릎을 모아 턱을 그 사이에 묻었다. 베개가 그림자로 변해 헤집듯 침대 속으로 파고들어왔다. 눈을 감으면 불빛이 꺼진다.

밖에서 검은 소용돌이 같은 소음이 담을 뚫고 들어와 그림자가 되어 도사리고 있다. 혀가 이에 닿아 똑딱똑딱 시계 소리를 냈다. 팔과 다리가 뻣뻣하고, 목이 뻐근했다. 그녀는 비명을 지르기 시작했다. 밖에서 들려오는 소음과 덜컹거리는 소리보다 더 크게. 아버지에게 들리도록, 아버지가 집에 돌아오도록 소리를 질렀다. 숨을 들이쉬고 다시 비명을 지르기 시작했다. 아버지가 집에 올 수 있게 해줘. 비명을 지르는 그림자가 비틀거리며 춤을 추었고, 몸을 흔들며 주위에서 빙빙 돌았다. 그녀는 울었다. 눈에 가득 고인 눈물이 뺨을 타고 흘러내려 귓속으로 들어갔다. 돌아누워 베개에 얼굴을 묻고 엉엉 울었다.

차가운 자줏빛 거리를 비추던 가스등이 새벽 여명 속으로 서서히 사라진다. 거스 맥닐은 아직 졸음이 가시지 않은 눈으로 우유병이 담긴 철망바구니를 들고 자신의 마차 옆을 지나간다. 그는 문가에 내놓은 빈 병들을 수거한 다음 추운 계단을 올라간다. A등급과 B등급, 생크림 0.4리터와 버터밀크를 머릿속에 새긴다. 그동안 건물의 코니스, 물탱크, 용마루와 굴뚝 뒤편이 선홍색, 노란색으로 물든다. 문지방과 연석에서 서리가 빛난다. 말은 고개를 떨군 채 덜그럭덜그럭 이 집에서 저 집으로 비틀거리며 걸음을 옮긴다. 얼어붙은 거리에 검은 발자국이 남기 시작한다. 맥주를 실은 무거운 짐마차가 덜컹거리며 거리를 지나간다.

"이봐, 마이크, 춥지 않나?" 거스 맥닐이 8번 애비뉴 모퉁이에서 팔을 두드리고 있는 경찰을 부른다.

"어이, 거스! 암소 젖은 여전히 잘 나오고?"

그가 털이 빠진 말 엉덩이에 채찍을 내려치며 우유 제조장으로 돌아갈 즈음엔 훤한 대낮이다. 텅 빈 짐칸에서 빈 병들이 튀어 오르고 굴러다녔다. 9번 애비뉴에서 열차 한 대가 머리 위로 요란한 소리를 내며 중심가를 향해 달린다. 앞서 가는 초록색 기관차 뒤에서 솜뭉치처럼 하얗고 자욱한 연기가 뿜어져 나온다. 연기는 검은 창문들이 달린 뻣뻣한 건물들 사이의 거친 공기 속으로 사라진다. 첫 햇살이 10번 애비뉴 모퉁이의 금박 입힌 글씨를 비춘다. 대니얼 맥길리커디—와인과 주류. 거스 맥닐은 혀가 깔깔하던 터라 입안에 감도는 새벽 공기가 짜다. 이렇게 추운 아침엔 맥주가 제격인데. 그는 채찍 손잡이를 말고 삐에 감아두고 바퀴를 훌쩍 뛰어넘는다. 꽁꽁 언 발이 보도에 닿자 발이 송곳에 찔리는 것처럼 따끔하다. 발가락에 피가 돌도록 성큼성큼 바닥을 디디며 그는 여닫이문을 밀고 안으로 들어간다.

"아이고, 누가 우유배달부 아니랄까봐 마침 커피에 넣을 크림을 가지고 오시네……" 거스는 바 옆에 놓인 새로 닦은 타구에 침을 탁 뱉는다.

"어, 목마르다……"

"우유를 또 너무 마셨나보지, 거스? 그래?" 네모난 스테이크 같은 얼굴의 술집 주인이 껄껄 웃는다.

술집 안에서는 놋쇠 닦는 약과 막 갈린 톱밥 냄새가 난다. 열린 창으로 붉은 햇살 한 줄기가 스며들어 벌거벗은 여인의 엉덩이를 어루만진다. 바 뒤편의 금테 액자 안에 들어 있는 여자는 시금치 위에 놓인 완숙 달걀처럼 차분하다.

"자, 거스, 오늘처럼 추운 날 아침엔 뭘 드시려나?"

"맥주가 좋을 것 같은데, 맥."

유리잔에 거품이 부르르 차오른다. 주인이 잔 위로 솟은 거품을 나무 주걱으로 걷어내고 거품이 가라앉기를 기다렸다가 다시 조용히 칫칫거리는 맥주통 꼭지 아래로 잔을 댄다. 거스는 편안하게 놋쇠발걸이에 발꿈치를 걸치고 앉아 있다.

"사업은 잘되시고?"

거스가 맥주를 벌컥벌컥 들이켠 다음 입에 묻은 거품을 닦으려다 말고 곧게 편 손을 목에 갖다댄다. "간당간당해. 여기까지…… 내 계획 좀 들어보라고, 맥. 노스다코타나 어디 노는 땅이 있으면 얻어서 밀농사나 지어볼까 해…… 내가 밭농사라면 좀 알거든…… 도시생활이란 할 게 못 돼."

"넬리는 뭐라나?"

"처음엔 좋아하지 않을 테지. 여기서 편하게 사는 데 익숙해졌으니까. 그래도 일단 시골로 가보면 맘에 들 거야. 마누라한테나 나한테나, 사는 게 사는 게 아니지 않나?"

"그건 자네 말이 맞아. 망할 놈의 도시…… 나도 마누라 데리고 머잖아 여길 뜰 생각이야. 어디 한적한 곳에 있는 근사한 유원지에 레스토랑이나 로드하우스를 차리면 좋겠는데 말이야. 봐둔 게 있긴 해, 브롱크스빌 근처인데, 차로 다닐 만한 거리에 조그만 땅뙈기가 있어." 그는 망치 같은 주먹으로 턱을 받치고 곰곰이 생각에 잠긴다. "밤마다 빌어먹을 술주정뱅이들 내쫓는 것도 신물이 나. 이러자고 링에서 나왔겠나? 빌어먹을, 링 밖에 나와서도 계속 주먹 휘두르라고? 어젯밤만 해도 두 놈이 치고받고 싸우는 바람에 쫓아낸다는 게 나까지 말려들어서는…… 10번 애비뉴의 주정뱅이들이랑 씨름하는 것도 이젠 지쳤어…… 공짜 맥주 한 잔 더 할 텐가?"

"넬리가 냄새 맡으면 어쩌라고."

"에이, 왜 그래. 넬리도 그런가보다 하겠지. 술고래 남편이랑 살면서."

"맹세하네, 맥, 난 결혼한 이후로는 취한 적 없네."

"암, 자네 심정 알겠어. 넬리는 참한 여자니까. 이마에 흘러내린 그 귀여운 곱슬머리에 안 넘어갈 남자 없을 거야."

맥주가 두 잔째 들어가자 거품에 섞인 짜릿한 온기가 손끝까지 퍼진다. 거스가 웃으며 허벅지를 탁 친다.

"넬리 같은 여자 없네, 거스, 진짜 참한 여자지."

"그럼, 이 몸은 슬슬 마누라한테 가볼까."

"팔자 좋군. 다들 일 나가는 시간에 누구는 집에 돌아가 마누라 끼고 드러누울 모양이니."

거스의 불콰한 얼굴이 더 붉어진다. 귀가 윙윙거린다. "마누란 가끔 이맘때까지 잘 때도 있어…… 그럼 또 보자고, 맥." 그는 성큼성큼 밖으로 나간다.

아침이 부옇게 밝아온다. 도시에 잿빛 구름이 낮게 드리워져 있다. "일어나, 이 아무짝에도 쓸모없는 늙어빠진 놈아." 거스가 고삐를 당기며 외친다. 11번 애비뉴는 서리 낀 먼지와 삐걱이는 바퀴 소리, 머캐덤 도로에 부딪히는 말발굽 소리로 가득하다. 철로 저편에서 기관차의 딸랑거리는 소리가 가까워져오고, 화물차가 선로를 바꾸느라 덜컹거린다. 거스는 침대에 누워 아내에게 부드럽게 말을 건넨다. 여보, 넬리, 당신 서부로 가는 거 반대하지 않겠지? 나 벌써 노스다코타에 휴경지 임대신청을 해놨어. 기름진 검은 땅에 밀을 심으면 한몫 단단히 쥐게 될 거야. 다섯 번씩이나 풍작이 돼서 부자 된 사람도 여럿이래. 무엇보다 애들 건강을 생각하면…… "어이, 마이크!" 불쌍한 마이크 저 친구 아직 순찰 중이군. 저것도 힘든 직업이야. 밀농사 지으면서 헛간 딸린 근사한 농가에서 사는 게 낫지. 돼지 키우고, 말이랑 소랑 닭 키우면서…… 예쁜 곱슬머리 넬리가 부엌 문가에서 병아리들에게 모이 주고……

"이봐, 정신 차려!" 한 남자가 보도 가장자리에서 소리친다. "기차가 오잖아!"

모자 챙 아래로 입이 덜덜 떨리고, 초록 깃발이 나부낀다…… "이런 세상에! 내가 선로 위에……" 그는 말머리를 옆으로 돌린다. 마차 짐칸이 쾅 하고 부서진다. 기차, 말, 초록 깃발, 빨간 집들이 빙빙 돌다가 검은 암흑 속으로 허물어진다.

3. 달러

선박 난간에 얼굴들이 줄지어 있다. 배의 둥근 창에도 얼굴들이 보인다. 약간 기울게 정박해 있는 증기선에서 퀴퀴한 냄새가 바람에 실려왔다. 앞 돛대에 노란 검역기가 걸려 있다.

"저놈들이 왜 죄다 우리한테루 몰려오는지 알려주면," 노인이 노를 젓다 멈추고 말했다. "내 백만 달러 주지."

"그 백만 달러 받으러 오나보죠." 배 뒤편에 앉아 있던 젊은이가 말했다. "아무래도 기회의 땅 아니겠어요?"

"딴건 몰라두," 노인이 말했다. "내가 어렸을 적엔 봄에 청어 떼가 몰려 오면 아일랜드의 부랑아들이 함께 온다고 했는데…… 요즘엔 청어 떼도 없 는데 저놈들은 죄다 어디서 몰려오는 게야?"

"기회의 땅이잖아요."

뺨이 홀쭉하고, 회청색 눈에 콧대가 가늘고 오뚝한 젊은 남자가 회전의자에 깊숙이 등을 기대고 앉아 있었다. 발은 새로 구입한 마호가니 책상 위에 걸쳐놓았다. 안색이 누런 그는 입을 내밀고 회전의자를 굴리며 책상 합판을 바라보았다. 신발이 합판을 스칠 때마다 홈집이 생겼다. 제기랄, 될 대로 되라지…… 그러고는 갑자기 회전의자에서 삐걱 소리가 날 정도로 벌떡 일어나 앉으며 주먹으로 무릎을 세게 쳤다. "이건가." 그가 외쳤다. 석 달이나 꼬박 엉덩이에 땀띠가 날 정도로 이 자리에 앉아 있은 대가가…… 법학을 공부하고 변호사가 되면 뭘 해, 의뢰하는 사람이 없는데? 그는 어두운 눈길로 반투명 유리창 너머 금빛 글씨를 바라보았다.

윈드볼 지조
사호변

윈드볼이라, 무슨 스포츠클럽 이름 같네. 그는 벌떡 일어났다. 석 달 내내 날이면 날마다 저 빌어먹을 간판만 거꾸로 읽고 있으니 미칠 노릇이군. 나가서 점심이나 먹자.

그는 조끼의 주름을 펴고 손수건으로 구두의 먼지를 떨어냈다. 얼굴을 찌푸려 깊은 생각에 잠긴 표정을 지으며 서둘러 사무실을 나온 그는 계단을 달려 내려와 메이든 레인으로 향했다. 싸구려 레스토랑 앞에서 그는 핑크색 호외의 헤드라인을 읽었다. 일본군 선양에서 격퇴.＊ 그는 신문을 사서 옆구리에 끼고 여닫이문을 밀고 들어갔다. 그리고 테이블을 골라 자리에 앉은 다음 메뉴판을 훑어보았다. 낭비는 금물이다. "웨이터, 여기 뉴잉글랜드 보일드 디너 하나랑 애플파이 하나, 그리고 커피 줘요." 코가 긴 웨이터가 수첩에 메뉴를 받아적으며 이마를 살짝 찌푸리고 곁눈질을 했다. 일거리 없는 변호사의 점심이로군. 볼드윈은 헛기침을 하며 신문을 펼쳤다…… 러시아 채권이 다소 오를 것으로 예상된다. 참전 용사들이 대통령을 방문…… 11번 애비뉴 철로에서 또다시 사고 발생. 낙농업자 중상. 옳지, 이거 작지만 그럴듯한 피해보상 소송감인걸……

엑셀시오 유업의 우유배달 마차를 끌던 어거스터스 맥닐(웨스트 4번가 253번지 거주)은 오늘 아침 일찍 뉴욕 센트럴 철로에서 후진하던 화차와 충돌, 중상을 입고……

철도회사를 상대로 소송을 제기해야 해. 옳거니, 이 사내를 찾아내 철도회사를 상대로 소송을 걸게 하는 거야…… 아직 의식이 돌아오지 않은 상태다…… 죽었을 수도 있겠지. 그렇다면 아내가 그들을 상대로 소송하는 건 더 쉬워질 테고…… 오늘 오후에 당장 병원으로 가야겠어…… 다른 지질한 변호사들이 먼저 달려들기 전에. 그는 단호하게 빵을 베어 물고 꼭꼭 씹었다. 아니야, 먼저 그 사람 집으로 가는 편이 낫겠어. 아내나 어머니가 있는지 보자. 맥닐 부인, 상심이 크실 텐데 실례지만 사건 조사를 맡게 되어서…… 예, 유력한 곳에서 조사

---

* 뤼순에서 일본에 패한 러시아군은 선양으로 후퇴했는데, 결국 이 전투에서도 패함으로써 러일전쟁은 일본의 승리로 끝났다.

의뢰를 받고…… 그는 남은 커피를 마시고 계산을 마쳤다.

웨스트 4번가 253번지를 되새기며 그는 브로드웨이에서 업타운행 전차를 탔다. 차는 웨스트 4번가를 따라 워싱턴 광상 주변을 지났다. 비둘기색 하늘을 향해 나무들이 자줏빛 가지들을 뻗고 있었다. 마주 보이는 창이 넓은 집들은 핑크빛으로 무심한 듯 풍요롭게 빛났다. 잘 나가는 변호사가 살기에 딱 어울리는 주택가다. 이제 두고 보라지. 그는 6번 애비뉴를 가로질러 칙칙한 웨스트사이드로 차츰 다가갔다. 마구간 냄새가 나고 보도에는 음식물 찌꺼기가 뒹굴고 아이들이 기어 다녔다. 이런 곳에서 저질 아일랜드인들과 인간 말종 같은 외국인들 틈에 섞여 산다고 상상해보라. 253번지에는 이름이 붙어 있지 않은 초인종이 여러 개였다. 무명옷 소매를 걷어붙여 소시지 모양의 팔을 드러낸 늙은 여자가 더부룩한 백발을 창밖으로 내밀었다.

"혹시 이곳에 어거스터스 맥닐이라는 분 사시나요?"

"병원에 누워 있는 양반 말이우? 살지."

"혹시 가족들 있나요?"

"그건 왜 묻는 거유?"

"사건 관련 볼일이 있어서 그럽니다."

"꼭대기층으로 가보슈. 안사람이 집에 있기는 하지만, 만날 수 있을지 모르겠네…… 가엾게도 남편 일로 제정신이 아니던데. 결혼한 지 일 년 반밖에 안 됐어."

계단에는 흙발자국이 나 있고 쓰레기통에서 넘쳐나온 것들이 여기 저기 흩어져 있었다. 계단 꼭대기에서 그는 새로 칠한 진초록색 문을 노크했다.

"누구세요?" 젊은 여성의 목소리에 그는 상쾌한 전율을 느꼈다. 젊은가보군.

"맥닐 부인 안에 계십니까?"

"그런데요." 청아한 목소리가 다시 들려왔다. "무슨 일이시죠?"

"맥닐 씨 사고와 관련된 공적인 일입니다."

"사고와 관련된 일이라고요?" 문이 빼꼼 열렸다. 맥닐 부인의 진주처럼 하얗고 매끈한 코와 턱이 나타났다. 적갈색 머리카락은 이마 주변에서 작고 부드럽게 말려 들어갔다. 잿빛 눈이 미심쩍고 귀찮은 듯 그를 바라보았다.

"맥닐 씨 사고에 대해 잠시 말씀 좀 나눌 수 있을까요? 제 생각에 그와 관련된 법률상의 쟁점들을 조금 알려드리는 편이 좋을 것 같아서…… 바깥분의 상태는 좀 어떠신지요?"

"예, 의식이 돌아왔어요."

"들어가도 될까요? 얘기가 좀 길어질 것 같아서요."

"그러세요." 그녀는 삐죽 나온 입을 집어넣으며 어설픈 미소를 지었다. "절 잡아먹기야 하시겠어요."

"그럴 리가요." 그는 긴장하며 억지웃음을 지었다.

그녀가 앞서 어두운 거실로 갔다. "집 안이 엉망이라 블라인드는 올리지 않을게요."

"제 소개를 드려도 될까요. 맥닐 부인…… 조지 볼드윈이라고 합니다. 메이든 레인 88번지에 있어요…… 이런 사건은 제 전문이죠…… 간단히 말씀드리자면, 남편께서는 뉴욕 센트럴 철도회사 직원의 과실, 어쩌면 형사상 유죄일 가능성이 있는 실수로 인해 하마터면 목숨을 잃을 뻔한 겁니다. 철도회사를 상대로 소송을 낼 근거가 충분합니다. 엑셀시오 유업도 말과 마차, 그 밖의 손실에 대해 손해배상을 청구하겠지만……"

"그 말은 거스 개인이 보상을 받을 수도 있다는 건가요?"

"예, 그렇죠."

"얼마나 받을 수 있나요?"

"그야 부상 정도, 법원의 태도, 변호사의 수완 같은 데 달려 있는 것 아니겠습니까…… 적어도 만 달러는 확실하다고 봅니다."

"수임료는 받지 않으세요?"

"변호사들은 보통 일이 성사된 다음에야 사례금을 받지요."

"그런데 선생님 진짜 변호사 맞아요? 변호사라기엔 너무 젊어 보여서요."

잿빛 눈이 그의 눈과 마주치며 반짝 빛났다. 둘 다 웃었다. 그는 알 수 없는 온기가 몸에 퍼지는 걸 느꼈다.

"저 변호사 맞습니다. 이런 일은 제 전문분야고요. 바로 지난주 화요일에 역마차에 치인 의뢰인에게 제가 육천 달러를 받아주었습니다. 아시겠지만 요즘 11번 애비뉴의 철로 허가를 취소하라는 여론이 들끓고 있어요…… 우리한테 유리한 상황인 거죠."

"선생님은 항상 그런 투로 얘기하시나요, 아님 사무적인 경우에만 그러신 건가요?"

그는 고개를 젖히고 웃었다.

"가엾은 거스. 내가 늘 그랬어요, 그는 행운아라고."

칸막이벽 저편에서 희미하게 아이 우는 소리가 들려왔다.

"무슨 소리죠?"

"우리 아기예요…… 늘 우는 게 일이에요."

"아이가 있으시다고요, 맥닐 부인?" 그렇게 생각하자 그는 열이 좀 식었다.

"딱 하나예요…… 왜 그렇게 놀라세요?"

"남편분은 응급실에 계신가요?"

"가서 말씀하시면 아마 들여보내줄 거예요. 사무적인 일이라고요. 신음 소리가 좀 끔찍하지만요."

"유리한 증인이 몇 명 있다면 좋겠는데 말이죠……"

"마이크 도헤니가 모든 걸 봤어요. 순경인데 거스와 친한 친구예요."

"그렇담 이 소송은 이긴 거나 다름없군요…… 법정까지 갈 것도 없죠…… 저는 어서 병원으로 가봐야겠습니다."

옆방에서 다시 울음소리가 들렸다.

"아, 저 애새끼." 그녀가 나직이 속삭이며 얼굴을 찌푸렸다. "볼드윈 씨, 돈이 있다면 요긴하게 쓸 것 같아요……"

"그럼, 저는 가봐야겠군요." 그가 모자를 집어 들었다. "사건에 최선을 다하겠습니다. 경과보고를 하러 가끔 들러도 될까요?"

"그래주시면 고맙죠."

문가에서 악수를 나누고 그는 어쩐지 그녀의 손을 놓고 싶지 않았다. 그녀가 얼굴을 약간 붉혔다.

"그럼 안녕히 가세요. 찾아와주셔서 감사합니다." 그녀가 딱딱하게 말했다.

볼드윈은 비틀거리며 계단을 내려갔다. 현기증이 일었다. 저렇게 예쁜 여자는 처음 봤어. 밖에는 눈이 내리기 시작했다. 눈송이가 그의 달아오른 뺨을 차갑고 아련하게 어루만졌다.

공원 하늘에는 작은 새꽁지 같은 구름이 드문드문 떠 있어 마치 하얀 닭들이 붐비는 초원처럼 보였다.

"앨리스, 우리 이 오솔길로 가보지 않을래?"

"하지만 엘런, 우리 아빠가 학교 끝나면 곧장 집으로 오라고 하셨어."

"겁쟁이!"

"하지만 엘런, 무서운 유괴범들이……"

"더이상 나를 엘런이라고 부르지 말라고 했지!"

"알았어. 그럼 일레인, 애스탤롯의 백합아가씨 일레인."*

엘런은 새로 산 블랙워치** 원단의 원피스를 입고 있었다. 앨리스는 안경을 썼고, 다리는 머리핀처럼 가늘다.

"겁쟁이!"

"저기 벤치에 무서운 아저씨들이 앉아 있어. 요정처럼 예쁜 일레

---

* 일레인은 아서 왕 이야기에 등장하는 인물로, 기사인 랜슬롯에게 반해 상사병에 걸려 죽는다. '애스탤롯'은 '애스톨럿'을 잘못 발음한 듯.
** 스코틀랜드 체크무늬 원단. 1752년 조지 1세의 승인하에 조직된 북영(스코틀랜드) 정찰부대의 별칭. 이런 별칭이 붙게 된 이유에 대해서는 의견이 분분하다. 그들이 블랙워치 원단의 유니폼을 입었기 때문이라는 설도 있고, 사악함(black hearted) 때문이라는 설도 있으며, 그들이 상주하던 건물을 '블랙워치'와 '화이트워치'라고 불렀기 때문이라는 설도 있다.

인, 어서 집으로 가자."

"난 그런 거 안 무서워. 원하면 피터팬처럼 날아갈 수도 있을걸."

"그럼 해봐."

"지금은 내키지 않아."

앨리스가 칭얼대며 달아난다. "엘런, 넌 못됐어…… 어서 집에 가자, 일레인."

"아니, 난 공원으로 산책 갈 거야."

엘런은 계단을 내려가기 시작했다. 앨리스는 잠시 계단 맨 위에 한쪽 발로 서 있다가 다른 발로 중심을 옮겼다.

"겁쟁이, 겁쟁이, 겁쟁이!" 엘런이 외쳤다.

앨리스가 엉엉 울며 뛰어갔다. "너희 엄마한테 이를 거야!"

엘런은 허공에 발길질을 해대며 덤불 사이로 난 아스팔트길을 걸었다.

엘런은 엄마가 헌스 백화점에서 새로 사준 블랙워치 원단 원피스를 입고 허공에 발길질을 해대며 아스팔트길을 걸었다. 엄마가 헌스 백화점에서 새로 사준 블랙워치 원단 원피스의 어깨에는 은으로 만든 엉겅퀴 모양의 브로치가 달려 있다. 래머무어*의 일레인 공주가 결혼 식장에 납신다. 약혼자 입장. 삐리리 삐리리리 백파이프 악단이 호밀밭을 지나간다. 벤치에 앉은 남자는 한쪽 눈에 안대를 하고 있다. 망을 보는 블랙워치. 블랙워치의 안대. 블랙워치 유괴범. 부스럭거리는

---

* 스코틀랜드의 래머무어에 사는 일가족의 비극을 다룬 월터 스콧의 실화소설 『래머무어의 신부』에서 여주인공 루치아는 정략결혼한 첫날밤에 남편을 살해한다. 도니제티의 오페라 〈람메르무어의 루치아〉로도 제작되어 1835년에 초연됨.

관목숲 사이에서 유괴범들이 망을 본다. 엘런은 발을 뻗을 수 없다. 한쪽 눈에 안대를 한, 크고 냄새나는 블랙워치 유괴범이 너무나 무섭다.* 도망칠 엄두가 나지 않는다. 아무리 빨리 뛰어가려고 해도 발은 바닥에 붙어 떨어지지 않는다. 무서워서 고개를 돌릴 수도 없다. 블랙워치 유괴범이 바로 뒤에 있다. 가로등 있는 곳까지 가면 거기서 다시 아기를 안은 유모가 있는 데까지 가자. 아기를 안은 유모가 있는 곳까지 가면 큰 나무가 있는 곳까지 가고, 큰 나무가 있는 곳까지 가면…… 아, 너무 피곤해…… 센트럴 공원 서쪽으로 달려가면 집으로 가는 큰길이 나온다. 엘런은 겁이 나서 돌아볼 수 없었다. 달리는 동안 명치끝이 따끔거렸다. 그녀는 입에서 단내가 날 때까지 달렸다.

"엘리, 왜 그렇게 뛰니?" 노어랜드네 집 밖에서 줄넘기를 하던 글로리아 드레이턴이 물었다.

"남이야." 엘런이 헐떡거리며 대답했다.

와인빛으로 익어가는 저녁놀이 모슬린 커튼을 적시고 방 안의 푸른 어둠 속으로 스며들었다. 그들은 테이블을 사이에 두고 마주 서 있었다. 아직 얇은 종이에 싸여 있는 수선화 화분에서 희미한 형광빛을 품은 별 모양의 꽃이 고개를 내밀었다. 젖은 흙 냄새가 나른하게 퍼지는 향수 냄새와 뒤섞였다.

"볼드윈 선생님, 이런 걸 가져다주시고 고마워요. 내일 병원에 있는 거스에게 가져가야겠어요."

---

* 블랙워치 옷과 블랙워치 군대를 모두 가리키는 이중적인 의미에, '망보다', '보초 서다', '감시하다'라는 워치(watch)의 의미가 중첩된 언어유희.

"제발 나를 그렇게 부르지 마!"

"하지만 난 조지란 이름이 싫은 걸 어떡해요?"

"그만두지. 난 당신 이름이 좋아, 넬리."

그는 서서 그녀를 바라보았다. 그의 팔에 향수 냄새가 짙게 배어 있었다. 그의 두 손은 빈 장갑처럼 축 늘어져 있었다. 동공이 활짝 열리며 꽃다발 너머로 그녀가 입을 내밀었다. 그녀는 불쑥 손을 들어 얼굴을 가렸다. 그의 팔이 그녀의 작고 여린 어깨를 감쌌다.

"저기요, 조지. 우리 조심해야겠어요. 여기 너무 자주 오지 마세요. 동네 여편네들 입에 오르내리고 싶지 않아요."

"그런 걱정은 마…… 우리 그런 걱정은 하지 말자고."

"지난 일주일 동안 내가 제정신이 아니었나봐요…… 이젠 끝내야 겠어요."

"끝내다니! 그럼 나는 원래 이런 사람인 것 같아? 하늘에 맹세코 나도 이런 경우는 처음이야. 나 그런 사람 아니라고."

그녀는 이가 보이도록 방긋 웃었다. "남자들은 하여간."

"뭔가 예외적이고 특별한 게 없다면 내가 이렇게 당신 뒤를 졸졸 따라다니겠어? 당신은 내가 처음으로 사랑한 여자야, 넬리."

"듣기는 좋네요."

"사실이라니까…… 전에는 한 번도 이런 적이 없었다고. 법대 다니는 것만도 바쁜 마당에 연애할 짬이 있었겠어?"

"이제부터 그동안 놓친 것들 따라잡으셔야겠네요."

"오, 넬리, 그런 식으로 말하지 마."

"아뇨, 조지. 우린 끝내야 해요. 거스가 퇴원해 집에 돌아오면 우린 어떡해요? 애고 뭐고 다 팽개쳐두고 있으니."

"난 아무것도 상관 안 해…… 오, 넬리." 그는 그녀의 얼굴을 끌어
안았다. 껴안고 휘청이는 두 사람의 입술이 격렬하게 부딪쳤다.

"조심해요, 램프가 뒤집힐 뻔했어요."

"어쩌면 이렇게 아름다울 수가 있지, 넬리." 그녀가 그의 가슴에 얼
굴을 묻었다. 그녀의 헝클어진 머리에서 아찔한 향기가 그의 온몸으
로 스며들었다. 날은 어두웠다. 가느다란 가로등 빛이 초록 뱀처럼 그
들의 몸 위로 어른거렸다. 그녀는 겁먹은 검은 눈으로 그를 올려다보
았다.

"자, 넬리, 우리 옆방으로 가지." 그가 낮고 떨리는 목소리로 속삭
였다.

"거긴 아기가 누워 있어요."

그들은 손이 차갑게 식은 채로 떨어져서 서로를 마주 보았다. "이
리 와서 도와줘요. 아기침대를 이리로 옮겨야…… 깨지 않도록 조심
하고요. 안 그랬단 또 귀청이 떨어지도록 울 테니까요." 그녀의 목소
리는 잠겨 있었다.

아기는 조그만 고무 같은 얼굴을 움츠리고 움켜쥔 분홍색 주먹을
이불 밖으로 내민 채 잠들어 있었다.

"참, 행복해 보이네." 그가 어색한 미소를 지으며 말했다.

"조용히 해요…… 그 구두 벗고요…… 남자 구두 소릴 너무 냈어
요…… 조지, 난 이러고 싶지 않은데, 어쩔 수가 없네요……"

그는 어둠 속에서 그녀를 애무했다. "내 사랑……" 그는 주체할 수
없는 듯 그녀의 위로 쓰러지며 거친 숨을 몰아쉬었다.

"에이, 새빨간 거짓말……"

"정말이야, 우리 어머니의 무덤을 걸고 맹세해. 전부 사실이라니까 그러네…… 남위 37도, 서경 12도…… 못 믿겠으면 직접 가보라고…… 엘리엇 P. 심킨스호가 침몰하고 나서 우리가 이등항해사의 보트를 타고 도착한 섬에는 남자 넷과 여자 마흔일곱 명이 있었어, 여자애들까지 합쳐서 말이지. 신문기자한테 그 얘길 했더니 일요신문이 온통 그 얘기로 도배됐더란 말이야."

"거짓말. 그럼 그 죽이게 좋은 데서 자넬 무슨 수로 끌고 나왔지?"

"들것에 실려 나왔겠지. 거짓말이면 내가 벼락을 맞아. 사실이 아니면 내가 개자식이다. 정말. 뱃머리를 처박고 가라앉은 엘리엇 P. 호처럼 나도 완전히 맛이 갔었다니까."

사내들이 두꺼운 목을 뒤로 젖히며 웃음을 터뜨렸다. 둥그렇고 얼룩진 테이블 위에 유리잔이 탕탕 부딪힌다. 허벅지를 탁 치는 사람이 있는가 하면, 팔꿈치로 옆사람의 늑골을 치는 사람도 있었다.

"그럼 배에는 몇 사람이 타고 있었는데?"

"장정 여섯에 이등항해사인 도킨스 씨가 타고 있었지."

"일곱에 넷이면 열하나라…… 오호라…… 두당 여자가 넷과 십일분의 삼이라…… 죽이는 섬이로군."

"다음 배는 언제 뜨나?"

"술이나 한 잔씩 더 해…… 어이, 찰리. 여기 한 잔씩 더!"

에밀이 콩고의 팔꿈치를 잡아당겼다. "잠깐 나가자. 너한테 할 얘기가 있어." 콩고의 눈가는 젖어 있었다. 에밀을 따라 바깥쪽의 바로 갈 때 그는 몸을 약간 비틀거렸다. "자식, 넌 비밀도 많다."

"저기, 난 아는 여자 좀 만나러 가야겠어."

"아, 내내 그 생각 하고 있었단 말이야? 하여튼 매사 빈틈없는 놈이라니까."

"자, 네가 혹시 잃어버릴까봐 여기 쪽지에 내 주소 적어놨어. 웨스트 22번가 945번지. 술을 떡이 되게 마신 게 아니라면 우리 집에서 자고 가도 좋아. 하지만 친구니 여자니 하는 건 사양이야. 주인아줌마한테 공연히 밉보이고 싶진 않아…… 알았지?"

"이제부터 너랑 진하게 한판 놀아보려고 했는데…… 젠장, 놀 땐 좀 화끈하게 놀자!"

"아침에 일찍 일 나가야 돼."

"하지만, 내 주머니에 여덟 달치 급료가 들어 있는데……"

"어쨌든 내일 아침 여섯시쯤에는 와. 기다릴 테니."

"짜식, 설교는. 분위기 망치고 있어." 콩고는 바 한구석에 놓인 타구에 침을 탁 뱉고 얼굴을 찌푸리며 뒷방으로 돌아갔다.

"콩고, 이리 앉게. 바니가 〈망나니 잉글랜드 왕〉을 부른다잖아."

에밀은 업타운행 전차를 탔다. 18번가에서 내려 서쪽으로 8번 애비뉴까지 걸어간 그는 모퉁이에서 두번째 건물에 있는 가게로 들어갔다. 한쪽 창에는 **콩피세리**, 또 한쪽에는 **델리카트슨**이라고 적혀 있었다. 에밀은 유리문 한가운데에 '에밀 리고, 고급식재료'라고 적힌 흰 에나멜 글씨를 읽으며 안으로 들어갔다. 문에 달린 종이 딸랑딸랑 울렸다. 입가에 수염이 거뭇한, 피부가 검고 뚱뚱한 여자가 판매대 저쪽에서 꾸벅꾸벅 졸고 있었다. 에밀은 모자를 벗었다. "봉수아르, 마담 리고." 그녀는 깜짝 놀라 일어나더니 양 볼에 보조개가 패도록 환하게 웃었다.

"친구가 무심하니 이 꼴 아닌감?" 그녀는 귀가 먹먹해지는 보르도 사투리로 말했다. "한 일주일 동안 므시외 로스텍이 친구들을 다 잊었나보네, 하고 혼잣말을 했지 뭐야."

"도통 짬을 낼 수 없어서요."

"시간이 돈이다, 그거유?" 그녀가 어깨가 들썩거리도록 웃자 꽉 끼는 푸른 코르셋 밑에서 커다란 유방이 흔들렸다.

에밀은 한쪽 눈을 가늘게 떴다. "그럭저럭 사는 거죠 뭐…… 웨이터 일도 못해먹겠어요. 몸은 고되죠, 사람대접 못 받죠."

"야심가야, 므시외 로스텍."

"무슨 뜻이에요?" 그가 얼굴을 붉히며 덧붙였다. "제 이름도 에밀이에요."

마담 리고가 천장을 휘 둘러보며 말했다. "죽은 남편의 이름이랑 같네. 귀에 익은 이름이지." 그녀가 깊은 한숨을 내쉬었다.

"장사는 어떠세요?"

"그럭저럭이지 뭐…… 햄 값은 또 올랐던걸."

"시카고 조합 짓이겠죠…… 돼지고기 사재기라, 돈 되는 장사잖아요."

에밀은 마담 리고의 커다란 검은 눈이 자신을 훑어보고 있음을 느꼈다. "지난번에 보니까 노래 잘하시더라고요…… 가끔 생각났어요…… 음악이란 사람한테 좋은 거죠?" 마담 리고는 볼우물이 점점 깊어지며 활짝 웃었다. "돌아가신 우리 양반은 음악을 들을 줄 몰랐다우…… 내가 아주 속이 상했었지."

"오늘 저녁에도 노래 한 곡 불러주실 수 있나요?"

"에밀 씨가 듣고 싶다면 해야지? 그런데 가게는 누가 보나."

"종이 울리면 제가 얼른 뛰어나갈게요. 괜찮으시다면요."

"그럽시다…… 새로운 미국 노랠 하나 배웠는데…… 요즘 아주 인기야."

마담 리고는 벨트에 달려 있는 열쇠 꾸러미에서 열쇠 하나를 골라 계산대를 잠그고 유리문을 지나 가게 뒷방으로 갔다. 에밀이 모자를 들고 그 뒤를 따랐다.

"모자 이리 달라니까, 에밀."

"아뇨, 괜찮습니다."

노란 꽃무늬 벽지를 바른 조그만 뒷방에는 낡은 살구색 커튼이 드리워져 있었다. 피아노 위에 사진액자들이 걸려 있고 크리스털 샹들리에 속의 가스등이 방 안을 비추고 있었다. 마담 리고가 앉자 피아노 의자에서 삐걱 소리가 났다. 그녀의 손가락이 건반 위를 달렸다. 에밀은 피아노 옆에 놓인 의자 귀퉁이에 살며시 앉아 모자를 무릎 위에 올려놓고 얼굴을 앞으로 내밀었다. 그녀가 피아노를 치다가 곁눈으로 쳐다보았을 때 눈이 마주칠 수 있도록. 마담 리고는 노래를 부르기 시작했다.

황금새장 속의 한 마리 새처럼

아름다운 그 모습

세상 시름을 모르고 행복할 거라

생각하나요

하지만 사람 마음이란 모르는 거죠……*

가게 문에 달린 종이 딸랑딸랑 울렸다.

"갑니다." 에밀이 외치며 달려 나갔다.

"볼로냐소시지 반 파운드만 썰어주세요." 머리를 양 갈래로 묶은 어린 여자애가 말했다. 에밀은 칼날을 비스듬히 뉘어 조심스레 소시지를 썰었다. 그리고 발소리를 죽여가며 뒷방으로 돌아와 피아노 한편에 돈을 올려놓았다. 마담 리고는 여전히 노래를 부르고 있었다.

헛되이 흘러간 인생 돌이킬 수 없어라

아름다움도 사라져가네

팔려온 황금새장

그녀는 새장 안의 새 신세일 뿐

버드는 웨스트 브로드웨이와 프랭클린 스트리트 모퉁이에 서서 봉투에 담긴 땅콩을 먹고 있었다. 정오였고 돈은 한 푼도 없었다. 머리 위로는 고가열차가 요란하게 지나갔다. 철로 모양을 따라 갈빗대 모양으로 스며든 햇빛 속에서 먼지가 춤을 추었다. 어느 쪽으로 갈까 망설이며 거리 이름을 중얼거리는 게 벌써 세번째였다. 엉덩이가 반지르르한 흑마 두 필이 끄는 번쩍이는 검은 승합마차가 모퉁이를 휙 돌

---

* 〈황금새장 속의 새〉. 아서 J. 램과 해리 폰 틸저의 곡으로, 1900년대에 히트한 발라드풍 노래.

아 그의 앞에서 급정거했다. 번지르르한 빨간 바퀴가 갑자기 삐익 소리를 내며 포도 위에 멈춰 섰다. 마부 옆좌석에 노란 가죽가방이 놓여 있었다. 마차 안의 갈색 중산모를 쓴 남자가 앞에 앉은 여자에게 큰 소리로 뭔가 말했다. 여자는 회색 깃털목도리를 두르고 모자에 회색 타조깃을 꽂고 있었다. 남자가 갑자기 권총을 입가로 가져갔다. 말이 놀라 앞다리를 쳐들며 인파 속으로 밀고 들어왔다. 경찰이 사람들을 밀어내고 사내를 보도 연석으로 끌어냈다. 사내는 체크무늬 조끼 위로 고개를 떨어뜨리고 피를 토했다. 키가 크고 얼굴이 창백한 여자가 깃털목도리를 쥐어틀며 옆에 서 있었다. 모자에 단 타조깃이 고가도로 아래 줄무늬 햇빛 속을 오르내렸다.

"이 사람은 아내를 만나 유럽으로 가려는 중이었어요…… 도이칠란트호가 열두시에 출항하거든요. 그와 마지막 작별인사를 나누고 있었어요. 열두시에 도이칠란트호로 출항할 예정이었는데. 나와 마지막 작별인사를 나눴어요."

"저리 비켜." 한 경찰이 버드의 배를 팔꿈치로 쳤다. 무릎에 힘이 빠졌다. 그는 인파에 섞여 불안하게 걸으며 기계적으로 땅콩껍질을 벗겨 입안에 넣었다. 나머지는 저녁때를 위해 남겨두는 게 나아. 그는 봉투를 여며 주머니에 집어넣었다.

끝이 핑크와 초록으로 바뀌는 보랏빛 아크등 아래서 체크무늬 양복을 입은 남자가 두 여자를 스쳐갔다. 입술이 도톰하고 얼굴이 타원형인 여자가 더 가깝다. 여자의 눈빛이 칼날 같다. 남자는 몇 걸음 더 가다가 돌아서서 새틴넥타이를 만지작거리며 그녀들 뒤를 밟았다. 그는 말편자 모양의 다이아몬드 넥타이핀이 제자리에 꽂혀 있는지 확인했다. 그는 다시 그녀들의 곁을 지나쳤다. 여자가 고개를 돌리고 있었다…… 어쩌면 저 여자인지도…… 아니, 알 수 없지. 다행히 그의 주머니에는 오십 달러가 있었다. 그는 벤치에 앉아 그녀들이 지나가길 기다렸다. 까딱 잘못했다간 체포된다. 그녀들은 알아보지 못했다. 그녀들 뒤를 따라 공원의 오솔길을 빠져나왔다. 심장이 두근거렸다. 백만 달러라도 걸겠다…… 실례지만 앤더슨 양이 아니신가요? 여자들은 서둘러 걸었다. 콜럼버스 광장을 오가는 인파 속에서 그는 그녀들을 시야에서 놓쳤다. 그는 브로드웨이를 한 블록씩 바쁘게 지나갔다. 도톰한 입술, 칼날 같은 눈. 그는 좌우로 여자들의 얼굴을 살폈다. 어디로 간 걸까? 그는 서둘러 브로드웨이를 걸었다.

엘런은 아버지와 함께 배터리 공원의 벤치에 앉아 있었다. 그녀는 갈색 단추가 달린 새 구두를 내려다보았다. 치마 밑의 발을 흔들 때면 구두코와 조그맣고 동그란 단추들이 햇빛을 받아 반짝거렸다.

"좋을 것 같지 않니?" 에드 대처가 말했다. "저 증기선을 타고 바다를 건넌다면. 그 넓은 대서양을 이레면 건너간다지 않아."

"아빠, 배를 타고 가는 내내 사람들은 뭘 해요?"

"글쎄다…… 갑판을 산책하거나 카드놀이를 하거나 책을 읽겠지. 춤도 추고 말이다."

"배에서 춤을! 배가 저절로 흔들리니까 따로 춤출 것도 없겠네." 엘런이 키득키득 웃었다.

"새로 만든 증기선들에선 춤을 춘다."

"아빠, 우리도 갈까요?"

"그래, 아빠가 돈 많이 벌면 가자꾸나."

"아빠, 그럼 어서 돈 많이 벌어요. 앨리스 번의 엄마아빠는 매년 여름마다 화이트 마운틴에 가요. 내년 여름엔 외국에 간대요."

에드 대처는 만(灣) 저편을 바라보았다. 푸르게 반짝이는 수면은 내로스 해협에 이르면 갈색 아지랑이 속으로 사라졌다.

예인선이 내뿜는 뭉실뭉실한 연기와 스쿠너들의 돛대, 벽돌이나 모래를 실은 거룻배들의 둔중한 목재들 사이로 자유의 여신상이 몽유병자처럼 흐릿하게 솟아 있었다. 이따금 햇살이 돛이나 증기선의 상갑판실을 눈부시게 비췄다. 붉은 페리선이 들어오고 나갔다.

"아빠, 왜 우린 부자가 아니에요?"

"엘리, 우리보다 가난한 사람도 많단다…… 아빠가 부자라고 아빠를 더 좋아할 것도 아니잖니?"

"아냐, 그럼 더 좋아할 건데요."

대처가 웃었다. "그래, 언젠가는 그런 날이 오겠지…… 에드워드 C. 대처 공인회계사 사무실, 어떠냐?"

엘런이 발돋움을 하며 일어섰다. "아빠, 저 배 좀 봐요…… 내가 타고 싶은 그 배야."

"해러빅호 말이구나." 옆에서 까마귀 울음 같은 목소리가 들렸다.

"정말인가요?" 대처가 물었다.

"정말이고말고요, 지금까지 저렇게 멋진 배는 없었을 거요." 벤치 옆자리에 앉아 있던 후줄근한 차림의 사내가 까마귀 울음 같은 목소리로 부랴부랴 설명을 덧붙였다. 가죽챙이 찢긴 모자를 푹 눌러쓴 여윈 얼굴에서 위스키 냄새가 풍겼다. "예, 해러빅이라니까요."

"정말 크고, 멋진 배네요."

"세상에서 제일 큰 배 중 하납니다. 내가 저 배를 몇 번이나 타봤나 몰라요. 머제스틱호와 튜터닉호도 타봤죠. 둘 다 좋은 배지만 바다로 나가면 선체가 좀 흔들리는 경향이 있어요. 난 힌먼 앤 화이트스타 상선에서 삼십 년이나 승무원 노릇을 한 사람입니다. 나이 들어 퇴물이 되니까 이렇게 거리로 내몰더군요."

"누구나 운이 나쁠 때가 있는 법이죠."

"그게 평생인 사람도 있어요…… 고향으로 갈 수만 있다면 소원이 없겠어요. 여긴 늙은이들이 살 곳이 못 돼요. 젊고 힘 있는 사람들을 위한 도시죠." 그는 통풍(痛風)에 걸린 구부정한 손가락으로 멀리 자유의 여신상을 가리켰다. "저것 좀 보세요, 여신상이 영국 쪽을 보고 있어요."

"아빠, 우리 가요. 난 저 아저씨 싫어." 엘런이 아빠에게 귓속말을 했다.

"그래, 그럼 우리 바다사자 보러 가자…… 저희는 이만 갑니다."

"선생, 나한테 커피 한 잔 살 돈 좀 보태주지 않으려오? 난 빈털터리라오." 대처가 십 센트짜리 동전을 마디가 튀어나온 때 묻은 손에 쥐여주었다.

"아빠, 엄마가 길에서 모르는 사람이 말 시키면 대답하지 말라고 했어요. 유괴범 같으면 경찰을 부르고 죽어라 뛰라고요."

"엘리, 아빠를 데려가는 유괴범은 없어. 그건 조그만 여자애들 얘기지."

"나도 크면 저 아저씨처럼 길거리에서 사람들한테 말 시켜도 돼요?"

"그건 안 되지."

"내가 남자애라면요?"

"그렇담 몰라도."

그들은 한동안 수족관 앞에 서서 만 쪽을 바라보았다. 그들 바로 곁에서 원양어선 한 척이 하얀 연기를 내뿜는 예인선을 좌우로 거느리고, 페리와 항구의 선박들 사이를 기세 좋게 헤치고 나아갔다. 갈매기들이 끼룩거리며 그 위를 맴돌았다. 상갑판실과 까만 뚜껑이 덮인 커다랗고 노란 연통 위로 부드러운 햇살이 비쳤다. 앞돛대에 줄지어 매단 작은 깃발들이 회색 하늘을 향해 나부꼈다.

"외국에서 오는 사람들이 이 배를 타고 오는 것 맞죠? 그렇죠, 아빠?"

"저것 봐라…… 갑판이 사람들로 새까맣게 덮였구나."

이스트 강에서 53번가까지 걸어간 버드 코르페닝은 갑자기 보도에 쌓여 있는 석탄과 마주쳤다. 석탄더미 저편에서 머리가 희끗한 여인네가 짧은 수염이 돋은 그의 턱과 해진 외투 소매 밖으로 드러난 앙상한 손목을 바라보았다. 여자는 주름과 레이스장식이 달린 블라우스를 입고 있었다. 풍만한 젖가슴 굴곡 위에 커다란 분홍색 브로치를 달고 있었다. 그는 자기도 모르게 이렇게 말했다.

"아주머니, 이 석탄을 댁까지 날라드릴까요?" 버드는 어정쩡하게 몸을 숙였다.

"그러지 않아도 부탁 좀 하려던 참이야." 여자가 꽉 잠긴 소리로 말했다. "그 망할 놈의 석탄 장수가 오늘 아침에 갖다놓고는 나중에 와서 날라주마 하고 갔지 뭐야. 보나마나 다른 놈팡이처럼 술이나 푸고 있겠지. 근데 이렇게 아무나 집으로 들여도 될지 모르겠네."

"전 시골서 왔어요, 아주머니." 버드는 말을 더듬었다.

"어디서 왔는데?"

"쿠퍼스타운이요."

"음…… 난 버펄로에서 왔어. 여긴 천지가 외지 사람이지…… 젊은이가 강도와 한패거리라도 석탄은 나르고 봐야지…… 들어와요, 젊은이. 내가 삽하고 바구니를 줄게. 복도랑 부엌 바닥에 안 떨어지게 깨끗이 날라주면 일 달러를 주지. 파출부가 막 다녀갔거든. 저놈의 석탄은 어째 꼭 청소하고 난 다음이면 오는지."

처음 석탄을 들고 들어갔을 때 여자는 부엌을 서성였다. 배가 고프고 어지러워 다리가 휘청거렸지만 버드는 할 일이 있다는 것이 기뻤다. 짐마차와 승합차, 전차를 피해 끝없이 포장도로와 거리를 거니는 대신.

"어쩌다 제대로 된 일자리도 못 잡았어, 젊은이?" 그가 빈 바구니를 들고 숨 가쁘게 지하실에서 돌아 나오자 여자가 물었다.

"아직 도회지 생활이 익숙지 않아서 그런가봅니다. 촌에서 나서 거기서 컸으니까요."

"그럼 이 무시무시한 도회지로는 뭣하러 왔누?"

"농장에서 더 있을 수가 없었거든요."

"대체 나라가 어찌 되려나 몰라, 힘 있는 젊은이들은 죄다 농장을 버리고 도시로만 몰려오니."

"부두에 가서 일자리를 얻어볼까 했는데, 거기선 있는 사람도 내보내더라고요. 선원이 될 수도 있겠지만 경험 없는 사람을 쓰려는 데도 없고…… 벌써 이틀째 아무것도 못 먹었어요."

"어이구 세상에…… 불쌍한 사람, 복지단체나 그런 데라도 가보질 않고."

버드가 마지막 남은 석탄을 날라 오자 부엌 식탁 귀퉁이에 차가운 스튜 한 접시와 오래된 빵 반 덩어리와 살짝 맛이 간 우유 한 잔이 차려져 있었다. 그는 허겁지겁 음식을 삼키고 마른 빵 나머지는 주머니에 넣었다.

"별것 아니지만 잘은 먹었어?"

"감사합니다, 아주머니." 그는 입안에 음식이 든 채로 고개를 끄덕였다.

"그럼 잘 가봐, 고마웠어." 그녀는 그의 손에 이십오 센트짜리 하나를 쥐여주었다. 그는 눈을 깜빡이며 손에 든 이십오 센트를 바라봤다.

"그런데 아주머니, 일 달러를 주신다고 하셨잖아요."

"내가 언제 그런 말을 했다고 그래! 기가 막혀서…… 당장 나가지 않으면 우리 바깥양반을 부를 거야. 아니, 경찰관을 부르는 게 낫겠네."

버드는 말없이 이십오 센트를 집어넣고 발을 질질 끌며 밖으로 나왔다.

"염치없는 놈 같으니라고." 문을 닫고 나올 때 여자가 그의 뒤통수에 대고 중얼거리는 말이 들려왔다.

속이 울렁거리고 체기가 느껴졌다. 그는 다시 동쪽으로 돌아 주먹을 둥글게 말아 쥐고 늑골을 누르며 강으로 하염없이 달렸다. 언제 먹은 것을 게워낼지 몰랐다. 이걸 도로 내놓으면 안 돼. 거리 끝에서 그는 부두 옆, 미끄러운 회색 고무로 만들어진 쓰레기 집하용 경사로 위에 몸을 던졌다. 희미한 소리를 내며 돌아가는 맥주 공장에서 고소하고 달콤한 맥아 냄새가 풍겼다. 롱아일랜드 저편에 늘어선 공장 창문들이 저녁놀을 받아 붉게 타올랐다. 빛이 예인선의 둥근 창을 비추고 물살이 급한 적록색 수면 위에서 증기와 연기, 안개와 뒤섞여 누리끼리한 오렌지빛으로 떠 있었다. 그리고 빛은 강을 거슬러 천천히 헬 게이트로 향하는 스쿠너의 휘어진 돛 위에서 이글거렸다. 아프던 속은 차차 가라앉았다. 저녁놀처럼 환하게 타오르는 무엇이 전신을 훑고 지나갔다. 그는 일어나 앉았다. 다행이야, 이걸 도로 내놓으면 안 돼.

새벽녘의 갑판은 습하고 춥다. 배 난간을 잡으면 축축하다. 항구의 누런 물이 세면대에서 나는 것과 같은 악취를 풍기며 증기선의 양옆을 찰싹찰싹 때린다. 선원이 갑판 승강구를 연다. 쇠사슬이 찔꺽찔꺽, 보조엔진이 덜컹대며 돌아간다. 푸른 작업복 차림의 키 큰 남자가 레버를 손에 쥐고 젖은 수건처럼 얼굴을 감싸는 수증기 속에 서 있다.

"엄마, 오늘이 정말 7월 4일이에요?"

엄마는 소년의 손을 꼭 쥐고 식당칸으로 내려간다. 승무원들이 계단 밑에 짐을 쌓고 있다. "엄마, 오늘이 7월 4일 맞냐니까요?"

"아쉽게도 그런 것 같구나…… 휴일에 어디 도착하는 건 질색인데. 아무튼 모두가 마중을 나왔을 거야."

푸른 서지 옷을 입은 여자는 길게 하늘거리는 갈색 베일을 쓰고, 목에는 빨간 눈과 이빨이 보이는 갈색 동물을 두르고 있다. 진짜 이빨이었다. 동물에서는 트렁크를 열 때 나는 방충약 냄새, 얇은 종이를 겹겹이 깔아둔 옷장 냄새가 난다. 식당 안은 무덥고 칸막이벽 저편에서 조용히 엔진 우는 소리가 들려온다. 커피를 몇 방울 떨어뜨린 뜨거운 우유가 담긴 컵 위로 그는 고개를 꾸벅인다. 종이 세 번 울린다. 그는 퍼뜩 고개를 든다. 배가 흔들리며 접시들이 달그락거리고 커피잔의 커피가 튀어 흐른다. 닻줄에서 탕 소리가 나더니 차츰 고요해진다. 엄마는 일어나 현창(舷窓) 밖을 내다본다.

"날씨는 좋을 것 같네. 안개가 걷히고 해가 나올 것 같아…… 아가야, 드디어 집으로 돌아온 거야. 네가 태어난 곳으로."

"그리고 오늘은 7월 4일이고요."

"불행히도…… 자, 지미, 산책 갑판에만 있기로 약속하는 거다. 조심하고. 엄마는 아직 짐을 챙겨야 하니까, 장난치지 않는다고 약속할 거지?"

"약속해요."

아이가 흡연실의 놋쇠문지방에 걸려 갑판 위로 넘어졌다가 맨무릎을 문지르며 일어선다. 초콜릿색 구름 사이로 해가 떠올라 퍼티가루를 섞어놓은 듯한 수면을 붉게 물들인다. 귀에 주근깨가 있는 빌리. 빌리네 식구들은 파커 쪽인 지미의 엄마아빠와 달리 루스벨트를 지지한다. 빌리는 노란색과 흰색 칠을 한 예인선에 탄 남자들에게 손수건만한 실크 국기를 흔들고 있다.

"해 뜨는 거 봤니?" 그는 마치 해의 주인이라도 되는 양 묻는다.

"그럼, 현창으로 봤지." 지미가 실크 국기에서 눈을 떼지 못하고 걸어간다. "저쪽으로 가면 육지가 가까이 보여. 나무가 있는 푸른 둑도 가까이 보이고, 회색 지붕의 크고 하얀 집들이 있어."

"집에 돌아온 기분이 어떠신가, 꼬마 신사분?" 트위드 양복을 입고 콧수염을 기른 남자가 묻는다.

"저 너머가 뉴욕이에요?" 지미가 햇살이 고루 퍼지는 고요한 수면 너머를 가리킨다.

"그렇지, 안개가 자욱한 저길 지나면 바로 맨해튼이지."

"아저씨, 맨해튼이 뭐예요?"

"뉴욕이지…… 뉴욕은 맨해튼이라는 섬 위에 있거든."

"진짜 섬 위에 있단 말이에요?"

"아니 이 도련님 좀 보시게, 자기가 태어난 곳이 섬이라는 것도 몰랐나보네?"

트위드 양복을 입은 신사가 입을 크게 벌리고 웃을 때 금니가 반짝인다. 지미는 갑판을 돌아다닌다. 발을 쿵쿵거리며 흥분에 휩싸여 있는데 마음속으로는 한 가지 생각뿐이다. 뉴욕은 섬 위에 있다.

"얘야, 집에 오니 좋은가보구나." 남부 여인이 말한다.

"그럼요, 엎드려서 땅에다 입을 맞추고 싶어요."

"참 애국심이 넘치는 말이구나…… 그런 말을 들으면 나는 참 기분이 좋더라."

지미는 온몸이 달아오른다. 땅에 입맞춘다, 땅에 입맞춘다. 누가 야유라도 하듯 머릿속에 같은 소리가 메아리친다.

"저기 노란 깃발을 단 게 검역선이라네." 손에 반지를 낀 뚱뚱한 유대인 남자가 트위드 양복을 입은 남자와 말을 주고받는다. "허, 이거 벌써 또 움직이는 건가? 그것 참 빠르군, 안 그런가?"

"아침시간에 맞춰 도착하려고 그래. 미국식 아침, 진짜 정통 미국식 아침에 맞춰서 말이야."

엄마가 갈색 베일을 휘날리며 갑판 위를 걸어온다. "지미, 여기 네 외투다. 이건 들고 있으렴."

"엄마, 국기 가지고 나와도 돼요?"

"무슨 국기 말이니?"

"그 실크 성조기 말예요."

"그건 벌써 짐가방 안에 넣었구나."

"엄마, 제발요. 오늘은 7월 4일이니까 국기가 있으면 좋겠어요."

"칭얼대지 말고, 지미. 엄마가 안 된다면 안 되는 거야."

눈물이 맺힌다. 지미는 침을 꿀꺽 삼키고 엄마의 눈을 들여다본다.

"지미, 국기는 숄이랑 둘둘 말아 묶어둔 것 같은데, 엄만 더이상 짐 가지고 씨름할 기운이 없구나."

"하지만 빌리 존스는 있단 말예요."

"그러다 구경거리 다 놓치겠다. 자유의 여신상이야." 가운을 걸친 키가 큰 초록색 여인이 한 손을 들고 섬 위에 서 있다.

"손에 든 게 뭐예요?"

"횃불이란다…… 세상을 환히 비추는 자유의 횃불…… 그 반대편은 거버너스 섬. 저기 나무들이 서 있는 곳 있지…… 그리고 저긴 브루클린 다리란다. 근사하지? 저기 쭉 늘어선 부두들도 보일 거야…… 저곳이 배터리 공원…… 돛과 배들…… 트리니티 교회의 첨탑하고 퓰리처 빌딩."

증기선의 기적 소리가 뚜우 울린다. 오리처럼 기우뚱거리는 붉은 페리선들이 물 위로 하얀 거품을 일으키며 지나간다. 차를 주르륵 실은 거룻배를 끌고 예인선이 지나간다. 솜 같은 증기가 똑같은 크기로 뿜어져 나온다. 지미는 손이 시린데도 몸 안에서 열이 자꾸만 뿜어져 나온다.

"지미, 너무 흥분하지 말고. 내려가서 엄마가 선실에 두고 온 게 없는지 보렴."

배와 부두 사이에 나무껍질과 식료품 상자, 오렌지껍질, 양배추 이파리가 빽빽하게 떠 있다. 그 사이의 물줄기가 점점 좁아진다. 브라스 밴드가 햇빛을 받아 번쩍거린다. 하얀 모자를 쓰고 땀이 흥건한 붉은 얼굴로 〈양키 두들〉을 연주한다. "저건 대사님을 위한 연주구나. 선실을 한 번도 떠난 일이 없는 그분 말이야." 배의 트랩이 비스듬히 내려온다. 미끄러지지 않도록 조심스레. 양키 두들 마을로 갔어요…… 매끈한 까만 얼굴, 에나멜처럼 하얀 눈, 에나멜처럼 하얀 치아. "예, 부인, 예, 부인." ……모자에 꽂은 깃털은 마카로니라고 불렀죠…… "통관 절차를 마치겠습니다." 파란 제복을 입은 세관 직원이 대머리가 훤히 보이게 고개를 깊이 숙이고 인사한다. ……딴따라딴딴 붐붐붐…… 케이크와 캔디……

"저기 에밀리 이모랑 다들 나오셨구나…… 고맙기도 해라."

"여기서 여섯시부터 기다렸어!"

"세상에, 몰라보게 컸구나."

가벼운 드레스들, 반짝이는 브로치들, 지미의 얼굴에 비벼대는 얼굴들, 장미향과 이모부의 시가 냄새.

"이제 어른이 다 됐네. 이리 좀 와봐라, 어디 보자."

"그럼 안녕히 가세요, 허프 부인. 저희 집 근처에 오시면…… 지미, 네가 땅에 입맞추는 걸 보지 못했구나."

"아이, 귀여워. 요즘 아이들 같지 않아…… 요즘 아이들 같지 않아."

승합마차에서는 곰팡내가 난다. 마차는 먼지가 자욱한 넓은 도로를 지나 시큼한 냄새가 나는 벽돌길을 덜컹거리며 지나간다. 꼬질꼬질한 아이들의 꽥꽥대는 소리가 울려 퍼진다. 마차 지붕에서는 이따금 트렁크가 쿵 소리를 내기도 한다.

"엄마, 저러다 지붕이 무너지는 건 아니죠?"

"아니야, 지미." 그녀는 고개를 한쪽으로 기울이며 웃는다. 갈색 베일 아래서 눈은 빛나고 뺨은 발그레하다.

"엄마." 그가 일어나 엄마에게 입을 맞춘다. "저 사람들 좀 봐요, 엄마."

"오늘은 7월 4일이니까."

"저기 저 남자는 뭐하는 거예요?"

"술에 취했나보구나."

깃발로 둘러싸인 조그만 연단에서 흰 턱수염을 기른 남자가 연설을 한다. 셔츠가 올라가지 않도록 소매를 조그맣고 빨간 고무밴드로 고정시켜놓았다. "독립기념일 연사구나…… 독립선언문을 읽고 있단다."

"왜요?"

"7월 4일이니까."

펑! ……폭죽이다. "저런 버릇없는 녀석, 말을 놀랠 뻔했구나……
7월 4일은 1776년 독립전쟁 중에 독립선언문에 서명한 날이란다, 지
미. 그 전쟁에서 네 외증조부인 할랜드 할아버지가 돌아가셨지."

초록색 기관차가 끄는 조그맣고 우습게 생긴 기차가 머리 위로 지
나간다.

"저건 고가철도란다…… 23번가를 좀 보렴…… 플래타이언 빌딩
도."

승합마차는 아스팔트와 사람 냄새가 나는 환한 광장을 급히 돌아
커다란 출입문 앞에 멈춘다. 놋쇠단추가 달린 재킷을 입은 흑인이 달
려 나온다.

"자, 5번 애비뉴 호텔에 도착했다."

제프 이모부 집에서 아이스크림을 먹는다. 차갑고 달콤한 복숭아
맛이 입천장 가득 퍼진다. 배에서 내렸는데도 신기하게 여전히 몸이
흔들린다. 중심가의 모난 거리에 파란 황혼이 스민다. 어둑해지는 푸
른 하늘로 폭죽이 솟았다가 오색 불덩어리가 되어 떨어진다. 벵골 불
꽃이다. 제프 이모부가 아파트 입구의 나무에 회전불꽃을 매달고 시
가로 불을 붙인다. 로마폭죽은 손에 들고 있어야 한다. "조심해라, 지
미. 얼굴을 돌려." 한순간 화끈하더니 손에서 빨강, 노랑, 초록의 계란
모양 폭죽이 날아오른다. 화약과 종이 타는 냄새가 난다. 싯싯거리며
달아오르는 거리에 종소리가 들려온다. 점점 가깝고 점점 빠르게. 채
찍을 내려치자 말발굽에서 번쩍 불꽃이 튄다. 소방차가 빨갛게 연기
를 내뿜으며, 놋쇠를 번쩍이며, 재빨리 모퉁이를 돌아 사라진다. "브
로드웨이인가보군." 사다리차와 소방서장의 위엄 있는 말이 그 뒤를

잇는다. 구급차가 뒤따라간다. "누가 다쳤군."

상자는 텅 비어 있다. 손을 넣어 만져보니 손톱 틈에 껄끄러운 톱밥과 화약만 달라붙는다. 텅 비었잖아. 아니다. 바퀴가 달린, 나무로 만든 소방차 몇 개가 들어 있다. 진짜 소방차와 똑같다. "제프 이모부, 여기 불을 붙여요. 최고예요, 이모부." 소방차 안에 도화선이 들어 있어 싯싯 소리를 내며 아스팔트 위를 미끄러지듯 달려간다. 불꽃을 튀기며 타오르는 깃털꽁지가 진짜 소방차처럼 연기를 내뿜는다.

눈은 따갑고 다리는 쑤셨다. 그는 천장이 높고 마음에 들지 않는 방의 침대에 밀어넣어졌다.

"크느라고 아픈 거야." 소매가 치렁치렁한 매끈한 실크드레스를 입은 엄마가 그의 위로 몸을 숙이며 말했다.

"엄마 얼굴에 붙인 조그만 딱지는 뭐야?"

"이거 말이구나." 그녀가 웃을 때 목걸이에서 조그맣게 짤랑 소리가 났다. "예뻐 보이라고 붙인 거야."

키가 큰 옷장과 서랍장들이 숨통을 조여왔다. 밖에서 바퀴 소리와 고함 소리가 들려오고, 멀리서 난데없이 악대 소리가 들려오기도 했다. 다리가 떨어져 나갈 듯 아팠다. 눈을 감자 그는 꼬리에서 화염과 불꽃과 오색 불덩이를 내뿜는 빨간 소방차를 타고 불길이 너울대는 어둠 속을 달렸다.

7월 햇살이 사무실 창에 걸린 낡은 블라인드 틈을 파고들었다. 거스 맥닐은 두 무릎 사이에 목발을 놓고 팔걸이가 있는 모리스 의자에 앉아 있었다. 여러 달 병원에 머물며 얼굴은 창백해졌지만 살이 붙었다. 넬리는 빨간 양귀비꽃이 달린 밀짚모자를 쓰고 책상 앞 회전의자에 앉아 몸을 까딱까딱 흔들었다.

"넬리, 이리 와서 내 옆에 앉지그래. 책상 앞에 앉은 걸 보면 변호사가 싫어할 거야."

그녀는 콧등을 찡그리며 일어났다. "거스, 당신 겁이 나서 죽겠나 보죠?"

"당신도 내 입장이 되어봐. 겁이 안 나게 생겼나. 철도청에서 보낸 의사는 날 상습범 취급하며 뚫어지게 쳐다보지, 변호사가 데려온 유대인 의사는 나더러 온몸이 만신창이가 됐다고 하지. 사람 혼을 쏙 빼놓는 거야. 물론 그자의 말은 거짓이지만."

"거스, 내 말 명심해요. 당신은 입 다물고 다른 사람들이 얘기하게 하란 말이에요."

"알았어, 찍소리도 안 할게."

넬리는 남편이 앉은 의자 뒤에 서서 그의 갈라진 머리를 이마 뒤로 쓸어 올리기 시작했다.

"다시 집으로 돌아가다니 꿈만 같군. 넬리, 당신은 요리를 하고, 모든 것이 전과 다름없겠지." 그는 그녀의 허리를 감싸 안았다.

"어쩌면 요리 같은 거 할 필요가 없을지도 모르죠."

"그건 반가운 소식이 아닌 것 같은데. 돈을 받지 못하면 어떻게 살아야 할지 막막하긴 하지만."

"언제나처럼 아버지가 도와주실 거예요."

"제발 평생 이 꼴로 지내는 일은 없어야 할 텐데."

조지 볼드윈이 유리문을 닫고 들어섰다. 그는 잠시 주머니에 손을 넣은 채 서서 부부를 바라보았다. 그리고 미소를 지으며 말했다.

"두 분, 사건 종결됐습니다. 차후 포기각서에 서명을 마치는 대로 철도청의 변호사가 만 이천오백 달러의 수표를 제게 전달하기로 했습니다. 그 선에서 겨우 타협이 된 거죠."

"달러가 만 이천오백 장……" 거스가 숨이 찬 듯 말한다. "만 이천오백 달러요. 잠깐만…… 잠깐만 이 목발 좀 들고 있어봐요…… 밖으로 나가서 한 번 더 화차에 치이고 올 테니까…… 가만, 맥길리커디에게 말해야겠어. 그 친구 아주 화차를 정면으로 들이받으려고 할걸요…… 안 그래요, 볼드윈 선생님?" 거스가 목발을 짚고 일어났다. "선생님, 정말 대단하십니다…… 안 그래, 넬리?"

"그럼요."

볼드윈은 그녀의 시선을 피하려고 애썼다. 끓어오르는 감정을 주체할 수 없어 다리의 힘이 빠졌다.

"이렇게 하죠." 거스가 말했다. "우리 셋이 승합마차를 타고 맥길리커디네 가게로 가는 겁니다. 라운지 바에서 목을 좀 축이고…… 제가 한턱내겠습니다. 한 잔 마시고 기운을 내야겠어요. 자 가자고, 넬리."

"같이 가고 싶지만," 볼드윈이 말했다. "좀 어려울 것 같군요. 요즘 일이 너무 바빠서요. 하지만 가기 전에 서명해주시면 수표는 내일 제가…… 여기 서명하시죠…… 그리고 여기."

맥닐은 발을 끌고 책상 앞으로 가서 서류 위에 몸을 굽혔다. 볼드윈은 넬리가 뭐라고 자기에게 신호를 보내는 걸 느꼈다. 그는 그녀의 눈을 피했다. 그들이 가고 난 후 그는 책상 한구석에서 그녀의 지갑을 발견했다. 뒷면에 불로 팬지 모양을 새긴 작은 가죽지갑이었다. 유리

문을 두드리는 소리가 났다. 그가 문을 열었다.

"왜 날 쳐다보지 않죠?" 그녀는 숨 가빠하며 낮은 소리로 물었다.

"그 사람이 있는데 내가 어떻게 그래." 그가 그녀에게 지갑을 내밀었다.

그녀는 그의 목을 안고 뜨겁게 입을 맞췄다. "이제 우린 어쩌죠? 오늘 오후에 제가 올까요? 거스는 퇴원했으니까 정신을 잃을 때까지 술을 마실 거예요."

"안 되겠는데, 넬리…… 일…… 일이…… 눈코 뜰 새 없이 바빠."

"그러시겠죠…… 좋아요, 맘대로 하세요." 그녀가 문을 쾅 닫았다.

볼드윈은 책상 앞에 앉아 손가락 마디를 물어뜯으며 눈앞에 수북이 쌓인 서류들을 건성으로 쳐다보았다. "끝내야 돼." 그는 큰 소리로 말하며 일어섰다. 좁은 사무실을 왔다 갔다 하며 그는 법률책들이 꽂힌 서가와 전화기 위의 깁슨 걸 캘린더를 바라보았다. 먼지가 수북한 창가 한구석에 해가 비쳤다. 그는 시계를 보았다. 점심시간이었다. 그는 한 손으로 이마를 쓸며 전화기 쪽으로 걸어갔다.

"렉터 1237 부탁합니다. ……샌드본 씨 계십니까? ……필, 지금 자네 쪽으로 갈 테니까 점심 같이할까? 지금 바로? ……좋아. ……필, 나 말이야, 큼지막한 사건 하나 끝냈어. 우유배달부의 보상금을 받았어. 제길, 기분 엄청 좋네. 자축하는 의미로 내가 한턱낼게…… 그럼……"

그는 웃으며 전화기 옆을 떠났다. 모자걸이 위의 작은 거울 앞에서 조심스레 모자를 쓰고 서둘러 계단을 내려갔다.

마지막 계단참에서 그는 일층에 사무실을 갖고 있는 에머리 앤 에

머리의 에머리 씨를 만났다.

"이게 누굽니까. 볼드윈 씨, 일은 잘되어갑니까?" 에머리 앤 에머리의 에머리 씨는 얼굴이 납작하고 머리와 눈썹이 희끗희끗한, 틱이 쐐기 모양으로 튀어나온 사내였다. "그럭저럭 뭐, 덕분에."

"듣자하니 그럭저럭이 아닌 것 같던데요…… 뉴욕 센트럴 철도 건 말입니다."

"아, 네. 법정까지 가지 않고 심즈베리와 제 선에서 해결했습니다."

"흠." 에머리 앤 에머리의 에머리 씨가 말했다.

거리로 나가 헤어지기 전에 에머리 씨가 불쑥 말했다. "언제 집사람과 함께 저녁식사에 초대하고 싶은데 괜찮을까요?"

"아, 네. 뭐 저로서는 영광입니다."

"업계의 젊은 동료와 사귀어두자는 거지요. 무슨 말인지 알겠죠? ……그럼 연락드리리다. ……다음 주 저녁 언제로 합시다. 편하게 얘기 나눌 기회가 되겠지요."

볼드윈은 하얗고 빳빳한 소매 밖으로 드러난, 푸른 정맥이 튀어나온 손과 악수를 했다. 그리고 가벼운 걸음으로 오후의 인파를 헤치며 메이든 레인을 걸어갔다. 펄 스트리트에서 그는 커피콩 볶는 냄새가 나는 가파르고 어두운 계단을 올라가 우윳빛 유리문을 노크했다.

"들어오세요." 베이스 톤의 낮은 목소리가 외쳤다. 셔츠를 입은 까무잡잡하고 홀쭉한 남자가 나와서 그를 맞았다. "어서 와, 조지! 안 오는 줄 알았어. 배고파 죽겠네."

"필, 난생처음 먹어보는 근사한 점심상 앞으로 모시지."

"어디로 모셔갈지 기대되는걸."

필 샌드본은 외투를 입고 제도 테이블 모서리에 파이프 재를 떨었다. 그는 어두운 사무실 안쪽 방을 향해 외쳤다. "스페커 씨, 밥 먹으러 갑니다."

"알았어, 다녀오게." 안쪽에서 염소 울음처럼 떨리는 목소리가 들려왔다.

"영감님은 어떠셔?" 문밖으로 나오자 볼드윈이 물었다.

"스페커 영감 말이야? 한쪽 발은 이미 저승에 들여놓은 거나 다름없어…… 영감, 안됐어. 벌써 저 상태로 몇 년인걸. 솔직히 스페커 영감한테 무슨 일이라도 생기면 나야말로 걱정이야. ……영감은 뉴욕에서 유일하게 정직한 사람인데다가 머리도 좋거든."

"그 머리로 별로 한 건 없잖아." 볼드윈이 말했다.

"아직은 아니지…… 아직은…… 자네가 철근만 사용한 건물 설계도를 봐야 한다니까. 앞으로 고층빌딩을 강철과 유리로만 지을 수 있다는 생각이야. 얼마 전에 우린 유리타일 실험에 들어갔는데…… 아무튼 영감의 설계에는 눈을 확 뜨이게 하는 데가 있어…… 영감이 좋아하는 명언 중에 이런 게 있거든. 어느 로마 황제의 말이지. 나는 벽돌로 된 로마를 물려받아 대리석으로 된 로마를 남겼다. 자기는 벽돌로 된 뉴욕을 물려받아서 강철로 된 뉴욕을 남길 거라나. 강철과 유리말이지. 영감의 도시재건 계획을 자네한테 보여줘야 하는데. 그야말로 환상적이지."

그들은 레스토랑 구석의 푹신한 긴 의자에 몸을 파묻고 앉았다. 스테이크와 그릴 냄새가 났다. 샌드본은 테이블 밑으로 다리를 뻗었다.

"와아, 이거 호사가 따로 없군." 그가 말했다.

"필, 칵테일 한 잔씩 하지." 볼드윈이 메뉴판을 보며 말했다. "이봐, 필. 처음 오 년이 제일 어려운 것 같아."

"자넨 걱정할 것 없어, 조지. 앞길을 잘 헤쳐가잖아. 나야말로 지지리 궁상이지."

"난 이해가 안 가. 설계사 자리는 얼마든지 구할 수 있잖아."

"미래가 보장되어 있지. 제도 테이블 구석에 배를 붙이고 평생을 보내야 하다니…… 빌어먹을."

"그러지 마. 스페커 앤 샌드본이 앞으로 유명해질지 누가 알아."

"어느 세월에. 사람들이 비행기 타고 산책 다닐 때 말인가. 자네나 나나 그때 되면 관 속에서 다리 뻗고 자고 있을걸."

"어쨌든 우리의 행운을 빌며!"

"앞으로 잘 풀리길 비네, 조지!"

그들은 마티니를 마시고 굴을 먹기 시작했다.

"술을 마시면서 굴을 먹으면 굴이 뱃속에서 가죽으로 변한다던데, 정말 그럴까?"

"내 배를 벌려보지그래. 그건 그렇고 필, 자네가 가끔 데리고 다니던 그 귀여운 속기사 아가씨는 어떻게 됐어?"

"말도 마. 먹고 마시고 극장에 다니는 데 돈이 얼마나 들던지. 난 손들었어…… 정말이야. 여자들을 멀리하는 자네가 현명한 거야, 조지."

"그런가." 볼드윈은 천천히 말하면서 꽉 쥔 주먹에 올리브 씨를 뱉었다.

그들이 처음 들은 소리는 떨리는 휘파람이었다. 페리 선착장 입구와 마주 보는 연석에 작은 마차가 서 있었다. 페리하우스에 남아 있는 이민자들 틈에서 작은 소년이 튀어나와 짐마차 쪽으로 뛰어갔다.

"증기기관차처럼 생겼는데 땅콩이 한가득 실려 있어." 소년이 소리를 지르며 돌아왔다.

"패드레이크, 가만있지 못하니."

"그리고 여기는 고가철도의 사우스페리 역입니다." 그들을 마중 나온 팀 핼로런이 말을 이어갔다. "저 위는 배터리 공원과 볼링 그린, 월스트리트 금융가이고…… 패드레이크, 이리 와. 이 티모시 아저씨가 널 9번 애비뉴로 가는 고가열차에 태워줄 테니."

페리 선착장에 남은 사람은 셋뿐이었다. 머리에 파란 손수건을 덮어쓴 노파와 짙은 분홍색 숄을 두른 젊은 여자가 트렁크 양쪽에 서 있었다. 모서리에 놋쇠가 박힌 트렁크는 끈으로 꽁꽁 묶여 있었다. 또 한 사람은 푸릇한 턱수염을 기른, 마른 떡갈나무 뿌리처럼 주름이 자글자글한 노인이었다. 늙은 여자가 젖은 눈을 껌뻑였다. "어디로 가야 합니까, 성모 마리아님, 성모 마리아님." 젊은 여자는 한 통의 편지를 뜯어 눈을 깜빡이며 화려한 필체를 들여다보았다. 그녀가 갑자기 노인에게로 다가갔다. "전 못 읽어서요." 그녀가 편지를 노인에게 내밀었다. 노인은 손을 비틀고 고개를 앞뒤로 흔들기도 하며 여자가 알아들을 수 없는 말들을 반복했다. 그녀는 어깨를 으쓱해 보이고는 다시 트렁크 곁으로 갔다. 구레나룻을 기른 시칠리아 사내가 나타나 노파에게 말을 건넸다. 그는 트렁크를 동여맨 끈을 잡고 마차에 실었다. 거리 맞은편에 백마가 끄는 짐마차가 서 있었다. 두 여자는 트렁크 뒤

를 따라갔다. 시칠리아 사내가 젊은 여자에게 손을 내밀었다. 노파는
여전히 앓는 소리를 내며 힘겹게 뒷좌석에 몸을 실었다. 시칠리아 사
내가 편지를 읽느라고 여사에게로 몸을 굽히다 어깨로 그녀를 쳤다.
여자가 몸을 움츠렸다. "좋았어." 그가 말고삐를 흔들며 노파 쪽을 돌
아보고 외쳤다. "두 사람에 5달러 받지요…… 자, 갑니다."

4. 선로

덜컹덜커덕, 덜컹덜커덕 소리의 간격이 벌어지다가 점점 잦아들었다. 범퍼에 뭔가 부딪히는 소리가 열차의 끝까지 전달되었다. 사내는 매달려 있던 장대에서 뛰어내렸다. 몸이 굳어 움직일 수 없었다. 사방은 칠흑처럼 어두웠다. 그는 느릿느릿 기어 나와 겨우 무릎을 꿇고 앉았다가 일어섰다. 그리고 숨을 헐떡이며 화차에 기댔다. 몸이 자기 몸 같지가 않았다. 근육은 박살 난 재목 같고, 뼈는 구부러진 막대였다. 손전등 불빛이 눈을 찔렀다.

"얼른 나가. 철도 경비들이 역내를 조사하고 있어."

"이봐 친구, 내가 뉴욕에 있는 거 맞나?"

"그걸 말이라고 해. 내 손전등만 따라와, 그러면 부두를 따라 나갈 수 있을 테니."

그의 발은 고꾸라질 듯 비틀거리며 V자와 십자형으로 교차되는 길고 번쩍이는 철로 위를 걸었다. 그는 신호기 깃발 위로 고꾸라졌다. 겨우 부두 가장자리에 걸터앉은 그는 두 손에 얼굴을 파묻었다. 물이 말뚝에 부딪히며 개가 핥는 듯한 소리를 냈다. 그는 주머니에서 신문지를 꺼내 안에 들어 있던 빵 한 덩어리와 질긴 고기 한 조각을 펼쳐놓았다. 물기 없는 음식을 입에 넣고 입안에 침이 돌 때까지 오래오래 씹었다. 그리고 비틀거리며 일어나 무릎에 떨어진 부스러기를 떨어낸 다음 주변을 둘러보았다. 철로 저편 남쪽의 어둑어둑한 하늘이 오렌지색으로 젖어가고 있었다.

"대도시의 하얀 불빛*." 그가 쉰 목소리로 크게 말했다. "대도시의 하얀 불빛."

비가 흐르는 창문 너머로 지미 허프는 작은 소용돌이를 일으키며 브로드웨이로 흘러드는 탈것들을 바라보았다. 자동차와 마차 사이로 우산의 행렬이 오르내렸다. 노크 소리가 들렸다. "들어오세요." 들어온 사람이 팻이 아닌 걸 보고 그는 다시 창가로 돌아섰다. 웨이터가 불을 켰다. 지미는 창에 비친 그의 모습을 바라보았다. 수척하고 머리카락이 뻗친 사내가 쟁반을 한 손으로 높이 치켜들고 있었다. 은식기들이 둥근 지붕처럼 나란히 놓여 있었다. 헐떡이며 방으로 들어선 웨이터를 뒤따라 접이식 탁자가 들어왔다. 그는 탁자를 쭉 펴고 그 위에 쟁반을 내려놓은 다음 동그란 테이블에 테이블보를 깔았다. 그의 몸에서 기름 냄새가 훅 끼쳐왔다. 지미는 그가 나가기를 기다렸다가 돌아섰다. 그는 테이블 주변을 돌며 은뚜껑을 열었다. 초록색 뭔가가 들

---

* The Gay White Way. 1907년 동명의 뮤지컬 공연 이후 브로드웨이의 별칭이 됨.

어 있는 수프와 구운 새끼양고기, 으깬 감자, 순무 다진 것, 시금치.
디저트 같은 것은 없었다.

"엄마!""그래." 접이문 저편에서 희미하게 짜증 섞인 목소리가 들
려왔다.

"식사준비 다 됐어요, 엄마."

"먼저 먹고 있어, 곧 갈게."

"혼자 먹기 싫어, 엄마랑 같이 먹을래요."

그는 다시 테이블 주변을 돌며 포크와 나이프를 바로 놓았다. 그리
고 한 팔에 냅킨을 둘렀다. 델모니코스*의 헤드웨이터가 세팅 중인 테
이블은 그라우스타르크의 왕자와 보헤미아의 눈먼 왕, 항해왕자 엔리
케와……

"엄마, 스코틀랜드의 메리 여왕과 레이디 제인 그레이 중 누가 더
되고 싶어요?"

"그 둘은 모두 목이 달아났잖니…… 나는 목이 달아나는 건 싫은
데." 엄마는 얇은 살구색 가운을 입고 있었다. 그녀가 접이문을 열자
침실에서 묻어 나온 오드콜로뉴와 약 냄새가 레이스 달린 긴 소매에
희미하게 감돌았다. 얼굴의 파우더가 좀 두껍게 발라졌지만 매력적인
갈색 머리는 아름답게 손질되어 있었다. 그들은 마주 보고 앉았다. 정
맥이 비치는 가는 손으로 그녀는 수프 접시를 들어 아이 앞에 놓아주
었다.

아이는 멀겋고 미지근한 수프를 먹었다.

---

* 19세기 말에서 20세기 초 뉴욕의 고급식당.

"어머나, 크루통 넣는 걸 잊었네."

"엄마…… 엄만 왜 수프 안 먹어요?"

"오늘 저녁엔 별로 먹고 싶지 않구나. 머리가 너무 아파서 뭘 주문해야 할지 모르겠다. 하지만 괜찮아."

"그럼 엄마, 클레오파트라는 어때요? 클레오파트라는 식탁에 올라오는 건 뭐든 어린 여자아이처럼 맛있게 먹어치웠다잖아요."

"진주까지도…… 식초 한 컵에 진주를 넣어서 마셨다지……" 그녀의 목소리가 떨렸다. 그리고 테이블 너머로 손을 뻗어 아들의 손을 잡았다. 지미는 남자답게 그 손을 토닥여주며 웃었다. "지미야, 나에게는 너뿐이야. 넌 엄마를 언제까지나 사랑해줄 거지?"

"엄마, 왜 그래요?"

"아무것도 아니야. 오늘 저녁은 좀 이상하구나…… 언제나 좀 기분이 좋아지려는지, 정말 견디기 힘들구나."

"하지만 엄마, 수술이 끝나면……"

"그래, 수술이 끝나면…… 지미, 욕실 창턱에 종이로 싼 새 버터가 있어…… 좀 가져다주겠니, 이 순무와 함께 조금 먹어보게…… 음식에 신경 좀 쓰라고 해야겠구나. 새끼양고기가 이게 뭐람. 이거 먹고 탈나는 건 아닌가 모르겠다."

지미는 접이문을 지나 엄마 방으로, 의자 위에 널려 있는 좀약과 비단옷 냄새가 나는 좁은 통로를 지나 달렸다. 욕실 문을 열자 위장세척용 빨간 고무호스가 얼굴을 때렸다. 약 냄새를 맡자 속도 마음도 불편하게 죄어오는 듯했다. 그는 욕조 한끝의 창문을 열어젖혔다. 울퉁불퉁한 창틀은 끈적거리고 버터를 덮어놓은 접시가 검은 가루로 덮여 있었다. 지미는 그곳에 잠시 서서 환기구를 바라보았다. 보일러실에서 올라오는 석탄 냄새를 맡지 않으려고 입으로만 숨을 쉬었다. 한 층 아래에서 하얀 모자를 쓴 하녀가 창문에 기대어 보일러공에게 말을 건넸다. 남자는 기름이 얼룩진 맨팔로 팔짱을 낀 채 그녀를 올려다보았다. 지미는 그들의 대화에 귀를 기울였다. 하루 종일 석탄을 주무르다 보면 머릿속은 물론 겨드랑이 속까지 시커먼 기름이 배도록 더러워져.

"지미이이!"

"가요, 엄마." 그는 얼굴을 붉히며 창가에서 내려와 거실로 돌아갔다. 달아오른 얼굴이 가라앉을 시간을 벌려고 그는 천천히 걸음을 옮겼다.

"지미, 또 공상에 빠졌었구나. 요런 공상가."

그는 버터를 엄마의 접시 옆에 놓고 앉았다.

"새끼양고기 식기 전에 먹으렴. 프랑스겨자 좀 얹어서 먹지그러니? 그러면 더 맛있어."

겨자가 혀끝에서 타오르는 바람에 눈물이 났다.

"너무 맵니?" 엄마가 미소 지으며 물었다. "매운 것도 먹을 줄 알아야지…… 그는 늘 매운 걸 좋아했는데……"

"누구 말예요, 엄마?"

"내가 아주 사랑했던 어떤 사람."

그들은 입을 다물었다. 지미의 귀에는 자기가 씹는 소리가 들렸다. 닫힌 창 너머로 마차와 전차의 덜컹거리는 소리가 얼핏얼핏 들려왔다. 증기난방기가 탁탁, 쉿쉿 소리를 냈다. 저 아래 환기구에서는 겨드랑이 속까지 기름때에 전 보일러공이 빳빳이 풀 먹인 모자를 쓴 여자에게 껄렁대는 말투로 지껄이고 있었다. 더러운 말을. 겨자의 색은……

"무슨 생각을 했는지 엄마한테 말해줄래?"

"아무 생각도 안 했어요."

"우리 사이에 비밀 같은 건 갖지 말자. 엄마에겐 이 세상에 너밖에 없다는 거 잊지 마."

"바다표범이 되면 어떨까요? 잔점박이물범 말이에요."

"아주 춥겠는걸."

"추운 거 느낄 수 없어요. 물범들은 지방이 많아서 빙산에 앉아 있어도 따뜻하기만 해요. 바다에서 수영하고 싶을 때 수영할 수 있고 얼마나 신날까. 물범들은 몇천 마일이고 쉬지 않고 여행할 수 있어요."

"하지만 엄마도 몇천 마일씩 여행했잖아, 너도 그렇고."

"언제요?"

"외국에 갈 때나 올 때." 그녀는 미소 지으며 환한 눈으로 그를 바라보았다.

"그건 배 타고 간 거잖아요."

"메리 스튜어트호를 타고 크루즈 여행할 때도 그랬지."

"엄마, 그 얘기 해줘요."

노크 소리가 들렸다. "들어오세요." 머리카락이 뻗친 웨이터가 안으로 고개를 들이밀었다.

"치워드려도 될까요, 부인?"

"예, 그리고 과일샐러드를 좀 가져다줘요. 과일이 신선한지 확인해주시고요…… 오늘 저녁은 엉망이네요."

웨이터는 헉헉거리며 접시를 쟁반에 얹고 있었다. "죄송합니다, 부인." 그가 헐떡거리며 말했다.

"알아요, 당신 책임이 아니라는 거…… 지미, 넌 뭐가 먹고 싶니?"

"엄마, 나 머랭 먹어도 돼요?"

"그래, 얌전히 있겠다고 약속하면."

"약속해요!" 지미가 기뻐서 소리를 질렀다.

"지미, 식탁 앞에서 그렇게 소리 지르면 못써."

"우리 둘만 있는데 뭐 어때요…… 신난다, 머랭이다!"

"제임스, 신사는 언제든 한결같아야 하는 거야. 집에 있든 아프리카 밀림 속에 있든."

"맞아, 여기가 아프리카 밀림이라면 좋을 텐데."

"엄만 무서울 것 같아."

"내가 조금 아까처럼 소리 지르면 사자랑 호랑이랑 다 쫓을 수 있어요…… 정말."

웨이터가 접시가 두 개 올려진 쟁반을 가지고 돌아왔다. "죄송하지만, 부인. 머랭은 남은 게 없어서요…… 대신 아드님을 위해 초콜릿 아이스크림을 가져왔습니다."

"싫어, 엄마."

"괜찮아…… 머랭은 어차피 지방이 너무 많으니까…… 그거 먹고 나가서 캔디를 사오렴."

"네, 알았어요."

"그래도 아이스크림 너무 빨리 먹지 말고. 안 그럼 배탈이 날 거야."

"벌써 다 먹었는데요."

"또 그냥 삼켜버렸구나, 이런 말썽꾸러기…… 고무덧신 신어."

"비 하나도 안 오는데요."

"엄마 말 들어야지…… 너무 오래 있지 말고. 금방 오겠다고 엄마한테 맹세해. 엄마는 오늘 저녁에 몸이 많이 안 좋아. 네가 밖에 오래 있으면 걱정할 거야. 위험한 게 너무 많으니까……"

그는 앉아서 덧신을 신었다. 신발을 팽팽히 당겨 뒤꿈치까지 쑥 집어넣고 나니까 엄마가 일 달러짜리 지폐를 가지고 왔다. 그녀는 소매가 긴 실크블라우스를 입은 팔로 그의 어깨를 안았다. "내 사랑."

그녀는 울고 있었다.

"엄마, 걱정 마요." 그는 엄마를 꼭 껴안았다. 딱딱한 코르셋 감촉이 팔에 느껴졌다. "금방 다녀올게, 아주, 아주, 금방."

매 칸마다 놋쇠기둥으로 빨간 양탄자를 고정시켜놓은 계단에서 지미는 덧신을 벗어 비옷 주머니에 집어넣었다. 프런트 옆 벤치에 앉아 그를 흘끔거리는 벨보이들의 시선 속을 고개를 치켜들고 서둘러 지나갔다. "산책 나가니?" 제일 나이가 어린 금발의 벨보이가 물었다. 지미는 점잖게 고개를 끄덕이고 도어맨의 반짝이는 단추를 스쳐 브로드웨이 거리로 나섰다. 브로드웨이는 소음과 발소리, 사람들로 붐볐다. 진열대의 불빛과 아크등 밑을 빠져나오면 얼굴들은 어두운 그림자로 가면을 썼다. 그는 앤소니아 호텔을 지나 빠른 걸음으로 업타운을 향해 걸었다. 현관에 시가를 입에 문 눈썹 진한 남자가 서 있었다. 유괴범인지도 몰라. 하지만 앤소니아에는 우리가 묵는 호텔처럼 좋은 사람들이 살아. 다음은 전신국, 포목점, 염색가게와 드라이클리닝가게.

중국 세탁소에서 야릇한 냄새가 섞인 증기가 뿜어져 나왔다. 그는 걸음을 더 재촉했다. 중국인들은 무시무시한 유괴범들이다. 발소리가 따라온다. 석유통을 든 사내가 더러운 소매로 그의 어깨를 치고 지나간다. 땀 냄새와 석유 냄새가 뒤섞인다. 방화범일지도 몰라. 방화범이라는 생각을 하자 소름이 끼친다. 불이야. 불이야.

허일러스. 니켈과 반질반질한 대리석 냄새가 뒤섞인 달콤한 향이 문밖까지 풍겼다. 창문 아래쪽 환풍기 창살 밖으로 초콜릿 끓는 냄새가 피어올랐다. 핼러윈용 까만색과 주황색 크레프지. 들어가려는데 두 블록 더 떨어진 곳의 미러 캔디스가 떠오른다. 거기서는 거스름돈과 함께 조그만 은색 기관차와 자동차도 준다. 서두르자. 롤러스케이트를 타면 시간도 덜 걸리고, 도둑놈, 깡패, 노상강도 들에게 잡힐 일도 없을 텐데, 롤러스케이트를 타면 어깨 너머로 긴 총을 쏘며, 빵…… 한 놈 쓰러졌다. 저놈이 제일 나쁜 놈, 빵…… 저기 또 있다. 롤러스케이트는 마법의 롤러스케이트다. 슝, 주택의 벽돌담을 타고 지붕으로 올라가, 굴뚝을 뛰어넘어, 플래타이언 빌딩 위로, 브루클린 다리의 케이블로 돌진한다.

미러 캔디스. 이번에는 머뭇거리지 않고 곧장 안으로 들어간다. 그는 사람이 나타날 때까지 한동안 판매대 주위를 서성이며 기다린다. "파운드에 육십 센트짜리로 크림 넣은 초콜릿 일 파운드 주세요." 그는 쏟아내듯 말했다. 금발에 사팔뜨기 눈을 한 여자가 대답 없이 고깝게 쳐다본다. "죄송하지만, 제가 좀 급해서요."

"알았어, 급해도 할 건 해야지." 그녀가 톡 쏘듯 말한다. 그는 빨갛게 달아오른 얼굴로 그녀를 올려다보며 눈을 깜빡인다. 그녀는 포장한 상자와 함께 '계산은 계산대에서'라고 쓰인 영수증을 내민다. 울지 않을 거야. 계산대에는 몸집이 작고 머리가 하얗게 센 여자가 있다. 여자는 포유동물 우리의 작은 동물들이 들락거릴 만한 좁은 문을 통해 그가 내민 일 달러를 받는다. 돈을 받고 기쁜지 계산기에서 짤랑 경쾌한 소리가 난다. 이십오 센트, 십 센트, 오 센트, 거기다 작은 컵. 사십 센트 맞지? 증기기관차도 자동차도 없고, 달랑 컵 하나뿐이다. 그는 돈을 그러쥐고 컵을 놓아둔 채 옆구리에 상자를 끼고 달려 나온다. 엄마가 늦었다고 하겠어. 그는 앞만 보며 호텔 쪽으로 걸었다. 금발 여자의 뻔뻔함에 분을 삼키며.

"아하…… 사탕 사러 갔었구나." 머리색이 밝은 벨보이가 말했다. "나중에 오면 좀 줄게요." 지미가 속삭이듯 말하며 지나갔다. 계단을 뛰어 올라갈 때 놋쇠막대를 걸어차자 막대가 쩽 하고 울렸다. 하얀 글씨로 503이라고 쓰인 초콜릿색 문 앞에 서서야 그는 덧신을 떠올렸다. 그는 달콤한 것들이 담긴 봉투를 복도에 내려놓고 젖은 구두 위에 덧신을 신었다. 다행히 엄마가 문 앞에서 기다리고 있지 않았다. 내가 오나 창밖을 내다보고 있을까.

"엄마!" 그녀는 거실에 없었다. 겁이 났다. 엄마가 나갔어, 엄마가 가버렸어. "엄마!"

"엄마 여기 있다." 침실에서 가냘픈 목소리가 들려왔다.

그는 모자와 레인코트를 벗고 안으로 뛰어 들어갔다.

"괜찮아…… 머리가 좀 아플 뿐이야. 이놈의 두통…… 손수건에 오드콜로뉴를 뿌려 머리 위에 좀 얹어주겠니. 지난번처럼 눈에다 집어넣지 말고."

그녀는 누빈 하늘색 실내복을 입고 침대에 누워 있었다. 얼굴은 창백하고 보라색이 돌았다. 살구색 실크가운은 의자 위에 던져져 있었다. 지미는 젖은 손수건을 조심스레 엄마의 이마에 얹었다. 몸을 굽히자 향수 냄새가 코를 찔렀다.

"좀 살 것 같아." 들릴 듯 말 듯한 목소리였다. "에밀리 이모에게, 리버사이드 2466이야, 전화해서 오늘 저녁에 와줄 수 있는지 물어봐줄래. 할 얘기가 있다고…… 머리가 깨질 것 같아."

전화기 쪽으로 가는 동안 가슴이 뛰고 눈물이 뿌옇게 앞을 가렸다. 전화를 걸자마자 에밀리 이모의 목소리가 기다렸다는 듯 튀어나왔다.

"에밀리 이모, 엄마가 좀 아픈 것 같아요…… 좀 와주시면 좋겠다고…… 엄마, 이모가 당장 오시겠대요!" 그가 큰 소리로 외쳤다. "좋지요? 지금 당장 오신대요." 그는 발꿈치를 들고 엄마가 있는 방으로 돌아가 코르셋과 가운을 옷장에 걸었다.

"아가," 엄마의 힘없는 목소리가 들려왔다. "머리에서 핀 좀 빼줄래. 머리에 박혀서 아프구나…… 아아, 머리가 터질 것 같아……" 그는 실크가운보다 더 부드러운 엄마의 갈색 머리카락 사이로 가만히 손을 넣어 머리핀을 뺐다.

"아야, 살살 해. 아프잖니."

"일부러 그런 거 아녜요."

깡마른 에밀리 이모가 이브닝드레스 위에 파란 방수외투를 걸치고 허둥지둥 방으로 뛰어 들어왔다. 그녀의 얇은 입술이 안타까움으로 떨렸다. 그녀는 아파서 몸을 뒤틀며 침대 위에 누워 있는 동생과 그 옆에 선 반바지를 입은 창백한 아이의 모습을 보았다. 아이는 손에 머리핀을 잔뜩 쥐고 서 있었다.

"어떻게 된 거니, 릴?" 그녀가 조용히 물었다.

"어디가 단단히 안 좋은 것 같아, 언니." 릴리 허프가 숨 가쁜 소리로 조용히 말했다.

"제임스." 에밀리 이모가 단호하게 말했다. "너는 그만 자도록 해라. 엄마는 절대 안정을 취해야겠다."

"잘 자요, 엄마." 그가 말했다.

에밀리 이모는 그의 어깨를 토닥였다. "걱정 마라, 제임스. 이모가 다 알아서 할 테니." 그녀는 전화기 쪽으로 가서 낮지만 또렷한 목소리로 통화를 했다.

캔디 상자는 거실 테이블 위에 놓여 있었다. 지미는 그것을 옆구리에 끼며 죄를 짓는 기분이 들었다. 서가를 스쳐가며 미국 백과사전 한 권을 빼내 다른 쪽 옆구리에 꼈다. 이모는 그가 문을 열고 나가는 것을 알아채지 못했다. 감옥의 문이 열렸다. 밖에는 이미 아라비아 흑마 한 필과 듬직한 부하 두 명이 그를 국경 너머 자유로운 곳으로 데려가기 위해 대기 중이었다. 그의 방까지 가려면 세 개의 문을 거쳐야 했다. 길은 을씨년스러운 어둠으로 가득했다. 메리 스튜어트호의 선실에 환하게 불이 켜진다. 좋아, 선장, 닻을 올리고 윈드워드 제도로 항로를 돌려. 나는 중요한 서류를 봐야 하니까 동이 틀 때까지 방해하지 말도록. 그는 후다닥 옷을 벗고 파자마로 갈아입은 후 침대로 들어갔다. 나이제잠자리에들려하오니 주여제영혼을지켜주소서 눈뜨기전에 숨을거둔다면 오주여제영혼을거두소서.

그는 캔디 상자를 열고 불빛 아래에다 침대 끝의 베개를 겹쳐놓았다. 초콜릿을 깨물자 안에 든 달콤한 내용물이 입안 가득 퍼졌다. 어디 보자……

A: 첫번째 모음, 모든 알파벳의 첫 글자. 암하라어와 아비시니아어에서는 예외적으로 열세번째 글자이며 룬 문자에서는 열번째……

제기랄, 이게 뭐야……

AA: 아헨(엑스라샤펠을 보라).*
Aardvark: 땅돼지.

웃기게도 생겼네.

학명은 오리크테로푸스 카펜시스. 포유류 중 계치류에 속하는 척행 동물. 아프리카에만 서식한다.
Abd
Abd-el-halim: 메흐메트 알리와 백인 여자 노예 사이에서 태어난 이집트의 왕자……

다음의 내용을 읽자 그의 뺨이 달아올랐다.

---

* 아헨은 독일의 지명으로, 프랑스어로는 엑스라샤펠.

백인 노예의 여왕.

Abdomen: 어원이 불분명한 라틴어…… 인체 하부의 횡격막과 골반 사이……

Abelard: ……그들의 관계는 사제지간으로 오래 머물지 않았다. 존경 이상의 뜨거운 감정이 그들의 마음속에서 눈을 떴다. 아벨라르의 나이(벌써 마흔에 가까웠다고 한다)와 그의 높은 지위를 신뢰한 참사회원이 그들이 무제한으로 만날 수 있도록 허락한 것이 결과적으로 둘의 평화를 해치는 계기가 되었다. 엘로이즈의 몸 상태는 언제라도 그들의 관계를 폭로할 수 있었다…… 풀베르는 이성을 잃고 잔인한 복수심에 타올라…… 한 무리의 악한들을 이끌고 아벨라르의 방으로 쳐들어가, 극악한 폭력을 휘두름으로써 그의 복수심을 만족시켰다……

Abelites[*]: ……성교를 악마의 짓이라고 비난했다.

Abimelech I: 기드온이 세겜의 첩에게서 낳은 아들. 요담을 제외한 일흔 명의 형제자매들을 모두 살해한 후 왕이 되었다가 테베의 탑 공격 중에 피살……

Abortion: 인공임신중절(낙태)……

이런. 손이 얼음장 같고 초콜릿을 너무 먹어 속이 불편했다.

---

[*] 북아프리카 기독교계 이단, 아벨로니라고도 부름.

Abracadabra

Abydos……

그는 사막의 산과 영국군이 막달라를 태워버리는 판화가 나오는 아비시니아 항목을 읽기 전에 일어나 물을 한 컵 마셨다.

눈이 따갑고 몸이 뻐근하고 졸렸다. 잉거솔 시계를 보니 열한시였다. 갑자기 두려움이 몰려왔다. 엄마가 죽는다면…… 그는 베개에 얼굴을 묻었다. 사락사락 긴 치맛자락을 바닥에 끌며 보송한 레이스장식이 달린 하얀 야회복을 입은 어머니가 침대 머리맡에 서 있다. 부드러운 향기가 나는 손이 그의 뺨을 어루만졌다. 눈물이 왈칵 솟으며 목이 메어왔다. 그는 몸을 뒤척이며 돌아누워 구깃구깃한 베개에 얼굴을 푹 파묻었다. 오랫동안 울음을 멈출 수 없었다.

눈을 뜨자 뿌옇게 전등이 켜져 있고 방 안은 후덥지근했다. 책은 바닥에 떨어져 있고, 단것들이 상자에서 쏟아져 나와 몸에 눌려 찌그러졌거나 끈적끈적 녹아 있었다. 시계는 한시 사십오분에 멈춰 있었다. 창문을 열고 초콜릿 등을 서랍장에 넣은 다음 불을 끄려는데 새삼스레 기억이 밀려왔다. 그는 겁이 나서 떨며 욕실가운을 입고 실내화를 신고 까치발로 어두운 통로를 걸어갔다. 문가에 서서 무슨 소리가 나는지 귀를 기울였다. 조용히 얘기하는 소리가 들렸다. 그는 가만히 노크한 다음 손잡이를 돌렸다. 문이 확 열렸다. 지미는 눈을 깜빡이며 깔끔히 면도한 얼굴에 금테 안경을 쓴 키가 큰 남자를 마주 보았다. 닫힌 접이문 앞에는 빳빳하게 풀 먹인 하얀 옷을 입은 간호사가 서 있었다.

"제임스, 걱정 말고 가서 더 자거라." 에밀리 이모가 피곤한 목소리로 말했다. "엄마가 많이 편찮으셔서 절대 안정이 필요하단다. 심각한 병은 아니고."

"당분간은 그렇단 말이지요, 메리베일 부인." 안경에 입김을 불며 의사가 말했다.

"착하기도 해라!" 간호사가 낮고 상냥한 목소리로 위로하듯 말했다. "걱정이 돼서 밤새 잠도 못 잤으면서 한 번도 우릴 귀찮게 하지 않았구나."

"내가 방으로 데려다주마." 에밀리 이모가 말했다. "우리 제임스, 이모가 데려다줘도 되지?"

"엄마 얼굴 잠깐만 보면 안 돼요? 엄마가 많이 아픈 건 아닌지 확인만 하려고요." 지미는 안경을 쓴 남자의 넓적한 얼굴을 두려운 듯 바라보았다.

의사가 고개를 끄덕였다. "저는 이만 가봐야겠군요…… 네, 다섯시쯤 다시 오겠습니다. 그럼 나중에 뵙겠습니다, 메리베일 부인. 나중에 봐요, 빌링스 양. 잘 자라, 꼬마야……"

"이리 오렴……" 간호사가 지미의 어깨에 손을 얹었다. 그는 몸을 틀어 손을 떼어낸 후 그녀를 따라 걸었다.

엄마 방의 구석에 세워져 있는 스탠드 등에는 조명이 너무 밝지 않도록 수건을 걸고, 둥그렇게 돌아가며 핀을 꽂아두었다. 침대에서 낯설게 헐떡이는 숨소리가 들려왔다. 주름진 얼굴이 그를 향해 있었다. 눈언저리는 보랏빛이었으며 입은 한쪽으로 일그러져 있었다. 그는 잠시 엄마를 물끄러미 바라보았다. "됐어요. 저는 이제 자러 갈게요."

그가 간호사에게 속삭였다. 귀가 멍할 정도로 맥박이 뛰었다. 이모도, 간호사의 얼굴도 외면하고 그는 굳은 걸음으로 방을 나왔다. 이모가 뭐라고 말했지만, 그는 통로를 달려 그의 방으로 달려가 문을 꽝 닫고 빗장을 걸었다. 그는 방 한가운데서 주먹을 불끈 쥔 채, 오한을 느끼며 뻣뻣하게 서 있었다. "모두 미워. 모두 밉단 말이야!" 그는 큰 소리로 외쳤다. 마른 울음을 삼키며 불을 끄고 오싹한 한기가 도는 침대 이불 속으로 들어갔다.

"마담, 일이 여간 많지 않네요." 에밀이 흥얼거리듯 말했다. "도와줄 사람이 필요하시겠어요."

"알아…… 아주 바빠서 죽을 지경이지. 그걸 누가 모르나." 마담 리고는 카운터 앞의 동그란 의자에 앉아 한숨을 내쉬었다. 에밀은 한동안 아무 말 없이 팔꿈치 끝의 대리석 판 위에 놓인 웨스트팔리아 햄의 썰어놓은 단면을 보고 있었다. 그러고 나서 머뭇거리며 말했다. "마담 리고, 아주머니 같은 분, 아주머니처럼 아름다우신 분이라면 분명 곁에 누가 있을 거예요."

"그래 보이나…… 나도 한창땐 원 없이 살아봤지…… 이젠 사람을 못 믿어…… 남자들은 죄다 짐승이고, 여자들은, 내 취향이 아니니까!"

"역사와 문학은……" 에밀이 시작했다.

문 꼭대기에 달린 종이 울렸다. 남자와 여자가 가게로 들어왔다. 머리가 노란 여자는 꽃밭 같은 모자를 쓰고 있었다.

"빌리, 제발 쓸데없는 데 돈 그만 써요."

"하지만, 노라! 먹을 건 있어야지. 토요일까지는 모든 게 잘 풀릴 거야."

"당신이 경마에 미쳐 있는 한 잘 풀릴 리 없어요."

"그러지 말고…… 간 소시지 조금 사자고. 어, 저기 저 차가운 칠면조가슴살 맛있어 보이네……"

"정말 못 말려." 노란 머리 여자가 애교 있게 말했다.

"참견 말고 놔둬. 장은 내가 볼 테니."

"네, 손님. 이 칠면조가슴살 아주 좋습니다…… 방금 튀긴 닭도 있고요. ……에밀, 미안하지만 부엌으로 가서 튀긴 닭 좀 가져다줄래요?" 마담 리고는 카운터 앞의 동그란 의자에 꼼짝 않고 앉아 마치 신탁을 전하는 사람처럼 말했다. 남자는 체크무늬 천이 둘러쳐진, 챙이 두꺼운 밀짚모자로 부채질을 했다.

"오늘 밤은 덥지요?" 마담 리고가 말했다.

"그러게요…… 노라, 우리도 이렇게 시내를 돌아다닐 게 아니라 코니아일랜드라도 갈 걸 그랬나봐."

"빌리, 우리가 어째서 못 가는지 잘 알잖아요."

"이제 그만 좀 하라고. 내 말 못 알아들어? 토요일까진 다 잘 풀릴 거라고 했잖아."

"역사와 문학은," 손님들이 튀긴 닭을 가지고 나간 후 에밀이 말을 계속했다. 마담 리고는 건네받은 오십 센트짜리 은화를 카운터 금고에 넣었다. "역사와 문학은 우리에게 우정과 신뢰할 만한 사랑이 있다는 것을 가르쳐주고……"

"역사와 문학!" 마담 리고는 가슴속에서 나오는 낮게 으르렁거리는 웃음을 웃었다. "좋은 거지."

"이렇게 큰 도시에서 외로움을 느껴본 적이 없으세요? 만사가 힘들어요. 여자들이란 남자들 주머니만 봤지 가슴은 들여다볼 줄 몰라요…… 정말 못 참겠어요."

마담 리고가 웃자 딱 벌어진 어깨와 큰 가슴이 흔들렸다. 깔깔거리며 동그란 의자에서 일어설 때 코르셋에서 삐걱 소리가 났다. "에밀, 당신은 얼굴도 잘생긴데다 심지가 굳은 청년이니까 잘될 거야…… 난 말이지, 다시는 남자와 엮이고 싶지 않아…… 아주 혼쭐이 났으니까…… 오천 달러를 짊어지고 온다 그래봐, 내가 눈 하나 꿈뻑하나."

"정말 잔인한 분이네요."

마담 리고는 다시 웃었다. "자, 이쪽으로 와서 가게 문 닫는 것 좀 도와주지."

일요일의 고요한 햇살이 도심에 퍼져갔다. 볼드윈은 겉옷을 벗고 셔츠 차림으로 책상 앞에 앉아 양가죽으로 제본된 법률서를 읽고 있었다. 이따금 메모지에 크고 단정한 글씨로 뭔가를 적어넣었다. 뜨겁고 고요한 방에 전화벨이 날카롭게 울렸다. 그는 읽던 부분을 마저 읽은 다음 수화기 근처로 갔다.

"응, 그래. 혼자 있어. 올 생각 있으면 이리로 와." 그는 수화기를 내려놓았다. "젠장." 그는 이를 악물고 말했다.

넬리는 노크 없이 들어와 그가 창가에서 서성대는 모습을 보았다.

"어서 와, 넬리." 그가 처다보지도 않고 말했다. 그녀는 멈춰 서서 그를 살펴보았다.

"조지, 여기 좀 봐요. 언제까지나 이럴 순 없어요."

"왜 그럴 수 없지?"

"거짓말하고 꾸며대는 일도 이젠 신물이 나요."

"누가 눈치채기라도 했어?"

"아뇨, 물론 아니죠."

그녀는 그에게로 다가가 넥타이를 고쳐 매주었다. 그는 그녀의 입술에 부드럽게 키스했다. 그녀는 붉은 기가 도는 라일락 빛깔의 주름 잡힌 모슬린 스커트를 입고 손에는 파란 양산을 들고 있었다.

"조지, 일은 어때요?"

"잘되고 있어. 당신들이 나한테 행운을 가져왔어. 지금도 괜찮은 사건을 여러 건 진행 중이고 중요한 인맥을 쌓게 됐어."

"당신은 나한테 불행을 가져왔어요. 고해성사할 엄두가 나지 않아요. 신부님들이 알면 나를 이교도 취급할 거예요."

"거스는 어때?"

"머릿속에 새로운 계획이 가득하죠, 뭐…… 자기 혼자 벌어들인 돈인 양, 아주 의기양양해요."

"이봐, 넬리. 거스 버리고 나한테 오지 않겠어? 이혼하고 나와 결혼하는 거야…… 그럼 문제없잖아."

"말은 쉽죠…… 당신은 진지한 데라곤 없는 사람이에요."

"넬리, 그럼 당신한테는 우리 사이가 아무것도 아니란 말이야?" 그는 그녀를 안고 차갑게 굳은 입술에 키스했다. 그녀는 그를 밀어냈다.

"아무튼 난 다시 오지 않아요…… 전엔 당신을 만날 생각에 부풀어 기쁜 맘으로 계단을 올라왔어요…… 당신은 받을 거 다 받았으니 이제 끝난 거죠."

그는 그녀 이마의 작은 컬이 풀린 것을 보았다. 머리카락 한 올이 눈썹 위에 드리워져 있었다.

"넬리, 우리가 이렇게 쓸쓸하게 헤어지면 안 되지."

"안 될 이유가 뭔데요?"

"우린 서로 사랑했으니까."

"난 울지 않아요." 그녀가 작게 만 손수건으로 코를 눌렀다. "조지, 당신이 원망스러울 거예요…… 잘 있어요." 그녀의 등 뒤에서 거친 소리를 내며 문이 닫혔다.

볼드윈은 책상 앞에 앉아 연필 끝을 잘근잘근 씹었다. 그녀의 머리카락에서 나던 어렴풋한 향기가 아직 콧구멍 속을 맴돌았다. 목이 막히고 뻐근했다. 그는 기침을 했다. 연필이 입에서 떨어졌다. 그는 손수건으로 침을 닦고 의자 깊숙이 앉았다. 흐릿해졌던 법률서의 문장들이 점차 뚜렷해졌다. 그는 메모를 끼적인 종이를 뜯어내 서류철에 끼웠다. 새로운 메모지에 그는 이렇게 적어 내려갔다. 뉴욕 주 최고법원의 판결은…… 그는 갑자기 벌떡 일어나 다시 연필 끝을 물어뜯기 시작했다. 밖에서는 땅콩장수의 덥고 축축한 호루라기 소리가 끊임없이 들려왔다. "자, 좋아. 됐어." 그는 큰 소리로 말했다. 그는 큼직하고 단정한 글씨로 써내려갔다. 뉴욕 주를 상대로 한 패터슨의 소송 건…… 최고법원의 판결……

버드는 선원조합의 창가에 앉아 천천히 꼼꼼하게 신문을 읽고 있었다. 그의 옆에는 푸른 서지 기성복을 입은 두 남자가 잔뜩 무게를 잡고 체스를 두고 있었다. 막 면도를 한 생고깃덩이 같은 뺨을 흰 옷깃 안에 욱여넣은 모습이었다. 한 사내가 파이프를 물고 연기를 빨 때마다 뻐끔뻐끔 소리를 냈다. 밖에는 비가 그칠 새 없이 내리며 넓은 광장을 적셨다.

반자이(만세)! 압록강의 다리를 수리하려고 전진해온 일본군 제4소대가 외쳤다…… 〈뉴욕 헤럴드〉 특파원……

"내가 이겼네." 파이프를 문 사람이 말했다. "제기랄, 어디 가서 한잔하자고. 여기 이렇게 꼼짝 않고 있어봐야 소용없어."
"우리 마누라와 약속했는데……"
"웃기는 소리 마, 제스. 자네 약속이 어떤 건지 내가 모르나." 노란 털이 수북한 붉고 두툼한 손이 체스 말들을 상자에 집어넣었다. "자네 마누라한텐 날씨 때문에 한잔했다고 그래."
"그건 거짓말도 아니네, 뭘."
버드는 그들의 그림자가 빗속을 뚫고 창가를 지나가는 모습을 지켜보았다.
"이름이 뭐요?"
날카롭고 새된 목소리가 귓가에 울리자 버드는 급히 창가에서 돌아섰다. 얼굴이 누런 사내의 파란 눈에서 불꽃이 튈 것 같았다. 입은 커다랗고 눈은 툭 튀어나온데다 짧게 깎은 까만 머리가 영락없이 두꺼비 얼굴이었다.
버드가 턱에 힘을 주었다. "스미스인데, 왜 그러슈?"

작은 남자가 못이 박인 커다란 손을 내밀었다. "만나서 반갑소. 난 매티요."

버드는 자기도 모르게 그 손을 잡았다. 상대가 으스러져라 그의 손을 잡았다. "성은?" 버드가 물었다. "그냥 매티요…… 라플란더* 매티…… 같이 한잔합시다."

"난 빈털터리요." 버드가 말했다. "한 푼도 없수다."

"내가 사지. 난 돈이라면 얼마든지 있는 사람이야, 좀 받으라고……" 매티가 헐렁한 체크무늬 양복의 양쪽 호주머니에 손을 넣어 두 손 가득 쥔 초록색 지폐를 버드의 가슴에 안겼다.

"돈은 됐고…… 술이나 한 잔 사쇼."

펄 스트리트 모퉁이에 있는 술집 앞에 닿았을 때 버드의 팔꿈치와 무릎은 흠뻑 젖어 있었다. 차가운 비가 목을 타고 흘러내렸다. 카운터로 간 라플란더 매티는 오 달러짜리 지폐를 내려놓았다.

"오늘은 내가 모두에게 한턱내지. 오늘 밤은 아주 기분이 좋아. 아임 베에리 하피."

버드는 공짜 음식을 입이 미어터져라 쑤셔넣었다. "음식 구경한 지 참 오래됐군." 카운터로 마실 것을 가지러 가서 그가 말했다. 위스키가 목을 확 태우고 창자를 덥히고, 젖은 옷을 말리자, 그는 어릴 때 토요일 오후면 야구경기를 보러 가던 소년의 기분으로 돌아갔다.

"이봐, 라피!" 그는 작은 남자의 넓은 등을 치며 외쳤다. "지금부터 자네와 난 친구야."

---

* 라플란드, 즉 스칸디나비아 반도 및 북부 콜라 반도 사람이라는 뜻.

"어이, 뭍놈! 우리 내일 같이 배를 타는 거야. 어때?"

"타고말고."

"그럼 슬슬 바워리 스트리트*로 여자 구경이나 갈까. 계산은 내가 해."

"어이, 거기 땅딸보, 바워리에서 너랑 놀 여자가 퍽이나 있겠다." 콧수염을 늘어뜨린 키가 큰 술 취한 남자가 외쳤다. 그들이 비틀거리며 여닫이문 앞으로 나갈 때 두 사람 사이를 비집고 들어온 사내였다.

"없다고, 없어?" 라피가 한 걸음 물러서며 칠 태세를 취했다. 망치 같은 주먹이 갑자기 어퍼컷을 날리며 키 큰 사내의 턱을 후려쳤다. 남자의 몸이 붕 떠올라 여닫이문을 비스듬히 통과해 그 너머 바닥으로 떨어졌다. 술집 안에서 함성이 터져 나왔다.

"이거 보고 대단치 않다는 놈은 개자식이야!"

버드가 고함치며 다시 그의 등을 탁 쳤다.

두 사람은 어깨동무를 하고 빗속을 비틀비틀 걸어 펄 스트리트로 갔다. 비가 퍼붓는 거리 모퉁이의 술집이 하품하듯 환하게 속을 드러냈다. 거울과 놋쇠기둥. 분홍색 나체 여인의 사진이 들어 있는 금박 액자틀에서 노란 빛이 반사되어 동그란 고리 모양을 그렸다. 동그란 고리들은 고개를 젖히고 탐욕스레 부어넣는 위스키 잔 속으로 쏟아져 들어갔다가 혈관을 타고 거품이 되어 귀와 눈으로 흘러나왔다. 그리고 손가락 끝에서 뚝뚝 떨어졌다. 어두운 빗속에 양쪽으로 늘어선 집들이 오르락내리락거리고, 가로등은 초롱처럼 흔들렸다. 버드는 구석

---

* 맨해튼 남부 빈민가.

방에서 무릎 위에 여자를 앉혀놓고 눈앞에서 부대끼는 얼굴들을 마주하고 있었다. 라플란더 매티는 양쪽에 여자를 하나씩 끼고 그의 옆에 서 있었다. 그는 셔츠 앞섶을 열어 빨간색과 초록색으로 가슴에 새긴 벌거벗은 남녀의 모습을 드러냈다. 바다뱀에 몸이 감긴 채 뜨겁게 포옹하고 있는 두 남녀는 그가 숨을 쉬거나 손가락으로 툭 치면 따라서 흔들렸다. 서로 부대끼는 얼굴들이 깔깔거리며 웃었다.

피니어스 P. 블랙헤드는 사무실의 넓은 창문을 올려 열었다. 그는 점판암 색깔의 항구를 내려다보았다. 교통 소음과 목소리들, 다운타운 쪽 공사 현장의 소음들이 뒤범벅되었다. 연기가 강한 바람을 타고 북서쪽에서 허드슨 강으로 불어오듯, 소리들은 소용돌이치며 부풀어 갔다.

"어이, 슈미트, 망원경을 가져와." 그는 어깨 너머로 외쳤다. "어디 보자……" 그는 렌즈를 배가 불룩 나온 하얀 증기선의 샛노란 연통에 고정시켰다. 배는 거버너스 섬에 있었다. "방금 들어온 저게 아논다 호 아닌가?"

슈미트는 뚱뚱했던 몸집이 갑자기 줄어 주름진 피부가 축 늘어져 있었다. 그는 망원경으로 주변을 한 바퀴 훑어보았다. "맞네요." 그는 창을 내렸다. 소음이 멀어지며 소라껍데기의 속 빈 울림이 들렸다.

"이런 세상에, 빠르기도 하군…… 반 시간 후면 부두에 닻을 내리겠어…… 어서 가서 멀리건 검역관을 잡도록 해. 다 알고 있으니…… 절대 그에게서 눈을 떼지 말고. 매탄저스 영감이 작정하고 싸움을 걸어온 거야. 우리한테 금지령을 내리려고. 내일 밤까지 망간석을 한 움

큼도 남김 없이 배에서 내리지 못하면 급료를 반으로 깎아버리겠
어…… 알아들었나?"

슈미트가 웃을 때면 늘어진 턱살이 흔들렸다. "걱정 마십시오, 사
장님…… 한두 번 해본 일도 아닌데요."

"자네 실력이야 물론 잘 알지…… 순진하기는. 농담해본 걸 가지
고."

피니어스 P. 블랙헤드는 마른 몸에 머리가 희끗한, 붉은 매의 얼굴
을 한 사람이었다. 그는 책상 앞에 놓인 마호가니 팔걸이의자에 털썩
앉아 버저를 눌렀다. "됐어, 찰리, 사람들을 들여보내." 그는 문가에
서 있던 담황색 머리칼의 비서에게 지시를 내렸다. 그는 책상 앞에서
뻣뻣하게 일어나 손을 내밀었다. "안녕하십니까, 스타로 씨…… 골드
씨도 안녕하시죠…… 편히 앉으시죠…… 그게…… 이 파업이 말이
죠. 보면 아시겠지만 철도회사와 항만회사의 입장은 솔직하고 공정한
것으로…… 저는 우리가 이 문제를 평화적이고 우호적으로 해결할
수 있다고 확신합니다. 누가 뭐래도 자신 있습니다. 물론 쌍방이 어느
정도 양보하는 부분이 있어야겠지요…… 나는 우리가 결국 같은 이
해관계로 얽혀 있다고 알고 있습니다. 이 대도시의 이해관계, 거대한
해양의 이해관계……" 골드 씨는 모자를 뒤로 젖히고 개가 컹컹 짖듯
큰 소리로 헛기침을 했다. "신사분들, 우리 앞에 놓인 두 길 중의 하나
는……"

파리 한 마리가 해가 비치는 창틀에 앉아 뒷다리로 날개를 비벼댔
다. 온몸을 닦고 비누칠하는 사람처럼 앞다리를 폈다 접었다 하며 둘

로 갈라진 머리를 조심스레 문지르고 머리를 빗기도 했다. 지미의 손이 파리 위를 맴돌다가 덮쳤다. 손안에서 파리가 윙윙거리며 돌았다. 그는 손가락 두 개로 파리를 붙잡았다. 엄지와 검지로 천천히 짓누르자 뭉클한 잿빛 덩어리가 터져 나왔다. 그는 창틀 밑에 손을 문질러 닦았다. 속이 메스꺼웠다. 불쌍한 파리, 그렇게 정성스레 몸을 닦았는데. 그는 한참 동안 같은 자리에 서서 빌딩 사이의 빈 공간을 내려다보았다. 뿌연 유리창 너머로 먼지가 햇살을 타고 반짝이는 모습이 보였다. 이따금 셔츠 차림의 남자가 접시를 쌓아 올린 쟁반을 들고 아래 마당을 가로질러갔다. 주문을 외치는 소리가 크게 들리고, 부엌에서는 접시가 달그락거리는 소리가 희미하게 들려왔다.

그는 창유리 너머에서 작게 반짝이는 먼지들을 물끄러미 바라보았다. 엄마는 뇌졸중으로 쓰러졌고 다음 주부터 나는 학교에 간다.

"지미 허프, 너 아직 복싱 배우지 않았어?"

"허피와 키드가 오늘 취침 전에 플라이트급 챔피언을 두고 붙는 거야."

"난 싫은데."

"키드는 그러고 싶어 하던데…… 저기 키드 온다. 모두 링을 만들어."

"난 싫다니까."

"하라면 해. 안 그랬단 둘 다 묵사발이 되도록 패줄 거니까. 염병할."

"프레디, 너 욕했으니까 오 센트 벌금이야."

"염병할, 깜빡 잊었어."

"또 하네…… 갈비뼈를 한 대 날려."

"허피, 어서. 너한테 건다."

"그렇지, 한 방 먹여."

키드의 찡그린 하얀 얼굴이 풍선처럼 그의 앞을 오르내린다. 그의 주먹이 지미의 입속으로 들어온다. 터진 입에서 찝찔한 피가 흐른다. 지미도 받아서 친다. 그를 침대에 쓰러뜨리고 무릎으로 배를 짓누른다. 아이들이 그를 떼어내 벽으로 밀어붙인다.

"이겨라, 키드!"

"이겨라, 허피!"

코와 폐 속에서 피 냄새가 난다. 숨이 가쁘다. 날래게 뻗쳐온 발에 걸려 그가 비틀거린다.

"됐어, 허피가 졌어."

"종이호랑이, 종이호랑이."

"하지만 프레디, 허피가 키드를 쓰러뜨렸잖아."

"입 닥쳐, 쓸데없는 소리 말고…… 호피 선생 올라오겠다."

"그저 우정시합이었어. 그렇지, 허피?"

"내 방에서 모두 나가, 너희들 모두." 지미가 눈물을 글썽이고, 두 팔을 내저으며 외쳤다.

"울보래요…… 울보래요."

그들이 나가자 지미는 문을 쾅 닫고 책상을 문 앞에 받쳐놓은 후 부들부들 떨며 침대로 갔다. 그는 엎드린 채 수치심에 몸을 뒤틀며 베개를 물어뜯었다.

지미는 창유리 너머에서 작게 반짝이는 먼지들을 물끄러미 바라보왔다.

사랑하는 지미에게

너를 기차에 태우고 텅 빈 호텔방에 돌아왔을 때 엄마는 정말 슬펐다. 네가 없으니 너무나 외롭구나. 내가 뭘 했는 줄 아니? 늘 뤼순 항을 점령하고 있던 네 장난감 군인들을 모두 모아 한 대대를 전부 책꽂이 위에 늘어놓았단다. 바보 같지? 하지만 괜찮아. 곧 크리스마스가 오면 네가 돌아올 테니까……

베개 위의 주름진 얼굴. 엄마는 뇌졸중으로 쓰러졌고, 다음 주에 나는 학교로 돌아간다. 눈 밑에 어둡고 좁쌀처럼 우툴두툴한 피부가 점점 퍼져가고 갈색 머리 속의 흰머리가 늘어간다. 엄마는 이제 절대 웃지 않는다. 뇌졸중이다.

그는 갑자기 돌아서서 방으로 들어갔다. 얇은 가죽 장정의 책을 들고 침대에 벌렁 드러누웠다. 파도가 산호초에 부딪혀 큰 소리를 냈다. 읽을 필요가 없었다. 책은 산호초로 둘러싸인 고요하고 푸른 물속을 빠른 속도로 헤엄쳐 나와 누런 해변의 태양 아래 서서 몸에 남은 소금물을 털어냈다. 그리고 코를 벌름거리며 혼자 피운 모닥불 위에서 익어가는 빵나무 열매 냄새를 맡았다. 오색 깃털을 가진 새들이 키 큰 야자나무 꼭대기의 관다발에 앉아 울기도 하고 킥킥거리기도 한다. 방 안은 무더웠다. 지미는 잠이 들었다. 갑판 위에서 딸기와 레몬 냄새, 파인애플 냄새가 나고 하얀 옷을 입은 엄마가 요트 모자를 쓴 검은 사내와 함께 있다. 우윳빛의 높다란 돛 위에 햇살이 어른거린다.

엄마의 조용한 웃음소리가 점점 커져 오-오-오-오히 하는 소리로 부푼다. 페리선만한 파리가 파도 위를 기어와 톱날이 달린 것 같은 다리를 뻗는다. "뛰어라, 지미, 뛰어, 뛰라고. 두 번만 뛰면 돼." 검은 사내가 귀에 대고 외친다. "싫어요…… 싫단 말이야." 지미가 흐느낀다. 검은 사내가 그를 때린다, 뛰어, 뛰어, 뛰라고, 뛰라니까…… "알았어요, 그런데 잠깐만요. 누구세요?"

에밀리 이모가 문가에 서 있었다. "지미, 왜 방문을 잠그고 있니…… 이모가 제임스에게 방문을 잠그지 말라고 했을 텐데."

"난 잠그는 게 좋아요, 에밀리 이모."

"사내녀석이 환한 대낮에 낮잠이라니."

"『산호섬』을 읽다가 잠들었어요." 지미가 얼굴을 붉혔다.

"알았다. 따라오렴. 빌링스 양이 엄마 방 근처에 가지 말라는구나. 주무신다고."

그들은 아주까리기름 냄새가 나는 좁은 엘리베이터를 탔다. 젊은 흑인 남자가 지미를 보고 웃었다.

"에밀리 이모, 의사선생님은 뭐라세요?"

"기대했던 대로 잘되고 있어…… 그러니 너는 걱정 마라. 오늘은 정말 네 사촌들이랑 실컷 놀아야지. 지미, 넌 네 또래 친구들을 너무 안 만나는구나."

그들은 몸을 숙이고 거리 저편에서 불어오는 모래 섞인 바람을 맞으며 강가로 걸었다. 어두운 은빛 하늘 아래, 거리는 쇠를 굳혀 만든 듯했다.

"학교로 다시 돌아가니 좋지, 지미?"

"예, 에밀리 이모."

"학교 다닐 때가 인생에서 가장 행복한 거야. 적어도 일주일에 한 번은 엄마한테 편지 쓰는 것 잊지 말고…… 지금 네 엄마한테는 네가 전부니까…… 빌링스 양과 내가 네게 엄마 소식을 전하마."

"예, 에밀리 이모."

"그리고 제임스, 네가 우리 제임스와 좀 더 친해지면 좋겠구나. 그 애는 너랑 나이가 같아. 좀 더 철이 들었다고 봐야겠지만, 너희 둘은 좋은 친구가 될 수 있을 거다…… 네 엄마가 너도 호치키스 학교에 넣었더라면 좋았을걸."

"예, 에밀리 이모."

에밀리 이모가 사는 아파트 현관에는 분홍색 대리석 기둥들이 세워져 있었다. 엘리베이터보이는 놋쇠단추가 달린 초콜릿색 유니폼을 입었고 네모난 엘리베이터 안은 사방이 유리로 되어 있었다. 에밀리 이모는 칠층의 커다란 마호가니 문 앞에 멈춰 서서 핸드백 안에서 열쇠를 찾았다. 복도 끝의 납을 두른 창 너머로 허드슨 강과 증기선이 보였다. 저녁놀이 지는 강가의 야외적재장 뒤편으로 구름기둥이 솟았다. 에밀리 이모가 문을 열자 피아노 소리가 들렸다. "메이지가 연습을 하고 있구나." 피아노가 있는 방에는 이끼 같은 두꺼운 양탄자가 깔려 있었다. 크림색 목공예품과 금테를 두른 액자들 사이로 노란 바탕에 은색 장미무늬가 그려진 벽지가 보였다. 액자 안에는 숲과 곤돌라를 타는 사람들, 술을 마시는 살찐 추기경의 유화가 담겨 있었다. 메이지는 양 갈래로 묶은 머리를 어깨 뒤로 넘기며 피아노 의자에서 일어났다. 동그랗고 뽀얀 얼굴에 들창코였다. 메트로놈은 여전히 일정한 간격으로 오갔다.

"안녕, 제임스." 그녀가 엄마에게 입을 맞춰달라고 한 다음 말했다. "릴리 이모가 아프시다고 해서 많이 걱정했어."

"제임스, 사촌동생에게 뽀뽀 한번 해주지그러니?" 에밀리 이모가 말했다.

지미는 마지못해 메이지에게로 다가가 그녀의 얼굴에 코를 댔다.

"이상한 뽀뽀네." 메이지가 말했다.

"됐다, 이제 저녁시간까지 함께 놀아라." 에밀리 이모가 푸른 벨벳 커튼을 젖히고 옷자락 스치는 소리를 내며 옆방으로 들어갔다.

"널 제임스라고는 못 부르겠어." 메트로놈을 멈춘 후 메이지가 진지한 갈색 눈으로 그녀의 사촌을 바라보았다. "제임스가 둘일 순 없잖아?"

"엄만 날 지미라고 부르셔."

"지미는 너무 흔한 이름이야. 좀 더 나은 걸 생각해낼 수 있을 것 같아…… 넌 잭*을 몇 개나 주워?"

"잭이 뭔데?"

"잭도 몰라? 제임스가 돌아오면 웃겠다!"

"난 잭 로즈는 알아. 엄마는 유난히 그걸 좋아하셨어. 다른 것들보다."

"내가 좋아하는 장미는 아메리칸 뷰티뿐이야." 메이지가 작은 소파

---

* 잭스는 공기놀이와 비슷한 놀이다. 여섯 개의 봉이 붙어 있는 모양의 작은 잭(잭스톤) 십여 개를 가지고 노는데, 잭들을 바닥에 늘어놓은 후 그중 하나를 공중에 던지고 그 사이에 바닥에 있는 잭을 줍는다.

에 털썩 앉았다. 지미는 한 발로 서서 다른 발끝으로 그 발꿈치를 툭 툭 찼다.

"제임스는 어디 갔어?"

"곧 올 거야…… 승마 배우러 갔어."

그들 사이로 땅거미가 납처럼 무겁게 가라앉았다. 조차장 역을 지나는 증기기관차의 삑 하는 기적 소리와 각종 화물을 실은 화차들의 덜컹대는 소리가 들려왔다. 지미는 창가로 달려갔다.

"메이지, 기관차 좋아하니?" 그가 물었다.

"난 기관차라면 끔찍해. 아빠가 그러시는데 시끄럽고 연기가 나서 이사를 가야겠대."

어슴푸레한 저녁놀 속에서 지미는 육중한 기관차의 매끈한 동체를 구별할 수 있었다. 기관차 굴뚝에서 보라색이 섞인 커다랗고 동그란 청동색 연기가 뿜어져 나왔다. 저편 선로에서 빨간불이 파란불로 바뀌었다. 종이 천천히 울리기 시작했다. 느릿느릿, 나른하게. 쉭 바람 빠지는 소리를 한 번 내더니 기차는 덜컹덜컹 움직이기 시작했다. 그리고 점점 속력을 내 빨간 후미등을 흔들며 어둠 속으로 사라졌다.

"와, 나 여기 살고 싶다." 지미가 말했다. "난 증기기관차 사진 이백일흔두 장 모았어. 네가 좋다면 언제 한번 보여줄게. 나 그런 걸 모아."

"별걸 다 모으네…… 지미, 블라인드 내려봐. 그럼 내가 불을 켤게."

메이지가 스위치를 누르자 제임스 메리베일이 문 옆에 서 있었다. 뻣뻣한 밝은 금발에 얼굴엔 주근깨가 많고 여동생과 같은 들창코였다. 그는 승마바지에 검은 가죽각반을 댔고 껍질을 벗긴 긴 나뭇가지 같은 것을 휘두르고 있었다.

"어서 와, 지미." 그가 말했다. "우리 도시에 온 걸 환영한다."

"제임스, 애 말이야." 메이지가 소리 질렀다. "지미는 잭스톤이 뭔지도 모른대."

에밀리 이모가 푸른 벨벳커튼을 젖히고 나타났다. 레이스가 달린 목이 긴 초록색 실크블라우스를 입고 있었다. 하얀 머리가 곡선을 그리며 이마를 부드럽게 가렸다. "얘들아, 이제 씻을 시간이다." 그녀가 말했다. "오 분 후에 저녁식사를…… 제임스, 네 사촌을 네 방으로 데려가고 얼른 그 승마복을 벗도록 해라."

지미가 제임스를 따라 식당으로 들어섰을 때는 이미 모두가 자리에 앉아 있었다. 붉은색과 은색이 어울린 여섯 개의 촛불 아래서 포크와 나이프가 은은하게 빛났다. 식탁 끝에는 에밀리 이모가, 옆에는 목이 붉고 뒤통수가 납작한 사내가 앉아 있었다. 다른 쪽 끝에는 체크무늬 넥타이에 진주핀을 꽂은 제프 이모부가 널찍한 팔걸이의자에 앉아 있었다. 흑인 하녀가 구운 크래커를 돌리며 너울대는 불빛 사이를 오갔다. 지미는 후루룩 소리를 낼까봐 걱정하며 굳은 자세로 수프를 먹었다. 제프 이모부는 스푼으로 수프를 떠먹는 사이사이에 쩌렁쩌렁한 목소리로 말했다.

"말해두지만 그건 안 돼, 윌킨슨. 뉴욕은 옛날의 뉴욕이 아니야. 에밀리와 내가 처음 이곳으로 왔던 시절은 이제 노아의 방주 시대처럼 까마득하다고…… 지금 뉴욕은 유대인과 아일랜드 거지들로 들끓고 있어. 바로 그거야…… 십 년 후면 기독교인은 여기서 밥벌이도 못하게 될 걸세…… 천주교인들과 유대인들이 우리를 이 나라에서 몰아내고 말 거야, 아무렴."

"뉴 예루살렘이죠!" 에밀리 이모가 웃으며 끼어들었다.

"당신은 이게 웃을 일인가? 평생 뼈 빠지게 일해서 회사를 일궈놨더니 빌어먹을 외국 놈들이 굴러와서 박힌 돌을 빼내려는 거지. 내 말이 틀리나, 윌킨슨?"

"제프, 당신 왜 또 그렇게 흥분해요. 그럼 꼭 체하면서……"

"네 알겠습니다, 마님."

"메리베일 씨, 이 나라 사람들은 틀려도 뭔가 단단히 틀렸어요." 윌킨슨 씨는 심각한 듯 이마를 찌푸렸다. "우리나라 사람들은 인내심이 너무 많아요. 세계 어느 나라에서 이런 꼴을 두고 보겠느냐는 말이죠…… 어쨌든 우리가 세워놓은 나라에 저 염치없는 외국인들이 몰려와서는 우리더러 밥그릇을 내놓으라는 거 아닙니까."

"사실 정직한 사람이라면 정치로 손을 더럽히려고 하지 않는 법이거든. 공직에 앉으려고도 하지 않고."

"맞아요. 요즘 능력 있는 사람들이 원하는 건 돈이죠. 공직에서 버는 것보다 더 많은 돈이 필요하니까요…… 그러다보니 자연 우수한 인력들은 딴 쪽으로 방향을 돌리는 거고요."

"어디 그뿐인가. 그 더러운 유대인들과 거지 같은 아일랜드 놈들이 영어도 제대로 지껄이기 전에 선거권을 주다니……" 제프 이모부가 말했다.

하녀가 튀긴 닭과 옥수수전을 쌓아 올린 접시를 에밀리 이모 앞으로 가져왔다. 모두에게 음식을 나눠주는 동안 대화가 잠시 끊어졌다.

"참 제프, 할 얘기가 있었는데 잊었네요." 에밀리 이모가 말했다. "일요일에 스카스데일에 가야 해요."

"난 일요일에 외출하는 건 딱 질색이야."

"저이는 어린애처럼 방 안에 틀어박혀 계시는 것만 좋아한다니까요."

"하지만, 난 집에 있을 시간이 일요일밖에 없잖아."

"일이 어떻게 된 거냐 하면요. 제가 메일러드에서 할랜드 집안의 여자들과 차를 마시고 있는데 옆을 보니 버크하트 부인이 앉아 계시지 뭐예요……"

"존 B. 버크하트의 부인 말이야? 내셔널시티 은행의 부은행장인?"

"존은 월 스트리트에서 각광받는 훌륭한 분이죠."

"여하간, 말한 대로 버크하트 부인이 일요일에 집으로 놀러 와달라고 하더라고요. 거절을 할 수가 있어야죠."

"제 아버님이," 윌킨슨 씨가 말했다. "그의 선친 요하네스 버크하트의 주치의셨죠. 아주 괴팍한 분으로 애스터 대령 시절에 모피장사로 떼돈을 벌었답니다. 통풍을 앓고 있었는데, 입이 어찌나 걸던지…… 저도 한 번 만난 적이 있어요. 얼굴이 빨갛고 백발을 길게 기른 노인이 머리가 빠진 뒤통수에 비단 스컬캡을 두르고 다녔어요. 토비아스라는 앵무새를 길렀는데 지나가는 사람들은 그렇게 욕을 해대는 게 토비아스인지 재판관 버크하트인지 헷갈려 했다지요."

"다 옛날 얘기지요." 에밀리 이모가 말했다.

지미는 다리가 쿡쿡 쑤시는 걸 참고 의자에 앉아 있었다. 어머니는 뇌졸중으로 쓰러졌고, 나는 다음 주에 학교로 돌아간다. 금요일, 토요일, 일요일, 월요일…… 지미와 스키니는 연못가에서 두꺼비를 가지고 놀다 돌아오는 길이었다. 일요일 오후라 파란 정장을 입고 있었다. 헛간 뒤에는 안개나무꽃이 피어 있었다. 사내아이 여럿이 아이키*라고 부르며 꼬마 해리스를 괴롭혔다. 해리스는 유대인인 것으로 되어 있었으니까. 그의 훌쩍이는 소리가 커졌다.

"그만해, 애들아, 제발 그만해. 나 제일 좋은 옷을 입었단 말이야."

"아, 그러세요? 솔로몬 레비 양반이 특매가격에 구입하신 제일 좋은 유대 양복을 입으셨다 이거지." 소년들이 빈정거리는 투로 삑삑 소리를 질렀다. "어이, 아이키. 그거 싸구려 가게에서 산 거지?"

"화재로 타다 남은 물건 특별판매한 게 분명해."

"타다 남은 거면 물을 끼얹어줘야지."

"애들아, 솔로몬 레비에게 물을 끼얹어주자."

"그만해!"

"입 닥쳐, 그렇게 고함치지 마!"

"그냥 재미로 그러는 거야. 널 해치지 않아." 스키니가 속삭였다.

아이키 해리스는 눈물범벅인 하얀 얼굴을 푹 숙이고 발버둥 치며 연못으로 끌려갔다. "얘는 유대인이 아니야." 스키니가 말했다. "누가 유대인인지 내가 말해주지. 저 심술궂은 뚱보 스완슨이 유대인이란 말이야."

"네가 그걸 어떻게 알아?"

"그 녀석의 기숙사 룸메이트가 말해줬어."

---

* Iky. 이삭의 이름에서 유래된 것으로, 유대인을 비하하는 말.

"쟤네들 진짜로 연못으로 데려갔어."

소년들은 사방으로 뿔뿔이 도망쳤다. 꼬마 해리스는 머리가 온통 진흙투성이가 되어 둑을 기어 올라왔다. 외투 소맷자락에서 물이 뚝뚝 떨어졌다.

뜨거운 초콜릿소스를 곁들인 아이스크림이 나왔다. "아일랜드인과 스코틀랜드인이 함께 거리를 걷고 있었지. 아일랜드인이 스코틀랜드인에게 물었어. 샌디, 술 한잔하러 가지……" 그때 현관의 초인종 소리가 길게 울렸고 아무도 제프 이모부의 말에 귀를 기울이지 않았다. 흑인 하녀가 허둥지둥 달려와 에밀리 이모의 귓가에 대고 속삭였다. "……그랬더니 스코틀랜드인이 하는 말이, 마이크…… 무슨 일이야?"

"나리, 조 선생님입니다."

"망할 놈."

"멀쩡한 것 같아요." 에밀리 이모가 급히 덧붙였다.

"조금은 취한 것 같은데요, 마님."

"세라, 어쩌자고 그런 사람을 집에 들여?"

"제가 들여보낸 게 아니라 그 사람이 제 발로 들어온 거예요."

제프 이모부는 접시를 밀어내고 냅킨을 식탁에 내려놓았다. "빌어먹을…… 내가 가서 얘길 해야겠군."

"잘 달래서 돌려보내요……" 에밀리 이모가 입을 반쯤 벌린 채 말을 마쳤다. 널찍한 거실과 부엌을 가르고 있던 커튼 사이로 누군가 고개를 내밀었다. 새 같은 얼굴, 아래로 축 처진 코, 인디언처럼 불룩 솟은 까만 머리가 나타났다. 불그레한 한쪽 눈이 윙크를 했다.

"안녕하십니까, 여러분······ 별일들은 없으시고? 실례지만 들어가도 되겠지?" 거칠고 쉰 목소리에 이어 머리가 먼저, 그리고 앙상한 몸이 커튼을 뚫고 들어왔다. 에밀리 이모는 차가운 억지미소를 지었다.

"에밀리, 미안하지만······ 난······ 하룻저녁······ 식구들과······ 난······ 오순도순······ 모인······ 자리에······ 끼어보는 것도······ 괜찮······을 것······ 같아서······ 무슨 말인지 알 거야. 가족이라는 안식처가 주는 평온함이 있지." 그는 고개를 흔들며 제프 이모부의 의자 뒤에 서 있었다. "어이, 제퍼슨, 주식은 어떤가?" 그는 제프 이모부의 어깨에 손을 얹었다.

"그럭저럭." 제프 이모부가 으르렁거렸다. "앉을 건가, 말 건가?"

"들은 얘기로는······ 자네가 선배님들 조언에 귀 기울일 의향이 있다면······ 그게······ 그러니까······ 날이 갈수록 중늙은이가 되어가는······ 퇴직한 브로커라도······ 하하······ 어쨌든 그 사람들 말이 해볼 만한 건 지하철밖에 없다는 거야. 에밀리, 그런 눈으로 흘겨보지 말아줘. 금방 갈 테니······ 저런, 윌킨슨 씨도 계셨군요······ 애들은 건강해 보이네. 아니, 저 아이는 릴리 허프의 아들이 아닌가······ 지미 너, 네······ 뭐냐······ 그렇지, 조 할랜드 아저씨를 모르겠냐? 조 할랜드를 기억해주는 사람은 아무도 없구나······ 아, 에밀리 너, 너도 맘 같아서는 싹 잊고 싶겠지만······ 하하······ 네 엄마는 어떠냐, 지미?"

"염려 덕분에 좀 나았어요." 지미는 꽉 잠긴 목구멍에서 가까스로 소리를 뱉어냈다.

"집에 가면 엄마한테 내 안부 전해다오······ 그러면 알 거다. 릴리와 나는 언제나 사이가 좋았지. 내가 집안에서 미운 오리새끼였어도…… 다들 나를 싫어해. 내가 가주기만 바라고 있지…… 내가 한마디 일러주는데, 릴리는 식구들 중에서 최고야. 에밀리, 내 말이 맞지? 릴리가 우리 중에서 가장 잘났지?"

에밀리 이모는 헛기침을 해서 잠긴 목을 풀었다. "그래, 제일 예쁘고, 제일 똑똑하고, 제일 현실감 있고…… 지미 네 엄마는 황후란다…… 옛날부터 이 세상에서 살아가기에는 너무나 귀한 사람이었지. 릴리의 건강을 위해 한잔하지."

"조, 목소리를 조금 낮춰요." 타자기가 단어를 토해내듯 에밀리 이모가 말했다.

"모두들 내가 취했다고 생각하는군…… 잘 봐둬라, 지미……" 그는 식탁 위로 몸을 구부려 지미의 얼굴에 바짝 다가가 시큼한 위스키 냄새를 풍기며 말했다. "꼭 사람이 죄는 아니지…… 환경이…… 그…… 환경이 죄지." 그는 비틀거리며 일어서다 잔을 엎었다. "에밀리가 저렇게 흘겨보고 있으니, 내가 가야지…… 하지만, 릴리 허프에게 이 조 할랜드의 안부는 잊지 말고 전해라. 비록 개차반 같은 인생을 살고 있지만……" 그는 커튼을 지나 비틀비틀 나갔다.

"제프, 저 사람 저러다가 세브르 도자기 꽃병 넘어뜨리겠어요…… 잘 나가는지 좀 보고 승합마차 태워서 보내요." 제임스와 메이지는 냅킨으로 얼굴을 가리고 킥킥거렸다. 제프 이모부는 얼굴이 새빨개졌다.

"빌어먹을, 승합마차는 무슨. 저자가 내 사촌이야? 저런 자는 가둬놔야지…… 에밀리, 저자가 다시 찾아오면 똑똑히 말해둬. 저런 꼴로 다시 이 집에 발을 들여놓는 날엔 당장 쫓아내겠다고."

"여보, 그렇게 화낼 거 없어요. 무슨 피해를 본 것도 아니잖아요. 이제는 돌아갔고요."

"피해를 본 게 없다고! 애들 생각을 해봐. 게다가 윌킨슨이 아닌 생판 모르는 사람이 여기 있었다면 우리 집안을 뭘로 보겠느냐고?"

"그런 걱정은 마시죠." 윌킨슨이 목쉰 소리로 말했다. "제아무리 반듯한 집안에도 늘 사고치는 사람은 있는 법이니까요."

"정신이 말짱할 때는 그렇게 순하고 다정할 수가 없는 사람인데." 에밀리 이모가 말했다. "생각해봐요, 몇 년 전까지만 해도 장외시장이 전부 할랜드의 손아귀에 든 것처럼 보였잖아요. 신문에서 그를 장외의 왕이라고 부르던 것 생각 안 나요?" "그건 로티 스미더의 사건이 일어나기 전 얘기지……"

"얘들아, 너희는 이제 옆방으로 가서 놀아라. 어른들이 커피를 마시는 동안." 에밀리 이모가 재잘거리는 소리로 말했다. "애들은 진작 내보낼 걸 그랬어요."

"지미, 너 파이브헌드레드 할 줄 아니?" 메이지가 물었다.

"안 해봤어."

"제임스, 들었어? 잭스도 못하고 파이브헌드레드도 못한대."

"그건 둘 다 여자애들 게임이야." 제임스가 무시하듯 말했다. "나도 너랑 놀아주려고 하는 거지."

"그러세요, 박사님."

"동물잡기 놀이 해."

"그건 사람이 모자라. 여럿이 하지 않으면 재미없단 말이야."

"그래서 지난번에 그렇게 킬킬거리고 웃었어? 그 바람에 엄마가 못하게 했잖아."

"그땐 오빠가 빌리 슈머츠의 명치끝을 차서 그런 거지. 걔가 울고 불고 하니까."

"내려가서 기관차 구경하자." 지미가 끼어들었다.

"우린 해가 진 다음엔 아래층에 내려갈 수 없어." 메이지가 단호하게 대꾸했다.

"내가 하나 제안할게. 우리 주식놀이 하자…… 나한테 주식이 백만 달러어치 있어, 메이지는 황소투자자, 지미는 곰투자자를 맡아."

"좋아, 어떻게 하면 돼?"

"그냥 계속 돌아다니면서 소리를 질러…… 그러면 내가 공매도를 할게."

"좋아, 브로커 아저씨, 주당 오 센트로 사죠."

"그렇게 말하면 안 돼…… 구십육점 오, 뭐 그런 걸로 해야지."

"오백만 달러 내죠." 메이지가 소리치며 책상 위에 있던 압지를 흔들었다.

"바보야, 주식이 백만 달러어치라잖아." 지미가 말했다.

메이지는 움찔 멈춰 섰다. "지미, 너 뭐라 그랬어?"

지미는 무안해서 몸이 활활 달아올랐다. 그는 뭉뚝한 구두코를 바라보았다. "바보, 라고 그랬어."

"넌 주일학교도 안 가봤어? 성경에서 예수님이 다른 사람을 바보라고 부르면 지옥불에 던진다고 한 말도 못 들어봤느냐고!"

지미는 차마 눈을 들지 못했다.

"난 이제 같이 안 놀래." 메이지가 말하며 고개를 돌렸다. 지미는 어느새 현관에 서 있었다. 그는 모자를 쓰고 문밖으로 달려 나가 육층이나 되는 하얀 계단을 내려갔다. 놋쇠단추가 달린 초콜릿색 제복을 입은 엘리베이터보이를 지나고, 분홍색 대리석 기둥이 있는 현관도 지나 72번가까지 달렸다. 밖은 어둡고 바람이 불었다. 무겁게 다가오는 그림자와 쫓아오는 발소리들이 주변에 가득했다.

마침내 눈에 익은 붉은 계단을 올라갔다. 왜 벌써 왔느냐고 물을까 봐 그는 부리나케 엄마의 방문을 지나갔다. 방으로 뛰쳐들어가 빗장을 내리고 열쇠를 두 번이나 돌려 문을 잠근 다음 콜록거리며 문에 기댔다.

"결혼은 아직이야?" 에밀이 문을 열자 콩고가 던진 첫 질문이었다. 에밀은 러닝셔츠 바람이었다. 함석갓이 덮인 가스램프 때문에 구두상자 같은 방은 후덥지근했다.

"이번엔 어디서 오는 거야?"

"비제르테와 트론헤임*에서…… 나도 뱃사람 다 됐어."

"할 만한 일이 아냐, 배 타는 건…… 난 이백 달러를 모았어. 이제 델모니코스에서 일해."

그들은 어질러진 침대에 나란히 앉았다. 콩고는 끝을 금박지로 싼 이집트 담배 한 갑을 꺼냈다. "넉 달치 급료야." 그가 허벅지를 쳤다. "메이 스웨이처 봤어?" 에밀이 고개를 저었다. "두고 봐, 내 그 계집애를 꼭 찾아내고 말 테니…… 그 빌어먹을 스칸디나비아 항구에서

---

* 비제르테는 튀니지, 트론헤임은 노르웨이의 도시.

크고 살찐 금발 여자들이 행상선을 타고……"

그들은 입을 다물었다. 가스가 치싯거렸다. 콩고는 휘파람을 불듯 숨을 내쉬었다. "이야, 델모니코스라니 멋진걸…… 왜 그 여자랑 결혼 안 했어?"

"그 여잔 내가 애가 타서 자기 주변을 도는 걸 즐기나봐…… 내가 가게를 맡으면 훨씬 더 잘해낼 텐데."

"넌 너무 소심해. 여자들을 마음대로 요리하려면 그냥 거칠게 나가야 하는 거야…… 질투심을 일으켜봐."

"요리는, 그 여자가 날 요리할 판인걸……"

"엽서 좀 볼래?" 콩고가 주머니에서 신문지에 싼 물건을 꺼냈다. "이봐, 여기가 나폴리야. 거기 사는 사람들은 모두 뉴욕에 오고 싶어 해…… 이건 아랍의 무희. 캬, 죽이지, 이 매끈한 배꼽 좀 봐……"

"좋아, 결심했어." 에밀이 갑자기 외치더니 엽서를 침대 위로 던졌다. "질투 나게 할 거야……"

"누굴?"

"에르네스틴…… 마담 리고 말이야……"

"그래, 계집애 끼고 8번 애비뉴를 이삼일 어정거려봐. 제아무리 콧대 높은 여자라도 벽돌 무너지듯 와르르 무너질 테니까."

침대 옆 의자 위에 있던 자명종이 울렸다. 에밀은 벌떡 일어나 소리를 멈추게 하고 세면대로 갔다. 그는 얼굴에 물을 끼얹기 시작했다.

"젠장, 일하러 갈 시간이야."

"나는 헬스 키친*에 가서 메이나 찾아봐야지."

"바보짓 마, 돈을 그렇게 펑펑 다 써버리면 어쩌려고 그래!" 에밀은

금이 간 거울 앞에 찡그린 얼굴로 서서 빳빳하게 풀 먹인 와이셔츠의
앞단추를 채웠다.

"글쎄 이건 백 프로 확실하다니까!" 남자는 같은 말을 반복하며 얼
굴을 에드 대처에게 가까이 들이댔다. 그리고 손바닥으로 책상 위를
쳤다.

"그렇겠지, 바일러. 하지만 난 망하는 사람을 수없이 봐왔어. 솔직
히 위험을 감수할 자신도 없고."

"난 우리 마누라 은식기부터 내 다이아몬드 반지, 갓난아기 머그컵
까지 몽땅 잡혔어…… 진짜 틀림없다니까 그러네…… 친구 사이가
아니라면 내가 자네한테 이런 정보를 주지도 않아. 자네한테 꾸어 쓴
돈도 있고 하니까…… 내일 정오면 이십오 퍼센트가 남는 거야……
그때 가서도 안 팔겠다면, 위험해도 한번 해보는 거고. 사분의 삼을
팔고 나머지는 이삼일 가지고 있어봐. 찬스라 치고 말이지…… 그렇
게만 하면 지브롤터의 바위처럼 확실할 걸세."

"그래, 그래, 바일러. 말은 그럴싸한데……"

"자네, 정말 평생 이 퀴퀴한 사무실에 처박혀 살겠단 말이야? 자네
딸 생각을 좀 해봐."

"바로 그거야. 그 애가 문제 아닌가."

"하지만 에드, 기번스와 스윈다이크는 오늘 저녁 주식시장이 닫히
기 전에 이미 삼 센트에 사들이기 시작했어…… 클라인도 낌새를 챘

---

* 맨해튼의 한 구역. 19세기 초에 아일랜드 이민자들이 거주했으며 클린턴, 미드웨스트
타운으로도 불린다. 갱단과 마약상 들이 들끓던 우범지역으로도 악명이 높았다.

으니 내일 아침 시장이 열리자마자 나타날걸. 시장이 한바탕 들끓겠지……"

"뒤에서 더러운 장난을 치는 놈들이 생각을 바꾸지만 않는다면 말이지. 바일러, 난 시장의 생리를 속속들이 알아…… 얘기만 들어보면 더 확실한 게 없는 것 같지…… 하지만 난 파산한 사람의 회계서류를 하도 많이 봐서……"

바일러는 일어나 시가를 타구 속에 던졌다. "좋아, 그럼 맘대로 해, 제길…… 자넨 책상 앞에 앉아 열두 시간씩 일하고 아침저녁으로 해컨색에서 뉴욕까지 출퇴근하는 게 좋은가본데……"

"난 그저 내 방식대로 할 뿐이야. 딴 건 없어."

"평생 일한 대가로 노후에 몇천 달러 쥐고서 뭘 할 수 있을 것 같나? 난 과감하게 걸어보겠네."

"그러든가. 그건 자네 맘이지, 바일러." 바일러가 쿵쾅거리며 문을 쾅 닫고 나가는 모습을 보며 대처가 중얼거렸다.

누런 책상과 뚜껑 덮인 타자기들이 즐비한 큰 사무실은 어두웠다. 장부가 수북이 쌓인 대처의 책상 위에만 전구 하나가 달랑 켜져 있었다. 방 저편의 창문 셋에는 커튼이 드리워 있지 않았다. 창밖으로 물고기의 비늘처럼 켜켜이 불 켜진 빌딩들과 잉크처럼 까만 하늘을 지나는 널빤지 같은 선들이 보였다. 그는 긴 양식용지에 메모를 옮겨 적었다.

팬탄 수출입상사(2월 29일 현재 재산 및 부채 일람표)…… 뉴욕, 상하이, 홍콩의 지점과 해양식민지……

이월잔고	34만 5,789.84달러
부동산	50만 87.12달러
손익	39만 9,765.90달러

"망할 자식." 대처는 혼자 큰 소리로 외쳤다. "제대로인 건 눈 씻고 봐도 없군. 홍콩이든 어디든 지점은 개뿔⋯⋯"

그는 의자에 깊숙이 몸을 묻고 창밖을 바라보았다. 빌딩들은 점차 어둠에 잠겼다. 빌딩 사이로 보이는 좁은 하늘에서 별이라곤 찾기 힘들었다. 내려가서 뭘 먹어야지, 불규칙한 식사는 위장에 독이나 다름없어. 바일러의 따끈한 정보를 믿고 따랐다면⋯⋯ 엘런, 이 아메리칸 뷰티라는 장미는 마음에 드니? 줄기가 팔 피트나 된단다. 널 제대로 교육시키기 위해 아빠가 준비한 해외여행 계획을 한번 볼래? 센트럴 공원이 내다보이는 우리의 새 아파트를 비워둔다는 건 좀 안된 일이지만⋯⋯ 그리고 다운타운, 신탁회계협회 회장 에드워드 C. 대처⋯⋯ 좁은 하늘 위로 뭉게구름이 흘러가며 별들을 삼켰다. 잡아라, 잡아⋯⋯ 어차피 모두 사기이고 도박이다⋯⋯ 한탕해서 손에도 쥐고, 주머니도 채우고, 은행잔고도 채우고, 금고도 가득 채워라. 위험을 감수할 배짱만 있다면. 멍청이, 이런 쓸데없는 생각으로 시간을 낭비하다니. 팬탄 수출입상사로 돌아가야지. 거리에서 피어오르는 붉은색으로 물든 수증기가 좁은 하늘 저편으로 소용돌이를 일으키며 빠져나갔다.

미국 보세창고에 보관된 물건이⋯⋯ 32만 5,666.00달러.

기회를 잡아 삼십이만 오천육백육십육 달러를 손에 넣어라. 달러

지폐들이 수증기처럼 떠올라 소용돌이를 일으키며 별무리 속으로 사라진다. 백만장자 대처가 파촐리 향이 나는 환한 방의 창가에 구부정하니 서서 웃음소리, 이야깃소리, 소음과 불빛으로 달아오르는 어둠에 잠긴 도시를 내려다본다. 그의 등 뒤에서는 철쭉꽃 사이로 오케스트라가 연주를 했다. 전용 전신선이 똑딱거리며 달러를 보낸다. 싱가포르, 발파라이소, 선양, 홍콩, 시카고에서. 수지가 난초꽃이 수놓인 드레스를 입고 그에게 다가와 몸을 기댄다. 귓가에 그녀의 숨결이 느껴진다.

에드 대처는 주먹을 불끈 쥐고 일어나 눈물을 삼켰다. 바보 같으니, 죽은 사람은 생각해서 뭘 해. 밥이나 먹으러 가야지, 안 그러면 엘런한테 혼날 테니.

5. 스팀 롤러

저녁 어스름이 모난 거리들을 부드럽게 감싸준다. 증기가 피어오르는 아스팔트 위로 어둠이 무겁게 내린다. 돋을새김한 창틀과 간판, 굴뚝과 물탱크와 환풍기, 화재 대피용 비상사다리와 거푸집, 여러 가지 무늬, 주름장식들, 눈과 손과 넥타이를 짓눌러 푸른 파편으로, 시커먼 암흑덩어리로 만든다. 짓눌러오는 압력을 이기지 못하고 창에서 빛이 터져 나온다. 밤은 아크등에서 하얀 젖을 짜내고, 어두컴컴한 건물들이 아스팔트 위에 빨강, 노랑, 초록빛을 토해낼 때까지 누른다. 빛은 지붕 아래 글씨들에서도 뿜어져 나와 자동차 사이를 어지러이 떠돌고 무겁게 짓누르는 하늘을 물들인다.

공동묘지 앞길의 갓 깔아놓은 타르 위를 스팀 롤러가 덜컹거리며 오갔다. 그을린 기름 냄새와 수증기, 열을 가한 페인트 냄새가 올라왔다. 지미 허프는 도로 가장자리에 겨우 발을 딛고 걸었다. 뾰족한 돌 끝이 해진 구두 밑창을 뚫고 들어왔다. 그는 그을린 노동자들 곁을 지나 새 포장도로로 걸어갔다. 마늘 냄새와 땀 냄새가 훅 끼쳐왔다. 백야드쯤 떨어진 곳에 멈춰 선 그는 양쪽 도로변에 전주와 전선이 빽빽한 교외의 회색 도로를 바라보았다. 회색 상자 같은 주택들과 회색 묘석보관소 너머로 붉은가슴울새의 알처럼 새파란 하늘이 보였다. 오월의 작은 벌레들이 그의 혈관 속에서 꿈틀거렸다. 그는 검은 넥타이를 풀어 주머니에 집어넣었다. 노래 한 구절이 머릿속을 하릴없이 맴돌았다.

제비꽃은 이제 지겨워
모두 가져가주오

해의 영광이 다르고 달의 영광이 다르고 별의 영광이 다르며 또 별과 별 사이에도 그 영광이 다릅니다. 죽은 자들의 부활도 이와 같습니다……* 그는 하늘이 고여 있는 물웅덩이를 철퍽거리며 빠른 걸음으로 걸었다. 느끼하고 간지러운 글귀들을 귀에서 씻어내고, 손에 남은 검은 상장의 느낌을 지워내려, 백합의 향기를 잊으려 애썼다.

제비꽃은 이제 지겨워
모두 가져가주오

* 『구약성경』「고린도전서」 15:41~42.

그는 더욱 빨리 걸었다. 언덕길이 나왔다. 도랑 사이로 흘러나온 물이 햇살에 반짝이며 풀덤불과 민들레꽃 사이로 흘렀다. 집의 수가 띄엄띄엄 줄었다. 헛간 옆 벽에 낡고 희미한 글씨로 리디아 핑컴의 채소믹스, 버드와이저, 레드 헨, 바킹 도그……라고 쓰여 있었다. 엄마는 뇌졸중을 일으켜 쓰러졌고, 이제 묘지에 묻혔다. 그는 엄마의 모습을 기억할 수 없었다. 엄마는 죽었다. 그뿐이다. 말뚝 위에 앉은 노래참새의 지저귐이 들려왔다. 녹슨 철처럼 붉은 몸을 가진 작은 새는 포르르 전선으로 날아올라가 노래를 불렀다. 내버린 보일러 가장자리에 앉아 노래를 부르고, 다시 날아올라 노래를 불렀다. 검푸르게 변해가는 하늘에 조개껍데기 같은 구름들이 점점이 떠 있었다. 아주 잠깐이지만 그는 옆에서 비단 옷자락 스치는 소리를 들었다. 레이스가 달린 소매 밖으로 나온 손이 부드럽게 그의 손 위에 포개졌다. 방 안에 웅크리고 있는 덥수룩한 그림자가 무서워 그는 발을 잔뜩 구부리고 작은 침대에 누워 있다. 소매가 불룩한 비단옷을 입은 엄마가 곱슬머리를 늘어뜨린 이마를 가까이 대고 그에게 입을 맞추면 그림자는 한 귀퉁이로 물러났다. 엄마의 입언저리에는 작고 까만 점이 붙어 있다. 그는 더욱 빨리 걸었다. 뜨거운 피가 온몸의 혈관을 타고 흘렀다. 점점이 흩어진 구름은 분홍색 거품으로 변했다. 낡은 머캐덤 도로 위로 자신의 발소리가 울렸다. 교차로에서 너도밤나무 묘목의 끈적하고 뾰족한 싹이 햇살을 받아 빛났다. 길 건너편에 이런 간판이 있었다. **용커스.** 길 한복판에 빈 토마토 깡통이 뒹굴었다. 그것을 힘껏 걷어차고 계속해서 걸었다. 해의 영광이 다르고 달의 영광이 다르고 별의 영광이 다르며 또 별과 별 사이에도…… 그는 계속 걸었다.

"이게 누구야, 에밀!" 에밀은 돌아보지 않고 고개를 까딱했다. 젊은 아가씨는 그에게로 달려와 소맷부리를 잡았다. "옛날 친구한테 이러기야? 조제식품점 여왕님과 사귄다 이거지, 지금……"

에밀은 손을 뿌리쳤다. "바빠서 그래."

"여왕님한테 가서 다 털어놔도 괜찮을까? 우리 둘이 8번 애비뉴의 진열창 앞에 서서 부둥켜안고 키스하고 그런 게 다 그녀의 마음을 사기 위한 연극이었다고 말이지."

"그건 콩고의 생각이었어."

"어쨌든 그 덕분에 잘된 거 아냐?"

"그건 그렇지."

"그럼 나한테도 보답이 있어야 하는 거 아냐?"

"메이, 당신은 예쁘고 착한 여자야. 다음 주 수요일 저녁이 비는 데…… 데리러 갈 테니 함께 쇼나 보러 가자고…… 직장일은 어때?"

"말해 뭐해…… 난 캠퍼스의 댄서 자리에 들어가려는 중이야. 그런 데나 가야 돈 있는 남자가 걸릴까…… 선원이니 부두 노동자니 하는 족속들한테서 벗어나야지…… 난 우아하게 살기로 했어."

"메이, 혹시 콩고 소식은 들었어?"

"이름도 못 알아먹을 데서 엽서 한 장 보내왔어…… 돈 좀 부쳐달라니까 엽서 나부랭이 한 장 달랑 보내다니 웃기고 있어 정말…… 원하면 언제든 잠자리를 같이해준 나한테…… 하나밖에 없는 남자친구라는 게…… 이해돼요, 개구리 아저씨*?"

"잘 가, 메이." 그는 갑자기 테두리에 물망초꽃이 새겨진 그녀의 밀짚모자를 뒤로 젖히고 키스했다.

"이거 봐, 개구리다리…… 8번 애비뉴는 여자에게 키스할 만한 장소가 아니야!" 그녀는 모자 밑으로 드러난 노란 곱슬머리 한 올을 뒤로 넘기며 우는소리로 말했다. "맘만 먹으면 당신의 사기행각을 다 불어버릴 수도 있어. 그러고 싶기도 하고."

에밀은 멀어져갔다.

호스와 사다리가 달린 소방차 한 대가 지나갔다. 세 블록쯤 떨어진 곳의 어느 지붕 위로 연기가 피어오르고 그 사이로 언뜻언뜻 불길이 치솟았다. 경찰저지선 밖에 군중이 모여들었다. 사람들과 빽빽한 모자들 너머로 불난 집 옆집 지붕 위에 서 있는 소방관과 위층의 창문으로 소리 없이 노닥거리듯 쏟아지는 물 세 줄기가 겨우 보였다. 조제식품점 바로 맞은편이 분명했다. 그가 군중 속을 뚫고 지나가려는데 갑자기 인파가 둘로 갈라졌다. 경찰관 둘이 흑인 한 명을 끌고 나왔다. 그의 팔은 잘려나간 전깃줄처럼 이리저리 흔들렸다. 어디선가 또 다른 경찰이 나타나 곤봉으로 흑인의 관자놀이를, 다음에는 다른 쪽 관자놀이를 쳤다.

"저 검둥이가 불을 질렀다!"

"방화범을 잡았다!"

"저놈이 방화범이야."

"인상 한번 더럽군."

군중 사이의 틈이 다시 메워졌다. 에밀은 가게 문 앞에 마담 리고와

---

* 개구리다리를 즐겨 먹는 프랑스인을 지칭하는 말.

166

나란히 서 있었다.

"자기, 너무 놀랐어…… 난 불이 너무 무서워."

에밀은 그녀 뒤에 조금 떨어져 서 있었다. 그는 한 팔을 천천히 그녀의 허리에 두르고 다른 손으로 그녀의 팔을 토닥였다. "아무 걱정 마요. 불 다 꺼졌는데 뭐, 연기뿐이야…… 그런데 당신 보험은 들어두었지?"

"그럼, 만오천 달러 돼." 그는 그녀의 손을 꽉 움켜쥐었다가 놓았다. "자기, 들어가자."

가게 안으로 들어서자마자 그는 그녀의 통통한 두 손을 잡았다. "에르네스틴, 우리 언제 결혼하지?"

"다음 달에."

"그때까지 기다릴 수 없어…… 이번 수요일도 좋지 않아? 그럼 내가 가게 재고정리도 도울 수 있고…… 여긴 팔고 업타운으로 옮겨서 더 큰돈을 벌어야지."

그녀가 그의 뺨을 어루만졌다. "꿈도 야무지네." 그녀가 속이 빈 웃음을 웃자 어깨와 커다란 젖가슴이 흔들렸다.

그들은 맨해튼 트랜스퍼에서 환승해야 했다. 새로 산 양가죽 장갑의 엄지손가락이 찢어져 엘런은 집게손가락으로 초조하게 그곳을 문지르고 있었다. 존은 벨트를 맨 레인코트에 테가 있는 적회색 펠트모자를 썼다. 그가 돌아보며 싱긋 웃자 그녀는 일부러 그의 시선을 외면하고 철로 위로 떨어지는 반짝이는 빗줄기를 바라보았다.

"일레인, 다 왔구려. 오, 나의 공주님! 여기서 펜 역으로 가는 기차를 타는 거요…… 뉴저지의 정글에서 이렇게 기다리고 있다니, 기분이 묘하군." 그들은 특등객차에 올라탔다. 존은 밝은색 모자에 얼룩진 빗방울을 보며 잠시 혀를 찼다. "출발하오, 나의 귀여운 여인…… 고수머리 아래 그대의 눈은 비둘기 같구려."

엘런의 새로 맞춘 슈트는 팔꿈치가 끼었다. 그녀는 명랑해지고 싶고, 그의 상냥한 속삭임에 귀 기울이고 싶었다. 그러나 웬일인지 찌푸린 얼굴을 펼 수 없었다. 창 너머 갈색 늪들과 수많은 검은 공장 창문들, 곳곳에 물이 고인 거리들과 수로에 떠 있는 녹슨 증기선, 통조림 광고와 헛간, 불 더럼 광고 간판들, 스피어민트 난쟁이들의 동그란 얼굴. 어디나 가로세로로 반짝이는 빗살무늬가 보였다. 보석처럼 반짝이는 창밖의 빗줄기는 기차가 멈추면 직선으로 흘러내리다가, 속도를 낼수록 비스듬히 누웠다. 바퀴의 덜컹이는 소리가 머릿속에서는 맨해-튼-트랜스-퍼-맨해튼-트랜스-퍼로 들렸다. 어찌 됐든 애틀랜틱시티까지는 아직 멀었다. 애틀랜틱시티에 가면…… 사십 일 낮 동안 비가 내렸네…… 기분이 나아질 거야…… 사십 일 밤 동안 비가 내렸네…… 기분이 나아져야만 해.

"일레인 대처 오글소프, 멋진 이름 아니오? 사랑에 지친 이 몸, 힘을 내라고, 기운을 내라고, 포도주와 능금을 입에 넣어주시네……*"

사람 없는 특등객차 안은 쾌적했다. 초록 벨벳의자에 앉아 존은 그녀에게로 몸을 기대어오며 엉터리로 암송했다. 차창 너머에 검붉은 개펄이 휙휙 스쳐 지나가고 기차 안으로 희미하게 조개 냄새 같은 것

---

* 『구약성경』 「아가」 2:5. 원문은 '포도주'가 아닌 '건포도'인데 잘못 암송하고 있다.

이 흘러들어왔다. 그녀는 그의 얼굴을 보며 미소 지었다. 그는 모근까지 후끈 달아오르는 것을 느끼며 노란 장갑을 낀 손을 하얀 장갑을 낀 엘런의 손에 얹었다. "당신은 이제 내 아내요, 일레인."

"당신은 내 남편이고요, 존." 그들은 아무도 없는 조용한 특등객실 안에서 미소 띤 얼굴로 서로를 바라보았다.

빗방울이 떨어지는 바다 위로 애틀랜틱시티라는 흰 글자가 비장한 운명의 주문처럼 다가왔다.

빗발이 널빤지를 깐 해변의 산책로 위로 내리치고, 양동이로 물을 퍼붓듯 거칠게 차창을 때렸다. 불 켜진 해변을 따라 으르렁거리는 파도 소리가 이따금 빗소리에 섞여 들려왔다. 그녀는 등을 대고 누워 천장을 보았다. 존은 옆의 커다란 침대에서 반으로 접은 베개에 얼굴을 묻고 아이처럼 곤히 잠들었다. 한기가 몰려왔다. 깨우지 않게 조심해야지. 그녀는 침대에서 살며시 빠져나와 창가에 선 채 V자로 길게 뻗은 산책로의 불빛을 바라보았다. 창문을 위로 올려 여니 비가 심술궂게 얼굴을 때렸다. 피부를 따갑게 찌르고 잠옷을 적셨다. 그녀는 이마를 창틀에 가져다댔다. 아, 죽고 싶어. 죽고 싶어. 팔다리의 냉기가 속을 꽉 막히게 했다. 아, 토할 것 같아. 그녀는 화장실로 가서 문을 열었다. 속을 비워내자 좀 살 것 같았다. 그녀는 존을 건드리지 않으려 애를 쓰며 다시 침대로 들어갔다. 건드리면 난 죽는 거야. 그녀는 똑바로 누워 손을 몸에 바짝 붙이고 두 발을 모았다. 특등객차의 바퀴소리가 머릿속에서 슬프게 덜컹거렸다. 그녀는 잠이 들었다.

창틀이 바람에 흔들리는 소리에 그녀는 잠이 깼다. 존은 저만치 떨어져 침대 가장자리에 누워 있었다. 비바람이 창을 타고 흐르며 객실이며 커다란 침대며 모든 것을 뒤흔드는 통에, 마치 비행선을 타고 바다를 건너는 기분이었다. 사십 일 낮 동안 비가 내렸네…… 굳은 몸 어딘가의 미세하게 갈라진 틈으로 노래가 따뜻한 피처럼 스며들었다. ……사십 일 밤 동안 비가 내렸네. 그녀는 조심스레 남편의 머리를 쓰다듬었다. 그가 잠결에 얼굴을 찡그리며 "하지 마"라고 아이처럼 칭얼댔다. 그녀는 킬킬 웃음이 나왔다. 침대의 모서리 제일 바깥쪽에 누워 킬킬거렸다. 학창 시절 친구들과 그랬던 것처럼 자지러지도록 웃었다. 빗발은 창을 두드리고 노래는 점점 커져 브라스밴드의 연주처럼 들렸다.

오, 사십 일 낮 동안 비가 내렸네
사십 일 밤 동안 비가 내렸네
비는 성탄절까지 그치지 않았네
홍수 속에서 살아남은 사람은 오직 하나
지협(地峽)의 키다리 잭뿐이었네

지미 허프는 제프 이모부와 마주 앉아 있다. 각자의 파란 접시에는 양갈비 한 조각, 구운 감자 하나, 수북이 쌓은 완두콩, 가느다란 파슬리 가지가 담겨 있었다.

"좀 둘러봐라, 지미." 제프 이모부가 말한다. 호두나무 판자로 꾸민 식당 안에 넘실거리는 불빛이 은제 포크와 나이프, 금니와 시곗줄, 넥타이핀 위에서 깜빡거린다. 불빛은 어두운 브로드천과 트위드천 속으로 빨려 들어가고, 반드르르한 접시와 대머리와 접시뚜껑 위에서 동그렇게 빛난다. "그래, 네가 보기에 어떠냐?" 제프 이모부가 보풀이 인 가죽조끼 주머니에 엄지손가락을 집어넣고 말한다.

"근사하긴 하네요." 지미가 말한다.

"이 나라에서 제일 돈이 많고 제일 성공한 사람들이 점심을 먹는 곳이지. 저 구석의 둥근 테이블을 보렴. 저게 고젠하이머가(家)의 테 이블이지. 바로 그 왼쪽은……" 제프 이모부가 몸을 앞으로 숙이며 목소리를 낮춘다. "턱이 다부지게 생긴 저 사내가 J. 와일더 라포트 야." 지미는 대답 없이 양갈빗살을 썬다. "지미, 내가 왜 너를 이곳에 데려왔는지 너도 알겠지만…… 할 얘기가 있어서다. 가엾은 네 어머 니가 우리 곁을 떠나고…… 법률상으로 봐도 그렇지만, 네 어머니의 유언을 따라도…… 에밀리와 내가 너의 후견인이 된다. 네게 상황을 설명해주마." 지미는 나이프와 포크를 내려놓고 이모부의 얼굴을 물 끄러미 바라본다. 차가운 손은 의자의 팔걸이를 붙잡고 있다. 폭넓은 새틴 넥타이에 꽂은 루비 넥타이핀 위에서 푸르스름하고 늘어진 턱살 이 오르내린다. "지미 너 이제 열여섯이지?"

"예."

"그러니까 지금 상황은 이렇다. 네 어머니의 재산을 정리하고 나면 네가 상속받을 유산은 오천오백 달러쯤 될 게다. 다행히 너는 똑똑하 니까 일찍 대학에 진학할 수 있겠지. 제대로 쓰면 네가 컬럼비아 대학 을 졸업할 때까지 충분한 돈이라고 본다. 네가 컬럼비아 대학에 가고 싶다니까 말이다만…… 내 생각에는…… 에밀리 이모도 나와 같은 생각인 모양인데 예일이나 프린스턴으로 가는 게 어떨까 한다…… 내가 보기에 넌 운이 좋은 녀석이다. 네 나이에 나는 프레더릭스버그라는 데서 사무실을 쓸고 닦고 십오 달러를 벌었지. 그러니까 내가 하고 싶은 말은…… 난 아직 네가 금전적인 면에서 충분한 책임감을 가지고 있는지 확신이 서지 않는구나…… 그러니까…… 네 손으로 벌어보겠다, 남자들의 세계에서 성공해보겠다는 열의가 느껴지지 않는다는 말이다. 네 주위를 좀 둘러보거라. 오늘의 저 사람들을 만든 건 검소함과 열정이다. 덕분에 나도 이 정도 처지는 되어 너에게 편안한 가정과 교양 있는 환경을 제공할 수도 있고…… 내 보기에 너는 지금까지 조금 색다른 교육을 받고 자란 듯하더구나. 네 엄마의 교육관이 우리와 꼭 일치했던 것 같지는 않아. 하지만 네 인생의 진짜 경력은 이제부터 시작이다. 지금이야말로 전력을 다해 미래를 위한 기초를 닦을 시기지. 난 네가 제임스를 모범 삼아 회사로 들어와 차근차근 일을 배워갔으면 싶구나…… 지금 이 시각 이후 너희는 둘 다 내 아들이다…… 물론 일은 힘들겠지만, 결국 네 앞에 탁 트인 미래가 열릴 거다. 그리고 이건 잊지 마라. 뉴욕에서 성공한 사람이면 진짜 성공한 사람이다!" 지미는 앉아서 이모부의 크고 진지한 입이 말을 만들어 내보내는 걸 지켜보며 촉촉한 양갈비를 건성으로 씹고 있었다. "자, 그럼 네 포부를 좀 들어보자." 제프 이모부가 지미 쪽으로 몸을 기울이며 튀어나온 회색 눈으로 바라보았다.

지미는 빵조각이 목에 걸려 얼굴이 빨개졌다가 기어 들어가는 목소리로 겨우 말했다. "이모부 말에 따르겠어요."

"그럼 이번 여름 한 달 동안 내 사무실에서 일해보겠다는 거냐? 사나이들 세계의 진짜 사나이처럼 제 손으로 돈도 벌어보고, 사업이란 게 어찌 돌아가는 건지 구경도 해보겠다는 거지?" 지미는 고개를 끄덕였다. "현명한 결정이다." 제프 이모부가 의자 등받이에 다시 몸을 기대며 쩌렁쩌렁 울리는 목소리로 말했다. 쇠붙이의 은빛에 가까운 그의 고불거리는 백발이 불빛을 받아 빛났다. "그건 그렇고 디저트는 뭘로 하면 좋겠냐? ……지미, 지금부터 몇 년이 흐른 다음에 네가 성공한 사업가가 되면 나와 오늘 나눈 얘기들이 생각날 거다. 오늘은 네 미래가 시작되는 날이다."

불룩한 중산모와 펠트 중절모와 근사한 파나마모자 들 사이에서 지미의 허름한 모자를 꺼내 건네주며 휴대품보관소의 아가씨가 물결치는 금발을 쓸어 올린다. 사람을 얕보는 미소를 짓는다. 엘리베이터가 아래로 움직이자마자 위가 공중제비를 하듯 뒤집힌다. 그는 사람들이 몰려 있는 대리석 홀로 들어선다. 잠시 동안 어디로 가야 할지 몰라 주머니에 손을 넣은 채 벽에 기대어 사람들이 앞다퉈 빙글빙글 도는 회전문 안으로 빨려 들어가는 모습을 지켜본다. 껌을 씹는, 부드러운 뺨을 가진 소녀들, 앞머리를 짧게 자른 갸름한 얼굴의 소녀들, 그와 같은 또래의 뽀얀 얼굴의 소년들, 모자를 비스듬히 기울여 쓴 젊은 건달들, 땀을 뻘뻘 흘리는 심부름꾼 아이들, 엇갈리는 시선들, 흔들리는 엉덩이들, 시가를 물고 있는 늘어진 빨간 턱, 노랗고 푹 꺼진 얼굴들, 젊은 남녀의 날렵한 몸, 늙은 남자들의 배가 불룩 나온 몸, 그들 모두가 팔꿈치로 치고, 밀고, 피하며, 끝없는 두 개의 테이프가 되어 회전문 안으로 빨려 들어가고, 브로드웨이로 흘러나가고, 거기서 다시 흘러들어온다. 지미도 테이프가 되어 회전문 안으로 들어갔다가 나온다. 낮이나 밤이나 아침이나 회전문이 그의 나날들을 소시지 고기처럼 짓이긴다. 온몸의 근육이 굳는다. 제프 이모부도, 그의 사무실도 엿 먹어라. 가슴속에서 그 소리가 너무도 크게 울려 그는 누가 듣지나 않았을까 양옆을 돌아보았다.

모두 다 엿 먹으라 그래. 그는 사람들 사이를 비집고 회전문을 향해 걸어간다. 뒤꿈치로 누군가의 발을 밟는다. "거 발 간수 제대로 못하남! 염병." 그는 거리로 나왔다. 브로드웨이 거리에 회오리바람이 불어 입과 눈 속으로 모래가 들어온다. 그는 바람을 등지고 배터리 공원 쪽으로 내려간다. 트리니티 교회 묘지의 묘석들 사이에서 속기사들과 급사들이 샌드위치를 먹고 있다. 증기선 사무실 밖에 외국인들이 모여 있다. 담황색 머리의 노르웨이인들, 얼굴이 큰 스웨덴인들, 폴란드인들, 마늘 냄새를 풍기는 얼굴이 검고 작달막한 지중해 사람들, 몸집이 큰 슬라브인들, 중국인 세 명과 한 무리의 인도인. 세관 사무실 앞 좁은 삼각지에 이르자 지미 허프는 몸을 돌려 얼굴에 바람을 맞으며 깊이 베인 상처처럼 이어지는 브로드웨이 거리를 오랫동안 바라본다. 제프 이모부도, 그의 사무실도 엿 먹어라.

버드는 간이침대 가장자리에 걸터앉아 기지개를 펴며 하품을 했다. 땀 냄새와 시큼한 입 냄새, 젖은 옷 냄새 사이로 여기저기서 요란하게 코 고는 소리와 뒤척이는 소리, 침대스프링 삐걱이는 소리가 뒤섞여 들려왔다. 멀리 어둠 속에 전등 하나가 켜져 있었다. 버드는 눈을 감고 고개를 어깨 위로 떨어뜨렸다. 오, 하느님, 제발 잠 좀 자게 해주십시오. 자비로운 예수님, 잠 좀 자게 해주세요. 그는 깍지 낀 두 손으로 무릎이 떨리지 않도록 모아 안았다. 하늘에 계신 아버지, 자고 싶습니다.

"이봐, 뭐야. 잠이 안 오나?" 옆의 간이침대에서 나직한 목소리가 들려왔다.

"젠장, 못 자겠수다.""나도 마찬가지요."

버드가 돌아보니 고불거리는 커다란 머리를 팔로 받치고 누운 남자가 그를 바라보고 있었다.

"우라질, 이렇게 더럽고 냄새나는 곳에서 자라니," 옆의 사내가 계속해서 말했다. "이런 건 사방팔방 소문을 내줘야 해…… 게다가 사십 센트나 받아 처먹고! 육시랄 놈들, 여기가 플라자 호텔인 줄 아나."

"도시로 온 지는 얼마 됐우?"

"오는 팔월이면 십 년이우."

"어이쿠, 저런!"

조금 떨어진 곳에서 다른 목소리가 들렸다. "입들 닥치지 못해! 수다쟁이 유대인 소풍 나왔어?"

버드가 목소리를 낮췄다. "우습지, 몇 년을 별러서 도시로 왔는지 몰라요…… 농가에서 태어나 거기서 잔뼈가 굵은 놈이."

"돌아가지그러우?"

"그럴 수 없우." 버드는 추웠다. 몸을 떨지 않으려고 했다. 그는 담요를 턱 밑까지 끌어 올린 다음 말하는 사람을 돌아보며 누웠다. "해마다 봄이면 뇌까리지, 다시 길을 떠나자. 잡초와 풀 사이에, 젖 짤 시간이면 집으로 돌아오는 젖소들 사이에 뿌리를 내리자고. 하지만 매번 뜨지 못하고 여기서 이러고 있우."

"여기선 무슨 일을 하쇼?"

"나도 모르지⋯⋯ 전엔 보통 유니언 광장에 죽치고 앉아 있었지. 그러다 매디슨 광장으로 가고. 호보컨과 저지, 플랫부시에도 있었고, 지금은 바워리 일대를 떠돌고 있소."

"세상에, 맹세하우. 난 내일은 무슨 일이 있어도 여길 떠날 거요. 겁이 난다고. 이 도시엔 형사와 경찰이 너무 많아."

"구걸을 해서라도 살 수야 있겠지만⋯⋯ 내 말 들으슈, 형씨, 여길 떠나요. 농장으로 돌아가쇼. 부모님 계시는 곳으로. 갈 수 있을 때 서둘러 가시오."

버드는 침대에서 튀어 오르듯 빠져나와 사내의 어깨를 끌어당겼다. "저 환한 데로 좀 갑시다. 형씨에게 보여줄 게 있소." 자신의 목소리가 스스로에게 낯설게 느껴졌다. 그는 코 고는 소리들이 들려오는 침대 사이를 지나갔다. 머리칼과 수염은 비바람에 색이 바래고 부스스해진데다 눈은 망치로 얻어맞은 듯 푹 꺼진 부랑자가 비틀비틀 일어나 담요 속에서 빠져나와 그를 따라갔다. 버드가 전등 밑에서 콤비네이션*의 단추를 풀자 근육과 뼈마디가 불거진 어깨와 팔이 드러났다. "내 등을 봐요."

"맙소사!" 사내는 손톱이 길고 누렇게 자란 더러운 손으로 붉은 살과 흰 살이 엉킨 깊은 흉터를 만지며 나직이 말했다. "이런 건 생전 처음 보네."

"우리 꼰대가 한 짓이오. 십이 년이나 툭하면 쥐어팼지. 언제나 옷을 벗기고 쇠사슬로 등을 때렸소. 다들 내 아버지라고 했지만 난 아니

---

* 위아래가 붙은 옷.

라는 걸 알고 있었어. 처음 집을 나왔을 때가 열세 살이었소. 다시 붙들려가서 계속 맞고 살았지. 지금 내 나이 스물다섯이오."

그들은 말없이 간이침대로 돌아가 누웠다.

버드는 담요를 눈 밑까지 덮어쓰고 천장을 물끄러미 바라보았다. 시선을 내려 방 끝의 문 쪽을 보자 중산모를 쓰고 입에 시가를 문 남자가 서 있었다. 그는 아랫입술을 깨물며 터져 나오려는 비명을 가까스로 참았다. 다시 보니 남자는 사라졌다. "이봐, 아직 잠 안 들었나?" 그가 속삭였다.

부랑자가 구시렁거렸다. "내 얘기나 들어보슈. 나는 괭이로 그의 머리를 찍었지. 썩은 호박 차듯 뭉개버렸단 말이오. 날 내버려두라고 했지만 그자는 말을 듣지 않았어. 신앙심이 두텁고 완고해서 모두가 자기 앞에서 덜덜 떨기를 바랐지. 우리는 오래된 목초지에 감자를 심으려고 옻나무를 캐고 있었어…… 나는 밤이 올 때까지 그대로 두었어. 머리가 썩은 호박처럼 뭉개진 그를. 울타리를 따라 잡목이 자라 있어 지나가는 사람들 눈에 띄지는 않았지. 밤이 되자 그를 묻어버리고 집으로 들어가 커피 한 주전자를 끓였어. 그가 커피를 마시지 못하게 했었거든. 동이 트기 전에 그곳을 떠났지. 대도시로 가면 쥐도 새도 모르게 숨어버릴 수 있다고 생각한 거야. 난 꼰대가 어디다 돈을 숨겼는지 알고 있었지. 자네 머리통만한 돈다발을 가지고 있었는데 겨우 십 달러밖에 꺼내지 못하겠더라고…… 자나?"

부랑자가 다시 귀찮은 듯 투덜거렸다. "난 어려서 새킷 영감의 딸과 사이좋게 지냈어. 새킷네 숲에 있는 오래된 얼음창고에서 놀곤 했지. 크면 같이 뉴욕에 가자고 했어. 가서 부자가 되자고. 하지만 막상 떠나와서도 돈 한 푼 못 벌고 두려움은 떠나지 않았어. 중산모를 쓰고 외투 속에 배지를 숨긴 형사들이 날 따라다녀. 어젠 갈보 하나 끼고 자려고 했더니 이년이 내 눈을 보고는 낌새를 챘는지 내쫓더군…… 눈을 보고 안 거야." 그는 간이침대 모서리에 몸을 기대고 앉아 옆 사내의 얼굴을 들여다보며 속삭이듯 말했다. 부랑자는 갑자기 버드의 두 팔목을 덥석 잡았다.

"이봐 자네, 조심해야겠어. 그래가지곤 제정신으로 못 살아…… 돈 있나?" 버드가 고개를 끄덕였다. "이리 내봐, 내가 자네 대신 맡아가지고 있을 테니. 이 바닥은 내가 잘 아니까, 자네가 여기서 빠져나가도록 도와주지. 옷 입고 근처 어디라도 나가서 우선 배부터 채우게. 얼마나 있는데?"

"잔돈 모으면 일 달러쯤."

"그럼 이십오 센트는 나한테 맡기고 나머지로 다 먹고 오게." 버드는 바지를 입고 사내에게 이십오 센트를 주었다. "돌아와서 푹 자고 내일 아침 함께 길을 떠나세. 돈을 가져오자고. 내 머리통만하다고 했지, 응? 그다음에 우릴 못 찾을 곳으로 사라지는 거야. 오십 대 오십으로 나누자고, 오케이?"

버드는 딱딱하게 사내의 손을 꾹 쥐고 나서 신발 끈도 제대로 묶지 않고 비틀비틀 걸어 나가 침으로 얼룩진 계단을 내려갔다.

비가 그쳤다. 풀과 나무 냄새가 밴 차가운 바람이 깨끗이 청소한 거리의 물웅덩이에 잔물결을 일으켰다. 채덤 광장의 간이식당에서 모자를 눈 밑까지 푹 눌러쓴 남자 셋이 자고 있었다. 카운터에 앉은 남자는 핑크빛 스포츠신문을 읽고 있었다. 버드는 그가 주문을 받을 때까지 한참을 기다려야 했다. 이제 마음이 놓이고 잡념이 사라졌다. 음식이 나오자 그는 노릇하게 구워진 콘드비프 해시를 먹었다. 한 입 한 입 맛을 음미하면서. 설탕을 듬뿍 넣은 커피를 마시며 간간이 이와 혀로 바삭한 감자를 으깨가며 먹었다. 남은 빵으로 접시를 닦아 말끔히 비우고 그는 이쑤시개를 들고 밖으로 나왔다.

이를 쑤시며 그는 브루클린 다리의 어둡고 얼룩진 입구로 들어섰다. 넓은 터널 한가운데에 중산모를 쓴 남자가 서서 시가를 피우고 있었다. 버드는 잔뜩 힘을 주고 그의 곁을 지나쳤다. 따라오든 말든 상관없어. 아치형 거더*에 사람이라고는 위를 쳐다보며 하품하는 경찰 한 사람뿐이었다. 별들 사이로 걷는 기분이었다. 다리 아래에는 검은 창문이 달린 네모난 건물들이 좌우로 늘어서 있었다. 그 사이로 길게 뻗은 거리 끝에서 불빛은 점선으로 바뀌었다. 다리 밑의 강은 머리 위의 은하수처럼 빛났다. 꽃다발처럼 환히 불을 켠 예인선이 조용하고 부드럽게 어둠 속을 빠져나갔다. 차 한 대가 다리 위를 지나가자 거더가 덜컹거리고 거미줄처럼 얽힌 케이블이 밴조를 뜯듯 흔들렸다.

브루클린 쪽 고가열차의 거더가 무리지은 곳에 이르자 그는 남쪽의 자동차 도로로 돌아섰다. 어디로 가든 무슨 상관이야, 어차피 어디로도 갈 수 없는 몸인걸…… 등 뒤에서 파란 밤의 한 귀퉁이가 용광로의 강철처럼 타오르기 시작했다. 검은 굴뚝과 지붕들 너머로 다운타운 건물들의 윤곽이 흐린 장밋빛으로 밝아왔다. 어둠이 점점 뿌연 회색으로 변하며 따뜻해졌다. 저들 모두가 형사이며 나를 쫓고 있다, 모

---

* 건설 구조물을 떠받치는 보.

두가 한패야. 중산모를 쓴 남자들도, 바워리의 부랑자도, 부엌의 노파들도, 바텐더들도, 전차의 차장들도, 경찰들도, 갈보들도, 선원들도, 부두 노동자들도, 직업소개소의 직원들도…… 더러운 부랑자 놈. 내가 꼰대의 돈이 어디에 있는지 말해줄 것 같아…… 그놈에게 한 방 먹이는 거야. 저 빌어먹을 형사들에게도 한 방 먹이고. 강은 잔잔하고 푸른 강철 총신처럼 매끄럽다. 어디로 가든 무슨 상관인가, 어차피 어디로도 갈 곳 없는 몸인데. 부두와 건물들 사이의 그림자는 파란 표백제 가루 같다. 강에서 돛이 너울대고 보랏빛이 도는, 짙은 갈색 연기가 타올랐다. 어디도 갈 곳이 없다.

연미복 위로 금시곗줄을 늘어뜨리고 빨간 인장반지를 낀 그는 마리아 새킷 옆에 앉아 결혼식장으로 간다. 백마 네 필이 이끄는 마차를 타고 시장으로부터 시의원 임명을 받기 위해 시청으로 달린다. 그들을 뒤따라 빛은 점점 더 환해지고, 잘 차려입은 그들은 하얀 마차의 빨간 비로드의자에 마리아 새킷과 나란히 앉아 결혼식장으로 간다. 군중에게 시가를 든 손을 흔들기도 하고, 머리를 숙여 인사하기도 하고, 갈색 중산모를 벗어 보이기도 한다. 시의원 버드의 트렁크에는 다이아몬드가 가득 들어 있고 옆에는 백만 달러 신부가 앉아 있다…… 버드는 다리 난간에 걸터앉아 있다. 해가 뜨자 맨해튼의 창문들이 불을 삼킨 듯 환해졌다. 그는 몸을 앞으로 확 내밀더니 단번에 미끄러져 한 손으로 난간을 쥔 채 버둥거린다. 햇살이 눈을 파고든다. 그는 비명을 삼키며 추락한다.

예인선 프루덴스의 선장 매커보이는 조타실에서 핸들을 한 손에 쥐고 서 있었다. 다른 손에는 나침함 옆 선반에 올려둔 커피잔에 넣어 적신 비스킷 하나를 들고 있었다. 그는 다부진 체격에 숱 많은 눈썹, 끝에 힘을 줘 올린 숱 많은 검은 콧수염을 길렀다. 그는 막 커피에 적신 비스킷을 입으로 가져가려는 중이었다. 그때 뭔가 검은 것이 이물에서 그리 멀지 않은 곳에서 풍덩 소리를 내며 떨어졌다. 동시에 기관실 문밖으로 몸을 내밀고 있던 남자가 외쳤다. "웬 남자가 다리 위에서 뛰어내렸어요!"

"빌어먹을!" 매커보이 선장이 비스킷 조각을 떨어뜨리고 키를 돌렸다. 강한 썰물에 휩쓸려 배는 지푸라기처럼 휙 돌아갔다. 기관실에서 종이 세 번 울렸다. 흑인 하나가 갈고리가 달린 장대를 들고 이물 쪽으로 갔다.

"레드, 저기 가서 좀 도와." 매커보이 선장이 외쳤다.

드잡이 끝에 그들은 축 늘어진 검은 물체를 갑판 위로 끌어 올렸다. 종이 한 번 울리고, 두 번 울리고, 초췌한 얼굴을 찌푸린 매커보이 선장은 뱃머리를 다시 물살이 흘러가는 방향으로 돌렸다.

"레드, 살아 있나?" 선장이 쉰 목소리로 물었다. 흑인은 얼굴이 파랗게 질려 이를 덜덜 맞부딪치며 떨었다.

"늦었습니다, 선장님." 붉은 머리가 천천히 대답했다. "목이 완전히 부러졌어요."

매커보이 선장은 콧수염을 반이나 넘게 입속으로 빨아들였다. "빌어먹을!" 그가 고함쳤다. "재수 더럽군."

제2부

1. 백마를 탄 귀부인

앨런 스트리트를 따라 달리는 첫 고가열차와 더불어 덜컹덜컹 아침이 온다. 햇빛이 덜컹거리며 유리창을 뚫고 들어와 오래된 벽돌집들을 흔들며 고가철도 거더에 색종이 조각처럼 뿌려진다.

고양이들은 쓰레기통을 떠나고, 침대벼룩들은 다시 벽 속으로 기어들어 간다. 땀으로 축축한 손발을 떠나, 아이들의 때가 낀 여린 목들을 떠나. 어른들은 저마다 방 한구석에 놓인 침대 이불 속에서 뒤척이고, 엉켜 있던 아이들은 흩어져 소리를 지르고 걷어차기 시작한다.

밤새 어디서 잠을 자는지 모를, 삼실 같은 수염을 기른 노인이 리버턴 가 모퉁이에서 피클 목판을 편다. 오이, 피멘토 고추, 멜론껍질, 피칼릴리가 들어 있는 단지에서 차갑고 축축한 후추 냄새가 포도덩굴의 엉킨 덩굴손처럼 기어오른다. 사향 냄새가 나는 침대와 잠에서 깨어나는 머캐덤 도로의 악취 섞인 소음들 속에서 늪지처럼 번져나간다.

밤새 어디서 잠을 자는지 모를, 삼실 같은 수염을 기른 노인은 그 한가운데에 박넝쿨 밑의 요나처럼 앉아 있다.

지미 허프는 삐걱거리는 층계를 네 계단 올라가 손잡이 위에 손자국이 나 있는 하얀 문을 두드렸다. 놋쇠 압정으로 깔끔하게 고정된 문패에 옛 글씨체로 '선덜랜드'라는 이름이 쓰여 있었다. 우유병과 두 개의 크림병, 일요일자 〈타임스〉 옆에서 한참을 기다리자 문 뒤에서 부스럭거리는 소리와 발소리가 들리는가 싶더니 다시 잠잠해졌다. 그는 문 옆 기둥에 달린 하얀 단추를 눌렀다.

"그러더니 남자가 그러는 거야. 마지, 난 당신에게 홀딱 반했어. 여자는 그러더군. 비 맞지 말고 들어오세요. 흠뻑 젖었네요……" 계단을 내려오는 사람들의 대화가 들려왔다. 버튼 슈즈를 신은 남자들의 발, 샌들을 신은 여자들의 발, 실크스타킹 안의 핑크빛 다리들, 살랑거리는 원피스를 입고 스프링 메이드의 챙 넓은 모자를 쓴 아가씨, 젊은 남자는 흰 단을 덧댄 조끼에 초록, 파랑, 자주색이 섞인 줄무늬 넥타이를 매고 있었다.

"당신은 그런 타입 아니잖아."

"내가 어떤 타입인지 당신이 어떻게 알아?"

그들의 목소리는 계단 여기저기에 부딪혀 내려오며 울려 퍼졌다.

지미 허프는 다시 한 번 벨을 눌렀다.

"누구떼요?" 문틈으로 혀짧배기 여자의 목소리가 들려왔다.

"프린 양을 만나러 왔습니다."

파란 기모노를 턱 밑까지 추켜올려 입은 보송보송한 얼굴이 얼핏 나타났다. "그 애가 벌써 일어났는지 모르겠네요."

"그러겠다고 했습니다."

"잠깐만 기다릴래요?"

그녀는 문 뒤편에서 킬킬거렸다. "들어오뗴요. 죄송하지만, 떤덜랜드 부인은 당신이 집뗴 받으러 온 사람인 줄 알았어요. 가끔 일요일에 나타나 우릴 바보로 만들거든요." 여자가 문틈으로 짓궂게 웃었다.

"우유 가지고 들어갈까요?"

"아, 네. 그리고 복도에서 잠깐만 기다리뗴요. 제가 루뜨를 불러올 게요." 복도는 매우 어두웠다. 잠과 치약과 마사지크림이 뒤엉킨 냄새가 났다. 대각선으로 보이는 맞은편 구석에 접이식 침대가 세워져 있었다. 흐트러진 시트 위에 사람이 누웠던 흔적이 아직 남아 있었다. 수사슴 뿔 모양의 옷걸이에 밀짚모자와 실크 이브닝숄과 남성정장용 외투 두 벌이 어지럽게 걸려 있었다. 지미는 안락의자 위의 코르셋커버를 집어 든 다음 거기 앉았다. 여자들의 목소리, 옷자락이 사락사락 스치는 소리, 일요일자 신문을 부석거리는 소리가 칸막이벽을 통해 이 방 저 방에서 들려왔다.

욕실의 문이 열렸다. 큰 거울에 반사된 빛이 어두운 홀을 둘로 나눴다. 구리선 같은 머리카락을 가진 머리가 밖으로 쑥 나왔다. 핏기 없는 갸름한 얼굴에 짙은 파란 눈을 가진 여자였다. 오렌지색 속옷을 입은 날씬한 등 위로 풀어헤친 머리카락은 복도 저편에서 갈색으로 변했다. 한 걸음씩 걸어갈 때마다 무심한 핑크색 발꿈치가 슬리퍼 밖으로 튀어나왔다.

"어머, 어머, 지이미……" 루스는 문 옆에서 요들송을 부르듯 그를 불렀다. "나도, 내 방도 봐서는 안 돼." 컬페이퍼를 잔뜩 감은 머리가 거북이 고개처럼 삐져나왔다.

"안녕, 루스."

"방 안을 둘러보지 않겠다고 약속한다면 들어와도 돼…… 꼴이 이렇고, 방은 돼지우리니까…… 머리만 조금 만지면, 곧 끝나." 작은 회색 방은 옷가지와 배우들의 사진으로 넘쳤다. 지미는 문 앞에 등을 돌리고 서 있었다. 고리에 걸린 실크 같은 것이 귓가를 간질였다.

"그래, 풋내기 기자생활은 어때?"

"난 헬스 키친을 맡았어…… 재밌어. 그런데 넌 직장 구했어?"

"음…… 이번 주 안에 대충 알 수 있을 거야. 하지만 그쪽에서 별로인가봐. 지미, 나 점점 자신이 없어져." 그녀는 컬페이퍼를 머리에서 떼어내고 곱슬곱슬해진 갈색 머리를 빗었다. 겁먹은 듯한 창백한 얼굴에 입이 크고 눈 밑이 푸르다. "오늘 아침에 일어나서 준비를 해야 한다고 생각했는데 몸이 말을 듣지 않았어. 아무것도 할 일이 없는데 일어나자니 참 의욕도 안 생기고…… 잠들어서 세상이 끝날 때까지 누워 있으면 좋겠다는 생각이 들 때가 있어."

"우리 루스, 불쌍해서 어쩌나."

그녀가 파우더 퍼프를 그에게 던지자 넥타이와 푸른 서지 양복에 분가루가 떨어졌다. "나더러 불쌍하다고 그랬어, 요런 생쥐 같은."

"고맙다, 정말. 기껏 차려입고 왔더니. 두고 봐, 루스. 아직 카보나 세제 냄새가 날아가지도 않은 옷에."

루스는 깔깔 웃으며 고개를 돌렸다. "지미, 너는 아무튼 웃겨! 이

솔로 닦아봐."

그는 턱 밑으로 넥타이를 잡아당겨 훅훅 불었다. 얼굴이 빨갛게 달아올랐다. "나한테 문 열어준 그 웃기게 생긴 물건은 누구야?"

"쉿, 벽 너머에서도 다 들려…… 캐시야." 그녀가 낮게 킬킬거렸다. "캐산드라 윌킨스…… 모건 무용단에 있었어. 우습게 볼 애가 아냐. 굉장히 좋은 애야. 난 정말 그 애가 맘에 들어." 그녀는 큰 소리로 웃었다. "지미는 하여튼 못 말려." 그녀는 일어나 그의 팔근육을 때렸다. "너랑 있으면 나까지 엉뚱해진다니까."

"누가 할 소린데…… 아무튼 나 배고파 죽겠어. 걸어 올라왔거든."

"몇 시야?"

"한시 넘었어."

"오, 지미! 난 왜 이렇게 시간관념이 없지…… 이 모자 어때? 참, 얘기한다는 걸 잊고 있었네…… 나 어제 앨 해리슨에게 갔었어. 한마디로 끔찍했어…… 마침 전화기에 손이 닿아 경찰을 부르겠다고 위협했으니 망정이지……"

"저기 맞은편에서 오는 이상한 여자 좀 봐. 라마*가 누님, 하고 따라오겠는걸."

"그 여자 때문에 내가 종일 블라인드 내리고 있는 거잖아."

"왜?"

"애들은 몰라도 돼. 알면 기절할 거야, 지미."

루스는 거울 가까이 몸을 숙이고 입술에 립스틱을 발랐다.

---

* 낙타과의 포유류.

"놀랄 일이 어디 한두 가지여야 말이지. 웬만해선 꿈쩍도 안 해…… 자, 여기서 나가자! 날씨 한번 좋고, 교회에서 나온 분들 집으로 가시고, 집에 가서 배불리 드시고, 고무나무 사이에서 일요신문들 읽으시고……"

"오, 지미 그만 좀 웃겨…… 잠깐만. 조심해, 내 제일 좋은 슈미즈에 흠나겠어."

까만 머리를 짧게 자른 여자가 노란 점퍼스커트를 입고 복도의 간이침대 시트를 개고 있었다. 호박색 파우더와 립스틱 때문에 지미는 문틈으로 본 얼굴을 기억하지 못했다.

"안녕, 캐시, 이쪽은…… 미안, 윌킨스 양이고 이쪽은 허프 씨. 환기구 저쪽에 사는 여자분 얘기 좀 해드려. '사포 시인' 말이야."

캐산드라 윌킨스는 입을 샐쭉거리며 혀짤배기소리로 말했다. "허프 씨, 그 여자가 어떠냐면요…… 우리한테 끔찍한 소리만 골라가며 하는 여자예요."

"그것도 그냥 우리를 화나게 할 작정으로."

"허프 씨, 드디어 뵙게 되어서 기뻐요. 루뜨가 만날 당신 얘기를…… 어머, 이런 소리 해도 되나 모르겠네요, 나도 참 주책이야."

복도 저편의 문이 열리고, 얼굴이 흰 매부리코 사내가 지미의 눈에 띄었다. 빨간 머리는 옆가르마를 곧게 탄 후 빗어 넘겼다. 그는 초록 새틴으로 된 목욕가운을 걸치고 빨간 모로코 슬리퍼를 신고 있었다.

"이게 누구야, 캐사안드라아!" 그가 공들여 길게 빼는 옥스퍼드식 악센트로 말했다. "오늘의 예언은 뭐지?"*

"피츠시몬스 그린 부인으로부터 전보 한 장 왔어요. 나더러 내일 스카뜨데일로 와달래요. 그리너리 극장 일로 얘기 좀 하자고…… 실례해요, 이쪽은 허프 씨, 이쪽은 오글또프 씨." 빨간 머리는 한쪽 눈썹은 추켜올리고 한쪽은 내린 표정으로 지미의 손을 힘없이 잡았다.

"허프, 허프라…… 혹시 조지아 주의 허프는 아니신가요? 애틀랜타에도 오래된 허프 가문이 있긴 한데……"

"아닌 것 같은데요."

"거, 아쉽군요. 조사이어 허프와 난 한때 좋은 친구 사이였죠. 지금 그는 국립제일은행의 은행장이 되어 펜실베이니아 주 스크랜턴 시의 유력한 인사죠. 그리고 난, 뭐 광대지요, 넝마를 걸친." 그가 어깨를 으쓱해 보이자 목욕가운이 흘러내려 털이 없는 평평하고 부드러운 가슴이 드러났다.

"오글또프 씨와 내가 똘로몬의 사랑의 노래**를 공연해요. 이분이 읽으면 제가 그 느낌을 춤으로 나타내는 거죠. 언제 연습하는 거 보러 오떼요."

"배꼽은 향긋한 술이 찰랑이는 동그란 술잔, 허리는 나리꽃을 두른 밀단이요……"***

"아이, 그만두떼요." 그녀는 킬킬 웃으며 두 다리를 오므렸다.

"조조, 문 좀 닫아요." 낮고 깊은 여자의 목소리가 방 안에서 흘러나왔다.

"오, 사랑하는 나의 일레인이 졸린가보네요…… 만나서 반가웠습

---

* 트로이의 여자 예언자 카산드라에 비유한 것.
** 『구약성경』 「아가」.
*** 『구약성경』 「아가」 7:3.

니다, 허프 씨."

"조조!"

"알겠습니다, 마님……"

납처럼 무겁게 졸음이 올 듯하면서도 갑갑한 여자의 목소리에 지미는 몸이 짜릿해지는 것 같았다. 그는 어둑어둑한 복도에 몸이 굳은 채 말없이 캐시와 나란히 서 있었다. 어디선가 커피와 구운 토스트 냄새가 났다. 루스가 뒤에서 나타났다.

"끝났어, 지미…… 나 뭐 또 잊은 거 없나?"

"있든 말든, 난 배고파 죽을 지경이야." 지미가 그녀의 어깨에 팔을 두르고 그녀를 문 쪽으로 밀었다. "두시야."

"나 간다. 캐시! 여섯시쯤 전화할게."

"잘 다녀와, 루뜨…… 허프 씨, 만나서 반가웠어요." 문이 닫히고 캐시의 웃음소리와 혀짤배기소리가 묻혔다.

"와, 저기 들어가면 혼이 쏙 빠지는 것 같아."

"지미, 배고프다고 못하는 소리가 없네."

"그런데 루스, 그 오글소프인가 하는 자는 뭐야? 그런 사람은 또 생전 처음 봤네."

"오글이 굴속에서 나왔어?" 루스는 웃음을 터뜨렸다. 그들은 먼지가 이는 햇빛 속으로 나왔다. "자기가 조지아의 오글소프 본가 사람이라고 그랬지?"

"그 구릿빛 머리의 미인이 그 남자의 아내야?"

"일레인 오글소프 머리는 빨간색이야. 미인은 무슨…… 아직 애티도 못 벗은 게 뭘 믿고 그렇게 콧대가 높은가 몰라. 〈복숭아꽃〉에서 조금 뜬 걸 가지고. 왜, 조그만 단역으로 나왔을 뿐인데 눈에 확 띄는 경우 있잖아. 걔가 그런 경우지, 뭐."

"그런 남편을 뒀다니 안됐군."

"오글이 안 해준 게 없을걸. 그 사람 아니었으면 여전히 합창단 에……."

"미녀와 야수다."

"지미, 조심해. 그 사람 눈총을 받는 날엔, 지미."

"왜?"

"못 말리는 사람이야."

머리 위로 고가열차가 지나가고 철로 사이로 보이는 햇빛이 흔들렸다. 루스의 입모양만 보였다.

"루스!" 그가 귀청을 울리는 열차 소리보다 더 크게 외쳤다.

"우리 캠퍼스로 가서 아점 먹고 팰리세이즈로 산책 가자!"

"아점이라니, 그건 또 무슨 싱거운 소리야?"

"너는 아침 먹고, 나는 점심 먹자는 거지."

"웃겨." 그녀는 큰 소리로 웃으며 그의 팔을 잡았다. 그녀의 은색 망사가방이 걸을 때마다 그의 팔꿈치를 스쳤다.

"그리고 그 물건 말이야. 캐시라는, 묘한 캐산드라라는?"

"걔 우습게 보지 말라니까. 정말 귀여운 애야…… 그놈의 끔찍한 푸들만 안 기른다면! 개를 밖으로 데리고 나오질 않아 방에서 얼마나 냄새가 나나 몰라. 내 옆의 작은 방이 개 방이잖아…… 남자친구도 있어……." 루스가 킬킬 웃었다. "그 남잔 푸들보다 더 끔찍해. 둘이 약혼한 사이인데 캐시 돈을 다 뀌가. 이 사실 아무한테도 말하면 안 돼."

"하고 싶어도 누구한테 하겠어?"

"그리고 선덜랜드 부인은 또……"

"응, 흘낏 봤어. 욕실로 가는 모습. 누빈 목욕가운 입고 핑크색 실내용 모자 쓴 할머니."

"지미, 너도 보통은 아냐…… 그 할머닌 툭하면 의치를 두고 가."

루스가 말을 시작했다. 고가열차 한 대가 지나가며 뒷말을 삼켰다. 들어오며 식당 문을 닫자 선로를 달리는 바퀴 소리가 멈췄다.

오케스트라가 〈노르망디에 사과꽃 필 무렵〉을 연주한다. 담배 연기가 자욱한 실내에 햇살이 비스듬히 비쳐 들어왔다. 길게 늘어뜨린 종이 장식과 메뉴가 적힌 종이들이 벽에 붙어 있었다. 신선한 랍스터 매일 도착, 조개의 계절이 왔습니다. 본점의 자랑 프랑스식 조개찜을 드셔보세요(농림수산부 추천). 그들은 빨간 글씨로 비프스테이크 파티는 이층에서라는 문구가 쓰인 플래카드 아래 앉았다. 루스가 지미에게 브레드스틱을 하나 건넸다. "아침부터 가리비 먹는 건 좀 그럴까? 우선 커피부터 마셔야지. 커피, 커피……"

"난 양파 곁들인 작은 스테이크 하나 먹어볼까."

"허프 씨, 나랑 오후시간 보낼 거라면 양파는 좀 참아주세요."

"알겠습니다. 양파는 분부대로 그대의 발치에 놔두겠습니다."

"그렇다고 키스를 허락한다는 말은 아니야."

"아니, 그 말은…… 팰리세이즈에서 나랑?" 루스는 킬킬거리다가 웃음보를 터뜨렸다. 지미는 얼굴이 빨개졌다. "저는 그런 청을 드린 적이 없사옵니다, 라고 그는 말했습니다."

햇살이 밀짚모자의 조그만 구멍을 지나 그녀의 얼굴을 비추었다. 그녀는 꼭 끼는 스커트를 입고 종종걸음 치며 걷고 있었다. 햇살이 얇은 중국비단을 뚫고 들어와 손으로 후려친 듯 등이 따끔거렸다. 무더운 거리와 상점 들, 나들이옷을 차려입은 사람들, 밀짚모자, 파라솔, 전차, 택시 들 사이에서 햇살은 부서져 오그라들고, 뾰족한 쇳더미 사이로 걷듯 날카로운 광선의 파편이 그녀의 피부를 스쳐갔다. 그녀는 톱날처럼 껄끄러운 소음 속을 더듬으며 걸었다.

링컨 광장에서 한 여자가 차와 마차 들 사이로 천천히 백마를 타고 갔다. 분필처럼 하얀 말 엉덩이를 지나 금테를 두른 안장깔개까지 흘러내리는 여자의 밤색 머리카락은 구불거리고 윤기가 흘렀다. 안장깔개에는 초록과 빨간 점이 찍힌 글씨로 이렇게 쓰여 있었다. 댄더린.[*] 여자는 주홍색 깃털을 꽂은 초록색 돌리 바덴[**] 모자를 쓰고 있었다. 목이 긴 흰 장갑을 낀 손으로 고삐를 흔들고, 다른 손으로 금색 손잡이가 달린 채찍을 휘둘렀다.

엘런은 그녀가 지나가는 모습을 보았다. 그리고 공원으로 가는 골목길의 뭉개진 풀밭을 따라 걸었다. 야구를 하는 소년들이 짓밟아놓은 잔디에서 햇볕에 그을린 풀 냄새가 났다. 그늘의 벤치에 사람들이 붐볐다. 구부러진 자동차 도로를 건널 때 뾰족한 구두 굽이 아스팔트 속에 박혔다. 두 명의 선원이 해가 비치는 벤치에 누워 있었다. 그녀가 지나갈 때 선원 하나가 입으로 펑 소리를 냈다. 그녀는 바다에서

* 모발을 풍성하게 하는 헤어토닉.
** 꽃무늬나 리본장식이 있는 여성용 사라사 옷과 모자를 가리킴. 19세기 말 영국과 미국에서 유행한 스타일로, 돌리 바덴 모자는 18세기 베르제르 모자와 비슷하다.

굶주린 그들의 눈길이 자신의 목덜미에, 장딴지에, 발목에 달라붙는 걸 느꼈다. 그녀는 걸을 때 엉덩이를 흔들지 않도록 애썼다. 길가의 어린 나무들에서 돋아난 이파리들은 말라 있었다. 공원의 남쪽과 동쪽을 둘러싼 건물들에는 볕이 잘 드는 데 비해 서쪽은 보라색으로 그늘져 있었다. 경찰들, 일요일의 나들이웃들은 어느 것 하나 근질거리고 땀에 젖고 먼지에 덮이지 않은 것이 없었다. 왜 급행열차를 타지 않았을까? 그녀는 밀짚모자를 쓴 젊은 남자의 검은 눈동자와 마주쳤다. 그는 빨간 스터츠 로드스터*를 길가에 세우려는 중이었다. 그가 그녀에게 눈을 찡긋했다. 고개를 젖히고 씩 웃자 올라간 입꼬리가 그녀의 뺨에 닿을 것만 같았다. 그는 핸드브레이크를 걸며 한 손으로 문을 열었다. 그녀는 시선을 돌리고 턱을 꼿꼿이 세운 채 걸었다. 금속처럼 반짝이는 초록색 목덜미와 산호색 발을 가진 두 마리 비둘기가 그녀가 가는 길에서 파닥거렸다. 한 노인이 다람쥐를 꾀어 종이봉투에서 땅콩을 낚아채도록 하고 있었다.

하얀 종마를 타고 온통 초록으로 몸을 휘감은 '잃어버린 대대'**의 귀부인이 간다…… 초록, 초록, 댄더린…… 머리칼로 몸을 덮은 고다이바*** 부인……

셔먼 장군의 황금 동상이 그녀의 생각을 가로막는다. 그녀는 잠시 멈춰 서서 진주층처럼 하얗게 빛나는 플라자 호텔을 바라본다……

---

* 지붕을 자유롭게 접을 수 있는 차.
** 제1차 세계대전 종전 일주일 전 아르곤 숲에서 독일군에게 퇴로를 차단당해 고전한 미군 부대.
*** 남편이 마을 주민들에게 부과한 무거운 세금을 폐지시키기 위해 나체로 말을 타고 거리를 돌아다녔다는 중세 영국의 전설적인 백작 부인.

196

예, 일레인 오글소프입니다…… 그녀는 워싱턴 광장으로 가는 버스에 올라탔다. 일요일 오후의 5번 애비뉴가 장밋빛으로, 먼지를 날리며, 뒤로 바삐 물러났다. 공원 그늘에 프록코트를 입고 실린더를 쓴 신사의 모습이 보였다. 양산, 여름옷, 밀짚모자 들이 햇살을 받아 반짝거렸다. 네모난 건물 위쪽 창유리에 반사된 빛이 리무진과 택시의 두꺼운 도료 위로 떨어졌다. 가솔린과 아스팔트 냄새, 스피어민트 향과 버스 좌석에서 점점 더 달라붙는 연인들 사이에서 풍기는 향수 냄새…… 이따금 스쳐가는 진열장의 판유리 너머로 그림과 밤색 휘장, 색 바랜 골동품 의자들이 보였다. 세인트 레지스 호텔. 셰리스 레스토랑. 그녀 곁에 앉은 남자는 각반을 두르고 노란 장갑을 끼고 있었다. 아마도 백화점의 매장 감독일 것이다. 그들이 탄 차가 세인트 패트릭 대성당을 지나갈 때 어둑어둑한 안쪽으로 열린 큰 문을 통해 유향 냄새가 훅 끼쳐왔다. 델모니코스구나. 앞좌석의 젊은 남자가 팔을 뻗어 옆에 앉은 회색 플란넬 옷을 입은 여자의 좁은 등을 슬그머니 껴안았다.

"조 녀석 재수 옴 붙었지. 애가 생겨 꼼짝없이 결혼하게 됐으니. 열아홉밖에 안 됐는데."

"당신은 그런 걸 재수 옴 붙었다고 생각하는군요……"

"머틀, 우리 얘기가 아니라고!"

"아니긴요. 당신, 그 여자 얼굴이라도 보고 그런 말 해요?"

"뱃속의 애가 조의 아이면 내 손에 장을 지져."

"뭐라고요?"

"애 말이야."

"빌리, 무슨 그런 끔찍한 말을 해요."

42번가. 유니언리그 클럽. "오늘은 최고로 재미있었어…… 최고로…… 모두 왔었지. 연설도 유쾌했고, 옛날 생각 나게 하더군." 엘런의 귀 뒤에서 누군가 차분하고 지적인 목소리로 말했다. 월도프 호텔. "빌리, 저 깃발들 예쁘지 않아요? 저기 재밌게 생긴 기는 오늘 샴 대사가 묵기 때문에 단 거래요. 오늘 아침 신문에서 읽었어요."

그대와 이별해야 한다면, 나는 당신의 입술에 지워지지 않을 마지막 키스를 하겠소. 그리고 떠나리…… 사랑과 격정과 그리움…… 천국과 지옥, 이곳의 삶, 그대가…… 오, 내 사랑, 그대와 나는……

8번가. 그녀는 전차에서 내려 브리부트 호텔의 지하로 들어갔다. 조지는 문을 등지고 앉아 서류가방을 열쇠로 열었다 채웠다 하며 그녀를 기다리고 있었다. "아, 일레인. 이제는 올 때가 됐다 했더니…… 이 세상에 나를 사십오 분 이상 기다리게 할 사람은 많지 않거든."

"조지, 나무라지 마세요. 얼마나 기분이 좋았는지 몰라요. 이렇게 좋은 시간을 가져본 게 몇 년 만인지 모르겠어요. 나만을 위한 날이었어요. 105번가에서 59번가까지 공원을 따라 걸었어요. 별의별 사람들이 다 있더라고요."

"그렇담 당신 피곤하겠는걸." 밝은색 눈동자 주위에 거미줄 같은 잔주름이 잡히며 여윈 얼굴이 증기선의 이물처럼 그녀에게 다가왔다.

"조지, 당신 하루 종일 사무실에 있었던 거군요."

"응, 몇 가지 조사할 게 있었어. 난 사소한 일이라도 제대로 해야겠다 싶을 땐 아무도 못 믿겠어. 내 손으로 해야 직성이 풀리지."

"당신이 뭐라고 할지 알고 있었어요."

"뭘?"

"사십오 분 동안 기다린 거 말예요."

"일레인, 아는 게 너무 많은걸…… 차와 함께 과자라도 먹을 테야?"

"말도 안 돼. 난 아는 거라곤 쥐뿔도 없어요. 그게 문제죠. ……레몬 넣은 홍차 마실게요."

유리잔이 달그락거리는 소리가 주변을 에워쌌다. 파란 담배 연기 속에서 얼굴과 모자와 수염이 흔들렸다. 거울에 비친 모습은 초록색이었다.

"늘 하는 말이지만 그건 콤플렉스야. 남자들이라면 몰라도 여자는 다르지." 옆 테이블에서 구시렁거리는 여자의 목소리가 들려왔다. "당신 여권론은 어디서부터 손을 대야 할지……" 목이 잠긴, 좀스럽게 느껴지는 말투로 남자가 대답했다. "내가 에고이스트라면? 내가 그걸로 얼마나 고생을 했게……" "불로 정화하리, 찰리……" 조지는 그녀의 시선을 잡으려 애쓰며 말했다. "우리의 조조 씨는 잘 지내시고?"

"그 사람 얘긴 하지 마요."

"아예 말을 않는 편이 낫다 이건가?"

"이봐요, 조지, 그 사람을 비웃지는 말아줬음 해요. 좋건 나쁘건 그는 내 남편이에요. 이혼이 우리를 갈라놓을 때까지는요…… 알겠어요? 당신처럼 투박하고 단순한 사람은 어차피 그를 이해하지도 못해요. 조조는 매우 복잡하고 비극적인 사람이니까요."

"제발 남편이니 아내니 하는 얘긴 집어치워요. 중요한 건 일레인, 당신과 내가 이렇게 아무 방해 받지 않고 함께 있다는 것 아니겠소…… 그런데, 언제 또 제대로 한번 만나지, 제대로 말이야?"

"우린 너무 제대로 만나서는 안 될 사이죠, 안 그래요, 조지?" 그녀는 찻잔 속을 바라보며 조용히 웃었다.

"하지만, 당신한테 할 말이 산더미 같아. 물어볼 말도 산더미 같고."

그녀는 한입 베어 먹은 작은 체리타르트를 뾰족한 핑크색 집게손가락과 엄지로 들고 그를 바라보며 웃었다. "당신은 불쌍한 죄인을 증인석에 데려다놓고도 이런 식이죠? 제 생각엔 그럴 것 같아요. 지난 2월 31일 밤에 피고는 어디에 있었습니까? 이렇게요."

"나한테는 죽도록 심각한 일이야. 당신은 이해 못하겠지만. 아니 이해하고 싶지 않을지도 모르지만."

한 젊은 남자가 살짝 건들거리며 그들을 내려다보고 있었다. "어이, 스탠. 여긴 어쩐 일이야?" 볼드윈은 미소가 가신 얼굴로 그를 올려다보았다. "볼드윈 씨, 실례를 무릅쓰고 잠깐 동석해도 될까요? 저지금 쫓기고 있어요. 아, 저놈의 거울! 하기야 거울 때문에 들키더라도 선생님이랑 같이 있는 걸 보면 그냥 가겠죠."

"오글소프 양, 이쪽은 스탠우드 에머리 씨. 우리 회사 사장님의 자제분이지."

"오글소프 양, 이렇게 만나 뵙게 되어 기쁘군요. 어젯밤에 뵈었죠. 당신은 절 못 봤지만요."

"극장에 오셨어요?"

"하마터면 무대로 뛰어올라갈 뻔했어요. 당신이 어찌나 멋지던지."

그는 구릿빛 얼굴에 양미간이 좁은 불안한 눈, 날카로우면서 섬약해 보이는 코, 잠시도 가만있지 못하는 큰 입을 가지고 있었다. 치켜세운 갈색머리는 약간 곱슬기가 있었다. 엘런은 속으로 킬킬거리며 두 사람을 번갈아 바라보았다. 세 사람 모두 뻣뻣하게 의자에 앉아 있었다.

"저 오늘 오후에 댄더린 광고하는 여자를 봤어요." 그녀가 말했다. "너무나 인상적이었죠. 제가 상상하던 백마를 탄 귀부인의 이미지 그대로인 거예요."

"손에는 반지, 발에는 종을 달고, 그녀가 가는 곳마다 재앙이 따르리."* 스탠이 목소리를 한껏 낮추고 빠르게 읊었다.

"노랫소리가 따르리, 아녜요?" 엘런이 웃으며 끼어들었다.

"난 늘 재앙이 따르리, 로 말해요."

"학교는 어쩌고?" 볼드윈이 딱딱하고 불친절하게 물었다.

"아직 그 자리에 있는 것 같던데요." 스탠이 얼굴을 살짝 붉히며 말했다. "내가 가기 전에 불타버렸으면……" 그가 일어났다. "볼드윈 씨, 그럼 저는 이만. 두 분 자리에 끼어들어서 정말 실례가 많았습니다." 그가 돌아서서 엘런에게 인사할 때 그에게서 곡물 섞인 위스키 냄새가 났다.

"실례했습니다…… 오글소프 양."

그는 자기도 모르게 손을 내밀었다. 건조하고 앙상한 손이 그녀의 손을 마주 잡았다. 그는 비틀거리며 멀어져가다가 도중에 웨이터와 부딪쳤다.

---

* 동요 〈흔들목마를 타고 밴버리 크로스로 가자〉의 가사를 변용한 것.

"어린놈이 속을 알 수가 없어." 볼드윈의 입에서 누르고 있던 말이 터져 나왔다. "불쌍한 에머리 영감, 맘고생이 여간 아니야. 머리가 나쁜 것도 아니고, 됨됨이도 그만하면 된 것 같은데, 하는 짓이라곤 퍼마시고 말썽 피우는 것밖에 없으니…… 저런 녀석은 일을 시켜서 세상 돌아가는 이치를 알려주는 게 제일이야. 대학생 신분에 돈이 너무 많아도 탈이지…… 어쨌든 일레인, 훼방꾼이 사라져 다행이야. 난 열네 살 때부터 지금까지 쉬지 않고 일했어. 이젠 잠시 일을 미뤄두고 쉴 때가 왔지. 사는 것처럼 살고, 여행도 하고, 생각도 하고, 행복해지고 싶어. 예전 습관대로 다운타운의 페이스에 맞출 수가 없어. 노는 것도 배우고, 긴장을 풀고 싶어…… 그래서 당신이 필요한 거요."

"하지만 난 누군가의 안전판 노릇은 싫은걸요." 그녀가 웃으며 눈을 지그시 내려떴다.

"오늘 저녁에 어디 교외로 나갑시다. 하루 온종일 퀴퀴한 사무실에만 앉아 있었어. 일요일은 정말 싫다니까."

"리허설은 어쩌고요."

"아프다고 하면 되잖아. 택시를 부를게."

"저기 조조가 와요…… 여보, 조조." 그녀가 머리 위에서 장갑을 흔들었다.

얼굴에 분을 바른 존 오글소프가 깃을 세우고, 억지미소를 지으며 혼잡한 테이블 사이를 지나 다가왔다. 그는 까만 줄무늬가 새겨진 가죽장갑을 꼭 움켜쥔 채 손을 내밀었다. "여보, 당신을 이런 곳에서 다보게 되는군. 반가워."

"남자분들 서로 구면이죠? 이쪽은 볼드윈 씨예요."

"이거 오붓한 시간을 방해해서 죄송하게 됐군."

"그런 말이 어딨어요. 당신도 앉아요. 셋이 다 함께 위스키소다 한 잔씩 해요. ……안 그래도 당신 생각하고 있었어요, 조조. 정말요…… 그건 그렇고, 오늘 저녁에 특별한 약속 없으면 내 무대 좀 봐줄래요. 내가 맡은 역할이 당신 맘에 드는지 알고 싶어요……"

"좋아, 가고말고, 여보. 나한테 그보다 더 큰 기쁨이 어디 있겠어."

조지 볼드윈은 온몸이 굳어지며 한 손으로 의자 팔걸이를 움켜쥐고 몸을 뒤로 젖혔다. "웨이터!" 그의 입에서 쇠가 갈라지는 듯한 소리가 터져 나왔다. "스카치 하이볼 세 잔 가져와. 당장!"

오글소프는 산책용 지팡이의 은색 손잡이에 턱을 괴었다. "볼드윈 씨, 믿음이란 건 말이죠." 그가 말을 시작했다. "부부간의 믿음이란 아주 아름다운 거요. 시간과 공간을 초월하는 거지요. 우리 둘 중 하나가 천년 동안 중국으로 떠난다 해도 우리의 사랑엔 눈곱만치도 변화가 없다 이거요."

"이 사람 좀 보세요, 조지. 조조는 어릴 때 셰익스피어를 너무 많이 읽은 게 탈이라니까요…… 전 이만 가봐야겠어요. 안 그랬단 머턴한테 또 한 소리 들을 거예요…… 정말 월급 받는 노예나 다름없어요. 조조, 조지에게 새로 구성된 배우노동조합 얘기 좀 해드려요."

볼드윈이 자리에서 일어났다. 광대뼈 주위에 붉은 기가 돌았다. "극장까지 데려다줄까?" 그가 이를 악물고 물었다.

"난 누구에게도 어디로 데려다달란 말 안 해요. 조조, 내 연극 보려면 취해선 안 돼요."

5번 애비뉴는 핑크색과 흰색 천지였다. 바람에 실려오는 구름도 핑크색과 흰색이었다. 지루한 대화와 숨 막힐 듯한 담배 연기, 칵테일을 마신 후에 맞는 바람은 시원했다. 그녀는 택시를 불러주려는 사람에게 경쾌하게 손을 흔들어 거절했다. 그러다 갑자기 이마가 넓은 갈색 얼굴이 불안한 눈으로 그녀의 눈을 마주 보고 있음을 알았다.

"당신이 나오기를 기다렸습니다. 어디로 모셔다드릴까요? 저쪽 코너에 제 포드를 세워뒀는데요…… 제발."

"전 지금 극장에 가는 길인데요. 리허설이 있어요."

"그렇다면 거기까지 모셔다드리겠습니다."

그녀는 곰곰이 생각하는 얼굴로 장갑을 꼈다. "좋아요, 그런데 폐가 되어서 어쩌죠?"

"폐라뇨. 여기만 돌아가면 바로인데…… 그렇게 끼어든 거 참 무례했죠, 제가? 어쨌든 그건 그거고 당신을 알게 되었잖아요. 저 포드는 딩고라고 해요. 그것도 별 상관없는 얘기지만요."

"젊고 인간미 있는 사람을 만나는 건 기쁜 일인걸요. 뉴욕을 다 둘러봐도 인간미 넘치는 젊은이는 없더라고요."

차의 크랭크를 돌리려고 몸을 앞으로 숙인 그의 얼굴이 붉어졌다. "너무 젊어서 탈이죠."

모터에서 치익 소리가 나더니 굉음을 내며 움직이기 시작했다. 스탠이 펄쩍 뛰어 긴 손으로 가스를 잠갔다. "단속에 걸릴지도 모르겠는데요. 소음기가 헐거워서 언제 떨어질지 몰라요."

34번가에서 한 여자가 그들을 지나쳐갔다. 자동차와 마차 사이로 유유히 백마를 타고 가는 여자였다. 분필처럼 하얀 말 엉덩이를 지나 금테를 두른 안장깔개까지 흘러내리는 밤색 머리카락은 구불거리고

윤기가 흘렀다. 안장깔개에는 초록과 빨간 점이 찍힌 글씨로 이렇게
쓰여 있었다. 댄더린.

"손에는 반지," 스탠이 클랙슨을 울리며 흥얼거렸다. "발에는 종을
달고, 그녀가 가는 곳마다 비듬이 사라지리."

2. 지협의 키다리 잭

정오의 유니언 광장. 창고 대방출. 정리 세일. 우리는 돌이킬 수 없는 실수를 저질렀습니다. 먼지 낀 아스팔트 위에 어린 소년이 무릎을 꿇고 앉아 구두를 닦고 있다. 단화, 황갈색 구두, 단추 달린 구두, 옥스퍼드화. 막 닦아놓은 구두코마다 민들레 같은 해가 떠 있다. 어서 오십쇼, 꼬마손님, 신사숙녀 여러분, 아가씨들, 안쪽으로 가시면 새로 나온 품질 좋고 멋진 트위드 의류가 있습니다…… 신사용, 숙녀용, 유아용, 성인용 모두 있어요…… 우리는 돌이킬 수 없는 실수를 저질렀습니다. 정리 세일입니다.

정오의 햇살이 중국요리점 안을 소용돌이처럼 파고든다. 볼륨을 낮춘 힌두스탄 음악이 소용돌이처럼 감겨든다. 그는 푸용*을 먹고 그녀는 차우멘**

---

* 계란에 각종 야채를 넣어 만든 중국식 오믈렛.
** 중국식 볶음국수.

을 먹는다. 그들은 입안에 음식을 가득 물고 춤을 춘다. 날씬한 점퍼스커트가 깔끔한 검정 양복에 눌리고, 색 바랜 곱슬머리가 검고 윤기 나는 머리와 겹친다.

14번가로 할렐루야, 할렐루야, 구세군이 다가온다. 할렐루야, 할렐루야, 4열 횡대로 늘어서서 둥글게 빛나는, 짙은 파란색 제복을 입은 구세군 악대. 최고의 품질을 최저 가격에. 정리 세일. 우리는 돌이킬 수 없는 실수를 저질렀습니다. 정리 세일.

리버풀발 영국 기선 롤리호, 선장 케틀웰. 곤포(梱包) 933, 상자 881, 광주리 10, 묶음 8. 직물류: 상자 57, 곤포 89, 광주리 18. 면사: 곤포 156. 펠트: 곤포 4. 석면: 포대 100. 실패……

조 할랜드는 타자기를 치다가 멈추고 천장을 바라보았다. 손끝이 아팠다. 사무실 안은 풀과 선적명세서와 셔츠 바람으로 일하는 남자들의 텁텁한 냄새로 가득했다. 열린 창으로 환풍구의 그을린 담이 한 뼘 보였다. 초록색 보안 챙을 쓴 남자가 멍하니 창밖을 내다보는 모습도 눈에 띄었다. 담황색 머리의 급사가 쪽지 한 장을 책상 위에 올려놓았다. 폴록 씨 다섯시 십분 면담 요청. 목구멍에 딱딱한 것이 걸리는 기분이었다. 목이 날아가겠구나. 그는 다시 타자기를 두드렸다.

글래스고발 네덜란드 기선 델프트호, 선장 트롬프. 곤포 200, 상자 123, 통 14……

조 할랜드는 배터리 공원을 서성거리다 벤치의 빈자리를 발견하고 풀썩 주저앉았다. 태양은 허우적거리며 저지시티 뒤의 사프란처럼 노란 수증기 속으로 가라앉았다. 다 끝났다. 그는 오랫동안 앉아 치과 대기실에 걸려 있던 그림 같은 석양을 바라보았다. 지나가는 예인선의 굴뚝에서 뿜어져 나온 연기가 석양이 지는 하늘로 검게 치솟았다. 조 할랜드는 석양을 지켜보며 생각에 잠겼다. 수중에 있는 십팔 달러 오십 센트에서 방세 육 달러, 세탁비 일 달러 팔십사 센트, 찰리에게 빚진 사 달러 오십 센트를 빼면 가만있자, 우선 칠 달러 팔십사 센트, 십일 달러 팔십사 센트, 십이 달러 삼십사 센트를 십팔 달러 오십 센트에서 제하면, 육 달러 십육 센트가 남지. 새로운 일자리를 얻을 때까지 사흘은 버티겠군. 술을 안 마신다면. 대체 이놈의 팔자는 언제나 트이는 거야. 전에는 나도 운이 따른 시절이 있었는데. 무릎이 후들거리고, 명치끝이 쓰려왔다.

조지프 할랜드, 네 인생을 잘도 망쳤다. 사십오 년 인생에 너를 돌아봐줄 친구 하나 못 만들고, 땡전 한 푼 없이……

캣보트가 콘크리트 보도에서 조금 떨어진 곳에서 뱃머리를 바람 부는 쪽으로 돌리자 빨간 돛이 삼각형으로 펼쳐졌다. 돛대가 탕 소리를 내며 펴지자 타고 있던 젊은 남녀가 몸을 숙인다. 둘 다 햇볕에 그을린 피부에 비바람에 노랗게 바랜 머리를 하고 있었다. 조 할랜드는 입술을 깨물며 눈물을 참았다. 요트는 붉은 빛이 비치는 만 저쪽으로 사라져갔다. 한잔해야겠군.

"이건 범죄야, 이건 범죄라고." 왼편에 앉은 사내가 같은 말을 반복하고 있었다. 조 할랜드는 고개를 돌려 그를 바라보았다. 불콰하고 주름진 얼굴에 머리는 백발인 사내였다. 그는 더러운 두 손에 신문 연예란을 쥐고 구겨진 곳을 쫙 펴고 있었다. "요새 젊은 여배우들은 너나 없이 다 벗고 나오다시피 하니…… 싱숭생숭해서 원."

"신문에 그런 사진 나오는 게 싫으세요?"

"싱숭생숭하다 그랬지…… 일도 없고 돈도 없는 판에 이런 게 다 뭔 소용 있우. 당신도 그 심정 알 것 같은데."

"그런 사진 좋아하는 사람 많아요. 전에는 저도 그랬죠."

"한때는 일자리가 있었다…… 당신 지금은 실업자 맞지?" 노인이 심술궂은 소리로 으르렁거렸다. 조 할랜드가 고개를 끄덕였다. "그럴 줄 알았다니까! 사람 맘 싱숭생숭하게 하덜 말아야지. 눈 치우는 일 생길 때까지 일자리라곤 눈을 씻고 봐도 없을 거야."

"그때까진 그럼 뭘 하죠?"

노인은 대답이 없다. 그는 다시 신문지 위로 고개를 숙이고 눈썹을 찡그리며 중얼거렸다. "다 벗은 거나 다름없다니까, 그러게 내가 범죄라잖아."

조 할랜드는 일어나서 자리를 떴다.

날은 어느새 거의 다 저물었다. 오랫동안 꼼짝 않고 앉아 있었더니 무릎이 뻐근했다. 피곤한 몸을 이끌고 걷는데 너무 조여 맨 허리띠 때문에 배가 아팠다. 늙고 불쌍한 군마(軍馬)여, 술이라도 몇 잔 걸쳐야 정신이 들겠구나. 여닫이문 밖으로 맥주 냄새가 슬며시 흘러나왔다. 안에 있는 바텐더의 얼굴은 마호가니 선반 위에 놓인 붉은 사과 같다.

"호밀위스키 한 잔." 위스키는 뜨겁고 향기롭게 목을 확 달궜다. 이제야 좀 살겠군. 그는 물을 마시지 않고 공짜 안주가 있는 곳으로 가서 햄샌드위치와 올리브를 집어먹었다. "찰리, 위스키 한 잔 더 줘. 마시니까 좀 살 것 같군. 그동안 술을 안 마신 게 탈이었어. 지금이야 자네가 내 말을 못 믿겠지만 내가 이래 봬도 전엔 월 스트리트의 마법사로 불리던 사람이라고. 운명이 인간사에서 얼마나 지배적인 역할을 하는지 나야말로 산증인이란 말이오…… 그렇지요. 자, 선생님의 무병장수를 위하여! 앞으로는 좋은 일만 생기시길 바랍니다…… 아, 그래야지! 이제야 좀 살 것 같군…… 쳇, 과거에 한가락 안 해본 자가 어디 있으려고. 그러고도 정신 못 차리고 이러고 사니 문제지…… 운명이 인간사에서 얼마나 지배적인 역할을 하는지 나야말로 산증인이란 말씀이야. 이보시오, 난 십 년 동안이나 주식을 했소. 십 년 동안 밤이나 낮이나 주식시세 속보기를 손에서 놓지 않았지. 십 년 동안 실수는 단 세 번 했어. 마지막에. 내가 비결을 하나 가르쳐주지…… 찰리, 손님들한테 한 잔씩 돌려. 내가 사지. 자네도 한 잔 하고. 아, 거참 시원하다. 이보시오…… 내 성공의 비결은…… 바로 이거요. 못 미더우면 직접 당시의 신문기사, 잡지, 연설, 강연초록을 찾아봐요. 어떤 신사가, 그 친구는 결국 나중에 더러운 악당이 되더군. 그 신사가 나를 모델로 해서『성공의 비결』이라는 책까지 썼지. 관심 있으면 뉴욕 시립도서관에 가서 찾아보면 알 거요…… 내 성공의 비결은…… 그러니까, 들으면 웃겠지만, 조 할랜드가 취했군, 조 할랜드는 늙은 당나귀야 그러겠지…… 그래, 맞아…… 그러니까 십 년 동안이라고…… 난 신용거래를 했지, 맞돈을 주고 산 거야. 이름도 들어본 적 없는 증권을 마구잡이로 사들였는데 그때마다 용케 대박이 났어. 발에 채는 게 돈이었지. 은행 네 곳이 내 수중에 있었어. 설탕과 구타페

르카*에 고개를 처박기 시작했지. 이건 뭘 좀 내다보고 한 짓이
고…… 내 비결을 듣고 싶어 다들 몸이 달았군그래. 얘기해주면 할
수 있을 것 같은가보네…… 천만의 말씀…… 당신들은 가르쳐줘도
못해…… 비결이란 게 내가 어릴 때 우리 어머니가 만들어주신 파란
색 실크넥타이거든…… 웃지들 마쇼, 빌어먹을…… 아니, 아니, 이
러면 안 되지…… 운명이 인간사에서 얼마나 지배적인 역할을 하는
지 나야말로 산증인이라니까. 친구와 같이 신용거래로 루이스빌과 내
시빌의 주식을 샀는데 그때 이 넥타이를 맸지. 이십오 분 사이에 이십
오 포인트가 오르더라니까. 그게 시작이었지. 그러고 나서 난 천천히
넥타이를 매지 않은 날은 돈을 잃게 된다는 걸 알게 됐어. 그러다보니
넥타이가 낡고 닳아 주머니에 넣고 다녔지. 효과가 없더라고. 그래서
할 수 없이 그걸 매고 다녔다고, 알겠나? ……그다음에는 다 그렇고
그런 얘기야…… 여자가 생겼지. 빌어먹을, 난 그 여자한테 푹 빠졌
어. 난 세상에서 그녀를 위해서라면 못할 일이 없다는 걸 보여주고 싶
었어. 그래서 그걸 줘버렸지. 농담인 척하면서, 하하하. 그랬더니 그
녀가 이게 뭐예요, 다 낡아빠진 걸, 그러면서 불속으로 휙 던져버리
는 거야…… 운명이 인간사에서 얼마나 지배적인 역할을 하는지 나
야말로 산증인이란 말이오. 형씨, 오늘 한 번만 더 신세집시다, 예?
오늘 낮에 갑자기 자금이 떨어져서…… 고맙소, 형씨. 아, 살 것 같
군."

---

* 나무진을 말린 고무 같은 물질.

사람이 붐비는 지하철 안에서 메리 가든 향수 냄새를 풍기는 키가 큰 금발 여자가 전보배달부를 뒤에서 눌렀다. 끼익 소리를 내며 달리는 급행열차가 흔들릴 때마다 팔꿈치, 짐, 어깨, 엉덩이 들이 서로 부딪쳤다. 땀에 젖은 웨스턴유니언* 모자가 한쪽으로 돌아가 있었다. 저런 여자, 저런 여자를 차지할 수만 있다면 열차가 멈추든, 불이 꺼지든, 뒤집히든 상관없을 것 같다. 배짱과 돈만 두둑하다면 될 텐데. 열차가 천천히 멈추자 여자가 그의 쪽으로 쓰러졌다. 그는 숨을 멈추고 눈을 감았다. 그의 코가 그녀의 목에 납작 눌렸다. 그는 사람들과 함께 우르르 밖으로 쏟아져 나왔다.

그는 현기증을 느끼며 비틀비틀 불빛이 휘황한 열차 밖으로 나왔다. 어퍼브로드웨이는 사람들로 붐볐다. 선원들이 두셋씩 짝을 지어 96번가 주변을 어슬렁거렸다. 조제식품점에서 그는 햄과 간소시지 샌드위치를 먹었다. 카운터 뒤의 여자는 지하철에서 만난 여자와 비슷한 버터색 금발이었지만 훨씬 뚱뚱하고 늙었다. 마지막 남은 샌드위치를 씹으며 그는 재패니즈 가든 극장으로 올라가는 엘리베이터를 탔다. 그는 스크린이 깜빡거리는 동안 자리에 앉아 곰곰이 생각했다. 맙소사, 전보배달부가 제복을 입고 이런 곳에 있으면 사람들이 이상하게 생각할 테지. 여길 나가, 어서, 가서 전보나 배달해.

계단을 내려가며 그는 허리띠를 조였다. 그는 구부정한 자세로 브로드웨이 105번가까지 갔다가 다시 콜럼버스 애비뉴 방향인 동쪽으로 걸음을 옮겼다. 그는 현관문, 비상사다리, 창, 코니스 등을 눈여겨

* 미국에서 유일하게 일반전신 업무를 담당하는 웨스턴유니언 텔레그래프 회사의 지주 회사.

보았다. 여기다. 불이 켜진 곳은 이층뿐이었다. 그는 이층의 벨을 눌렀다. 머리가 부스스한 여자가 조리대 앞에서 빨갛게 익은 얼굴을 하고 고개를 내밀었다.

"산티오노 씨 전보입니다."

"여기 안 살아요."

"죄송합니다. 벨을 잘못 눌렀네요."

코앞에서 문이 쾅 닫혔다. 그의 파리하던 얼굴이 갑자기 긴장했다. 그는 발꿈치를 들고 맨 꼭대기의 층계참까지 가볍게 뛰어 올라갔다. 그리고 작은 사다리를 타고 옥상의 통풍문까지 갔다. 빗장을 올리자 덜거덕 소리가 났다. 그는 숨을 죽였다. 석탄재가 흩어진 지붕에 올라서서 그는 통풍문을 살며시 닫았다. 거리의 밝은 빛과 반대로 사방에 까맣게 늘어선 굴뚝이 그를 감시하는 것 같았다. 그는 몸을 숙이고 살금살금 지붕 뒤쪽으로 기어가 빗물받이통을 따라 비상사다리로 내려갔다. 뛰어내릴 때 발로 화분을 건드렸다. 사방이 캄캄했다. 그는 창을 넘어 여자 냄새가 풍기는 공기가 탁한 방으로 들어갔다. 그는 헝클어진 침대의 베개 밑으로 손을 넣었다. 책상을 더듬고, 페이스파우더를 조금 엎지르고, 서랍을 조금씩 잡아당겨 열었다. 시계, 핀이 손가락을 찔렀다. 브로치, 한구석에서 부스럭 소리가 났다. 돈, 돈다발이다. 튀어라, 오늘은 이거면 충분해. 비상사다리를 타고 다음 층으로 간다. 불빛이 없다. 다른 창문은 열려 있다. 아주 어서 옵쇼, 하는군. 방 구조는 같은데 개와 향 냄새, 그리고 무슨 약 냄새가 난다. 여기저기를 더듬고 있는 자신의 모습이 화장대 거울에 희미하게 비친다. 그는 콜드크림 통에 집어넣었던 손을 바지춤에 닦는다. 제기랄. 뭔가 보드라운 것이 발밑에서 깨갱 소리를 낸다. 그는 좁은 방 한가운데에 떨며 서 있었다. 작은 개가 한구석에서 큰 소리로 컹컹 짖었다.

방에 불이 켜졌다. 한 여자가 열린 문 앞에 서서 그를 향해 총을 겨누었다. 여자의 뒤에는 남자가 서 있었다.

"당신 뭐야? 아니, 전보배달부잖아……" 불빛이 여자의 머리카락 주변에서 구릿빛으로 엉겼다. 비단기모노를 입은 여자의 몸매와 셔츠 단추를 풀어헤친 젊은 남자의 탄탄한 갈색 몸이 보였다.

"이 방에서 대체 뭘 하는 거지?"

"잘못했습니다. 배가 고파서 그랬어요, 배가 고파서요. 늙은 어머니가 굶어죽게 생겨서 그만."

"스탠, 근사하지 않아요? 저 사람이 강도래요." 여자가 총을 휘둘렀다. "이쪽으로 나와요."

"예, 뭐든 하라는 대로 다 할 테니 경찰에만 넘기지 말아주세요. 늙은 어머니가 굶어죽게 생겼어요."

"하지만, 훔친 게 있으면 내놓고 가야 해요."

"정말 그럴 틈이 없었어요."

스탠이 의자에 털썩 주저앉으며 자지러지게 웃었다. "엘리, 대단한데…… 이런 면이 있을 줄이야."

"뭘요, 작년 여름 내내 연극에서 이 장면만 했잖아요. ……총 내놔요."

"총 같은 거 없습니다."

"그 말은 못 믿겠지만, 어쨌든 보내주죠."

"신의 축복이 있기를, 아가씨!"

"전보배달부면 꽤 벌잖아요."

"지난주에 해고됐어요. 배가 고프다보니 이런 짓을 했습니다."

스탠이 일어났다. "일 달러 주고 당장 꺼지게 해요."

문밖에 서 있는 그에게 여자는 일 달러 지폐를 쥐여주었다.

"당신은 천사군요." 그는 목이 잠겨 말했다. 그는 지폐를 건네주는 여자의 손에 입을 맞췄다. 젖은 입술을 손에 가져다댈 때 늘어진 빨간 비단소매 속으로 그녀의 몸이 살짝 보였다. 그는 비틀거리며 계단을 내려갔다. 뒤돌아보니 여자와 남자가 팔짱을 끼고 나란히 서서 그를 바라보고 있었다. 그의 눈에 눈물이 흥건히 고였다. 그는 일 달러를 주머니에 넣었다.

인마, 정신 차려. 여자들한테 또 한눈팔다가는 허드슨 강의 창살 달린 별장으로 가는 거야. 어쨌거나 순진하기는. 그는 가볍게 휘파람을 불며 고가철도 역까지 걸어가 업타운행 열차를 탔다. 그는 이따금 주머니에 손을 넣어 돈다발을 만졌다. 아파트 삼층으로 올라가니 튀긴 생선과 석탄가스 냄새가 났다. 더러운 유리문 앞에서 벨을 세 번 울렸다. 잠시 후에 그는 가만히 문을 두드렸다.

"모이크?" 우는 듯한 여자 목소리였다.

"아니, 나 니키야. 니키 샤츠."

머리를 헤나로 붉게 염색한, 얼굴 윤곽이 날카로운 여자가 문을 열었다. 레이스 속옷 위에 모피코트를 걸치고 있었다.

"일은 잘됐어?"

"말도 마, 한탕하려는데 예쁘장한 여자한테 걸려가지고 어떻게 된 줄 알아?" 그는 신이 나서 떠들며 여자를 따라 페인트칠이 벗겨진 식당으로 들어갔다. 식탁 위에는 사용한 유리잔과 그린리버 위스키 병이 놓여 있었다. "그 여자가 나한테 일 달러를 주면서 착하게 살라는 거야."

"정말 그랬어?"

"여기 시계도 있어."

"잉거솔이잖아. 난 그런 거 시계라고 부르지도 않아."

"그럼 이건 어떤가 볼까?" 그는 돈다발을 꺼냈다. "이 돈다발 보여? 세상에, 이게 다 얼마야……"

"어디 봐." 여자가 돈을 그의 손에서 낚아챘다. 그녀의 눈이 동그래졌다. "이 바보." 그녀는 돈다발을 바닥에 던지며 유대인 특유의 제스처로 손을 뒤틀었다. "어이구어이구, 이건 무대에서 쓰는 돈이잖아. 바보야, 무대소품이라고, 어휴……"

그들은 낄낄거리며 침대 가장자리에 나란히 앉아 있었다. 방에서는 퀴퀴한 냄새가 났다. 의자에서 떨어진 비단옷들이 방 안 가득 널려 있었다. 서랍장 위에 놓인 시들어가는 노란 장미에서 향긋한 냄새가 실려왔다. 그들은 서로를 꼭 껴안았다. 그가 갑자기 팔을 풀더니 그녀에게로 몸을 숙이고 키스했다. "대단한 강도야!" 그가 숨을 헐떡이며 말했다.

"스탠……"

"엘리."

"난 조조인 줄 알았어요." 그녀의 꽉 잠긴 목에서 겨우 속삭이듯 목소리가 흘러나왔다. "그 사람이라면 그런 식으로 들어와 염탐하고도 남거든요."

"엘리, 하고많은 사람 중에 왜 하필 그런 사람하고 사는지 난 당신이 이해가 안 돼. 이렇게 사랑스러운 사람이. 당신은 이런 데 어울리는 사람이 아니야."

"당신을 만나기 전엔 힘든 줄 몰랐어요…… 그리고 정말로 조조는 좋은 사람이에요. 좀 유별난 구석이 있고 불행한 사람일 뿐……"

"당신은 다른 세상의 사람이란 말이야, 답답한 사람…… 울워스 빌딩 꼭대기층에 있는 호화로운 집이 당신에겐 어울려. 컷글라스와 벚꽃으로 치장된."

"스탠, 등이 아래까지 탔어요."

"수영해서 그래."

"이렇게 일찍요?"

"지난여름에 태운 게 아직도 남아서 그렇지 뭘."

"당신은 정말 행운아예요. 난 수영을 제대로 배워본 적이 없어요."

"내가 가르쳐줄게…… 그래, 다음 일요일 일찌감치 딩고를 타고 롱비치로 나가자고. 그 시간에 해변에 나가면 아무도 없어. 수영복도 입을 필요가 없지."

"스탠, 난 마르고 탄탄한 당신 몸이 좋아요. ……조조는 피부가 하얗고 늘어졌어요, 여자처럼."

"맙소사, 지금 그 남자 얘기가 왜 나와."

스탠은 두 다리를 벌리고 서서 셔츠의 단추를 잠갔다. "자, 엘리, 여기서 나가지. 한잔하러 가…… 지금 누굴 만나서 거짓말로 둘러대야 한다고 생각하면 소름 끼쳐…… 의자로 머리를 부숴놓을 거야, 아마."

"시간 충분해요. 열두시 전엔 아무도 올 사람 없어요…… 나도 오늘은 편두통이 심해서 와 있는 거니까요."

"엘리, 당신은 심한 두통을 좋아하는 것 같아?"

"좋아서 죽겠어요, 스탠."

"그 전보배달부도 알았을 거야…… 맙소사…… 강도, 외도, 비상사다리 타고 살금살금, 까치발로 빗물받이통을 따라. 참, 세상은 재밌다니까……"

나란히 계단을 내려가며 엘런은 그의 손을 꼭 잡았다. 초라한 복도의 우편함 앞에서 그는 갑자기 그녀의 어깨를 안고 머리를 벽으로 밀더니 키스를 했다. 그들은 숨 쉬는 것조차 잊은 듯, 붕 뜬 기분으로 브로드웨이를 향해 걸었다. 그는 그녀의 겨드랑이에 손을 집어넣었고, 그녀는 그 손을 팔꿈치로 늑골에 꼭 눌렀다. 그녀는 홀린 듯 두꺼운 유리 너머로 수족관을 들여다보며 지나가는 얼굴들, 진열장의 과일, 통조림, 올리브 항아리, 꽃가게의 난초화분, 신문, 네온사인들이 스쳐가는 것을 보았다. 교차로에 이르자 강에서 산들바람이 불어와 얼굴을 스쳤다. 그녀는 성큼성큼 그의 보폭에 맞춰 설레는 노란 밤 속을 걸었다. 밀짚모자 아래서 타오르는 갑작스러운 눈빛들, 여러 모양의 턱들, 얇은 입술, 한쪽 끝을 올린 입술, 초승달 같은 눈썹, 광대뼈 밑의 그림자, 젊은 남녀의 얼굴들이 나방처럼 팔랑거리며 코끝을 스쳐갔다.

그들은 어느 테이블 앞에 앉아 있었다. 오케스트라가 가냘프게 떨리듯 음악을 연주했다. "아니요, 스탠. 난 아무것도 마실 수 없어요…… 당신이나 마셔요."

"하지만 엘리, 당신도 나처럼 기분이 좋은 거 아냐?"

"더 많아요…… 이보다 더 좋으면 감당할 수 없을 거예요. ……마시고 싶어도 도저히 술잔에 집중을 할 수가 없어요." 그녀는 그의 눈이 반짝이는 것을 보고 움찔했다.

스탠은 거나하게 취했다. "그대의 몸을 들판의 과실처럼 먹을 수 있다면." 그는 그런 말을 반복했다. 엘런은 식어서 고무처럼 질긴 치즈토스트를 포크로 찔러보고 있었다. 그녀는 문득 롤러코스터를 타고 급강하하듯 아찔하고 비참한 기분에 빠져들기 시작했다. 홀 한가운데 네모난 공간에서 네 쌍이 탱고를 추었다. 엘런은 몸을 일으켰다.

"스탠, 집에 가야겠어요. 일찍 일어나서 하루 종일 연습해야 해요. 열두시에 극장으로 전화해요."

그는 고개를 끄덕이며 위스키소다 한 잔을 새로 만들었다. 그녀는 그의 의자 뒤에 멈춰 서서 그의 긴 두상과 숱 많고 더부룩한 머리카락을 바라보았다. 그는 낮은 소리로 시를 읊었다. "희고 무정한 아프로디테를 보았네. 아름다워라…… 길게 드리운 머리와 맨발을…… 아아…… 서쪽 바다에 지는 태양처럼 붉게 타오르네. 마음에 내키지 않는 사람들이 있었네…… 에라, 사포의 시네."

다시 브로드웨이로 나오자 그녀는 기분이 밝아졌다. 그녀는 거리에 서서 교외로 가는 전차를 기다렸다. 이따금 택시가 붕 하고 앞을 지나갔다. 강에서 부는 따뜻한 바람을 타고 길게 신음하는 듯한 증기선의 기적 소리가 들려왔다. 가슴속에서 수천 명의 요정이 높고, 위태롭고, 번쩍이는 탑을 쌓아 올렸다. 전차가 종을 울리며 덮칠 듯 다가와 멈췄다. 전차에 오르자 그녀의 품 안에서 풍기던 스탠의 아찔한 땀 냄새가 떠올랐다. 그녀는 자리를 찾아 앉은 다음 입술을 깨물고 터져 나오려는 비명을 가까스로 참아냈다. 사랑이란 고약한 거야. 맞은편에는 턱이 홀쭉해서 고등어처럼 생긴 두 남자가 살찐 무릎을 툭툭 쳐가며 신나게 수다를 떨고 있었다.

"짐, 잘 들어, 나는 아이린 캐슬*밖에 없어…… 그녀가 원스텝 춤**을 추는 걸 보면, 천사가 노래하는 것 같다니까."

"에이, 너무 말랐던데."

"하지만 브로드웨이 최고의 히트를 쳤잖아."

엘런은 전차에서 내려 동쪽으로, 외지고 인적이 드문 105번가의 보도를 걸었다. 좁은 창이 달린 건물들에서 매트리스와 퀴퀴한 잠의 냄새가 새어나왔다. 시궁창에 늘어선 쓰레기통에서도 시큼한 악취가 풍겼다. 어느 현관 그늘 아래서는 남녀가 부둥켜안고 비틀거렸다. 잘 자라는 작별의 키스였다. 엘런은 기분 좋은 미소를 지었다. 브로드웨이 최고의 히트. 그 말이 승강기처럼 그녀를 현기증 나게 높은 곳으로 태우고 간다. 주홍색, 황금색, 초록색 네온사인이 깜빡이고, 난초 향이 진동하고, 탱고 음악이 잔잔히 흐르는 곳으로. 음악에 맞춰 그녀가 스탠과 함께 춤을 추면 그들을 둘러싼 사람들이 우레와 같은 박수를 친다. 브로드웨이 최고의 히트.

그녀는 페인트칠이 벗겨진 흰 벽 사이에 있는 계단을 올라갔다. 선덜랜드라는 문패를 보자 갑자기 혐오감이 밀려와 질식할 것만 같았

* 1910년대에 큰 인기를 끌었던 댄서.
** 1910년대에 유행한 춤.

다. 뛰는 가슴을 누르며 그녀는 열쇠구멍 앞에서 열쇠를 들고 오랫동 안 서 있었다. 그리고 열쇠를 넣어 찰칵 문을 열었다.

"변태야, 지미, 변태." 허프와 루스 프린은 천장이 낮고 시끄러운 레스토랑 제일 구석 자리에 앉아 파테*가 담긴 접시를 앞에 두고 낄낄 거렸다. "시시한 배우들은 전부 여기 모여서 식사를 하나봐."

"온 세상의 웃긴 배우들은 다 선덜랜드 부인의 집에 있는 거 아니 었나."

"발칸 쪽의 최신 뉴스는 뭐야?"**

"거긴 별 소식 없어……"

루스의 빨간 양귀비꽃이 달린 까만 밀짚모자 너머로 지미는 빈틈없 이 꽉 들어찬 테이블들을 바라보았다. 사람들의 얼굴이 분해되어 초 록색 얼룩처럼 보였다. 매처럼 생긴 칙칙한 얼굴의 웨이터 둘이 떠들 썩한 실내를 바삐 오갔다. 루스는 셀러리 한쪽을 씹으며 커다랗게 웃 음 짓는 눈으로 그를 바라보았다.

"아, 난 많이 취했나봐." 그녀가 혀 꼬부라진 소리로 말했다. "머리 가 멍해…… 큰일 났네."

"그런데 105번가의 쇼킹한 사건이라는 게 뭐야?"

"지미가 좋은 구경 놓쳤지. 볼만했다니까…… 사람들은 모두 복도 에 있었어. 선덜랜드 부인은 머리에 컬페이퍼를 말고, 캐시는 울고, 토니 헌터는 분홍색 파자마 바람으로 문가에 서 있고……"

---

* 간이나 자투리고기, 생선살 등을 갈아 밀가루 반죽을 입혀 오븐에 구워낸 프랑스 요리.
** 제1차 발칸전쟁을 가리킴.

"그 남잔 누군데?"

"그냥 젊은 애…… 내가 아까 토니 헌터에 대해 좀 얘기했을 텐데. 좀 변태란 말이야, 지미. 좀 변태." 지미는 얼굴을 붉히고 접시 위로 몸을 수그렸다. "그래서 뭐 어쨌는데?" 그가 뻣뻣하게 말했다.

"오, 놀랐나보네, 지미. 놀란 건 맞지?"

"아니야. 얘기나 계속해봐, 속 시원하게."

"아무튼 지미는 못 말려…… 그러니까 캐시는 훌쩍거리고, 강아지는 컹컹 짖고, 평소 유령처럼 코빼기도 보이지 않던 코스텔로라는 여자는 경찰을 고함쳐 부르다가 야회복을 입은 낯선 남자의 품에 안긴 채 기절했어. 조조는 권총을 휘둘렀어. 니켈로 만든 작은 거긴 했지만. 하긴 물총이었는지도 모르지…… 유일하게 제정신이었던 사람은 일레인 오글소프였는데…… 왜 순진한 네 눈에 인상 깊게 남은 그 구릿빛 머리카락의 미녀 말이야."

"솔직히 순진한 내 눈에도 그렇게까지는 아냐."

"아무튼 오글 씨가 마침내 그 난장판을 접고 큰 소리로 외쳤어. 내 총을 빼앗지 않으면 난 이 여자를 죽여버릴 거야, 라고. 토니 헌터가 그의 총을 빼앗아들고 자기 방으로 들어갔어. 그랬더니 일레인 오글소프가 나타나 마치 무대인사를 하는 것처럼 깍듯이 고개를 숙이고 모두 편안히 주무세요, 그러잖아. 그러고는 태연히 자기 방으로 돌아갔어…… 상상이 돼?" 갑자기 루스는 목소리를 낮췄다. "여기 손님들 다 듣겠다. ……아무튼 지저분한 얘기인데, 더 놀라운 일은 지금부터야. 몇 번 자기네 방문을 쾅쾅 두드려도 대답이 없자 오글은 토니에게로 갔어. 그리고 햄릿을 연기하는 포브스 로버트슨처럼 눈을 굴리며 팔을 그의 어깨에 얹고는 말했어. 토니! 실의에 빠진 이 남자에게 오늘 하룻밤 자네 방으로의 망명을 허락해주겠나…… 정말이지 기가 막혀서."

"오글소프라는 사람 원래 그래?"

루스는 몇 번이나 고개를 끄덕였다.

"그럼 그 여잔 왜 그런 남자랑 결혼한 거야?"

"자기가 얻을 게 있다고 생각하면 전차(電車)하고도 결혼할 여자야."

"루스, 모든 걸 너무 삐딱한 시선으로 보는 거 아니야?"

"넌 순진해빠져서. 아무튼 이 비극의 끝을 얘기하게 해줘…… 두 남자가 방으로 들어간 다음 복도에서는 난리가 났어. 넌 상상도 못할 거야. 당연히 캐시가 히스테리 발작을 일으켜 상황을 더 복잡하게 만들었지. 정신 좀 들게 해주려고 내가 욕실에 가서 암모니아액을 조금 가져왔더니 공판이 벌어지고 있었어. 볼만했지. 코스텔로는 날이 밝자마자 오글소프 부부를 내쫓아야 한다, 그러지 않으면 자기가 집을 나가겠다고 하고, 선덜랜드 부인은 삼십 년도 넘게 무대에서 살았지만 이런 꼴은 처음 봤다면서 연신 칭얼대고, 벤저민 아덴이라는 야회복 입은 남자는…… 〈허니서클 짐〉에 나왔던 성격파 배우 알지? …… 그 남자는 토니 헌터 같은 사람은 감옥에 처넣어야 한다고 그랬어. 내가 잠자리에 들 때까지도 계속 그러고 있었어. 그리고 잠이 들었으니 늦잠을 잔 거야. 그래서 너를 타임스 드럭스토어에서 한 시간이나 기다리게 한 거지, 이해가 가?"

조 할랜드는 손을 주머니에 찔러넣고 복도 한구석의 침대 앞에 선 채 〈궁지에 몰린 수사슴〉*이란 그림을 바라보고 있었다. 그림은 흔들리는 철제 침대 위의 희미한 녹색 벽에 걸려 있었다. 추위에 곱은 손이 바지 주머니 안에서 쉴 새 없이 꿈틀거렸다. 그는 낮고 또박또박한 소리로 혼잣말을 했다. "세상사 다 운이지. 메리베일가에 손 내미는 것도 이게 마지막이야. 그 빌어먹을 자린고비 놈만 아니었으면 에밀리가 얼마라도 줬을 텐데. 에밀리는 마음이 약하니까, 착한 에밀리. 그 사람들은 사람이 애를 써도 안 되는 게 있다는 걸 모르는 모양이더군. 아, 운이야, 운. 하늘은 알지, 그들이 옛날에는 내 말이라면 죽는 시늉이라도 하던 걸." 높아지는 목소리가 자기 귀에도 거슬렸다. 그는 입술을 앙다물었다. 내가 미쳐가나보군. 그는 침대와 벽 사이의 좁은 공간을 서성였다. 세 발자국, 세 발자국. 그러고는 세면대로 가서 물통에 입을 대고 물을 마셨다. 물에서는 썩은 나무와 구정물통 냄새가 났다. 그는 마지막 한 모금을 뱉었다. 지금 내게 필요한 건 안심스테이크지 물이 아냐. 그는 불끈 쥔 두 주먹을 마주 쳤다. 뭔가 해야 해. 뭔가 해야만 해.

그는 바지 엉덩이의 찢어진 곳을 가리려고 외투를 입었다. 너덜너덜한 소맷부리가 손목을 간질였다. 어두운 계단에서 삐걱 소리가 났다. 그는 쓰러질까 두려워 계단 손잡이를 꼭 잡았다. 기운이 하나도 없었다. 현관 앞 복도에서 노파가 문을 열고 그에게로 달려왔다. 틀어올린 숱 없는 흰 머리카락 밑으로 붙인 가짜 머리가 달아나려는 듯 옆

---

* 영국 화가 에드윈 랜시어의 작품.

으로 튀어나와 있었다.

"할랜드 씨, 삼 주 동안 밀린 집세는 언제 낼 거야?"

"버드코위츠 부인, 안 그래도 제가 지금 수표를 바꾸러 가는 중입니다. 그동안 사소한 문제지만 양해해주셔서…… 그리고 알아두시면 좋겠습니다만, 제가 다음 주 월요일부터 아주 좋은 일자리를 얻게 될 것 같은, 아니, 확실히 얻게 됩니다."

"삼 주 기다려줬어요…… 더는 못 기다려."

"아주머니, 제가 신사로서의 명예를 걸고……"

버드코위츠 부인의 어깨가 들썩이기 시작했다. 그녀의 목소리가 날카로워지더니 땅콩수레처럼 거센 소리가 튀어나왔다. "지금 십오 달러를 내든가 방을 내놓든가."

"오늘 저녁에 바로 드릴게요."

"오늘 저녁 언제?"

"여섯시요."

"좋아. 그 열쇠 내놔요."

"이러실 수는 없는 거죠. 혹시라도 제가 늦으면요?"

"그러니까 열쇠를 달라는 거지. 기다리는 건 더 못해."

"좋아요, 열쇠 드리죠…… 하지만 이런 모욕을 당하고 한지붕 아래 살기는 어려울 것 같군요."

버드코위츠 부인은 꽉 잠긴 소리로 웃었다. "듣던 중 반가운 소리네요. 십오 달러 갖다주고 바로 짐 싸면 되겠어." 그는 노끈으로 묶인 열쇠 두 개를 그녀의 파리한 손 위에 올려주고 문을 쾅 소리 나게 닫은 다음 거리로 걸어 나왔다.

그는 3번 애비뉴 모퉁이에서 걸음을 멈췄다. 오후 햇살이 뜨거워 귀 뒤로 땀이 흘러내리는데도 몸이 부들부들 떨렸다. 욕할 기운도 없었다. 불규칙한 소음의 파편을 쏟아내며 머리 위로 고가열차가 연달아 지나갔다. 트럭이 덜컹거리며 지나간 자리에서 먼지가 일어나고 가솔린과 짓뭉개진 말똥 냄새가 났다. 탁한 공기 속에서 상점과 식당 냄새가 났다. 그는 14번가를 향해 천천히 업타운을 걸어 올라갔다. 어느 모퉁이에선가 시가의 따뜻한 냄새가 굽이쳐오자 그는 누가 어깨에 손이라도 얹은 듯 문득 멈춰 섰다. 그는 한동안 멈춰 선 채로 가게 안을 들여다보았다. 가늘고 때 묻은 손가락이 담배 이파리로 시가를 말고 있었다. 그는 로미오와 줄리엣, 아르겔레스 모랄레스 같은 이름들을 떠올리며 코로 숨을 깊이 들이마셨다. 매끄러운 은박지를 떼어내고, 조심스레 띠를 벗겨낸 다음, 조그만 상아손잡이가 달린 주머니칼로 끝을 잘라버린다. 마치 생살을 깎아내듯 부드럽게 잘린다. 밀랍성냥의 냄새, 코를 간질이는 달곰씁쌀한 향을 깊이 들이마신다. 자, 선생, 그 노던퍼시픽 철도회사 채권 말이오…… 그는 레인코트의 젖은 주머니 속에서 주먹을 불끈 쥐었다. 빌어먹을 할망구, 내 열쇠를 뺏어가? 제길, 두고 보자. 조 할랜드가 이렇게 주저앉았어도 자존심까지 버린 건 아니야.

그는 14번가를 따라 서쪽으로 쉴 새 없이 걸었다. 꼬리를 물고 이어지는 생각에 지쳐 그는 지하에 있는 작은 문구점으로 들어갔다. 큰 걸음으로 휘청휘청 구석으로 들어가 작은 사무실 문 앞에 섰다. 접이식 뚜껑이 달린 책상 앞에 눈이 파랗고 머리가 벗어진 뚱뚱한 사내가 앉아 있었다.

"잘 있었나, 펠시어스?" 할랜드가 목쉰 소리로 물었다.

뚱뚱한 사내가 당황하며 자리에서 일어났다. "이게 누구세요, 할랜드 씨 아닙니까?"

"조 할랜드 맞네, 펠시어스…… 행색이 좀 아니네만." 웃음소리가 목구멍 속에서 사라진다.

"아니, 이거 뭐라고 말을 해야 할지…… 앉으시죠, 할랜드 씨."

"고마우이, 펠시어스…… 펠시어스, 난 그동안 신세 망쳤네."

"제가 마지막으로 뵌 게 오 년 전이었죠."

"나한테는 더러운 오 년이었지…… 내가 보기엔 다 운이야. 이 지구상에서 나한테 다시 행운이 올 날은 없겠지. 배짱으로 사들인 게 뛰어올라 회사를 한바탕 뒤흔든 일 생각나나? 그해 크리스마스에 직원들에게 보너스를 듬뿍 줬었지."

"그랬지요, 할랜드 씨."

"그래도 한때 월 스트리트에서 놀던 사람이 이렇게 작은 가게에 앉아 있으려면 답답하겠어."

"저는 이게 더 좋아요. 여긴 이래라저래라 할 사람도 없고요."

"부인이랑 아이들도 다 잘 있고?"

"네, 덕분에요. 잘 지냅니다. 큰녀석은 올해 고등학교를 졸업했어요."

"그 내 이름을 따라 이름을 지어준 아이 말인가?"

펠시어스가 고개를 끄덕였다. 소시지처럼 살찐 손가락으로 불안하게 책상 모서리를 치고 있었다.

"그 애에게 언젠가 뭘 해주려고 생각했었는데 말이지. 참 세상이란 게 우습지." 할랜드는 무기력하게 웃었다. 오싹한 검은 것이 뒤통수로 기어오르는 것 같았다. 그는 두 손으로 무릎을 잡고 팔에 힘을 주었다. "여보게 펠시어스, 그게 말이지. 내가 요즘 재정상황이 최악이야…… 자네도 알겠지만……" 펠시어스는 자기 앞의 책상만 물끄러미 바라보았다. 벗어진 머리에 땀이 송골송골 맺혔다. "살다보면 누구나 힘든 때가 있는 법 아닌가? 한 며칠만 얼마라도 빌려주게. 몇 달러라도. 이십오 달러 정도면 될 것 같은데……"

"할랜드 씨, 그건 안 되겠습니다." 펠시어스가 일어섰다. "죄송하지만 원칙은 원칙이라서요…… 저는 원래 빌려주고 빌리는 돈거래는 일절 하지 않습니다. 양해해주시리라 믿습니다만……"

"알겠네, 그만하지." 할랜드는 민망한 듯 일어섰다. "이십오 달러만 주게나…… 이젠 나도 늙었어. 이틀이나 굶었다네." 그는 구멍 난 신발을 내려다보며 중얼거렸다. 그는 몸을 가누려고 책상에 손을 뻗었다.

펠시어스는 타격을 피하려는 사람처럼 벽 쪽으로 물러났다. 그는 살찐 손가락을 떨며 오십 센트 동전을 그에게 내밀었다. 할랜드는 말없이 돈을 받아 쥐고 돌아서서 휘청휘청 거리로 나왔다. 펠시어스는 보라색 테두리가 둘러진 손수건을 꺼내 이마를 닦고 다시 편지로 눈길을 돌렸다.

삼가 여러분의 관심을 부탁드립니다. 멀린 사의 신제품 4종은 제지기술 사상 전례가 없는 획기적 상품으로 고객 여러분께 자신 있게 추천해드리는 바이며……

영화관에서 나온 그들은 휘황한 전등불 아래서 눈을 깜빡였다. 캐시는 그가 그 와중에 두 발을 벌리고 서서 시가에 불을 붙이는 모습을 바라보았다. 매커보이는 목이 두껍고 체격이 떡 벌어진 사내였다. 그는 싱글버튼 외투에 체크무늬 조끼를 받쳐 입고, 오톨도톨한 천으로 된 넥타이 위에 개 머리 모양의 핀을 꽂고 있었다.

"영화 한번 시시하군." 그가 으르렁거렸다.

"하지만, 모리뜨, 여행 장면은 좋았잖아요. 그 스위뜨 농부가 춤추는 장면에서는 나도 거기 있는 것 같았어요."

"우라질, 덥기는 또 얼마나…… 한잔해야겠군."

"안 돼요, 모리뜨. 약속했잖아요……" 그녀가 우는소리를 했다.

"그냥 소다수 한 잔 할 거니까 그렇게 숨넘어가는 소리 좀 하지 마."

"아, 그래요. 나도 소다수 좋아요."

"나중에 공원으로 산책 가지."

그녀는 속눈썹을 내리깔았다. "좋아요, 모리뜨." 그의 얼굴을 쳐다보지 않고 속삭이며 그녀는 수줍게 그의 겨드랑이로 손을 밀어넣었다.

"제길, 이렇게 거덜나지만 않았더라면."

"모리뜨, 난 상관없어요."

"난 절대 상관있어."

콜럼버스 광장에서 그들은 드럭스토어에 들어갔다. 초록, 보라, 핑크빛 여름옷을 입은 소녀들, 밀짚모자를 쓴 젊은이들이 소다수 판매대 앞에 세 줄로 서 있었다. 캐시는 뒤로 물러나 그가 사람들 사이를 비집고 들어가는 모습을 감탄스러운 눈으로 바라보았다. 그녀 뒤에서 한 남자가 테이블 위로 몸을 숙이고 젊은 여자와 수다를 떨었다. 그들의 얼굴은 모자 챙에 가려 보이지 않았다.

"사람을 뭘로 보는 거야, 내가 그에게 말했지. 그러고 나서 회사를 그만뒀어."

"해고당했단 말이네."

"그러기 전에 내가 그만뒀대도 그러네…… 그 작잔 정말 나쁜 놈이야. 그놈 말이라면 더이상 듣기도 싫어. 내가 사무실을 나오는데 뒤에서 부르더군…… 그러곤 이러는 거야. 이 애송아, 이 도시에서는 윗사람을 알아볼 줄 알아야 일이 풀리는 거야. 네가 윗사람이 아니란 걸 명심해야 한단 말이지."

모리스는 바닐라 아이스크림소다를 그녀에게 내밀었다. "캐시, 또 무슨 공상에 빠진 거야. 남들이 보면 코카인중독자인 줄 알겠어." 그가 환하게 눈웃음을 지으며 말했다. 그녀는 소다를 받았다. 그는 코카콜라를 마셨다. "고마워요." 그녀가 말했다. 그녀는 입을 내밀고 한 스푼 가득 아이스크림을 떠먹었다. "아, 모리뜨, 너무 맛있어요."

둥근 아크등 불빛 사이의 좁은 길은 어둠에 잠겨 있었다. 비스듬한 빛과 비틀거리는 그림자들 너머로 먼지 낀 나뭇잎과 짓눌린 풀 냄새가 풍겼다. 이따금 잡목들 아래 축축한 땅에서 시원한 향내도 떠올랐다.

"아, 난 공원이 좋아요." 캐시가 노래하듯 말했다. 그녀는 트림이 나오려는 것을 참았다. "있잖아요, 모리뜨. 아이스크림은 먹지 말 걸 그랬나봐요. 먹으면 꼭 가스가 차요."

모리스는 아무 말도 하지 않았다. 그는 그녀에게 팔을 둘러 가까이 끌어당겼다. 걸을 때 서로의 허벅지가 부딪쳤다. "피어폰트 모건이 죽었다던데…… 나한테 한 몇백만 달러만 좀 남겨주지."

"모리뜨, 정말 그랬다면 좋겠죠? 그럼 우리, 어디서 살까요? 센트럴 공원 남쪽이요?" 그들은 콜럼버스 광장에서 비치는 전기 간판의 불빛을 돌아보았다. 하얀 칠을 한 왼편의 아파트 창에서 불빛이 커튼을 뚫고 흘러나왔다. 그는 흘깃 주변을 훑어보더니 그녀에게 키스했다. 그녀는 입을 비틀어 그의 입술을 떼어냈다.

"이러지 마요…… 누가 봐요." 그녀는 가쁜 숨을 쉬며 속삭였다. 몸속에서는 발전기 같은 것이 윙윙 돌아가는 것 같았다. "모리뜨, 꿍쳐놨던 얘기가 있어요. 골드와이저가 다음번 공연에서 나한테 특별한 역할을 맡기려나봐요. 이류 지방 순회극단의 무대감독인데 회사에서 힘이 많은 사람이에요. 그가 어젯밤 내 춤을 봤어요."

"그래서 뭐래?"

"월요일에 거물급 인사에게 인사시켜주겠다고요…… 아, 하지만 모리뜨, 난 그런 일 하고 싶지 않아요. 너무 천하고 구역질나요…… 난 아름다운 일을 하고 싶어요. 내 안에 그런 것들이 있는 걸 느껴요, 이름 붙일 수 없지만 이 안에서 퍼덕이는 게 있어요. 보기 싫은 철창 안에 갇힌 아름다운 깃털을 가진 새예요."

"당신은 그게 탈이야. 그렇게 콧대만 세우다가 날 새지."

그녀는 눈물이 그렁한 눈으로 그를 바라보았다. 하얀 가루처럼 퍼지는 아크등 불빛에 눈물이 반짝였다.

"오, 이런. 캐시, 울라고 한 얘기가 아닌데. 내가 괜한 말을 했어."

"모리뜨, 당신한테는 콧대를 세우지 않잖아요." 그녀가 훌쩍이며 눈물을 닦았다.

"왜, 아주 아니라고는 못하지. 그게 화나. 나는 내 여자친구가 날 좀 귀여워해주고 사랑해줬음 좋겠단 말이야. 캐시, 인생이 그렇게 뜻대로만 되는 게 아니야."

둘이 딱 붙어 걸어가는데 발밑에 돌바닥이 나타났다. 그들은 덤불로 둘러싸인 화강암 언덕에 와 있었다. 빌딩의 불빛이 공원 안으로 들어와 그들의 얼굴을 비췄다. 그들은 떨어져 서서 손을 잡고 있었다.

"105번가의 빨강머리를 봐…… 그 여자는 남자랑 단둘이 있을 때 그렇게 콧대를 세울 것 같지 않던데."

"나쁜 여자예요. 누가 뭐라고 하든 남의 말에 신경도 안 쓸 테고…… 아, 당신 정말 실망스러워요." 그녀가 다시 울기 시작했다.

그는 그녀를 거칠게 당겨 두 팔로 등을 감싸안고 몸을 밀착시켰다. 그녀는 다리에 힘이 풀리는 걸 느꼈다. 무지갯빛이 아득한 어딘가로 떨어지는 것만 같았다. 그는 그녀에게 숨 쉴 틈을 주지 않고 입을 맞췄다.

"조심해!" 그가 속삭이며 그녀를 풀어주었다. 그들은 비틀거리며 울타리 사이로 걸었다. "아무것도 아니었나보군."

"뭐가요, 모리뜨?"

"경찰인 줄 알았지. 어디 갈 데가 있어야지. 더러워서. 당신 집으로 가면 안 될까?"

"모리뜨, 거긴 보는 눈이 많아요."

"그래서? 거기 있는 사람들도 다 하잖아."

"아, 당신 정말 못하는 말이 없군요. 그런 말 할 때 보면…… 진짜 사랑은 순결하고 다정한 거예요…… 모리뜨, 당신은 날 사랑하지 않는 거예요."

"잔소리 좀 그만할 수 없어, 캐시? 잠깐이라도? 제기랄, 거덜난 신세 정말 더럽군."

그들은 가로등 아래 벤치에 앉아 있었다. 등뒤의 도로에서는 자동차들이 씽씽 소리를 내며 두 줄로 하염없이 달리고 있었다. 그녀가 그의 무릎에 손을 얹자 그가 크고 짤막한 손을 포겠다.

"모리뜨, 우린 이제부터 아주 행복해질 거예요, 확실해요. 당신은 좋은 일자리를 얻게 돼요, 틀림없어요."

"난 그렇게 생각 안 해…… 나도 이제 나이를 먹을 만큼 먹었어, 캐시. 난 이제 더 허비할 시간이 없다고."

"아직 젊기만 해요. 아직 서른두 살밖에 안 됐잖아요…… 이건 내 예감인데 엄청나게 좋은 일이 기다리고 있어요. 난 춤출 수 있을 거예요."

"사실 당신이 그 빨강머리보다 더 잘 벌어야 옳지."

"일레인 오글또프 말이에요? ……그 여자 얼마 못 벌어요. 여하튼 난 그 여자와 달라요. 난 돈 때문에 일하는 게 아녜요. 춤은 내 인생의 전부예요."

"난 돈을 벌고 싶어. 돈이 있으면 하고 싶은 걸 할 수 있어."

"모리뜨, 간절히 원하면 세상에 못할 일이 없다는 거 알아요? 난 그 말 믿어요."

그는 한 손을 그녀의 허리에 둘렀다. 차츰차츰 그녀의 고개가 그의 어깨로 기울어졌다. "아, 난 아무래도 좋아요." 그녀가 마른 입술로 속삭였다. 그들 뒤로 리무진, 로드스터, 투도어 세단, 세단이 차도를 따라 뱀처럼 꿈틀거리며 두 줄기의 부드럽게 이어지는 빛의 흐름 속으로 달렸다.

밤색 서지 옷을 갤 때 좀약 냄새가 났다. 그녀는 몸을 구부리고 트렁크 속에 옷을 챙겨넣었다. 손으로 주름을 펴려니까 옷 아래 깔아놓은 얇은 종이가 바스락거렸다. 보라색 여명이 전등 빛을 충혈된 눈처럼 붉게 만들었다. 엘런은 갑자기 일어나 팔을 늘어뜨리고 얼굴을 붉혔다. "너무 초라해." 그녀는 옷가지들 위에 수건을 한 장 편 다음 빗, 손거울, 슬리퍼, 슈미즈, 파우더 박스 등을 아무렇게나 쌓아 올렸다. 그러고는 트렁크 뚜껑을 탕 소리 나게 닫았다. 트렁크에 자물쇠를 채운 후 열쇠를 납작한 악어가죽 핸드백 안에 넣었다. 그녀는 멍하니 방 안을 둘러보며 부러진 손톱을 빨았다. 노란 햇살이 환풍기 뚜껑과 맞은편 주택들의 코니스를 비스듬히 비췄다. 그녀는 어느새 트렁크 아래쪽 모서리에 새겨진 하얀색 이니셜을 보고 있었다. E. T. O. "다 너무 더럽고 치사해." 그녀가 거듭 말했다. 그녀는 서랍장 위의 손톱 다듬는 줄을 들어 O자를 긁어냈다. "휘." 그녀는 낮게 중얼거리며 손가락을 튕겼다. 양동이 모양의 조그만 검정색 모자를 쓰고 운 흔적을 사람들에게 들키지 않도록 베일을 두른 다음 실크숄 위에 책들을 수북이 올려놓고 묶었다. 『청춘의 해후』*, 『차라투스트라는 이렇게 말했다』, 『황금당나귀』**, 『가상대화』***, 『아프로디테』, 『빌리티스의 노래』****,

---

* 20세기에 활동한 스코틀랜드 작가 에드워드 매켄지 경의 작품.
** 고대 로마 작가 루키우스 아풀레이우스의 소설.

『옥스퍼드판 프랑스 시집』.

가볍게 노크 소리가 났다. "누구세요?" 그녀가 속삭이듯 물었다.

"나야." 울먹이는 목소리가 들려왔다.

엘런이 잠갔던 문을 열었다. "캐시, 무슨 일이야?" 캐시가 젖은 얼굴을 엘런의 목에 대고 비볐다.

"캐시, 내 베일 다 버리겠어…… 대체 무슨 일이기에 그래?"

"나 밤새 한잠도 못 자고 생각했어, 네가 얼마나 불행하다고 느낄지."

"캐시, 난 태어나서 이렇게 행복해본 적이 없는걸."

"남자들은 정말 저속하지 않아?"

"아니…… 여자들에 비하면 그래도 나아."

"일레인, 너에게 할 말이 있어. 너한테 난 아무래도 상관없을 테지만, 그래도 너에게 얘기해야만 해."

"캐시, 아무래도 상관없다니…… 바보 같은 소리 마. 하지만 난 지금 바쁘니까…… 지금은 가서 자고 나중에 얘기하지 않을래?"

"지금 당장 얘기해야만 해." 엘런은 할 수 없이 트렁크 위에 앉았다. "일레인, 나 모리뜨와 끝냈어…… 너무 비참하지 않니?" 캐시는 라벤더색 가운의 소매로 눈물을 닦으며 엘런의 트렁크 위에 나란히 앉았다.

"캐시, 있잖아," 엘런이 부드럽게 말했다. "잠깐만 기다려봐. 나 전

*** 19세기 영국의 시인 W. S. 랜도의 산문.
**** 19세기 말과 20세기 초의 프랑스 문인 피에르 루이스의 작품. 『아프로디테』는 소설, 『빌리티스의 노래』는 산문시집.

화로 택시를 부르고 올게. 조조가 일어나기 전에 여길 떠나고 싶어. 소란은 질색이야." 복도에서는 잠과 마사지크림 냄새가 풍겼다. 엘런은 수화기에 대고 낮은 소리로 말했다. 차고계 남자 직원의 걸걸한 목소리가 듣기 좋았다. "네, 곧 가겠습니다, 아가씨." 그녀는 까치발로 용수철 튀듯 걸어 방으로 돌아와 문을 닫았다.

"일레인, 나는 그가 나를 사랑한다고 믿었어. 남자들은 정말 저속해. 모리뜨는 내가 자기와 함께 살지 않는다고 화를 냈어. 난 그건 부도덕한 일 같아. 그를 위해서라면 손발이 부서져라 일했어. 그 사람도 그건 알아. 그게 벌써 이 년 아냐? 그런데도 날 자기 사람으로 만들지 않고는 계속 만날 수가 없다나. 무슨 말인지 알겠지? 그래서 내가 그랬어. 우리 사랑은 이대로도 몇 년이고 계속될 수 있다고. 난 그와 키쓰 한 번 안 한다 해도 죽을 때까지 그를 사랑할 수 있을 거야. 사랑은 그렇게 순수해야 하는 것 아니니? 그런데 그 사람은 내 직업까지 비웃었어. 내가 감독과 그렇고 그런 사이라고. 그러면서 자기를 가지고 놀았다나. 그래서 대판 따웠어. 내게 욕을 퍼붓고 다시는 오지 않겠다며 가버렸어."

"걱정 마, 캐시. 다시 올 거야."

"일레인, 넌 어쩜 외적인 것만 생각하니? 내 말은 정신적으로 우리의 관계가 영원히 깨지고 말았다는 거야. 모르겠니? 우리 사이엔 아름답고, 고귀하고, 영혼이 깃든 뭔가가 있었어. 그게 깨졌다고." 그녀는 얼굴을 엘런의 어깨에 대고 다시 훌쩍이기 시작했다.

"캐시, 대체 이래봐야 무슨 소용이 있어? 네가 왜 이러는지 이해가 안 가."

"넌 이해 못하는구나. 넌 너무 어려. 나도 전엔 너처럼 그랬어. 단지 남자경험이 없고 결혼을 안 했다 뿐이지. 난 정신적인 아름다움을 원해. 내가 춤과 인생을 통해 추구하는 게 바로 그거야. 난 세상 도처의 아름다움을 추구했고, 모리쯔도 그런 줄 알았어."

"아름다움을 추구한 건 모리스도 마찬가지네."

"오, 일레인. 너 사람 놀리기야. 난 그래도 네가 좋아."

엘런은 자리에서 일어났다. "택시 운전사가 벨을 누르기 전에 빨리 내려가봐야겠어."

"하지만 이렇게 가버릴 순 없잖아."

"있는지 없는지 한번 봐." 엘런은 책을 싼 보따리를 한 손에 쥐고 다른 손에는 까만 화장품가방을 들었다. "저, 캐시. 운전사가 방으로 올라오면 트렁크가 어디 있는지 가르쳐줄래? ……그리고 하나 더. 스탠 에머리한테서 전화가 오면 브리부트나 라파예트 호텔에 전화해보라고 말해줘. 지난주에 예금을 안 했기에 다행이지…… 혹시 잊어버리고 두고 간 게 있으면 너 가져도 돼. ……잘 있어." 그녀는 베일을 걷고 캐시의 두 뺨에 재빨리 입을 맞췄다.

"아, 일레인 넌 어쩜 이렇게 용감할 수 있니…… 혼자서 집을 나갈 생각을 하다니…… 루뜨랑 함께 찾아가도 되지? 우리가 널 얼마나 좋아하는데. 일레인, 넌 꼭 크게 성공할 거야. 난 확신해."

"그리고 조조한테 내가 있는 곳은 말 않겠다고 약속해줘. 그러지 않아도 얼마 안 가 찾아내겠지만…… 다음 주에 내가 그에게 전화할 거야."

현관에 서서 초인종 위의 이름을 살펴보던 택시 운전사는 트렁크를 가지러 올라갔다. 엘런은 기분좋게 택시 안의 먼지 낀 가죽의자에 앉아 강바람이 섞인 아침 공기를 깊이 들이마셨다. 기사는 등에 진 트렁크를 내려놓으며 그녀에게 미소를 지어 보였다.

"꽤 무거운걸요, 아가씨."

"무거운 걸 혼자 드시게 해서 어쩌죠."

"뭐, 더 무거울 때도 있는걸요."

"5번 애비뉴와 8번가 근처의 브리부트 호텔로 가주세요."

기사는 크랭크를 돌리려고 몸을 숙이며 모자를 뒤로 젖혔다. 붉고 고불거리는 머리가 이마를 덮고 있었다.

"됐습니다, 원하시는 곳으로 모셔다드리죠." 흔들리는 차에 올라타며 그가 말했다. 자동차가 브로드웨이의 텅 빈 햇살 속으로 꺾어들자 엘런은 행복감이 로켓처럼 솟구치는 기분이었다. 알싸한 바람이 얼굴에 불어왔다. 택시 운전사가 열어둔 칸막이창 너머로 말을 건넸다.

"기차를 타고 어디로 떠나시려나보다 했어요, 아가씨."

"떠나는 거 맞는데요."

"떠나기에 좋은 날입니다."

"남편을 떠나는 거예요." 미처 멈출 사이도 없이 말이 흘러나왔다.

"쫓겨났어요?"

"그건 아니고요." 그녀가 웃으며 말했다.

"전 삼 주 전에 우리 마누라한테 쫓겨났어요."

"어쩌시다가요?"

"어느 날 밤에 집에 들어가보니 마누라가 문을 잠가놓고 들여보내주질 않더라고요. 일 나간 동안에 자물쇠를 바꿔버렸습디다."

"어떻게 그럴 수가."

"저더러 술을 너무 마신다고 하더군요, 마누라가. 저도 이젠 안 들어가요. 돈 한 푼 벌어다주나 봐라…… 문 잠가놓으라지요. 저도 이제 지긋지긋합니다. 동료와 함께 22번 애비뉴에 방을 하나 구했어요. 방에다 피아노나 한 대 갖다놓고 조용히 살려고요. 여자랑은 아예 연을 끊으렵니다."

"결혼생활에 미련이 없으신 거군요, 그렇죠?"

"말해 뭐 해요! 결혼하기 전에야 마냥 좋죠. 결혼은 숙취 같은 거예요."

희고 텅 빈 5번 애비뉴에 세찬 바람이 불었다. 매디슨 광장의 나무들은 어두운 방 안의 양치식물처럼 예상 밖으로 환한 초록색을 뿜어냈다. 브리부트 호텔에서 잠에 취한 짐꾼이 나와 그녀의 짐을 받았다. 천장이 낮고 하얀 방 안의 빛바랜 빨간색 안락의자 위에서 햇빛이 졸고 있었다. 엘런은 어린아이처럼 방 안을 뛰어다니며 박수를 쳤다. 그녀는 입을 쑥 내밀고 고개를 비스듬히 기울인 채 화장대 위에 세면도구들을 정리했다. 노란 잠옷을 의자에 걸쳐놓고 옷을 벗은 다음 거울 앞에 섰다. 그녀는 자신의 벌거벗은 몸을 들여다보며 봉긋하고 탄탄한 사과 모양의 가슴을 두 손으로 감쌌다.

그녀는 잠옷을 입고 전화기 쪽으로 갔다. "108호실인데요, 코코아 한 주전자와 롤빵을 좀 가져다주세요…… 되도록 빨리요." 그녀는 침대로 들어가 시원하고 구김 없는 시트 속에서 다리를 쭉 뻗고 누우면서 웃음을 터뜨렸다.

실핀이 머리를 찔렀다. 그녀는 일어나 핀들을 뽑은 다음 무겁게 틀어 올렸던 머리를 풀어 어깨 위로 늘어뜨렸다. 그리고 무릎을 턱 밑으로 당겨 앉아 곰곰이 생각에 빠졌다. 이따금 트럭이 덜컹거리며 거리를 지나가고 아래층 주방에서 식기 부딪치는 소리가 들려왔다. 잠에서 깨어나는 교통 소음이 차츰 사방에 퍼져갔다. 그녀는 배가 고프고, 외로웠다. 침대는 뗏목이었다. 그녀는 외롭게, 언제나 외롭게 거친 대양 위를 표류하고 있었다. 등줄기에 소름이 끼쳤다. 그녀는 무릎을 턱 밑으로 더 가까이 끌어당겼다.

3. 열흘 붉은 꽃 없다

해는 뉴저지 쪽으로 기울어 호보컨 뒤로 사라진다.

타자기 뚜껑이 덮이고 뚜껑이 달린 책상이 닫힌다. 엘리베이터는 빈 채로 올라와 사람을 가득 태우고 내려간다. 도시 중심가에서는 썰물이 일고, 플랫부시, 우드론, 다이크먼 스트리트, 십스헤드 만, 뉴로츠 애비뉴, 커나시에는 밀물이 들 때다.

분홍색 신문, 초록 신문, 회색 신문, 시장 동향, 하버 디 그레이스의 경마 결승전. 상점에서 부대끼고 사무실에서 지친 축 늘어진 얼굴들, 상처 난 손가락, 아픈 발들 위로 신문지들이 우글거린다. 지하철 급행열차 안으로 팔힘이 센 사내들이 밀려들어간다. 세네이터스 대 자이언츠 8:2, 디바 진주를 되찾다, 80만 달러 도난.

월 스트리트에는 썰물, 브롱크스에는 밀물이다.

해는 뉴저지에서 저문다.

"무슨 소리!" 필 샌드본이 주먹으로 테이블을 쾅 때리며 외쳤다. "내 생각은 달라…… 품행이고 뭐고 남이 상관할 바 아니야. 능력이 중요하지."

"그래서?"

"그래서 난 스탠퍼드 화이트가 누구보다 뉴욕 시를 위해 많은 일을 했다고 생각해. 그가 나타나기 전엔 건축이 뭔지 아무도 몰랐지…… 그런 사람을 저 소란 녀석이 태연하게 쏴 죽이고도 죗값도 치르지 않다니……* 세상에, 이 도시의 인간들이 기니피그만큼이라도 생각이란 게 있다면……"

"필, 자네 또 아무것도 아닌 일로 흥분하는군." 얘기를 듣던 사내가 시가를 물고 하품을 하며 회전의자에 몸을 기댔다. "아, 제기랄. 휴가나 갔으면 좋겠어. 메인 주의 숲으로 다시 돌아갈 수 있다면 얼마나 좋을까."

"유대인 변호사니 아일랜드인 판사니 해도 별수 있겠어?" 필이 툴툴거렸다.

"에잇, 그만하지."

"하틀리, 자넨 정말 공공정신이 투철하다니까."

하틀리는 웃으며 손으로 자신의 대머리를 쓰다듬었다. "겨울엔 그

---

* 해리 켄달 소가 자신의 아내이자 『빨간 머리 앤』의 실제 모델이기도 한 이블린 네스빗의 과거 연인이었던 스탠퍼드 화이트를 살해한 사건. 이 스캔들은 후에 영화 〈둘로 잘린 소녀〉로 만들어지기도 함.

런 말도 좋게 들리지. 하지만 여름엔 견딜 수가 없어…… 난 삼 주간의 휴가만 보고 살아. 뉴욕의 건축가들이 다 맞아죽는다 해도 나랑 무슨 상관이야. 뉴로셀까지의 통근비만 오르지 않는다면. 식사하러 가지."

엘리베이터를 타고 내려오며 필이 계속 말했다. "그 사람 말고 타고난 건축가를 딱 한 명 더 알아. 저 스페커 영감 말이야. 북부로 막 왔을 때 내가 그 밑에서 일했거든. 그도 훌륭한 덴마크인이었지, 이 년 전에 암으로 죽었지만. 정말 대단한 건축가였어. 그가 공동체건물이라고 이름을 붙인 설계도와 사양서가 집에 한 부 있는데…… 75층 건물에 각 층마다 일종의 공중정원이라고 할 수 있는 테라스가 있고, 호텔, 극장, 증기탕, 수영장, 백화점, 난방장치와 냉장실과 창고 등이 모두 한 건물에 들어 있어."

"그 사람 마약했어?"

"절대, 아냐."

그들은 34번가를 지나 동쪽으로 걸었다. 후끈한 정오의 더위 속에 인적은 드물었다. "이야!" 필 샌드본이 갑자기 탄성을 질렀다. "이 도시의 여자들은 해가 갈수록 예뻐지는군. 자네는 새로운 유행이 맘에 드나?"

"말이라고. 이 몸도 해가 갈수록 늙는 대신 젊어질 수만 있다면."

"우리 늙은이들이야 지나가는 여자들 눈요기로 족해야지."

"다행인 줄 알아. 안 그랬단 마누라들이 경찰견 끌고 쫓아 나설걸…… 에고, 좋은 시절 다 갔구나!"

그들이 5번 애비뉴를 건너갈 때 필은 택시 안에 앉아 있는 젊은 여자를 보았다. 빨간 꽃장식이 달린 검은 모자의 챙 아래서 회색 눈이 그의 눈과 마주치며 짙은 초록색 불을 일으켰다. 그는 숨을 삼켰다. 교통소음이 멀리 사라졌다. 제발 시선을 돌리지 마라. 두 걸음 다가가 차 문을 열고 그녀의 곁에 앉아라. 새가 내려앉은 듯 날씬한 저 몸 옆에. 기사양반, 속력을 내시오. 그녀가 그를 향해 입술을 내민다. 눈꺼풀이 파르르 떨린다. 새장 속에 갇힌 새처럼. "이봐, 정신 차려." 등 뒤에서 쇳덩이 소리가 귀청을 찢듯 다가와 그를 지나친다. 5번 애비뉴가 빨강, 파랑, 자주색 소용돌이가 되어 빙빙 돈다. 오, 맙소사. 오, 맙소사. "알았으니 그만해. 내가 알아서 금방 일어날 테니." "거기 물러서! 뒤로 가!" 고함치는 소리, 파란 기둥처럼 굳은 경찰들. 그의 등과 다리에 덥고 끈적거리는 피가 흘렀다. 5번 애비뉴에 통증을 호소하는 소리가 높아진다. 딸랑딸랑 작은 종소리가 점점 가까워진다. 그를 구급차에 싣고 나자 5번 애비뉴에는 숨 막히는 죽음의 비명이 째질 듯 울려 퍼진다. 뒤집혀 힘을 쓰지 못하는 거북처럼 그는 그녀를 바라보기 위해 목을 움직인다. 내 눈빛이 강철 올가미처럼 그녀를 옭아매지 못했단 말인가? 그는 자기도 모르게 흐느끼고 있었다. 내가 죽었는지 보려고 남을 수도 있었을 텐데. 딸랑딸랑 종소리는 밤 속으로 희미하게, 희미하게 퍼져갔다.

길 건너편의 도난경보기는 그칠 줄 몰랐다. 지미는 염주알처럼 그 소리에 꿰여 딱딱한 토막잠을 자고 있었다. 그는 문을 두드리는 소리에 잠이 깼다. 뒤척이며 일어나보니 스탠 에머리가 얼굴에 먼지를 뒤집어쓰고, 빨간 가죽외투 주머니에 손을 찔러넣은 채 침대 발치에 서 있었다. 그는 발꿈치를 든 채 갈지자로 비틀거리며 웃고 있었다.

"맙소사, 지금이 몇시야?" 지미가 침대에 앉아 손마디로 눈을 비볐다. 그는 하품을 하고 못마땅한 듯 둘러보았다. 벽지는 미네랄워터 병의 죽은 초록색이었고, 갈라진 초록색 블라인드 틈으로 긴 햇빛이 군데군데 부서져 새어 들어왔다. 대리석 벽난로는 빛바랜 장미꽃 문양이 새겨진 법랑뚜껑으로 막혀 있고, 침대 발치에는 푸른색 목욕가운이 널브러져 있었다. 엷은 자줏빛 유리재떨이 안에는 담배꽁초가 수북하다.

적갈색으로 그을린 스탠의 얼굴이 먼지를 뒤집어쓰고 웃고 있었다. "열한시 반이야." 그가 말했다.

"여섯 시간 반은 잤군. 그럼 됐어. 그런데 스탠, 자네는 여기서 뭘 하고 있어?"

"허프 군, 집에 술 좀 없을까? 딩고와 난 목이 말라 죽을 지경이야. 보스턴에서 여기까지 총알같이 달려오느라 중간에 딱 한 번밖에 못 쉬었거든. 가솔린을 넣고 물만 마셨지. 이틀 동안 한잠도 못 잤어. 주말까지 버티나 한번 보려고."

"맙소사, 난 주말까지 실컷 잠이나 잤으면 좋겠네."

"허프 군, 자네는 역시 신문사에서 쉴 틈 없이 바쁜 게 어울려."

"스탠, 자네한테 어울리는 건 뭔 줄 아나……" 지미가 몸을 돌려 침대 가장자리에 걸터앉았다. "어느 날 아침에 눈떠보면 시체 안치실의 대리석판 위에 누워 있을 거야."

욕실에서는 다른 사람들의 치약과 소독약 냄새가 났다. 지미는 젖은 욕실매트를 네모나게 말아 구석으로 치우고 조심스레 슬리퍼를 벗었다. 찬물이 닿자 전신에 기운이 돌아왔다. 그는 머리에 물을 충분히 적신 다음 샤워기 아래서 뛰어나와 개처럼 몸을 흔들었다. 귀와 눈에 고인 물을 털어내고 목욕가운을 입은 다음 얼굴에 비누칠을 했다.

흘러라 강물이여, 흘러라
바다까지 흘러가거라

그는 음정이 맞지 않는 노래를 부르며 면도기로 턱을 쓸어내렸다. 그루버 씨, 안됐지만 다음 주면 전 사표를 냅니다. 예, AP통신의 해외 특파원이 되어 외국으로 갑니다. UP통신의 특파원이 되어 멕시코로 갑니다. 아니, 그보다 머드터틀 가제트의 특파원이 되어 꺼져버릴 가 능성이 더 높겠지만요. 하렘의 크리스마스에는 환관들도 모두 모였네.

······ 센 강변에서
서스캐처원 강변까지

그는 얼굴에 리스테린*을 골고루 뿌리고 세면도구를 젖은 수건에 둘둘 말아넣었다. 따끔거리는 얼굴로 초록색 양탄자가 깔린, 양배추 냄새 나는 뒤쪽 계단을 올라가 복도를 지나 침실로 갔다. 가는 길에 실내용 모자를 쓴 뚱뚱한 주인여자와 마주쳤다. 그녀는 양탄자를 청 소하다가 파란 목욕가운 아래 드러난 그의 마른 맨발을 쌀쌀한 눈초

---

* 구강청정제. 초기에는 외과용 소독제로 사용되기도 했다.

리로 바라보았다.

"좋은 아침입니다, 매기니스 부인."

"허프 씨, 오늘은 아주 더워진다더군요."

"네, 그럴 것 같네요."

스탠은 침대에 누워 『천사들의 반항』*을 읽고 있었다. "제길, 나도 너처럼 외국어 몇 가지 할 줄 알면 얼마나 좋을까, 허프."

"프랑스어는 잊은 지 오래됐어. 배우는 건 어려워도 잊는 건 잠깐이야."

"참, 말해두는데 나 대학에서 쫓겨났어."

"어쩌다?"

"학장이 내년에는 오지 않는 게 좋겠다고 그러는 거야…… 내 활동성이 더 활발하게 활약할 적합한 활동분야가 따로 있을 거라나. 한마디로 개소리지."

"그런 치욕을."

"아니, 뭐 치욕이랄 것까진. 그런 생각이었으면 왜 날 진작 내쫓지 않았느냐고 물었어. 아버지가 알면 한바탕 뒤집어질 텐데…… 적어도 일주일은 집에 안 가고 버틸 거야. 현금이 충분히 있으니까. 어차피 나는 상관없어. 그건 그렇고 집에 정말 술 좀 없어?"

"스탠, 나 같은 월급쟁이 노예가 일주일에 삼십 달러 받아서 와인 셀러라도 지어둬야겠어?"

"정말 시시한 방이군…… 자네도 나처럼 자본가의 자식으로 태어

---

* 아나톨 프랑스의 1914년작 소설.

날 걸 그랬어."

"이 방 괜찮은 방이야…… 저 경보기만 밤새도록 울리지 않는다면. 저 소리 때문에 돌겠어."

"저거 도난경보기지?"

"사람도 살지 않는 집에 무슨 도둑이 들어온다고. 혼선을 일으켰든가 그렇겠지. 언제 멈출지 몰라 오늘 아침에 잠자리에 들어갈 땐 환장하겠더라고."

"친애하는 제임스 허프 군, 설마 밤마다 멀쩡한 정신으로 집에 들어온다는 말인가?"

"저 빌어먹을 경보음을 듣지 않으려면 내가 귀머거리가 되든가 해야지, 취했건 멀쩡하건."

"자, 영향력 있는 대주주의 권한으로 밖에 나가 점심을 함께했으면 하는데. 욕실에서 꼬박 한 시간을 꼼지락거린 건 알고 있나?"

그들은 계단을 내려갔다. 처음에는 면도 거품 냄새, 이어서 놋쇠광택제, 다음에는 베이컨 냄새, 머리카락 타는 냄새, 쓰레기와 석탄가스 냄새가 났다.

"허프, 자네는 대학 안 다녀도 되니 운이 좋아."

"무슨 뚱딴지같은 소리야. 이래 봬도 난 컬럼비아 대학 졸업했어. 너 같으면 어림도 없지."

지미가 문을 열자 따끔따끔한 얼굴에 햇살이 닿았다.

"거긴 안 쳐줘."

"아, 햇살 한번 좋군." 지미가 외쳤다. "진짜 콜롬비아를 다녀볼 걸 그랬어……"

"컬럼비아, 만세*라도 외치시겠다는 건가?"

"아냐. 난 보고타와 오리노코 강, 그런 걸 말한 거야."

"내가 좋아하는 친구 중에 보고타에 간 녀석이 있어. 상피병(象皮病)으로 죽지 않으려고 죽을 때까지 술을 마셔야 했지."

"난 이 소굴에서 빠져나갈 수만 있다면 상피병이든 선페스트든 발진티푸스든 기꺼이 앓아주겠어."

"광란과 걸음과 환락의 도시……"**

"광란 좋아하네. 우리가 뉴욕 할렘 가 헌너터티터드***에서 주구장창 하는 말이지만…… 어릴 때 사 년을 빼곤 평생 이 빌어먹을 도시에서 썩고 있는 거 보면 모르겠어? 여기서 나고 여기서 죽을 게 빤하지…… 해군이라도 되어서 세상을 돌아보고 싶어."

"새로 칠한 딩고를 본 소감은 어때?"

"멋있지. 먼지만 닦으면 멀쩡한 메르세데스야."

"나는 소방차처럼 빨갛게 칠하고 싶었는데 정비소 직원이 꾀어대는 바람에 경찰차처럼 파랗게 칠해버렸지 뭐야. 무킨****에 가서 압생트라도 한 잔 하는 건 어때?"

"아침으로 압생트라고…… 맙소사."

그들은 23번가를 따라 서쪽으로 차를 달렸다. 창에서 흘러나오는 불빛, 배달수레들의 길게 이어지는 불빛, 8자 모양 니켈 장식의 빛.

---

* 〈컬럼비아, 만세〉는 1931년까지 비공식 미국 국가였다.
** 월트 휘트먼의 시 「광란의 도시」.
*** 흑인 말투로 133번가를 발음하는 것을 흉내 내고 있다.
**** 당시 6번 애비뉴에 있던 파리 스타일의 레스토랑 겸 와인바.

"지미, 루스는 잘 지내고?"

"잘 지내. 아직도 일자리를 못 구해서 그렇지."

"저기 봐, 다임러다."

지미가 뭔가 구시렁거렸다. 6번 애비뉴로 접어들자 경찰이 그들을 세웠다.

"배기관이 열렸소." 경찰이 고함쳤다.

"지금 수리하러 정비소로 가는 중입니다. 소음기가 떨어져 나오려고 하네요."

"서둘러요…… 다음에 또 걸리면 벌금이오."

"스탠, 아무튼 수단은 좋아." 지미가 말했다. "난 너보다 세 살이나 많은데도 나이 헛먹었지."

"타고나는 거야."

레스토랑에서는 튀긴 감자와 칵테일, 시가와 칵테일 냄새가 기분 좋게 풍겨왔다. 더운 실내는 이야깃소리와 땀에 젖은 얼굴들로 가득했다.

"그런데 스탠, 나와 루스에 대해 물을 때 그렇게 로맨틱하게 눈을 굴리지 말라고…… 우린 단지 친구일 뿐이야."

"솔직히 별생각을 한 건 아니지만, 그래도 뭔가 아쉬운걸. 서운해."

"루스는 연기 말고는 아무 데도 관심 없어. 성공에 미쳐서 다른 일은 거들떠보지도 않아."

"빌어먹을, 왜 그렇게 성공을 못 해 안달들이야? 실패하고 싶어 죽겠다는 사람 한번 만나봤으면 좋겠어. 세상에 숭고한 건 그것뿐이야."

"주머니가 두둑하면 좋지 뭘 그래."

"어째 이놈의 세상은…… 음, 칵테일 괜찮은데. 허피, 뉴욕에서 넌 유일하게 말이 통하는 사람이야. 야심도 없고."

"그걸 어떻게 알아?"

"성공이 무슨 소용이야? 먹을 수가 있나, 마실 수가 있나. 물론 돈 없는 사람들이 배를 채우러 동분서주 뛰어야 한다는 건 나도 이해해. 하지만 성공이라는 게……"

"내 문제는 말이지, 제일 하고 싶은 게 뭔지 나도 모른다는 거야. 그러니까 만날 제자리걸음이지. 멍하니 제자리걸음. 그게 사람 진을 쏙 빼거든."

"자넨 그렇게 태어난 거야. 하고 싶은 게 뭔지 모르게. 그걸 벌써부터 알면서도 받아들이지 못하는 게 문제지."

"아무래도 내가 가장 하고 싶은 건 뉴욕을 떠나는 거야. 그전에 타임스 빌딩에 폭탄 하나 터뜨리고 나서 말이야."

"그렇게 하지, 왜? 한 걸음씩 차근차근."

"그런데 어디로 가느냔 말이야."

"그런 건 맨 나중에 생각할 문제고."

"그것뿐인가, 돈이 있어야지."

"세상에 돈보다 더 쉽게 얻어지는 게 어디 있어."

"에머리 앤 에머리의 장남께는 그렇겠죠."

"허프, 내 아버지의 악행과 나를 함께 엮는 건 공평하지 못한데. 나도 너만큼 그런 짓을 싫어하거든."

"스탠, 너한테 뭐라는 게 아니야. 그냥 행운이라는 거지. 나도 보통 사람들에 비하면 운이 좋지. 어머니가 남겨준 유산 덕택에 스물둘까지 끼니 걱정 안 해보고, 만약을 위해 저축해둔 돈도 몇백 달러 되니까. 게다가 그 망할 놈의 이모부가 내가 쫓겨날 때마다 다음 일자리를 찾아 대기 중이잖아."

"메에, 메에, 집안의 검은 양이로군."

"난 어쩐지 우리 이모부와 이모가 무섭다는 생각이 들어. 너도 내 사촌 제임스 메리베일을 한번 봐야 한다니까. 태어나서 한 번도 명령을 거역해본 적이 없는 인물이야. 그의 삶이 월계수처럼 번창하도다…… 완벽하게 준비된 현명한 처녀라니까.*"

"그럼, 나리는 미련한 처자들, 검은 양 중 하나라 이거로군요."

"스탠, 자네 취했나. 검둥이들 말을 쓰고."

"메에, 메에." 스탠은 냅킨을 내려놓고 몸을 뒤로 젖히며 킬킬 웃었다.

지미의 잔에서 역한 압생트 냄새가 장미넝쿨처럼 피어올랐다. 그는 코를 찡그리며 한 모금 마셨다. "난 원래 법을 준수하는 사람이야." 그가 말했다. "캬, 이거 좋은데."

"난 위스키소다 한 잔 해야겠어. 칵테일 마신 속을 좀 달래야지."

"난 자네 마시는 것 보기만 할게. 일이 있는 사람이니까. 활자화될 가치가 있는 뉴스와 그렇지 않은 것을 구분할 수 있어야…… 맙소사, 이런 얘기는 집어치우지. 정말 범죄 수준이라니까…… 이 칵테일, 사람을 한 방에 보내겠는걸."

"오늘 오후에 딴 볼일 볼 거라고 착각 마. 소개해줄 사람이 있어."

---

* 「마태복음」 25장, 열 명의 처녀 비유.

"난 조신하게 앉아서 기사나 한 편 쓸 예정인데."

"뭘 쓰는데?"

"그게 말이지, '수습기자의 고백'이라는 코너인데."

"그런데 오늘 목요일 맞나?"

"맞는데, 왜?"

"그럼 그녀가 어디에 있는지 알겠어."

"난 확 다 때려치우고," 지미가 인상을 찌푸리며 말했다. "그냥 멕시코로 가서 행복을…… 내 인생 제일 좋은 때를 이 빌어먹을 뉴욕에서 썩고 있으니."

"그럼 무슨 수로 부자가 되시려나?"

"석유, 금, 노상강도. 뭐든 신문쟁이만 아니면 좋아."

"메에, 메에, 검은 양, 메에, 메에."

"그 메에 소리 좀 집어치워."

"여기서 나가자. 딩고의 소음기나 달러 가자고."

지미는 악취가 풍기는 정비소 입구에 서서 기다렸다. 먼지 섞인 오후의 햇살이 뜨거운 벌레처럼 얼굴과 손에서 스멀거렸다. 주변을 에워싼 갈색 사암과 붉은 벽돌과 아스팔트에서 아지랑이가 피어올랐다. 빨강, 초록 간판 글씨와 도랑에 떠도는 종잇조각들. 뒤에서 세차원 두명이 얘기를 주고받았다.

"젠장, 그 악질한테 걸리기 전까지는 나도 벌이가 괜찮았는데 말이야."

"찰리, 그 여자 얼굴이 반반하던걸. 내 한마디 충고하는데…… 한 일주일 지나면 다 그게 그거야."

스탠이 등 뒤에서 다가와 지미의 어깨를 떼밀며 거리로 나갔다. "차는 다섯시경에나 수리가 끝난대. 택시를 타지…… 라파예트 호텔!" 그는 택시 기사에게 외치고 나서 지미의 무릎을 탁 쳤다. "이봐, 지미, 꽁생원님. 노스캐롤라이나 주지사가 사우스캐롤라이나 주지사한테 뭐라고 했는 줄 아시나?"

"몰라."

"술고프다."

"메에, 메에." 카페로 들어서며 스탠은 가라앉은 목소리로 염소 우는 흉내를 냈다. "엘리, 여기 검은 양들 납시오!" 웃으며 외치던 그의 얼굴이 갑자기 굳었다. 엘런의 맞은편에 그녀의 남편이 앉아 있었다. 한쪽 눈썹은 올라가 있고 한쪽은 속눈썹 속에 파묻혀 보이지 않을 만큼 찡그린 얼굴이었다. 두 사람 사이에 찻주전자가 멀뚱히 놓여 있었다.

"스탠, 어서 와요. 이리 앉아요." 그녀가 조용히 말했다. 그리고 미소를 지우지 않으려고 애쓰며 오글소프를 바라보았다. "조조, 멋지지 않아요?"

"엘런, 이쪽은 허프 씨." 스탠이 무뚝뚝하게 말했다.

"뵙게 되어서 기뻐요. 선덜랜드 부인 댁에서부터 얘기는 듣고 있었어요."

그들은 입을 다물었다. 오글소프는 숟가락으로 테이블을 톡톡 두드렸다. "그래, 요즘 재미는 좋으신가요, 허프 선생?" 그가 갑자기 점잔을 빼며 물었다. "우리 인사 나눈 거 생각 안 나요?"

"아, 예. 그나저나 그 동네는 별일 없고요, 조조?"

"덕분에요. 캐산드라의 멋쟁이 애인이 그녀를 떠나고, 코스텔로라는 물건은 참 민망한 스캔들을 일으켰죠. 일전에는 밤에 술이 떡이 되어 집으로 돌아와서는, 나 원 기가 막혀서, 택시 운전사를 집으로 끌어들였지 뭐요. 그 불쌍한 사내는 다른 건 다 싫으니 택시비나 달라고 애원을 하는데…… 민망해서."

스탠이 뻣뻣하게 일어나 자리를 떴다.

셋은 테이블을 사이에 두고 말없이 앉아 있었다. 지미는 엉덩이를 들썩거리는 모습을 감추려 애썼다. 그녀의 눈 속 벨벳처럼 부드러운 무엇이 그를 못 일어나도록 붙잡았다.

"루스는 일자리를 얻었나요, 허프 씨?" 그녀가 물었다.

"아직입니다."

"저런."

"안됐어요. 능력 있는 여자인데. 감독이나 관객들 입맛에 맞춰주기엔 그녀의 유머센스가 좀 많이 넘치는 게 문제죠."

"연예계란 참 더럽고 치사한 바닥이에요. 그렇죠, 조조?"

"더 치사한 데가 없지."

지미는 그녀로부터 눈을 뗄 수가 없었다. 작고 반듯한 손, 굵게 만 구릿빛 머리와 연한 파란색 드레스, 그 사이에서 금빛으로 빛나는 목선.

"그럼, 난 이만……" 오글소프가 일어섰다.

"난 조금 더 있을게요, 조조."

지미는 엘런 오글소프의 분홍색 가죽각반 밑으로 고개를 내민 좁고 끝이 뾰족한 에나멜가죽을 보았다. 저기 어떻게 발이 들어간단 말인가. 그도 갑자기 일어섰다.

"저, 허프 씨. 십오 분 정도만 저와 있어주시겠어요? 여기서 여섯시에 나가야 하는데 책 가져오는 걸 잊었어요. 이 신발로는 걸을 수가 없어요."

지미는 얼굴을 붉히며 다시 자리에 앉으면서 말을 더듬었다. "그, 그야, 기꺼이…… 뭐 좀 마시죠."

"전 남은 차 마실게요. 진피즈 한 잔 하시지그러세요. 전 누가 진피즈 마시는 게 보기 좋더라고요. 보고 있으면 마치 열대지방에 온 기분이 들어요. 마치 대추나무숲에 앉아 강을 건널 배를 기다리는 것처럼 말이죠. 우리를 열병나무가 울창한 우습고 감상적인 신파의 강으로 실어다줄 것 같아요."

"웨이터, 진피즈 한 잔 줘요."

의자에 깊숙이 몸을 파묻고 앉은 조 할랜드의 고개가 어깨 위로 떨어졌다. 그의 눈길은 더럽고 뻣뻣한 손가락 사이로 보이는 대리석 테이블 상판의 문양을 불안한 듯 좇고 있었다. 카운터 위에 매달린 두 개의 백열등이 텅 빈 간이식당 안을 비추었다. 종 모양의 유리뚜껑 안에 파이 몇 개가 남아 있고, 하얀 윗옷을 입은 남자가 높은 스툴에 앉아 졸고 있었다. 가끔씩 잿빛 얼굴이 눈을 뜨고 혼잣말로 투덜대며 주변을 둘러보았다. 구석 맨 끝의 테이블에는 팔을 베고 잠든 사내들의 둥근 어깨가 보였다. 신문지처럼 구겨진 얼굴들이었다. 조 할랜드는 똑바로 앉으며 하품을 했다. 뚱뚱한 몸에 레인코트를 걸치고, 얼굴은 썩은 고기처럼 붉으락푸르락한 여자가 카운터에서 커피를 주문했다. 여자는 두 손으로 조심스레 잔을 테이블로 옮긴 다음 자리에 앉았다.

조 할랜드는 다시 팔을 베고 엎드렸다.

"대체 여긴 손님대접을 하는 거예요, 마는 거예욧?" 여자의 목소리가 칠판을 긋는 분필 소리처럼 끼익 할랜드의 귓속을 파고들었다.

"뭘 시키려고요?" 카운터 뒤의 남자가 으르렁거렸다.

여자가 훌쩍이기 시작했다. "뭘 시킬 거냐니…… 이렇게 무례한 경우는 당해본 적이 없어요."

"시킬 게 있으면 이리 와서 시키고 받아가면 되지…… 오밤중에 손님대접은!"

할랜드는 흐느끼는 그녀의 입술 사이로 새어나오는 위스키 냄새를 맡을 수 있었다. 그는 고개를 들어 그녀를 보았다. 그녀는 마른 입술에 미소를 띠며 그에게로 다가왔다.

"아저씨, 전 이런 홀대는 받아본 적이 없어요. 남편만 살아 있었다면 저 사람을 가만두지 않았을 텐데 말이죠. 제 주제에 밤 몇시든 숙녀에게 서비스를 해야 마땅하지. 쪼그라든 새우처럼 생긴 게." 그녀는 고개를 뒤로 젖히고 모자가 떨어질 때까지 깔깔 웃었다. "맞아, 쪼그라든 새우처럼 생긴 게 밤중이라고 숙녀를 모욕했어."

끝에 붉은 헤나 자국이 남은 흰 머리칼이 얼굴로 흘러내렸다. 하얀 윗옷을 입은 남자가 그쪽 테이블로 걸어왔다.

"이봐요, 매크리 아줌마! 더이상 떠들면 내쫓을 줄…… 뭐 시킬 거예요?"

"도넛 오 센트어치만 줘." 그녀는 할랜드 쪽을 곁눈질하며 코맹맹이 소리로 말했다.

조 할랜드는 다시 팔베개를 하고 잠을 청했다. 그의 귀에 접시를 놓

는 소리와 이 빠진 입으로 우물거리는 소리, 이따금 커피를 후루룩 삼
키는 소리가 들려왔다. 새로운 손님이 들어와 카운터에서 낮은 소리
로 중얼거리고 있었다.

"이봐요. 아저씨. 마시고 싶어지는 건 참 큰 병이죠?" 그가 다시 고
개를 들자 물을 탄 우유 같은 파란 눈이 그를 마주 보고 있었다. "이제
뭘 할 작정이에요, 자기?"

"글쎄올시다."

"아, 침대와 예쁜 레이스가 달린 잠옷에 당신 같은 멋진 남자만 있
다면…… 아저씨."

"그것뿐이오?"

"남편이 살아 있었다면 나한테 감히 이런 푸대접을 못했을 거예요.
제너럴 슬로컴호와 함께 가라앉았는데, 바로 어제 일만 같아요."*

"그 친구 꼭 운이 나빴던 건 아니로군."

"하지만 신부님께 죄를 고할 틈도 없이 죽었단 말이에요. 죄를 짊
어진 채 죽다니 불쌍하게도……"

"어이, 잠 좀 잡시다."

낮고 단조로운 목소리 사이로 끽끽 분필 긋는 듯한 여자의 소리가
계속 들려오자 그는 이를 악물었다. "남편이 슬로컴과 함께 가라앉은
후부터 나는 하느님과 등지고 살았어요. 참한 여인네 생활과 작별한
거지……" 그녀는 다시 훌쩍이기 시작했다. "성모 마리아도, 성인도,
순교자도 모두 내게서 등을 돌렸어. 온 세상이 나를 버렸다고…… 이

---

* 1904년 유람선 제너럴 슬로컴호가 뉴욕 이스트 강에서 전소해 1030명이 사망한 사건.

258

세상에 날 따뜻하게 대해줄 사람이 단 한 사람도 없는 걸까요?"

"잠 좀 자자고, 그 입 좀 다물 수 없소?"

그녀는 몸을 숙여 더듬더듬 바닥에 떨어진 모자를 찾았다. 그러고 나서 훌쩍이며 붉게 부어오른 더러운 손마디로 눈을 비볐다.

"좀 친절하게 굴면 어디 덧나요?"

조 할랜드가 거친 숨을 쉬며 일어섰다. "빌어먹을, 그 입 좀 다물 수 없소?" 그가 애원하다시피 말했다. "사람이 조금 쉬겠다는데 그게 그렇게 힘들어요? 어디 한 곳 쉴 데가 없으니." 그는 모자를 눌러쓰고 손을 주머니에 깊숙이 찔러넣은 다음 비틀거리며 밖으로 나갔다. 채텀 광장에서 보이는 하늘은 고가철도 선로 사이로 붉은 보랏빛을 비추며 환히 밝아오고 있었다. 텅 빈 바워리에 두 줄로 늘어선 전등들이 놋쇠단추들처럼 반짝였다.

경찰 한 명이 곤봉을 휘두르며 지나갔다. 조 할랜드는 경찰의 시선이 자신에게 쏠리는 걸 느꼈다. 그는 빠른 걸음으로 당당하게 걸으려고 애썼다. 마치 무슨 볼일을 보러 가는 사람처럼.

"자, 오글소프 양, 기분이 어떠신가?"

"뭐가요?"

"알면서, 뭘 이러시나…… 열흘 붉은 꽃 없다지만, 화제의 중심에 선 기분 말이지."

"골드와이저 씨, 저는 정말 무슨 말씀을 하시는지 모르겠는데요."

"여자들은 다 알면서도 시치미를 뗀단 말이야."

엘런은 연두색 실크가운을 걸치고 긴 방 끝에 놓인 푹신한 안락의자에 앉아 있다. 방 안에는 사람들 목소리가 울린다. 번쩍이는 샹들리에와 보석 사이로 검은 야회복과 은색 단을 두른 갖가지 색의 드레스들이 빈 공간에 점을 찍듯 오간다. 해리 골드와이저의 콧날은 이마를 지나 대머리까지 굴곡 없이 이어진다. 뚱뚱한 엉덩이는 금박을 두른 세 발 달린 의자 밖으로 삐져나와 있다. 그녀에게 말을 걸며 작은 갈색 눈이 촉수처럼 그녀의 얼굴을 더듬는다. 분필처럼 핏기 없는 얼굴에 오렌지색 립스틱을 바르고 오렌지색 터번을 두른 여자가 뾰족한 수염을 기른 남자와 대화를 주고받으며 지나간다. 매부리코의 빨간 머리 여자가 뒤에서 어떤 남자의 어깨에 손을 얹는다. "안녕하십니까, 미스 크뤽섕크! 세상 사람들을 매번 같은 시간, 같은 자리에서 만난다는 건 참 놀라운 일이 아닙니까?" 엘런은 안락의자에 앉아 졸린 듯 그 소리를 듣고 있다. 얼굴과 팔에 바른 서늘한 파우더와 입술에 칠한 끈적한 립스틱의 느낌. 실크가운 아래, 막 씻은 몸이 제비꽃처럼 상쾌하다. 그녀는 꿈꾸듯 졸며 이야깃소리를 듣는다. 갑자기 주위에서 말을 주고받는 사내들의 언성이 높아진다. 그녀는 다가갈 수 없는 먼 곳의 등대처럼 차갑고 하얀 몸을 일으켜 앉는다. 사내들의 손이 깨지지 않는 유리 위를 벌레처럼 기어 다닌다. 사내들의 시선이 나방처럼 힘없이 유리에 매달려 파닥거린다. 칠흑 같은 어둠 한가운데서 뭔가 소방차처럼 요란하게 울린다.

조지 볼드윈은 〈뉴욕 타임스〉를 손에 접어 쥐고 아침식탁 앞에 서 있었다.

"그러니까 세실리," 그가 말했다. "우리 이 문제를 냉정하게 생각해야 돼."

"당신 눈엔, 내가 냉정하게 생각하려고 애쓰는 게 보이지 않아요?" 여자가 울먹이는 목소리로 띄엄띄엄 말했다. 그는 선 채로 그녀를 바라보았다. 그는 엄지와 검지로 신문 한 귀퉁이를 돌돌 말았다. 볼드윈 부인은 체격이 크고, 곱게 만 갈색 머리를 틀어 올리고 있었다. 그녀는 은제 커피세트 앞에 앉아 버섯처럼 하얀 손으로 설탕통을 만지작거렸다. 분홍색 손톱은 뾰족하게 길렀다.

"조지, 난 더이상 참을 수가 없어요." 그녀는 떨리는 입술을 꽉 물었다.

"여보, 당신이 너무 일을 부풀려서……"

"부풀려요? ……우리 결혼생활은 이미 거짓투성이예요."

"하지만, 세실리. 우린 서로 좋아하잖아."

"당신은 내 사회적 지위를 보고 결혼한 거예요, 당신도 알잖아요…… 당신한테 반한 내가 바보였어요. 여하튼 이젠 다 끝났어요."

"말도 안 돼. 난 당신을 진심으로 사랑했어. 당신이야말로 나를 진심으로 사랑할 수 없어서 괴로워하지 않았어?"

"이제 와서 그런 얘길 꺼내다니, 잔인해요…… 아, 정말, 무서워!"

하녀가 부엌에서 베이컨 에그를 쟁반에 받쳐 들고 왔다. 두 사람은 입을 다물고 서로를 바라보았다. 하녀는 서둘러 문을 닫고 방을 나갔다. 볼드윈 부인은 테이블 모서리에 이마를 대고 울기 시작했다. 볼드윈은 굳은 시선으로 신문의 헤드라인을 바라보았다. 황태자 암살 향후 정국에 지대한 영향을 미칠 것인가. 오스트리아 육군 동원. 그는 그녀에게 다가가 헝클어진 머리를 쓰다듬었다.

"가엾은 세실리." 그가 말했다.

"내 몸에 손대지 마요."

그녀는 손수건으로 얼굴을 가리고 방을 달려 나갔다. 그는 자리에 앉아 베이컨 에그 토스트를 먹기 시작했다. 한결같이 종이를 씹는 듯한 맛이었다. 그는 식사를 멈추고 가슴 앞 포켓에 손수건과 겹쳐 넣어 두었던 메모지를 꺼내 뭔가를 갈겨썼다. '뉴욕 주 항소법원, 콜린스 대 아버스넛 재판을 볼 것'.

바깥 복도계단에서 찰칵 열쇠 소리가 들려왔다. 엘리베이터가 막 내려가고 있었다. 그는 사층 계단을 뒤따라 내려갔다. 유리와 연철로 된 현관문을 통해 그녀가 연석에 서 있는 모습이 보였다. 장갑을 낀 키가 큰 그녀는 뻣뻣한 자세로 서 있었다. 그가 달려 나가 그녀의 손을 잡았을 때 택시가 도착했다. 이마에 구슬땀이 흐르고 칼라 아래 목이 땀에 젖어 근질거렸다. 그는 냅킨을 손에 쥔 채 우스운 꼴로 서 있는 자신의 모습을 보았다. 흑인 수위가 히죽거리며 말했다. "볼드윈 선생님, 안녕하세요. 오늘 날씨가 좋겠는뎁쇼." 그는 그녀의 손을 붙잡고 이를 앙다문 채 말했다.

"세실리, 당신과 할 얘기가 있어. 잠깐만 기다렸다가 나와 함께 시내로 나가지 않겠소?" 이어 택시 기사에게 말했다. "……오 분만 기다려줘요, 금방 오겠소." 그는 그녀의 손목을 꽉 붙잡고 엘리베이터로 돌아갔다. 복도에 들어서자 그녀는 갑자기 눈물이 마른 성난 눈으로 그를 바라보았다.

"여보, 세실리. 이리로 들어와요." 그가 부드럽게 말했다. 그는 침실 문을 잠갔다. "우리 차분히 이 문제에 대해 얘기해봅시다. 앉지."

그는 그녀가 앉도록 뒤에서 의자를 밀어주었다. 그녀는 갑자기 꼭두각시 인형처럼 털썩 주저앉았다.

"세실리, 아무리 당신이라도 내 친구들에 대해 그런 식으로 얘기할 권리는 없어. 오글소프 양은 나와 친구 사이일 뿐이야. 여럿이 모이는 자리에서 가끔 차 한 잔 함께하는 정도지. 그게 다야. 집으로 한번 초대할까도 싶었지만, 당신이 무례하게 대할까봐서…… 이런 식으로는 안 돼. 언제까지 그 광적인 질투에 사로잡혀 있을 테야? 나는 당신의 자유를 무한히 존중해줬어. 당신을 그만큼 믿으니까. 그런 만큼 나도 당신의 신뢰를 받아야 마땅한 게 아니겠어? 세실리, 마음을 풀고 냉정을 되찾아줘. 당신은 심술궂은 할망구들이 당신을 불행하게 만들려고 날조한 얘기들을 너무 열심히 들었어."

"그 여자 하나가 아니잖아요."

"세실리, 솔직히 결혼하고 나서 처음 몇 번은…… 인정해. ……하지만 그건 다 지난 일이야. ……사실 누구 책임이었지? 여보, 당신 같은 여자가 나 같은 남자들의 육체적인 욕구를 무슨 수로 알겠어."

"나도 노력하지 않았던가요?"

"이건 누구의 잘잘못을 따질 일이 아니야…… 당신의 허물을 탓하는 게 아니라고. 당신이 나를 정말 사랑하게만 된다면……"

"내가 이 지옥 같은 생활을 참고 견디는 게 당신 때문이 아니면 뭐란 말이죠? 짐승 같은 사람." 그녀는 눈물이 마른 눈으로 회색 벅스킨 슬리퍼를 들여다보았다. 길게 돌돌 만 젖은 손수건을 손가락 사이에서 비틀었다 폈다 하며.

"세실리, 지금 이혼하면 시내에서 내 체면이 뭐가 되겠어. 하지만 당신이 정 나와 못 살겠다면 나도 대책을 세워보도록 하지…… 여하튼 당신은 나를 더 믿어줘야 해. 내가 당신을 얼마나 사랑하는지 알잖아. 나한테 묻지도 않고 섣불리 행동할 생각은 마. 스캔들 터뜨리고 신문 헤드라인을 장식하고 싶은 건 아니겠지?"

"알았으니…… 날 좀 내버려둬요…… 어찌 되든 난 아무 상관 없으니까."

"좋아…… 벌써 많이 늦었군…… 난 택시 타고 출근해야겠어. 당신도 같이 갈 거야? 쇼핑하러 안 가?"

그녀는 고개를 저었다. 그는 그녀의 이마에 키스하고 복도에서 밀짚모자와 지팡이를 꺼낸 다음 서둘러 집을 나섰다.

"아, 세상에 나처럼 불행한 여자가 또 있을까." 그녀가 신음하듯 말하며 일어섰다. 머릿속에 뜨거운 철사가 엉겨 있는 듯 아팠다. 그녀는 창가에 기대서서 해가 비치는 바깥 풍경을 바라보았다. 파크 애비뉴 위의 쪽빛 하늘이 신축 건물의 빨간 구조물에 가려졌다. 증기 리벳 박는 기계가 쉴 새 없이 덜그럭거리고, 이따금 보조엔진이 치싯거리고, 체인이 쩔그럭거리며 새 들보를 공중으로 비스듬히 끌어 올렸다. 파란 작업복을 입은 남자들이 비계 위를 오르내렸다. 북서쪽 맞은편에서 반짝이는 구름이 꽃양배추 모양으로 피어나고 있었다. 아, 비라도 왔으면. 그런 생각을 하는데 공사장과 거리의 소음 너머로 천둥 치는 소리가 희미하게 들려왔다. 아, 비라도 왔으면……

엘런은 쓸쓸한 뒷마당과 교외주택의 벽돌담을 가리려고 빨강과 자주색 꽃무늬가 그려진 사라사 커튼을 달고 있었다. 텅 빈 방 한가운데

264

에 소파 겸용 박스형 침대가 있고, 박스 안에는 찻잔과 전열기와 커피 머신 등이 가득 들어 있었다. 쪽매널 마루를 깐 바닥에 사라사 천조각과 커튼핀들이 흩어져 있었다. 구석의 트렁크에서는 책과 옷과 시트 등이 폭포처럼 쏟아져 나올 기세였다. 벽난로 안의 새 걸레에서 향유 냄새가 났다. 엘런은 수선화 색깔의 기모노를 입고 벽에 기대어 커다란 구두상자 모양의 방을 즐거운 듯 둘러보았다. 그때 초인종이 울려 깜짝 놀랐다. 그녀는 이마에 흘러내린 머리를 빗어 올리며 문이 열리도록 단추를 눌렀다. 잠시 후 낮게 노크 소리가 났다. 어두운 복도에 한 여자가 서 있었다.

"아, 캐시, 못 알아볼 뻔했어. 들어와…… 무슨 일이야?"

"방해하는 거 아니지?"

"그럴 리가." 엘런은 몸을 숙여 그녀의 볼에 가볍게 입을 맞췄다. 캐산드라 윌킨스는 몹시 창백한 얼굴로 불안한 듯 눈꺼풀을 깜빡거렸다. "마침 잘 왔어. 이거 어떻게 하면 돼? 커튼을 달려던 참이었어. 봐, 회색 벽에 이 자주색 어울릴까? 난 조금 이상해 보이는데."

"내가 보기엔 예쁜데. 방 정말 근사하다. 넌 이런 방에 살고, 좋겠다."

"저기 풍로 치우고 거기 앉아. 차 가져올게. 저 조그만 골방이 욕실 겸 부엌이야."

"내가 너무 폐 끼치는 거 아닌가 몰라."

"폐는 무슨…… 그런데 캐시, 무슨 일 있어?"

"말도 마…… 너한테 말하려고 왔는데 말이 안 나오네. 아무한테도 말 못하겠어."

"난 새집 때문에 무척 들떠 있어. 캐시, 생각해봐, 태어나서 처음으로 가져본 나만의 방이야. 아빠는 나더러 퍼세이익으로 와서 함께 살자고 하셨는데, 그건 아니란 생각이 들었어."

"오글또프 씨는? ……참, 내가 괜한 소리를 했네. 미안해, 일레인. 내가 지금 무슨 소리를 하는 거지."

"아니, 조조는 착한 사람이야. 내가 원하면 이혼도 해주겠대. 네가 나라면 이혼하겠니?" 엘런은 대답을 기다리지 않고 접이문을 열고 사라졌다. 캐시는 혼자 침대 모서리에 웅크려 앉았다.

엘런은 한 손에 파란 찻주전자를, 다른 손에는 뜨거운 물이 담긴 냄비를 들고 돌아왔다. "크림도 레몬도 없어서 어쩌지? 거기 벽난로 받침대에 보면 설탕이 조금 있을 거야. 컵들은 방금 씻은 거라 깨끗해. 예쁘지 않아? 혼자 살 방이 있다는 게 얼마나 근사하고 아늑한 건지 모를 거야. 호텔은 이제 지겨워. 이 방에 들어오면 정말 아늑해. ……참, 우습게도 이제 좀 정리가 됐나 싶었는데 방을 내놓든가 세를 주게 생겼지 뭐야. 삼 주 후면 순회공연 시작이야. 난 빠지고 싶은데 해리 골드와이저가 허락을 안 해." 캐시는 찻숟가락으로 차를 떠 한 모금 마셨다. 그녀는 조용히 흐느끼기 시작했다. "캐시, 고개 들어봐, 왜 그래?"

"넌 항상 운이 좋아, 일레인. 난 정말 비참해."

"그래, 내 팔자야 미인 콘테스트 우승감이지. 그런데 대체 무슨 일이야?"

캐시는 컵을 내려놓고 불끈 쥔 두 주먹으로 목을 눌렀다. "바로 이런 거야." 그녀가 목이 조이는 소리로 말했다……"아무래도 애가 생긴 것 같아." 그녀가 얼굴을 무릎에 묻고 흐느꼈다.

"확실해? 지레 겁먹고들 그러잖아."

"난 우리 사랑이 언제까지나 순수하고 아름답길 바랐는데, 그 사람이 자기 말을 듣지 않으면 날 떠나겠다고 그러잖아…… 그가 미워." 그녀는 큰 소리로 흐느끼며 짬짬이 말을 쏟아놓았다.

"그럼 두 사람 결혼하지그래?"

"그럴 뚜 없어. 그러기 싫어. 내 앞길을 막을 거야."

"안 지 얼마나 됐니?"

"한 열흘 전쯤인가. 난 알아…… 춤은 내 인생의 전부란 말이야." 그녀는 울음을 그치고 다시 차를 한 모금씩 홀짝거렸다.

엘런은 벽난로 앞을 서성였다. "이봐, 캐시, 이렇게 흥분할 필요가 없어. 내가 널 도와줄 여자를 한 명 알고 있어. 정신 차리고 어서 일어나봐."

"아, 난 못해. 그럴 뚜 없어……" 무릎 위의 받침접시가 바닥으로 떨어져 깨졌다. "일레인, 너 혹시 해본 적 있는 거니…… 아, 미안. 내가 새로 접시 하나 사줄게, 일레인." 그녀는 비틀거리며 일어나 컵과 스푼을 벽난로 받침대 위에 올려놓았다.

"물론이야. 결혼 초에는 정말 끔찍했어……"

"아, 일레인, 모든 게 너무 추하지 않니? 이런 일들만 없다면 인생은 아름답고, 자유롭고, 자연뜨러울 텐데. 소름이 끼쳐 죽을 것만 같아."

"인생이란 게 그런 거지." 엘런이 툭 던지듯 말했다.

캐시는 다시 울기 시작했다. "남자들이란 거칠고 자기밖에 몰라."

"차 한 잔 더 마셔, 캐시."

"아니 됐어. 속이 너무 울렁거려…… 토할 것 같아."

"똑바로 가서 접이문 지나 왼쪽이 욕실이야."

엘런은 입술을 깨물며 방 안을 서성였다. 난 여자들이 싫어. 난 여자들이 싫어.

잠시 후 캐시가 타월로 이마를 누르고 녹색 기운이 도는 창백한 얼굴로 돌아왔다.

"여기 좀 누워봐." 엘런이 소파침대에 자리를 만들었다. "그래……이제 좀 나을 거야."

"너무 폐 끼쳐서 미안해."

"잠깐 조용히 누워 있어. 아무 생각 말고."

"긴장이 풀리면 좋으련만."

엘런의 손은 차가웠다. 그녀는 창가로 가서 밖을 내다보았다. 카우보이 옷을 입은 소년이 빨랫줄을 흔들며 마당을 돌아다니다 뭔가에 걸려 넘어졌다. 소년이 우는 얼굴로 일어났다. 옆집 마당에서는 뚱뚱한 검은 머리 여자가 빨래를 널고 있었다. 참새가 울타리에 앉아 짹짹거리며 싸웠다.

"일레인, 파우더 조금 줄래? 내 파우더 케이트를 잃어버렸어."

일레인은 돌아섰다. "그럼…… 그래, 거기 벽난로 받침대 위에 있네…… 조금 나아졌니, 캐시?"

"응, 그래." 캐시가 떨리는 소리로 말했다. "립뜨틱도 있어?"

"미안한데…… 난 외출할 땐 화장 잘 안 해. 앞으로 배우 노릇 계속하려면 그럴 수 없겠지만." 그녀는 골방으로 가서 기모노를 벗고 수수

한 초록색 원피스로 갈아입었다. 그리고 머리를 틀어 올린 다음 작은 모자를 눌러썼다. "어서 나가자, 캐시. 난 여섯시엔 뭘 먹어야 해. 공연 오 분 전에 쑤셔넣듯 먹는 밥은 질색이야."

"너무 무서워. 나 혼자 내버려두지 않겠다고 약속해줘."

"오늘은 어차피 아무것도 안 할 거야…… 그냥 널 보고 복용할 약이나 조금 주겠지…… 잠깐, 나 열쇠 가지고 나왔니?"

"택시를 타야겠네. 그런데 난 가진 게 육 달러밖에 없는걸."

"아버지한테 가구 사게 백 달러 달라고 할 거니까 그거면 충분해."

"일레인, 너처럼 착한 애는 이 세상에 없을 거야…… 너 같은 애가 성공하는 건 당연해."

6번 애비뉴 모퉁이에서 그들은 택시를 탔다.

캐시는 이를 덜덜 떨었다. "제발 다음에 가자. 지금은 너무 무서워."

"하지만 캐시, 이거 말고는 달리 방법이 없어."

조 할랜드는 파이프를 뻐끔뻐끔 빨며 넓고 삐걱거리는 판자문에 빗장을 질렀다. 마지막 남은 석류석 빛깔의 햇살 한 줌이 굴착기로 파놓은 구덩이 저편의 담벼락 위에서 스러져가고 있었다. 높이 들어 올린 크레인의 푸른 팔이 어두워졌다. 할랜드는 이미 불이 꺼진 파이프를 여전히 빨고 있었다. 그는 문에 기대서서 늘어선 빈 수레들과 수북이 쌓여 있는 곡괭이와 삽, 보조엔진, 증기 드릴을 넣어두는 작은 창고를 바라보았다. 창고는 쪼개진 바위 위에 산장처럼 얹혀 있었다. 공사장 담벼락을 타고 넘어오는 교통소음에도 불구하고 그에게는 모든 것이 평화롭게만 보였다. 그는 전화기가 걸려 있는 공사장 출입구 옆의 막사로 가서 앉았다. 거기서 담뱃재를 탁탁 털어내고 다시 파이프를 채워 불을 붙인 다음 무릎 위에 신문을 펼쳤다. 업주 측 건설노동자 파업에 대응하여 현장폐쇄 결의. 그는 하품을 하며 고개를 뒤로 젖혔다. 빛이 너무 푸르고 희미해서 더이상 글씨를 알아볼 수 없었다. 그는 한참동안 앉아 자신의 낡고 뭉툭한 구두 끝을 바라보았다. 머릿속이 기분좋게 멍해졌다. 갑자기 양복에 실크해트를 쓰고 단춧구멍에 난초꽃을 꽂은 자신의 모습이 보였다. 월 스트리트의 마법사가 나타나 주름투성이 붉은 얼굴과 누더기 모자를 쓴 백발, 더럽고 부어오른 손마디를 보고는 킬킬 비웃으며 사라졌다. 파이프를 채우려고 두꺼운 모직재킷의 주머니에 손을 넣어 프린스앨버트 갑을 꺼내려는데 코로나코로나 담배 냄새가 어렴풋이 떠올랐다. "달라봤자 얼마나 다르다고?" 그가 큰 소리로 외쳤다. 그가 성냥을 북 긋자 사방이 칙칙해졌다. 그는 성냥을 불어 껐다. 그의 파이프는 작고 장난기 넘치는 빨간 화산처럼 한모금 빨아들일 때마다 뽀끔뽀끔 소리를 냈다. 그는 아주 느리고 깊게 숨을 들이마셨다. 가로등과 네온사인이 뿜는 빨간 불빛이 후광처럼 주변의 고층빌딩을 감쌌다. 반사된 빛의 베일을 똑바로 올려다보니 검푸른 하늘과 별들이 보였다. 담배 맛이 달았다. 그는 더없이 행복했다.

빨갛게 타들어가는 담뱃불 끝이 막사 문 옆을 지나갔다. 할랜드는 손전등을 들고 밖으로 나갔다. 손전등을 비추자 뭉툭한 코와 두꺼운 입술을 가진 금발의 젊은 남자가 입가에 담배를 물고 있었다.

"어떻게 들어왔소?"

"옆문이 열렸던데요."

"저런! 누굴 찾는데?"

"아저씨가 경비 보세요?" 할랜드는 고개를 끄덕였다. "반갑습니다. 담배 태우실래요? 잠깐 말씀이나 나누고 싶어서요…… 보세요, 전 사십칠번 지부의 노조지부장입니다. 아저씨의 조합원증도 볼 수 있을까요?"

"난 조합원 아니오."

"그럼 앞으로 가입하시면 되죠, 그렇지 않습니까…… 건설노동자 조합원들이 단결해야만 합니다. 우린 야간경비부터 검열관까지 모든 인력을 동원해 현장폐쇄에 강력 대응할 방침입니다."

할랜드는 담배에 불을 붙였다. "이봐, 젊은 양반, 나한테 이러는 거 시간낭비요. 파업을 하든 말든 야간경비는 꼭 필요한 거 아니오…… 난 이제 늙어서 싸울 기력도 없어. 오 년 만에 얻은 멀쩡한 직장이란 말이야. 여기서 끌어내려면 먼저 날 쏴 죽여야 할 거야…… 그런 일은 당신 같은 젊은 양반들이나 할 일이지. 난 빼줘. 야간경비들 동원하러 다녀봤자 헛수고야."

"말씀 들어보니 전에는 다른 직종 일을 하신 것 같네요."

"글쎄올시다."

젊은 남자는 모자를 벗고 이마의 짧게 친 머리를 쓸어 넘겼다. "젠장, 논쟁하다보면 열이 나서…… 그나저나 밤 분위기가 좋네요."

"밤 분위기야 나무랄 데 없지." 할랜드가 말했다.

"저는 오키프라고 합니다, 조 오키프요…… 배울 게 많은 분 같습니다." 그가 손을 내밀었다.

"내 이름도 조인데…… 성은 할랜드…… 이십 년 전엔 어떤 사람들한테 의미가 있는 이름이었지."

"지금부터 이십 년 후에는……"

"자네도 선동가치곤 재밌는 친구군…… 쫓아내기 전에 내 하나 가르쳐주지. 이따위 일 다 집어치우게. 앞으로 성공하고 싶은 유망한 젊은이가 할 일이 아니야."

"아저씨, 시대가 달라지고 있어요…… 이번 파업의 배후에 거물급들이 있다니까요, 아세요? 제가 오늘 오후에 맥닐 하원의원의 사무실에서 현재 상황을 얘기하고 오는 길이에요."

"내 자네한테 한 가지만 말해두지. 노조니 뭐니 그딴 거 뉴욕에선 제 발 찍는 짓이야…… 먼 훗날에 어떤 술에 전 야간경비가 나한테 그런 얘기 했었지, 하고 후회해봐야 소용없다고. 지금 그만둬야지."

"아, 술 때문이었군요. 그거라면 전 문제없어요. 사람들이랑 어울리느라 맥주 한 잔씩 하는 것 말고는 술 근처도 가지 않거든요."

"이보게, 곧 회사에서 시찰 나올 시간이야. 자리를 뜨는 게 좋을걸."

"전 업주의 끄나풀 따위는 두렵지 않아요…… 아무튼, 안녕히 계세요. 또 들를게요."

"나갈 때 문 잘 닫아."

조 할랜드는 함석통에 든 물을 조금 마시고 의자에 바로 앉아 기지개를 펴며 하품을 했다. 열한시. 야회복을 입은 남자들과 가슴이 푹 파인 드레스를 입은 젊은 여자들이 극장에서 몰려나올 시간이다. 남자들은 아내가 있는 집이나 정부에게로 간다. 도시가 잠든다. 공사장 울타리 밖에서 택시의 클랙슨과 덜덜거리는 모터 소리가 들려온다.

하늘에는 네온사인의 빛이 금가루처럼 뿌려져 있다. 그는 담배꽁초를 튀 하고 뱉어 발뒤꿈치로 비벼 껐다. 한기를 느끼며 일어나 손전등을 흔들며 터덜터덜 공사장을 둘러보았다.

거리의 불빛이 대형 간판을 은은한 노란색으로 물들였다. 뭉게구름이 뜬 파란 하늘을 배경으로 까만 창들이 달린 하얀 고층빌딩이 보이는 간판이었다. 시걸 앤 헤인스에서 최신식 이십사층 규모 오피스빌딩을 건설할 예정. 입주 시기는 1915년 1월부터이며 사무실 임대 분양 가능……

지미 허프는 긴 초록색 소파에 앉아 책을 읽었다. 백열등이 크고 썰렁한 방 한구석을 환하게 비췄다.『장 크리스토프』*의 올리비에가 죽는 장면에 이르자 그는 목이 메는 심정으로 책장을 계속 넘겼다. 기억 속에서 장 크리스토프 생가의 정원 발치를 쉴 새 없이 할퀴던 라인 강의 소용돌이가 들려왔다. 그의 머릿속에서 유럽은 음악과 붉은 기와 지붕, 행진하는 군중으로 가득한 푸른 공원이었다. 이따금 강 쪽에서 증기선의 기적 소리가 숨을 죽이고 눈처럼 살며시 방으로 들어왔다. 거리에서 덜컹거리는 택시와 전차의 신음하는 듯한 소리가 들렸다.

노크 소리가 났다. 지미는 책을 읽느라 침침하고 충혈된 눈을 하고 자리에서 일어났다.

"스탠, 어디서 오는 길이야?"

"허피, 내가 좀 많이 취했어."

"뭘 새삼스럽게."

---

* 프랑스 작가 로맹 롤랑의 전기소설. 천재 음악가 장 크리스토프의 일생을 그린 작품으로 1904~1912년에 발표되었다.

"나 자네한테 내 몸의 일기예보를 하러 왔는데."

"그보다 스탠, 왜 이 나라에는 뭔가 해보려는 사람이 없는지 그거나 좀 가르쳐줄 수 없을까. 곡을 쓰는 사람도 없고, 혁명을 일으키는 사람도 없고, 사랑에 빠지는 사람도 없어. 대체 사람들은 뭘 하는 거지? 모두 술에 취해 음담패설이나 하고 있어. 메스꺼워서 정말."

"잘 들어봐…… 그런 연설은 혼자 있을 때 하시고. 나 술을 끊을 거야…… 술 마셔본댔자 단조로워질 뿐이야…… 자네 집에 욕조 있나?"

"욕조야 있지. 하지만 자네, 이 집이 내 집이라고 생각하는 건 아니겠지?"

"그럼 누구 집인데, 허피?"

"레스터 거야. 난 그 행운아가 외국 가 있는 동안 잠시 들어와 사는 것뿐이라고." 스탠이 허물 벗듯 옷을 훌훌 벗어 바닥에 그대로 내팽개쳤다. "젠장, 수영하러 가고 싶네…… 왜 죄다 도시에 살려고 안달들이래?"

"나도 왜 이런 미친, 간질병 걸린 것 같은 도시에서 이런 꼴로 비참하게 사는지 몰라…… 나도 그 이유를 알고 싶다고."

"호라티우스, 내 시종이여, 나를 욕실로 안내하라!" 스탠이 벗어놓은 옷 무더기 위에 서서 외쳤다. 보기 좋게 근육이 잡힌 탄탄한 갈색 몸이 술에 취해 비틀거렸다.

"문 열고 곧장 가면 있어." 지미가 방 한구석의 트렁크에서 수건을 꺼내 그에게 던져주고 다시 책을 들었다.

스탠은 물을 뚝뚝 떨어뜨리며 뒹굴듯 돌아와 수건으로 몸을 닦으며 말했다. "이거, 모자 벗는 걸 깜빡했네. 저, 허피, 부탁이 하나 있어. 들어주겠나?"

"물론."

"오늘 밤에 저 뒷방 좀 쓰면 안 될까?"

"안 될 거 없지."

"내 말은, 누굴 데려온단 말이야."

"좋으실 대로. 윈터가든의 코러스걸을 다 불러와도 아무도 모를 거야. 여차하면 화재용 비상사다리를 타고 뒷골목으로 빠져나갈 수도 있어. 난 문 닫고 잘 테니까 이 방과 욕실은 당신들 맘대로 쓰시라고."

"너무 폐 끼쳐서 미안한데, 어떤 사람의 남편이 제정신이 아니라 아주 조심해야 하거든."

"내일 아침은 신경 쓰지 마. 일찌감치 빠져나가줄 테니까, 둘이서 실컷 재미 보라고."

"그럼 이 몸은 사라져드리지."

지미는 책을 들고 침실로 가서 옷을 벗었다. 시계가 열두시 십오분을 가리켰다. 후덥지근한 밤이었다. 그는 불을 끄고 침대 가장자리에 걸터앉아 한참 그대로 있었다. 멀리 강에서 들려오는 사이렌 소리에 소름이 돋았다. 거리에서 발걸음 소리, 남녀의 말소리, 짝을 지어 집으로 돌아가는 젊은이들의 가볍고 풋풋한 웃음소리가 올라왔다. 축음기에서는 〈세컨드핸드 로즈〉*가 흘러나왔다. 그는 시트 위에 드러누웠다. 창밖에서 시큼한 쓰레기 냄새가 바람에 실려왔다. 가솔린이 타

---

* 컨트리 뮤직의 대표 작곡가 핼런 하워드, 그랜트 클라크, 제임스 핸리가 만든 노래.

는 냄새와 지나는 차들, 먼지 낀 포장도로, 비둘기집처럼 좁고 답답한 방에서 무수한 남녀가 외롭게 몸을 뒤척이는 초여름 밤. 그는 쓰린 눈으로 천장을 바라보았다. 그의 몸은 떨리는 고뇌 속에 붉게 달궈진 금속처럼 타올랐다.

다급하게 속삭이는 여자의 목소리에 그는 잠을 깼다. 누군가 문을 열었다. "그 사람 만나고 싶지 않아요. 그 사람 만나고 싶지 않아요. 지미, 제발 그에게 가서 말 좀 해줘요. 내가 보고 싶어 하지 않는다고요." 침대시트를 몸에 두른 일레인 오글소프가 방으로 들어왔다.

지미가 침대에서 허겁지겁 나왔다. "대체 뭡니까?"

"이 방에 벽장 같은 거 없나요…… 조조가 저런 상태일 때는 정말 말하고 싶지 않아요."

지미가 잠옷의 구김을 폈다. "침대 머리맡에 벽장이 있어요."

"아, 그렇군요…… 지미, 부탁인데 저 사람 좀 달래서 돌려보내주세요."

잠이 덜 깬 지미가 구석방으로 갔다. "암캐, 갈보!" 창가에서 누군가 소리를 질러댔다. 방에는 불이 켜져 있었다. 스탠은 인디언처럼 회색 바탕에 분홍색 줄무늬가 있는 이불로 몸을 둘둘 말고 소파를 붙여 만든 커다란 침대 한가운데에 앉아 있었다. 그는 존 오글소프가 창문 위쪽으로 몸을 들이밀고 〈펀치와 주디 쇼〉*에서처럼 소리 지르고 삿대질하고 욕하는 모습을 무심히 바라보았다. 오글소프의 머리카락은 마구 헝클어져 눈을 덮었고, 한 손에는 산책용 지팡이, 한 손에는 밀

---

* 영국의 익살스러운 인형극. 펀치와 주디는 부부.

크커피색의 펠트모자가 들려 있었다.

"갈보, 이리 나와…… 이건 현행범이야…… 현행범. 어째 이상하게도 레스터 존스의 사다리를 타고 올라가보고 싶더니만 다 이유가 있었어." 그는 잠시 말을 멈췄다가 술 취한 눈을 번쩍 뜨고 지미를 바라보았다. "이게 누구셔, 풋내기 기자양반이네. 황색언론의 기자시구먼. 어디서 아무것도 모르는 척 시치미를 뚝 떼고 있어. 제 입에서는 버터도 안 녹는다는 상판대기를 하고 있네그려. 내가 너 같은 놈을 어떻게 생각하는 줄 알아? 내 말 들어볼 테야? 루스한테 얘기 들었지. 네 딴에는 저 혼자 잘난 테러리스트인 체하고 다니나본데…… 돈 받고 대중신문의 매춘부 노릇 하는 기분이 어때? 정조를 팔아 돈을 버는 맛이 어떠냔 말이야? ……너희들은 나 같은 연극배우, 예술가들이 쥐뿔도 모른다고 생각하지? 네가 배우니 하는 우리 같은 사람들을 어떻게 생각하는지 루스한테 다 들었단 말이야."

"오글소프 씨, 오해가 있으신 것 같네요."

"누군 몰라서 가만있는 줄 알아? 다 조용히 지켜보는 거지. 신문에 실리는 문장 하나, 단어 하나, 구두점 하나까지 광고주와 주주 마음에 들게 고치고 빼고 그러는 걸 다 안다고. 국민생활의 원천이 기본부터 썩었어."

"옳소, 잘한다." 스탠이 갑자기 침대에서 일어나 외쳤다. 그는 일어나서 박수를 쳤다. "나라면 쟁쟁한 일간지의 편집장이 되어 벨벳의자에 앉으니, 무대를 쓸고 닦는 허름한 잡역부가 되겠어. 연극배우란 존경할 만한 직업이야. 반듯하고, 겸손하고, 인간적이고!" 연설이 뚝 끊겼다.

"대체 저한테 뭘 원하는 건지 모르겠군요." 지미가 팔짱을 끼고 말했다.

"이젠 비까지 오는구먼." 오글소프가 목청을 높여 우는소리로 말했다.

"그만 집으로 돌아가세요." 지미가 말했다.

"가야지, 가야지! 갈보들이 없는 나라로…… 남창도, 창녀도 없는 곳으로…… 위대한 밤 속으로 돌아가야지."

"스탠, 저 사람 집이나 제대로 찾아가겠어?"

스탠이 침대 가장자리에 걸터앉아 몸을 들썩이며 웃었다. 어깨가 흔들렸다.

"일레인, 일레인, 내 피가 영원히 당신의 머리 위로 흐르리니……* 영원히…… 영원히. 내 말이 들리는가, 일레인? ……앉아서 비웃거나 조롱하는 자 없는 밤으로. 못 봤다고 생각하면 오산이지. 무슨 일이 일어나면 그건 내 책임이 아냐."

"자알 가시오." 스탠이 외쳤다. 그는 마지막 말을 던지고 웃다가 침대 가장자리에서 떨어져 마루 위를 뒹굴었다. 지미는 비상사다리 쪽으로 가서 골목을 내다보았다. 오글소프는 가고 없었다. 비가 퍼붓듯 쏟아졌다. 젖은 벽돌 냄새가 담벼락을 타고 올라왔다.

"이게 대체 무슨 한심한 짓들이야?" 그는 스탠에게 눈길을 주지 않고 그의 방으로 돌아갔다. 문가에서 엘런이 비단처럼 그를 스쳐갔다.

"정말 너무 죄송해요, 지미." 그녀가 말을 꺼냈다.

---

*『구약성경』「에스겔」33:4의 구절을 변용한 것.

그는 코앞에서 문을 쾅 닫고 돌아섰다. "미친놈들, 하는 짓이 미친 놈들이야." 그는 이를 앙다물고 말했다. "도대체 생각들이 있는 거야?"

그의 손은 차가웠고 떨렸다. 그는 담요를 뒤집어썼다. 누운 채로 쉴 새 없이 내리는 빗소리와 홈통을 흐르는 낮은 물소리에 귀를 기울였다. 이따금 바람이 불어 들어와 그의 얼굴에 희미하고 찬 빗물을 뿌렸다. 방에는 여전히 풍성하게 말아 올린 그녀의 머리에서 풍기던 결 고운 삼나무 냄새와 시트로 몸을 감싼 채 웅크리고 있던 그녀의 부드러운 감촉이 남아 있었다.

에드 대처는 퇴창 앞에 앉아 일요신문을 읽고 있었다. 머리는 하얗게 새고, 뺨에는 깊은 주름이 패어 있었다. 요즘 들어 갑자기 툭 튀어나온 배를 편하게 하느라 견주*바지의 맨 윗단추를 풀어놓았다. 그는 열린 창 앞에 앉아 뜨겁게 달아오른 아스팔트를 내려다보았다. 도로 양쪽의 노란 벽돌로 지은 상점들과 빨간 벽돌로 된 역사 사이를 자동차들이 쉴 새 없이 지나다녔다. 역사 처마 밑의 까만 바탕에 금색으로 퍼세이익이라고 쓴 글씨가 햇빛을 받아 흐릿하게 빛났다. 인근 아파트들에서 일요일이면 으레 그렇듯 저마다 축음기를 틀어댔다. 〈곰이다〉와 〈람메르무어의 루치아〉 육중창, 〈퀘이커교도 소녀〉**의 발췌곡들. 그의 무릎에는 〈뉴욕 타임스〉의 연예란이 펼쳐져 있었다. 침침한 눈으로 무더운 바깥을 내다보고 있으려니 늑골이 뻐근해지며 말도 못하

---

* 산누에의 실로 짠 견직물.
** 1910년 런던에서 초연된 뮤지컬.

게 아팠다. 그는 〈타운 토픽〉을 막 읽은 참이었다.

항간의 소문으로는 매일 저녁 니커보커 극장 앞에 서 있는 자동
차의 주인은 다름 아닌 젊은 스탠우드 에머리인 것으로 밝혀졌다.
호사가들의 말로는 차가 떠날 때면 최근 차세대 스타로 급부상 중
인 아름답고 젊은 여배우가 동승한다고 한다. 이 젊은 신사의 아버
지는 뉴욕에서 가장 신망이 높은 로펌 책임자이며 본인은 최근 불
가피한 사정으로 하버드 대학을 중퇴했다. 이후 그의 잇따른 난행
은 시민들을 놀라게 했는데, 청년의 넘치는 혈기를 주체하지 못한
결과로 보인다. 현명한 독자 여러분에게 당부하건대……

초인종이 세 번 울렸다. 에드 대처는 신문을 떨어뜨리고 몸을 떨며
문으로 뛰어갔다. "엘리, 늦었구나. 난 네가 안 오는 줄 알았다."
"아빠, 제가 언제 약속하고 안 온 적 있어요?"
"그야 그렇지."
"어떻게 지내세요? 사무실은 별일 없고요?"
"엘버트 씨가 휴가를 갔잖니…… 그가 돌아오는 대로 나도 휴가를
떠나야겠다. 너도 나와 함께 며칠 스프링레이크에 가지 않으련? 바람
쐬고 좋을 텐데."
"아빠, 그럴 수 없는 거 아시잖아요……" 그녀는 모자를 벗어 소파
위로 던졌다. "아빠, 이것 보세요, 제가 장미를 가져왔어요."
"저런, 네 엄마가 좋아하던 붉은 장미구나. 마음 써줘서 고맙다. 그
나저나 혼자 여행을 떠나고 싶지는 않구나."

"에이, 아빠. 여행지에 가서 친구분들 만나실 거예요. 틀림없어요."

"일주일만이라도 안 되겠니?"

"무엇보다 먼저 일자리를 찾아야 해요. 극단에서 순회공연을 떠나지만 우선은 가지 않을 작정이에요. 해리 골드와이저가 그것 때문에 무척 화가 났어요." 대처는 다시 퇴창 앞에 앉아 일요신문을 들척였다. "그런데 아빠, 웬일로 〈타운 토픽〉 같은 걸 다 읽으세요?"

"읽긴 뭘. 그냥 뭔가 하고 사봤다." 그는 〈뉴욕 타임스〉 사이에 그것을 끼워넣으며 얼굴을 붉히고 입술을 깨물었다.

"사기집단일 뿐이에요."* 엘런은 방을 서성거렸다. 그녀는 장미를 꽃병에 꽂았다. 먼지가 떠도는 방에 상쾌한 장미향이 퍼졌다. "아빠, 드릴 말씀이 있어요…… 저 조조와 이혼하려고 해요." 에드 대처가 손을 무릎에 얹고 입을 다문 채 고개를 끄덕였다. 그의 얼굴은 입고 있는 견주양복처럼 얼룩덜룩한 잿빛이었다. "크게 떠들 일도 아니고요. 절대 같이 살 수 없다는 결론에 이르렀어요. 일은 별 탈 없이 순조롭게 진행될 거예요…… 제 친구 조지 볼드윈이 맡고 있어요."

"에머리 앤 에머리의 그 친구 말이냐?"

"네."

"흠."

두 사람은 말이 없었다. 엘런은 몸을 굽혀 장미향을 깊이 들이마셨다. 그녀는 청동색 이파리 위를 기어가는 작은 초록색 자벌레를 지켜보았다.

---

* 〈타운 토픽〉은 실제로 가십기사를 익명 처리하는 대신 당사자에게 돈을 요구하며 공갈 협박을 일삼는 신문이었다.

"솔직히 전 조조를 무척 좋아해요. 하지만 그와 함께 살면 미칠 것 같아요…… 그에게 빚진 게 많다는 건 저도 인정해요."

"애당초 네가 그런 친구에게 곁을 내주지 말았더라면."

대처는 헛기침을 하며 얼굴을 돌렸다. 그는 창밖으로 시선을 돌려 역 앞의 도로를 두 줄로 달리는 자동차들의 끝없는 행렬을 지켜보았다. 먼지가 떠오르고, 유리와 에나멜과 니켈이 모나게 반짝였다. 기름이 번들거리는 머캐덤 도로 위를 타이어가 쉭쉭 달렸다. 엘런은 소파에 털썩 주저앉았다. 그녀의 시선은 양탄자의 빛바랜 빨간 장미 사이를 떠돌았다.

벨이 울렸다. "제가 열게요, 아빠…… 안녕하세요, 컬베티어 부인?"

뺨이 붉은 뚱뚱한 여자가 흑백의 시폰원피스를 입고 숨을 헐떡이며 들어왔다. "이렇게 갑자기 들이닥쳐서 실례해요. 잠깐이면 돼요…… 대처 선생님, 몸은 좀 어떠세요? ……이봐요, 새댁 아버지가 많이 안 좋으셨던 건 알고 있겠죠."

"별말씀을, 그냥 등이 좀 아팠던 것뿐이죠."

"요통이었잖아요."

"아빠, 왜 말씀을 안 하셨어요."

"대처 선생님, 오늘 설교는 아주 인상적이었답니다. 로턴 목사의 설교 중에서도 최고였어요."

"저도 가끔은 훌훌 털고 일어나 교회도 가고 그래야 하는데, 일요일엔 집에서 뒹굴며 지내는 게 좋아서요."

"그게 당연하죠, 대처 선생님. 일주일에 단 하루 집에 계신 날인데

요. 고인이 된 우리 남편도 그랬어요…… 하지만 로턴 씨는 여느 목사
들과는 다른 데가 있는 것 같아요. 아주 현대적이고 생각이 트인 사람
이에요. 그냥 평범한 설교를 들으러 가는 게 아니라 아주 흥미로운 강
연을 들으러 가는 것 같다니까요…… 제 말 이해하실지 모르겠네요."

"컬베티어 부인, 다음 주 일요일에 날씨가 너무 뜨겁지 않으면 저
도 가보도록 하겠습니다…… 워낙 버릇이 그렇게 들어놔서요."

"약간의 변화란 좋은 거죠…… 새댁은 모를걸요, 우리가 일요신문
이나 그런 데서 오글소프 부인의 근황을 얼마나 자세히 읽고 있는
지…… 한마디로 근사해요. 내가 어제도 대처 선생님께 말씀드렸지
만, 요즘 연예계에서 유혹에 빠지지 않고 버티려면 심지가 굳고 신앙
심이 두터워야 할 거예요. 이렇게 젊고 예쁜 새댁이 그런 데 물들지
않고 앞길을 잘 헤쳐간다고 생각하니 아주 기분이 좋아져요."

엘런은 아버지와 눈을 마주치지 않으려고 바닥을 내려다보았다. 그
는 손가락 두 개로 안락의자의 팔걸이를 두드리고 있었다. 컬베티어
부인은 소파 한가운데에 앉아 활짝 웃었다. 그러고는 일어나서 말했
다. "이제 가봐야겠군요. 일하는 계집애를 새로 들였는데 보나마나 저
녁을 엉망으로 만들어놨을 거예요…… 오늘 오후에 들르시겠어요?
……그냥 부담 없이요. 제가 쿠키를 구워놨어요. 손님이 올 때를 대
비해서 진저에일도 좀 있고요."

"좋지요, 컬베티어 부인." 대처가 그렇게 말하며 뻐근해진 다리로
일어났다. 헐렁한 드레스를 입은 컬베티어 부인이 뒤뚱거리며 문밖으
로 나갔다.

"자, 엘리, 뭘 좀 먹으러 가겠니? ……착하고 친절한 여자란다. 늘

마멀레이드나 잼 같은 걸 가져다주곤 하지. 요 위층에서 여동생 식구들과 살아. 세일즈맨이었던 남편을 잃고 미망인이 됐다더라."

"연예계의 유혹에 관한 명쾌한 강연이었는걸요." 엘런이 낮은 웃음소리를 삼키며 말했다.

"자, 어서 나가지 않으면 식당이 붐빌 게다. 혼잡을 피하자는 게 내 모토다." 대처는 화난 듯한 쉰 목소리로 말했다. "꾸물거리지 말고 어서 나가자."

양옆에 초인종과 우편함이 나란히 붙어 있는 문 앞으로 나와 엘런은 양산을 펴들었다. 눅눅한 열기가 얼굴에 훅 끼쳐왔다. 빨간색 A & P 지점 옆의 문구점을 지나 모퉁이의 드러그스토어에 이르자 초록색 차양 밑으로 소다수와 아이스크림 기계의 퀴퀴한 냉기가 흘러나왔다. 끈적끈적한 아스팔트를 건너 그들은 새거모어 카페 앞에 멈췄다. 창에 걸린 시계는 정각 열두시였다. 시곗바늘을 둘러싸고 오래된 글씨체로 식사시간이라고 쓰여 있었다. 시계 밑에는 반쯤 시든 기다란 고사리와 조그만 간판이 보였다. 치킨정식 1.25달러. 엘런은 문지방에 서서 머뭇거리며 흔들리는 거리를 내려다보았다. "아빠, 아마 폭우가 쏟아지려나봐요." 회색 하늘에 믿을 수 없이 새하얀 뭉게구름이 흘러갔다. "정말 예쁜 구름 아녜요? 번개도 치고 한바탕 비가 쏟아지면 좋겠죠?"

에드 대처는 하늘을 올려다보고는 고개를 저으며 방충망이 달린 문을 열고 카페로 들어갔다. 엘런은 뒤를 따랐다. 안에서는 니스 냄새와 여종업원들의 화장품 냄새가 났다. 그들은 문가 옆의 테이블에 앉아 선풍기 바람을 쐬었다.

"대처 선생님, 안녕하세요? 일주일 잘 보내셨어요? 아가씨도 안녕하시고요?" 광대뼈가 튀어나온, 머리를 탈색한 웨이트리스가 그들에게 상냥하게 고개를 숙여 인사했다. "선생님, 오늘은 구운 롱아일랜드 오리와 우유를 먹여 키운 거세한 필라델피아 수탉 요리가 있는데요, 뭐로 하시겠어요?"

4. 소방차

그런 오후에는 버스의 대열이 서커스단의 코끼리 행렬처럼 이어진다. 모닝사이드 하이트에서 워싱턴 광장까지, 펜 역에서 그랜트 장군의 묘지까지. 건달들과 바람 든 처녀애들이 히죽히죽 껴안고 도시로, 교외로 간다. 잿빛 광장에서 잿빛 광장으로 껴안고 히죽거리며 간다. 그들이 위호컨 하늘에 뜬 초승달을 보며 킬킬거릴 때 죽은 일요일의 돌풍이 일어 그들의 얼굴 위로 먼지 섞인 바람이 분다. 알싸하게 취한 황혼의 먼지다.

그들은 센트럴 공원의 그늘진 산책로를 걷는 중이다.

"봐요, 저 사람 목에 종기가 난 것 같아요." 엘런이 번스의 동상 앞에서 말한다.

"아아," 해리 골드와이저가 기름 낀 한숨을 내쉬며 속삭이듯 말한다. "하지만 그는 대시인이었소."

그녀는 챙 넓은 모자에 수수하고 헐렁한 드레스를 입고 걷는다. 이따금 바람이 불어와 옷자락이 팔다리에 감긴다. 그녀는 사락사락 비단 스치는 소리를 내며 풀과 나무와 연못에서 부풀어 오르는 반짝이는 황혼의 거품 속을 걸어간다. 장미색, 자주색, 황록색. 물거품은 공원 남쪽 끝을 죽은 이빨처럼 날카로운 회색으로 둘러싼 고층빌딩들에 부딪혀 푸른 상공으로 사라진다. 갈색 눈으로 그녀의 얼굴을 쉴 새 없이 살피며 그의 두꺼운 입술에서 술술 말이 흘러나올 때면 말들이 그녀의 몸에 들러붙는 것만 같다. 굴곡이 드러나고 드레스가 달라붙는 곳에. 그의 말에 귀 기울이기가 무서워 그녀는 숨도 쉴 수 없다.

"〈백일초 아가씨〉는 반드시 히트할 테니 두고 봐, 일레인. 미리 말해두지만 이 배역엔 당신밖에 없어. 당신과 꼭 다시 일했으면 좋겠는데 말이지…… 당신은 여느 배우들과 다르거든, 그게 당신의 특징이지. 뉴욕의 여자들은 다 거기서 거기야. 도무지 개성이 없어요. 당신은 맘만 먹으면 노래도 잘할 테고…… 당신을 처음 본 순간 난 아주 홀딱 반했지. 그게 벌써 육 개월이라오. 요즘엔 식욕까지 잃고…… 해를 거듭해가며 자신의 감정을 안으로만 삭여야 하는 사람의 심정이 얼마나 외로운지 당신은 이해 못할 거야. 나도 젊었을 땐 지금과 달랐지. 지금 와서 그게 무슨 소용이겠어? 돈을 벌어 출세하는 것만이 나의 지상과제였지. 그렇게 한 해 두 해 흘러간 거야. 그렇게 밀어붙여서 큰돈을 벌길 잘했다는 생각이 이제야 드는군. 전부 당신한테 줄 수 있으니까. 내 말 무슨 뜻인지 알겠지? ……이상이니, 아름다움이니 하는 것들을 묻어두고, 사나이들의 세계에서 내 길을 걸어온 것이 결과적으로 씨를 뿌린 거나 다름없어. 그리고 당신은 그 위에 피어난 꽃이지."

걸을 때 이따금 그의 손등이 그녀의 손을 스쳐간다. 그녀는 불쾌한 듯 주먹을 쥐고 뜨겁고 집요한 그의 살찐 손등을 피한다.

나무그늘이 진 산책로는 음악이 시작되기를 기다리는 연인들과 가족들로 붐빈다. 아이들과 고무턱받이, 땀띠 파우더 냄새가 난다. 풍선 장수가 커다란 포도를 거꾸로 세워 든 것 같은 빨강, 노랑, 분홍 풍선 다발을 들고 그 앞을 지나간다. "아, 풍선 하나만 사주세요." 그녀의 입에서 막을 틈도 없이 그런 말이 튀어나온다.

"색깔별로 하나씩 주시오…… 저 금색도 하나 살까? 거스름돈은 필요 없고."

엘런은 빨간 태머샌터*를 쓴, 얼굴이 원숭이처럼 생긴 세 여자아이의 끈끈하고 때 묻은 손에 풍선 끈을 하나씩 쥐여주었다. 아크등 불빛을 받은 풍선들이 보라색 초승달처럼 빛났다.

"아, 엘런 당신은 아이들을 좋아하는군. 난 아이들을 예뻐하는 여자가 좋더라고."

엘런은 말없이 카지노 테라스의 테이블 앞에 앉아 있다. 뜨거운 음식 냄새와 밴드가 연주하는 〈그는 넝마주이〉**의 리듬이 주위에서 소용돌이치며 목을 죄어오는 것 같다. 그녀는 이따금 버터 바른 빵조각을 입으로 집어넣는다. 끈적거리는 그의 말에 사로잡힌 파리처럼 무력한 기분이 든다.

---

* 방울이 달린 스코틀랜드식 베레모.
** 미국 대중음악의 대가 어빙 벌린의 곡.

288

"뉴욕에서 나를 그 당시처럼 오래 걷게 할 사람은 없을 거야. 진짜…… 옛날엔 참 많이도 걸었지. 어려서는 신문을 팔고 슈워츠 완구점에서 잔심부름도 했거든…… 야학에 가는 시간을 빼고는 온종일 걸어 다녔지. 이스트사이드 사람들이 으레 그렇듯 나도 변호사가 되어야겠다고 결심했었고. 그러다 어느 여름엔가 어빙 플레이스에서 안내원 노릇을 하다가 극장에 눌러앉은 거야…… 지금 보면 감을 잘못 잡은 것 같진 않지만, 그래도 불안정한 직종인 건 맞아. 이제 뭐 더 큰 성공을 바라는 것도 아니고 이 상태에서 손해만 안 봤으면 하는 거지. 난 이게 문제란 말이야. 이제 서른다섯인데 될 대로 되라 싶으니. 십년 전만 해도 에를랑거 영감 밑에서 사무를 봤는데, 그때 내가 구두를 닦아주던 사람들 중에 지금은 웨스트 48번가에 있는 내 사무실 바닥을 닦으라면 감지덕지할 사람들이 줄을 섰지…… 오늘 밤 당신을 뉴욕 시내 어디든 데려갈 수 있어. 얼마나 비싸건, 얼마나 호화롭건…… 옛날엔 우리 같은 애송이들이야 오 달러만 있어도 천국이나 다름없었지. 아가씨 태우고 코니아일랜드라도 갈 수 있게…… 일레인, 당신은 그런 거 모르고 자랐겠지만…… 이런 말 하는 건 옛날 기분을 한번 느껴보고 싶어서야, 무슨 말인지 알지? ……어디로 갈까?"

"코니아일랜드로 가죠, 뭐. 전 아직 가본 적 없거든요."

"그다지 점잖은 사람들이 갈 데는 아니지만…… 구경 삼아 가면 되겠지. 그러자고. 내가 전화로 차를 부르지."

엘런은 혼자 남아 자신의 커피잔을 들여다본다. 그녀는 스푼 위에 각설탕 하나를 담아 커피에 적신 다음 입천장에 대고 혀를 굴려 녹인다. 밴드는 탱고 곡을 연주한다.

아래로 끌어 내린 사무실의 낡은 블라인드 아래로 흘러들어온 햇빛이 담배 연기 속을 물결처럼 굽이친다.

"신중하게," 조지 볼드윈이 말끝을 길게 빼는 중이었다. "거스, 이번 건은 아주 신중하게 다뤄야 하네." 목덜미가 굵고 얼굴이 붉은 거스 맥닐이 조끼에 무거운 시곗줄을 걸고 소파에 앉아 있었다. 그가 시가를 물고 말없이 고개를 끄덕였다. "지금 상태로 봐선 그런 명령을 지지할 법정은 없지…… 그건 코너 판사의 개인적인 정치적 성향에서 나온 거라고밖에 볼 수 없어. 뭐, 그 밖의 요인도 있긴 하지만……"

"누가 아니래…… 이봐 조지, 난 이 사건을 자네에게 통째로 일임하겠네. 자넨 이스트 뉴욕의 진창 속에서도 날 꺼내줬으니 이번에도 그렇게 해주리라 믿어."

"거스, 자네는 처음부터 합법적인 범위 안에서 움직였어. 그러지 않았다면 난 이 사건을 맡지도 않았을 거야. 아무리 자네가 내 친구라고 해도 말이야."

"조지, 자네는 날 알잖아…… 난 누굴 배신한 적도 없고, 배신당하고 싶지도 않아." 거스는 천천히 일어나 금장식이 달린 산책용 지팡이에 몸을 의지해 사무실 안을 절뚝거리며 돌아다녔다. "코너 그 개자식…… 지금이야 이렇게 말한대도 못 믿겠지만 올버니로 가기 전만 해도 참한 사람이었지."

"내 견해를 말하자면, 자넨 이 문제를 처음부터 고의적으로 오해하고 있어. 코너는 정치적인 목적을 위해 법조계에서 자신의 지위를 이용한 거야."

"제길, 그 자식을 잡을 수만 있다면. 난 그를 항상 우리 편이라고 생각했어. 그 빌어먹을 공화당원들 틈에 끼어들기 전만 해도 사실이 그랬고. 올버니가 참 사람 여럿 망치는군."

볼드윈은 양쪽에 풀스캡 판형의 서류가 수북이 쌓여 있는 평평한 마호가니 책상 뒤에서 일어섰다. 그는 거스의 어깨에 손을 올렸다. "괜한 일로 잠 설치지 말게⋯⋯"

"저 지하철 채권*만 아니라면 발 뻗고 잘 텐데 말이야."

"채권이라니? 뜬금없이 무슨 소리야? 그 젊은이를 불러보지. ⋯⋯ 조! ⋯⋯거스, 한 가지만 더 말해두겠는데, 어떤 경우라도 입 꼭 다물고 있어야 하네⋯⋯ 기자들이 만나자고 달려들면 버뮤다 여행 다녀온 얘기나 하라고. 기자들은 우리 쪽에서 필요하면 언제든 불러올 수 있으니까. 지금은 언론에 얘기가 새지 않도록 조심해야 돼. 안 그랬단 개혁파 놈들이 자네 꽁무니를 졸졸 따라다니게 될 테니까."

"그 사람들 자네랑 친구 사이가 아니던가? 자네라면 그들과 얘기를 끝낼 수 있을 텐데."

"거스, 난 변호사지 정치가가 아니야⋯⋯ 그런 일들엔 관여하고 싶지 않아. 관심 없단 말이네."

볼드윈은 손바닥으로 벨을 눌렀다. 상아색 피부에 나른한 눈, 까만 머리를 가진 젊은 여자가 방으로 들어왔다.

"안녕하세요, 맥닐 선생님."

"어이, 레비츠키 양! 얼굴이 확 피었네."

---

* 최초의 지하철 운영사인 IRT의 채권을 가리킴.

"에밀리, 나가서 맥닐 씨 기다리는 젊은 남자 들여보내라고 해줘."

조 오키프가 밀짚모자를 쥐고 발을 가볍게 끌며 들어왔다. "안녕하세요?"

"어이, 조. 그래, 매카시가 뭐라던가?"

"건설협회에서 월요일부터 현장폐쇄를 단행하기로 했습니다."

"노조는 어떤가?"

"지금은 충분합니다. 우리는 투쟁할 겁니다."

볼드윈은 책상 모서리에 걸터앉았다. "이 문제에 대한 미첼 시장의 속내를 모르겠단 말이야."

"개혁 좋아하는 놈들은 늘 그렇듯 조용히 흐름을 지켜보고 있겠지." 거스가 부아가 치미는 듯 말하고는 시가를 물었다. "언제 공표된다는 건가?"

"토요일입니다."

"좋아, 계속 연락 취하고."

"알겠습니다. 그런데 저한테 전화는 삼가주셨으면 합니다. 모양새가 좋지 않아서요. 아시다시피 제 사무실도 아니고요."

"도청당할 위험도 있지. 무슨 짓을 할지 모르는 놈들인데. 그럼, 나중에 보세, 조."

조가 고개를 끄덕이고 나갔다. 볼드윈이 이마를 찌푸리고 거스를 돌아보았다.

"거스, 대체 이 일을 어디서부터 시작해야 할지 모르겠네. 자네가 노조 일에서 손 떼지 않는 한. 자네처럼 타고난 정치가라면 뭔가 수를 써야 할 게 아닌가. 이건 자네가 감당할 수 있는 일이 아니야."

"하지만 전 도시가 우리를 지지하고 있는걸."

"반대하는 사람도 적지 않아. 아무튼 다행히도 난 그런 것과 상관 없는 사람이고. 그 채권 문제는 염려 말게. 하지만 자네가 파업과 관련해 문제를 일으킨다면 이 일을 맡을 수 없네. 로펌에서 당장 손을 떼게 할 거야." 그가 목소리에 힘을 줘가며 낮은 소리로 말했다. 그러고는 여느 때처럼 큰 소리로 말했다. "사모님은 잘 계시나, 거스?"

사무실을 나와 대리석이 반짝이는 복도에서 조 오키프는 휘파람으로 〈스위트 로지 오그래디〉*를 부르며 엘리베이터를 기다렸다. 저렇게 멋진 여자를 비서로 둔 놈은 좋겠군. 그는 갑자기 휘파람을 멈추고 다문 입술 사이로 한숨을 내쉬었다. 엘리베이터에서 그는 체크무늬 양복을 입은 사팔뜨기 사내에게 인사를 했다. "벅 아니야?"

"휴가 벌써 다녀온 건가?"

조는 손을 주머니에 넣고 다리를 쩍 벌린 채 서 있었다. 그는 고개를 저었다. "토요일부터 휴가야."

"나는 한 이틀 애틀랜틱시티에 다녀올까 해."

"어떻게?"

"어떻게 되겠지."

건물 입구에서 조는 밀려드는 인파를 뚫고 나가야 했다. 높은 빌딩들 사이로 보이는 어두운 잿빛 하늘에서 오십 센트 동전만한 빗방울이 포도(鋪道) 위로 쏟아졌다. 남자들은 외투를 밀짚모자 위까지 덮어쓰고 달렸다. 신문지로 모자를 만들어 여름 보닛 위에 뒤집어쓴 소

---

* 미국의 가수 겸 작곡가 모드 너전트가 불러 1896년에 크게 히트한 곡.

녀도 둘 있었다. 소녀들이 스쳐갈 때 푸른 눈과 입술, 치아가 반짝했다. 그는 거리 모퉁이로 바삐 걸어가 시내로 움직이기 시작한 전차에 뛰어올랐다. 비는 거리를 타고 앞으로 나아갔다. 두꺼운 장막처럼 굵은 빗줄기가 번쩍거리고, 쏴쏴 소리를 내며 신문지를 납작하게 두드려댔다. 아스팔트 위에 은빛 젖꼭지들이 날뛰고, 창문에 긴 사선들이 그려지고, 전차와 택시에 칠한 페인트는 말갛게 윤이 났다. 14번가 너머는 비가 그치고 공기가 후덥지근했다.

"요상한 날씨군." 한 노인이 옆에서 말했다. 오키프가 혼잣말로 투덜거렸다. "저 어릴 땐 길 건너편에서는 비가 내리고 어떤 집에 벼락까지 떨어지는데, 우리 쪽에는 비 한 방울 떨어지지 않는 것도 봤어요. 아버지가 갓 심어놓은 토마토에 비가 와주길 그렇게 빌었는데도 말이죠."

전차가 23번가를 가로지르자 오키프의 눈길이 매디슨 스퀘어 가든*의 탑에 머물렀다. 갑자기 차에서 뛰어내리는 바람에 그의 발이 저절로 움직여 연석에 닿았다. 그는 외투 깃을 다시 내리고 광장을 걸었다.

공원의 제일 구석진 나무그늘의 벤치에 앉은 조 할랜드가 꾸벅꾸벅 졸고 있었다. 오키프는 그 옆 빈자리에 앉았다.

"안녕하세요, 조! 담배 태우실래요?"

"안녕한가, 조! 다시 보니 반갑구먼. 젊은이, 고마워. 이런 걸 피워본 지가 며칠 됐나 모르겠군…… 자넨 여기서 뭘 하나? 여긴 자네 구

---

* 복싱, 농구, 아이스하키 같은 각종 운동경기를 비롯해 다채로운 행사가 열리는 뉴욕의 아레나.

역이 아니잖은가?"

"기분이 좀 울적해서 토요일 권투시합 입장권이나 살까 해서요."

"무슨 일 있나?"

"아, 저도 몰라요. 되는 일이 없는 것 같아요. 정치에 너무 깊이 엮인 것도 같고, 어째 앞길이 밝아 보이지 않아요. 아저씨처럼 배운 게 많다면 얼마나 좋겠어요."

"내 꼴을 보고도 그런 소리가 나와?"

"배운 탓은 아니잖아요…… 아저씨가 한때 올랐던 그런 궤도에 오른다면, 전 절대 이탈하지 않을 거예요."

"앞일은 모르는 거네. 조, 가끔 사람 힘으로 안 되는 일들이 생기지."

"여자 문제 같은 거요?"

"그런 말이 아니고…… 다 지겨워질 때가 있단 말이야."

"에이, 돈이 넘쳐서 지겨운 사람도 있다니 말도 안 돼요."

"그럼 술 탓인가, 알 게 뭐야."

그들은 한동안 침묵했다. 저녁노을 속에 오후가 저물어갔다. 두 사람의 머리 위로 파란 담배 연기가 굽이치며 피어올랐다.

"저 근사한 여자 좀 보세요. 걷는 것 좀 봐요. 완전히 인형 같지 않아요? 전 저렇게 매끈하고, 주렁주렁 달고, 립스틱을 바른 여자들이 좋더라고요. 저런 여자들이랑 놀려면 돈깨나 들겠죠."

"조, 여자는 다 거기서 거기야."

"설마요."

"그나저나 자네 일 달러 여윳돈 있나, 조?"

"있는 것 같은데요."

"속이 부대껴. 달래려면 뭘 좀 먹어야겠는데 말이야. 땡전 한 푼 없네그려, 토요일까지는…… 알겠나…… 자네 주소를 알려주면 내 월요일 아침 일찌감치 부쳐주지."

"걱정 마세요, 다니다보면 또 마주치겠죠."

"고맙네, 조. 그리고 블루피터 광산회사의 주식은 더 사면 안 돼. 내가 지금은 이 꼴이지만 그래도 진짜배기는 눈 감고도 맞춘다네."

"그래도 본전치기는 했어요."

"운이 무시무시하게 좋았군."

"한때 월 스트리트를 쥐고 흔들던 분에게 일 달러를 빌려드리다니 기분이 묘한걸요."

"사람들 말처럼 그렇게 많이 가지고 있지도 않았어."

"참 이상한 동네죠……"

"어디가?"

"아, 몰라요. 어디든 다요…… 그럼, 또 뵈어요, 조. 저는 표 사러 가야겠어요…… 볼만한 시합이 될 거예요."

조 할랜드는 젊은이가 모자를 삐딱하게 쓰고 산책로를 성큼성큼 걸어가는 모습을 지켜보았다. 그러고는 자리에서 일어나 동쪽으로 23번가를 따라 걸었다. 해가 저문 후인데도 건물과 포장도로는 여전히 뜨거웠다. 그는 어느 모퉁이의 술집 앞에서 걸음을 멈췄다. 창 한가운데에 놓여 있는 먼지를 뿌옇게 뒤집어쓴 박제한 산족제비 무리를 들여다보았다. 여닫이문 저편에서 나직한 말소리와 시원한 맥아 냄새가 거리로 흘러나왔다. 그는 갑자기 얼굴을 붉히며 입술을 깨물었다. 그는 흘낏 주변을 둘러본 다음 문을 열고 술병이 번쩍거리는 놋쇠 카운터로 슬슬 걸어 들어갔다.

비가 내리는 밖에서 들어오니 무대 뒤의 시큼한 회반죽 냄새가 코를 찔렀다. 엘런은 젖은 레인코트를 문가에 걸고 물품보관소 한구석에 우산을 세워두었다. 우산 끝에 물이 고이기 시작했다. "딱 한 가지 기억나는 게 있어요." 비틀거리며 뒤따라 들어오는 스탠을 향해 그녀가 낮은 목소리로 말했다. "내가 어릴 때 어떤 사람이 불러준 건데 이상한 노래였어요. 홍수 속에서 살아남은 사람은 오직 하나, 지협의 키다리 잭뿐이었네…… 그런."

"대체 사람들은 뭐하려고 애들을 낳는지 몰라. 그건 패배를 승인하는 거야. 생식은 불완전한 유기체임을 승인하는 행위라고. 생식은 패배를 인정하는 거야."

"스탠, 제발 목소리 좀 낮춰요. 스태프들이 놀라요…… 당신을 데리고 들어오는 게 아니었어요. 극장이란 데가 얼마나 말이 많은 곳인지 알잖아요."

"예, 조그만 생쥐처럼 끽소리도 내지 않겠습니다…… 밀리가 와서 당신 옷을 갈아입혀줄 때까지 그냥 여기 있자고. 당신이 옷 갈아입는 모습을 보는 게 나한테는 유일한 낙이야…… 나는 불완전한 유기체임을 인정하지."

"당신은 술을 끊지 않으면 그나마도 될 수 없어요."

"난 마실 거야. 내 몸을 자르면 위스키가 흐를 때까지 마실 거야. 위스키면 됐지, 피가 무슨 소용이야."

"스탠, 제발!"

"불완전한 유기체에게 허락된 단 한 가지는 술을 마시는 것뿐이야. 당신처럼 완전한, 아름다운 유기체는 그럴 필요가 없지만…… 난 누워서 한잠 자야겠어."

"안 돼요, 스탠, 제발요. 여기서 이렇게 쓰러지면 용서 안 해요."

누군가 살며시 문을 두드렸다. "들어와요, 밀리." 밀리는 작고 주름진 얼굴에 눈동자가 검은 여자였다. 흑인 피가 섞인 두꺼운 입술은 자주색과 재색이 섞여 있고, 유난히 하얀 피부에도 어딘지 검푸른 창백함이 감돌았다.

"아가씨, 여덟시 십오분이에요." 그녀가 분주하게 들어섰다. 그녀는 스탠을 흘낏 쳐다보고 나서 약간 놀란 듯 찡그린 얼굴로 엘런에게 돌아섰다.

"스탠, 당신은 이제 가봐야죠…… 나중에 보자르나 당신 좋은 데 어디서 만나요."

"나 잘래."

엘런은 화장대 거울 앞에 앉아 조그만 타월로 톡톡 눌러가며 얼굴의 콜드크림을 닦아냈다. 화장도구 상자에서 분장용 기름과 코코아버터 냄새가 방 안으로 흘러나왔다.

"이 사람을 오늘 저녁에 어떻게 해야 하나 몰라." 드레스의 주름을 펴며 그녀가 밀리에게 속삭였다. "제발 술을 끊어야 할 텐데."

"아가씨, 저라면 샤워기 밑에 데려다놓고 찬물을 확 틀어버리겠어요."

"오늘 저녁 관객들은 어때, 밀리?"

"적은 편이에요, 일레인 아가씨."

"날씨가 궂어서 그런가봐…… 어째 공연을 망칠 것 같아."

"이런 일로 흥분하실 것 없어요, 아가씨. 남자들은 그럴 가치가 없어요."

"자러 갈래." 스탠은 이마를 찡그리고 비틀거리며 방 한가운데 서 있었다.

"일레인 아가씨, 제가 저분을 욕실로 데려갈게요. 거기라면 사람들 눈에 띄지 않겠죠."

"그래, 욕조에서 자라고 그래."

"엘리, 나 욕조에서 코 잘게."

두 여자가 그를 욕실 안으로 밀어넣었다. 그는 욕조 안으로 미끄러져 다리를 뻗어 욕조에 걸치고 팔베개를 한 채 곧장 곯아떨어졌다. 밀리가 혀를 끌끌 찼다.

"잠든 아기 같아." 엘런이 부드럽게 속삭였다.

그녀는 접은 욕실매트를 그의 머리 밑에 받쳐주고, 땀에 젖은 머리를 이마에서 떼어주었다. 숨소리가 거의 들리지 않았다. 그녀는 몸을 구부려 그의 눈꺼풀에 가볍게 입을 맞췄다.

"일레인 아가씨, 서두르셔야 해요…… 막이 오르고 있어요."

"나 괜찮아? 빨리 좀 봐봐."

"그림처럼 예쁘세요. ……신의 가호가 있기를."

엘런은 계단을 뛰어 내려가 무대 뒤에 잠시 멈춰 섰다. 자동차에 치일 뻔한 사람처럼 공포에 질려 숨을 헐떡이고 있었다. 그녀는 소도구 담당으로부터 무대용 악보를 빼앗아들더니 큐사인과 함께 환한 무대로 걸어 나갔다.

"일레인, 대단해." 해리 골드와이저가 그녀 뒤편의 의자에 앉아 송아지 같은 머리를 흔들며 말했다. 그녀는 화장을 지우며 거울에 비친 그의 모습을 보고 있었다. 그의 옆에는 키가 조금 더 큰 남자가 서 있었다. 눈과 눈썹이 잿빛이었다. "처음 당신한테 배역이 맡겨졌을 때 내가 폴릭 씨에게 했던 말 기억나나? 솔! 저 여잔 안 된다고 했잖아, 그랬던 말?"

"그럼요, 해리."

"당신같이 젊고, 아름다운 여자가…… 열정과 공포가 드러나야 하는 배역을 제대로 소화해낼 수 있으리라곤 생각 못했지…… 이해하나? ……솔과 난 객석 앞줄에 앉아 막이 내리는 것까지 봤어."

"훌륭해요, 훌륭해." 폴릭 씨가 한숨을 토했다. "일레인 양, 비결 좀 가르쳐줘요."

화장을 지우고 난 수건에 붉고 검은 얼룩이 남았다. 밀리가 뒤편에서 조신하게 움직이며 옷을 걸었다.

"그 장면의 연기를 코치해준 사람이 누군지 아세요? 존 오글소프예요. 연기에 대한 그의 아이디어는 정말 놀라워요."

"그래, 사람이 게으른 게 탈이지만…… 앞으로 크게 될 배우인 건 맞지."

"꼭 게을러서라기보다는……" 엘런은 머리를 풀었다가 두 손으로 꼬아 동그랗게 틀어 올렸다. 그녀는 해리 골드와이저가 폴릭 씨를 팔꿈치로 슬쩍 치는 것을 보았다.

"예쁘죠?"

"〈레드 레드 로즈〉는 잘돼가요?"

"말도 마, 일레인. 지난주 관객은 안내원들뿐이었어. 작품은 좋은데 왜 그런지 모르겠단 말이야…… 메릴 몸매도 좋잖아. 쇼 비즈니스가 옛날 같지 않아."

엘런은 말아 올린 구릿빛 머리에 마지막 브론즈핀을 꽂고 턱을 치켰다. "나도 그런 역할 한번 해봤으면."

"젊은 아가씨, 하나씩 차분히 하셔야죠. 이제 막 연기파 배우로 알려지기 시작했는데."

"난 그런 거 싫어요. 다 거짓이에요. 가끔 난 무대 끝까지 달려가 관객들에게 외치고 싶어요. 집에 가, 이 바보들아, 하고요. 봐서 아시겠지만 작품도 엉망이고, 연기도 형편없어요. 뮤지컬이라면 이렇게 눈속임은 불가능할 거예요."

"내가 자네한테 뭔가 다른 배우라고 했지, 솔? 확실히 튀지 않나?"

"다음 주 내 기사에 그녀의 명언을 써볼까봐요…… 멋진 게 나올 것 같은데요."

"배우가 자기 작품을 욕하게 해선 안 되지."

"명사들의 꿈이라는 칼럼에다가 끼워 맞출 수 있을 것 같아…… 이를테면, 조조던트 회사의 사장은 원래 소방관이 꿈이었다더라, 누구는 동물원 수위가 되고 싶었다더라, 하는 식으로 말이야…… 감동적인 휴먼 스토리가 되는 거지."

"폴릭 씨, 여자란 집에 붙어 있는 게 옳다는 주의, 라고 써주세요. 정신박약아들을 위해서요."

"하하하." 해리 골드와이저가 금을 씌운 어금니를 보이며 웃었다.

"일레인, 당신 춤과 노래 솜씨도 빼어난 걸 알아."

"오글소프와 결혼하기 전에도 이 년 동안이나 코러스걸로 일했잖아요?"

"당신이라면 요람에서부터 춤을 췄겠죠." 폴릭 씨가 재색 눈썹 아래 눈을 흘끗거리며 말했다.

"자, 옷을 갈아입을 시간이니 신사분들은 잠깐 나가주셔야겠는데요. 밤마다 마지막 막이 내리면 땀투성이가 돼요."

"우리도 어차피 가봐야 하고…… 욕실 잠깐 써도 되겠소?"

밀리가 욕실 문 앞에 서 있었다. 엘런은 그녀의 창백한 얼굴을 보았다. 간격이 먼 두 눈이 까맣게 타오르고 있었다. "해리 선생님, 그건 안 되겠습니다. 고장이 나서요."

"그럼 찰리의 물품보관소 뒤편으로 가봐야겠군. 톰슨에게 수리공을 부르라고 해야겠어…… 그럼 가보리다, 엘런. 잘 지내요, 말썽 피우지 말고."

"오글소프 양, 좋은 밤 보내십시오." 폴릭 씨가 까마귀 같은 목소리로 말했다. "말썽을 피우려면 들키지는 마시고요."

밀리가 그들을 내보내고 문을 닫았다.

"휴우, 이제 좀 살겠어." 엘런이 기지개를 켜며 말했다.

"아가씨, 얼마나 놀랐나 몰라요…… 앞으로는 저런 사람 극장에 들이지 마세요. 이런 일로 신세 망친 여배우 여럿 봤어요. 일레인 아가씨, 걱정돼서 드리는 말씀이에요. 저야 나이도 먹었고, 여기서 쭉 봐와서……"

"그럼, 밀리 말이 옳아…… 자, 어디 그 사람 좀 깨워볼까. ……맙소사, 밀리, 이것 좀 봐."

스탠은 그들이 눕혀놓은 그대로 물이 잠긴 욕조에 누워 있었다. 외투 끝자락과 한 손이 물 위에 둥둥 떠 있었다. "스탠, 이 바보, 일어나요…… 이러다 죽겠어. 바보, 바보." 엘런은 그의 머리칼을 잡고 머리를 좌우로 흔들었다.

"아얏, 아파!" 그가 졸음에 겨운 어린아이의 목소리로 말했다.

"일어나요, 스탠. 몸이 다 젖었어요."

그는 고개를 젖히고 눈을 떴다. "어, 진짜네." 그는 욕조 양옆을 붙들고 비틀거리며 일어났다. 옷과 구두에서 누런 물을 뚝뚝 떨어뜨리며 그는 힝 하고 말 울음소리로 크게 웃었다. 엘런은 욕실 문에 기대어 눈물이 나도록 웃었다.

"밀리, 이 사람한테는 화도 못 내겠어. 그게 더 화가 나. 이제 어쩌면 좋지?"

"익사하지 않아 다행이지 뭐예요…… 종이와 지갑 이리 주세요! 제가 수건으로 말려볼 테니." 밀리가 말했다.

"이 꼴로는 수위 눈을 피할 수 없어요. 우리가 당신 옷을 아무리 비틀어 짠다 해도 말예요…… 스탠, 당신 옷을 다 벗고 내 드레스를 입어요. 그 위에다 내 우비를 걸쳐요. 우리가 당신을 택시에 태워 집에 데려다줄게요…… 밀리, 내 생각이 어때?"

밀리는 스탠의 재킷에서 물을 짜내며 고개를 설레설레 흔들었다. 그녀는 세면대 안에 지갑에서 나온 것들과 수첩, 연필, 잭나이프, 필름 두 통, 작은 위스키 병 등을 꺼내놓았다.

"안 그래도 목욕하고 싶던 참이었는데." 스탠이 말했다.

"한 대 때려줄까보다. 덕분에 술은 깼나봐요."

"깨다 뿐이야."

"자, 그럼 내 옷을 입어요."

"여자 옷을 어떻게 입어?"

"그럼 어떻게 해요…… 당신은 걸치고 갈 레인코트마저 없는걸요. 말 안 들으면 욕실에 두고 문을 잠가버리겠어요."

"알았어, 엘리…… 정말 너무 미안하게 됐어."

밀리가 그의 옷을 욕조에 짠 다음 신문지로 둘둘 말았다. 스탠은 거울로 자신의 모습을 들여다보았다.

"아이고, 참 볼만하네. 꼴좋다."

"나도 이런 흉한 꼴은 처음 봐요…… 그래도 귀여운걸요, 좀 터프해서 그렇지. ……수위 아저씨 앞을 지날 땐 내 얼굴만 똑바로 봐야 해요."

"발이 질퍽질퍽해."

"할 수 없어요…… 우비라도 있어서 다행이야…… 밀리, 미안하지만 여기 좀 정리해줘요."

"조심해서 가세요, 아가씨. 제 말 잊지 마세요…… 나중에 저더러 말리지 그랬느냐고 딴소리 마시고요."

"스탠, 천천히 걸어요. 누가 봐도 멈추지 말고 곧장 택시에 올라타는 거예요…… 민첩하게 움직이면 잘 빠져나갈 수 있어요."

계단을 내려갈 때 엘런의 손이 떨렸다. 그녀는 손을 스탠의 겨드랑이 사이에 넣고 부축하며 낮은 목소리로 얘기했다. "사흘 전쯤인가 저녁에 아빠가 공연을 보러 극장에 왔다가 충격을 심하게 받으셨어. 그렇게 많은 사람들 앞에서 자기 감정을 낱낱이 드러내는 건 천박한 여자들이 하는 짓이라니…… 가차 없지? 그래도 〈헤럴드〉와 〈월드〉에 실린 호평에는 마음이 움직이셨나봐…… 아, 바니. 안녕히 주무세요, 날이 궂네요…… 맙소사…… 택시 왔다. 타. 얘, 어디로 갈까?" 택시의 어둠 속에서, 그의 긴 얼굴을 감싼 파란 모자 안에서 그의 눈이 반짝거렸다. 그 눈과 마주치자 그녀는 갑자기 어둠 속의 깊은 구덩이에 빠진 듯 화들짝 놀랐다.

"좋아요, 우리 집으로 가요. 끝까지 가보는 거예요…… 기사 아저씨, 뱅크 스트리트로 가주세요." 택시가 출발했다. 그들은 흔들리는 차를 타고 브로드웨이의 간판 사이를 지나갔다. 평면 위의 빨강, 초록, 노랑 불빛들이 가로세로로 얽혔다. 스탠이 그녀에게로 몸을 구부리며 느닷없이 그녀의 입술에 키스를 했다.

"스탠, 당신은 술을 끊어야 해요. 도가 지나쳐요."

"도를 넘으면 왜 안 되는데? 당신도 도를 넘는 일 많지만, 난 불평 않잖아."

"하지만, 당신 이러다 죽어요."

"그래서?"

"스탠, 정말 당신을 이해할 수 없어요."

"엘런, 나도 당신을 이해할 수 없지만 그래도 많이 사랑해…… 아주 많이." 낮게 드문드문 들려오는 그의 목소리에 그녀는 말을 잃을 만큼 행복했다.

엘런은 택시 요금을 지불했다. 사이렌 소리가 귀를 찢을 듯 들려오다가 비명을 지르며 서서히 거리 저편으로 사라져갔다. 새빨간 소방차가 번쩍거리며 달려가고 쩔렁쩔렁 종을 매단 사다리차가 뒤를 이었다.

"엘런, 우리 불구경 갈까?"

"이 차림으로…… 어림도 없어요."

그는 그녀를 뒤따라 조용히 집으로 올라갔다. 그녀의 길쭉한 방에서 상쾌하고 기분 좋은 향기가 났다.

"엘리, 당신 화난 거야?"

"천만에요, 이 철부지."

그녀는 젖은 옷꾸러미를 열어 부엌으로 가져가 가스스토브 위에 널었다. 축음기에서 흘러나오는 〈그도 고향에서는 알아주는 사내라네〉* 소리가 그녀를 다시 방으로 불렀다. 스탠은 옷을 벗고 있었다. 그는 의자를 파트너 삼아 춤을 추고 있었다. 그녀의 푸른색 누비가운이 털이 부숭한 그의 마른 다리 사이에서 펄럭였다.

"아, 스탠, 이 귀여운 바보."

그는 의자를 내려놓고 나서 남자답게 그을린 몸을 가운으로 어쭙잖게 가리고 그녀에게로 다가왔다. 축음기의 노래가 끝나고 나서도 레코드판은 긁히는 소리를 내며 언제까지나 돌아갔다.

---

* 어빙 벌린의 곡.

5. 동물시장에 갔어요

빨간불, 신호음.

건널목에 차들이 네 줄로 늘어서서 다음 블록까지 대기하고 있다. 미등이 빛나고, 흙받기와 흙받기가 부딪치고, 엔진이 과열되어 붕 소리를 내고, 배기관은 증기를 내뿜는다. 바빌론과 자메이카에서 온 자동차, 몬토크에서 온 자동차, 포트 제퍼슨, 패초그, 롱비치, 파 로커웨이에서 온 리무진, 그레이트 넥에서 온 로드스터…… 쑥부쟁이와 젖은 수영복, 햇볕에 그을린 목, 소다수와 핫도그로 끈적거리는 입들…… 돼지풀과 미역취 꽃가루로 뒤덮인 자동차들.

파란불. 시동이 걸리고 기어는 1단으로 들어간다. 차들은 서로 떨어져 유령 같은 시멘트 도로를 따라 기다란 리본 모양으로 흘러간다. 콘크리트 공장의 검은 창문 사이로, 현란한 광고 간판들 사이로 노랗게 우뚝 솟은 대형 천막극장처럼 밤하늘 속으로 믿을 수 없이 치솟는 도시의 광채를 마주 보며.

사라예보, 라고 그녀는 말하려 했지만 말이 목에 걸려 나오지 않았다……

"생각만 해도 골이 아파, 골이." 조지 볼드윈은 앓는 소리를 냈다. "월 스트리트는 엉망이 되어가고 있어…… 증권시장은 문을 닫게 될 거야, 달리 방법이 없어."

"나도 유럽에 가본 적이 없어요…… 전쟁이란 굉장한 볼거리겠죠." 엘런은 푸른 벨벳드레스 위에 케이프를 걸치고 택시 안의 쿠션에 몸을 기댔다. 달리는 택시의 진동이 발밑으로 기분 좋게 전해졌다. "역사라고 하면, 교과서의 석판화들이 떠올라요. 장군이 선언문을 발표하는 모습, 작은 인물들이 두 팔을 벌리고 들판을 달려가는 모습, 선언문 밑에 나오는 유명인의 서명 같은 것들 말예요." 무더운 길을 따라 부채꼴의 빛들이 부채꼴의 빛들과 포개지고, 헤드라이트가 넓적한 회반죽용 붓처럼 나무와 집, 광고판, 전신주 위로 지나간다. 택시가 반쯤 돌아 로드하우스 바로 앞에 멈춰 섰다. 건물 틈새로 핑크색 광선과 래그타임*이 흘러나왔다.

"오늘 밤은 손님이 많습니다." 요금을 지불할 때 택시 기사가 볼드윈에게 말했다.

"왜죠?" 엘런이 물었다.

---

* 재즈의 중요한 요소인 피아노 스타일. 작곡가 어빙 벌린은 1911년에 발표한 〈알렉산더의 래그타임 밴드〉로 '래그타임의 제왕'으로 불림.

"커나시 살인사건과 관계가 있지 않을까요."

"그게 뭔데요?"

"끔찍한 사건이죠. 제 눈으로 직접 봤어요."

"살인범을 봤단 말예요?"

"살인현장을 목격했다는 건 아니고, 안치소로 실려가기 전 뻣뻣하게 누워 있는 시체를 봤습니다. 어려서 우린 그를 늘 산타클로스라고 불렀지요. 흰 수염을 길렀었거든요…… 코흘리개일 때부터 알던 사람이랍니다." 뒤차가 요란하게 경적을 울렸다. "이만 가봐야겠군요…… 좋은 밤 보내세요, 아가씨."

붉은 현관에서부터 랍스터와 삶은 조개, 칵테일 냄새가 났다.

"잘 지냈나, 거스! ……일레인, 이쪽은 맥닐 씨와 맥닐 씨 사모님이셔. ……이쪽은 오글소프 양입니다." 엘런은 목덜미가 붉은 들창코 사내의 두툼한 손과 장갑을 팽팽하게 당겨 낀 아내의 자그마한 손을 잡았다. "거스, 가기 전에 잠깐 얼굴 좀 보세……"

엘런은 급사장 뒤를 따라 댄스플로어 가장자리로 걸었다. 그들은 벽 쪽 테이블에 앉았다. 〈누구나 하는 거라네〉가 흘러나왔다. 볼드윈은 몸을 굽혀 엘런의 가운을 의자 팔걸이에 걸어주며 멜로디를 흥얼거렸다.

"일레인, 당신처럼 예쁜 사람은 본 적이 없어." 그가 그녀의 맞은편에 앉으며 말했다. "상황이 무시무시해. 어떻게 된 건지 모르겠어."

"뭐가요?"

"전쟁 말이야. 다른 생각은 할 수조차 없어."

"난 할 수 있어요." 그녀가 메뉴를 들여다보았다.

"내가 소개한 저 두 사람이 누군지 알겠어?"

"예. 신문에 늘 이름이 오르내리는 맥닐이라는 사람 아녜요? 건축 노동자 파업과 지하철 채권 문제로 싸우는 사람이죠?"

"그게 다 정치라는 거야. 저 친구는 전쟁을 좋아라 할 거야. 불쌍한 친구지. 적어도 그 덕분에 신문 1면에서는 빠질 테니까. ……그 얘기는 조금 이따 하기로 하고. ……당신은 삶은 조개 별로지? 여기 그거 잘하는데."

"조지, 내가 삶은 조개를 얼마나 좋아하는데요."

"그럼 어디 제대로 된 옛날식 롱아일랜드 해변의 요리를 먹어볼까. 어때?" 장갑을 테이블 한끝에 놓아두려다 그녀의 손이 시들어가는 빨강, 노랑 장미가 꽂힌 화병을 건드렸다. 색 바랜 꽃잎이 그녀의 손과 장갑, 테이블 위로 우수수 떨어졌다. 그녀는 두 손으로 그것들을 털어 냈다.

"그리고 이 궁상맞은 장미도 좀 치우라고 해줘요, 조지…… 시든 꽃은 질색이에요."

은으로 도금한 조개 냄비에서 김이 피어올라 전등갓 속의 장밋빛 광선 속으로 도르르 말려 들어갔다. 볼드윈은 분홍빛이 도는 일레인의 날씬한 손가락이 길쭉한 조갯살을 껍질에서 벗겨내 녹인 버터에 적신 다음 즙이 떨어지는 그것을 입속에 집어넣는 모습을 바라보았다. 그녀는 먹는 데 열중했다. 그는 한숨을 쉬었다. "일레인…… 난 참 불행한 남자요…… 거스 맥닐의 아내를 보는 게 얼마 만인지. 벌써 몇 해가 흘렀군. 한때는 저 여자한테 미쳤던 적도 있는데 지금은 이름조차 가물가물하다니…… 우습지? 처음 개업했을 때는 영 뭔가 될 기미가 보이질 않았어. 법대를 마친 지 이 년밖에 안 됐던 시절이라 수중에 돈 한 푼 없었으니 급했지. 그땐 정말 무모했어. 책상 앞에 앉아 스스로에게 이렇게 말했어. 오늘 사건을 맡지 못하면 다 때려치우고 다시 사무원으로 돌아가리라. 그리고 머리도 식힐 겸 산책을 나갔었지. 그런데 11번 애비뉴에서 화물차가 후진하다가 우유배달차를 밀고 지나가는 걸 보게 된 거야. 처참한 사고였어. 사람들이 배달차에 타고 있던 사내를 끌어냈을 때 난 이렇게 혼잣말을 했어. 저 사내에게 보상금을 받아주든가 이대로 파산하든가 둘 중 하나다. 난 재판에서 이겼고 뉴욕에서 여러 사람들에게 눈도장을 찍게 됐지. 거기서부터 그와 나의 출셋길이 트인 거야."

"그러면 저 사람이 우유배달부였단 말예요? 난 우유배달부란 세상에서 가장 좋은 직업이라고 생각해요. 우리 집 우유배달부도 사람이 얼마나 좋은지 몰라요."

"일레인, 소문내지 않을 거지? 난 당신을 믿어."

"믿어줘서 고마워요, 조지. 세상에, 요즘 여자들은 점점 아이린 캐슬을 닮아가지 않아요? 식당 안을 좀 둘러봐요."

"그 여자도 전에는 들장미처럼 상큼하고 핑크빛이 도는 게 아일랜드계의 매력이 있었는데 말이야. 요즘은 그저 그런 후덕한 장사꾼 아줌마가 다 됐어."

"당신은 예나 지금이나 건장하고 말이죠. 세월 앞에 장사 없다잖아요."

"글쎄…… 당신을 만나기 전에 모든 게 얼마나 공허하고 비참했는지 모를 거야. 세실리와 나는 서로를 더 불행하게 만들기만 해."

"부인은 지금 어디 있어요?"

"바 하버에 있어…… 젊어서는 운이 좋아 뭘 해도 성공했지…… 아직 마흔도 안 됐지만."

"저한테는 멋지게만 보이는걸요. 정말 좋아서 한 일이 아니라면 그 정도 성공은 불가능했을 거예요."

"오, 성공…… 성공이라…… 그게 뭔데?"

"나도 성공 좀 해봤으면."

"당신은 성공했잖아."

"제가 생각하는 성공은 좀 달라요."

"이젠 그것도 시들해. 그저 사무실에 앉아 젊은 애들한테 일을 시키는 게 다야. 내 미래는 이미 정해진 거야. 점잔 빼고, 남몰래 허튼짓 슬슬 하면서 살겠지…… 하지만 그게 나의 전부는 아니야."

"당신, 정계에 진출해보는 게 어때요?"

"여기 앉아서도 하라는 대로 하는 판에 워싱턴의 더러운 늪 속으로 굳이 옮길 까닭이 있을까? 뉴욕 생활의 지겨운 점은 지겨워도 빠져나갈 데가 없다는 거야. 그게 사람을 염증 나게 한단 말이야. 더 오를 데가 없는 세상의 꼭대기니까. 할 수 있는 거라곤 다람쥐 쳇바퀴 돌듯 돌고 또 도는 거지."

엘런은 가벼운 여름옷을 차려입은 사람들이 왁스를 칠한 중앙의 네모난 플로어에서 춤을 추는 것을 보았다. 룸 저편의 테이블에서 토니 헌터의 핑크빛 도는 하얗고 갸름한 얼굴이 보였다. 오글소프는 그 자리에 없었다. 스탠의 친구 허프가 등을 돌리고 앉아 있었다. 그의 웃음소리가 들려왔다. 주름진 목 위로 그의 길고 검은 뒤통수가 옆으로 약간 기울어 있었다. 나머지 두 남자는 모르는 사람들이었다.

"어딜 보고 있어?"

"조조의 친구들이요…… 무슨 볼일로 이곳까지 왔을까요? 저 사람들이 올 만한 데가 아닌데 말예요."

"내가 뭘 좀 하려고만 하면 마가 낀단 말이야." 볼드윈이 일그러진 미소를 지었다.

"제가 보기에, 당신은 이제껏 쭉 당신이 하고 싶은 일만 해왔을 것 같은데요."

"오, 일레인, 내가 지금 하고 싶은 걸 당신이 허락해준다면. 당신을 행복하게 해주고 싶으니 그렇게 하게 해줘. 당신은 혼자서 자기 길을 헤쳐온 용감한 여자야. 당신은 사랑과 신비와 광채에 휩싸인……" 그는 포도주를 한 모금 쭉 마시고 붉어진 얼굴로 말을 계속했다. "초등학생이 된 기분이야…… 내가 봐도 내 꼴이 우습군. 일레인, 난 당신을 위해서라면 뭐든 하겠소."

"글쎄요, 지금 부탁하고 싶은 건 이 랍스터를 당장 치우게 하라는 건데요. 좀 별로인 것 같아요."

"저런…… 맛이 별론가보네…… 이봐, 웨이터! ……난 정신이 없어서 맛도 몰랐어."

"대신 크림소스를 얹은 닭가슴살 요리를 시켜주세요."

"그럼, 당신을 굶게 할 순 없지."

"……옥수수도 작은 걸로 하나요. ……조지, 당신이 어떻게 그렇게 유능한 변호사가 됐는지 이제 알겠어요. 이렇게 열정적인 호소 앞에서는 어떤 배심원이라도 먼저 울음을 터뜨리고 말 거예요."

"일레인 당신은?"

"조지, 저한테는 묻지 마시고요."

지미 허프의 테이블에서는 위스키소다를 마시고 있었다. 금발에 안색이 누렇고, 앳된 푸른 눈 사이의 가는 코가 휘어진 남자가 은밀하게 속삭이는 투로 말했다. "정말 난 정곡을 찌른 거야. 경찰은 건성이야, 완전히 건성으로 사건을 강간과 자살로 몰아가고 있어. 그 노인과 순진하고 예쁜 딸은 살해된 거라니까, 살인이 분명해. 누가 그런 짓을 했는지 알아?" 그는 담뱃진이 묻은 통통한 손가락으로 토니 헌터를 가리켰다.

"판사님, 고문만은 제발 피하게 해주십시오. 전 정말 모르는 일입니다." 그는 긴 속눈썹을 내리깔며 말했다.

"흑수단(黑手團)*이 시킨 짓이지."

"세게 나가는데." 지미 허프가 웃으며 말했다. 불럭이 주먹으로 테이블을 내려치자 접시와 잔들이 흔들렸다. "커나시는 흑수단 소굴이야. 무정부주의자들과 유괴범들, 불순분자들로 들끓지. 그놈들을 몰아내고 불쌍한 노인과 그가 사랑하던 딸의 명예를 되찾아주는 게 우리의 임무야. 이름이 뭐더라, 원숭이 얼굴을 한 그 노인의 명예를 되찾아줘야 해."

"매킨토시." 지미가 말했다. "이곳 사람들은 산타클로스라고도 불

---

* 20세기 초 세르비아의 비밀결사. 테러를 통해 세르비아 외부에 거주하는 세르비아인들을 합스부르크와 오스만 제국의 통치로부터 해방시키려고 했다. 오스트리아의 황태자 프란츠 페르디난트 대공의 암살을 계획했으며 이 사건은 1차 대전의 발단이 되었다.

러. 영감 머리가 돈 게 한두 해가 아니라는 건 모두 인정하는 사실이야."

"우리는 미국 시민의 존엄성 외에는 그 어느 것도 인정하지 않아…… 그 망할 놈의 전쟁이 신문 1면을 도배하고 있으니…… 전면 기사를 내려고 했는데 반도 더 잘라내고 말이야. 이러고 살아야 돼?"

"한번 그럴듯하게 꾸며보지그래. 그 노인이 오스트리아 황실의 사라진 후계자였다거나 정치적 이유로 암살되었다거나."

"지미, 그거 나쁘지 않은데."

"이렇게 끔찍한 사건을 가지고 장난을 치다니." 토니 헌터가 말했다.

"토니, 자네 눈엔 우리가 다 냉혹한 야수로 보이지?"

"그냥 재미로 한 소리야."

"그런 일은 매일 일어나." 지미가 말했다. "날 정말 소름 끼치게 하는 건 군대동원이니, 베오그라드 폭격이니, 벨기에 침공이니…… 그런 것들이야. 상상도 할 수 없어…… 장 조레스도 피살됐어."

"그게 누군데?"

"프랑스의 사회주의자."

"빌어먹을 프랑스 놈들, 걔네들은 갈 때까지 갔어. 결투와 마누라 바꿔 자는 것 말고는 할 줄 아는 게 없는 놈들. 두고 봐, 독일이 이 주 내에 파리를 점령할 테니."

"그렇게 오래 걸리지 않을 거야." 프레이밍햄이 말했다. 헌터 옆에 앉은 키가 크고 거만해 보이는 그 사내는 숱이 적은 금발 콧수염을 기르고 있었다.

"종군기자 한번 해보고 싶은걸."

"이봐, 지미. 여기 바텐더인 프랑스인 아나?"

"콩고 제이크 말인가? 알지."

"사람 괜찮아?"

"괜찮고말고."

"그럼 나가서 그 사람이랑 얘기 좀 하지. 그가 살인사건에 관한 단서를 줄지도 몰라. 이 사건을 세계 분쟁과 엮어볼 수만 있으면 좋겠는데 말이야."

"난 확신해." 프레이밍햄이 말을 시작했다. "영국인들이 어떤 식으로든 해결을 볼 거라고." 지미는 불럭을 따라 바 쪽으로 갔다.

레스토랑 안을 가로질러 가다가 그는 엘런을 발견했다. 옆에 켜진 램프의 불빛을 받아 머리가 유난히 붉어 보였다. 테이블에 바짝 다가앉아 그녀를 바라보는 볼드윈의 입술은 젖어 있고 눈은 번득였다. 지미는 용수철이 튀어 오르듯 가슴에서 뭔가 번쩍 터지는 것을 느꼈다. 갑자기 그는 그녀를 피해 고개를 옆으로 돌렸다.

불럭은 그를 돌아보며 옆구리를 찔렀다. "지미, 우리랑 같이 온 저 두 녀석 대체 누구야?"

"루스 친구들이야. 나도 친한 사이는 아니야. 프레이밍햄은 인테리어업자라나봐."

바 안쪽의 루시테이니아호 사진 아래 하얀 가운을 입은 검은 머리 사내가 서 있었다. 가운 밑의 가슴이 고릴라처럼 딱 벌어진 사내였다. 그는 털이 부숭부숭한 손으로 셰이커를 흔들고 있었다. 그 앞에 쟁반 가득 칵테일 잔을 든 웨이터가 서 있었다. 초록색 칵테일이 하얀 거품을 일으키며 잔에 부어졌다.

"잘 있었나, 콩고." 지미가 말했다.

"아, 봉수아르 므시외, 재미 좋아요?"

"좋아…… 이봐 콩고, 자네한테 내 친구를 하나 소개할까 하는데. 이쪽은 〈아메리칸〉지의 그랜트 불럭이라고 하네."

"뵙게 되어 영광입니다. 허프 씨와 선생님께 제가 한 잔 대접해도 될까요?"

웨이터가 잔이 쨍그랑거리는 쟁반을 어깨 높이로 받쳐 들고 홀로 나갔다.

"진피즈를 마시면 여태 마신 위스키를 다 버리겠지만, 그래도 한 잔 당기는데…… 콩고, 자네도 우리랑 한잔하지그래?" 불럭은 한 발을 놋쇠난간에 걸치고 술을 한 모금 마셨다. "난 말이지," 그가 천천히 말했다. "사람들이 이 살인사건에 대해 뭐라고 말하는지가 궁금하단 말이야. 소문 같은 거 들어봤나?"

"하는 말이야 제각각이죠……"

지미는 콩고의 푹 들어간 검은 눈이 살짝 윙크하는 것을 보았다. "콩고, 요 밖에 사나?" 그는 킥킥거리는 웃음이 나오는 걸 막으려고 물었다.

"한밤중에 차 소리에 잠을 깼어요. 배기판에 구멍이 난 채 달리는 소리였죠. 뭐에 부딪혔나보다 했어요. 급히 멈췄다가 더 급히 내빼는 소리였으니까요. 끼익, 붕."

"총소리는 들었나?"

콩고는 묘하게 고개를 저었다. "목소리를 들었어요, 아주 화난 목소리요."

"이것 보라니까, 이 사건 더 조사해봐야 돼." 불럭이 단숨에 잔을 비우며 말했다. "여자들 있는 데로 돌아가지."

엘런은 호두처럼 주름진 얼굴에 죽은 대구 눈을 한 웨이터가 커피를 따르는 모습을 지켜보고 있었다. 볼드윈은 의자 등받이에 몸을 기대고 눈을 지그시 내리뜬 채 눈길로 그녀를 더듬었다. 그는 단조로운 목소리로 말했다.

"당신을 가질 수 없다면 난 미칠 것 같은데, 보이지 않아? 내가 이세상에서 갖고 싶은 건 오직 당신뿐이야."

"조지, 난 누구에게도 날 주고 싶지 않아요. 여자들도 약간은 자유를 누리고 싶어 한다는 걸 이해 못하시겠어요? 페어플레이 정신을 발휘하자고요. 자꾸 그런 식으로 말하면 전 집에 가겠어요."

"그럼, 왜 사람을 뒤흔들어놨지? 난 그렇게 송어에게 낚싯대 물리듯 가지고 놀 사람이 아냐. 당신도 잘 알 거 아냐."

그녀는 회색 눈을 동그랗게 뜨고 그를 뚫어지게 바라보았다. 홍채 안의 조그만 갈색 점이 불빛을 받아 금색으로 빛났다.

"언제나 친구 없이 지낸다는 건 쉽지 않죠." 그녀는 테이블 모서리 위에 놓인 손가락을 내려다보았다. 그의 눈길이 그녀의 구릿빛 속눈썹 위에 머물렀다. 그는 두 사람 사이의 높아가는 긴장을 풀려는 듯갑자기 말했다.

"아무튼, 춤이나 추지."

여행길에

지구를 세 번이나 돌았네[*]

콩고 제이크는 털이 부숭부숭한 손으로 반짝이는 커다란 셰이커를 흔들며 콧노래를 불렀다. 초록 벽지를 바른 좁은 바 안은 떠들썩한 목소리와 소용돌이치는 술 냄새, 얼음과 잔이 쨍그랑 부딪치는 소리, 옆방에서 간간이 흘러오는 음악 소리로 왁자했다. 지미 허프는 구석에 혼자 서서 진피즈를 홀짝였다. 옆에서 거스 맥닐이 불럭의 등을 때리며 그의 귀에 대고 고함을 쳤다.

"증권사가 곧 문을 닫지 않는다면…… 하느님 맙소사…… 다 날리기 전에 한 번은 기회가 있어. 명심해. 냉철한 머리를 가진 자에게 공황은 돈을 벌 기회야."

"이번에 도산한 데가 한두 곳이 아니라죠. 이 정도는 시작에 불과……"

"젊은 시절의 기회는 단 한 번이야. 들어보게, 증권사 하나가 쓰러지면 정직하게 사는 사람들에게는 다행인 거지…… 내가 하는 말 곧이곧대로 신문에 올리는 건 아니시겠지? 자넨 좋은 친구야…… 기자들이란 여기저기 말을 흘리고 다니는 걸 좋아한단 말이야…… 도대체 믿을 수가 없어. 하지만 이거 하난 말해두지. 현장폐쇄는 건축업자들한텐 잘된 일이야. 전쟁통에 집 지을 일은 없으니까 말이야."

"전쟁은 이 주 이상 걸리지 않을 거고, 어쨌든 우리와는 상관없는 일로 보이는데요."

---

[*] 로베르 플랑케트의 〈코르네빌의 종〉.

"하지만 세계정세가 달라질걸…… 정세가…… 어이, 조! 자네가 이런 델 어쩐 일로 왔나?"

"의원님과 긴히 나눌 말씀이 있어서요. 몇 가지 중요한 사항이……"

바는 차츰 한산해졌다. 지미 허프는 여전히 카운터 한구석 벽에 기대서 있었다.

"취하는 법이 없으시군요, 허프 씨는." 콩고 제이크가 바 안쪽에 앉아 커피를 마시고 있었다.

"난 술 마시는 것보다 친구들 쳐다보는 편이 좋아."

"그럼요. 뭐하러 돈을 버려요? 다음 날 아침이면 머리만 아픈걸."

"바텐더가 할 말은 아닌 것 같은데."

"제 생각이 그렇다는 거죠. 전 원래 생각하는 대로 말하는 사람이라서요."

"그건 그렇고, 전부터 꼭 묻고 싶은 게 있었는데, 괜찮겠나? …… 대체 콩고 제이크라는 이름은 어떻게 갖게 된 거지?"

콩고는 가슴에서 터져 나오는 소리로 웃었다. "저도 몰라요…… 아주 어렸을 때 처음 배를 탔는데, 거기서 콩고라고 불렀어요. 머리가 고불거리고 흑인처럼 까맣다고요. 그리고 미국에 와서 미국 배를 탔는데 누가 물어보는 거예요. 콩고, 잘 지내나? 그래서 제가 그랬죠. 제이크*라고…… 그때부터 사람들이 저를 콩고 제이크라고 부르더라

---

* 제이크(Jake)는 구어로 '촌사람', '팔푼이', '나무랄 데 없는', '괜찮은'이라는 뜻이며, 미국 금주시대에는 생강으로 만든 위스키 대용 밀주를 뜻하기도 했다.

고요."

"별명 같은 거였네…… 선원생활을 했을 거라고 짐작은 했지."

"고된 생활이었죠…… 허프 씨, 전 별로 운이 좋은 놈이 아녜요. 어릴 때 첫 기억이 운하의 거룻배인데, 무슨 말인지 아시려나, 뚱뚱한 남자한테 맞는 기억이에요. 우리 아버지였죠. 그러곤 도망쳐 나와서 보르도의 항구에서 이 배 저 배 타고 다녔죠, 아시겠어요?"

"어려서 한번 가본 것 같아……"

"그러시겠죠…… 허프 씨는 역시 무슨 말이든 이해하신다니까요. 하지만 허프 씨처럼 정규교육을 받으신 분은 삶이란 걸 몰라요. 열일곱에 뉴욕으로 오는데, 좋지 않았죠. 한바탕 놀 생각뿐이었고요. 그러고는 다시 배를 타고 두루두루 안 가본 데가 없어요. 상하이에서 바텐더 일과 미국 말을 배웠죠. 프리스코로 돌아와 결혼했고요. 이제 미국인이 되고 싶어요. 그런데 역시나 재수가 없었을까요? 결혼하기 전에 일 년인가는 둘이서 꿀처럼 달콤했는데, 결혼하고 나서는 사이가 나빠졌어요. 미국 말 못한다고 마누라가 절 업신여기고 프랑스 놈이라고 놀려대요. 그러곤 집에서 꼼짝 않고 버티길래 제가 꺼지라고 했죠. 인생이란 정말 웃기는 거예요."

여행길에……

지구를 세 번이나 돌았네

그는 우렁찬 바리톤 음으로 노래를 시작했다.

누군가 지미의 팔에 손을 얹었다. 그가 돌아보았다. "아니, 엘리, 무슨 일 있어요?"

"옆에 미친 사람이 앉아 있어요. 빠져나오게 좀 도와주세요."

"여긴 콩고 제이크라고 해요…… 알아두면 좋은 친구예요, 엘리. ……콩고, 이쪽은 연예계 대스타이셔."

"숙녀분께 아니스 향이 나는 술을 한 잔 드릴까요?"

"우리랑 한잔해요. 사람들이 다 빠져나가니까 한적하고 좋은데요."

"고맙지만 사양할게요. 전 집으로 가야겠어요."

"아직 초저녁인걸요."

"그랬다간 제 미치광이 남편의 뒷감당을 하셔야 할 거예요…… 허프, 혹시 오늘 스탠 봤어요?"

"못 봤는데요."

"기다렸는데 오지 않았어요."

"엘리, 그 친구 술 좀 멀리하게 해요. 점점 걱정되는군요."

"저는 그의 보호자가 아녜요."

"알아요, 제 말 무슨 뜻인지 아시잖아요."

"콩고는 전쟁에 대해 어떻게 생각해요?"

"저는 전쟁터에 나가고 싶은 마음 없습니다…… 노동자에게 조국은 없어요. 전 미국 시민이 될 거예요…… 한때는 저도 해군이었지만……" 그는 굽힌 팔뚝을 군인처럼 들어 올리더니 껄껄 웃었다. "스물세 살입니다. 전 무정부주의자입니다."

"그렇담 미국 시민이 될 수 없겠네요."

콩고는 어깨를 으쓱해 보였다.

"이 사람 맘에 들어요, 멋져요." 엘런이 지미의 귀에 속삭였다.

"왜 이 전쟁이 일어났는지 아실 겁니다…… 노동자들이 도처에서 혁명을 일으키는 걸 막자는 거죠…… 싸우느라 바쁘게 해서요. 기욤과 비비아니와 오스트리아 황제, 그리고 크루프와 로스차일드, 모건이 작당해서 전쟁을 일으키자고……* 그 작자들이 제일 먼저 한 짓이 뭔 줄 알아요? 조레스를 죽였어요, 사회주의자라고요. 사회주의자는 국제적인 배반자들이지만, 그래도……"

"국민들에게 싸울 맘이 없으면 어떻게 싸움을 시키겠어요?"

"유럽 국민들은 몇천 년 동안 노예로 살아왔어요. 이 나라와는 달라요…… 하지만 전 전쟁을 목격했어요. 뤼순 항에서 바텐더를 했거든요, 그땐 철부지였죠. 기막힌 경험이었어요."

"난 종군기자가 되고 싶어요."

"전 적십자 간호사를 지원해볼까봐요."

"종군기자 좋죠…… 노상 미군 바에 가서 술이나 마시고, 전선에서 아주 멀고 먼 곳이죠."

세 사람이 모두 함께 웃었다.

"하지만, 허프. 우리도 전선에서 아주 멀리 떨어져 있지 않은가요?"

"좋아요, 춤이나 춰요. 춤 못 춘다고 놀리기 없습니다."

"틀리면 제가 발로 차드릴게요."

그녀의 어깨에 두른 그의 팔은 석고처럼 굳었다. 그의 가슴속에서

---

* 기욤은 1차 대전 당시 러시아에 선전포고를 한 독일 황제 빌헬름 2세, 르네 비비아니는 1차 대전 발발 당시의 프랑스 총리, 크루프와 로스차일드, 모건은 이들에게 전쟁자금을 공급해준 독일과 미국의 자본가들.

높다란 잿더미가 허물어져 내렸다. 그녀의 머리 냄새를 맡으며 그는 열기구처럼 떠올랐다.

"발꿈치를 들고 음악에 맞춰서 앞으로 나아가세요. 그대로 쭉, 그게 다예요." 그녀의 목소리가 여리고 날카로운 금속톱니처럼 그를 차갑게, 깊숙이 찔렀다. 팔꿈치를 흔들며 얼굴은 고정시키고 상대방을 똑바로 쳐다보며, 살찐 남자와 마른 여자, 마른 여자와 살찐 남자 들이 그들 주위를 에워싸고 빙빙 돌았다. 그의 몸은 부서지는 석고였고 가슴에서 뭔가가 아프게 덜컥거렸다. 금속톱니가 달린 정교한 기계와 같은 그녀는 하얗게, 파랗게, 구릿빛으로 그의 품 안에서 빛났다. 춤이 멈췄을 때 그는 그녀의 가슴과 허리, 허벅지가 부드럽게 닿는 것을 느꼈다. 그는 질주하는 말처럼 피가 솟구치고 식은땀이 흘렀다. 열린 문으로 산들바람이 불어와 담배 냄새와 레스토랑의 탁한 핑크색 공기를 날려 보냈다.

"허프, 살인사건이 일어났다는 오두막집에 너무 가보고 싶어요. 데려가줘요."

"저더러 범행현장의 X 표시를 더 보란 말이군요."

홀에서 그들은 조지 볼드윈과 마주쳤다. 안색이 분필처럼 창백하고 까만 넥타이는 풀려 있었다. 가느다란 코의 콧잔등이 부풀어 올라 빨간 정맥이 비쳤다.

"어머, 조지!"

조지의 걸걸한 목소리가 자동차 경적처럼 시끄러웠다. "일레인, 찾고 있었어. 당신한테 할 말이 있는데…… 혹시 내가 농담으로 이런다고 생각하는 건가? 난 농담 같은 건 안 해."

"허프, 잠깐만 실례할게요. ……조지, 무슨 일이에요? 테이블로 돌아가요…… 내 말도 농담 아니었어요…… 허프, 미안하지만 택시 한 대 불러줄래요?"

볼드윈은 그녀의 손목을 꽉 잡았다. "사람을 그만큼 가지고 놀았으면 됐어! 내 말 알겠어? 언젠가 어느 놈이 됐든 당신을 총으로 쏘게 될 테니 두고 봐. 다른 얼간이 녀석들처럼 날 데리고 놀 수 있다고 생각하나본데…… 넌 흔해빠진 창녀들과 다를 게 없어."

"허프, 택시 좀 불러달라니까요."

지미가 입술을 깨물며 출입구로 갔다.

"일레인, 어떻게 할 작정이야?"

"조지, 날 협박해도 소용없어요."

니켈로 된 무엇이 볼드윈의 손에서 반짝였다. 거스 맥닐이 달려들어 커다란 붉은 손으로 그의 손목을 붙들었다.

"이리 내놔, 조지! ……세상에, 정신 차려!" 거스는 볼드윈의 권총을 자기 주머니에 집어넣었다. 볼드윈은 벽을 바라보며 비틀비틀 걸어갔다. 오른손 검지에서 피가 흘렀다.

"택시 도착했어요." 두 사람의 창백한 얼굴을 번갈아 바라보며 허프가 말했다.

"잘됐소, 이 젊은 여자분을 집에 모셔다주게…… 아무 일도 일어나지 않았어. 좀 놀란 것뿐이야! 흥분할 것 없네." 맥닐은 가두연설을 하듯 큰 소리로 사람들에게 외쳤다. 급사장과 물품보관소의 직원이 겁먹은 듯 서로를 바라보았다. "아무 일도 일어나지 않았어요, 아무일도. 이 사람이 좀 긴장해서 그래요. 걱정할 일이 아닙니다, 알겠습니까?" 맥닐의 목소리는 사람을 안심시키려는 듯 차츰 낮아졌다. "그냥 잊어버려."

그들이 택시에 오르자 엘런이 갑자기 어리광 섞인 투로 말했다. "살인사건 오두막을 깜박했잖아요…… 택시를 세워두고 갔다 와요. 난 바깥 공기 쐬며 좀 걷고 싶어요." 갯바람 냄새가 났다. 구름과 달빛이 섞인 밤하늘은 대리석 같았다. 도랑의 두꺼비 울음이 썰매의 종소리처럼 들렸다.

"멀어요?" 그녀가 물었다.

"아뇨, 바로 저 아래 모퉁이예요."

발이 자갈에 부딪혀 차르르 소리를 내다가 머캐덤 도로 위를 사뿐히 걸어갔다. 헤드라이트 불빛에 눈이 부셔 그들은 멈춰 서서 차를 먼저 보냈다. 배기가스가 훅 끼쳐왔다가 짭조름한 개펄 냄새 속으로 사라졌다.

합각머리 지붕의 회색 집에는 거리 쪽에 작은 베란다가 있었다. 베란다의 철책은 망가져 있었다. 집 뒤편에는 아카시아나무가 그늘을 드리웠다. 경찰이 조용히 휘파람을 불며 집 앞을 오갔다. 곰팡이 핀 달 한 뼘이 구름 사이로 나와 유리 파편을 은박지처럼 만들고, 동그란 아카시아 이파리를 반짝 비추었다. 그리고 잃어버린 십 센트짜리 은화처럼 구름 사이로 데구르르 굴러갔다.

두 사람은 아무 말도 하지 않았다. 그들은 로드하우스로 되돌아갔다.

"허프, 정말 스탠을 못 봤어요?"

"못 봤어요. 어디 박혀 있는지 정말 몰라요."

"혹시 만나면 저한테 당장 전화하라고 전해주세요. 저, 허프. 프랑스혁명 때 군대 뒤를 따라가던 여자들을 뭐라고 불렀죠?"

"뭐더라. 캉토니에르던가요?"

"비슷한 것 같은데…… 나도 그러고 싶어요."

멀리 오른편에서 전차가 경적을 울리며 달려왔다가 아득히 사라져
갔다.

탱고 음악과 함께 로드하우스는 분홍색 아이스크림처럼 녹아내렸
다. 지미는 그녀를 따라 택시를 탔다.

"아뇨, 허프. 저 혼자 가고 싶어요."

"집까지 바래다주고 싶어요. 혼자 집으로 보내고 싶지 않군요."

"제발, 부탁드려요. 친구로서……"

그들은 서로 손을 내밀지 않았다. 택시가 그의 얼굴에 먼지와 싸하
게 타는 가솔린 연기를 뿜고 갔다. 그는 계단을 밟고 섰지만 소음과
후덥지근한 공기 속으로 돌아가고 싶지 않았다.

넬리 맥닐은 홀로 테이블 앞에 앉아 있었다. 남편이 앉아 있던 맞은
편 의자는 팔걸이에 냅킨이 걸린 채 뒤로 쭉 빠져 있었다. 그녀는 물
끄러미 앞을 바라보았다. 춤추는 사람들이 그림자처럼 눈앞을 지나쳐
갔다. 홀의 반대편 끝에 조지 볼드윈이 보였다. 그는 창백하고 수척한
모습으로, 환자처럼 느릿느릿 테이블로 갔다. 그러고는 테이블 옆에
서서 꼼꼼히 계산서를 살펴보고 계산을 마친 다음 혼란스러운 듯 홀
안을 둘러보았다. 곧 그녀가 그의 눈에 띌 터였다. 웨이터가 접시 위
에 거스름돈을 가지고 와서 고개를 굽혀 인사했다. 볼드윈은 어두운
표정으로 춤추는 사람들을 둘러보고 등을 보이며 밖으로 나갔다. 그

녀는 참을 수 없이 달콤했던 백합을 기억했다. 그녀의 눈에 눈물이 가득 고였다. 그녀는 은색 망사백에서 다이어리를 꺼내 급히 훑어보고는 은색 연필로 몇 군데 표시를 했다. 잠시 후 고개를 든 그녀는 늘어진 얼굴을 일그러뜨리며 웨이터를 불렀다. "맥닐 씨에게 부인이 좀 보잔다고 전해줄래요? 남편은 바에 있어요."

"사라예보, 사라예보. 전신선에 불이 나지." 불럭은 띠 장식처럼 바에 늘어선 얼굴들과 술잔을 향해 외쳤다.

"저 말입니다." 조 오키프가 뚜렷한 대상도 없이 나직하게 말했다. "전신국에서 일하는 어떤 친구 말로는 뉴펀들랜드의 세인트존에서 큰 해전이 있었다더군요. 영국군이 독일 전함을 마흔 척이나 침몰시켰다는 거예요."

"저런저런, 그걸로 전쟁 끝났겠군그래."

"하지만 선전포고도 안 했는걸요."

"당신이 그걸 어떻게 알아? 전신선이 막혀 뉴스가 완전히 끊겼는데."

"기사 봤나? 월 스트리트에서 회사 넷이 또 파산했다네."

"시카고의 밀 거래장은 엉망이라지."

"벼락이 떨어지기 전에 증권거래소는 다 문을 닫게 해야 돼."

"독일한테 된통 당하면 영국이 아일랜드의 독립을 허용할지도 모르지."

"안 그래도 내일 증권시장은 열리지 않아."

"자본금 넉넉하고 정신만 차리고 있으면 지금이 주머니를 불릴 적기야."

"이봐, 불럭, 난 이만 집에 가." 지미가 말했다. "오늘은 비번이니 가서 좀 쉬어야겠어."

불럭은 한쪽 눈으로 윙크하며 술에 취한 손을 흔들었다. 지미의 귀에 이야깃소리들이 멀어졌다 가까워졌다 하며 맥박처럼 탄력 있게 뛰었다. 개처럼 죽으라, 전진.* 남은 돈은 이십오 센트가 전부였다. 동틀 무렵 총살. 선전포고. 교전 개시. 그는 홀로 영광 속에 남겨졌다. 라이프치히, 버지니아의 삼림지, 워털루. 농부들은 전열을 가다듬고 세계 도처로 총을 쏘았노라……** 택시는 못 타겠어. 에라, 걸어보자. 최후통첩. 귀에 꽃을 꽂고 노래를 부르며 군용열차는 도살장으로 간다. 부끄럽도다, 가짜 에트루리아인 집에 남아……

머캐덤 도로를 걸을 때 누군가 그의 팔을 잡았다.

"같이 갈까요? 여기 더 못 있겠어요."

"그럼요, 토니. 나도 걸어가려고 했어요."

허프는 성큼성큼 걸으며 묵묵히 앞을 바라보았다. 뿌연 달빛 외에 하늘은 온통 구름으로 덮여 있었다. 길 양쪽의 아크등이 이따금 어둠 속으로 고깔 모양의 회보라색 빛을 던졌다. 저만치 앞에 보이는 거리는 불그스름하게 낭떠러지 위에 뜬 것처럼 보였다.

"당신, 날 좋아하지 않지요?" 토니 헌터가 몇 분 후에 가쁜 숨을 쉬며 말했다.

허프는 발걸음을 늦췄다. "아직 잘 아는 사이도 아니지만. 좋은 인상 받았는걸요……"

---

* 존 그린리프 위티어의 시구.
** 랠프 월도 에머슨의 「콩코드 찬가」.

"거짓말 마! 뭐하러 그런 거짓말을…… 난 오늘 밤 인생 끝낼 작정이에요."

"맙소사! 그러지 마요…… 왜 그래요?"

"당신은 나더러 자살하지 말라고 충고할 권리가 없어요. 나에 대해 뭘 안다고. 내가 여자라면 이렇게 냉담하지는 않았겠지."

"무슨 고민 있어요?"

"미칠 것 같다니까요. 모든 게 다 끔찍해요. 루스와 함께 있는 당신을 처음 봤을 때 난 친구가 될 수 있을 거라 생각했어요, 허프. 당신은 이해심 많고 호감이 가는 친구였죠…… 난 당신도 나와 같을 거라고 생각했는데, 그런데 요즘 당신은 여간 쌀쌀맞지 않아요."

"〈타임스〉 덕분이죠…… 걱정 마요, 곧 잘릴 테니."

"가난하게 사는 것도 지쳤어요. 나도 히트 한번 치고 싶어요."

"당신은 아직 젊어요. 나보다 더 어리지 아마." 토니는 대답하지 않았다.

그들은 어둠에 잠긴 나무집들이 좌우로 늘어선 대로를 걸었다. 길고 노란 전차가 끼익 소리를 내며 지나갔다.

"어라, 플랫부시까지 온 모양이네."

"허프, 난 당신이 나와 같은 사람일 거라고 생각했는데, 이제 보니 옆에 여자가 빠질 때가 없군요."

"그게 무슨 말이에요?"

"아직 누구에게도 말해본 적이 없어요. 맹세코, 소문낸다면…… 열 살, 열한 살 때던가, 열셋이었던가. 아직 어릴 땐데 난 무서울 정도로 성욕이 발달해 있었어요." 그가 훌쩍이기 시작했다. 아크등 밑을 지날 때 지미는 그의 뺨에 눈물이 흐르는 것을 보았다. "맨정신으로는 말 못하겠어요."

"어릴 때 누구나 한번쯤 겪는 일이에요…… 심각하게 생각할 필요 없어요."

"그런데 그게 변하지 않았어요. 그게 끔찍하단 거예요. 난 여자들에게 끌리지 않아요. 계속 시도해봤지만…… 알겠어요? 그러다 덜미를 잡혔죠. 창피해서 몇 주 동안 학교에도 가지 않았어요. 엄마는 하염없이 울고, 나도 죽도록 창피하더군요. 사람들한테 들킬까봐 겁이 났어요. 그걸 감추느라 얼마나 애를 쓰는지, 내 감정을 내비치지 않기 위해."

"그냥 망상일지도 몰라요. 어쩌면 벗어날 수 있을 거예요. 정신분석의를 찾아가봐요."

"아무한테도 말 못해요. 오늘은 술에 취해 이러는 것뿐이죠. 백과사전을 뒤져보기도 했어요…… 사전에도 나오지 않더군요." 그는 걸음을 멈추고 가로등 기둥에 기대어 얼굴을 손으로 감싸 쥐었다. "사전에도 나오지 않는다고요."

지미 허프는 그의 등을 토닥여주었다. "기운차려요, 제발. 같은 고민을 하는 사람이 얼마든지 있어요. 극장에 그런 사람들 많잖아요."

"그런 자들은 모두 싫어요…… 그런 사람들과 사랑에 빠질 일은 절대 없어요. 오늘 밤 이후로는 당신도 날 싫어하게 되겠죠."

"바보 같은 소리. 그게 나랑 무슨 상관이에요."

"이제 왜 내가 인생을 끝내려고 하는지 알았을 거예요…… 아, 허프. 세상은 불공평해요, 불공평하다고요…… 난 행복이란 걸 모르고 살아왔어요. 고등학교를 졸업하자마자 돈벌이를 시작했죠. 여름 휴가

시즌이면 여러 호텔에서 보이 노릇을 했죠. 어머니는 레이크우드에서 살고, 난 번 돈을 모두 부쳤어요. 여기까지 오려고 죽기살기로 일했어요. 이 사실이 알려지면, 스캔들이 되어 모두의 입에 오르내리는 날이면 난 끝장이에요."

"어린애들 좋아하는 역할로 자주 나오는 배우들은 다 그렇던데요. 그래도 고민하지도 않던걸요 뭘."

"배역을 받지 못할 때면 매번 그 때문이라고 생각해요. 난 그런 남자들을 견딜 수 없어요, 정말 싫다고요. 난 그런 역할로 고정되는 게 싫단 말이에요. 난 연극을 하고 싶어요. 아, 빌어먹을…… 빌어먹을."

"하지만 지금도 리허설 중이지 않아요?"

"그따위 시시한 걸론 스탬퍼드 근처도 가지 못해요. 이제 당신은 내가 해버렸다는 말을 들어도 놀라지 않겠군요."

"해버리다뇨?"

"인생을 끝냈다는 말이요."

둘은 말없이 걸었다. 비가 내리기 시작했다. 거리 끝의 낮고 어두운 녹색 상자 같은 건물들 뒤로 좀이 슨 분홍빛 번갯불이 빛났다. 굵은 빗방울이 내리치는 아스팔트에서 젖은 먼지 냄새가 올라왔다.

"이 근처에 지하철이 있을 텐데…… 저 앞에 파란 불빛 저거 아니에요? 서둘러요, 안 그랬다간 물벼락 맞겠어요."

"아, 토니, 난 상관없어요. 물벼락을 맞든 말든." 지미가 모자를 벗어 손에 들고 털었다. 차가운 빗방울이 이마에 닿았다. 비와 지붕과 먼지, 아스팔트의 냄새들이 코를 찌르는 입안의 위스키와 담배 냄새를 씻어주었다.

"끔찍하군요." 지미가 갑자기 외쳤다.

"뭐가요?"

"섹스에 관한 온갖 은밀한 얘기들 말이에요. 그렇게 고통이 심할 수 있다는 걸 난 오늘 밤까지도 몰랐어요. 그동안 참 힘들었겠어요…… 누구나 힘든 건 마찬가지지만, 당신 같은 경우는 운까지 나쁜 거죠, 운까지. 마틴은 이렇게 말하곤 했죠. 종이 울림과 동시에 모든 사람들이 자신이 한 일과 살아온 방식과 사랑한 얘기들을 솔직하게 털어놓는다면 세상은 좀 더 살 만해질 거라고요. 감추니까 썩는 거죠. 끔찍하군요. 안 그래도 힘든 세상인데."

"난 지하철 타러 갈게요."

"지하철이 다닐 때까지 몇 시간을 기다려야 할지 몰라요."

"어쨌든 난 피곤한데다 비까지 맞고 싶지 않아요."

"잘 가요."

"잘 가요, 허프."

천둥소리가 길게 우르르 울렸다. 비가 쏟아지기 시작했다. 지미는 쥐고 있던 모자를 다시 쓰고 외투 깃을 높이 세웠다. 마음 같아서는 도로 한복판을 달리며 목청껏 외치고 싶었다. 이 개자식들아. 불 꺼진 창문들 위로 번개가 번쩍 빛났다. 비가 포도에, 진열장에, 현관 앞 계단에 물거품을 튀며 쏟아졌다. 무릎이 젖고, 차츰 등줄기에서 물이 흐르더니 찬 물줄기가 팔을 타고 손까지 흘러내려와 온몸이 근질거리고 따끔거렸다. 그는 계속 브루클린으로 걸었다. 비둘기장 같은 침실의 악몽, 화분 속의 식물 뿌리처럼 서로 뒤엉키고 조이며 잠자는 사람들. 삐걱거리며 하숙집 계단을 오르는 발소리, 손잡이를 만지작거리는 손의 악몽. 침대에 뻣뻣이 누운 외로운 몸과 고동치는 관자놀이의 악몽.

지구를 세 번이나 돌았네
피의 승리여……

전 무정부주의자입니다…… 위풍당당한 배를 타고 세 번이나 돌고 돌
아, 세 번이나 돌고 돌아…… 젠장, 그놈의 돈이 웬수라…… 그리고 바다
밑으로 가라앉았네…… 사정이야 어찌 됐든 우린 노예와 같은 존재지요.

여행……길에
지구를 세 번이나 돌았네

선전포고…… 울리는 북소리…… 붉은 제복을 입은 호위병이 드럼
주자의 반짝이는 지휘봉을 따라 행진한다. 긴 깃털 같은 모자를 쓰고
은단추를 번쩍이며 빙빙 돌아가는 지휘봉, 둥둥. 세계 혁명이라는 이
름을 내걸고. 비가 내리는 텅 빈 아스팔트길에 긴 행렬을 이루어 교전
개시. 호외요, 호외요, 호외요. 산타클로스 영감이 쏜 총에 맞아 착한
딸이 숨지다. 엽총으로 자살…… 총을 턱 밑에 대고 엄지발가락으로
방아쇠를 당겼다. 프레더릭타운 하늘에 별이 빛났다. 만국의 프롤레
타리아들이여, 단결하라. 피의 승리여, 피의 승리여.
　"맙소사, 흠뻑 젖었군." 지미 허프가 큰 소리로 말했다. 시야가 닿는
곳까지 거리는 텅 비어 있고 빗속에 죽 늘어선 불 꺼진 창문들 사이로
이따금 아크등의 보라색 불빛이 비쳤다. 그는 우울하게 길을 걸었다.

6. 법률상의 다섯 가지 질문

두 사람씩 급히 짝지어 앉는다. 운행 도중 좌석에서 일어서는 것을 엄금합니다. 올라오는 체인이 삐걱거리며 톱니바퀴에 맞물린다. 차는 덜컹거리며 경사를 오른다. 소용돌이치는 불빛을 뒤로하고, 인파와 구운 옥수수와 땅콩 냄새를 등지고, 위로, 삐걱이며, 유성이 나는 구월의 높은 하늘로 올라간다.

바다, 늪의 냄새, 부두를 떠나는 강철기선*의 불빛. 넓은 쪽빛 바다 저편에 등대가 반짝인다. 그리고 급강하. 바다는 찰싹거리고, 불꽃은 튀어 오른다. 여자의 머리카락이 남자의 입술에, 남자의 손이 여자의 겨드랑이에 닿고, 허벅지와 허벅지가 서로 겹친다.

---

* 1882~1932년 맨해튼과 코니아일랜드 사이를 왕복하던 유람선.

내려갈 때 불어오는 맞바람이 그들의 날카로운 비명을 낚아채고, 차는 다시 경사진 선로를 덜컹거리며 기어오른다. 급강하. 불꽃. 어둠과 바다 사이에서 거품처럼 부글거리는 불빛. 다음 역으로 가실 분은 좌석에서 움직이지 마십시오.

"들어오세요. 조. 어머니께서 뭐 먹을 거라도 만들어주시려나 모르겠네요."

"고맙네…… 에…… 난…… 그…… 숙녀분을 만날 복장이 아니라서."

"걱정 마세요. 우리 어머니신데요, 뭘. 앉으세요, 어머니를 모셔올게요."

할랜드는 깜깜한 부엌문 옆에 앉아 두 손을 무릎 위에 포갰다. 빨갛고 때가 낀 손이 떨고 있었다. 지난주 내내 퍼마신 싸구려 위스키에 취한 혀는 육두구 강판처럼 까칠했다. 온몸에 감각이 없고, 욱신거리면서 불쾌했다. 그는 자신의 손을 보았다.

조 오키프가 부엌으로 돌아왔다. "어머니가 낮잠 자고 계세요. 조리대 위에 수프가 있다는데요…… 여기 있네요…… 이걸 드시면 정신이 드실 거예요…… 어제, 아저씨도 함께 계셨더라면 좋았을 거예요. 그 유명한 시사이드 인에 갈 일이 있었거든요. 내일 증권시장이 문을 닫는다는 말이 있기에 의원님께 보고하려요…… 그런 구경 못해보셨을걸요. 뉴욕에서 내로라하는 변호사가 출입구에서 뭐 때문인지 비명을 질렀어요. 그리고 비장한 표정을 짓더니 총을 빼들고 여자인지 뭔지를 쏘려는 거예요. 그때 의원님이 평소처럼 지팡이를 짚고 다리를 절며 나타나 침착하게 그 망할 놈의 총을 빼앗아 주머니에 넣었죠. 사람들이 눈치채기 전에 말이에요…… 둘이 친구 사이거든요. 그 볼드윈 변호사와 의원님은요. 그런 구경 못해보셨을 거예요. 그러고 나서는 허물어지는데 꼭……"

"이보게, 조." 조 할랜드가 말했다. "누구나 그렇게 돼, 빠르든 늦든……"

"자, 어서 든든하게 드세요. 그동안 너무 못 드셨어요."

"속에서 받지 않아."

"받지 않긴요…… 그런데 조 아저씨, 이 전쟁은 대체 어떻게 돌아가는 건가요?"

"이번에는 제대로 터진 것 같아…… 아가디르 사건* 이래로 이런 날이 올 줄 알았지."

"영국 놈들 된통 당하면 속이 시원하겠어요. 그놈들은 아일랜드의 자치를 허용하려고 하질 않아요."

"하지만 우리가 영국을 도와야 할 걸세…… 어쨌든 오래갈 일은 없을 거야. 세계경제를 손아귀에 쥔 인사들이 그렇게 놔둘 리가 없어. 돈주머니를 조였다 풀었다 하는 건 결국 은행가들이니까."

"우리는 영국을 돕지 않을 거예요, 절대요, 아저씨. 아일랜드에서도 그렇고, 독립전쟁과 남북전쟁 때 놈들이 한 짓을 보세요……"

"조이, 자네 매일 밤 도서관에서 역사책만 파더니 머리가 굳어버렸어…… 증권시장의 움직임을 주시하게. 파업이네 대격변이네 사회주

---

* 1911년 7월 독일이 모로코의 아가디르에 포함 판테르호를 보내 모로코 내의 프랑스 세력에 도전한 사건.

의네, 신문에서 떠드는 쓰잘 데 없는 소리들에 끌려다니지 말고……
조이, 난 자네가 잘되는 모습을 보고 싶어. 그럼, 난 이만 가보려네."

"어딜 가시게요. 여기 좀 더 계시죠. 술 한 병 열게요." 부엌 앞 복
도에서 쿵쿵거리는 발소리가 들려왔다.

"누구세요?"

"조, 너로군?" 담황색 머리에 어깨가 딱 벌어진 커다란 몸, 각지고
빨간 얼굴에 목이 두꺼운 젊은 남자가 비틀거리며 들어왔다.

"그럼, 누군 줄 알았어? 제 동생 마이크예요."

"그래서 뭐?" 마이크는 고개를 늘어뜨리고 약간 비틀거리며 섰다.
솟아오른 어깨가 낮은 부엌 천장에 부딪힐 뻔했다.

"고래가 따로 없죠? 마이크, 내가 술 취해서 집에 들어오지 말라고
했을 텐데? 이 자식, 이러다 집 무너뜨리겠다."

"이 몸도 가끔은 집에 와야지, 안 그래? 정치인지 뭔지 한다고 깝죽
대면서부터 형이 우리 꼰대보다 더 나를 들들 볶는단 말이야. 이 지긋
지긋한 도시, 확 떠나버리면 속이 시원하겠어. 이러다 사람 미치지.
골든게이트호보다 먼저 뜨는 배가 있으면 욕조만한 거라도 타고 나가
겠어."

"누가 너더러 집을 나가라고 했어. 시끄럽게 굴지 말라는 거지."

"내가 뭘 하든 무슨 상관이야!"

"마이크, 너! 나가지 못해. 들어오려면 술 깨고 와."

"내쫓을 수 있으면 해보시지? 네가 날 여기서 내쫓을 수 있을……"

할랜드가 일어났다. "난 가네. 일자리를 줄지 알아봐야겠어."

마이크는 주먹을 불끈 쥐고 부엌에서 나갔다. 조이는 어금니를 깨

물었다. 그는 의자를 집어 올렸다.

"이걸로 그냥 대갈통을!"

"아이고, 내 팔자야. 이 불쌍한 어미, 집구석에서라도 좀 쉬게 해주면 어디가 덧나?" 작고 머리가 흰 여인이 소리를 지르며 그들 사이로 달려왔다. 해묵은 사과처럼 쪼그라든 얼굴에, 눈 사이가 멀고 까만 눈동자는 번득거렸다. 일하느라 거칠어진 손으로 그녀는 허공에 대고 삿대질을 했다. "두 놈 다 닥치지 못해. 허구한 날 집 안에서 쌈박질이나 해대고 하늘이 무섭지도 않아…… 마이크, 너는 술 깰 때까지 네 방에 가 있어."

"저도 그러라고 했어요." 조이가 말했다.

그녀는 할랜드 쪽으로 몸을 돌리고 분필로 흑판을 긋는 듯한 소리로 말했다. "댁도 나가시우. 이 집에서 술주정뱅이 꼴은 못 봐. 썩 나가. 저 화상은 누가 데려왔누."

할랜드는 조이에게 쓴웃음을 지으며 어깨를 으쓱해 보이고는 밖으로 나갔다. "파출부." 그는 중얼거리며 뻣뻣하고 아픈 다리를 끌고 어두운 벽돌집들이 늘어선 먼지 낀 거리를 걸었다.

후덥지근한 오후 햇살이 따갑게 등 위로 쏟아졌다. 귓가에 들려오는 목소리들. 하녀와 파출부, 여자 요리사, 속기사와 여비서들의 목소리. 네, 알겠습니다, 할랜드 씨…… 감사합니다, 할랜드 씨…… 아, 나리, 이렇게 고마울 데가, 감사합니다. 할랜드 씨, 네, 네……

눈꺼풀에 빨간 것이 아른거리며 햇살이 그녀를 깨운다. 그녀는 자줏빛 솜을 깔아놓은 듯한 잠의 복도로 다시 빠져들어갔다. 그리고 다시 깨어나 하품을 하며 옆으로 돌아눕는다. 포근한 잠의 고치를 만들기 위해 무릎을 턱 밑까지 끌어당긴다. 거리에는 트럭이 덜컹거리며 지나가고, 뜨거운 햇살이 등 위에 줄무늬를 그린다. 그녀는 포기한 듯 길게 하품을 하며 기지개를 켰다. 잠이 달아난 눈으로 팔베개를 하고 누워 천장을 물끄러미 바라본다. 여운이 긴 증기선의 기적 소리가 자갈을 뚫고 올라오는 질긴 잡초처럼 도로와 담벼락 저 너머에서 방 안으로 흘러들어온다. 엘런은 얼굴에 달려드는 파리를 쫓으려고 자리에서 일어나 머리를 흔든다. 파리가 햇살에 반짝 빛났다가 사라진다. 가슴속 깊은 곳 어디선가 알 수 없는 윙 하는 아픔이 맴돈다. 어젯밤의 쓸쓸한 생각의 잔재. 그러나 이제 잠도 깼고, 기분 좋은 이른 아침이다. 그녀는 자리에서 일어나 잠옷 바람으로 방 안을 돌아다닌다.

햇살이 닿는 곳, 마룻바닥에 발이 닿으니 따뜻하다. 창틀에 참새들이 앉아 지저귄다. 위층에서는 재봉틀 소리가 들린다. 목욕을 마치고 나오자 몸에서 군살을 깎아낸 듯 가뿐한 기분이다. 그녀는 수건으로 몸을 문지르며 긴 하루를 어떻게 보낼까 생각한다. 쓰레기가 넘치는 다운타운을 지나 마호가니 목재가 쌓여 있는 이스트 강 부두까지 걸어간 다음 라파예트 호텔에서 무염버터를 바른 크루아상과 커피로 혼자 아침을 먹고, 로드 앤 테일러에서 쇼핑을 하자. 손님이 몰리고 여직원들이 피곤에 절기 전에…… 점심을 누구와…… 그때 밤새 그녀를 괴롭히던 아픔이 다시 고개를 든다. "스탠, 스탠, 제발……" 그녀가 큰 소리로 말한다. 그녀는 거울 앞에 앉아 커져가는 검은 눈동자를 물끄러미 바라본다.

그녀는 서둘러 옷을 입고 집을 나와 좌우 돌아보지 않고 5번 애비뉴를 내려가 동쪽으로 8번가를 향해 걷는다. 이미 달아오른 해가 포도와 판유리, 먼지로 얼룩진 에나멜 간판 위에서 이글거린다. 스쳐가는 사람들의 얼굴은 너무 오래 사용한 베개처럼 쭈글거리는 잿빛이다. 트럭을 지나고 라파예트 호텔 앞을 건너자 입안에서 먼지 맛이 나고 잇새로 고운 가루가 씹힌다. 그녀는 손수레를 제치고 동쪽으로 더 간다. 사내들이 청량음료 스탠드의 대리석 카운터를 닦는다. 번쩍이는 톱니바퀴가 서로 부딪치듯, 롤러오르간이 연주하는 〈푸른 도나우 강〉이 거리 곳곳에 울려 퍼진다. 피클 가판대에서 시큼한 냄새가 흘러나온다. 톰킨스 광장의 젖은 아스팔트 위에서 아이들이 왁자하게 뛰논다. 그녀의 발치에서 더럽고 찢어진 옷을 입은 조그만 사내아이들이 침을 흘리며 서로 주먹질을 하고, 물고, 할퀸다. 그들에게서 곰팡이 핀 빵처럼 퀴퀴한 냄새가 풍겨온다. 엘런은 갑자기 다리에 힘이 쭉 빠지는 걸 느낀다. 그녀는 걸어온 길로 다시 돌아간다.

햇빛이 그의 팔과 같은 무게로 그녀의 어깨를 누르고, 그가 그랬던 것처럼 드러난 팔 아래를 어루만진다. 뺨에 그의 숨결이 느껴진다.

"법률상의 다섯 가지 질문 외엔 없었어요." 엘런은 굴처럼 축 처진 커다란 눈을 가진 앙상한 사내의 셔츠 앞자락을 보며 말했다.

"그렇다면 판결은 난 겁니까?" 그가 진지하게 물었다.

"그럼요, 문제없어요……"

"두 분을 모두 아는 제 입장에서는 유감입니다."

"딕, 저는 조조를 매우 좋아해요. 고마운 점도 많고요…… 그는 여러모로 좋은 사람이지만, 함께 사는 건 절대 불가능해요."

"그 말은 다른 분이 있다는 건가요?"

그녀는 반짝이는 눈으로 그를 바라보며 반쯤 고개를 끄덕였다.

"그렇다고 해도 이혼이란 중대한 일이지요."

"그렇게까지 중대한 일은 또 아니죠."

그들은 해리 골드와이저가 호두나무 판자를 두른 넓은 방으로 들어서는 모습을 보았다. 엘런이 갑자기 목소리를 높였다. "이번 마른 전투*에서 전쟁이 끝날 거라죠?"

해리 골드와이저가 두툼한 손을 내밀어 그녀의 손을 잡고 허리를 굽혀 인사했다. "일레인, 짝 없는 늙은이들과 무료한 여름시간을 보내러 와주다니 정말 고마워. 잘 있었나, 스노? 재미는 어때?"

"그나저나 아직 떠나지 않았다니 뜻밖이군."

"말하자면 사연이 길어…… 여하튼 난 여름 휴양지는 질색이야."

"그래도 롱비치만한 곳이 없어…… 바 하버 같은 곳을 봐…… 난 그런 데는 백만 달러를 준대도 안 가, 에누리 없이 백만 달러를 준대도 말이야."

스노 씨는 콧방귀를 뀌며 말했다. "골드와이저, 듣자하니 자네가 그 아래쪽에다 부동산 사업을 시작한다던데."

"그냥 조그만 집 한 채 샀어. 코딱지만한 집 한 채 산 걸 타임스 광장의 신문팔이들까지 다 알고 있더라니까, 나 원 기가 차서. 밥 먹으러 갑시다. 누님이 곧 올 거야." 그들이 커다란 사슴뿔이 걸린 넓은 식당에 둘러앉자 번쩍거리는 드레스를 입은 뚱뚱한 여인네가 들어왔다.

---

* 1914년 9월 마른 강 유역에서 프랑스군이 독일군을 저지한 전투.

새가슴에 혈색이 나빴다.

"어머, 오글소프 양! 이렇게 뵙게 되어 영광이에요." 그녀가 잉꼬 같은 작은 목소리로 재잘거렸다. "무대에 선 모습을 자주 봤어요. 볼 때마다 어쩜 그렇게 매혹적인지…… 인사 좀 시켜달라고 해리를 볶아댔죠."

"내 누님 레이철이오." 골드와이저가 앉은 채 엘런에게 말했다. "내 옆에서 집안일을 도와주고 있어요…… 스노, 오글소프 양에게 얘기 좀 잘해주게나. 〈백일초 아가씨〉 배역 좀 맡아달라고 말일세…… 그 역할은 당신 말곤 없어."

"하지만 그런 작은 역할에……"

"물론 주연은 아니지만, 다양한 배역을 소화할 수 있다고 평판이 난 배우의 눈으로 본다면 단연 최고의 역할이지."

"오글소프 양, 생선 좀 더 드실래요?" 골드와이저의 누나가 새소리로 물었다.

스노 씨가 콧방귀를 뀌었다. "요즘은 연기자다운 연기자가 없어. 부스, 제퍼슨, 맨스필드가 다 사라지고. 이제는 그저 홍보하기에 달린 거지. 남자 배우, 여자 배우 가릴 것 없이 포장만 그럴듯한 약처럼 팔려나가지. 안 그래요, 일레인? ……그놈의 홍보, 홍보."

"하지만 홍보한다고 다 성공하는 건 아냐…… 그렇게 해서 될 일이면 뉴욕의 무대감독들은 죄다 백만장자 되게." 골드와이저가 끼어들었다. "뭔가 사람을 휘어잡는 불가사의한 힘이 있다네. 그것이 거리의 군중을 특정한 극장으로 이끌고, 특정한 극장의 매상을 올려준단 말이야. 그건 홍보의 힘도, 잘난 평론가의 힘도 아니야. 천부적인 재능인지 행운일지는 모르지만, 특정한 극장에서 특정한 시기에 대중이 원하는 걸 보여주면, 그게 바로 히트하는 거네. 그걸 지난번 연극에서 일레인이 보여줬지. 일레인은 대중과 단숨에 소통했어. 제아무리 잘 나가는 배우들을 데려다놓고 세상에서 제일가는 작품을 보여준다 해도 곧장 말아먹는 수가 있단 말이야. 그 내력이야 나도 모르지, 그건 아무도 몰라. 오늘 밤 팔리지 않은 표를 잔뜩 쌓아두고 잠들었는데, 다음 날 눈떠보면 대박이 나는 거야. 기상청에서 날씨를 제 맘대로 못하듯 그건 제작자도 맘대로 못한다고, 내 말이 맞나, 틀리나?"

"월랙* 시절과 비교해보면 뉴욕 관객들의 취향도 허접스러워졌어."

"하지만 괜찮은 것들도 있었잖아요." 골드와이저의 누나가 새소리로 말했다.

기나긴 날의 사랑은 고수머리 속에서 물결치고…… 짙은 고수머리…… 어두운 강철의 빛 속으로 흩어지고…… 던져진다…… 높이, 아, 저 높이 눈부신 하늘로…… 그녀는 포크로 양상추의 하얗고 아삭한 줄기를 자르고 있었다. 머릿속에는 입을 통해 흘러나오는 말들과 전혀 다른 말들이 흩어진 진주알처럼 뒹굴었다. 그녀는 판자를 높이 두른 방의 흔들리는 크리스털 샹들리에 아래 앉아 두 쌍의 남녀가 식사하는 그림을 바라보았다. 접시에서 눈을 떼고 고개를 드니 골드와이저 누나의 새처럼 조그맣고 상냥한 눈이 그녀의 얼굴을 뚫어지게 바라보고 있었다.

"사실, 뉴욕이야 다른 때보다 한여름이 더 좋지요. 거리도 한산하

---

* 영국의 배우 제임스 W. 월랙이 1861년 브로드웨이 13번가에 세운 월랙 극장을 가리킨다. 현재 스튜디오 54의 전신.

고요."

"그 말씀이 맞아요, 골드와이저 양." 엘런이 테이블 주변이 환해지도록 웃는다…… 기나긴 날의 사랑은 그의 높고 여린 이마 위의 고수머리에서 빛나고, 그의 눈 속에서 어두운 강철빛으로 빛나고……

택시 안에서 골드와이저의 펑퍼짐한 무릎이 그녀의 무릎을 눌러왔다. 그는 보이지 않는 거미줄을 치듯, 그녀의 얼굴과 목 주위에 덥고 들큰하고 숨을 조이는 그물을 치고 있었다. 골드와이저의 누나가 앉은 옆자리는 뚱뚱한 몸집 때문에 푹 가라앉아 있었다. 딕 스노는 불을 붙이지 않은 담배를 물고 혀로 까딱거렸다. 엘런은 스탠의 얼굴을, 그의 장대높이뛰기 선수 같은 날렵한 몸매를 기억하려고 애썼다. 그의 얼굴이 한꺼번에 떠오르지 않았다. 그의 눈, 그의 입술, 그의 귀.

타임스 광장은 깜박이는 오색 불빛과 광선이 교차하며 만드는 물결무늬로 일렁거렸다. 그들은 애스터 호텔 안의 엘리베이터를 타고 올라갔다. 엘런은 골드와이저의 누나를 따라 옥상정원의 테이블 사이를 지나갔다. 여름 분위기의 모슬린천으로 된 옷이나 가벼운 정장을 입고 담배를 피우는 남녀들이 고개를 돌려 그녀를 바라보았다. 그들의 시선이 지나가는 그녀의 몸에 덩굴손처럼 달라붙었다. 오케스트라가 〈나의 하렘에서〉*를 연주했다. 그들은 테이블에 자리를 잡았다.

"춤출까?" 골드와이저가 물었다.

그의 팔이 등을 감싸 안자 그녀는 그를 바라보며 띄엄띄엄 일그러진 미소를 지었다. 그녀의 눈높이에 숱 없는 머리칼로 덮인 커다란 귀

---

* 어빙 벌린의 곡.

가 보였다.

"일레인." 그가 그녀의 귓가에 속삭였다. "난 말이야, 내가 똑똑한 놈이라 생각했어." 그는 숨을 들이쉬었다. "그런데 아니더라고…… 인정하고 싶지 않지만, 난 당신한테 정신이 나갔어. ……당신이 날 좀 좋아해주면 안 될까? 당신이 이혼하는 대로, 난…… 당신과 결혼하고 싶어. 가끔은 나한테 좀 살갑게 대해줘도 되잖아? 난 당신을 위해서라면 뭐든 할 거야, 당신도 알잖아. 이 뉴욕에서라면 내가 당신을 위해 해줄 수 있는 게 얼마든지 있어……" 음악이 멈췄다. 야자수 아래서 그들은 둘로 나뉘었다. "일레인, 우리 사무실로 와서 계약서에 사인해줘요. 페라리 대기시켜놨어…… 우린 십오 분쯤 후면 다시 올 테니까."

"생각할 시간을 주세요…… 전 무슨 일이든 하룻밤 이상 생각 않고 결정해본 적이 없어요."

"당신은 사람을 아주 미치게 한다니까."

갑자기 그녀는 스탠의 얼굴을 한꺼번에 기억해냈다. 그가 부드러운 셔츠 위에 나비넥타이를 비스듬히 매고, 헝클어진 머리를 한 채 그녀 앞에 서 있었다. 그는 또다시 술에 취해 있었다.

"오, 엘리! 얼굴을 보니 반가운걸……"

"이쪽은 에머리 씨예요, 골드와이저 씨……"

"난 진짜 굉장한 여행을 하고 돌아왔어. 당신도 함께 갔어야 했는데…… 우린 몬트리올과 퀘벡에 있다가 나이아가라 폭포를 거쳐 돌아왔지. 사랑하는 뉴욕을 떠날 때부터 보스턴포스트 로드에서 속도위반으로 걸릴 때까지 입에서 술 냄새가 가실 날이 없었다니까. 안 그래, 펄라인?" 엘런은 약간 휘청거리며 스탠 뒤에 서 있는 젊은 여자를 물끄러미 바라보았다. 꽃 장식을 단 작은 밀짚모자 아래로 맑은 우윳빛이 섞인 푸른 눈이 보였다. "엘리, 이 사람은 펄라인…… 좋은 이름이지? 자기 이름을 그렇게 말해주는데 배꼽을 잡았어…… 하지만 중요한 얘긴 이제부터야…… 나이아가라 폭포에서 둘 다 정신이 나가도록 취했는데 다음 날 아침에 일어나보니 글쎄 결혼을 했지 뭐야…… 결혼증명서에 팬지꽃이 붙어 있어……"

엘런은 그의 얼굴을 볼 수 없었다. 오케스트라, 떠들썩한 목소리들, 접시가 달그락거리는 소리가 소용돌이를 일으키며 점점 높아져갔다……

먼 옛날 동양의 바그다드에서
하렘의 여인들은
착용법을 잘 알고 있었지요……

"가볼게요, 스탠." 그녀의 목소리는 입안에서는 모래처럼 껄끄러웠지만, 귀에는 자신이 하는 말이 또렷하게 들렸다.

"아, 엘리, 우리랑 같이 파티에 가면 좋잖아……"

"고맙지만…… 사양할게요."

그녀는 해리 골드와이저와 다시 춤을 추기 시작했다. 옥상정원이 빠르게 돌다가 점점 느려졌다. 소리가 답답할 만큼 작아졌다. "해리, 잠깐 실례할게요." 그녀가 말했다. "먼저 테이블로 가 계세요." 그녀는 여자화장실로 가서 플러시천으로 된 소파에 조심스레 앉았다. 그녀는 파우더케이스의 동그란 거울에 비친 자신의 얼굴을 찬찬히 들여다보았다. 눈동자 안의 조리개, 작은 구멍이 점점 흐려지며 모든 것을 까맣게 덮었다.

지미 허프는 다리가 무거웠다. 오후 내내 걸었다. 그는 수족관 옆의 벤치에 앉아 해수면을 바라보았다. 선선한 구월의 바람이 불어오고, 항구의 잔잔한 파도와 슬레이트처럼 검푸른 하늘은 강철처럼 빛났다. 노란 굴뚝이 달린 크고 하얀 증기선이 자유의 여신상 앞으로 미끄러져갔다. 증기선의 이물 옆으로 예인선이 가리비 모양의 종이 같은 연기를 뿜으며 지나갔다. 항구의 창고들이 눈에 거슬리긴 했지만 그에게는 맨해튼의 끝이 흔들림 없이 천천히 항구로 들어가는 거룻배의 이물처럼 보였다. 갈매기가 울며 빙글빙글 돈다. 그는 갑자기 일어났다. "제길, 뭔가 해야겠어."

그는 잠시 발끝으로 중심을 잡고 나서 뻐근한 몸을 일으켰다. 일요 신문의 사진을 들여다보는 초췌한 사내의 얼굴이 어딘지 낯익었다. "저기," 그가 머뭇거리며 말했다. "난 자넬 벌써 알아봤지." 남자가 악수도 청하지 않고 말했다. "릴리 허프의 아들 맞지? 자네가 나와 말을 섞고 싶지 않은가보다 생각했네…… 뭐 그렇대도 상관없지만."

"아, 알았어요, 조 할랜드 아저씨군요…… 이렇게 뵙게 돼서 반가워요. 아저씨 생각, 자주 했어요."

"어째서?"

"그건 저도 몰라요…… 이상하죠, 똑같은 사람들일 뿐인데 친척이라고 하면 왠지 특별하게 생각되니 말예요. 안 그러세요?" 허프는 다시 벤치에 앉았다. "담배 태우실래요? ……그냥 캐멀인데요."

"사양 않겠네…… 지미, 자넨 무슨 일을 하나? 지미라고 불러도 되지?" 성냥불이 그대로 꺼지자 지미는 다시 켜서 할랜드에게 불을 붙여주었다. "일주일 만에 맛보는 담배 맛이군…… 고마우이."

지미는 옆에 앉은 남자를 바라보았다. 길고 움푹 들어간 회색 뺨이 입술 양 언저리의 깊은 주름과 겹쳐 교정용 삽입기호처럼 보였다. "자네 눈엔 내가 상당히 타락한 걸로 보이겠지?" 할랜드가 쏘아붙였다. "다시 앉은 게 후회되나보네, 그래? 어머니가 자넬 신사로 키운 게 원망스럽겠구면. 다른 허접한 인간들과는 달리 말이야……"

"전 〈타임스〉의 기자로 일합니다." 지미가 또박또박 말했다. "징글맞은 직업이죠, 지긋지긋해요."

"지미, 그런 식으로 말하면 못쓰네. 젊은 사람이…… 그러면 무슨 일을 해도 시원찮게 돼."

"시원하게 하고 싶은 일도 없는걸요."

"가엾은 자네 엄마 릴리가 자넬 얼마나 자랑스러워했는데…… 큰 사람이 되길 원했지. 자네에 대한 꿈이 컸어…… 어머니를 잊어서는 안 되네, 지미. 자네 어머니는 그 빌어먹을 집구석에서 나와 유일하게 맘이 통하는 친구였어."

지미가 웃었다. "제가 야망이 없다고는 안 했는데요."

"부탁이니 가엾은 자네 어머니를 생각해서라도 신중하게. 자네 인생은 이제 막 시작이야…… 앞으로 이삼 년을 어떻게 보내느냐에 모든 게 달렸어. 나를 보게."

"월 스트리트의 마법사로 이름을 날리셨잖아요, 그건 인정해드려야죠…… 전 그저 이 빌어먹을 도시의 인간들을 소재로 온갖 잡다한 일들을 다 끌어모으는 게 싫을 뿐이에요. 조금도 존경심이 들지 않는 편집장들 앞에서 굽실거리기도 지겨워요. 조 아저씨는 뭘 하고 지내세요?"

"묻지 말게……"

"저 빨간 연통 달린 배 보이세요? 프랑스 배죠. 선미에 붙은 대포 덮개를 벗기고 있어요. ……아, 전쟁터로 가고 싶다. ……아쉬운 게 전 싸움엔 재주가 없어놔서요."

할랜드는 아랫입술을 깨물고 가만히 있다가 쉰 목소리로 띄엄띄엄 말했다. "지미, 자네는 릴리의 아들이니까, 부탁이 있네…… 에, 그러니까 자네, 에, 잔돈 좀 있나? 불행하게도 내가 사흘 동안 아무것도 먹질 못해서…… 기운이 없군. 무슨 말인지 알겠나?"

"그럼요. 안 그래도 제가 커피나 뭐 좀 마시러 가자고 여쭤보려던 참이었는데요…… 워싱턴 스트리트에 제가 아는 좋은 시리아 레스토랑이 있어요."

"그럼, 가지." 할랜드가 굳은 다리를 일으키며 말했다. "이렇게 구질구질한 인간이랑 같이 가도 정말 괜찮겠나?"

그의 손에서 신문지가 떨어졌다. 지미가 허리를 굽혀 신문지를 주워들었다. 희미한 갈색 점으로 그린 듯한 얼굴을 보자 잇몸의 신경을 찔린 듯한 고통이 느껴졌다. 아니, 이건 그녀의 얼굴이 아니야. 재능 있는 젊은 여배우 〈백일초 아가씨〉에서 히트를 치다……

"고맙네, 그냥 둬. 여기에 있던 걸세." 할랜드가 말했다. 지미는 신문을 손에서 놓았다. 사진이 보이는 쪽이 바닥으로 떨어졌다.

"몹쓸 사진이네요."

"들여다보며 시간 죽이는 거지. 뉴욕에서 무슨 일이 일어나는지 보면 재밌잖아…… 고양이도 임금님을 볼 수 있다지 않아, 누구에게나 권리는 있는 거야."

"아뇨, 전 다만 사진이 못 나왔다고 말씀드린 거예요."

7. 롤러코스터

브로드웨이로 걸어가는 한 노인의 여읜 팔다리에 황혼이 납처럼 드리운다. 모퉁이의 네딕스 패스트푸드점 스탠드를 지날 때 갑자기 뭔가 그의 눈길을 사로잡는다. 니스를 칠한 인형들 사이의 부서진 인형처럼 그는 고개를 숙이고 터벅터벅 걷는다. 들끓는 고동 속으로, 흩어진 구슬처럼 띄엄띄엄 잘려나간 글씨들, 그 빛의 용광로 속으로. "전에는 여기가 다 목초지였는데 말이야." 그가 어린 소년에게 투덜거리듯 말했다.

루이스 익스프레소 협회. 플래카드의 붉은 글씨가 스탠의 눈앞에서 펄럭거린다. 연례 댄스모임. 젊은 남녀들이 들어간다. 코끼리와 캥거루, 두 마리씩 짝을 지어. 홀의 여닫이문 저편에서 오케스트라의 쿵짝거리는 연주가 들려온다. 밖에는 비가 내린다. 강이 하나 더 있네, 오, 건너야 할 강이 하나 더 있네. 그는 외투 깃을 단정히 펴고 표정을 가다듬고 나서 이 달러를 내고 안으로 들어간다. 요란한 음악이 흐르는 넓은 홀 안에는 빨강, 하양, 파랑 장식깃발들이 달려 있다. 그는 비틀거리다 잠시 벽에 몸을 기댄다. 건너야 할 또 하나의 강…… 몸을 흔드는 커플들로 가득한 홀은 배의 갑판처럼 흔들린다. 바는 조금 덜 흔들린다. "거스 맥닐이다." 모두가 얘기한다. "우리의 선량한 거스." 큼직한 손이 넓은 등을 두드리고, 붉은 얼굴을 향해 검은 입들이 외친다. 술잔이 높은 곳에서 반짝 빛나고, 오르락내리락 춤을 춘다. 비트처럼 붉은 얼굴에 눈이 움푹 들어간 고수머리의 사내가 지팡이를 짚고 바를 지나간다. "잘 지내요, 거스?"

"저기 보스가 온다!"

"드디어 맥닐이 왔다."

"안녕하세요, 맥닐 씨?" 바가 조용해진다.

거스 맥닐이 허공에서 지팡이를 휘두른다. "맘껏 즐기게나, 젊은이들. ……버크, 계산은 내 앞으로 올리고 한 잔씩 돌리게."

"멀베이니 신부님도 오셨군. 멀베이니 신부님 만세…… 대단한 양반이야……"

    그는 유쾌하고 좋은 친구라네
    누구나 인정하는……*

---

* 〈그는 유쾌하고 좋은 친구라네〉는 〈해피 버스데이 투 유〉, 〈올드 랭 사인〉과 더불어 생일이나 기념일을 축하하는 파티에서 가장 많이 불리는 노래. 프랑스 민요 〈마부르 공〉의 멜로디에 각 나라마다 조금씩 다른 노랫말이 붙여져 있다.

한 무리의 사내들이 넓은 등판을 고분고분 굽히고 한 줄로 서서 춤 추는 사람들 사이를 천천히 지나간다. 커다란 비비가 달빛 속에서 누런 털 을 빗고 있었어요. "춤추실까요?" 여자는 하얀 어깨를 보이며 가버린다.

나는야 혼자 사는 노총각
직물공장의 노동자라네*

스탠은 자신이 거울 속에 비친 자기 얼굴에 대고 노래하고 있음을 알았다. 한쪽 눈썹은 머리카락과, 한쪽 눈썹은 속눈썹과 뒤엉켜 있 다…… "이런, 난 총각이 아니야, 난 결혼한 사내라고…… 난 뉴욕 주, 뉴욕 카운티, 뉴욕 시의 시민이고, 유부남이야. 아니라는 놈 있으 면 나와보라 이거야……" 그는 의자 위에 올라서 주먹으로 손바닥을 치며 연설한다. "친구들이여, 로마 시민이여, 동포 여러분이여, 오 달 러만 꿔줘. 우리는 카이사르에게 재갈을 물리러 온 것이지 그의 수염 을 깎아주러 온 게 아니야. 뉴욕 주, 뉴욕 카운티, 뉴욕 시의 헌법에 의거해, 또한 1888년 7월 13일의 법령에 따라, 검사 앞에서 정식으로 증명하고 서명하여…… 교황은 개나 물어가라 그래!"

"이봐, 입 다물어." "저놈을 내쫓자고…… 저자는 우리 편이 아 냐…… 여긴 대체 어떻게 들어온 거야. 술이 떡이 됐군." 스탠은 눈을 감고 주먹이 날아드는 가운데로 뛰어든다. 얼굴에 한 방, 턱에 한 방,

---

* 아일랜드풍의 미국 민요 〈안개이슬〉. 여러 가지 버전의 가사가 있음.

총알처럼 튕겨 나와 비가 추적거리는, 춥고 조용한 거리로 내동댕이
쳐진다. 하하하.

나는야 혼자 사는 노총각
건너야 할 강이 하나 더 있네
요단 강을 건너기 전 또 하나의 강
건너야 할 강이 하나 더……

얼굴에 찬바람이 불었다. 정신을 차리고 보니 그는 페리의 뱃머리
에 앉아 있었다. 이가 맞부딪치고 몸이 떨렸다. "나는 섬망증을 앓고
있어. 나는 누구지? 여긴 어디야? 뉴욕 주, 뉴욕 시…… 스탠우드 에
머리, 스물두 살, 직업 학생…… 펄라인 앤더슨, 스물한 살, 직업 배
우. 꺼져, 이 여자야. 내 수중에 있는 돈은 사십구 달러 팔 센트, 빌어
먹을 아까는 어디였지? 아무한테도 돈을 털리지 않았군. 섬망증은 절
대 아니야. 난 멀쩡해. 약간 예민해졌을 뿐이지. 술이 조금 들어가면
그만이야, 안 그래? 이런, 누군가 옆에 있는 걸로 착각했잖아. 입 닥
치고 있는 편이 낫겠어."

사십구 달러가 벽에서 흔들흔들
사십구 달러가 벽에서 흔들흔들

아연처럼 하얀 강물 저편에는 다운타운의 빌딩들이 자작나무 숲처
럼 빽빽하다. 뿔나팔 소리가 초콜릿색 아지랑이 사이로 퍼지듯 그 높

다란 담벼락 위로 분홍빛 아침노을이 번져간다. 배가 다가갈수록 건물들은 한데 몰리며 깎아지른 협곡이 있는 화강암 산이 되어갔다. 페리가 정박 중인 땅땅한 증기선 옆을 가까이 스쳐갔다. 배는 스탠 쪽으로 기울어져 갑판이 훤히 들여다보였다. 엘리스 섬의 예인선이 바로 옆에 있었다. 상자 안의 멜론 같은, 올려다보는 얼굴들로 가득한 갑판에서 시큼한 냄새가 올라왔다. 갈매기 세 마리가 끼룩거리며 주변을 빙그르르 돌았다. 한 마리가 나선을 그리며 날아오르자 흰 날개 위로 햇빛이 쏟아졌다. 갈매기는 밝은 황금빛 속으로 날아갔다. 이스트뉴욕 뒤편의 살구색 구름층 위로 해가 떠오르기 시작했다. 수백만 개의 창문이 햇빛을 받아 반짝였다. 시내로부터 웅성거리는 소리가 들려왔다.

코끼리와 캥거루
동물들은 두 마리씩 짝을 지어 갔네
요단 강을 건너기 전 또 하나의 강
건너야 할 강이 하나 더……

부서진 상자와 오렌지껍질, 썩은 양배추 꼭지들이 금이 간 판자벽 사이로 둥둥 떠다니고, 하얗게 밝아오는 빛 속에서 은박지처럼 반짝이는 갈매기들이 그 위를 맴돌고 있다. 페리선이 물살에 휩쓸려 옆으로 미끄러지면 둥근 이물 밑에서 초록빛 파도가 하얀 거품을 일으킨다. 쿨럭. 부서진 파도를 삼키고, 부딪고, 미끄러지며 페리선이 천천히 선착장에 자리를 잡는다. 수동 권양기가 쩔럭쩔럭 쇠사슬 소리를 내며 신나게 돌고, 문이 위로 접혀 올라갔다. 스탠은 배에서 뛰어내려 비틀거리며 페리 선착장의 냄새나는 나무 터널을 지나 해가 비치는 배터리 공원의 벤치로 갔다. 그는 벤치에 앉아 떨리는 무릎을 두 손으로 꾹 눌렀다. 생각은 자동피아노처럼 계속 쿵쾅거렸다.

손에는 종, 발에는 반지를 달고
흰 옷을 입은 귀부인이 말을 타고 간다
그녀가 가는 곳마다 재앙이 따르리······

바빌론과 니네베는 벽돌로 지어졌다. 아테네는 황금과 대리석 기둥으로 이루어졌다. 로마는 자갈로 만든 널따란 아치가 떠받치고 있었다. 콘스탄티노플의 골든혼을 둘러싼 첨탑들은 커다란 촛불들처럼 빛났고······ 건너야 할 또 하나의 강이 있다. 강철, 유리, 타일, 콘크리트가 마천루를 짓는 재료가 될 것이다. 수백만 개의 창이 달린 빌딩들이 좁은 섬을 가득 메우고 빛을 발하며 우뚝 설 것이다. 피라미드 위의 피라미드처럼, 뇌우 위의 소나기구름처럼.

사십 일 낮 동안 비가 내렸네
사십 일 밤 동안 비가 내렸네
비는 성탄절까지 그치지 않았네
홍수 속에서 살아남은 사람은 오직 하나
지협의 키다리 잭뿐이었네······

제기랄, 마천루가 되고 싶구나.

자물쇠가 헛돌며 열쇠가 꽂히지 않았다. 스탠은 요령껏 기다렸다가 때를 맞춰 문을 여는 데 성공했다. 그는 곤두박질치듯 입구와 긴 복도를 지나 펄라인을 소리쳐 부르며 거실로 갔다. 이상한 냄새가 났다. 펄라인의 냄새였다, 제기랄. 그는 의자를 쳐들었다. 의자는 제멋대로 그의 머리 위를 빙그르 돌아 창으로 날아갔다. 쨍 하고 유리 깨지는 소리가 났다. 그는 창밖을 내다보았다. 거리 끝으로 갈수록 경사가 높아 보였다. 사다리차와 소방차 한 대가 사이렌 소리를 길게 울리며 거리를 올라갔다. 불이야, 불이야, 물을 부어라, 스코틀랜드가 탄다.* 천 달러짜리 화재, 십만 달러짜리 화재, 백만 달러짜리 화재. 마천루가 불꽃에 싸여, 불꽃처럼 타오른다. 그는 허둥지둥 고꾸라질 듯 방으로 갔다. 테이블이 공중제비를 넘었다. 도자기 진열장이 테이블 위로 튀어 올랐다. 참나무 의자가 가스등을 치고 올라갔다. 물을 부어라, 스코틀랜드가 탄다. 나는 뉴욕 주, 뉴욕 카운티, 뉴욕 시의 냄새, 이 집의 냄새가 싫다. 그는 빙빙 도는 부엌 바닥에 벌렁 누워 웃고 또 웃었다. 홍수 속에서 살아남은 유일한 남자가 귀부인을 백마에 태웠다. 불꽃은 치솟고, 치솟는다. 모퉁이의 기름때 낀 캔이 등유라고 속삭였다. 물을 부어라. 그는 우지끈 소리를 내는 뒤집힌 의자 위에, 뒤집힌 테이블 위에 기우뚱거리며 서 있었다. 석유가 차갑고 하얀 혀로 그를 핥았다. 그는 기우뚱하며 가스버너를 잡았다. 가스버너가 그를 따라 움직였

---

* 민요 가사.

358

다. 그는 축축한 바닥에 등을 대고 누워 성냥을 그었다. 젖어서 불이 붙지 않았다. 성냥개비 하나가 탁탁 소리를 내며 불붙었다. 그는 손을 둥글게 모아 불씨를 감쌌다.

"네, 제 남편은 보통 야심가가 아니에요." 펄라인은 깅엄체크무늬 옷을 입은 식료품점 아주머니에게 말했다. "노는 것도 좋아하지만 그렇게 야심이 많은 사람은 첨 봤어요. 아버지에게 부탁해서 외국에 보내달라고 할 거래요. 건축을 공부하겠다고요. 건축가가 되고 싶다네요."

"세상에, 새댁은 좋겠네? 여행도 가고…… 뭐 딴 거 빠뜨린 건 없고?" "아뇨, 없는 것 같아요…… 다른 남자였다면 걱정했을 거예요. 이틀 동안 얼굴을 못 봤거든요. 아버지를 만나러 간 모양이에요."

"신혼인데 그래도 괜찮은가……"

"괜찮지 않으면 제가 이런 말씀 드리겠어요? 뒤로 딴짓할 사람 아니거든요…… 그럼 안녕히 계세요, 로빈슨 부인."

그녀는 장바구니를 한쪽 겨드랑이에 끼고 다른 손으로 구슬백을 흔들며 거리를 걸었다. 해는 아직 따뜻했지만 바람에서는 어느덧 조금씩 가을 냄새가 났다. 그녀는 롤러오르간으로 〈행복한 과부〉를 연주하는 거리의 장님 악사에게 일 센트 동전을 던져주었다. 돌아오면 조금은 나무라줘야지, 버릇이 잘못 들면 큰일이야. 그녀는 200번가로 돌아갔다. 사람들이 창문으로 얼굴을 내밀었고, 거리에도 모여들었다. 화재였다. 공기에서 그을린 냄새가 났다. 소름이 끼쳤다. 불구경만큼 재밌는 게 없지. 그녀는 서둘렀다. 아니, 우리 집 앞이네. 오층 창에서 삼베자루 같은 연기가 뿜어져 나왔다. 그녀는 갑자기 온몸을 떨었다. 흑인 엘리베이터보이가 그녀를 향해 뛰어왔다. 얼굴이 파랗게 질려 있었다. "우리 아파트잖아요." 그녀가 소리를 질렀다. "가구를 들여놓은 지 일주일밖에 되지 않았는데. 비켜줘요." 물건을 담은 봉투가 떨어졌다. 크림병이 보도 위에서 깨졌다. 경찰이 그녀 앞을 가로막았다. 그녀는 경찰에게 몸을 부딪치며 푸른 제복을 입은 가슴을 자꾸만 쳤다. 비명을 멈출 수 없었다. "진정하세요, 숙녀분, 진정해요." 경찰이 굵은 목소리로 계속 말했다. 그녀가 머리로 그의 가슴을 들이받자 가슴에서 고동이 느껴졌다. "구조할 거라니까요. 연기에 중독된 것뿐이라고요, 연기만 나는 거라니까요."

"아, 스탠우드, 여보!" 그녀는 비명을 질렀다. 모든 것이 어둠 속으로 사라졌다. 그녀는 경찰 제복 상의에 달린 번쩍거리는 두 개의 단추를 붙잡고 정신을 잃었다.

8. 요단 강을 건너기 전 또 하나의 강

2번 애비뉴와 휴스턴 가 모퉁이의 코즈모폴리턴 카페 앞에서 한 남자가 비누 상자 위에 올라가 외치고 있다. "……여러분, 놈들은 여러분과 같은, 저도 그중 하나였지만, 월급 받는 노예들의 가슴에 올라타 입에서 먹을 것을 **빼앗아갑니다.** 한때 넓은 가로수 길을 누비던 예쁜 아가씨들은 모두 어디로 가버렸습니까? 그들을 만나고 싶다면 업타운의 카바레를 뒤져보십시오…… 여러분, 그들은 더이상 짜낼 것이 없을 때까지 우리를 착취합니다…… 노동자 동지 여러분, 아니, 노예라고 부르는 편이 나을까요? 그들은 우리의 일과 우리의 사상과 우리의 여자들을 **빼앗아갑니다.** ……그들은 플라자 호텔을 짓고, 백만장자 클럽을 만들고, 백만 달러짜리 극장과 군함을 만들면서 우리에게 무엇을 남겨줍니까? ……그들은 우리에게 직업병과 구루병, 쓰레기통으로 가득 찬 거리를 남겨주었습니다…… 여러분의 창백한 얼굴을 보십시오. 여러분은 피가 필요합니다…… 정맥에 피를 약간 주사하는 게 어떻겠습니까? 러시아의 빈민들을 보십시오…… 우리가 그들보다 나을 게 있습니까? 저는 흡혈귀의 존재를 믿습니다. 밤마다 와서 여러분의 피를 빨아먹는…… 자본주의는 흡혈귀입니다. 낮이나, 밤이나 당신의 피를 빨아먹는 흡혈귀입니다."

눈이 내리기 시작한다. 가로등 앞을 날아가는 눈송이는 테두리가 금빛으로 빛난다. 청록색 담배 연기가 자욱한 코즈모폴리턴 카페의 판유리 저편은 탁한 수족관 같다. 테이블 주위에 둘러앉은 하얀 얼굴들은 서로 어울리지 않는 물고기들 같다. 눈발이 흩어지는 거리를 우산들이 떼 지어 몰려가기 시작한다. 연설자는 옷깃을 세우고 흙 묻은 비누 상자가 바지에 닿지 않도록 동쪽으로 휴스턴 가를 따라 빠른 걸음으로 걷는다.

덜컹거리며 달리는 냄새나는 지하철 안에서 얼굴과 모자, 손, 신문들이 팝콘 기계 안의 옥수수 낟알처럼 튀어 올랐다. 다운타운 익스프레스는 노란 빛을 던지며 덜컹덜컹 달렸다. 창과 창이 물고기 비늘처럼 겹쳤다.

"이봐, 조지." 지하철 가죽손잡이에 몸을 맡긴 필 샌드본이 옆에 선 조지 볼드윈에게 말했다. "로런츠 피츠제럴드 수축현상*이 보이네."

"그보다 이 지하철에서 어서 내리지 않으면 장의사 구경하게 생겼어."

"자네 같은 부자 양반들도 다른 사람들이 어떻게 운반되는지 볼 필

---

* 광속에 가까워지면 길이가 줄어들어, 움직이는 쪽으로 길이가 수축한다는 물리현상.

요가 있어…… 혹시 알아, 태머니 홀에 모인 놈팡이들에게 말장난 집 어치우고 임금노예들에게 좀 더 나은 교통수단을 마련해주라고 타이 르게 될지…… 세상에, 내가 그들에게 하고 싶은 말이 한두 가지인 줄 아나…… 예를 들면 5번 애비뉴 지하에 순환하는 무빙워크*를 만 들자는 말이야."

"필, 병원에 누워 생각 많이 했나보군?"

"병원에 누워 생각 많이 했지."

"이봐, 우리 그랜드 호텔 앞에서 내려 걸어가지. 도저히 익숙지 않 아, 못 참겠어."

"좋아, 엘시에게 전화를 걸어 식사시간에 좀 늦는다고 해야겠 군…… 요새는 조지 자네 얼굴을 자주 볼 수 없으니…… 세상에, 옛 날 생각 나는군."

남자와 여자, 팔, 다리, 땀에 젖은 목 위에 비스듬히 씌워져 있는 모 자 들과 뒤엉켜 그들은 플랫폼 쪽으로 밀려나왔다. 그들은 포도줏빛 으로 저물어가는 렉싱턴 애비뉴를 걸었다.

"그런데 필, 그때 어쩌자고 트럭 앞으로 걸어간 거야?"

"솔직히 나도 잘 모르겠어, 조지…… 마지막으로 기억나는 건 택시 를 타고 지나가는 엄청나게 예쁜 아가씨를 보려고 목을 뺐다는 거야. 정신 차리고 보니 병원에서 찻주전자로 얼음물을 마시고 있더라고."

"필, 나잇값 좀 해야지."

"나라고 그걸 모르겠어? 하지만 나잇값 못하는 건 나 말고도 여럿

---

* 1924년에 처음 제안됨.

이더라고."

"갑자기 그런 데 정신을 팔다니 이상하군. 나에 대해 들은 얘긴 있나?"

"어이쿠, 조지. 염려 마…… 그 여자가 〈백일초 아가씨〉에 나오더군…… 혼자만 튀더라니까. 함께 출연한 스타 여배우는 확 묻혀서 보이지도 않더군."

"이봐, 필. 누가 오글소프 양에 관해 쑥덕거리면 입들 다물라고 해. 여자랑 단둘이 차 한 잔 마시러 가도 온 도시가 쑥덕거리는 판이니 말 다했지…… 스캔들은 질색이야, 무슨 일이 있어도."

"조심해야겠어, 조지."

"요즘 업계에서 내 위치가 아주 묘해…… 세실리와 이제야 겨우 타협점을 찾은 마당에…… 더이상 문제를 만들고 싶지 않아."

그들은 말없이 걸었다.

샌드본은 손으로 모자를 잡고 걸었다. 머리는 온통 하얗게 세었지만 숱 많은 눈썹은 여전히 검었다. 그는 걷기가 쉽지 않은 듯 몇 발자국 옮길 때마다 보폭을 바꿨다. 그는 헛기침을 했다. "조지, 자네 나한테 병원에서 생각했느냐고 물었지? 왜 전에 스페커 영감이 얘기하던 에나멜 입힌 유리타일 기억하나? 난 홀리스에서 그의 방식을 시험하고 있었어. 아는 친구 하나가 거기 이천 도까지 불을 땔 수 있는 가마를 가지고 있거든. 내가 보기엔 상업적으로 승산이 있어. 이 분야에 혁신을 일으킬 거란 말이야. 콘크리트를 섞으면 건축가들이 요구하는 재료의 유연성이 몰라보게 증가하거든. 색깔이며 크기, 마감도 원하는 대로 할 수 있고…… 이 칙칙한 회색 건물들 대신 환한 색으로 단장한 뉴욕을 생각해보게나. 고층빌딩의 상판을 주홍색 띠로 두른다고 생각해보란 말이야. 컬러 타일은 온 도시의 라이프스타일을 크게 변화시킬 거야…… 구태의연한 그리스풍이나 고딕 양식, 로마네스크 장식 대신 우리는 새로운 디자인, 새로운 컬러, 새로운 모양을 개발해낼 수 있어. 이 도시에 조금이라도 색채가 더해지면 딱딱한 껍질 속에 들어 있는 폐쇄된 도시생활도 좀 깨뜨릴 수 있겠지…… 사랑은 늘고, 이혼은 줄고……"

볼드윈은 웃기 시작했다. "한 방 먹이는걸, 필…… 그 문제는 기회가 되면 다시 얘기하자고. 세실리가 돌아오면 식사하러 와. 그때 자세한 얘기를 하자고…… 파크허스트는 같이 안 하겠대?"

"그자는 끼워줄 생각 없어. 얘길 들으면 좋아라 달려들겠지. 하지만 일단 기술만 터득해봐, 날 아주 찬밥 신세로 만들 게 뻔해. 단 일 센트도 맘 놓고 맡기지 못할 위인이야."

"그 친구, 동업은 왜 안 하겠대, 필?"

"그러잖아도 필요하면 언제든지 쓸 수 있으니까. 그자도 내가 그 빌어먹을 사무실 일을 도맡고 있다는 걸 알아. 내 대인관계가 그다지 원활하지 않다는 것까지 알고. 교활한 놈이야."

"그래도 얘기는 건네보는 게 좋을 것 같은데."

"내가 제 맘대로 움직인다는 걸 알아. 그러니 나 혼자 죽어라 일하고 돈은 그자가 쓸어 담지…… 그게 맞는 건지도 몰라. 내 손에서는 돈이 남아나지 않을 테니까. 난 원래 대책 없잖아."

"나이도 나보다 얼마 안 먹은 사람이 엄살은…… 아직 앞길이 창창하잖아."

"그럼. 하루에 아홉 시간씩 설계도를 그리고 있으니…… 일 얘기 집어치우고 자네 나랑 타일 사업이나 같이 해보는 게 어때?"

볼드윈은 길모퉁이에 멈춰 서서 들고 있던 서류가방을 손바닥으로 쳤다. "필, 내가 여유가 되면 기꺼이 도울 거란 건 알지? 하지만 요즘은 재정상태가 말이 아니야. 좀 애먼 데 섣불리 손댔다가 어떻게 빠져나와야 할지 지금 걱정이 태산이거든…… 그래서 스캔들이든 이혼이든 사양이라는 거지. 일이 얼마나 복잡하게 얽혀 있는지 자넨 짐작도 못할걸…… 지금 새로운 일을 시작할 경황이 없어. 적어도 일 년은 그럴 거야. 유럽의 전쟁 덕분에 도심이 흔들리고 있어. 무슨 일이 일어날지 모른다고."

"됐어. 잘 가게, 조지."

샌드본은 곧장 되돌아 걸었다. 피곤하고 다리가 아파왔다. 날은 거의 저물었다. 지하철로 돌아가는 길에 칙칙한 벽돌과 갈색 사암블록들이 그가 살아온 나날들처럼 단조롭게 이어졌다.

관자놀이 피부 아래에 죔쇠가 있어 그녀의 머리를 계란처럼 폭삭 짓뭉갤 것만 같다. 그녀는 좀이 쑤시게 갑갑한 방 안을 성큼성큼 돌아다닌다. 그림과 양탄자, 의자의 얼룩진 색깔들이 숨 막히는 뜨거운 담요가 되어 그녀를 덮어씌우는 것 같다. 창밖으로 보이는 뒷마당에는 비가 내리고 저녁노을은 파란색, 보라색, 토파즈색 줄무늬를 그린다. 그녀는 창문을 연다. 스탠이 말했었지, 노을이 질 때처럼 술 마시기에 적당한 때는 없다고. 구슬이 굴러가는 소리를 내며 전화기가 촉수를 뻗어온다. 그녀는 창문을 쾅 닫는다. 정말이지, 사람 좀 내버려둘 수 없나?

"해리, 돌아오신 줄도 몰랐네요…… 글쎄, 될지 모르겠어요. 아, 네, 될 것 같아요. 그럼 극장 끝나는 시간에 맞춰 오세요…… 근사하겠죠? 얘기 다 들려주셔야 해요." 수화기를 놓기 무섭게 벨소리가 다시 그녀를 붙잡는다. "여보세요, 아뇨. 아, 네…… 어쩌면 될 것도 같고…… 언제 돌아왔어요?" 그는 전화벨처럼 웃는다. "그런데요 하워드, 저 바빠 죽겠어요…… 네, 정말요…… 공연은 보셨어요? 그럼, 시간 되실 때 한번 보러 오세요. 여행 다녀오신 얘기 들려주셔야죠. 그럼 또 뵐게요, 하워드."

산책을 하면 기분이 좀 나아질 거야. 그녀는 화장대 앞에 앉아 머리를 어깨 위로 풀어헤친다. 아, 귀찮아 죽겠어. 싹둑 잘라버렸음 좋겠네…… 빨리도 퍼지지. 하얀 죽음의 그림자……* 너무 늦게 자면 안 되겠어. 눈 아래 다크서클 좀 봐…… 그리고 문가에, 보이지 않는 붕괴…… 울 수만 있다면. 눈이 멀 때까지 울 수 있는 사람들도 있는데…… 여하간 이혼은 허용될 거야……

해변에서 멀리, 단 한 번도 폭풍에 맞서 돛을 세운 적 없는
벌벌 떠는 군중들로부터 멀리 떨어져

이런, 벌써 여섯시잖아…… 그녀는 다시 방 안을 서성인다…… 나는 어둠을 두려워하며 멀리…… 전화벨이 울린다. "여보세요, 네, 오

---

* 인용문은 퍼시 비시 셸리의 시 「아도네이스: 존 키츠의 죽음에 바치는 비가」. 이하 문장 중간중간에 계속 인용되고 있다.

글소프입니다…… 아니, 루스, 오랜만이야. 선덜랜드 부인 집에 살때 보고는 통 못 봤네…… 그래, 꼭 만나. 이리로 올래? 극장 가는 길에 함께 밥이나 먹으러 가…… 삼층이야."

그녀는 수화기를 내려놓고 옷장에서 우비망토를 꺼낸다. 모피와 좀약과 옷 냄새가 훅 끼쳐온다. 그녀는 다시 창을 활짝 열고 축축한 공기를 들이마신다. 차갑게 부패해가는 것들로 가득한 가을의 냄새다. 강에서 천둥이 울리듯 커다란 증기선의 기적 소리가 들려온다. 어둠속에서, 두려워하며 이 무의미한 삶으로부터, 이 경박한 어리석음과 싸움으로부터 멀리 떠나. 남자는 배를 아내로 삼을 수 있다, 하지만 여자는. 전화벨은 구슬이 구르듯 드르륵 울리고 또 울린다.

동시에 초인종 소리가 들린다. 엘런은 버튼을 눌러 문을 연다. "여보세요…… 아뇨. 죄송하지만 먼저 성함을 말씀해주셔야겠어요. 아! 래리 홉킨스군요. 도쿄에 계신 줄 알았는데요…… 또 다른 곳으로 발령 난 건 아니겠죠? 그럼요, 만나야죠…… 서운해서 어쩌죠. 앞으로 이 수 동안은 일정이 빡빡해서요…… 오늘은 제가 틈이 없어요. 내일 열두시에 전화를 주시면 어떻게 시간을 내도록 해볼게요…… 물론 지금 당장이라도 뵙고 싶죠." 루스 프린과 캐산드라 윌킨스가 우산의 빗물을 떨며 안으로 들어선다. "그럼, 다시 통화해요, 래리…… 잘 왔어, 두 사람, 이렇게 와줘서 정말 고마워. 잠깐 앉아요. ……캐시, 같이 식사하러 갈래?"

"널 만나야 할 것 같았어…… 그렇게 엄청난 성공을 거두다니 정말 엄청나다." 캐시가 떨리는 목소리로 말한다. "그리고 에머리 씨 소식을 듣고 너무 놀랐어. 자꾸 눈물이 나더라고. 그렇지, 루뜨?"

"야, 아파트 좋네요!" 그와 동시에 루스가 큰 소리로 외친다. 엘런은 귀가 얼얼하다. "누구나 한 번은 죽게 되는걸." 그녀가 쏘아붙인다.

루스가 고무신발창으로 마룻바닥을 탁탁 친다. 그녀는 캐시의 눈을 흘낏 바라본다. 캐시는 말을 더듬다가 하려던 말을 삼키고 이렇게 말한다. "나가지 않을래? 이러다 늦겠어."

"잠깐만 실례할게요, 루스." 엘런은 욕실로 가서 문을 쾅 닫는다. 그녀는 욕조에 걸터앉아 주먹을 쥐고 무릎을 때린다. 저 여자들 때문에 미치겠어. 차츰 개수대에서 물이 빠지듯 마음속의 긴장이 가라앉는다. 그녀는 침착하게 입술에 립스틱을 칠한다.

그녀는 방으로 돌아와 평상시의 목소리로 말한다. "이제 가…… 루스, 배역 받은 거 있어요?"

"레퍼토리 극단*과 디트로이트로 갈 기회가 있었는데 사양했어요…… 난 뉴욕을 떠나지 않을 거야, 절대로."

"나한테 뉴욕을 떠날 기회만 준다면…… 정말 메디신 햇의 영화관에서 노래 부르는 역할이라도 난 갈 거야."

엘런이 우산을 챙기고 세 여자가 차례로 계단을 따라 밖으로 나온다. "택시" 하고 엘런이 부른다.

지나가던 택시가 끼익 멈춰 선다. 택시 기사가 가로등 불빛 아래로 빨간 매 같은 얼굴을 내민다. "48번가의 유제니스까지 부탁해요." 모두 차에 오른 후 엘런이 말한다. 구슬처럼 띄엄띄엄 불이 밝혀진 창가에 푸릇한 빛과 어둠이 깜빡깜빡 스쳐간다.

---

* 전속 극단을 두고 여러 작품을 정기적으로 교체 상연하는 극장.

그녀는 턱시도를 입은 해리 골드와이저와 팔짱을 낀 채 옥상테라스의 난간 저편을 바라보았다. 그들 아래 보이는 공원에는 희미한 불빛이 반짝거리고 하늘이 내려앉은 듯 구름자락이 어수선하게 펼쳐져 있었다. 등 뒤에서는 탱고 연주가 울리고, 드문드문 이야깃소리와 댄스홀 바닥에 발 끌리는 소리가 들려왔다. 엘런은 차갑게 빛나는 초록색 이브닝드레스를 입은 자신이 뻣뻣한 주철동상처럼 느껴졌다.

"베르나르, 레이철, 두제와 시던스 부인을 보란 말이오…… 일레인, 잘 들어봐, 내 말 알겠소? 연극만큼 사람의 열정을 고취시키는 예술은 없단 말이오…… 내가 원하는 대로 할 수만 있다면 우린 세계 최고가 될 거야. 당신은 세계 최고의 여배우가 되고, 난 최고의 제작자가 되는 거지. 눈에 보이지 않는 건설자가 된다고, 알겠지? 대중이 원하는 건 예술이 아니야, 이 나라 사람들은 고상한 걸 만들 틈을 주지 않지. 싸구려 추리극이나 멜로드라마, 아니면 요점은 싹 빼버린 닳고 닳은 프랑스 소극(笑劇), 예쁜 여자들과 음악만 잔뜩 나오면 그만이라고. 흥행사가 할 일이란 대중이 원하는 걸 보여주는 거란 말이지."

"이 도시는 상상 못할 것들을 원하는 사람들로 넘쳐요. 저길 보세요."

"잘 보이지 않는 밤에는 괜찮지. 예술적 센스도 없고, 아름다운 건물도 없고, 전통이랄 만한 분위기도 없는 게 문제지."

그들은 한동안 말없이 서 있었다. 오케스트라가 〈라일락 도미노〉*를 연주하기 시작했다. 엘런이 갑자기 골드와이저를 돌아보며 툭 던지듯 말했다. "가끔 매춘부가 되고 싶은 여자의 마음을 이해하세요? 아주 평범한 창녀 말이에요."

"아이고, 이렇게 귀엽고 예쁜 아가씨 입에서 느닷없이 그게 무슨 소리야?"

"충격이신가보네요." 그녀는 그의 대답을 듣지 않았다. 당장이라도 울음이 터질 것만 같았다. 그녀는 뾰족한 손톱으로 손바닥을 누르며 숨을 멈추고 스물까지 세었다. 그리고 소녀 같은 숨 막히는 목소리로 말했다. "해리, 가서 춤 좀 춰요."

마분지 같은 건물들 위로 펼쳐진 하늘은 망치로 두들겨 만든 둥근 천장 같다. 눈이 내리면 이렇게까지 춥진 않을 텐데. 7번 애비뉴 모퉁이에서 엘런은 택시를 잡아타고 푹신한 좌석에 앉아 장갑 속의 언 손을 마주 비빈다. "웨스트 57번가로 가주세요."

그녀는 불쾌하고 지친 얼굴로 흔들리는 차창 너머의 과일가게, 간판들, 공사 중인 건물들, 트럭들, 젊은 여자들, 전보배달부들, 경찰들을 바라본다. 내가 아이를, 스탠의 아기를 낳는다면 7번 애비뉴를 뛰어다니겠지. 눈이 내리지 않을 것 같은, 납을 두드려 만든 듯한 하늘 아래를. 그리고 과일가게, 간판들과 공사 중인 건물들, 트럭들, 젊은 여자들, 전보배달부들, 경찰들을 바라보겠지…… 그녀는 두 무릎을 바짝 모으며 등을 똑바로 펴고 한구석에 앉아 홀쭉한 배를 두 손으로 감쌌다. 아, 하늘도 무심하지. 스탠을 데려가고, 불태워버리고, 내 안에서 점점 자라 나를 죽이고 말 이 아이만을 남겨주다니. 그녀는 추위

---

* 샤를 퀴빌리에의 오페레타.

로 곱은 손을 얼굴에 대고 흐느낀다. 아, 도대체 눈이 왜 안 올까?

그녀가 회색 포도에 서서 지갑 안의 지폐를 찾으려는데 종이부스러기를 싣고 도랑물로 날아가던 먼지 낀 바람이 위로 솟구친다. 입안에 모래 알갱이가 가득 찬다. 엘리베이터보이의 얼굴은 둥근 흑단에 상아를 박아놓은 것 같다. "스탠턴 웰스 부인은?" "예, 팔층입니다."

승강기는 웅 소리를 내며 올라간다. 그녀는 폭이 좁은 거울을 들여다본다. 갑자기 알 수 없는 쾌활함이 전신에 퍼진다. 그녀는 구겨진 손수건으로 얼굴의 먼지를 닦아내고 긴 피아노 건반처럼 활짝 펼쳐지는 엘리베이터보이의 미소에 답한다. 옷자락 스치는 소리를 내며 빠른 걸음으로 문 앞으로 걸어가니 주름장식을 단 하녀가 문을 열어준다. 방 안에서는 차와 모피와 꽃 향기가 나고, 찻잔 달그락거리는 소리와 함께 새장 속의 새들처럼 지저귀는 여자들의 목소리가 들려온다. 그녀가 방 안으로 들어서자 그녀의 주위로 시선이 쏠린다.

테이블보에 와인 얼룩과 스파게티의 토마토소스 자국이 남아 있었다. 레스토랑 안은 후끈했다. 한쪽 벽에는 감상적인 느낌의 파랑과 초록으로 나폴리 항의 풍경이 그려져 있었다. 엘런은 젊은 남자들 사이에 앉았다. 의자에 깊숙이 몸을 파묻고 자기가 뿜은 담배 연기가 눈앞의 불룩한 키안티 와인병 주위로 소용돌이처럼 타오르는 것을 지켜보았다. 그녀의 접시에서는 먹다 남은 세 가지 색깔의 아이스크림이 쓸쓸히 녹아내렸다. "하지만, 세상에 사람도 권리가 있는 게 아닌가? 아니, 이건 아니야. 산업문명이라는 것이 우리에게 정치, 사회생활의 전면적인 재조정을 강요하고 있다니까……"

"저분, 말 참 어렵게 하시네요." 엘런이 옆에 앉은 허프에게 속삭였다.

"그래도 틀린 말은 아니에요." 허프가 나무라듯 말했다…… "결과적으로 이집트와 메소포타미아의 저 가공할 노예제도 이래 유례가 없을 만큼 소수의 남자들이 더 많은 권력을 손에 쥐게 됐단 말이지……"

"옳은 말씀이야, 하하."

"난 진지하게 말하고 있는 거야…… 특권층에 대항할 유일한 길은 프롤레타리아, 생산자와 소비자, 아무튼 그들을 뭐라고 부르든 간에 일하는 사람들이 조합을 구성하게 하고, 조직의 단결을 공고히 해서 궁극적으로 정부를 손에 넣도록 하는 것뿐이야."

"마틴, 난 자네 생각이 틀렸다고 봐. 자네가 특권층이라고 명명한 그 끔찍한 자본가들이 결국은 오늘의 이 나라를 건설한 게 아닌가."

"누가 아니래. 그러니까 잘 보라는 것 아냐…… 이곳이 개도 못 살 곳이라는 걸."

"내 생각은 달라. 난 이 나라가 자랑스러워. 내게 다른 조국은 없어…… 내가 보기에 억압받는 자들은 모두 억압받을 만해. 아무짝에도 쓸모없는 인간들…… 그게 아니면 어엿한 사업가로 살 테지. 재능 있는 사람은 성공하게 되어 있어."

"어엿한 사업가가 되는 것만이 궁극적으로 가치 있는 인생은 아니지."

"여하튼, 나사 풀린 썩어빠진 무정부주의 선동가보단 낫지. 그놈들은 죄다 사기꾼 아니면 정신병자들이야."

"이봐, 미드, 자넨 이해하지도 못하는 대상을 모욕하고 있어. 그건 용납할 수 없지. 침을 뱉기 전에 적어도 기본은 이해하고 있어야지."

"이런 식의 사회주의 푸념이야말로 지성인에 대한 모욕이야."

엘런은 허프의 소맷자락을 잡아당겼다. "지미, 집에 가야겠어요, 저랑 조금 걸을래요?"

"마틴, 자네가 우리 몫까지 계산해주려나? 우린 가야겠어…… 엘리, 너무 창백해 보여요."

"안이 너무 더워서 그랬나봐요…… 후, 살았다…… 난 논쟁은 정말 질색이에요. 할 말이 떠오르지 않거든요."

"그 사람들은 밤이면 밤마다 그게 일이니까요."

8번 애비뉴의 자욱한 안개가 그들의 목을 조르는 것만 같았다. 불빛이 드문드문 꽃잎처럼 떠 있고 얼굴과 실루엣들이 반짝하고 나타났다가 희뿌연 수족관의 물고기들처럼 사라진다.

"엘리, 기분이 좀 나아졌어요?"

"훨씬요."

"다행이네요."

"주변에서 날 엘리라고 불러주는 사람은 당신밖에 없다는 거 알아요? 맘에 들어요…… 연극무대에 서면서부터 다들 나를 끔찍이도 어른 대접 하잖아요."

"스탠도 그렇게 불렀잖아요."

"어쩌면 그래서 맘에 드는지도 모르겠네요." 그녀가 밤의 바닷가 저편에서 들려오는 비명처럼 낮고 여운 있는 목소리로 말했다.

지미는 목에 뭔가 덜컥 걸리는 기분이었다. "아, 역겨운 세상." 그가 말했다. "나도 마틴처럼 모든 걸 자본주의 탓으로만 돌릴 수 있다면 좋겠어요."

"이렇게 걷고 있으니 기분 좋은데요. 난 안개를 사랑해요."

그들은 말없이 걸었다. 짙은 안개 속을 자동차 바퀴가 덜컹이며 지나가고, 멀리서 흐느끼는 사이렌과 증기선의 기적 소리가 안개 속을 더듬어오는 듯했다.

"하지만 엘리, 당신은 앞길이 훤히 열려 있잖아요. 자신의 직업을 사랑하고, 큰 성공을 거두었고요." 허프가 14번가 모퉁이에서 말했다. 차도를 건널 때 지미는 그녀의 팔을 잡았다.

"그런 말 마세요…… 속으론 그렇게 생각하지 않는 거 알아요. 난 당신 생각처럼 나 자신을 속일 수 있는 사람이 못 돼요."

"하지만 사실이 그렇잖아요."

"스탠을 만나기 전까지는 그랬죠, 그를 사랑하기 전까지는…… 그저 멋모르고 무대를 동경하는 계집애에 불과했어요. 인생이 뭔지도 모를 나이에 무턱대고 여러 가지 일을 저질렀죠. 열여덟에 결혼해서 스물둘에 이혼하고…… 아주 월등한 성적이죠…… 스탠은 정말 훌륭한 사람이었어요……"

"알아요."

"그는 한마디 말도 없이 내게 보여줬어요. 뭔가 다른 게 있다는 걸요. 가늠할 수 없는 어떤 것이 있다는 걸……"

"하지만, 미치광이 짓은 봐주기 힘들었어요…… 소모적이었죠."

"그 얘긴 하고 싶지 않아요."

"그럼, 그만두죠."

"지미, 이제 나한텐 속을 터놓고 얘기할 사람이 당신밖에 없어요."

"너무 믿지 마요. 나도 언제 당신 앞에서 미쳐 날뛸지 모르잖아요."

두 사람은 웃었다.

"아, 살아 있어 다행이에요, 엘리, 당신은 그렇지 않아요?"

"모르겠어요. 여기가 제가 사는 곳이에요. 그럼 여기서 인사드릴게요. 곧 잘 거예요. 몸이 너무 안 좋아서……" 지미는 모자를 벗고 그녀를 바라보았다. 그녀는 가방에서 열쇠를 찾았다. "지미, 당신한테 숨길 건 없겠죠……" 그녀가 그에게로 다가가 얼굴을 돌리고 가로등 불빛을 반사하는 열쇠를 그에게 보이며 서둘러 말했다. "저, 아기를 낳으려고 해요. 스탠의 아이요. 이 어리석은 삶을 모두 접고 아이를 낳아 키우겠어요. 무슨 일이 있더라도요."

"세상에, 당신처럼 용기 있는 여성은 처음 봐요…… 오, 엘리, 훌륭해요. 당신에게 나도 할 말이 있는데……"

"오, 하지 마세요." 그녀는 눈물을 글썽이며 말을 제대로 잇지 못했다. "난 바보예요, 그뿐이에요." 그녀가 어린애처럼 찌푸린 얼굴로 눈물을 떨어뜨리며 계단을 뛰어 올라갔다.

"이봐요, 엘리, 당신한테 할 얘기가 있어요."

그녀가 안으로 들어가고 문이 닫혔다.

지미 허프는 갈색 사암계단에 굳은 채 서 있었다. 관자놀이가 뛰었다. 그녀를 따라 문을 부수고 들어가고 싶은 심정이었다. 그는 무릎을 꿇고 그녀가 서 있던 계단에 입을 맞췄다. 주변에는 안개가 소용돌이치고 오색 종이가 팔랑거리며 날아다녔다. 벅찬 기분은 가라앉고 그는 어두운 맨홀로 떨어지는 기분이었다. 그는 꼼짝 않고 꼿꼿이 그 자리에 서 있었다. 지나가던 경찰의 쇠구슬 같은 두 눈이 그의 얼굴을 더듬었다. 지미는 순간 주먹을 불끈 쥐고 자리를 떴다. "제길, 사는 게 온통 지옥이군." 그가 큰 소리로 말했다. 그는 소맷부리로 입에 묻은 모래를 닦아냈다.

페리가 출발하자 그녀는 그의 손을 잡고 오픈카 밖으로 뛰어내렸다. "고마워요, 래리." 그리고 느리게 걷는 키 큰 남자를 뒤따라 뱃머리로 갔다. 가벼운 강바람이 코에 남아 있던 먼지와 휘발유 냄새를 씻어주었다. 진줏빛 밤 속에서 맞은편 강둑에 늘어선 네모난 집들이 타다 남은 폭죽들처럼 깜빡였다. 앞으로 나아가는 페리의 이물에 잔물결이 부딪혔다. 바이올린을 껴안은 꼽추가 〈마리아넬라〉를 켠다.

"성공만큼 성공적인 건 없지." 래리가 쩌렁쩌렁 울리는 저음으로 말했다.

"제가 지금 얼마나 세상일에 무심한지 아신다면 그런 농담으로 절 계속 괴롭히시진 않겠죠? 아시겠지만, 결혼이니 성공이니 사랑이니 그런 것들도 결국은 말에 지나지 않아요."

"하지만 그런 게 나한테는 세상의 전부인걸…… 일레인, 당신도 리마가 마음에 들 거요. 나는 당신이 자유로운 몸이 될 때까지 기다렸지 않소? 그러니 지금 여기 와 있는 거고."

"어느 누가 자유로운 몸이 될 수 있겠어요…… 전 추워서 몸이 꽁꽁 얼었어요." 강바람에서 소금기가 느껴졌다. 125번가 고가교를 전차가 벌레처럼 스멀스멀 기어갔다. 페리가 선착장으로 들어가자 아스팔트를 달리는 차바퀴 소리가 들려왔다.

"자동차를 탑시다, 일레인. 당신은 정말 신의 걸작이야."

"래리, 하루 종일 떠났다가 다시 중심가로 돌아오니 흥분되지 않나요?"

때 묻은 하얀 문 옆에 두 개의 초인종이 보인다. 야간용과 주간용…… 그녀는 떨리는 손으로 초인종을 누른다. 번쩍거리는 까만 머리를 올백으로 빗어 넘긴 쥐 같은 얼굴의 뚱뚱한 사내가 문을 연다. 버섯처럼 창백한 팔을 양쪽으로 축 늘어뜨리고 있다. 그는 어깨를 굽혀 인사한다.

"부인이십니까? 들어오십시오."

"에이브럼스 선생님이신가요?"

"네…… 제 친구를 통해 연락 주신 부인이 맞으시죠? 앉으시죠, 부인." 진찰실에서 회향 냄새 같은 것이 풍긴다. 늑골 사이에서 심장이 절망스레 벌렁거린다.

"아시겠지만……" 그녀의 목소리가 가증스럽게 떨린다. 금방이라도 기절할 듯. "에이브럼스 선생님, 제가 이럴 수밖에 없다는 걸 알아주셨으면 해요. 이혼한 처지에다 저 스스로 밥벌이를 해야 하니까요."

"이렇게 젊은 나이에 결혼생활에 실패했다니…… 유감입니다." 의사는 혼잣말처럼 성대를 울리는 나직한 목소리로 말한다. 그는 휴 하고 한숨을 내쉬더니 갑자기 까만 강철송곳 같은 눈으로 그녀의 눈을 들여다본다. "겁먹을 것 없습니다, 부인. 간단한 수술이에요…… 바로 시작할까요?"

"네. 오래 걸리지 않겠죠? 다섯시에 차 마실 약속이 있거든요. 가능하다면요."

"젊은 여성분이 용감하군요. 한 시간 후면 다 잊게 됩니다…… 꼭 이렇게 해야만 한다니 참으로 유감입니다…… 부인, 가정을 가지셔야 합니다. 다정한 남편과 아이들도 많이 가지시고요…… 수술실로 가서 준비해주십시오…… 전 조수 없이 일합니다."

천장 한가운데에 매달린 타는 듯한 전등이 면도날처럼 날이 선 니켈과 에나멜, 날카로운 도구들이 들어 있는 날카롭게 빛나는 유리진열장 위로 빛을 뿌린다. 그녀는 모자를 벗고 가슴을 졸이며 에나멜의자에 앉는다. 그리고 뻣뻣한 다리로 일어나 치마끈을 푼다.

거리의 소음이 파도처럼 밀려와 깔깔한 조개껍데기 위에서 부서지는 것 같다. 그녀는 비스듬히 쓴 가죽모자와 분칠한 얼굴, 장밋빛 뺨, 새빨갛게 칠한 입술을 본다. 그것들은 그녀의 얼굴을 덮은 가면이다. 장갑의 단추는 빠짐없이 잠갔다. 그녀는 손을 든다. "택시!" 소방차가 덜컹거리며 지나간다. 방수복을 입은 땀에 젖은 사내들과 쩔렁거리는 사다리차다. 희미해져가는 사이렌 소리처럼 그녀 안의 모든 감정도 소멸해간다. 거리 모퉁이에 나무로 만든 인디언이 한 손을 들고 서 있다.

"택시!"

"어서 옵쇼."

"리츠 호텔로 가주세요."

제3부

1. 되는대로 사는 환락의 도시

5번 애비뉴의 깃대마다 빠짐없이 기가 걸려 있다. 몰아치는 역사의 바람 속에서 큰 깃발들이 펄럭이며 깃대에 묶인 줄을 거세게 잡아당긴다. 황금 깃봉이 달린 5번 애비뉴의 깃대가 삐걱거린다. 회색 하늘에 별들이 조용히 흔들리고, 빨강과 흰색 줄무늬가 구름을 등지고 몸을 뒤튼다.

강풍처럼 몰아치는 브라스밴드의 연주와 말발굽 소리, 펑펑 터지는 대포 소리 속에서 짐승의 갈고리발톱 같은 그림자가 팽팽한 기를 쥐고 굶주린 혀를 내밀어 핥고, 비틀고, 휘감는다.

오, 티페러리까지의 길은 멀고 멀구나…… 저 바다 너머! 저 바다 너머!*

---

* 〈티페러리까지의 길은 멀고 멀구나〉. 1907년에 발표되었으나 1차 대전 당시 영국 수병들에게 군가로 불리며 유행했다.

항구는 얼룩말 줄무늬, 스컹크 줄무늬, 얼룩무늬가 있는 기선들로 붐빈다. 내로스 해협은 금궤로 채워져 있고, 재무부 분국에는 천장까지 금화가 쌓여 있다. 달러는 라디오 전파를 타고 지지직 흘러나온다. 달러는 모든 전신선을 타고 뚜뚜, 톡톡.

저기 굽이진 길고 긴 길…… 저 바다 너머! 저 바다 너머!

한 자 한 자 읽어가는 동안 지하철을 탄 사람들의 눈이 튀어나온다. 묵시록, 티푸스, 콜레라, 유산탄, 폭동, 화재사, 익사, 아사, 진창 속의 죽음.
저 바다 너머, 아르망티에르의 아가씨에게 가는 길은 멀고 멀구나. 양키들이 몰려온다. 양키들이 몰려온다. 악대가 5번 애비뉴를 행진하며 자유차관 모금운동과 적십자 홍보활동을 한다. 병원선이 은밀한 밤에 몰래 항구로 들어와 도시의 오래된 항구에 짐을 푼다. 5번 애비뉴에는 17개국의 국기가 시끄럽고 굶주린 바람 속에 펄럭이며 몸을 뒤튼다.

아, 신의 나라에서는 참나무와 물푸레나무와 수양버들
그리고 푸른 풀이 자라난다.

큰 깃발들이 펄럭이며 깃대에 묶인 줄을 세게 잡아당기고, 황금깃봉이 달린 5번 애비뉴의 깃대가 삐걱거린다.

수훈십자장을 받은 제임스 메리베일 대위는 턱을 부드럽게 매만지고 있는 이발사의 통통한 손에 몸을 맡긴 채 눈을 감고 누워 있었다. 거품 때문에 코끝이 간지러웠다. 베이럼 냄새가 나고, 전기 마사지기의 진동 소리, 찰칵찰칵 가위질 소리가 들렸다.

"얼굴에 마사지 좀 해드리죠. 모공 청소도 해드리고요." 이발사가 깔깔한 목소리로 귀에 대고 말했다. 대머리 이발사의 둥그런 턱은 면도한 자국이 파랬다.

"알아서 해요." 메리베일이 나른한 소리로 말했다. "선전포고 이래 처음으로 제대로 된 면도를 하는 중이니까."

"외국에서 막 오신 거죠, 대위님?"

"잘 아네…… 세계 민주주의를 수호해온 거지."

이발사가 뜨거운 수건을 얼굴에 덮는 바람에 그의 말이 끊어졌다. "라일락수를 뿌려드릴까요, 대위님?"

"그런 거 바르지 말고 수렴제나 조금 뿌려주든가. 소독제도 괜찮고."

손톱을 손질하는 금발 여자의 눈썹에 이슬방울 같은 것이 맺혀 있었다. 그녀는 장미꽃 같은 입술을 반쯤 벌리고 홀릴 듯 그를 올려다보았다. "대위님, 이제 막 상륙하셨나봐요? 정말 까맣게 타셨네요!" 그는 조그만 흰 테이블 위에 놓은 손을 그녀에게 맡겼다. "오랫동안 손질 안 한 손이네요. 그렇죠, 대위님?"

"어떻게 알지?"

"손톱 각피 자란 걸 보세요."

"그런 거 신경 쓸 시간이 있었어야지. 오늘 아침 여덟시 이후에야 다시 자유의 몸이 되었어."

"정말 끔찍……했겠어요."

"음, 전쟁다운 전쟁이었지."

"그랬겠죠. 그럼 대위님은 임무를 다 마치고 돌아오신 건가요?"

"물론 예비역으로 남아 근무를 계속하는 거지만."

그녀가 마무리로 경쾌하게 손을 치자 그가 일어섰다.

그는 이발사와 모자를 집어준 흑인 소년의 손에 팁을 쥐여주고 천천히 하얀 대리석 계단을 올라갔다. 층계참에 거울이 있었다. 제임스 메리베일 대위는 제임스 메리베일 대위의 모습을 바라보기 위해 멈춰 섰다. 턱 밑에 군살이 약간 붙은, 키가 크고 이목구비가 단정한 젊은 이였다. 몸에 딱 붙는 능직 군복에는 무지개사단의 휘장 외에도, 약장(略章), 정근장(精勤章) 등이 빼곡히 달려 있었다. 각반을 두른 장딴지가 거울에 비쳐 은빛을 반사했다. 그는 머리끝에서 발끝까지 훑어보며 헛기침을 했다.

평상복 차림의 젊은 남자가 그의 뒤에서 올라왔다.

"어이, 제임스, 인물이 훤해졌네?"

"못 알아보겠어…… 샘 브라운 벨트*를 매면 안 된다니 바보 같은 규정 아니야? 영 군복 입은 폼이 안 나잖아……"

"샘 브라운 벨트 같은 거 사령관 엉덩이에나 달라고 그래, 난 민간인이야."

"넌 아직 예비역 장교라는 걸 잊지 마."

"예비역 같은 건 개나 물어가라 그래…… 술이나 마시러 가자고."

---

* 권총이나 대검을 꽂을 수 있는 어깨띠.

"난 집에 가서 식구들 얼굴 좀 봐야겠어." 그들은 42번가로 나왔다. "그럼 나중에 보자, 제임스. 실컷 마실 거야…… 이젠 자유의 몸이라니." "나중에 봐, 제리. 나 없다고 허튼 짓 말고."

메리베일은 서쪽으로 42번가를 따라 걸었다. 아직도 기가 걸려 있었다. 창가에 늘어뜨린 것도 있고, 구월의 산들바람을 타고 깃대 끝에서 나부끼는 것도 있다. 그는 걸으며 상점들을 들여다보았다. 반짝이는 판유리 저편에 말끔히 면도한 사내들의 얼굴, 립스틱을 바르고 콧등에 분칠을 한 여자들의 얼굴이 보였다. 사람들 너머로 꽃, 스타킹, 사탕, 셔츠와 넥타이, 드레스, 그 밖에도 다양한 색의 커튼들이 보였다. 온몸이 후끈 달아오르는 기분이었다. 지하철 안에서는 초조했다. "저 사람 달고 있는 정근장 좀 봐…… 수훈십자장을 달았네." 한 젊은 여자가 다른 여자에게 하는 말이 들렸다. 그는 72번가에서 내려 가슴을 쭉 펴고 눈에 익은 갈색 사암으로 지은 집들이 늘어선 거리로 강을 바라보며 걸었다.

"어서 오십시오, 메리베일 대위님." 엘리베이터보이가 말했다.

"아, 제임스! 드디어 제대를 했구나!" 그의 어머니가 외치며 그를 품에 안았다.

그는 고개를 끄덕이고는 어머니에게 입을 맞추었다. 검은 옷을 입은 그녀의 낯빛은 창백하고 지쳐 보였다. 뒤이어 키가 크고 뺨이 발그레한 메이지가 역시 검은 옷을 입고 사락사락 옷자락 스치는 소리를 내며 걸어왔다. "두 사람 다 건강해 보여 다행이네요."

"우리야 그렇지…… 더 바랄 게 없을 만큼. 네가 없는 동안 참 힘든 시간을 보냈구나…… 제임스, 이제 이 집의 주인은 너다."

"아버지는 불쌍하시게도…… 그렇게 돌아가시다니."

"네가 없던 게 차라리 다행이었다…… 그 때문에* 뉴욕에서만도 수천 명이 목숨을 잃었단다."

그는 한 팔로 메이지를, 다른 팔로 어머니를 안았다. 아무도 입을 열지 않았다.

"네." 메리베일이 거실로 걸어가며 말했다. "전쟁터는 또 거기대로 좋은 면이 있었죠." 어머니와 누이가 그의 뒤를 졸졸 따라왔다. 그는 가죽의자에 앉아 말끔한 다리를 쭉 뻗었다. "다시 집에 돌아온 기분이 얼마나 좋은지 어머니와 메이지는 모를 거예요."

메리베일 부인이 그에게로 의자를 바짝 당겨 앉으며 말했다. "얘야, 우리한테도 전부 자세히 얘기해보려무나."

싸구려 공동주택 정면 현관의 처마 밑에서 그는 팔을 내밀어 그녀를 끌어안는다. "이러지 마요, 거칠게 굴지 말라고요." 그의 팔이 매듭진 끈처럼 그녀의 등을 꼭 끌어안는다. 그녀의 무릎이 떨린다. 그의 입술이 그녀의 입술을 찾아 광대뼈를 따라, 코의 옆선을 따라 내려온다. 그녀의 입술을 속속들이 탐하는 그의 입술 때문에 그녀는 숨을 헐떡인다. "아, 안 되겠어요." 그가 그녀의 몸을 놓아준다. 그녀는 그의 큰 손을 잡은 채 비틀거리며 벽에 몸을 기댄다.

"무슨 걱정이야." 그가 부드럽게 속삭인다.

"늦었어요, 이만 가봐야 해요…… 여섯시면 일어나야 해요."

---

* 당시 유행한 스페인 감기로 많은 사망자가 발생했다.

"난 몇시에 일어날 것 같아?"

"엄마 때문에요. 눈치챌까봐……"

"지옥에나 떨어지라고 해."

"언젠가는 그러려고요. 나한테 잔소리하는 걸 그만두지 않는다면, 그보다 더 심한 말로요." 그녀는 짧고 억센 수염이 돋은 그의 뺨을 잡고 재빨리 입에 키스한 다음 그에게서 빠져나와 더러운 계단을 사층까지 뛰어 올라간다.

문에는 아직 빗장만 걸려 있다. 그녀는 댄스용 펌프스를 벗어들고 아픈 발을 조심스레 디디며 좁은 부엌을 지나간다. 옆방에서 삼촌과 숙모가 나란히 코 고는 소리가 들려온다. 누군가 나를 사랑한다네, 알 수 없는 그 사람…… 노래의 선율이 아직도 그녀의 몸에 흐르며, 떨리는 발과 춤을 추며 그가 등을 꼭 껴안을 때 짜릿함이 느껴지던 그 자리에 여전히 남아 있다. 애녀, 그런 걸 생각하면 잠이 오지 않을 거야. 애녀, 잊어야 해. 테이블에 부딪힐 때마다 아침식사를 위해 준비해놓은 식기들이 쨍그랑 떨렁 섬뜩하게 큰 소리로 달그락거린다.

"애녀냐?" 어머니의 졸음에 겨운 짜증스러운 소리가 들려온다.

"물 마시러 나왔어요, 엄마." 늙은 어머니가 잇새로 한숨을 내쉬고 침대 삐걱이는 소리를 내며 돌아눕는다. 밤낮 잠만 자.

누군가 나를 사랑한다네, 알 수 없는 그 사람. 그녀는 외출복을 벗고 잠옷으로 갈아입는다. 발꿈치를 들고 옷장까지 걸어가 옷을 건 다음 침대가 삐걱거리지 않게 살금살금 이불 속으로 기어 들어간다. 알 수 없는 그 사람. 스르륵 쉭쉭, 밝은 불빛, 장밋빛의 들뜬 얼굴들, 붙잡는 팔, 팽팽한 허벅지, 탄력 있게 뛰는 발. 알 수 없는 그 사람. 스르륵 쉭

쉭, 취할 듯한 색소폰 소리, 드럼과 트롬본, 클라리넷 소리에 맞춰 쉭. 발, 허벅지, 볼과 볼, 누군가 나를 사랑한다네, 알 수 없는 그 사람…… 쉭쉭. 알 수 없는 그 사람……

자줏빛이 도는 분홍색의 작고 쭈글쭈글한 얼굴과 손을 가진 아기가 침대에 누워 있다. 엘런은 검은 가죽트렁크 위로 몸을 굽히고 있었다. 와이셔츠 차림의 지미 허프가 현창 밖을 내다보고 있었다.

"저기 자유의 여신상이 보이는군…… 엘리, 우리 갑판으로 나가야지."

"항구까지는 아직 멀었어요. ……먼저 나가 있어요. 나도 마틴 데리고 곧 나갈게요."

"그러지 말고 나가자고. 아이 물건은 배가 항구에 닿은 다음에 가방에 넣어도 돼."

갑판으로 나오니 눈부신 구월의 오후였다. 수면은 시린 초록색이었다. 일정한 간격으로 불어오는 바람이 높디높고 푸른 아치형 하늘을 떠도는 갈색 연기와 목화솜처럼 하얀 수증기 덩어리를 쓸어갔다. 그을음이 낀 지평선에는 거룻배와 기선, 발전소의 굴뚝, 지붕이 있는 부두, 다리들이 빽빽이 엉겨 있고, 뉴욕이 흰색과 핑크색 마분지로 끝을 뾰족하게 잘라 만든 피라미드처럼 우뚝 솟아 있었다.

"엘리, 마틴도 데려와서 보여주면 좋겠는데."

"예인선처럼 울기 시작하겠죠…… 저대로 두는 게 나아요."

그들은 로프 밑, 덜컹대는 증기 윈치를 몇 차례 지나 뱃머리로 빠져나왔다.

"세상에, 엘리, 세상에 이렇게 멋진 광경이 또 있을까…… 돌아올 수 있으리라곤 생각도 못했어. 당신은?"

"전 반드시 돌아올 거라고 믿었어요."

"이런 식으로는 아니었겠지."

"그건 아니었죠."

"실례합니다, 마담……"

선원 하나가 그들에게 뒤로 물러나라는 손짓을 했다. 엘런은 눈을 찌르는 구릿빛 머리카락을 피하려고 바람 속으로 얼굴을 돌렸다. "정말 아름답죠?" 그녀는 선원의 붉은 얼굴을 바라보며 미소를 지어 바람결에 실어 보냈다.

"실례합니다만, 마담. 저는 르아브르 쪽이 더 좋은데요……"

"자, 이제 마틴을 데리러 내려가요."

뱃전으로 다가오는 예인선의 힘겨운 칙칙 소리에 묻혀 지미의 대답 소리가 들리지 않았다. 그녀는 그곳을 피해 선실로 내려갔다.

그들은 사람들이 북적대는 배의 트랩 끝에 서 있었다.

"저기, 짐꾼이 올 때까지 기다려요." 엘런이 말했다.

"그럴 필요 없어. 내가 다 들었는걸." 지미는 양손에 트렁크를 들고, 옆구리에는 짐 꾸러미를 낀 채 허우적거리며 진땀을 뺐다. 엘런의 품에 안긴 아기는 지나가는 사람들을 향해 앙증맞은 손을 내밀었다.

"있잖아, 여보." 트랩을 내려오며 지미가 말했다. "난 지금 당장 다시 배를 타고 싶은 심정이야…… 난 집으로 돌아간다는 게 싫어."

"난 전혀요. ……저기 ……프랜시스와 밥이 왔나 둘러보고 곧 갈게요." "그럼 난……" "헬레나*, 살이 쪘구나. 건강해 보여. 짐은 어디 있고?" 지미는 무거운 트렁크를 드느라 얼얼해진 손을 비비고 있었다.

"오랜만이네, 허프." "오랜만이야, 프랜시스, 이게 다들 얼마 만이야?"

"잘 왔어……"

"짐, 난 아이 데리고 먼저 브리부트 호텔로 가는 게 좋겠어요."

"아이고 예뻐라."

"……오 달러 있어요?"

"잔돈은 일 달러밖에 없는데. 큰돈은 전부 여행자수표야."

"돈 충분히 있어요. 헬레나와 전 호텔로 갈 테니 남자분들이 짐 가지고 뒤따라오세요."

"검역관님, 저 아기 데리고 먼저 내리고 싶은데 괜찮을까요? 짐은 남편이 들고 올 거예요."

"그럼요, 먼저 가시죠."

"프랜시스, 이분 참 친절하시다, 그치? 아, 정말 좋다."

"밥, 자네도 가게. 나 혼자 하는 편이 더 빨라. 자네가 여성분들을 호텔로 좀 모셔다드리라고."

"우린 자넬 혼자 두고 싶지 않은데."

"먼저 가라니까…… 나도 곧 갈게."

"제임스 허프 씨, 아기와 부인을 동반하셨죠?"

"예, 맞습니다."

"잠깐만요, 허프 씨…… 짐은 이게 다입니까?"

---

* 엘런을 가리킴. 엘런은 헬레나의 애칭.

"네, 이게 답니다."

"어쩜 저렇게 순할까?" 프랜시스가 밥과 함께 엘런을 뒤따라 택시에 오르며 킬킬거렸다.

"누구?"

"누구긴, 아기 말이지……"

"너도 봤어야 해…… 이 애는 여행 체질인가봐."

게이트를 빠져나갈 때 사복형사가 차문을 열고 기웃거리며 안을 들여다보았다. "사람 숨 냄새 처음 맡아요?" 밥이 말했다. 형사는 나무 토막처럼 굳은 얼굴로 문을 닫았다. "헬레나, 아직 금주법 모르지?"

"깜짝 놀랐네…… 봐!"

"세상에!" 아기를 감싼 포대기 아래 갈색 포장지가 보였다. "특산품 코냑 두 병이 들어 있어…… 허프가(家)의 맛…… 허리띠 밑에 넣은 보온병 안에도 일 리터 들어 있고. 그래서 내가 머지않아 아기 하나 더 낳을 여자로 보이는 거지."

힐더브랜드 부부가 우우, 야유하는 소리를 내며 웃기 시작했다.

"지미도 보온병 하나 달고 왔어. 바지 뒷주머니에 샤르트뢰즈 한 병이 들어 있어. 그가 감옥에 들어가면 우리가 가서 꺼내와야 할지도 몰라."

그들은 차가 호텔에 닿을 때까지 눈물이 나도록 웃고 또 웃었다. 승강기 안에서 아기가 칭얼대기 시작했다.

해가 잘 드는 큰 방으로 들어가 문을 닫자마자 그녀는 보온병을 끌렀다. "저기, 밥. 전화해서 얼음과 탄산수를 가져다달라고 해줘요…… 코냑 아 로 드 셀츠를 마셔보자고요."

"제임스가 올 때까지 기다릴까?"

"지미는 금방 올 거예요. 세관에 신고할 것 하나도 없어요. 빈털터리라…… 프랜시스, 뉴욕에서는 애들 우유를 어떻게 먹여?"

"내가 그걸 어떻게 알아, 헬레나?" 프랜시스 힐더브랜드는 얼굴이 빨개져서 창가로 갔다.

"그럼 먹던 거 먹여야겠네. 배를 타고 오는 동안 탈 없이 잘 먹었으니까." 엘런은 아이를 침대에 눕혔다. 아기는 팔다리를 버둥거리며 사금석처럼 동그랗고 까만 눈으로 바라보았다.

"좀 살찐 거 아니야?"

"너무 우람해서 머리가 좀 모자랄까 걱정이야…… 아, 맙소사, 아버지에게 전화드려야지…… 가족을 챙긴다는 게 참 쉬운 일이 아냐."

엘런은 세면대 위에 조그만 알코올 스토브를 설치했다. 벨보이가 쟁반에 잔과 덜그럭거리는 얼음이 담긴 통, 그리고 탄산수 한 병을 담아 가져왔다.

"밥, 보온병에서 술을 꺼내 좀 섞어줘요. 남김없이 다 마셔야지, 안 그럼 고무가 삭을 거야…… 자, 그럼 카페 다르쿠르*를 위하여."

"당신들은 실감이 나지 않을 거야." 밥이 말했다. "금주법이 생긴 이래 말짱한 정신으로 버티기가 힘들다는 걸."

엘런이 웃었다. 그녀는 스토브 위로 몸을 굽혔다. 가열된 니켈과 타오르는 알코올이 만들어내는 조용하고도 정겨운 냄새가 퍼졌다.

---

* 소르본 대학생들이 즐겨 다닌 카페.

조지 볼드윈은 가벼운 외투를 팔에 걸치고 매디슨 애비뉴를 산책하고 있었다. 거리에 타오르는 가을의 황혼과 더불어 그의 지친 마음에도 새로운 활력이 찾아왔다. 그는 택시가 쌩하니 달리고 휘발유 냄새가 풍겨오는 거리를 이리저리 걸었다. 머릿속에서는 빳빳이 깃을 세운 프록코트 차림의 변호사 둘이 논쟁 중이었다. 집에 가면 아늑한 서재가 있다. 어둡고 조용한 집 안에 들어가 실내화를 신고 스키피오 아프리카누스 흉상 아래 있는 가죽의자에 앉아 독서를 한다. 저녁을 가져다달라고 할 수도 있다…… 네바다는 언제나처럼 쾌활하게 재미난 얘기를 들려준다. 그녀는 시청의 온갖 잡다한 얘기들을 다 알고 있다…… 알아두면 좋다. 하지만 네바다를 더이상 찾아가지 말자. 위험 수위가 높다. 그녀는 너를 혼란스럽게 한다…… 그리고 세실리가 집에 앉아 있다. 섬약하고, 우아하고, 날씬한 그녀가 입술을 깨물며 나를 증오하며, 삶을 증오하며…… 아, 어떻게 하면 내 삶을 제대로 정리할 수 있단 말인가? 그는 어느 꽃가게 앞에 멈춰 섰다. 습하고, 따뜻하고, 달콤하고, 값비싼 냄새가 강철처럼 푸르고 단단한 거리로 흘러나왔다. 재정상태만이라도 공고히 할 수 있다면…… 쇼윈도에는 모형 일본정원이 있었다. 구름다리가 있는 연못에서 헤엄치는 금붕어가 고래처럼 거대해 보였다. 비례 때문이었다. 똑똑한 정원사가 땅을 일구고 씨를 뿌리듯, 인생도 그런 식으로 설계할 수 있다. 그렇다, 오늘은 네바다를 찾아가지 않겠다. 대신 꽃을 선물해야지. 노란 장미, 구리처럼 붉은 장미…… 저 장미는 일레인에게 어울리겠군. 다시 결혼해서 아이를 낳았다니. 그는 가게 안으로 들어갔다. "이 장미는 뭐라고 합니까?"

"오피어 골드라고 합니다."

"예쁘군요. 이걸로 스물네 송이를 당장 브리부트 호텔로 보내주세요…… 일레인 양 앞으로…… 아니, 허프 씨와 그의 아내 앞으로요…… 카드를 한 장 쓰죠."

그는 만년필을 꺼내들고 테이블에 앉았다. 장미의 향기, 그녀의 검붉게 타오르는 머리카락의 향기…… 이런 멍청한 짓은 말자……

친애하는 일레인,

오랜 친구에게 조만간 당신과 당신 남편을 만날 기회를 허락해주길 바라오. 두 사람의 행복을 위한 일이라면 내가 언제나 노력을 아끼지 않을 것임을 잊지 마요. 당신은 나를 잘 아니까 빈말로 여기지 않으리라 믿소. 나 자신을 삶이 다하는 날까지 당신을 숭배하는 종이라고 부르는 걸 용서하시오.

조지 볼드윈

편지는 꽃가게의 흰 카드 세 장을 꼬박 채웠다. 그는 입을 내밀고 쓴 것을 다시 한 번 읽어보며 모자란 획과 점을 덧붙여 글씨를 반듯하게 다듬었다. 바지 뒷주머니에서 돌돌 만 지폐뭉치를 꺼내 장미 값을 지불하고 그는 다시 거리로 나섰다. 벌써 날이 저물고 일곱시가 되어가고 있었다. 그는 여전히 머뭇거리며 노랑, 빨강, 초록, 주황색 택시들이 지나쳐가는 모습을 지켜보았다.

뱃머리가 뭉뚝한 들창코 수송선이 빗속에서 내로스 해협을 천천히 지나간다. 원사 오키프와 일등병 더치 로버트슨은 갑판실의 바람이 부는 쪽에 서서 검역을 받기 위해 정박 중인 여객선과 얕은 부두가 오밀조밀 모여 있는 해변을 바라보고 있다.

"저기 좀 보십시오, 아직도 전시용 페인트칠 그대로 다니는 배가 있네요. ……선박원*의 배들인가본데…… 날려버리려고 해도 화약이 아깝겠어요."

"누가 아니래, 젠장." 오키프가 건성으로 대답했다. "아, 그리운 뉴욕이여, 돌아오니 좋구나."

"저도 그래요, 원사님. 비가 오나 해가 뜨나 역시 여기가 최고예요."

그들은 증기선이 줄지어 정박해 있는 항구를 스쳐간다. 한쪽이 기운 배도 있고, 짧은 연통이 달린 날씬한 배, 붉게 녹슨 연통이 달린 땅딸막한 배도 있다. 위장을 목적으로 회색 퍼티가루와 청록색 페인트로 줄무늬를 그려넣은 것도 있고, 얼룩덜룩한 반점이 찍힌 것도 있었다. 모터보트를 탄 사내가 손을 흔들었다. 비에 젖은 수송선의 회색 갑판 위에서 카키색 외투를 입은 사내들이 노래를 시작한다.

오, 보병이여, 보병이여,
귓등에 아직 흙이 묻어 있고……

거버너스 섬의 낮은 건물들 뒤로 안개가 하얀 진주알을 꿰어놓은

---

* 1916년에 설립된 미국선박원. 현재의 미연방 해사위원회의 전신.

듯 끼어 있었다. 그 너머로 가벼운 레이스처럼 보이는 브루클린 다리의 높은 철탑과 공중에 붕 떠 있는 곡선 케이블이 나타난다. 로버트슨이 가방에서 꾸러미를 하나 꺼내 갑판 너머로 던진다.

"뭐야?"

"성병 예방약 같은 것들이죠…… 이젠 필요 없을 것 같아서요."

"어째서?"

"이제 깨끗하게 살면서 일자리도 얻고 결혼도 할까 합니다."

"나쁠 건 없지. 나도 이젠 떠돌이 생활에 지쳤어. 젠장, 저 선박원에는 배 만들어 떼돈 번 놈이 있겠지."

"연봉 일 달러 받는 자원봉사*입네 하더니 뒤로 챙길 건 다 챙기는 거 아닙니까."

"그렇게 볼 수 있지, 아무렴!"

뱃머리에서 사내들이 노래를 부른다.

오, 그녀는 잼 공장에 일하러 다니네

그래서 안 될 것 있나……

"세상에, 지금 이스트 강으로 올라가고 있는데요, 원사님. 대체 어디다 상륙시킬 작정인 거죠?"

"아, 헤엄이라도 쳐서 뭍으로 올라가고 싶군. 전쟁 내내 웅크리고 안에만 틀어박혔던 저놈들이 우리가 피땀 흘린 대가로 제 주머니를

---

* 겸직이 불가능한 정치인 등이 일 년에 일 달러를 받고 사회봉사직 등에 종사하는 것을 말함.

채웠다고 생각하면…… 조선소 노동자는 하루 임금이 십 달러였
지……"

"원사님, 우린 좋은 경험 했잖습니까."

"경험이라……"

전쟁이 끝나면
그리던 고국으로 돌아가리……

"우리 선장이 하이볼을 진탕 마시고 브루클린을 호보컨으로 착각
하나보군."

"저기 월 스트리트가 보입니다!"

그들은 브루클린 다리 밑을 지나갔다. 머리 위로 전차가 지나가는
소리가 들려온다. 이따금 젖은 레일에서 번쩍 보라색 불꽃이 튄다. 그
들 뒤로는 거룻배와 예인선과 카페리가 지나간다. 증기와 안개가 듬
성듬성 어우러진 저편에 고층건물들이 낮게 뜬 회색 구름을 뚫고 우
뚝 솟아 있었다.

수프를 먹는 동안 아무도 말을 꺼내지 않았다. 메리베일 부인은 상
복을 입고 타원형 테이블의 상좌에 앉아 커튼이 반쯤 걷힌 객실 창문
을 내다보며 남편을 회상한다. 화물적재장을 비추는 햇살 속에서 연
기 기둥이 하얗게 솟아오른다. 수년 전에 남편과 함께 석고와 페인트
냄새도 가시지 않은, 완공되지 않은 아파트를 보러 갔었다. 수프를 다
먹고 나자 그녀는 꿈에서 깨어나려는 듯 말했다. "그런데 지미, 너는

신문사로 돌아갈 생각이니?"

"그럴 것 같아요."

"제임스는 벌써 세 군데서 일하자는 연락을 받았구나. 기특하지."

"그래도 전 소령님께로 갈 작정이에요." 제임스 메리베일이 옆에 앉은 엘런에게 말했다. "아시죠, 굿이어 소령님이라고요…… 버펄로 의 굿이어 가문 출신이시죠. 뱅커스 트러스트의 외환계를 맡고 계신 데…… 진급을 도와주시겠다고 하네요. 우리는 생사를 같이한 전우 니까요."

"어머, 잘됐어." 메이지가 아양 떠는 목소리로 말했다. "안 그래, 지 미?" 까만 드레스를 입고 지미의 맞은편에 앉은 그녀는 날씬하고 발 그레했다.

"저를 파이핑 록 클럽에 추천해주겠대요." 메리베일이 얘기를 계속 했다.

"그게 뭔데?"

"지미, 알면서 그래…… 헬레나는 차 마시러 여러 번 갔을걸."

"당신도 알잖아요, 지미." 엘런이 앞에 놓인 접시를 들여다보며 말 했다. "스탠 에머리의 아버지가 일요일마다 가곤 했던 곳이요."

"아니, 엘런도 그 불행한 젊은이를 알고 있었어? 끔찍한 사고였 어." 메리베일 부인이 말했다. "최근 몇 년 동안 끔찍한 일들이 너무 많이 일어났구나…… 이제는 기억도 희미하지만."

"네, 아는 사이였어요." 엘런이 대답했다.

구운 가지와 늦게 심은 옥수수, 그리고 고구마를 곁들인 새끼양고 기 구이가 나왔다. "너희들 너무하는구나." 메리베일 부인이 고기를 다 자르고 나서 말했다. "바다 건너에서 무슨 일이 있었는지 우리에게는 조금도 얘기해주지 않으니 말이다. 지미, 넌 네 경험을 아마 책으로 쓰겠지?"

"기사 몇 꼭지 썼어요."

"그건 언제 볼 수 있는 거니?"

"실어주려는 사람이 없는 것 같아요…… 아시잖아요, 제가 어떤 면에서는 남들과 의견이 판이하다는 걸……"

"메리베일 부인, 이렇게 맛있는 고구마를 몇 년 만에 먹어보는지 몰라요…… 얌뿌리 맛이 나네요."

"맛있네…… 어떤 식으로 요리하느냐에 달렸지."

"전쟁 때는 그때대로 좋은 점이 있었지." 메리베일 부인이 말했다.

"지미, 휴전이 선포되던 날 밤에 넌 어디 있었지?"

"적십자와 함께 예루살렘에. 우습지 않아?"

"난 파리에 있었어."

"저도……" 엘런이 말했다.

"헬레나도 외국에 있었다고? 헬레나, 앞으로 말을 놓고 싶은데…… 그래도 되겠지? 재미있는 인연이네. 그럼 두 사람은 바다 건너에서 알게 되었단 말이야?"

"아니요, 그전부터 친구였어요…… 하지만 자주 만나게 된 건…… 저희는 적십자의 같은 부서에서 일했어요. 홍보과요."

"전선의 로맨스가 따로 없네." 메리베일 부인이 호들갑을 떨었다. "세상에, 재미있는 인연 아니니?"

"자, 동지들, 말하자면 이런 겁니다." 붉은 얼굴에 땀을 뻘뻘 흘리며 조 오키프가 외쳤다. "우리는 이 참전보상금을 얻어낼 겁니까, 말겁니까? ……우리는 그들을 위해 싸웠습니다. 독일 병사들을 무찌른게 우리 아닙니까? 돌아와보니 우리에게 남은 건 고작 먹다 남은 찌꺼기뿐입니다. 일자리도 없습니다. 여자들은 다른 남자한테 가버린지 오랩니다. 그런데 이제 와서 우리가 정당하고 적법한 수당, 참전보상금을 요구한다고 해서 우리를 길거리 부랑자나 깡패 취급을 합니다. 이래도 되는 겁니까? 아닙니다. 정치하는 놈들이 우리를 뒷문으로 돌아가 구걸하는 거지 취급해도 좋단 말입니까? 묻겠습니다, 여러분……"

여럿이 발로 우르르 마루를 굴렀다. "안 된다." "꺼지라고 해." 목소리들이 외쳤다. "그렇습니다, 정치가들은 꺼지라고 합시다…… 우리는 대국민적으로 호소할 겁니다…… 위대하고 관대한 미국민들에게 호소합시다. 우리는 그들을 위해 싸우고, 피를 흘리고, 목숨을 바친 것입니다."

기다란 병기고가 박수 소리로 들썩거렸다. 맨 앞줄에 앉은 상이용사들이 목발로 마룻바닥을 두드렸다. "조이 저 친구 잘하는데." 한쪽팔을 잃은 사람이 옆에 앉은 애꾸눈에 의족인 사내에게 말했다. "맞아, 버디." 일동이 서로 담배를 주고받으며 밖으로 몰려나올 때 문가에서 한 남자가 외쳤다. "위원회 회의입니다. 참전보상금 위원회요."

네 명의 위원이 대령이 마련해준 방으로 들어가 한 테이블에 둘러앉았다. "자, 시가부터 한 대씩 피웁시다." 조는 대령의 책상으로 다가가 로미오와 줄리엣 시가 네 개비를 꺼내왔다. "없어진 줄 모르실 거야."

"많이 해본 솜씬데." 시드 가넷이 긴 다리를 뻗으며 말했다.

"스카치 상자 같은 건 없나, 조?" 빌 도건이 물었다.

"없어. 당분간은 술 끊기로 했어."

"내가 진짜 보증서 붙은 헤이그 앤 헤이그 구할 수 있는 곳을 알지." 시걸이 거들먹거리며 끼어들었다. "전쟁 전에 나온 건데 한 병에 육 달러."

"그 육 달러는 어디 가서 구하시고?"

"자, 여러분, 주목." 조가 말했다. "본론으로 들어가죠…… 우선 우리는 우리 주변부터 가능한 한 모든 곳에서 모금을 해야 합니다. 모두 동의합니까?"

"물론이지." 도건이 말했다.

"제가 아는 연장자들 중에는 참전용사들이 부당한 대우를 받고 있다고 생각하는 분들이 많습니다. 위원회 이름을 '재향군인회 셰이머스 오라일리 지회 브루클린 참전보상금 쟁취위원회'라고 붙이면 어떨까요…… 준비 없이 섣불리 시작해서는 안 돼요…… 동지들, 제 편에 서겠습니까?"

"당연히 우린 자네 편이지, 조이…… 자네가 앞장만 서줘. 우리는 따를 테니."

"위원장은 외모가 준수한 도건이 맡지."

도건은 얼굴을 붉히며 말을 더듬기 시작했다.

"어이, 해변의 미남." 가넷이 놀렸다.

"경험이 있으니 총무는 내가 하지."

"사기꾼 경험 말인가?" 시걸이 조용히 뇌까렸다.

조가 턱을 내밀었다. "이봐, 시걸. 자넨 우리 편이야, 적이야? 우리 편이 아니라면 지금 당장 실토해."

"맞아, 실없는 소리는 그만해." 도건이 말했다. "모두 알겠지만, 이번 일은 조가 맡는 게 좋겠어. 자, 그럼 실없는 소리 그만하고…… 맘에 안 들면 그만둬."

시걸이 섬약해 보이는 매부리코를 문질렀다. "농담 한번 해본 거지, 나쁜 뜻은 없었어."

"이봐," 조가 화난 목소리로 말을 계속했다. "내가 뭣 때문에 여기다 내 시간을 쏟고 있는 줄 아나? ……어제도 주급 오십 달러짜리 일자리를 걷어찼단 말이야, 안 그런가, 시드? 내가 그자와 얘기하는 것 봤지?"

"봤지, 조."

"자, 진정하라고." 시걸이 말했다. "난 그냥 조를 좀 놀려본 거야."

"그럼 시걸 자넨 서기를 하지. 자네가 사무를 아니까……"

"사무?"

"그래." 조가 가슴을 펴며 말했다. "아는 사람이 책상 하나 정도 놓을 수 있는 사무실을 주겠다고 했어. 이미 얘기가 됐어. 우리 일이 궤도에 오를 때까지 그냥 써도 좋다는군. 사무용품도 구비해야지. 뭐든 눈에 보이는 게 중요한 세상이니까."

"그럼 난 뭘 하지?" 시드 가넷이 말했다.

"뭘 하긴, 자넨 위원이지."

위원회를 마치고 조 오키프는 휘파람을 불며 애틀랜틱 스트리트를 산책했다. 상쾌한 밤이었고 걸음은 용수철을 단 듯 가벼웠다. 고든 박사의 사무실에 불이 켜져 있었다. 조가 초인종을 눌렀다. 흰 가운을 입은 창백한 얼굴의 사내가 문을 열었다.

"안녕하세요, 고든 박사님?"

"오키프 씨군요? 들어와요." 박사의 목소리는 차가운 손길로 등골을 쓸어내리듯 오싹했다.

"박사님, 검사결과는 제대로 나왔습니까?"

"제대로 나왔지…… 제대로 양성이야."

"맙소사."

"너무 걱정 마요, 오키프 군. 몇 달 안에 고쳐줄 테니."

"몇 달이요."

"거리로 나가보게. 줄잡아 지나가는 사람의 오십오 퍼센트는 매독환자인데 뭘 그래."

"미련한 짓을 한 것도 아닌데요. 전쟁터에서 얼마나 조심했게요."

"전시엔 그렇지……"

"이럴 줄 알았으면 만판 노는 건데 그랬어요. 억울해서 어쩌죠."

의사가 웃었다. "겉으론 아무 증상이 없을지도 몰라. 주사 몇 대면 될 거야. 조금 지나면 전처럼 펄펄 뛰게 될 걸세. 지금 한 대 맞으려나? 준비는 다 되어 있는데."

오키프의 손이 차갑게 식었다. "안 될 거 있겠습니까?" 그는 애써 미소를 지었다. "치료가 끝날 때쯤이면 전 완전히 온도계가 되어 있겠군요." 의사가 키득키득 웃었다. "비소와 수은이 가득 차서 말이지…… 그거 말 되네."

바람은 점점 차게 불어왔다. 이가 덜그럭거렸다. 거친 주철 같은 밤을 걸어 그는 집으로 돌아갔다. 주사를 맞을 때 바보같이 기절을 하다니. 주삿바늘이 꽂혔을 때를 생각하면 아직도 아찔했다. 그는 이를 갈았다. 앞으로는 운이 트여야 할 텐데…… 앞으로는 운이 트여야만 할 텐데……

뚱뚱한 사내 둘과 마른 사내 하나가 창가 테이블에 앉아 있다. 구리색 햇빛이 유리잔과 은식기, 굴껍데기와 눈동자에 부딪혀 날카롭게 빛났다. 조지 볼드윈은 등을 보이고 창을 바라보는 자리에 앉아 있고, 우측에는 거스 맥닐이, 왼쪽에는 덴시가 앉아 있었다. 웨이터가 다 먹은 굴껍데기를 치우려고 테이블 위로 몸을 숙였다. 창밖의 회색 돌난간 저편에 몇 그루 안 되는 나무들과 우뚝 솟은 건물들의 지붕이 보였다. 은박지를 펴놓은 듯한 항구에는 배 몇 척이 드문드문 떠 있었다.

"이번엔 내가 자네한테 설교를 할 차례네, 조지…… 옛날엔 자네가 나한테 노상 설교했지. 그건 정말 어리석은 짓이야," 거스 맥닐이 말을 계속했다. "한창 나이에 정계에 진출할 기회를 놓쳐버리다니, 얼마나 어리석은가 말일세…… 뉴욕을 다 뒤져본대도 자네만한 적임자는 없을 거야……"

"내가 보기에도 볼드윈 자네가 적임자야." 덴시가 거북껍데기 안경을 안경집에서 꺼내 급히 코 위에 걸치며 굵은 목소리로 말했다.

웨이터가 나무접시에 담긴 큼지막한 스테이크를 가져왔다. 버섯과 다진 당근, 완두콩과 으깬 감자가 스테이크 주위를 성벽처럼 둘러싸고 있었다. 덴시가 안경을 고쳐 쓰고는 나무접시 위의 스테이크를 꼼꼼히 들여다본다.

"훌륭한 요리야, 벤. 정말 훌륭해…… 칭찬 들어야 마땅하지. 볼드윈, 한마디로 말이야…… 내가 보기엔…… 나라가 위험한 단계에 들어서고 있어…… 대전의 종결에 뒤따르는 혼돈…… 대륙의 붕괴…… 볼셰비즘 같은 전복적인 사상들이 횡행하고…… 미국은……" 거스는 반짝거리는 예리한 강철나이프로 후추를 듬뿍 뿌려 겉만 살짝 익힌 두툼한 스테이크를 썬다. 그는 입안 가득 스테이크를 넣고 천천히 씹는다. "미국이," 그는 다시 말을 시작한다. "세계의 재정을 관리하는 지위를 이어받게 되는 거지. 자랑스러운 민주주의의 대원칙과 우리 문명의 기반인 상업적인 자유가 지금 어느 때보다 위기에 직면해 있어. 지금이야말로 공무에 능하고 청렴한 인물, 특히 법률 분야에 정통한 전문 인력이 필요하단 말이네."

"요전에 나도 그 얘기를 하려고 했지, 조지."

"잘 알았네, 거스. 하지만 내가 당선되리라는 보장이 있나? 그 말은 변호사 사무실 문을 몇 해 동안 닫아야 한다는 말이 될 수도 있고……또……"

"조지, 나한테 맡겨. 자네 당선은 따놓은 거나 다름없어."

"스테이크가 입에서 살살 녹는군." 덴시가 말했다. "내 말은……신문에서 떠드는 말은 제쳐놓더라도…… 믿을 만한 소식통에 의하면 불순분자들 사이에서 나라를 전복시키려는 음모가 있다는 거야……월 스트리트에 폭탄이 터졌던 일*을 생각해봐…… 언론의 태도도 시

---

* 1920년 9월 16일 J. P. 모건 본사 앞에서 발생한 폭탄 테러.

원치 않은 데가 있었지…… 사실 우린 지금 전쟁 전에는 꿈도 꾸지 못했을 만큼 국가적인 통일에 접근하고 있는 중이야."

"그렇다면, 조지." 거스가 끼어든다. "이건 어떤가…… 정계에 진출함으로써 자네 변호사 사무실도 광고효과를 본다는 쪽으로."

"거스, 그건 그럴 수도 있고, 아닐 수도 있어."

덴시는 시가의 은박지를 벗기고 있었다. "그나저나 여기 경치 한번 좋군." 그는 안경을 벗고 굵은 목을 길게 빼고 확 트인 환한 항구를 내다보았다. 돛대와 연기, 구름처럼 피어오르는 증기, 검고 길쭉한 거룻배로 가득한 항구는 스테이튼 섬의 아지랑이 피어오르는 언덕들까지 이어졌다.

배터리 공원의 시리게 푸른 하늘에 하얀 조각구름이 떠가고, 엘리스 섬의 이민국과 조그만 부두 주변에는 우중충한 차림의 사람들이 모여 말없이 뭔가 기다리고 있었다. 예인선과 기선의 증기가 낮게 드리워져 불투명한 초록 유리 같은 수면 위로 꼬리를 물고 이어진다. 돛대를 세 개 세운 스쿠너가 노스 강 쪽으로 끌려가고 있었다. 새로 단 돛이 어색하게 바람에 펄럭였다. 항구 저편에서 증기선의 모습이 점점 더 크게 다가왔다. 먼저 이물이 보이고 네 개의 빨간 연통이 하나로 모이며 크림색 선루가 반짝거렸다. "모리타니아호가 스물네 시간 연착돼서 이제야 입항했어." 망원경과 소형 쌍안경을 가진 사내가 외쳤다. "저 모리타니아호를 좀 보라고, 세상에서 제일 빠른 쾌속선이 스물네 시간이나 늦었어." 모리타니아호는 마천루처럼 항구의 배들 사이를 누비며 들어왔다. 한 줄기 햇살이 넓은 조종실 아래 짙은 그늘을 만들고, 상갑판의 하얀 줄무늬를 따라 퍼지며 죽 늘어선 현창을 눈부시게 비췄다. 하나로 겹쳤던 굴뚝들이 각기 제 모양을 찾으며 선체는 옆으로 늘어났다. 무정하고 검은 모리타니아호의 긴 선체는 연기를 뿜는 예인선을 밀어붙이며 긴 칼로 가르듯 노스 강을 전진했다.

페리 한 척이 이민국을 떠나려 할 때 부두 끝에 모여 있던 군중 사이에 와 하는 함성이 퍼졌다. "추방자들이다…… 법무부가 추방한 공산주의자들이다…… 추방자들이다…… 빨갱이들…… 빨갱이 놈들이 추방당한다." 페리는 선착장을 빠져나갔다. 선미에 주석병정처럼 작고 말없는 모습의 사내들이 서 있었다. "빨갱이 놈들이 러시아로 쫓겨난다." 페리에서 손수건을 흔드는 사람도 있었다. 빨간 손수건이었다. 사람들은 병실에서처럼 발꿈치를 들고 보도 가장자리로 물러났다. 강가로 몰려든 남녀 인파의 등 뒤로 고릴라 같은 얼굴의 경찰들이 곤봉을 휘두르며 신경질적으로 오갔다.

"빨갱이 놈들이 러시아로 쫓겨난다…… 추방자들이다…… 선동자들이다…… 불순분자들이다."…… 갈매기들이 맴돌며 운다. 불투명유리 색깔의 작은 파도 위에 케첩병이 꿀렁거리며 떴다 가라앉았다. 바다 저편으로 멀어져가는 페리에서 노랫소리가 들려왔다.

들어라 최후결전 투쟁의 외침을
민중이여 해방의 깃발 아래 서자[*]

"추방되는 사람들 좀 봐…… 불순한 외국인들을 좀 보라고!" 망원

---

[*] 사회주의자와 공산주의자들의 공식적인 노래인 〈인터내셔널가〉.

경과 쌍안경을 든 남자가 외쳤다. 갑자기 어디선가 여자 목소리가 들려왔다. "깨어라, 노동자의 군대! 굴레를 벗어던져라!" "쉿, 그 노래 불렀다간 잡혀가."

노랫소리도 물 건너 저편으로 끌려갔다. 수면에 대리석 모양의 자취를 남기며 페리는 점점 멀리 사라져갔다. 인터내셔널 깃발 아래, 전진 또 전진. 노랫소리도 잦아들었다. 강 위쪽에서 부두를 떠나는 증기선의 덜컹대는 소리가 긴 여운을 끌며 들려왔다. 만 저편을 물끄러미 바라보는 어둡고 칙칙한 군중의 머리 위로 갈매기가 둥근 원을 그리며 날았다.

2. 오 센트 극장

오 센트면 열두시 전에 내일을 살 수 있다…… 권총강도를 헤드라인으로 다룬 신문, 자동판매식당*에서 커피 한 잔, 우드론, 포트 리, 플랫부시까지 지하철 타기…… 오 센트 동전을 구멍에 넣으면 풍선껌이 나온다. 〈누군가 나를 사랑한다네〉, 〈예쁜 저 아가씨〉, 〈여기는 내 고향 켄터키라네〉…… 상처 입은 폭스트롯의 음률이 띄엄띄엄 문밖으로 튀어나온다. 블루스, 왈츠(〈우리는 밤새도록 춤을 추었다〉)를 따라 추억이 느리게 원을 그리며 맴돈다. 6번 애비뉴와 14번 애비뉴에는 아직도 파리똥 자국이 묻은 입체 환등기가 남아 있어 오 센트가 있으면 누렇게 바랜 어제를 볼 수 있다. 핑핑 쉴 새 없이 쏘아대는 사격장 옆에 쪼그리고 앉아 명멸하는 빛을 들여다본

---

* 자동판매기가 구비된 셀프서비스 식당.

다. 격정의 시절, 깜짝 놀란 노총각, 도둑맞은 가터…… 찢어진 백일몽의 쓰레기통…… 한밤중이 되기 전에 오 센트 동전으로 지난날들을 산다.

루스 프린은 모피를 꼭 여미며 진찰실을 나왔다. 기절할 것만 같았다. 택시에 오르자 선덜랜드 부인 집의 화장품과 토스트, 정돈되지 않은 현관 냄새가 떠올랐다. 아직은 집에 갈 수 없어. "기사아저씨, 40번가의 올드 잉글리시 티룸으로 가주세요." 그녀는 긴 초록색 가죽지갑을 들여다보았다. 이런, 일 달러 한 장에 이십오 센트짜리 동전 하나, 오 센트짜리 하나, 일 센트짜리 둘이 전부잖아. 그녀는 찰칵찰칵 소리를 내며 올라가는 택시의 미터기에서 눈을 떼지 않았다. 그녀는 쓰러져 큰 소리로 울고만 싶었다…… 돈을 길바닥에 뿌리고 다니는구나. 택시에서 내리자 버석거리는 찬바람이 목 안을 훑었다. "팔십 센트입니다, 손님. 거스름돈이 없는데요." "거스름돈은 됐어요." 세상에, 이제 고작 삼십이 센트 남았다니…… 실내는 덥고 차와 케이크 냄새가 아늑하게 풍겼다.

"이게 누구야, 루스 아냐…… 그리운 이여, 내 품에 안겨다오. 이게 몇 년 만이야." 빌리 월드런이었다. 전보다 살이 찌고 희멀건해진 모습이었다. 그는 무대에서처럼 과장된 몸짓으로 그녀를 안고 이마에 키스했다.

"그래, 어떻게 지내? 얘기 좀 해보라고…… 그 모자를 쓰니 우아한데."

"방금 전에 후두 엑스레이 치료를 받고 왔어요." 그녀가 킬킬거리며 말했다. "인생 참 가혹하네요."

"요즘은 뭘 해? 요 몇 년 통 소식을 못 들었어."

"나 같은 건 이제 한물갔다 이거죠?" 그녀가 거칠게 그의 말을 받아쳤다.

"〈과수원의 여왕〉에서 멋진 연기를 보여준 후로……"

"빌리, 솔직히 말해 계속 불운이 겹쳤어요."

"살맛이 안 나는 그 심정 내가 알지."

"다음 주에 벨라스코와 만나기로 했어요…… 뭔가 될지도 모르죠."

"잘될 거야, 루스…… 그런데 기다리는 사람 있나?"

"아뇨…… 아, 빌리. 사람 놀리는 버릇은 여전하군요. 오늘은 그만 둬요. 그럴 기분이 아니거든요."

"가여워라. 그럼 앉아서 나랑 차나 마시자고…… 이봐 루스, 올해 는 지독한 해야. 베테랑 배우들도 올해는 시곗줄까지 전당 잡힌 사람 들이 수두룩해…… 루스도 자주 들락거렸을 거야."

"그런 얘긴 그만둬요…… 목만 제대로 나아준다면…… 이런 일이 생기니 기운이 쭉 빠지네요."

"서머빌 극단에 있을 때 생각나?"

"빌리, 그걸 어떻게 잊겠어요. 정말 재밌었죠."

"루스 당신을 마지막으로 본 건 시애틀의 〈바퀴 위에서 찢기는 나 비〉 공연 때였지. 난 맨 앞줄에 앉아……"

"왜 무대 뒤로 와서 날 찾지 않았어요?"

"당신한테 아직 화가 풀리지 않았었나봐…… 그땐 나한테도 최악 의 시절이었어. 어둠의 골짜기…… 우울증…… 신경쇠약. 무일푼에 오갈 데 없는…… 그날 밤에도 증세가 있었지. 무슨 말인지 알 거야.

당신한테 내 안의 괴물을 보이고 싶지 않았어."

루스는 다시 차를 한 잔 따랐다. 그녀는 갑자기 열에 들뜬 사람처럼 쾌활해졌다. "빌리, 그래도 여태 그런 걸 맘에 담아두고 있었단 말예요? 그때는 나도 철없는 계집애였죠. 사랑이니 결혼이니, 뭐든 내 예술에 방해가 되는 줄 알았어요…… 성공에만 눈이 뒤집혀 있었죠."

"그때처럼 다시 해볼 수는 없을까?"

"글쎄요……"

"그거 뭐더라? …… 움직이는 손가락은 글을 쓰고, 쓰면서 계속 움직인다……*"

"그대의 눈물 모두 모아도 글자 하나 지우지 못하리…… 그런 거 아닌가요…… 하지만 빌리!" 그녀는 고개를 뒤로 젖히고 웃었다. "난 당신이 나한테 또다시 청혼하는 줄 알았어요…… 아, 목 아파."

"루스, 엑스레이 요법이라는 거 받지 않았으면 좋겠어…… 매우 위험하다고 들었는데 말이야. 겁주려고 하는 소리는 아니지만…… 암을 유발하기도 한대."

"말도 안 돼요, 빌리…… 그건 엑스레이 치료를 잘못 받았을 경우죠, 그것도 몇 년에 걸쳐 계속될 때 얘기고요…… 워너 박사님은 실력 있는 분이에요."

업타운행 급행열차 안에 앉아서도 그녀는 장갑을 낀 손 위로 여전히 그의 부드러운 감촉을 느낄 수 있었다. "안녕, 루스. 잘 지내!" 그는 허스키한 음성으로 말했다. 아무리 봐도 통속 배우가 되어버렸어.

---

* 11세기 페르시아의 시인 오마르 하이얌의 시 「루바이야트」.

마음속에서 조롱하는 목소리가 언제까지고 들려왔다. "당신이 몰라서 다행이야."……그는 마치 〈므시외 보케르〉*를 연기하듯 챙 넓은 모자 밑으로 휙 바람을 일으켜 부드러운 은빛 머리칼을 날리며 돌아서 브로드웨이의 인파 속으로 사라졌다. 난 불운을 겪는지는 몰라도 그처럼 얼치기 배우는 아니야…… 암이라고 했다. 그녀는 지하철에서 좌우, 맞은편에 앉은 흔들리는 얼굴들을 바라보았다. 이 사람들 중 하나는 걸렸겠지. **다섯 사람 중에 네 사람은**…… 어리석기는, 암이 아니야. 엑스랙스, 누졸, 오설리반스……** 그녀는 손을 목에 댔다. 몹시 부은데다 화끈거렸다. 상태가 악화됐는지도 몰라. 살 속에서 정체를 알 수 없는 무엇이 자라나며 생명을 갉아먹는다. 온몸이 썩어 문드러질 때까지…… 맞은편에 앉은 사람들은 정면을 응시하고 있다. 우중충한 불빛 아래 푸르스름한 얼굴의 젊은 남자들, 여자들, 중년. 그들의 머리 위로 현란한 광고들. **다섯 사람 중에 네 사람은**…… 급행열차가 끼익 소리를 내며 96번가를 달리는 동안 차 안을 가득 메운 시체들이 고개를 끄덕이며 몸을 흔든다. 96번가에서 그녀는 완행열차로 갈아타야만 했다.

더치 로버트슨은 브루클린 다리의 벤치에 앉아 군용외투의 깃을 세우고 구인광고란을 훑어보고 있었다. 습기와 안개가 잔뜩 낀 오후였다. 브루클린 다리는 증기선의 기적 소리로 가득한 정원에 서 있는 정자처럼 물방울을 떨어뜨리며 우뚝 솟아 있다. 선원 둘이 지나갔다.

* 당시 부스 타킹턴의 동명소설에 기초한 무성영화, 연극 등이 히트했다.
** 변비약, 암 치료 효과가 있다고 알려졌던 비타민제 등의 이름.

"부에노스아이레스 이래 최고의 가게야."

극장, 번화가, 동업하실 분…… 가게 구경 환영…… 삼천 달러…… 쳇, 삼천 달러가 어딨어…… 담배 가판대, 빌딩 성시, 사정상 급매…… 예쁘고 설비가 완벽한 라디오 및 음반 가게…… 성업 중…… 원통 인쇄기를 갖춘 현대적인 중간규모 인쇄공장, 켈리 전단지, 밀러 급지기, 소형 인쇄기, 라이노타이프 식자기와 완벽한 제본…… 유대인 레스토랑과 조제식품 판매점…… 볼링장…… 호황…… 활기 넘치는 대형 댄스홀 및 그 밖의 허가증. 의치 삽니다. 옛날 금, 백금, 오래된 장신구 삽니다. 말도 안 돼. **남자 직원 구함**…… 너 같은 술주정뱅이한테는 이게 딱이야. 주소 쓰기, 달필가 구함…… 나한테는 해당사항 없고…… 화가, 급사, 자동차·자전거·오토바이 수리점…… 그는 봉투를 꺼내 뒷면에 주소를 적었다. 구두닦이…… 이건 아직 아니지. 보이, 아니지, 난 이제 더이상 보이가 아닌걸. 캔디 가게, 외판원, 세차원, 접시닦이. **돈 벌면서 배우는 직장.** 단기간에 성공하는 치과기공술…… 불황 없는……

"안녕, 더치…… 여기까지 못 오는 줄 알았어." 빨간 모자를 쓰고 잿빛 토끼털 외투를 입은 안색이 창백한 여자가 그의 옆에 앉았다.

"구인광고 읽는 것도 질렸어." 기지개를 펴며 하품을 하느라 신문이 다리 사이로 떨어졌다.

"다리 위에 이러고 있으면 춥지 않아?"

"그런 것도 같네…… 뭐 좀 먹으러 가지." 그는 벤치에서 벌떡 일어나 가늘고 코뼈가 울퉁불퉁한 붉은 얼굴을 그녀에게 가져다댔다. 옅은 잿빛 눈이 그녀의 까만 눈동자를 들여다보았다. 그는 그녀의 팔을 찰싹 때렸다. "여어, 프랜시…… 귀여운 아가씨, 요즘 재미가 어떠신가?"

그들은 그녀가 걸어온 맨해튼 쪽으로 다시 걸음을 돌렸다. 저만치 안개 속에서 강이 빛났다. 커다란 기선이 벌써 불을 켜고 천천히 지나갔다. 그들은 보도 가장자리에 서서 검은 굴뚝들을 내려다보았다.

"더치, 당신이 탔던 배도 저렇게 큰 배였어?"

"더 컸지."

"나도 가보고 싶다."

"언젠가는 당신을 데리고 가서 멋진 도시들을 다 구경시켜줄게…… 탈영했을 때 샅샅이 뒤지고 다녔지."

고가철도역에 닿자 그들은 머뭇거렸다. "프랜시, 돈 가진 것 좀 있어?"

"있어. 일 달러는…… 내일까지 써야 돼."

"난 달랑 이십오 센트짜리 하나 남았어. 중국집에 가서 오십오 센트짜리 정식 하나씩 먹지…… 그럼 일 달러 십 센트인데."

"내일 아침 사무실 출근하려면 오 센트는 남겨둬야 해."

"젠장! 어디 돈 나올 구멍 없나."

"좀 찾아본 거야?"

"아까 말했잖아."

"가자, 집에 오십 센트 남아 있어. 그걸로 차비 하면 돼."

그들은 일 달러를 잔돈으로 바꿔 회전식 개찰구에 오 센트 동전 두 개를 집어넣었다. 그들은 3번 애비뉴 열차 안에 앉았다.

"이봐, 프랜시. 군복 셔츠 입고 있으면 거기서 춤 못 추게 하려나?"

"어째서 그래, 더치. 아무렇지도 않아."

"난 좀 찜찜하네."

레스토랑의 재즈밴드가 〈힌두스탄〉*을 연주하고 있었다. 참수이**와 소스 냄새가 났다. 그들은 칸막이 자리로 들어갔다. 넓은 홀에서 머릿기름을 바른 젊은 남자들과 밥 스타일로 머리를 자른 젊은 여자들이 꼭 껴안고 춤을 추었다. 자리에 앉자 그들은 서로 마주 보며 웃었다.

"아, 배고파."

"나도, 더치."

그는 두 무릎을 쑥 내밀어 그녀의 무릎 사이로 파고들었다. "당신은 정말 착해." 수프를 다 먹고 나서 그가 말했다. "이번 주에는 어떻게든 일자리를 찾을 거야. 그다음엔 좋은 방도 구하고, 결혼도 하자고."

일어나서 춤을 추려는데 음악에 템포를 맞출 수 없을 정도로 몸이 떨렸다.

"미스터…… 옷 없으면 춤 못 춘다 해……" 다소곳한 중국인이 더치의 팔을 잡으며 쌀라쌀라거렸다.

"뭐라는 거야?" 더치가 으르렁거리며 춤을 계속 추었다.

"셔츠 때문인가봐, 더치."

"아, 빌어먹을."

"난 피곤해. 어차피 난 춤보단 수다 떠는 게 좋아." 그들은 다시 칸

---

* 올리버 G. 윌리스와 해럴드 위크스의 1918년 곡.
** 중국식 고기와 야채 볶음.

막이 자리로 돌아갔다. 후식으로 얇게 썬 파인애플이 나왔다.

그 후에 동쪽으로 가서 14번가를 산책했다. "더치, 당신 방으로 갈 수 없을까?"

"내 방이 있어야지. 할망구가 아예 발을 못 들여놓게 해. 내 물건은 죄다 압수해버렸다니까. 정말 이번 주에 일자리를 얻지 못하면 난 다시 입대할 거야."

"더치, 그러지 마. 그럼 우린 영영 결혼 못해. 왜 나한테 그런 말을 한 번도 안 했어?"

"프랜시, 걱정시키고 싶지 않았으니까…… 여섯 달 동안 놀고먹자니…… 정말 돌아버리겠어."

"그럼 우린 이제 어디로 가지?"

"부두로 가지…… 아는 데가 있어."

"추워."

"당신과 함께 있으면 춥지 않아."

"그런 말 마. 누가 좋아할 줄 알고?"

그들은 어둠 속에서 바짝 붙어 바큇자국이 보이는 강변의 진흙길을 걸었다. 거대한 가스탱크와 부서진 울타리, 창문이 다닥다닥 붙은 기다란 창고 사이로. 거리 모퉁이의 가로등 아래 서 있던 소년들이 휘파람을 불며 그들을 놀렸다.

"이 자식들, 한 방 날려줄까보다." 더치가 입을 일그러뜨리며 내뱉었다.

"상대하지 마요." 프랜시가 속삭였다. "잘못했다간 한꺼번에 달려들 거야."

그들은 목재가 뒤죽박죽 산처럼 쌓여 있는 높은 울타리 아래 조그만 문으로 살며시 빠져나갔다. 강과 삼나무와 톱밥 냄새가 났다. 발치에서 강물이 말뚝에 부딪히는 소리가 났다. 더치가 그녀를 끌어당겨 입술을 겹쳐왔다.

"거기, 밤에 여기 나오면 안 되는 거 몰라?" 사납게 짖는 듯한 목소리였다. 경비원이 그들의 눈을 향해 손전등을 비췄다.

"아니까 너무 소란 피울 것 없어요. 그냥 산책 나온 것뿐인데."

"산책은 무슨."

그들은 다시 길을 따라 터벅터벅 걸었다. 어두운 강바람이 잇새로 불었다.

"조심해." 경비원이 낮게 휘파람을 불며 지나갔다. 두 사람은 떨어져 걸었다. "프랜시, 이러다 정말 끌려가겠어. 당신 방으로 가는 건 어때?"

"주인아줌마한테 걸리면 당장 쫓겨나."

"조용히 하면 되지. 당신 열쇠 있잖아. 난 날이 밝기 전에 나올게. 제길, 도둑고양이도 아니고."

"알았어, 더치. 우리 집으로 가. 될 대로 되라지." 그들은 싸구려 아파트의 진흙자국투성이 계단을 밟고 꼭대기 층으로 올라갔다.

"신발 벗어." 그녀가 자물쇠 구멍에 열쇠를 살며시 꽂으며 그의 귀에 속삭였다.

"양말에 구멍 났는데."

"무슨 상관이야, 싱겁기는. 잠깐 분위기 좀 살피고 올게. 내 방은 부엌 뒤의 구석에 있으니까 모두 잠들었으면 들킬 염려 없어."

그녀가 곁에서 사라지자 그는 심장이 벌렁거렸다. 잠시 후 그녀가 다시 나타났다. 그는 발끝으로 걸어 그녀의 뒤를 따라 삐걱이는 복도를 지나갔다. 문틈으로 코 고는 소리가 들려왔다. 복도에서는 양배추와 잠의 냄새가 났다. 방에 들어가자 그녀는 문을 잠그고 손잡이 아래에 의자를 받쳐두었다. 거리에서 삼각형 모양의 회색 빛줄기가 새어 들어왔다. "더치, 이젠 조용히 있어야 해, 제발." 그는 구두를 양손에 한 짝씩 든 채 그녀를 찾아 가슴에 안았다.

그는 그녀 옆에 누워 귀에 입을 대고 쉴 새 없이 속삭였다. "두고 봐, 프랜시. 잘할 테니. 난 진짜 할 수 있어. 거기서도 하사관까지 됐었는데 무단외출했다고 강등시키더라고. 그러니까 난 잠재력은 있어. 기회만 잡으면 한 방 제대로 터뜨려주겠어. 그러면 우리 다시 돌아가 샤토티에리니 파리니 전부 구경하는 거야. 프랜시 당신도 분명히 좋아할 거야…… 거리가 모두 오래되고 재미있는데, 조용하고 아늑해. 술집들은 또 얼마나 예쁜지. 해가 날 때는 야외에 작은 테이블을 놓고 둘러앉아 지나가는 사람들을 구경해. 입맛이 좀 적응되면 음식 맛은 또 얼마나 좋다고. 오늘 저녁 같은 때 갈 만한 호텔들도 수두룩해, 거긴. 결혼을 했든 안 했든 그런 건 신경도 쓰지 않아. 나무로 된 널찍한 침대는 얼마나 포근한지. 아침은 침대 머리맡까지 가져다주고. 아, 프랜시 당신도 분명 마음에 들 거야……"

그들은 눈길을 걸어 저녁을 먹으러 갔다. 커다란 깃털 같은 눈송이가 그들 주위로 소용돌이치듯 날렸다. 눈은 거리의 눈부신 파랑, 분홍, 노랑 얼룩들을 덧칠하며 시야를 하얗게 만들었다.

"엘리, 당신이 그런 일을 하는 게 싫어. 당신은 연극을 계속해야해."

"하지만, 짐. 우리도 먹고살아야죠."

"알아, 안다고. 나와 결혼했을 때 당신은 제정신이 아니었던 거야."

"아, 그 얘긴 그만해요."

"오늘 저녁은 그냥 즐기자고…… 첫눈이 오니까."

"여기예요?" 그들은 가는 쇠창살로 덮인 컴컴한 지하실 문 앞에 섰다. "들어가보자고."

"초인종 소리 들렸어요?"

"그런 것 같아."

안에서 문이 열리고 분홍색 앞치마를 두른 어린 소녀가 문을 빼꼼 열었다. "봉수아르, 마드무아젤."

"아, 봉수아르, 마담, 므시외." 소녀는 음식 냄새가 진동하는 가스 등이 켜진 방으로 그들을 안내했다. 벽에 외투와 모자와 목도리가 걸려 있었다. 커튼이 쳐진 문 저편에서 빵과 칵테일, 버터 타는 냄새, 향수와 립스틱 향기, 달그락거리는 접시 소리, 떠드는 소리가 뜨거운 숨결처럼 엉켜 훅 끼쳐왔다.

"압생트 냄새가 나네요." 엘런이 말했다. "실컷 마셔봐요."

"아니, 저 사람 콩고잖아…… 시사이드 인의 콩고 제이크 생각나지?"

콩고가 우람하게 복도 한끝을 막아서서 그들에게 손짓을 했다. 그은 얼굴에 윤이 나는 검은 콧수염을 기르고 있었다. "안녕하신가요, 허프 씨…… 잘 지내십니까?"

"아주 잘 지내지, 콩고! 내 아내를 소개해도 될까?"

"부엌도 괜찮으시다면 같이 한잔하고 싶은데요."

"괜찮고말고…… 제일 좋은 곳인데 뭘. 그런데 다리는 왜 절고 있나? 어떻게 된 거지?"

"귀찮아서…… 이탈리아에다 떼어두고 왔어요. 잘린 걸 들고 올 수가 없어서요."

"어쩌다 그랬나?"

"빌어먹을 몽 톰바*…… 처남이 근사한 의족을 만들어줬어요. 여기 좀 앉으세요. 부인, 어느 쪽이 진짜인지 아시겠습니까?"

"모르겠는데요." 엘런이 웃으며 말했다. 그들은 북적이는 부엌 한 구석의 조그만 대리석 테이블 앞에 앉았다. 한가운데 놓인 전나무 테이블에서 젊은 여자가 접시에 요리를 담고 있었다. 조리대 앞에서는 요리사 둘이 일하고 있었다. 지글거리는 느끼한 음식 냄새가 진동했다. 콩고는 조그만 쟁반에 잔 세 개를 받쳐 들고 돌아왔다. 그는 모두 잔을 들 때까지 기다렸다.

"건배," 그는 잔을 들어 올렸다. "뉴올리언스식으로 섞은 압생트 칵테일입니다."

"끝내줍니다"라고 덧붙이며 콩고는 조끼주머니에서 명함을 꺼냈다.

마르키 데 쿨로미에르

수입상

---

* 1918년 이탈리아군이 오스트리아−헝가리군을 격파한 피아베 강 전투가 벌어진 곳. 헤밍웨이의 『무기여 잘 있거라』의 배경이다.

"사소한 물건이 필요하시면 언제든…… 저는 전쟁 이전의 수입품만 취급합니다. 뉴욕에서 제일가는 밀수업자입죠."

"돈 생기면 연락하겠네, 콩고…… 사업은 할 만한가?"

"할 만하다 뿐입니까. 제가 언제 말씀드리죠. 오늘은 제가 너무 바빠놔서…… 그럼 식당에 테이블을 잡아드리죠."

"이것도 자네가 경영하는 거로군?"

"아닙니다, 여긴 매부 거예요."

"누이동생이 있는 줄 몰랐는데."

"저도 몰랐지요."

콩고가 발을 절며 그들의 테이블 주위에서 사라지자 두 사람 사이에 극장의 두꺼운 막처럼 침묵이 드리워졌다.

"재밌는 친구야." 지미가 억지웃음을 지으며 말했다.

"맞아요."

"엘리, 같은 걸로 한 잔 더 할까?"

"좋죠."

"그 친구한테 가서 밀수 얘기나 좀 캐야겠군."

테이블 아래로 발을 뻗자 그녀의 발에 부딪혔다. 그녀는 발을 뒤로 뺐다. 지미는 위아래 턱이 마주치는 걸 느꼈다. 턱뼈가 부딪치는 소리가 너무 커 엘런에게도 들릴 것 같았다. 그녀는 회색 테일러드슈트를 입고 그의 맞은편에 앉아 있었다. 작은 프릴이 달린 블라우스의 칼라는 V자로 파여 있었다. 칼라 모양대로 V자를 그리는 그녀의 상앗빛

가슴과 그 위로 부드럽게 뻗은 목선이 그의 마음을 흔들었다. 머리에는 꼭 맞는 회색 모자를 살짝 기울여 쓰고 입술에 립스틱을 바른 채, 그녀는 고기를 잘게 썰어놓고 한 조각도 입에 대지 않는다. 한 마디 말도 없이.

"자, 칵테일 한 잔 더 하지." 그는 악몽을 꾸듯 감각이 마비되어가고 있었다. 그녀는 종 모양 유리뚜껑 안의 도자기인형이었다. 어디선가 갑작스레 눈보라가 불어와 레스토랑 안의 휘황한 불빛을 흔들어놓고 음식과 술, 담배 냄새를 날렸다. 순간 그녀의 머리 냄새가 풍겨왔다. 칵테일이 속에서 타올랐다. 맙소사, 여기서 쓰러질 수는 없어.

리옹 역의 레스토랑에서 그들은 검은 가죽을 씌운 벤치에 나란히 앉아 있다. 그가 그녀의 접시에 청어, 버터, 정어리, 앤초비, 소시지를 덜어줄 때마다 그의 뺨이 그녀의 뺨에 닿는다. 그들은 킬킬거리며 서둘러 음식을 삼키고 와인을 벌컥벌컥 마시고, 기관차가 끽 하고 소리를 지를 때마다 움찔 놀란다……

열차가 아비뇽을 떠날 때 둘은 잠에 취해 코를 고는 사람들 사이에서 깨어나 서로의 눈을 들여다본다. 그는 비틀거리며 뒤엉킨 사람들의 다리를 넘어 덜컹대는 컴컴한 복도 구석으로 담배를 피우러 간다. 덜컹덜컹 남쪽으로, 덜컹덜컹 남행열차. 차바퀴가 레일 위에서 노래를 부르며 론 강으로 달려간다. 창가에 기대서서 부러진 담배를 피운다. 부러진 곳을 손가락으로 막고. 덤불 사이로 졸졸, 선로 근처에 서 있는 포플러나무 사이에서 은빛 물방울이 뚝뚝 떨어져 내린다.

"엘리, 엘리. 선로 옆에서 나이팅게일이 울어."

"어머, 나 잠들었나봐요." 잠든 사람들의 발에 걸려 비틀거리며 그

녀가 더듬듯 그에게로 다가온다. 덜컹거리는 복도 창가에 그와 나란
히 선다.

덜컹덜컹 남쪽으로. 선로 근처의 은빛 물방울이 떨어지는 포플러나
무 사이로 나이팅게일이 운다. 구름 사이로 달빛이 은은하게 비추는
밤에 정원과 마늘과 강과 거름을 준 밭과 장미 냄새가 나고 나이팅게
일이 운다.

마주 앉아 있던 엘리 인형이 말한다. "랍스터 샐러드가 다 떨어졌
다니…… 속상해요."

갑자기 그의 입이 움직였다. "젠장, 그것뿐이란 말이야?"

"무슨 뜻이에요?"

"대체 뭐하러 이런 빌어먹을 곳으로 되돌아왔느냔 말이야."

"돌아온 후로 내내 당신은 거기가 좋았다는 말만 하고 있어요."

"알아. 신 포도에 지나지 않는다는 걸…… 칵테일을 한 잔 더 시켜
야겠어…… 엘리, 우리가 어쩌다 이렇게 됐지?"

"분명히 말해두는데요, 이렇게 가다간 우린 병이 나고 말아요."

"그럼 병이 나지 뭘. 병이나 나자고."

큰 침대에 일어나 앉으면 탁 트인 항구가 보인다. 커다란 범선의 활
대가 보인다. 돛대가 하나 달린 하얀 범선과 빨강과 초록 장난감 같은
예인선, 공작 깃처럼 푸른 물띠 너머로 장식 없는 집들. 몸을 눕히면
하늘을 나는 갈매기들이 보인다. 해질 무렵 주섬주섬 옷을 갈아입고
곰팡내 나는 호텔 복도를 비틀거리며 나오면 거리는 브라스밴드가 연
주를 하듯 떠들썩하다. 사방이 탬버린의 소음과 놋쇠의 광채, 샹들리
에의 불빛, 자동차 경적과 쌩 하는 모터 소리로 가득하다. 해질 무렵

이파리가 넓은 플라타너스 아래서 단둘이 셰리주를 마신다. 봄밤은 아프리카에서 바다를 타고 무섭게 건너와 그들 주위로 가라앉는다.

그들은 커피를 마셨다. 지미는 마치 다 마시고 나면 끔찍한 일이 기다리고 있다는 듯 천천히 커피를 마셨다.

"여기서 바니네 식구들을 만나면 어쩌나 걱정했어요." 엘런이 말했다.

"그 사람들이 여길 알아?"

"지미 당신이 데려와놓고는…… 그 지겨운 여자가 날 상대로 밤새 아기 얘기만 해댔잖아요. 난 아기들 얘기 질색이에요."

"연극이라도 보러 가면 좋겠군."

"어차피 너무 늦을 거예요."

"없는 돈이라도 다 써버리고…… 마지막으로 코냑이나 한 잔 하지. 망하든 말든 신경 안 써."

"여러 가지로 망하게 될 것 같아요."

"자, 엘리, 가장의 중책을 짊어지고 밥벌이를 도맡게 될 당신을 위하여."

"왜 그래요, 지미. 난 한동안 편집실에서 일하는 것도 재미있을 것 같아요."

"난 어디서 무슨 일을 하든 재밌을 것 같은데…… 참, 집에 눌어붙어 애나 보면 되겠네."

"지미, 그렇게 비관적으로 말하지 마요. 당분간일 뿐이에요."

"인생이란 게 원래 당분간이지."

택시가 멈추자 지미가 마지막 남은 일 달러로 요금을 지불했다. 엘런은 바깥문에 키를 꽂았다. 거리에는 희미한 압생트 색깔의 눈이 어지러이 날렸다. 그들은 집 안으로 들어가 문을 닫았다. 그들을 둘러싼 의자, 테이블, 책, 창의 커튼에서 어제, 그제, 그끄제의 먼지 냄새가 났다. 기저귀와 커피포트, 타자기 오일, 더치 클린저 따위의 냄새에 숨이 막혔다. 엘런은 빈 우유병을 내놓고 침대로 갔다. 지미는 앞방을 초조하게 서성였다. 차츰 술이 깨며 얼음처럼 차갑게 정신이 들었다. 텅 빈 머릿속에 두 얼굴을 가진 단어가 동전처럼 쩌렁쩌렁 울렸다. 성공, 실패. 성공, 실패.

아, 나는 해리에게 미쳤어
해리도 나에게 미쳤지*

그녀는 춤을 추며 흥얼거렸다. 긴 홀 한쪽에 밴드가 있고 한가운데 종이장식 속에 매달린 두 개의 전구가 방 안을 푸르스름하게 비추고 있다. 출입문이 있는 홀의 다른 끝에는 사내들이 들어오지 못하게 니스를 칠한 난간이 설치되어 있다. 지금 애너의 춤 상대는 키가 크고 체격이 좋은 스웨덴 사람이다. 그의 커다란 발이 가볍게 움직이는 그녀의 작은 발을 어정쩡하게 뒤따르고 있다. 음악이 그친다. 이번엔 작고 머리가 검은 깡마른 유대인이다. 그는 몸을 꼭 밀착시키려 한다.
"놔요." 그녀는 사내의 몸을 떼어놓는다.
"앙탈은."

---

* 유비 블레이크의 〈난 정말이지 해리에게 미쳤어〉.

그녀는 대답 없이 규칙대로 냉정하게 춤을 춘다. 욕지기가 날 것처럼 피곤하다.

나와 내 남자친구
내 남자친구와 나[*]

한 이탈리아 사람이 그녀의 얼굴에 마늘 냄새를 훅 뿜는다. 해군 하사, 그리스인, 금발, 뺨이 발그레한 어린 소년. 그녀는 그에게 미소를 짓는다. 술에 취한 늙은 남자가 그녀에게 키스하려고 한다…… 찰리, 오 내 사랑, 오 내 사랑 찰리…… 윤기 흐르는 곧은 머리, 주근깨, 더벅머리, 들창코, 쪽 뻗은 코, 민첩한 스텝, 무딘 스텝…… 남쪽으로…… 사탕수수의 달콤한 맛을 즐기며…… 춤을 춰주고 받은 티켓이 손 안에 쌓이는 동안 그녀의 등을 쥐는 넓은 손, 뜨거운 손, 땀에 젖은 손, 차가운 손. 저 남자는 왈츠를 잘 출 타입이야. 검은 양복을 입은 신사다.
"아, 피곤해요." 그녀가 속삭인다.
"난 아무리 춰도 피곤하지 않아요."
"저처럼 이 사람 저 사람 닥치는 대로 춤을 춰보세요……"
"저와 함께 가시지 않겠어요, 나하고만 춤출 수 있는 곳으로?"
"나중에 남자친구가 오기로 했어요."

나의 괴로움을 털어놓을 데라곤

---

* 1924년에 발표된 〈내 사랑 찰리〉.

오직 가지고 있는 사진 한 장뿐……

나는 어떻게 하죠……*

"시간이 어떻게 됐죠?" 그녀가 가슴이 딱 벌어진 건방진 사내에게
묻는다. "당신과 내가 사랑할 시간이지, 예쁜 아가씨……" 그녀가 고
개를 젓는다. 갑자기 〈올드 랭 사인〉**이 연주되기 시작한다. 그녀는
춤추던 파트너를 뿌리치고 카운터로 달려가 춤표를 바꾸려고 난리법
석인 여자들 사이에 끼어든다. "있지, 애너." 골반이 넓은 금발의 아
가씨가 말한다. "너 나랑 춤추던 그 팔푼이 봤어? 그 팔푼이가 나더러
나중에 보잔다. 그래서 내가 그랬어. 지옥에나 가서 보자고. 그랬더
니, 좋아요, 그러는 거야……"

---

* 1923년에 어빙 벌린이 발표한 〈나는 어떻게 하죠〉.
** 로버트 번스의 시에 윌리엄 실드가 스코틀랜드 민요의 곡조를 붙여 작곡한 노래. 이
노래에서 잘나가던 시절의 기억에 빠지는 심리현상을 가리키는 단어 '올드 랭 사인 콤플
렉스'가 유래했다.

3. 회전문

해질 무렵 반딧불이 같은 열차가 안개 속에 거미줄처럼 떠 있는 철교 위를 오간다. 엘리베이터는 좁은 통로를 오르내리고, 항구의 불빛은 깜빡거린다.

첫서리가 내린 후의 수액처럼 다섯시면 상가의 높은 건물에서 남녀 인파가 천천히 쏟아져 나오고, 잿빛 얼굴들은 지하철과 터널에 넘치다가 지하로 사라진다.

커다란 건물은 밤새 몸을 비운 채 소리 없이 서 있고, 수백만 개의 창문은 어둠에 잠겨 있다. 페리들이 옻칠한 항구에 빛을 흘리며 물 위에 남은 배의 흔적들을 씹어 삼킨다. 한밤중에 네 개의 연통이 달린 급행증기선이 불빛이 환한 선착장에서 빠져나와 어둠 속으로 미끄러져 나간다. 비밀회의로 눈이 퀭해진 은행가들이 손전등을 든 야경원들의 안내를 받으며 옆문으로 빠져나갈 때 뚜뚜 예인선 소리가 들려온다. 그들은 툴툴거리며 리무진의 뒷좌석에 앉아 업타운의 포티스로 질주한다. 진처럼 희고, 위스키처럼 노랗고, 사과주처럼 거품이 나는 휘황한 번화가로.

그녀는 화장대 앞에 앉아 머리를 말아 올리고 있었다. 그는 야회복 바지에 보라색 멜빵을 늘어뜨린 채 그녀에게 기대듯 서서 굵은 손가락으로 다이아몬드 장식단추를 셔츠에 꽂고 있었다.

"제이크, 우린 거기서 빠지는 게 좋겠어요." 그녀가 입에 실핀을 문 채 울먹이듯 말했다.

"빠지다니, 어디서?"

"프루던스 프로모션 컴퍼니 말이에요…… 정말 걱정이 돼요."

"걱정할 게 뭐 있어. 우린 니콜스만 잘 속이면 돼."

"그가 기소하면요?"

"그럴 리 없어. 자기만 손해 볼 일인데. 우리를 따라오는 편이 훨씬 나을 거야…… 어쨌든 일주일 내에 현금으로 갚아줄 거야. 우리한테 돈이 있는 낌새가 보이면 우리 손을 덥석 물걸. 그자가 오늘 밤엔 엘 페이에 있을 거라고 하지 않았나?"

로지는 말아 올린 검은 머리에 큐빅핀을 막 꽂는 참이었다. 그녀는 고개를 끄덕이며 일어났다. 그녀는 몸집이 크고 골반이 넓은 여자였다. 커다랗고 검은 눈 위의 눈썹은 둥근 활 모양이었다. 노란 레이스가 달린 코르셋과 분홍색 실크슈미즈를 입고 있었다.

"로지, 있는 대로 차려입으라고. 크리스마스트리처럼 성장을 해야지. 엘 페이로 가서 니콜스에게 본때를 보여주는 거야. 그리고 내일 내가 가서 그에게 제안을 해야지…… 어쨌든 우선 한잔합시다……"

그는 전화기 있는 곳으로 갔다. "얼음 조금하고 화이트 록 탄산수 몇 병 404호로 가져다줘요. 이름은 실버맨이오. 서둘러줘요."

"제이크, 도망쳐요." 로지가 갑자기 외쳤다. 그녀는 드레스를 한 손에 걸치고 벽장문 앞에 서 있었다. "걱정되어 더이상 견딜 수가 없어요. 죽을 것 같아요. 우리 파리나 아바나, 어디로든 도망가서 새로 시작해요."

"그거야말로 자진 지옥행이지. 대형 절도범으로 소환될 수도 있어. 게다가 나더러 평생 검은 안경을 쓰고 가짜 수염을 달고 다니란 말이야?"

로지가 웃었다. "가짜 수염은 당신한테 어울리지 않을 것 같아요…… 우리가 정식으로 결혼만 했어도."

"로지, 우리 사이에 그런 게 무슨 소용이야. 그러다가 난 중혼죄까지 겹쳐 쫓기는 신세가 되라고. 참 꼴좋겠군."

벨보이가 노크를 하자 로지는 움찔했다. 제이크 실버맨은 절그럭거리는 얼음통이 담긴 쟁반을 서랍장 위에 올려놓고 네모난 위스키 병을 벽장에서 꺼냈다.

"내 건 따르지 마요. 생각이 전혀 없어요."

"그러지 말고 기운을 내야지. 예쁘게 입고 쇼 구경이라도 갑시다. 난 이보다 더한 일들도 겪어왔어." 그는 하이볼을 손에 든 채 전화기 쪽으로 갔다. "신문판매대 부탁해요…… 여보세요, 나요…… 그래, 옛 친구지 누구겠어…… 날 모를 리가…… 폴리스 극장에 두 좌석만 예약해줄 수 있지…… 그래, 그거야…… 여덟번째 줄 뒤로는 안 돼요····· 친절하셔라····· 그럼 십 분 이내로 다시 전화주는 거요?"

"그런데 말이에요, 제이크, 그 호수에 정말 봉사가 있어요?"

"물론이지. 전문가 네 사람의 진단이 있잖아?"

"그렇죠. 난 그냥 궁금해서····· 제이크, 이 일만 성사되면 앞으론 절대 이런 무모한 짓에 손대지 않겠다고 약속해주겠어요?"

"물론. 할 필요도 없을 거야····· 아니, 그 옷을 입으니 정열적인 매력이 넘치는걸."

"맘에 들어요?"

"브라질 느낌도 나고, 잘 모르겠지만 어딘가 열대적인·····"

"그게 나의 치명적인 매력의 비결이죠."

전화벨 소리가 따르릉 울렸다. 두 사람은 모두 벌떡 일어났다. 그녀는 손 가장자리로 입을 눌렀다.

"넷째 줄의 두 좌석. 좋아요····· 우리가 곧 표를 가지러 내려가지····· 로지, 그만 긴장 풀어. 당신 때문에 나까지 맥이 빠지는군. 정신 바짝 차릴 수 있지?"

"제이크, 나가서 뭘 좀 먹어요. 하루 종일 버터밀크 말고는 먹은 게 없어요. 다이어트도 그만둘래요. 이 걱정만으로도 충분히 마를 것 같아요."

"그만하라니까, 로지····· 나까지 초조해진다고."

그들은 로비의 꽃가게에서 멈춰 섰다. "치자꽃 한 송이 주시오." 그가 말했다. 꽃가게의 여자가 그의 턱시도 단춧구멍에 꽃을 꽂아주는 동안 그는 가슴을 내밀고 입술을 비틀며 미소를 지었다. "당신은 뭐로 할 거지?" 그가 어색하게 폼을 잡으며 로지에게 물었다. 그녀는 입을 내밀었다. "내 옷에 어떤 게 어울릴지 잘 모르겠어요."

"당신이 고르는 동안 연극 관람권을 가져오지." 하얗게 불룩 솟은 셔츠를 내보이려고 외투자락을 뒤로 젖히고, 소맷부리는 밖으로 끄집 어내 살찐 손등을 덮고서, 그는 으스대며 신문판매대로 걸어갔다. 붉은 장미 줄기를 은박지로 싸는 동안 로지는 곁눈으로 그가 잡지 위로 몸을 구부리고 금발의 여자 판매원과 유치한 농담을 주고받는 모습을 바라보았다. 그는 한 손에 표를 들고 헬렐레 웃으며 돌아왔다. 그녀는 장미를 모피코트에 꽂은 다음 그에게 팔짱을 끼고 회전문을 돌아 전 등이 차갑게 빛나는 밤 속으로 나왔다. "택시!" 그가 외쳤다.

식당에서 토스트와 커피, 〈뉴욕 타임스〉 냄새가 났다. 메리베일 가족은 전등을 켜고서 아침을 먹고 있었다. 진눈깨비가 유리창을 두드 렸다. "어디 보자, 파라마운트가 5포인트 더 떨어졌군." 제임스가 신문을 펴든 채 말했다.

"아무튼 오빠는 너무해. 그런 짓궂은 소리만 하고." 메이지가 암탉 처럼 커피를 홀짝대며 우는소리로 말했다.

"어쨌든," 메리베일 부인이 끼어들었다. "이제 잭은 파라마운트와 관계가 없잖니. 페이머스 플레이어스*의 홍보부에서 일하는데."

"앞으로 이 주면 동부로 와요. 연초에 여기로 오고 싶대요."

"메이지, 또 전보를 받았니?"

메이지가 고개를 끄덕였다. "얘야, 제임스, 잭은 절대로 편지를 쓰

---

* 영화사. 1916년 파라마운트와 합병했다.

지 않는단다. 늘 전보만 치지." 메리베일 부인이 신문 너머로 아들에게 말했다. "집을 꽃으로 가득 채울 친구죠." 그가 신문 너머에서 으르렁거렸다.

"뭐든 다 전보지." 메리베일 부인이 의기양양한 목소리로 말했다.

제임스가 신문을 내려놓았다. "겉보기처럼 착실해야 할 텐데."

"오빠는 잭 얘기만 나오면 트집이야…… 정말 듣기 싫어." 메이지가 일어나 커튼이 쳐진 통로를 지나 거실로 가버렸다.

"매부 될 사람인데 나도 한마디 할 수 있는 거 아냐." 제임스도 투덜거렸다.

메리베일 부인은 딸의 뒤를 따라갔다. "메이지, 그만 와서 아침 마저 먹으렴. 제임스는 원래 말투가 그렇잖니."

"잭에 대해 그런 식으로 말하는 건 용납 못해요."

"메이지, 난 잭이 맘에 든다." 그녀는 딸의 어깨를 감싸 안고 테이블로 돌아왔다. "사람이 소탈하고, 마음 씀씀이가 착한 게…… 틀림없이 널 행복하게 해줄 거다." 메이지가 분홍색 리본이 달린 실내용 모자를 쓰고 볼이 부어 테이블에 앉았다.

"엄마, 커피 한 잔 더 마셔도 돼요?"

"애야, 두 잔씩이나 마시면 안 된다는 거 알고 있잖아. 퍼널드 박사님이 신경과민의 원인이라고 하지 않았니?"

"한 모금만요, 엄마. 아주 연하게요. 빵을 마저 먹고 싶은데 마실 게 없으면 뻑뻑해서 넘어가질 않아요. 엄마도 내가 살이 더이상 빠지는 건 원치 않잖아요." 제임스는 의자를 테이블 앞으로 당겨 놓고 옆구리에 〈타임스〉를 낀 채 화장실로 들어갔다. "여덟시 반이다, 제임스." 메리베일 부인이 그의 등에 대고 말했다. "신문 가지고 한번 들어갔다 하면 한 시간은 걸리는데."

"난 다시 잘래요." 메이지가 토라진 투로 말했다. "다 함께 일어나 아침식사를 한다는 거 왠지 바보 같아요. 어딘지 상투적이에요, 엄마. 요즘 누가 그래요. 퍼킨스네 집에서는 쟁반에 담아 침대로 가져다줘요."

"하지만 제임스가 아홉시까지 은행에 출근해야 하잖니."

"그렇다고 우리까지 모두 침대에서 끌어낼 필요는 없죠. 그러니까 얼굴이 주름살투성이가 되는 거예요."

"하지만 저녁때가 되어야 제임스 얼굴을 볼 생각 하면 난 일찍 일어나고 싶구나. 아침시간은 하루 중 기분이 제일 좋은 때 아니니." 메이지가 포기한 듯 하품을 해댔다.

제임스가 모자에 솔질을 하며 현관 통로에 나타났다.

"신문은 어쨌니, 제임스?"

"아, 두고 나왔어요."

"내가 가져오마…… 얘, 넥타이가 비뚤어졌다. 이리 와라, 내가 고쳐줄 테니…… 됐다." 메리베일 부인은 아들의 어깨에 손을 얹고 얼굴을 들여다보았다. 그는 얇은 초록색 줄이 쳐진 짙은 회색 양복에 올리브색 니트넥타이를 매고, 도톰한 금색 넥타이핀을 꽂고 있었다. 까만 시계무늬가 박힌 올리브그린 순모 양말에 짙은 빨간 옥스퍼드화. 구두끈은 이중으로 묶여 절대 풀릴 일이 없어 보였다. "제임스, 지팡이는 가져갈 거니?" 그는 어두운 갈색 겨울외투 위에 올리브그린 머플러를 두르고 있었다. "어머니, 요즘 젊은 사람들은 지팡이를 가지고

다니지 않는 모양이던데요…… 좀 그래 보일 것 같아요. 뭐라고 해야
하나……"

"퍼킨스 씨는 금색 앵무새가 손잡이에 달린 지팡이를 가지고 다니
던데."

"그는 부은행장이니까요. 하고 싶은 대로 한들 뭐랄 사람이 있나
요…… 이제 가야겠어요." 그는 어머니와 여동생에게 서둘러 입을 맞
췄다. 승강기에서 그는 장갑을 꼈다. 목을 움츠리고 머리에 진눈깨비
섞인 바람을 맞으며 그는 72번가를 향해 동쪽으로 걸음을 재촉했다.
지하철 입구에서 〈트리뷴〉을 사들고 서둘러 계단을 뛰어 내려가 사람
들이 붐비는 퀴퀴한 승강장으로 들어갔다.

시카고! 시카고! 뚜껑이 덮인 축음기에서 소리가 터져 나왔다. 몸에
꼭 맞는 검은 양복을 차려입은 날씬한 토니 헌터가 젊은 여자와 춤을
추고 있었다. 여자의 밝은 금발 곱슬머리가 그의 어깨 위로 길게 늘어
져 있었다. 호텔 방에는 두 사람 외에 아무도 없었다.

"당신 정말 춤 솜씨가 대단해요." 그녀는 몸을 더욱 밀착시키며 말
했다.

"정말 그렇게 생각해요, 네바다?"

"내 눈에서 뭐 알아낸 것 없어요?"

"세상에서 가장 아름다운 눈이죠."

"그래요, 거기 뭐가 있잖아요."

"한쪽은 초록색이고 한쪽은 갈색인 거 말이에요?"

"역시 알아봤군요, 당신." 그녀는 그를 향해 입술을 쳐들었다. 그가

키스를 했다. 레코드판이 다 돌아갔다. 그들은 축음기를 끄러 동시에 달려갔다. "무슨 키스가 그래요, 토니." 네바다 존스가 눈을 덮은 곱슬머리를 쓸어 올리며 말했다. 그들은 〈셔플 얼롱〉*을 틀었다.

"그런데 말이에요, 토니." 그녀가 다시 춤을 추며 말했다. "어제 정신분석가한테 갔더니 뭐라고 하던가요?"

"아, 별거 없었어요. 그냥 대화만 나눴지." 토니가 한숨을 쉬며 말했다. "모든 게 다 상상일 뿐이라나요. 여자들이랑 가깝게 지내는 게 좋겠대요. 열심히는 하는데 자기가 뭔 말을 하는지 몰라. 도움이 안 돼요."

"난 도움이 될 거예요."

춤을 멈추고 서로를 바라보는 얼굴이 타올랐다.

"아, 네바다!" 그가 애달픈 소리로 말했다. "당신을 알게 된 것이 나한테 어떤 의미인지…… 당신은 나를 따뜻하게 대해줘요. 다른 사람들은 하나같이 나를 쓰레기 취급 했는데."

"그런데 그 사람, 당신한테 진지한 것 같지 않아요?" 그녀는 곰곰이 생각하는 듯 걸어가 축음기를 껐다.

"조지를 잘도 속여넘기던걸요."

"그렇게 말하니 죄지은 기분이에요. 그렇게 점잖은 사람인데…… 어쨌든 그분이 아니었다면 나는 봄가르트 박사에게 가볼 수조차 없었을 거 아녜요."

"그건 그 사람 책임이죠. 바보예요…… 호텔비 대주고 극장표나 사

---

* 유비 블레이크의 곡. 이 곡은 동명의 뮤지컬로도 유명한데, 이는 배우 전원이 흑인으로 구성된 미국 최초의 재즈 뮤지컬이었다.

주는 걸로 나를 어쩌겠다고 생각했다면 오산이야. 하지만 토니, 그 박사님한테는 계속 가봐야 해요. 글렌 개스턴한테는 기적이 일어났잖아요…… 그 사람도 서른다섯 살까지는 당신과 똑같이 생각했었어요. 그런데 최근 들은 바로는 결혼해서 쌍둥이까지 낳았대요…… 이제 진짜 키스를 해줘요. 어서요. 춤 한 번 더 춰요. 세상에, 당신 춤은 정말 근사해요. 당신 같은 사람들은 항상 춤을 잘 추죠. 어찌 된 일인지는 모르지만……"

갑자기 전화기가 톱질하듯 요란하게 울렸다. "여보세요…… 네. 존스입니다. ……그럼요, 조지, 벌써 기다리고 있었는걸요……" 그녀는 수화기를 내려놓았다. "토니, 큰일 났어요. 어서 가봐요. 나중에 전화할게요. 엘리베이터 타지 말고요. 그와 마주치겠어요." 토니 헌터가 문밖으로 사라졌다. 네바다는 〈베이비, 디바인〉을 틀어놓고 안절부절못하며 방 안을 서성였다. 의자를 바로 놓고 짧고 뻣뻣한 곱슬머리를 잡아당겨 폈다.

"아, 조지! 안 오시는 줄 알았어요. 맥닐 씨, 안녕하세요? 오늘 하루 종일 왜 이리 정신이 없나 모르겠네. 안 오시는 줄 알고. 뭐 좀 시켜 먹어요. 배고파 죽겠어요."

조지 볼드윈은 중절모를 벗어 지팡이와 함께 구석의 테이블에 올려놓았다. "거스, 자네는 뭐로 하려나?" 그가 물었다.

"난 늘 먹던 걸로. 구운 새끼양고기에 구운 감자."

"난 크래커와 우유나 좀 먹어야겠어. 속이 좋지 않아서…… 네바다, 맥닐 씨에게 하이볼 한 잔 만들어주지 않겠소?"

"하이볼이라면 될 것 같아요." 네바다가 욕실로 가 얼음을 으깨며 외쳤다. "조지, 전 구운 새끼랍스터 반에 아보카도 샐러드 주문해주세요."

"저 여자는 아무튼 랍스터라면 사족을 못 쓴다니까." 볼드윈은 웃으며 전화기 쪽으로 갔다.

그녀는 쟁반 위에 하이볼 두 잔을 올려 욕실에서 돌아왔다. 납결염색한 진홍색과 패럿그린색이 섞인 스카프를 목에 두르고 있었다.

"맥닐 선생님과 제 것 두 잔뿐이에요…… 조지는 의사선생님의 금주령을 받았어요."

"네바다, 오후에 뮤지컬 보러 가지 않겠소? 일이 너무 많아서 머리를 좀 비워야겠어."

"낮에 공연 보는 거 너무 좋아요. 토니 헌터도 데려가면 안 될까요? 심심하다며 오늘 오후에 놀러 가고 싶다고 전화했었거든요. 이번 주엔 일이 없대요."

"좋지…… 네바다, 우린 창가로 가서 잠시 일 얘기를 하고 싶은데 자리 좀 피해주겠소. 식사가 올 때까지는 끝내도록 하지."

"그러세요, 그동안 전 옷 갈아입을게요."

"거스, 이리 앉지."

그들은 잠시 묵묵히 창밖으로 신축 중인 옆 건물의 빨간 비계를 바라보았다. "좋아, 까짓." 볼드윈이 갑자기 거칠게 말했다. "출마해보겠네."

"잘 생각했어, 조지. 우린 자네 같은 사람이 필요해."

"난 개혁파 후보로 나갈 생각이야."

"자네가?"

"거스, 소문이 퍼지기 전에 자네한테는 직접 얘기해주고 싶었어."

"누가 자넬 뽑나?"

"나도 후원자가 있지. 언론에서도 협조해줄 거고."

"언론 따위…… 우리 쪽은 유권자를 쥔 판에…… 내가 아니었으면 자네 같은 사람은 지방검사 후보에 이름도 못 올렸을걸."

"자네가 항상 내 편이 되어주었다는 것은 알고 있고, 앞으로도 그래주길 바라."

"난 한 번도 누굴 배신해본 적이 없어. 주고받는 게 세상이야."

"잠깐만요." 플라밍고 같은 분홍 드레스를 입은 네바다가 댄스 스텝을 밟듯 사뿐히 다가왔다. "남자분들 얘기 아직 안 끝났나요?"

"다 됐소." 거스가 퉁명스레 말했다. "그런데 네바다 양, 그 이름은 어떻게 지은 거요?"

"제가 네바다 주 리노에서 태어났거든요…… 어머니가 이혼할 작정으로 거길 갔었다던데…… 얼마나 열이 났겠어요…… 똥 밟은 거죠."

애너 코언은 뉴욕에서 가장 맛있는 샌드위치라는 간판 아래 카운터 뒤에 서 있었다. 굽이 닳은 힐을 신은 발이 아프다.

"자, 당장 사람들이 몰려오지 않으면 오늘 공치는 거야." 그녀 옆에 선 소다수장수가 말했다. 얽은 얼굴에 목젖이 튀어나온 사내다. "항상 한꺼번에 몰려온단 말이야."

"똑같은 시간에 똑같은 생각이 나나보죠."

그들은 유리칸막이 너머 지하철로 들락날락하는 사람들의 끝없는 대열을 지켜보았다. 그녀는 갑자기 카운터 뒤로 빠져나가 뚱뚱한 중년여자가 조리대를 손질하고 있는 좁고 숨 막히는 부엌으로 들어간다. 한구석에 거울이 못에 걸려 있다. 애너는 옷걸이에 걸린 외투 주머니에서 파우더케이스를 꺼내 코에 찍어 바르기 시작한다. 그녀는 조그만 퍼프를 쥐고 잠시 멈춰 서서 넙데데한 얼굴을 들여다본다. 짧게 자른 앞머리와 밥컷으로 자른 곧은 검은 머리. 못생긴 유대인 계집애, 그녀는 혼잣말로 씁쓸하게 중얼거린다. 살며시 카운터로 돌아가려는데 마주 오던 매니저와 마주친다. 번쩍이는 대머리에 뚱뚱한 이탈리아 사람이다. "하루 종일 거울 들여다보며 멋 내는 거 말고는 할 줄 아는 게 없지? ……좋아, 넌 해고야."

그녀는 올리브처럼 번들거리는 그의 얼굴을 빤히 바라본다. "오늘만 채우면 안 될까요?" 그녀가 말을 더듬는다. 그는 고개를 끄덕인다. "열심히 좀 해. 여기가 미용실인 줄 알아?" 그녀는 급히 카운터의 자기 자리로 돌아간다. 의자가 다 찼다. 아가씨들, 사무원들, 안색이 나쁜 사무원들. "치킨 샌드위치에 커피 한 잔이요." "크림치즈와 올리브 샌드위치, 그리고 버터밀크 한 잔." "초콜릿 선데."

"에그 샌드위치 하나, 커피하고 도넛." "콘소메 하나." "치킨수프." "초콜릿 아이스크림 소다." 사람들은 서로 얼굴을 쳐다보지도 않고 접시와 컵만 들여다보며 서둘러 먹는다. 의자에 앉은 사람들 뒤에서 기다리는 사람들이 등을 밀며 앞으로 다가온다. 선 채로 먹는 사람들도 있다. 카운터를 등지고 당식 인라 린그라고 쓰인 유리칸막이 너머를 바라보며 먹는 사람도 있다. 칙칙한 초록색 땅거미 속에 인파가 지하철로 밀려들어가고 밀려나온다.

"조, 그러니까 나한테 자초지종을 얘기해보게." 거스 맥닐이 회전의자에 기대앉아 시가 연기를 자욱하게 내뿜으며 말했다. "자네들은 플랫부시에서 뭘 하고 있나?"

오키프는 헛기침을 하고 발을 바닥에 문질렀다. "소요위원회를 구성했습니다."

"음, 그랬군…… 그렇다고 가먼트*의 무도회를 습격해도 좋다는 얘긴 아닐 텐데?"

"저와는 상관없는 일입니다…… 동료들이 평화주의자와 빨갱이들에게 분노했던 것이죠."

"그것도 다 일 년 전에나 통했을 얘기야. 이젠 분위기가 달라. 조, 이제 사람들은 전쟁영웅이라면 넌더리를 낸다고."

"그쪽에서 저희 조직은 탄탄합니다."

"나도 아네, 조. 알고 있다고. 자네는 믿을 만한 친구니까…… 참전보상금 건은 조금 고삐를 죌 생각이네…… 뉴욕 주는 귀환 장병에 대한 의무를 다했어."

"그렇긴 하지요."

"참전보상금이란 평범한 사업가들에게는 세금이 늘어난다는 걸 의미해…… 세금을 더 내고 싶은 사람은 없지."

"그렇다 해도 참전용사들은 마땅한 보상을 받아야 한다는 게 제 생각입니다."

---

* 맨해튼 패션의 중심지. 여기에서는 의류업 노동자들을 가리킨다.

"우리 모두 좀 더 나은 보상을 받아야 마땅하지만 그렇지 못하지…… 어디 가서 내가 이런 소리 했다고 하지는 말고…… 조이, 저기 상자에서 시가를 하나 가져가게. 아바나에 있는 친구가 해군 장교한테 부탁해서 보내준 거라네."

"고맙습니다."

"한 너덧 개 집어가라고."

"그렇게나요, 고맙습니다."

"조, 자네들은 시장선거에는 어떤 태도를 취할 건가?"

"그건 참전용사들에 대한 태도에 달렸지요."

"이봐, 조. 자네는 똑똑하니까……"

"아, 그들은 옳은 태도를 취할 겁니다. 제가 얘기하면 됩니다."

"조직은 몇 사람이나 되나?"

"셰이머스 오라일리 지회만도 삼백 명이 넘는데다 신입회원이 매일 늘어갑니다…… 사방에서 모집하고 있어요. 크리스마스에 무도회를 열고, 선수가 모이면 병기고에서 권투시합을 벌일 예정입니다."

거스 맥닐은 굵은 목덜미를 뒤로 젖히고 껄껄 웃었다. "그거 좋겠군!"

"하지만 그들을 단결시키는 데 연금만한 건 없습니다."

"내가 하루 저녁 가서 얘기해보는 건 어떨까?"

"그것도 좋지만, 녀석들은 참전 경험이 없는 사람들에 대해 일단 반감이 대단합니다."

맥닐의 얼굴에 핏발이 섰다. "전쟁터에서 돌아오더니 자네들도 한 수 배웠다 이건가?" 그가 웃었다. "그것도 길어야 한두 해야…… 미국-스페인 전쟁 때 돌아온 사람들을 보라고. 잊지 말게, 조."

사환이 들어와 책상 위에 명함을 놓았다. "어떤 여자분이 맥닐 씨를 뵙고 싶답니다."

"알았네, 안내해…… 교육위원회의 그 할망구로군…… 그럼, 조. 다음 주에 다시 오게…… 자네와 자네 전우들에 대해서는 생각해보지."

밖에는 더건이 기다리고 있었다. 그가 미묘한 표정을 지으며 다가왔다. "조, 얘기는 어떻게 됐나?"

"잘됐어." 조는 가슴을 쭉 펴며 말했다. "거스 말로는 태머니파가 뒤에서 우리의 연금투쟁을 밀어주겠다는 거야. 전국적인 지지운동을 계획하고 있어. 그의 친구가 아바나에서 비행기로 부쳐준 시가를 좀 주던걸…… 하나 할래?" 그들은 입언저리에 시가를 삐딱하게 물고 시청 앞 광장을 여봐란듯이 활보했다. 오래된 시청 건너편에 새 건축물의 골조가 세워져 있었다. 조가 시가 끝을 들어 그것을 가리켰다. "저기가 시장이 세우게 한 새로운 시민 윤리 기념비가 설 자리야."

차일즈* 앞을 지날 때 조리실에서 피어오르는 증기가 그의 꼬인 위장을 뒤틀었다. 주철로 만든 것 같은 검은 도시 위로 저녁노을이 체로 친 듯 미세한 먼지를 뿌리고 있었다. 더치 로버트슨은 프랜시의 따뜻한 침대와 그녀의 향긋한 머리카락 냄새를 떠올리며 유니언 광장을 맥없이 걸어갔다. 그는 빈 주머니 깊숙이 손을 집어넣었다. 동전 한

---

* 미국과 캐나다의 최초의 체인 레스토랑 중 하나.

푼 없군, 프랜시도 그에게 줄 돈은 없었다. 그는 호텔을 지나 동쪽으로 15번가를 지나갔다. 흑인이 계단을 쓸고 있었다. 더치는 그를 부러워하며 쳐다보았다. 저 사람은 일이 있다. 우유배달차가 덜컹거리며 지나갔다. 스타이브선트 광장에서 양손에 우유병을 하나씩 든 우유배달부가 그의 곁을 스쳐갔다. 더치는 아래턱을 내밀며 거칠게 말했다. "우유 한 모금 먹자고, 엉?" 우유배달부는 뺨이 발그레하고 연약해 보이는 소년이었다. 그의 푸른 눈이 생기를 잃었다. "아, 네. 차 뒤로 가시면 좌석 밑에 개봉한 게 한 병 있어요. 마실 땐 사람들 눈에 띄지 않게 해주세요." 그는 벌컥벌컥 마셨다. 달콤하고 시원한 우유가 갈증난 목을 타고 흘렀다. 맙소사, 그렇게 거칠게 말할 필요는 없었는데. 그는 우유배달부가 돌아오기를 기다렸다가 말했다. "고마워, 신세졌다."

그는 추운 공원으로 걸어가 벤치에 앉았다. 아스팔트에 서리가 내려 있었다. 그는 땅에 떨어진 분홍색 석간신문의 한 귀퉁이를 집어 올렸다. 50만 달러 강도사건. '러시아워의 월 스트리트에서 은행원 습격당하다.'

한낮의 가장 혼잡한 시간에 개런티 트러스트 컴퍼니 은행의 현금 수송 직원 아돌퍼스 세인트 존이 2인조 권총강도의 습격을 받아 현금 오십만 달러가 든 가방을 탈취당해……

더치는 기사를 읽으며 심장이 고동치는 것을 느꼈다. 온몸에 한기가 느껴졌다. 그는 일어나 팔로 자신의 몸을 두드리기 시작했다.

콩고는 고가철도 종착역에서 의족을 질질 끌며 회전식 개찰구 밖으로 나왔다. 지미 허프가 좌우를 살피며 그의 뒤를 따랐다. 밖은 어둡고 폭우를 동반한 바람이 귓가를 쌩쌩 스쳐갔다. 역 앞에 포드 세단 한 대가 대기하고 있었다.

"어때요, 허프 씨?"

"좋군, 콩고. 저쪽은 물인가?"

"십스헤드 만이지요."

그들은 군데군데 파란 금속처럼 빛나는 웅덩이를 피해가며 큰길을 따라 걸었다. 바람에 흔들리는 아크등은 시든 포도열매처럼 보였다. 멀리 좌우로 모여 있는 집들이 반짝반짝 빛났다. 그들은 물 위로 보이는 말뚝이 떠받치고 있는 긴 건물 앞에 멈춰 섰다. 당구장. 지미는 불 꺼진 창 위의 글씨를 겨우 읽어냈다. 그들이 문가에 이르자 문이 열렸다. "잘 있었나, 마이크." 콩고가 말했다. "이쪽은 내 친구인 허프 씨." 그들이 들어가고 문이 닫혔다. 안은 오븐 속처럼 캄캄했다. 굳은 손이 어둠 속에서 지미의 손을 잡았다.

"반갑습니다." 목소리가 들렸다.

"제 손을 어떻게 찾으셨습니까?"

"난 어두운 데서도 잘 봐요." 목소리가 껄껄 웃었다.

그즈음 콩고는 이미 안쪽 문을 열고 있었다. 불빛이 새어 들어와 당구대와 모퉁이의 긴 바, 큐걸이 등이 보였다. "이 친구는 마이크 카디네일입니다." 콩고가 말했다. 지미 옆에 키가 크고 창백한, 수줍음을 타는 사내가 서 있었다. 검은 머리카락이 덥수룩하게 이마를 덮고 있었다. 안쪽 방의 선반에는 사기그릇이 가득 놓여 있었고 둥근 테이블에는 겨자색 유포(油布)가 덮여 있었다. "주인아주머니!" 콩고가 외쳤다. 뺨이 사과처럼 붉은 뚱뚱한 프랑스 여자가 맞은편 문을 열고 들어왔다. 그녀의 등 뒤로 지글거리는 버터와 마늘 냄새가 훅 끼쳐왔다. "이분은 내 친굽니다. ……뭘 좀 먹어야 할 것 같아요." 콩고가 소리쳤다. "저희 집사람입니다." 카디네일이 자랑스럽게 말했다. "귀가 잘 안 들려요…… 소리를 질러야 하죠." 그는 돌아서서 큰 홀로 이어지는 문을 조심스레 닫고 빗장을 걸었다. "길에서는 불빛이 안 보입니다." 그가 말했다. "여름엔," 카디네일 부인이 말했다. "하루에 백 인분, 백오십 인분 식사를 준비할 때도 있어요."

"뭐 마실 것 좀 없나?" 콩고는 투덜거리며 의자에 풀썩 주저앉았다. 카디네일이 배가 불룩한 포도주병과 잔 몇 개를 테이블에 올려놓았다. 그들은 입맛을 다시며 와인을 맛보았다. "다고 레드*보다 낫죠, 허프 씨?"

"그럼요. 진짜 키안티 맛이 나네요."

카디네일 부인은 접시 여섯 개와 그 옆에 각각 포크, 나이프, 스푼을 차려놓고, 김이 올라오는 뚜껑 있는 수프그릇을 테이블 한가운데에 놓았다.

"프론토 파스타, 식사 준비됐어요!" 그녀는 뿔닭 암컷 같은 소리로 외쳤다. "이 애는 아네트라고 합니다." 검은 머리에 뺨이 발그레한 소녀가 방 안으로 뛰어 들어오자 카디네일이 말했다. 반짝이는 검은 눈

---

* 이탈리아가 아닌 외국, 특히 미국 가정에서 이탈리아 와인 맛을 흉내 내 담근 와인을 가리킨다.

위로 길게 말려 올라간 속눈썹이 보였다. 그 뒤로 카키색 작업복을 입은 청년이 따라 들어왔다. 몹시 그을린 얼굴에 곱슬머리도 햇빛에 많이 바래 보였다. 그들은 다 같이 자리에 앉아 접시 위로 고개를 숙이고 후추 냄새가 진한 야채수프를 먹기 시작했다.

수프를 다 먹은 콩고가 고개를 들었다. "마이크, 불빛 봤나?" 카디네일이 고개를 끄덕였다. "봤지…… 언제 나타날지 몰라." 그들이 달걀프라이와 구운 마늘, 잘 익힌 송아지 커틀릿과 프라이드 포테이토와 브로콜리를 먹는 동안 지미의 귀에 멀리서 타타 타타 모터보트 소리가 들려왔다. 콩고는 자리에서 일어나 모두에게 조용히 하라는 손짓을 하며 블라인드 한 귀퉁이를 조심스레 들고 밖을 살폈다. "그놈이야." 그가 발을 끌고 식탁으로 되돌아오며 말했다. "여기 음식 맛있죠, 허프 씨?"

젊은 남자가 팔로 입을 훔치며 일어났다. "콩고, 오 센트짜리 있어요?" 그가 스니커*를 신은 발로 댄스 스텝을 두어 번 밟으며 말했다. "조니, 같이 가자." 소녀가 그의 뒤를 따라 어두운 바깥방으로 갔다. 그 순간 자동피아노의 왈츠곡이 땡깡땡깡 시작됐다. 지미는 문틈을 통해 두 사람이 타원형 불빛 속을 들락날락하며 춤추는 모습을 지켜보았다. 타타타 모터보트 소리가 더 가깝게 들려왔다. 콩고가 밖으로 나가고, 이어 카디네일 부부가 나가고 나서 지미는 혼자 저녁식사의 파편 속에 남아 와인을 홀짝였다. 흥분되면서도 어수선한 가운데 어렴풋이 취기가 돌았다. 머릿속에서는 벌써 이야기가 짜이고 있었다.

---

* 당시의 고무밑창이 달린 신발.

길에서 트럭 한 대가 덜덜거리는가 싶더니 한 대가 더 나타났다. 모터보트 엔진이 딸꾹질하듯 소리를 뚝 그치더니 역화(逆火)를 일으키며 멈췄다. 보트가 말뚝에 부딪히는 소리가 나고 사방이 고요해졌다. 자동피아노는 멈춰 있었다. 지미는 앉아서 자신의 와인을 홀짝였다. 소금기 섞인 개펄의 냄새가 집 안으로 훅 끼쳐 들어왔다. 발밑에서 찰싹찰싹 말뚝에 부딪히는 물소리가 들려왔다. 멀리서 또 다른 모터보트가 타타거리며 다가오는 소리가 들리기 시작했다.

"오 센트 없어?" 콩고가 갑자기 방 안으로 뛰어 들어오며 외쳤다. "음악을 틀어…… 어째 묘한 밤이야. 당신은 아네트와 계속 피아노를 틀어요. 내릴 때 맥기가 보이지 않았어…… 누가 왔을지도 몰라. 서둘러야겠어." 지미가 일어나 주머니를 뒤졌다. 아네트는 피아노 앞에 서 있었다. "춤출까?" 그녀가 고개를 끄덕였다. 피아노에서 〈순진한 눈〉이 흘러나왔다. 그들은 정신없이 춤을 추었다. 밖에서 목소리와 발소리가 들려왔다. "잠깐요." 갑작스러운 그녀의 말에 춤은 멈췄다. 두 번째 모터보트가 아주 가까이에 와 있었다. 모터보트는 여전히 낮은 소리로 탈탈거렸다. "잠깐, 여기 있어요." 아네트가 말하며 그의 곁을 빠져나갔다.

지미 허프는 이리저리 서성이며 초조하게 담배 연기를 뿜어냈다. 그는 머릿속으로는 이야기를 만들며…… 십스헤드 만의 외떨어진 옛 댄스홀에서…… 꽃봉오리처럼 예쁜 이탈리아 소녀와…… 밤의 정적 속에 날카로운 기적이…… 이러고 있을 게 아니라 밖에 나가 무슨 일이 일어났는지 살펴야 한다. 그는 더듬거리며 문을 찾았다. 문은 잠겨 있었다. 그는 피아노로 가서 다시 오 센트 동전을 넣었다. 그리고 새 담배에 불을 붙인 다음 다시 방 안을 서성이기 시작했다. 항상 같다…… 인생이라는 드라마에 기생하는 기생충. 기자는 모든 것을 옹이구멍을 통해서만 본다. 절대 휘말리는 일이 없다. 피아노는 〈그래, 우리는 바나나가 없다〉*를 연주한다. "빌어먹을!" 그는 혼잣말로 중얼거리고 이를 갈며 왔다 갔다 했다.

밖에서는 우당탕 소리가 점점 커지고 거칠게 으르렁거리는 소리가 났다. 우지끈 나무 부러지는 소리와 병 깨지는 소리가 들렸다. 지미는 식당의 창문으로 밖을 내다보았다. 잔교(棧橋)에서 치고받는 사내들의 그림자가 보였다. 그가 부엌으로 뛰어 들어가자 콩고가 땀투성이가 되어 굵은 지팡이를 짚고 비틀거리며 안으로 들어오고 있었다.

"빌어먹을, 저놈들이 내 다리를 부러뜨렸어!" 그가 외쳤다.

"맙소사!" 지미가 신음하는 그를 부축해 식당으로 데리고 들어왔다.

"지난번 고칠 때는 오십 달러가 들었는데."

"의족을 말하는 건가?"

"아니면 뭐겠어요?"

"단속반인가?"

"단속반은 무슨…… 빌어먹을 강도 떼지…… 가서 피아노에 동전이나 넣으세요." 피아노는 곧 〈꿈에 본 아름다운 아가씨〉를 흥겹게 연주했다.

지미가 돌아와서 보니 콩고는 의자에 앉아 두 손으로 의족이 떨어져 나간 자리를 어루만지고 있었다. 테이블 위에 코르크와 알루미늄

---

* 프랭크 실버와 어빙 콘의 버라이어티 쇼 〈서둘러〉에 나오는 곡.

이 섞인 의족이 부서지고 휘어진 채 올려져 있었다. "내 꼴 좀 보라지…… 맛이 갔어…… 맛이 갔다고." 그가 말하고 있을 때 카디네일이 들어왔다. 눈 위의 깊은 상처에서 피가 뺨을 타고 흘러내려와 코트와 셔츠 위로 뚝뚝 떨어졌다. 눈이 휘둥그레진 그의 아내가 뒤따라 들어왔다. 그녀는 세숫대야를 받치고 스펀지로 그의 이마를 닦아주었지만 소용이 없었다. 그는 그녀를 떠다밀었다. "파이프로 어떤 놈 대가리를 작살냈어. 물속에 떨어진 것 같아. 빠져 죽었어야 하는데, 참."

조니가 고개를 높이 쳐들고 들어왔다. 아네트가 그의 허리에 팔을 둘렀다. 한쪽 눈이 퍼렇게 멍들고 셔츠 소매는 너덜너덜 찢겨 있었다. "세상에, 영화가 따로 없었어요." 아네트가 발작적으로 킬킬거리며 말했다. "엄마, 이 사람 근사했죠? 정말 근사했죠?"

"총을 쏘지 않은 게 천만다행이지. 놈들 중 하나는 총을 가지고 있었어."

"제놈들도 엄두가 나지 않았던 게지."

"트럭들이 떠났어."

"부서진 상자는 하나뿐이에요…… 다섯 놈이나 되더라니까."

"이 사람 잘 싸웠죠?" 아네트가 소리를 높였다.

"입 닥치지 못해." 카디네일이 으르렁거렸다. 그는 의자에 털썩 주저앉아 있고 아내는 스펀지로 얼굴을 닦고 있었다. "보트 안을 들여다봤나?" 콩고가 물었다.

"너무 어두웠어요." 조니가 말했다. "말투는 저지 사람들 같던데…… 처음엔 저한테 와서 세관원이라고 하더라고요. 총 뽑을 새도 없이 내가 한 방 먹였더니 배에서 바닷속으로 첨벙 떨어졌죠. 자식들이 쫄아가지고 말이야. 보트에 타고 있던 조지라는 작자는 노로 사람 머리를 박살 낼 뻔했어요. 그러더니 다 찌그러진 배를 타고 줄행랑을 친 거예요."

"그런데 우리가 짐을 내리는 건 어떻게 안 거야?" 콩고가 시뻘건 얼굴로 더듬거리며 말했다.

"어떤 놈이 찔렀나보지." 카디네일이 말했다. "어떤 자식인지 내 눈에 띄면 가만두지 않겠어……" 그는 입술로 펑 하는 소리를 냈다.

"허프 씨, 잘 알아두세요." 콩고가 말했다. 그의 목소리는 다시 평소처럼 부드러워졌다. "모두 명절에 마실 샴페인이었어요…… 비싼 짐이죠, 네?" 아네트는 여전히 달아오른 뺨을 하고 앉아 있었다. 조니를 바라보는 그녀의 눈은 지나치게 반짝이고 입은 반쯤 벌어져 있었다. 허프는 그 모습에 자기도 모르게 얼굴을 붉혔다.

그는 일어섰다. "저는 이만 대도시로 돌아가봐야겠군요. 저녁 잘먹고 활극까지 구경 잘하고 가네, 콩고."

"혼자 역까지 찾아가실 수 있겠어요?"

"그럼."

"허프 씨, 잘 가세요. 크리스마스에 마실 샴페인 한 상자 사실래요? 진짜 멈*인데."

"그럴 형편이 못 돼, 콩고."

"그럼 친구분들한테라도 팔아주시면 되잖아요. 제가 커미션은 드릴 테니."

---

* 고급 발포 와인.

"좋아, 어디 보자고."

"내일 전화로 가격 알려드리죠."

"그거 좋겠군. 그럼 잘 자게."

브루클린 교외로 가는 한산한 열차를 타고 덜컹덜컹 집으로 돌아오며 지미는 일요신문 증보판에 쓸 밀수 기사를 생각하려고 애썼다. 소녀의 분홍색 뺨과 지나치게 반짝이는 눈이 자꾸만 끼어들어 질서정연한 사고의 흐름을 방해했다. 그는 점점 더 몽롱한 꿈속으로 빠져들었다. 아이를 낳기 전엔 엘리도 가끔 그렇게 지나치게 반짝이는 눈을 한 적이 있었다. 그때 그 언덕에서 그녀가 갑자기 그의 품에 쓰러져 구토증을 일으켰을 때, 풀이 무성한 언덕배기에서 무심한 눈길을 던지며 풀을 뜯는 암소들 사이에 그녀를 남겨놓고 목동의 움막으로 가서 나무국자에다 우유를 얻어서 돌아왔다. 산에 차츰 저녁이 깊어갈 무렵, 뺨에 혈색이 돌아온 그녀가 지나치게 반짝이는 눈빛으로 그를 보며 조그맣게 마른 웃음을 지었다. 뱃속의 꼬마 허프 때문이에요. 제길, 어째서 난 자꾸만 과거 일을 곱씹는 것일까? 아기가 태어나고 엘리가 뇌이의 미국병원에 있을 때, 그는 정신없이 놀이공원을 뒤지고 다니며 벼룩서커스를 보러 가고, 회전목마나 증기로 움직이는 그네를 타러 다녔다. 장난감과 과자를 사기도 하고, 반쯤 정신이 나간 상태에서 제비뽑기를 해 병원으로 돌아갈 때는 커다란 석고돼지를 옆구리에 끼고 있었다. 과거로의 어이없는 도피라니, 내가 왜 이럴까. 그녀가 정말 죽었더라면 어떻게 됐을까. 나는 정말 그랬을 거라고 생각했었다. 그랬다면 과거는 완전히 둥근 모양으로 틀에 끼워져 카메오 세공품처럼 둥글게 너의 목에 걸렸겠지. 밀수에 관한 제임스 허프의 첫 기사처럼 일요신문의 증보판에 실릴 수 있도록 활자로 조판되었을 것이다. 타오르는 생각의 다발들이 덜컹거리는 라이노타이프 인쇄기에 찍혀 말이 되었다.

한밤중에 그는 14번가를 가로질러 걷고 있었다. 살을 에는 바람이 날카롭고 차가운 갈퀴로 목과 턱을 찢는 듯했지만 그는 집으로 가서 잠자리에 들고 싶지 않았다. 그는 7번 애비뉴와 8번 애비뉴 사이를 가로질러 서쪽으로 걸었다. 어두컴컴한 조명이 비치는 현관의 벨 옆에 로이 셰필드라는 이름이 보였다. 벨을 누르자마자 자물쇠가 찰칵 하는 소리가 들렸다. 그는 계단을 뛰어 올라갔다. 요괴의 회색 유리알 같은 눈을 가진 로이가 현관문 밖으로 커다란 고수머리를 내밀었다.

"지미, 어서 와. 우리 모두 한잔씩 걸치고 알딸딸해."

"난 밀수업자와 그걸 채가려는 패거리의 싸움을 보고 오는 중이야."

"어디서?"

"십스헤드 만에서."

"지미 허프야. 지금까지 금주단속반과 싸우다 오는 중이래." 로이가 그의 아내에게 외쳤다. 앨리스는 인형처럼 짙은 밤색 머리칼에 코가 살짝 들린, 복숭앗빛과 크림색이 섞인 인형 같은 얼굴을 가진 여자였다. 그녀는 지미에게 달려와 턱에 입을 맞췄다. "오, 지미. 얘기 좀 해봐요…… 너무 지루하던 참이거든요."

"안녕하신가!" 지미가 외쳤다. 방 저쪽 어두운 구석의 카우치에 앉아 있는 프랜시스와 밥 힐더브랜드가 눈에 띄었다. 그들은 그를 향해 유리잔을 쳐들었다. 지미는 안락의자에 앉혀지고, 진저에일을 섞은 진이 담긴 유리잔을 건네받았다. "싸움이니 하는 건 다 무슨 소리야?

〈선데이 트리뷴〉을 사서 읽고 싶은 맘은 없으니까 얘기 좀 해주지."

밥 힐더브랜드가 천둥처럼 울리는 목소리로 말했다.

지미는 한 모금 쭉 들이켰다. "프랑스인과 이탈리아인 밀수업자들을 손안에 쥐고 있는 사람과 함께 갔었어. 좋은 사람이지. 의족을 하고 있지만. 십스헤드 만 근처의 버려진 당구장에서 진짜 이탈리아 와인과 음식을 대접받았어……"

"그건 그렇고," 로이가 물었다. "헬레나는 어떻게 된 거야?"

"말 자르지 마요, 로이." 앨리스가 말했다. "재밌는데…… 그리고 남의 부인이 어디 있든 당신이 그건 왜 물어요?"

"그러고 나서 신호 불빛이 번쩍이는데 모터보트가 도착하더라고. 파크 스트리트의 크리스마스 때 쓸 멈 엑스트라 드라이 샴페인을 가득 싣고서 말이지. 그리고 약탈자들이 고속 모터보트를 타고 나타났지…… 그렇게 빨리 온 걸 보면 쾌속정일 거야……"

"어머, 흥미진진한걸요." 앨리스가 비위를 맞췄다. "……로이, 당신도 밀수를 시작해보지그래요?"

"영화에서 말고 그렇게 격하게 싸우는 건 처음 봤어. 양쪽에 예닐곱 명으로 나뉘어 요렇게 좁은 잔교에서 싸우는데, 노와 납파이프를 들고서 머리를 치고받고."

"그럼 누가 다쳤나?"

"모두 다…… 탈취범 둘이 익사한 것 같아. 아무튼 약탈자들은 물러가고, 남은 우리는 엎질러진 샴페인을 핥아먹느라 정신이 없었지."

"무시무시했겠어!" 힐더브랜드 부부가 외쳤다. "지미, 당신은 뭘 하고 있었어요?" 앨리스가 숨 가쁘게 물었다.

"아, 난 잔뜩 몸을 사리고 있었지요. 누가 누구 편인지도 모르겠고 어두운데다 비까지 와서 어디가 어딘지 분간도 할 수 없고…… 다리가 부러진 밀수업자 친구를 겨우 그 난리 속에서 구해냈어요…… 나무의족이지만."

모두가 함성을 질렀다. 로이가 지미의 잔에 진을 다시 따랐다.

"오, 지미!" 앨리스가 아양 떠는 소리를 냈다. "스릴 만점인 삶을 살고 있군요."

제임스 메리베일은 막 해독한 전보를 들고 연필로 단어를 한 자씩 가볍게 눌러가며 읽고 있었다. 태즈메이니아 망간 제조회사에서 신용장 개설 요청…… 책상 위의 전화기가 울리기 시작했다.

"제임스, 엄마다. 어서 집에 오너라. 큰일 났다."

"어머니, 갈 수 있을지 모르겠어요."

그녀는 이미 전화를 끊은 다음이었다. 메리베일은 자신의 안색이 창백해지고 있음을 느꼈다. "애스핀월 씨 부탁합니다…… 애스핀월 씨, 저 메리베일인데요…… 어머니가 갑자기 편찮으시답니다. 뇌일혈인지도 모르겠어요. 한 시간 정도 자리를 비우고 가봐야겠습니다. 태즈메이니아 건에 관한 전보 처리에 늦지 않게 돌아오겠습니다."

"알았네…… 유감이군, 메리베일 군."

그는 모자와 코트를 집어 들고 머플러는 잊은 채 은행에서 뛰어나와 지하철로 이어지는 길로 달렸다.

초조한 마음에 손가락을 튕기며 숨 가쁘게 아파트로 뛰어 들어갔다. 그는 현관에서 메리베일 부인의 창백한 얼굴과 마주쳤다.

"어머니가 아프신 줄 알았어요."

"그게 아니라…… 메이지 일이란다."

"사고라도 당한 건 아니겠죠?"

"들어오너라." 메리베일 부인이 말을 가로막았다. 거실에는 둥근 밍크모자에 긴 밍크코트를 입은, 키가 작고 얼굴이 동그란 여자가 앉아 있었다. "얘, 이 여자분이 잭 커닝햄 부인이라는구나. 증거로 결혼 증명서를 가지고 왔어."

"아니, 그게 정말입니까?"

여자는 심란한 듯 고개를 끄덕였다.

"초대장도 이미 다 돌리지 않았니. 지난번 그의 전보를 받은 후로 메이지는 신혼살림을 계속 주문하고 있는데."

여자는 팬지꽃과 큐피드로 장식된 커다란 증명서를 펼쳐 제임스에게 내밀었다.

"위조한 것인지도 모릅니다."

"위조한 게 아니에요." 여자가 상냥하게 말했다.

"존 C. 커닝햄, 21세…… 제시 링컨, 18세." 그는 소리 내어 읽었다. "이 불한당 같은 놈, 얼굴을 박살 내버리겠어. 이건 그놈의 사인이 확실해요. 은행에서 본 일이 있어요…… 나쁜 자식."

"제임스, 섣불리 행동하지 마라."

"식이 끝난 다음보다는 이런 식으로 알리는 게 낫다고 생각했어요." 여자가 달콤한 목소리로 끼어들었다. "무슨 일이 있어도 잭의 이중결혼만은 막고 싶었거든요."

"메이지는 어디 있어요?"

"불쌍한 것이 풀이 죽어 자기 방에 있단다."

메리베일의 얼굴이 빨갛게 달아올랐다. 칼라 밑에서 땀이 배어나와 근질거렸다. "제임스, 제발 경솔한 짓은 하지 않겠다고 내게 약속해다오." 메리베일 부인이 같은 말을 반복했다.

"예, 메이지의 체면은 어떻게든 세워줘야죠."

"얘, 내 생각 같아서는 그 사람을 이리 데려와 이…… 여기 이…… 여자분과…… 대면시켜보는 게 제일 좋을 것 같구나. 그래도 되나요, 커닝햄 부인?"

"아, 네…… 그래도 될 것 같아요."

"잠깐 실례하겠습니다." 메리베일은 큰 소리로 말한 다음 복도 저편의 전화기로 성큼성큼 걸어갔다.

"렉터 12305…… 여보세요. 커닝햄 씨와 통화하고 싶은데요…… 여보세요. 커닝햄 씨 사무실입니까? 제임스 메리베일이라고 합니다. 여행 중이라고요? 언제 돌아온답니까? ……흠." 그는 다시 복도를 걸어 돌아왔다. "그 불한당 같은 놈이 여행 중이라는군요."

"그 사람을 알게 된 이후로 줄곧," 둥그런 모자를 쓴 작은 여자가 말했다. "그는 늘 여행 중인걸요."

커다란 사무실 창밖은 안개 낀 회색 밤이다. 띄엄띄엄 켜진 불빛들이 희미하게 연결되어 별자리처럼 보인다. 피니어스 블랙헤드는 책상 앞 작은 안락의자에 푹 파묻혀 앉아 있다. 커다란 실크손수건을 두른 손에 중탄산나트륨을 넣은 뜨거운 물이 담긴 유리잔을 들고 있다. 당구공처럼 생긴 대머리 덴시도 안락의자에 파묻혀 거북이껍데기로 만든 안경을 만지작거리고 있다. 이따금 들려오는 스팀파이프의 탁탁, 덜컥거리는 소리를 빼면 사방은 고요하다.

"덴시, 자네가 날 용서하게…… 자네도 알지만 내가 웬만해선 남의 일에 참견하지 않잖나." 블랙헤드가 중간중간 물을 한 모금씩 마시며 천천히 말하다가 갑자기 의자에서 몸을 일으킨다. "덴시, 그건 말도 안 되는 제안이야. 덴시, 정말이지…… 백번 생각해도 터무니없어."

"나도 손을 더럽히고 싶지 않기는 마찬가지야…… 볼드윈은 좋은 사람이야. 그 사람을 조금 후원한다고 해서 문제될 건 없다고 봐."

"무역회사가 정치와 무슨 상관이라고 그래? 원하는 게 있으면 직접 이리로 와서 가져가든가. 우리가 알고 싶은 건 콩의 가격이야…… 빌어먹을, 지금 콩값이 똥값이잖아. 그 주둥이만 놀리는 변호사들이 시세를 회복시킬 수만 있다면 나는 무슨 일이라도 하겠어…… 그런데 놈들은 하나같이 사기꾼들이야…… 아무리 봐도 빌어먹을 사기꾼들이라고." 얼굴이 자줏빛이 된 그는 자리에서 벌떡 일어나 주먹으로 책상 모서리를 쿵 내리쳤다. "자네 덕분에 내가 또 잔뜩 흥분했잖아…… 위에도 나쁘고, 심장에도 나빠." 피니어스 블랙헤드는 트림이 나자 중탄산나트륨이 든 물을 한 모금 꿀꺽 마신다. 그리고 다시 의자에 기대앉아 무거운 눈꺼풀을 반쯤 내리뜬다.

"이봐, 친구." 덴시가 피곤한 음성으로 말한다. "잘못한 건지도 모르지만 난 개혁파 후보를 지원하기로 약속했어. 그건 완전히 사적인 문제이지, 회사와는 전혀 무관하단 말이네."

"그래, 아주 무관한 짓이지…… 맥닐과 그의 무리들은 어쩌고? ……그들은 늘 우리에게 잘 대해줬어. 그런데 우리가 한 거라곤 가끔씩 스카치 몇 상자 아니면 시가 조금 내놓은 게 다…… 이제 개혁파 놈들이 시정을 온통 뒤집어놓고 있으니…… 기가 차서."

덴시가 일어선다. "블랙헤드, 난 뇌물수수와 부정부패, 권모술수가 판치는 시정을 정화하는 데 일조하는 건 시민으로서의 의무라고 생각하네…… 그게 시민의 의무라고 생각해……" 그는 불룩 나온 배를 내밀고 문가로 걸어가기 시작한다.

"덴시, 내가 한마디 해도 된다면, 그건 정말 어리석은 제안이네." 블랙헤드가 그의 뒤통수에 대고 소리친다. 상대가 가버리자 그는 잠시 눈을 감은 채 의자에 깊숙이 몸을 기댄다. 창백한 얼굴은 붉으락푸르락해지고, 거대하고 육중한 허우대는 바람 빠진 풍선처럼 쪼그라든다. 마침내 그는 힘겹게 일어난다. 모자와 코트를 집어 들고 축 처진 발걸음으로 사무실을 나온다. 텅 빈 복도는 어두침침하다. 엘리베이터가 도착할 때까지 그는 한참을 기다린다. 사람 없는 건물에 강도가 숨어들었을지도 모른다는 생각이 들자 갑자기 숨이 멎는다. 어둠 속의 아이처럼 뒤를 돌아보기가 무섭다. 마침내 엘리베이터가 밀고 올라온다.

"월머." 그는 승강기를 관리하는 야간 경비원에게 말한다. "야간에 복도에 전등을 좀 더 켜야겠어…… 요즘처럼 범죄가 판칠 땐 건물을 좀 더 환하게 밝혀둘 필요가 있어."

"예, 옳은 말씀이시죠…… 하지만 아무도 제 눈을 피해 이 안으로 들어오지 못합니다."

"떼로 덤벼들면 못 당할걸, 월머."

"덤빌 테면 덤비라지요."

"자네가 옳을지도 모르겠군…… 다 맘먹기에 달린 거지."

신시아는 패커드 자동차 안에 앉아 책을 읽고 있다. "얘야, 아빠가 안 올 줄 알았지?"

"이제 거의 다 읽어가요, 아빠."

"좋아, 버틀러…… 시내 쪽으로 가능한 한 빨리 차를 몰아줘. 우리가 저녁식사에 늦었군."

리무진이 라파예트 스트리트를 쏜살같이 스쳐가는 동안 블랙헤드는 딸에게로 몸을 돌렸다. "시민의 의무니 하는 말을 주절거리는 자는 절대로 믿지 마라…… 그런 놈은 십중팔구 무슨 꿍꿍이가 있는 거란다. 너와 조가 안정된 생활을 하고 있는 게 애비한테 얼마나 위로가 되는지 모른다."

"아빠, 무슨 일이세요? 오늘 사무실에서 힘든 일 있으셨어요?"

"판로가 막혔어. 엉망이 되지 않은 곳이 없구나…… 잘 들어라, 신시아, 아슬아슬해. 무슨 일이 일어날지 아무도 몰라. 잊기 전에 말해둔다만 내일 열두시에 업타운의 은행으로 오겠니? ……허진스에게 몇 가지 증서를 들려 보내마. 개인 명의로 된 것들이야, 알아듣지? 네 금고에 그걸 좀 넣어뒀으면 한다."

"하지만, 이미 꽉 찼는걸요, 아빠."

"애스터 트러스트의 금고도 네 명의 아니었냐?"

"나와 조 공동명의예요."

"그럼 5번 애비뉴의 은행에 네 이름으로 새 금고를 만들도록 해라…… 열두시 정각에 증서들을 그리로 보낼 테니…… 그리고 내 말 명심해라, 신시아. 동업자가 시민 윤리니 뭐니 하는 말을 주절거리거든 조심해야 한다."

그들은 14번가를 가로지른다. 아버지와 딸은 차창 밖으로 찬바람을 맞으며 건널목에서 신호를 기다리는 사람들의 얼굴을 바라본다.

지미 허프는 하품을 하며 의자를 뒤로 밀어젖혔다. 타자기의 니켈에 반사된 빛이 눈을 찔렀다. 손가락 끝이 아팠다. 그는 미닫이문을 조금 열어 추운 침실 안을 들여다보았다. 구석의 침대에서 엘리가 자는 모습이 어렴풋이 보였다. 반대편 끝에는 아기 침대가 있었다. 아기 옷에서 신 우유 냄새가 희미하게 풍겨왔다. 그는 다시 문을 닫고 옷을 벗기 시작했다. 집이 좀 넓었으면, 그는 중얼거렸다. 답답하기가 다람쥐우리에 사는 꼴이니…… 그는 소파에서 먼지투성이 캐시미어 담요를 끌어 내리고는 베개 밑의 파자마를 끄집어냈다. 어디서든 청결 정숙. 커다란 강당에서 연설하듯 머릿속에 그런 단어들이 울렸다.

그는 불을 끄고 창을 살짝 열어놓고는 침대 속으로 나무토막처럼 쓰러졌다. 그는 당장 라이노타이프 앞에서 편지를 썼다. 이제 자리에 누울 시간입니다……* 위대한 황혼의 어머니여. 라이노타이프의 팔은 길고 흰 장갑을 낀 여자의 손이었다. 호박색 풋라이트 뒤편에서 삐걱이는 소리 사이로 엘런의 목소리가 들려온다. 안 돼요, 하지 마요, 너무 아프잖아요…… 허프 씨, 작업복을 입은 사내가 말한다. 기계가 고장 나겠군요, 이러다 조조판(早朝版)이 개판이 되겠네. 라이노타이프는 입을 쩍 벌려 번쩍이는 니켈이빨을 주르륵 드러내고 활자를 꿀

---

* 18세기, 잠들기 전의 어린이 기도문.

껄꿀꺽 삼키고 오독오독 씹었다. 그는 잠에서 깨어 벌떡 일어나 앉았다. 추워서 이가 덜덜 떨렸다. 시트를 몸에 휘감고 다시 침대 속으로 파고들었다. 다시 잠에서 깨어났을 때는 대낮이었다. 몸이 따뜻하고 기분이 좋았다. 커다란 창문 밖에 눈송이가 소용돌이치며 다가올 듯 말 듯 춤을 추고 있었다.

"짐, 일어났어요?" 엘리가 쟁반을 들고 다가오며 물었다.

"내가 죽어서 천국에라도 온 건가?"

"아뇨, 일요일 아침이에요…… 당신한테 좀 사치스러운 아침도 필요할 것 같아서요…… 옥수수머핀을 좀 구웠어요."

"엘리, 당신은 정말 훌륭해…… 잠깐만. 일어나서 이 닦고 와야겠어." 그는 세수를 하고 목욕가운을 걸친 채 돌아왔다. 키스를 하려는데 그녀가 입술을 오므렸다. "게다가 열한시밖에 안 됐네. 휴일에 한 시간 번 셈이군…… 당신도 커피 좀 마시지?"

"조금 있다가요…… 짐, 당신한테 할 말이 있어요. 우리, 방이 하나 더 필요한 거 아닐까요? 당신이 이렇게 계속 밤을 꼬박 새우며 일한다면 말이에요."

"이사하자는 말인가?"

"아뇨. 그건 아니고요. 당신이 이 근처 어디에 방을 하나 구하면 어떨까 해요. 그러면 아침마다 당신 잠을 방해할 사람도 없을 테고요."

"하지만 엘리, 그렇게 되면 우린 볼 틈이 없잖아…… 지금도 서로 얼굴 구경하기 힘든데."

"나도 속상해요…… 하지만 일하는 시간이 엇갈리는 걸 어쩌겠어요."

옆방에서 마틴의 울음소리가 돌풍처럼 터져 나왔다. 지미는 침대 가장자리에 걸터앉아 빈 커피잔을 무릎에 올려놓고 맨발을 바라보았다. "당신 좋을 대로 해." 그는 힘없이 말했다. 그녀의 손을 잡고 아프도록 껴안고 싶은 충동이 로켓처럼 솟아올랐다가 잦아들었다. 그녀는 커피잔 등속을 챙겨들고 옷자락 스치는 소리를 내며 나갔다. 그의 입술은 그녀의 입술을 알고, 그의 팔은 휘감는 그녀의 팔을 알고, 깊은 숲 같은 그녀의 머리칼을 알고 있었다. 그는 그녀를 사랑했다. 그는 발을 바라보며 오랫동안 앉아 있었다. 마르고 붉은 발에 푸른 정맥이 튀어나왔고 구두 안에서 눌린 발가락은 계단과 도로를 오르내리느라 뒤틀려 있었다. 양쪽 새끼발가락에는 티눈이 나 있었다. 그는 자기연민에 눈물이 고이는 걸 느꼈다. 아이가 울음을 그쳤다. 지미는 욕실로 가서 욕조에 물을 틀었다.

"그건 당신이 전에 사귄 녀석 탓이라고, 애너. 그 작자가 당신을 이렇게 버려놓은 거야…… 사람을 운명론자로 만들어놨어."

"대체 무슨 소리야?"

"애써봐야 소용없다고 생각하는 사람, 인류의 진보를 믿지 않는 사람 말이야."

"당신은 부이가 그런 사람이었다고 생각해?"

"여하간 그놈은 훼방꾼이야…… 남부 놈들은 당최 계급의식이 없어…… 당신한테 조합비 내지 말라고 한 것도 그놈이지?"

"난 재봉틀 돌리는 데 신물이 났어."

"하지만 당신은 수공예를 하니까 예쁜 물건을 만들어 팔면 돈 좀 벌걸. 당신은 그 패거리와 달라. 우리 쪽이지…… 내가 당신한테 맞는 자리를 구해줄 테니 염려 마…… 당신을 그놈처럼 댄스홀에서 춤이나 추게 하는 게 아니었는데. 애너, 유대인 처녀가 그런 놈팡이와 어울려 다니는 걸 보면 내 가슴이 찢어진다고."

"어차피 그 사람은 갔고, 난 실업자가 됐잖아."

"그런 놈들은 노동자의 최대의 적이야. 남은 안중에 없고 저 하나만 생각하는 놈들."

그들은 안개가 낀 저녁의 2번 애비뉴를 천천히 걷고 있다. 그는 붉게 녹슨 듯한 머리칼에 얼굴이 깡마른 유대인 청년이다. 뺨은 움푹 들어가고 안색은 창백하다. 가먼트 지구 노동자 특유의 밭장다리를 가졌다. 발에 꼭 끼는 신발을 신은 애너의 눈 밑이 거무스름하다. 안개 속은 지나가는 무리들이 뱉어내는 이디시어 억양이 강한 이스트사이드 영어와 러시아어로 떠들썩하다. 조제식품점과 청량음료 가판대에서 따뜻한 불빛이 새어나와 반짝이는 포도에 작은 줄무늬를 그린다.

"왜 이렇게 만날 피곤하지." 애너가 중얼거린다.

"여기서 뭐 한 잔 마시고 가지…… 애너, 넌 버터밀크 한 잔 마셔. 기운이 날 거야."

"버터밀크 맛없어. 초콜릿 소다 마실래."

"그런 거 마셔봤자 기분만 더 처져. 그래도 당신이 마시고 싶다면……" 그녀는 니켈도금이 된 좁은 스툴에 앉았다. 그는 그녀의 등 뒤에 서 있다. 그녀는 그에게 살짝 몸을 기댄다. "노동자들의 문제는……" 그는 낮고 덤덤한 소리로 말하고 있었다. "노동자들의 문제는 무지야. 어떻게 먹어야 하는지, 어떻게 살아야 하는지, 우리의 권리를 어떻게 지켜야 하는지 아무것도 몰라…… 애너, 난 당신을 의식 있는 사람으로 만들고 싶어. 우리가 전쟁 때처럼 싸움터의 한복판에 서 있단 걸 모르겠어?" 애너는 끈적이는 긴 스푼으로 유리잔에 담긴 거품이 짙게 인 액체 속에서 아이스크림을 조금씩 떠먹고 있었다.

조지 볼드윈은 사무실 뒤편의 조그만 세면실에서 손을 씻으며 거울에 비친 자신의 얼굴을 들여다보았다. 이마 언저리까지 머리숱은 여전했지만 색은 거의 백발에 가까웠다. 입 주변과 턱 위로 주름이 깊이 패어 있다. 꿰뚫어볼 듯 날카로운 눈 밑의 피부는 축 늘어지고 오톨도톨한 것이 돋아 있었다. 손을 꼼꼼하게 닦고 나서 그는 조끼 윗주머니에서 작은 스트리크닌*이 든 상자를 꺼내 한 알 삼키고 사무실로 돌아간다. 예상대로 온몸에 기운이 솟는다. 목이 긴 급사가 명함을 손에 쥐고 책상 옆에 서서 안절부절못한다.
"웬 숙녀분이 뵙자고 하십니다."
"사전에 약속된 건가? 랭커 양에게 물어보게…… 잠깐. 그 여자분 당장 들여보내." 명함에는 넬리 리니헌 맥닐이라고 쓰여 있었다. 그녀는 커다란 모피코트에 주렁주렁 장식이 달린 사치스러운 차림이었다. 목에 건 자수정 목걸이에 오페라글라스가 달려 있었다.
"거스가 당신을 만나고 오라고 해서요." 그녀는 그가 손짓하는 대로 책상 옆의 의자에 앉았다.
"무슨 일로 오신 거죠?" 웬일인지 그의 심장이 쿵쿵 뛰었다.

---

* 신경자극제.

그녀는 오페라글라스를 들어 잠시 그의 얼굴을 바라보았다. "조지, 당신이 거스보다 잘 견디고 있군요."

"뭘 말이오?"

"뭐, 다요…… 난 거스에게 외국으로 가서 좀 쉬다 오자고 권하는 중이죠…… 마리엔바트*나 뭐 그런 데로…… 하지만, 그 사람은 너무 깊이 발을 들여놔 빠져나올 수 없다고 하더군요."

"그건 우리 모두 마찬가지죠……" 볼드윈이 차가운 미소를 지으며 말했다.

두 사람 사이에 잠시 침묵이 흐른 후 넬리 맥닐이 자리에서 일어났다. "이봐요, 조지. 거스는 이번 일로 꼴이 말이 아니에요…… 당신도 알잖아요. 그가 친구 간의 의리를 지키려 한다는 걸, 그리고 친구들도 그래주기를 바란다는 걸요."

"내가 의리를 저버렸다고 할 사람은 없을 거요…… 한마디로 난 정치할 사람이 아닌데, 어리석은 짓이었는지 모르지만 후보에 이름을 올리게 됐고 무소속으로 출마해야만 하오."

"조지, 그게 다가 아니라는 걸 당신도 잘 알 텐데요."

"그에게 전해줘요. 난 전에도 그랬지만 앞으로도 늘 그의 친구로 남을 거라고…… 그도 잘 알고 있을 거요. 하지만 이번 선거에서 나는 거스를 끌어들인 일부 불순분자들과 맞서기로 결심했소."

"조지 볼드윈, 예나 지금이나 당신 말솜씨는 여전하군요."

볼드윈은 얼굴을 붉혔다. 그들은 문가에 뻣뻣한 자세로 서 있었다.

---

* 마리안스케 라즈네. 체코의 온천 도시.

그의 손은 여전히 마비된 듯 손잡이를 잡고 있었다. 바깥쪽 사무실에서 떠드는 목소리와 타자기 소리가 들려왔다. 밖에서는 신축건물 공사장의 리벳 죄는 소리가 오래도록 이어졌다.

"집안은 무탈하시겠죠." 그는 가까스로 말을 꺼냈다.

"그럼요, 덕분에 모두 무탈하게 잘 지내죠…… 안녕히 계세요." 그녀는 밖으로 나가버렸다.

볼드윈은 잠시 창밖으로 창이 검게 뚫린 건너편의 잿빛 건물을 바라보았다. 그런 일로 흥분하다니 어리석다. 휴식이 필요해. 그는 세면대 문 뒤의 옷걸이에서 모자와 외투를 집어 들고 사무실을 나왔다.

"조너스!" 그는 머스크멜론처럼 둥그런 대머리의 사내를 불렀다. 사내는 법률사무소 중앙 홀에 있는 천장이 높은 도서관에 앉아 열심히 문서들을 들여다보고 있었다. "내 책상 위에 있는 것들 전부 가져다주게. 오늘 저녁에 가서 훑어볼 테니까."

"알겠습니다."

브로드웨이로 나오자 학교수업을 땡땡이치고 나온 소년 같은 기분이 들었다. 해와 구름이 번갈아 얼굴을 내미는 상쾌한 겨울 오후였다. 그는 택시에 올라탔다. 그는 업타운으로 향하는 택시 좌석에 등을 기대고 앉아 꾸벅꾸벅 졸았다. 42번가에서 그는 잠이 깼다. 모든 것이 무수한 빛의 단면이 되어 어지럽게 교차했다. 얼굴들, 다리들, 쇼윈도들, 유모차와 자동차들. 그는 격렬한 흥분에 휩싸여 장갑 낀 손으로 무릎을 짚고 일어나 앉았다. 네바다의 아파트 앞에서 그는 택시 요금을 지불했다. 흑인 택시 기사는 팁으로 오십 센트를 주자 상아 같은 이를 드러내고 헤벌쭉 웃었다. 내려오는 엘리베이터가 없어 그는 계단을 가볍게 뛰어 올라가며, 그러는 자신을 신기해했다. 그는 네바다의 문을 노크했다. 답이 없다. 다시 노크했다. 그녀가 조심스레 문을 열었다. 그녀의 담황색 곱슬머리가 보였다. 막을 사이도 없이 그가 안으로 밀고 들어갔다. 그녀는 핑크빛 슈미즈 위에 기모노만 걸치고 있었다.

"세상에, 웨이터인 줄 알았어요."

그는 그녀를 껴안고 키스했다. "웬일인지 세 살 먹은 어린애가 된 기분이야."

"더위 먹은 사람 같아요…… 전화 없이 불쑥 찾아오는 거 안 좋아하는 줄 아시면서."

"한 번쯤은 봐줄 수 있잖아."

긴 소파 위에 놓여 있던 뭔가가 볼드윈의 눈에 띄었다. 그는 단정하게 접은 짙은 청색 바지를 물끄러미 바라보았다.

"네바다, 사무실에서 기분이 좀 언짢았어. 당신이랑 좀 떠들고 나면 기분이 나아질까 했지."

"전 축음기 틀어놓고 춤 연습하는 중이었어요."

"그래, 그거 재밌군……" 그는 방 안을 성큼성큼 돌아다니기 시작했다. "이봐, 네바다. 우리 얘기 좀 하지. 당신 침실에 누가 숨어 있건 그건 내 알 바 아니야." 그녀가 갑자기 그의 얼굴을 들여다보며 소파의 바지 옆에 앉았다. "사실은 당신과 토니가 그렇고 그런 사이라는 거 진작부터 알고 있어." 그녀가 입술을 깨물며 다리를 꼬았다. "사실 그가 시간당 이십오 달러를 내고 정신분석가한테 가야 한다는 얘긴 나를 상당히 웃겼지…… 하지만 지금 이 순간 나는 결정했어. 이젠 됐다고. 이걸로 충분해."

"조지, 당신 제정신이에요?" 그녀는 말을 더듬다가 갑자기 킬킬거리기 시작했다.

"내가 어떻게 할지 알아?" 볼드윈이 변호사의 명료한 말투로 말을 이어갔다. "당신에게 수표로 오백 달러를 보내지. 당신은 좋은 여자이고 나도 당신을 좋아하니까. 아파트 임대료는 월초에 지불한 걸로 됐지? 앞으로는 나한테 절대 연락하지 마."

그녀는 소파 위에 단정하게 개켜놓은 감청색 바지 옆에서 데굴데굴 구르며 킬킬거렸다. 볼드윈은 모자와 장갑을 흔들며 그녀에게 작별인사를 한 다음 조용히 문을 닫고 나왔다. 깔끔하게 정리됐군. 조심스레 문을 닫으며 그는 혼잣말을 했다.

다시 거리로 내려와 그는 갑자기 업타운으로 걸음을 재촉했다. 흥분해서 누군가와 수다를 떨고 싶었다. 그럴 만한 사람을 떠올려보았다. 친구들의 이름을 짚어나가다 그는 우울해졌다. 외롭고 쓸쓸한 기분이 들기 시작했다. 그는 여자와 얘기를 나누며 그의 쓸쓸한 인생을 동정받고 싶었다. 담배 가게에 들어가 전화번호부를 들춰보기 시작했다. H 항목이 눈에 띄자 가볍게 가슴이 뛰었다. 드디어 헬레나 오글소프 허프라는 이름을 찾았다.

네바다 존스는 긴 소파 위에 앉아 한참 신경질적으로 깔깔거렸다. 마침내 토니 헌터가 와이셔츠에 나비넥타이를 완벽하게 맨 채 팬티 바람으로 나타났다.

"그 사람은 갔어요?"

"갔냐고요? 그럼 갔죠, 아주 영원히!" 그녀가 새된 소리를 질렀다.

"당신의 그 바보 같은 바지를 봤다고요."

그는 의자에 주저앉았다. "맙소사, 난 세상에서 가장 운이 없는 놈이야."

"어째서요?" 그녀가 웃다 못해 눈물을 찔끔거리며 물었다.

"되는 일이 없잖아요. 연극도 이걸로 끝이군."

"이 네바다도 하루 세 끼 걱정하는 생활로 돌아가야 한다는 거고…… 아무려나. 난 첩질은 체질에 안 맞아요."

"내 장래는 생각도 안 해주는군요. 여자들은 하여튼 이기적이야. 당신한테 끌려다니지만 않았어도……"

"이 바보자식아, 입 닥쳐! 네가 어떤 인간인지 내가 모를 것 같아?" 그녀는 일어나 기모노 앞자락을 꼭 여몄다.

"단 한 번만 내 재능을 보일 기회가 있으면 되는 건데. 이제는 영영 가망이 없구나." 토니가 신음하듯 말했다.

"내 말대로만 하면 기회가 주어질 거야. 난 당신을 남자로 만들려고 시작한 거고, 그렇게 하고 말 거야…… 우리가 작은 쇼를 하나 만들어보는 거예요. 허시바인 영감이 나한테 생각이 있는 눈치니까 우리에게 기회를 줄 거예요…… 자, 그러니까 힘내요. 그러지 않으면 턱에 한 방 먹여줄 테야. 생각을 해보자고요…… 자, 먼저 우리가 춤을 추며 등장하는 거예요…… 그러고 나면 당신이 날 유혹하는 척하고…… 나는 전차를 기다리고…… 음…… 당신이 이봐, 아가씨! 그러면 난 경찰을 부르는 거예요."

"길이는 이 정도면 됐습니까?" 가봉사가 백묵으로 바지에 분주하게 표시를 하며 물었다.

제임스 메리베일은 가봉사의 파르스름하고 주름진 대머리와 갈색 바지를 내려다보았다. 바지는 발목까지 축 늘어져 있었다. "조금 더 짧게…… 바지가 너무 길면 나이 들어 보이더라고."

"안녕하신가, 메리베일. 자네도 브룩스에서 옷을 산다니 미처 몰랐는걸. 만나서 반갑네."

메리베일은 피가 멎는 듯했다. 그는 굳은 얼굴로 잭 커닝햄의 알코올에 전 푸른 눈을 들여다보았다. 그는 입술을 깨물고 냉정하고 말없이 그를 훑어보려고 애썼다.

"세상에 이럴 수가!" 커닝햄이 외쳤다. "우리 둘이 똑같은 양복을 샀네…… 진짜 똑같은 거야."

메리베일은 혼란스러운 시선을 커닝햄의 갈색 바지에서 자신의 바지로 옮겨갔다. 같은 색, 가느다란 빨간 줄무늬와 희미한 초록색 점까지 똑같았다.

"이런, 처남과 매부가 똑같은 양복을 입을 순 없잖아. 사람들이 보면 무슨 유니폼인 줄 알겠어…… 우스워지는 거지."

"그래서 어쩌자고?" 메리베일이 으르렁거리는 소리로 물었다.

"동전던지기로 결정하는 거야…… 이십오 센트짜리 동전 하나 빌려주겠나?" 커닝햄이 옆의 점원에게 물었다. "좋아, 한 번이야. 자 어느 쪽?"

"앞." 메리베일이 기계적으로 말했다.

"밤색 양복은 처남 겁니다…… 난 다른 걸 찾아야겠군…… 이렇게 만나서 정말 다행이야. 어이," 그는 부스 커튼 너머로 외쳤다. "오

늘 저녁 샐머건디 클럽에서 같이 식사라도 할까? ……나보다 더 수상
활주정에 미친 사내와 저녁을 먹기로 했거든…… 퍼킨스 영감이라고
자네도 알지? 자네 은행의 부은행장 중 한 사람이지 아마…… 아, 그
리고 메이지를 만나거든 내일 가겠다고 전해주게. 예상 밖의 일들이
줄줄이 생겨서 연락을 못했다고…… 재수 없는 일들이 이어지는 바
람에 지금까지 시간을 다 잡아먹었어…… 얘긴 나중에 하자고."

메리베일이 헛기침을 했다. "좋아." 그가 건조하게 말했다.

"됐습니다." 가봉사가 마지막으로 엉덩이를 가볍게 톡 치며 말했
다. 그는 다시 옷을 갈아입으러 피팅룸으로 들어갔다.

"좋아, 친구." 커닝햄이 외쳤다. "난 다른 양복을 찾아봐야겠
군…… 그럼 일곱시에 오는 걸로 알고 기다릴게. 자네를 위해 잭 로
즈 준비해두지."

허리띠를 매는 메리베일의 손이 부르르 떨렸다. 퍼킨스, 잭 커닝햄,
빌어먹을 악당, 수상활주정, 잭 커닝햄, 샐머건디, 퍼킨스. 그는 상점
구석의 전화부스로 가서 어머니에게 전화를 걸었다. "어머니, 저예요.
오늘 저녁식사 집에서 못할 것 같아요…… 랜돌프 퍼킨스와 샐머건
디 클럽에서 저녁을 먹기로 했어요…… 네, 잘된 일이죠…… 그럼
요, 그와는 전부터 꽤 친한 사이죠…… 예, 윗사람들과 친하게 지낼
필요가 있죠. 그리고 잭 커닝햄도 만났어요. 남자 대 남자로 단도직입
적으로 말했더니 아주 놀란 모양이더라고요. 이십사 시간 내에 시원
하게 해명하겠다고 약속했어요…… 아뇨, 성질이 나는 걸 꾹 참았죠.
그게 메이지를 위한 거다 생각하고요. 그놈이 불한당이라는 생각엔
변함이 없지만, 그래도 증거를 찾을 때까진…… 안녕히 주무세요, 어

머니. 늦을지도 몰라요. 아니, 기다리지 마세요. 메이지에게는 곧 자세한 얘기를 들려줄 테니 걱정 말라고 해주세요. 안녕히 주무세요, 어머니."

그들은 어두운 찻집 한구석의 조그만 테이블에 둘러앉아 있었다. 전등이 그들의 얼굴 윗부분에 그림자를 드리웠다. 엘런은 공작의 날개처럼 윤이 나는 청록색 드레스에 초록색 장식이 들어간 작은 청색 모자를 쓰고 있었다. 외출용 메이크업을 한 루스 프린의 얼굴은 지치고 축 늘어져 있었다.

"일레인, 무조건 와줘야 해요." 그녀는 우는소리로 말했다. "캐시도 오고, 오글소프와 옛 친구들이 모두 올 거예요…… 편집자로 큰 성공을 거뒀다고 옛 친구들을 멀리할 이유는 없잖아요? 우리가 당신 얘기를 얼마나 자주 하고 궁금해하는지 모를 거예요."

"그게 아니라 루스, 그냥 내가 더이상 큰 파티를 견딜 수 없어서 그래요. 나도 늙나봐요. 좋아요, 잠깐 들를게요."

루스는 조금씩 뜯어 먹던 샌드위치를 내려놓고 엘런의 손을 톡톡 두드렸다. "단원들이 있으니…… 물론 와줄 거라고 내내 생각은 했지만."

"하지만 루스, 지난여름 순회공연 얘기는 한마디도 해주지 않았어요……"

"말도 마요." 루스가 내뱉듯 말했다. "끔찍했어요. 물론 연극은 엉망이었죠, 완벽하게. 우선, 이저벨 클라이드의 남편인 랠프 놀턴이 매니저를 맡았는데 완전 술꾼이었거든요…… 게다가 예쁘장한 이저벨은 마네킹처럼 가만히 서 있지 않는 배우는 무대에 올려보내려고 하질 않았어요. 촌사람들이 누가 주인공인 줄 모른다나 뭐라나…… 더 이상 말도 하기 싫어…… 재미도 없고, 끔찍하기만 해요…… 아, 일레인. 난 정말 용기를 잃었어요. 이젠 늙었나봐요." 그녀는 갑자기 울음을 터뜨렸다.

"루스, 제발 이러지 마요." 엘런이 낮고 쉰 목소리로 말했다. 그녀가 웃었다. "결국은 우리 모두가 더이상 젊어지진 않잖아요?"

"당신은 몰라…… 당신 같은 사람은 알 리가 없어요."

그들은 오랫동안 말없이 앉아 있었다. 찻집의 어두운 구석들로부터 그들 쪽으로 낮은 대화 소리가 드문드문 흘러왔다. 머리색이 옅은 웨이트리스가 주문한 과일샐러드 이 인분을 가져왔다.

"어머나, 벌써 시간이 꽤 늦었나보네." 루스가 드디어 입을 열었다. "이제 여덟시 반인데요. 뭘…… 파티에 너무 일찍 가지는 않을 거잖아요."

"그건 그렇고…… 지미 허프는 잘 지내요? 언제 봤는지 까마득해."

"잘 지내요…… 신문사 일에 신물이 나나봐요. 그가 정말 즐기면서 할 수 있는 일을 찾을 수 있으면 좋겠어요."

"그 사람은 어디 안주할 스타일이 아니죠. 아, 일레인, 당신이 결혼한다는 소식을 듣고 얼마나 기뻤는지…… 난 정말 바보같이 울고 또 울고…… 이제 마틴까지 생겼으니 너무 행복할 것 같아요."

"그럭저럭…… 마틴도 잘 크고요. 뉴욕이 체질에 맞나봐요. 한동안 너무 말도 없고 살만 쪄서 모자라는 아이를 낳은 게 아닌가 크게 걱정했어요. 루스, 난 말예요…… 아이를 더 낳지 않을 거예요…… 마틴을 낳을 때도 어디가 기형은 아닐까 벌벌 떨었거든요…… 생각만 해도 진저리쳐져요."

"그래도 좋을 것 같은데."

그들은 헤스터 부어리스 무용연구소라고 쓰인 놋쇠문패 밑의 벨을 눌렀다. 갓 칠한 삐걱이는 계단을 삼층까지 올라갔다. 문을 열고 북적이는 사람들 틈으로 들어간 그들은 캐산드라 윌킨스와 마주쳤다. 그녀는 그리스 튜닉 차림에 공단으로 만든 장미화환을 머리에 얹고 금박을 입힌 나무 팬파이프를 들고 있었다.

"어서들 와." 그녀가 큰 소리로 외치고는 팔을 벌려 두 사람을 한꺼번에 안았다. "헤스터는 네가 안 올 거라고 했지만 난 올 줄 알았어…… 어서 들어가서 옷 벗고. 우리 클래식 리듬으로 시작할 거야."
그들은 그녀를 뒤따라 촛불이 환하게 켜진 향내가 나는 긴 방을 지나갔다. 치렁치렁한 코스튬을 차려입은 남녀 인파를 헤치며.

"캐시, 코스튬파티란 말은 안 했잖아."

"어머, 그랬나. 저것 좀 봐, 전부 그리뜨풍이야. 완전히 그리뜨풍…… 저기 헤스터다. 여기 있었네, 헤스터…… 헤스터, 누가 왔는지 봐, 루뜨는 알지…… 여긴 일레인 오글또프."

"캐시, 이제 내 이름은 허프야."

"아, 미안. 일일이 기억할 수가 없어서…… 마침 때맞춰 왔어…… 헤스터가 '아라비안 나이뜨의 리듬'이라고 불리는 오리엔뜨식 춤을 출 거야…… 아, 너무나 아름다워."

엘런이 침실에 겉옷을 벗어두고 나왔을 때 이집트식 머리장식을 쓰고 아치형의 붉은 녹빛 눈썹을 그린 키 큰 형체가 다짜고짜 말을 걸었다. "〈매너스〉의 능력 있는 편집장 헬레나 허프 여사를 뵙게 되다니 영광입니다. 저 리츠의 호사를 서민에게도 나눠주는 잡지, 맞지요?"

"조조, 사람 놀리는 버릇은 여전하군요…… 만나서 정말 반가워요."

"어디 구석진 곳으로 가서 얘기나 나누지. 오, 내가 사랑한 유일한 여인이어……"

"알았으니까…… 여기 별로 마음에 들지 않아요."

"그런데 내 사랑, 토니 헌터가 정신분석가의 치료를 받고서 완전히 순화되어 보드빌 무대에 섰다는 말 들었나? 캘리포니아 존스라는 여자와 함께 말이야."

"조조, 당신도 조심해야겠는데요."

그들은 다락 창문 사이 벽감에 놓인 카우치에 앉았다. 엘런은 초록 실크베일을 쓰고 춤추는 젊은 여자를 곁눈으로 바라보았다. 축음기에서 세자르 프랑크 심포니가 흘러나왔다.

"캐시의 춤을 놓치면 안 되지. 못 봤다고 하면 무섭게 화를 낼 테니까."

"조조, 당신 얘기 좀 해봐요, 어떻게 지내요?"

그는 고개를 흔들며 길게 늘어지는 소맷자락을 들어 올려 엄숙한 몸짓을 했다. "아, 차가운 땅바닥에 앉아 죽은 왕들의 슬픈 이야기나 해볼까."*

"오, 조조. 그런 거 이제 지겨워요…… 정말 어리석고 촌스러워

---

* 셰익스피어의 『리처드 2세』 3막 2장에서 인용.

요…… 모자를 벗는 게 아니었는데……."

"이게 다 나한테 당신의 머리카락 속 금지된 숲을 보라고 일어난 일 아니겠어."

"아, 조조, 정신 좀 차려요!"

"바깥양반은 어떻게 지내시나, 일레인? 아이고 죄송, 헬레나던가?"

"네, 잘 지내요."

"별로 그렇지 않은 목소리인데."

"마틴은 잘 커요. 머리칼은 까맣고 갈색 눈동자에 뺨이 점점 분홍빛이 되어가요. 정말 귀엽다니까요."

"이런, 그런 식으로 엄마의 기쁨을 내비치면 내가 서운하잖아…… 이러다가 다음엔 베이비 퍼레이드에 참가했다는 말을 하겠군."

그녀가 웃었다. "조조, 오랜만에 만나니 정말 재밌어요."

"내 교리문답이 끝나려면 아직 멀었는데…… 지난번에 당신을 근사한 레스토랑에서 봤는데 말이야. 날카로운 인상에 머리가 희끗한 좀 있어 보이는 남자와 함께더군."

"조지 볼드윈이었을 거예요. 왜, 전에 당신도 알았잖아요."

"그렇지, 그래. 참 많이 변했군. 옛날보다 훨씬 흥미로운 사람이 된 것 같아…… 하지만 볼셰비키 평화주의자이며 세계산업노동자협회 선동가의 부인이 점심을 할 곳으론 어울리지 않는 곳이었지."

"지미는 그런 것과 상관없어요. 차라리 그렇기나 했으면 좋겠어요……" 그녀는 코를 찡그렸다. "그런 것도 이젠 지겹지만요."

"이럴 줄 알았어." 캐시가 의기양양하게 지나갔다.

"오, 캐시! 이리 와서 좀 도와줘…… 조조가 날 못살게 굴어."

"뭐, 좋아. 그럼 잠깐 두 사람 틈에 끼어볼까. 다음엔 내가 춤출 차례거든…… 오글또프 선생님이 본인이 번역한 「빌리티스의 노래」를 내 춤에 맞춰 읽어주실 거야."

엘런은 두 사람을 번갈아 쳐다보았다. 오글소프가 눈썹을 찡긋하며 고개를 끄덕였다.

엘런은 희미한 권태의 안개 너머로 붐비는 실내에서 춤추고 수다 떠는 사람들의 모습을 지켜보며, 꽤 오래 홀로 앉아 있었다.

축음기에 걸어놓은 레코드에서는 터키 음악이 흘러나왔다. 헤나로 염색한 부스스한 머리를 귀 높이로 짧게 친 깡마른 여자, 헤스터 부어리스가 무대로 나왔다. 그녀는 향이 타오르는 단지를 들고 있었고, 젊은 남자 두 명이 그녀가 가는 길을 앞서가며 융단을 깔아주었다. 그녀는 실크블루머를 입고 쩔렁거리는 금속허리띠와 브래지어를 하고 있었다. 모두 박수를 치며 말했다. "멋진걸, 대단해!" 바로 그때 옆방에서 옷이 찢기는 소리와 비슷한 여자의 비명이 세 번 들려왔다. 모두가 자리에서 벌떡 일어났다. 중산모를 쓴 건장한 남자가 문가에 나타났다. "여자들은 당장 뒷방으로 들어가시오. 남자들은 여기 남고."

"당신은 대체 누굽니까?"

"잔소리 말고 내가 하라는 대로 하시오." 중산모 밑으로 보이는 남자의 얼굴이 비트처럼 붉었다.

"형사야." "건방지게. 배지를 보이라고 해."

"이건 강도짓이나 다름없어."

"단속이다."

방은 갑자기 형사들로 붐볐다. 그들은 창문 앞에 서 있었다. 호박처

럼 울퉁불퉁한 얼굴에 체크무늬 모자를 눌러쓴 남자가 벽난로 앞에
버티고 있었다. 그들은 여자들을 거칠게 뒷방으로 밀어넣었다. 남자
들은 문가에 몰려 서서 이름을 적어넣었다. 엘런은 여전히 카우치에
앉아 있었다. "……본서로 항의 전화가 걸려왔대." 그녀는 누군가 얘
기하는 소리를 들었다. 그러다 카우치 옆의 작은 테이블에 전화기가
놓여 있음을 알아차렸다. 그녀는 수화기를 들고 작은 소리로 번호를
불렀다.

"여보세요, 지방검사 사무실이죠? ……볼드윈 씨와 통화하고 싶은
데요…… 조지 볼드윈이요…… 당신 계신 곳 번호를 알아둬서 다행
이에요. 검사님 지금 계세요? 잘됐어요…… 아뇨, 당신이 직접 얘기
해줘요. 뭔가 큰 오해가 있어요. 전 헤스터 부어리스의 집에 있어요.
그녀의 무용연습실이에요. 친구들 앞에서 춤을 좀 보여주려 한 것뿐
인데 무슨 착오가 있었는지 경찰이 들이닥쳐서……"

중산모를 쓴 남자가 그녀에게로 몸을 수그렸다. "그만둬요, 전화해
도 소용없어…… 옆방으로 가요."

"지검장 사무실에 연결되어 있는데요. 직접 통화하실래요…… 윈
드로프 지검장님이세요? ……아, 네…… 안녕하세요? 여기 계신 분
바꿔드릴까요?" 그녀는 형사에게 전화기를 넘겨주고 방 한가운데로
걸어갔다. 모자를 벗지 않는 편이 나을 뻔했어, 그녀는 생각하고 있
었다.

다른 방에서는 우는 소리가 들려오고, 헤스터 부어리스가 연극배우
의 과장된 목소리로 비명을 질렀다. "이렇게 기막힌 오해가…… 난
이런 식의 모욕은 참을 수 없어."

형사가 수화기를 내려놓았다. 그는 엘런에게로 다가왔다. "저, 사과드립니다…… 충분한 정보 없이 행동했습니다. 부하들을 당장 철수시키겠습니다."

"저보다는 부어리스 부인에게 사과드려야 할 것 같은데요…… 이 연습실은 그분 것이니까요."

"자, 여러분!" 형사가 크고 경쾌한 목소리로 운을 뗐다. "죄송하지만 약간의 착오가 있었던 것 같습니다…… 사고는 언제나 있기 마련이니……"

엘런은 모자와 코트를 가지러 옆방으로 빠져나갔다. 그녀는 잠시 서 있다가 거울을 보며 코에 파우더를 발랐다. 다시 스튜디오로 돌아오자 사람들이 왁자지껄 떠들고 있었다. 모두 얇은 무용복 위에 시트나 목욕가운을 걸치고 흩어져 서 있었다. 형사들은 들어올 때처럼 순식간에 사라졌다. 오글소프는 젊은 남자들 한가운데 서서 흥분한 목소리로 말했다.

"여자들을 공격하다니 무지막지한 놈들!" 붉은 얼굴로 한 손에 두 건을 들고 흔들며 그가 외쳤다. "내가 참았으니 다행이지, 안 그랬으면 죽을 때까지 후회할 짓을 했을지도 몰라. 참느라고 죽을 뻔했어."

겨우 빠져나온 엘런은 계단을 뛰어 내려와 이슬비가 내리는 거리로 나왔다. 그녀는 택시를 잡아타고 집으로 갔다. 옷을 벗어놓은 다음 그녀는 조지 볼드윈의 집으로 전화를 했다. "여보세요, 조지. 당신과 윈드로프 씨에게 폐를 끼쳐서 너무 죄송해요. 점심때 당신이 저녁 내내 거기 있을 거라고 말해주지 않았다면 지금쯤 우리 모두 죄수호송차를 타고 제퍼슨 마켓 재판소 앞에서 끌어내려지고 있었을 거예요. 물론

꼴이 말이 아니었죠. 언제 말씀드릴게요. 이제 그런 일들 지긋지긋해
요…… 그러니까 예술적인 무용이니 문학이니 급진주의니 정신분석
이니 그런 것 다요…… 그냥 과잉섭취한 탓이겠죠…… 예, 조지. 그
런 것 같아요…… 제가 이제 철이 드나봐요."

밤은 삐걱이는 거대한 검은 냉기였다. 코로는 여전히 인쇄기의 냄
새를 맡고, 귀로는 타닥거리는 타자기 소리를 들으며 지미 허프는 시
청 광장에 서 있었다. 두 손을 주머니에 넣은 채 사내들이 눈을 치우
는 모습을 바라본다. 그들은 모자와 귀마개로 얼굴과 익히지 않은 스
테이크 고기 같은 목까지 덮고 있다. 늙으나 젊으나 얼굴도 복장도 모
두 같은 색이었다. 면도날 같은 바람이 귀를 스쳐가자 양미간이 얼얼
했다.

"이봐 허프, 한번 해보려나?" 얼굴이 뽀얀 젊은 남자가 기세 좋게
다가와 눈더미를 가리켰다. "못할 것 있나, 댄. 평생 남의 일만 파다가
빌어먹을 이동녹음기 신세가 되느니 그 편이 나을지도 모르지."

"여름에는 딱 좋은 직업이겠지…… 웨스트사이드로 가나?"

"걸어갈 거야…… 오늘 저녁은 왠지 마음이 뒤숭숭해."

"그러다 얼어 죽어."

"상관없어…… 이러다간 더이상 사생활도 없고, 글 쓰는 기계가 되
어버릴 거야."

"글쎄, 나는 사생활 같은 건 깡그리 지우고 싶은 사람이니까……
그럼 잘 가. 사생활을 찾길 바라네, 지미."

지미 허프는 웃으며, 눈 치우는 사람들을 뒤로하고, 외투 깃 속에

턱을 묻은 채 브로드웨이를 걷기 시작했다. 휴스턴 스트리트에서 그는 시계를 보았다. 다섯시였다. 제길, 오늘은 늦었다. 이 세상 어디에도 한잔할 곳이 없으리라. 얼마나 더 오래 이 추운 거리를 걸어야 그의 방에 닿을까 생각하니 눈물이 솟았다. 이따금 그는 멈춰 서서 언귀를 두드려 피를 돌게 했다. 겨우 자기 방에 도착한 그는 가스스토브를 켜고 그 위로 몸을 수그렸다. 그의 방은 워싱턴 광장 남쪽의 조그맣고 쓸쓸한 단칸방이었다. 가구라고는 침대 하나와 의자, 책이 수북이 쌓인 테이블, 가스스토브가 전부였다. 몸에서 한기가 좀 가시자 그는 침대 밑으로 손을 뻗어 바구니 포장에 든 럼주를 꺼냈다. 그는 양철컵에 물을 조금 따라 가스스토브 위에서 데운 다음 럼을 섞어 마시기 시작했다. 마음속에 들끓던 이름 붙일 수 없는 고뇌들이 고삐 풀린 듯 풀려나왔다. 동화 속에 나오는, 심장에 강철굴레를 맨 사내가 된 것 같았다. 쇠굴레가 끊어지고 있었다.

그는 럼주 병을 비웠다. 방이 느긋하고 규칙적으로 빙빙 돌아가기 시작했다. 그가 갑자기 큰 소리로 말했다. "그녀와 얘길 해야 돼…… 그녀와 얘길 해야만 돼." 그는 모자를 눌러쓰고 코트를 입었다. 밖의 추위는 상쾌했다. 우유배달차 여섯 대가 한 줄로 늘어서서 덜컹거리며 지나갔다.

웨스트 12번가에서 검은 고양이 두 마리가 쫓고 쫓기는 추격전을 벌였다. 고양이들의 미친 듯한 울음소리가 사방에 울려 퍼졌다. 그의 머릿속에서도 뭔가가 찢어질 것 같았다. 갑자기 자신도 섬뜩한 고양이 울음소리를 내며 얼어붙은 거리를 내달리고 싶은 충동이 일었다.

그는 허프, 라고 쓰인 집의 벨을 누르고 또 누르며 컴컴한 거리에 몸을 떨며 서 있었다. 그는 있는 힘을 다해 문을 두드렸다. 엘런이 초록 실내복을 입고 문가로 나왔다. "짐, 무슨 일이에요? 열쇠 갖고 있지 않았어요?" 잠에 취해 나른한 얼굴이었다. 그녀에게서 졸린 듯 포근하고 달콤한, 아늑한 잠의 냄새가 났다. 그는 이를 악물고 숨 가쁘게 말했다.

"엘리, 당신과 얘기해야겠어."

"당신 취했어요, 짐?"

"내가 무슨 말을 하고 있는지는 알아."

"난 너무 졸려요."

그는 그녀를 따라 침실로 들어갔다. 그녀는 슬리퍼를 벗고 다시 침대로 들어가 윗몸을 일으켜 앉더니 졸린 눈으로 그를 바라보았다.

"마틴이 있으니까 너무 큰 소리 내지 마요."

"엘리, 나라는 사람은 맘속에 있는 말을 하는 게 왜 이렇게 힘든지 모르겠군…… 술의 힘을 빌려야만 말이 나오니…… 저, 당신 아직 날 좋아해?"

"내가 당신을 얼마나 좋아하는지 알잖아요. 지금까지도 그랬고 앞으로도 그럴 거예요."

"내 말은 사랑하느냐는 거야. 내 말 알겠어, 사랑이냐고……" 그가 거칠게 말을 끊었다.

"난 죽은 사람 말고는 오래 사랑할 수가 없나봐요…… 난 그렇게 생겨먹은 사람이에요. 잘 알잖아요."

"알지. 당신도 알고, 나도 알지. 아, 난 이러지도 저러지도 못하겠어, 엘리."

그녀는 팔로 무릎을 감싸 안고 앉아 커다란 눈을 뜨고 그를 바라보았다. "짐, 당신 정말 나를 그렇게 사랑해요?"

"이제 이혼하고 끝을 내지."

"그렇게 서둘지 마요, 짐…… 마틴도 있잖아요. 애는 어떻게 해요?"

"불쌍한 녀석, 아이에게 들어가는 돈 정도는 어떻게든 긁어모을 수 있을 거야."

"내가 당신보다 더 벌어요, 짐…… 아직 그런 걱정은 일러요."

"알아, 알아. 누가 몰라?"

그들은 말없이 서로를 바라보며 앉아 있었다. 마주 보는 눈이 타올랐다. 지미는 갑자기 참을 수 없이 졸음이 몰려왔다. 모든 걸 잊고 어릴 때처럼 어머니 무릎에 머리를 대고 어둠 속으로 빠져들고 싶었다.

"그럼 난 집으로 돌아갈게." 그가 피식 웃으며 말했다. "우리, 설마 이렇게 끝날 줄은 몰랐지?"

"잘 가요, 짐." 그녀가 하품을 하다 말고 울음 섞인 소리로 말했다. "하지만 끝난 건 아녜요…… 이렇게 끔찍하게 졸리지만 않다면…… 불 좀 꺼줄래요?"

그는 어둠 속을 더듬어 문까지 갔다. 먼동이 트며 북극의 아침이 회색으로 변해가고 있었다. 그는 서둘러 그의 방으로 갔다. 날이 밝기 전에 침대로 들어가 눈을 붙이고 싶었다.

길고 천장이 낮은 방에 긴 테이블이 놓여 있고, 그 한가운데에 갈색, 살구색, 에메랄드색 실크와 크레이프천이 수북이 쌓여 있다. 자투리천과 원단 냄새. 테이블 주위에 앉아 고개를 숙이고 바느질하는 소녀들의 황갈색, 금색, 검정색, 갈색 머리. 드레스를 걸쳐놓은 스탠드를 밀고 통로를 오가는 보조 소년들. 벨이 울리자 방 안이 새장 속처럼 이야깃소리로 요란해진다.

애너는 일어나 기지개를 켠다. "아, 머리 아파." 그녀가 옆의 아가씨에게 말한다.

"어제 밤새웠어?"

그녀가 고개를 끄덕였다.

"그런 짓 그만둬. 그러다 얼굴 망쳐. 여자들은 남자들처럼 몸을 막 굴려선 안 돼." 다른 아가씨는 마르고 금발에 코가 비틀어져 있다. 그녀는 애너의 허리에 팔을 두른다. "아, 네 몸무게를 조금만 나한테 붙여주면 좋겠다."

"제발 좀 그래주라." 애너가 말한다. "뭐든 먹는 대로 살로 간다니까."

"뚱뚱한 건 아니잖아…… 남자들이 딱 좋아할 만큼 통통한 거지. 전에도 말했지만 너한테는 보이시한 스타일이 딱 어울릴 거야."

"내 남자친구는 맵시 있는 여자가 좋다던데."

그들은 계단에 옹기종기 모여 있는 소녀들을 헤치고 지나간다. 그들은 빨간 머리 소녀가 입을 크게 벌리고 눈을 굴리며 빠른 속도로 지껄이는 말에 귀를 기울인다. "……그 앤 캐머런 애비뉴 2230번지에 살았어. 친구들 몇몇이 어울려 마술쇼를 보러 갔었는데 친구들과 헤어진 다음 늦은 시간에 혼자 집으로 돌아갔대. 캐머런 애비뉴로 말이야. 다음 날 아침에 식구들이 찾아보았더니 글쎄, 스피어민트 광고판 뒤에 있더라는 거야."

"죽은 채로?"

"그걸 말이라고…… 어떤 흑인이 끔찍한 짓을 한 다음 그 애를 목 졸라 죽인 거야…… 그 얘기를 듣고 얼마나 무섭던지. 나랑 학교도 같이 다녔거든. 그 후로 캐머런 애비뉴에 사는 여자애들은 해가 지면 무서워서 밖에 나가질 못해."

"맞아. 나도 어제 저녁 신문에서 다 봤어. 생각해봐, 바로 옆 거리에서 일어난 일이라고."

"내가 저 꼽추 등 만지는 거 봤어요?" 그가 택시에 타 로지 옆에 자리를 잡고 앉자 그녀가 외쳤다. "극장 로비에서 말이에요." 그는 무릎 근처에 낀 바지를 잡아당겼다. "제이크, 곱사등을 만지면 행운이 온다잖아요. 꼽추 등 만지고 실패하는 사람 못 봤어요. 당신도 만질 걸 그랬어요…… 에잇, 택시들은 왜 저렇게 빨리 달리는 거야, 어지럽게." 택시가 급정거하는 바람에 두 사람의 몸이 앞으로 쏠렸다. "세상에, 하마터면 저 남자애를 칠 뻔했어요." 제이크 실버맨이 그녀의 무릎을 토닥였다. "가엾어라, 그렇게 놀랐어?" 차가 호텔 앞에 서자 그녀는 외투 깃에 얼굴을 파묻었다. 그들이 열쇠를 받으러 프런트로 가자 직원이 실버맨에게 말했다. "어떤 남자분이 만나뵈려고 기다립니다." 체격이 딱 바라진 남자가 물고 있던 시가를 손에 들고 그에게로 다가왔다. "실버맨 선생, 잠깐 저와 같이 가주실까요?" 로지는 기절할 것 같았다. 그녀는 못 박힌 듯 그 자리에 서서 말없이 뺨을 외투 깃 속에 파묻었다.

그들은 두 개의 안락의자에 깊숙이 앉아 머리를 맞대고 소곤거렸다. 조금씩, 그녀는 그들 쪽으로 다가가 귀를 기울였다. "영장…… 법무부…… 우편사기……"제이크가 중간중간 말하는 소리는 들리지 않았다. 그는 인정한다는 듯 계속 고개를 끄덕였다. 그러더니 갑자기 미소를 지으며 부드럽게 말했다.

"로저스 선생, 말씀 잘 들었습니다…… 제 사정은 이렇습니다. 선생이 날 체포하면 난 파산입니다. 그리고 사업에 투자한 수많은 투자자도 마찬가지지요. 일주일만 시간을 주시면 회사를 깨끗이 정리할 수 있습니다. 로저스 선생, 나는 사람을 잘못 믿어 피해를 입은 사람이란 말입니다."

"그건 제가 어쩔 수가 없군요…… 제 임무는 단지 영장을 집행하는 일입니다…… 죄송하지만 방을 수색해야 할 것 같은데요…… 이미 약간의 자료를 확보한 상태입니다만……" 사내는 시가의 재를 떨고 단조로운 목소리로 읽기 시작했다. "제이콥 실버맨, 별명 에드워드 페이버샴, 시미언 J. 애버스넛, 잭 힌클리, J. J. 골드…… 뭐 이 정도의 리스트란 말이죠…… 당신 사건에 대해 상당히 세세한 조사가 진행되었지요. 이 자리에서 밝힐 순 없지만."

그들은 일어섰다. 시가를 문 사내가 로비 반대편에 앉아 신문을 읽고 있던, 모자를 쓴 마른 사내에게 고갯짓을 했다.

실버맨은 프런트로 걸어갔다. "볼일이 있어 나가니까," 그가 직원에게 말했다. "영수증을 준비해주겠소? 아내는 며칠 더 묵을 거요."

로지는 말이 나오지 않았다. 그녀는 세 남자를 따라 엘리베이터를 탔다. "부인, 미안하게 됐습니다." 마른 형사가 모자의 챙을 잡아당기며 말했다. 실버맨이 문을 열어 사람들을 들어가게 한 다음 조심스레 닫았다. "여러 가지로 마음 써주셔서 고맙습니다…… 아내도 고마워하고 있습니다." 로지는 방 한구석에 놓인 등이 똑바른 의자에 앉았다. 입술이 떨리는 것을 참으려고 그녀는 점점 세게 혀를 깨물었다.

"실버맨 선생, 이건 흔한 범죄사건과 질이 매우 다릅니다."

"뭐 마실 거라도 드릴까요?"

그들은 고개를 저었다. 체격이 딱 벌어진 남자가 새 시가에 불을 붙였다.

"좋아, 마이크." 그가 마른 남자에게 말했다. "서랍과 옷장을 수색해."

"이거 적법한 행위가 맞습니까?"

"법대로 하자면 당신한테 수갑을 채우고 저기 계신 부인도 공범으로 연행하는 게 맞지."

로지는 얼음장 같은 두 손을 무릎 사이에 넣고 몸을 양옆으로 흔들었다. 눈은 감고 있었다. 형사들이 옷장을 수색하는 동안 실버맨은 때때로 그녀의 어깨에 손을 얹었다. 그녀가 눈을 떴다. "빌어먹을 형사 놈들이 날 끌고 가면 당장 샤츠에게 전화해 모든 사실을 알려줘. 뉴욕에 있는 사람을 다 깨워서라도 그를 찾아내." 그는 입술도 거의 움직이지 않고 작고 빠른 소리로 말했다.

곧이어 그의 모습은 사라지고 편지가 가득 든 가방을 든 두 형사가 그를 뒤따라갔다. 그의 젖은 키스가 여전히 그녀의 입술에 남아 있었다. 그녀는 쥐 죽은 듯 조용한 텅 빈 방을 넋 놓고 둘러보았다. 그때 책상 위의 연보라색 압지에 뭔가 쓰여 있는 게 눈에 띄었다. 갈겨 쓴 그의 손글씨였다. '전당포에 다 맡기고 도망갈 것. 당신 착하지.' 눈물이 뺨을 타고 흘러내리기 시작했다. 그녀는 책상 위로 고개를 숙이고 압지에 연필로 쓴 글씨에 입을 맞추며 오랫동안 앉아 있었다.

4. 마천루

다리가 없는 젊은 남자가 14번가 남쪽 보도 한가운데에 멈췄다. 파란 니트 스웨터를 입고 파란 술이 달린 모자를 쓰고 있다. 물끄러미 올려다보는 눈이 점점 커져 종이처럼 하얀 얼굴을 가득 메운다. 비행선 한 대가 하늘을 떠간다. 반짝이는 은박지에 싸인 시가처럼 연기를 뿜으며 비에 씻긴 하늘과 부드러운 구름 사이를 빠져나간다. 안개에 싸여 저 높이 비에 씻긴 하늘과 부드러운 구름자락 사이로 빠져나간다. 다리가 없는 젊은 남자는 14번가의 남쪽 보도 한가운데서 두 팔로 몸을 지탱하고 여전히 멈춰 있다. 성큼성큼 걷는 다리, 마른 다리, 뒤뚱뒤뚱 걷는 다리, 스커트와 바지와 니커보커 속의 다리 들. 그는 여전히 꼼짝 않고 멈춰 두 팔로 몸을 지탱하고 비행선을 올려다본다.

492

실직한 지미 허프가 퓰리처 빌딩에서 나왔다. 그는 연석 위에 놓인 분홍색 신문더미 옆에 서서 몇 차례 심호흡을 했다. 그리고 울워스 건물의 반짝이는 첨탑을 올려다보았다. 날은 화창했고 하늘은 개똥지빠귀 알처럼 푸르렀다. 그는 북쪽으로 방향을 잡고 업타운을 향해 걷기 시작했다. 멀어질수록 울워스 건물은 망원경처럼 길게 늘어났다. 그는 창들이 번쩍이는 도시를 지나, 알파벳이 뒤섞인 도시를 지나, 금박을 입힌 간판들의 도시를 지나 북쪽으로 걸었다.

글루텐이 가득한 봄…… 황금빛 자양분이 듬뿍, 씹을수록 맛이 나는 모든 빵의 원조, 글루텐이 가득한 봄. '프린스 앨버트'보다 맛있는 빵은 살 수 없습니다. 연강(錬鋼), 모넬 메탈, 구리, 니켈, 연철. 세상은 자연의 아름다움을 사랑합니다. 시내 최고의 양복 검펠 사랑의 바겐세일. 여학생 시절의 피부를 언제까지나…… 조 키스, 시동, 번개, 점화, 발전기.

어딜 봐도 낄낄 웃음이 터져 나왔다. 열한시였다. 밤을 새웠다. 삶은 뒤집히고, 그는 뒤집힌 도시의 천장 위를 날아다니는 파리였다. 직장을 내던지고 오늘도, 내일도, 모레도, 글피도 할 일이 없었다. 올라간 것은 반드시 추락하기 마련이다. 그러나 몇 주, 몇 달 안에 일어날 일은 아니다. 글루텐이 가득한 봄.

그는 간이식당으로 들어가 베이컨을 곁들인 달걀과 토스트, 커피를 시켰다. 자리에 앉아 한 입 한 입 맛을 음미하며 행복하게 그것들을 먹었다. 머릿속은 해질녘 목초지에 가득한 일 년생 망아지들처럼 거칠게 미쳐 날뛰었다. 옆 테이블에서 뭔가 설명하는 단조로운 목소리가 들렸다.

"바람난 여자는 말이죠…… 말씀드리는데, 제대로 정화를 시켜줘야 해요. 그들은 모두 우리 교회 신도들이었어요. 우린 사연을 전부알고 있어요. 그는 여자를 떼어내라는 충고를 받았죠. 그랬더니 이러더라고요. 아니, 난 계속해서 싸울 생각이에요……"

허프는 자리에서 일어났다. 또 걸어야겠군. 잇새에 낀 베이컨의 뒷맛을 느끼며 그는 밖으로 나왔다.

봄의 요구에 부응하는 신속한 서비스. 뭐, 봄의 요구에 부응해? 양철캔이 아닙니다, 하지만 당신의 파이프를 부드럽게 채워줄 고품격……소코니. 한 번의 시식이 백만 마디 말보다 낫습니다. 끝이 빨간 노란연필. 백만 마디 말보다, 백만 마디 말보다. "좋아, 그 백만을 이리내…… 챙겨, 벤." 용커스의 깡패는 그가 죽었든 살았든 공원 벤치에버려두고 간다. 그들이 그를 털었지만, 나온 것은 백만 마디뿐……"근데요 짐, 난 탁상공론이나 프롤레타리아 얘기 같은 건 질렸다고요,알아요?"

황금빛 밀의 격조가 담긴 빵, 봄.

딕 스노의 어머니는 구두통 공장 사장이었다. 어머니의 사업이 실패하면서 그는 학교를 그만두고 거리를 헤매게 되었다. 청량음료 가판대의 판매원이 그를 꾀었다. 그는 만돌린 같은 몸매에 머리가 까만유대인 처녀에게 진주 귀고리를 사주고 두 달치 월부금을 냈다. 그들은 고가철도역에서 은행 현금수송 직원을 기다렸다. 직원은 던져져회전식 개찰구에 빨래처럼 널렸다. 그들은 가방을 탈취해 포드 세단을 타고 사라졌다. 딕 스노는 뒤에 남아 죽은 사람에게 총알을 한 발도 남김없이 쏘았다. 사형수 수감동에서 그는 봄의 요구에 부응하는,

어머니에게 바치는 시를 썼다. 시는 〈이브닝 그래픽〉에 게재되었다.

심호흡을 할 때마다 허프는 소음과 웅성임과 페인트 글씨들을 들이마셨다. 몸이 부풀어 오르기 시작하고 정신이 흐릿해지며 고꾸라질 것 같았다. 그는 사월의 거리에 피어오르는 연기의 기둥처럼 비틀거리며, 작은 기계공장과 단추공장, 싸구려 아파트의 창문을 기웃거렸다. 더러운 침대시트의 냄새를 맡고, 스르륵스르륵 도르래 돌아가는 소리를 듣고, 타자기를 치는 속기사의 손가락 사이로 욕설을 섞고, 백화점의 가격표를 뒤섞었다. 속에서 소다수 같은 거품이 일어나는 듯하다. 그는 딸기, 사르사, 초콜릿, 버찌, 바닐라 같은 달콤한 사월의 시럽이 되어 가솔린의 푸른색을 띤 공기 속으로 거품을 일으키며 뚝뚝 떨어진다. 그는 욕지기를 느끼며 사십사층 위에서 떨어져 묵사발이 된다. 총을 사서 엘리를 죽였다면 나는 사월의 요구에 어울리게 사형수의 감방에 앉아 어머니에게 바칠, 〈이브닝 그래픽〉에 게재될 시를 썼을까?

그는 몸이 줄어들어 먼지처럼 작아졌다. 콸콸 흐르는 도랑의 큰 돌과 잔돌을 넘고, 지푸라기 위를 기어오르고, 자동차오일이 퍼진 호수를 돌아 내려갔다.

그는 워싱턴 광장에 앉아 있었다. 정오의 분홍빛으로 물든 그는 아치 너머 5번 애비뉴를 바라보고 있었다. 몸의 열도 식었다. 춥고 피곤했다. 어떤 봄, 아, 몇 해 전의 봄이었을까. 묘지를 지나 들참새가 지저귀는 파란 자갈길을 걷노라니 이런 간판이 보였다. **용커스**. 용커스에 나는 내 유년을 묻었고 마르세유에서 얼굴에 바람을 맞으며 풋내기 시절과 이별했다. 뉴욕 어디에 내 이십 대를 묻어야 하나? 어쩌면 내 이십 대는 추방되어 〈인터내셔널가〉를 부르는 엘리스 섬의 배를 타고 바다로 나가버렸는지도 모른다. 물 위에 퍼지던 격노한 〈인터내셔널가〉는 한숨으로 변해 안개 속으로 사라진다.

추방

웨스트 12번가 190번지에 사는 젊은 신문사 직원 제임스 허프는 최근 그의 이십 대를 상실했다. 메리베일 판사 앞에 출두한 그의 이십 대는 부적격 외국인 판정을 받고 추방대상이 되어 엘리스 섬으로 송환되었다. 더 어린 사샤, 미첼, 니컬러스와 블라디미르 등 네 청년이 무정부주의자라는 죄목으로 얼마간 구류되어 있었다. 5호와 6호는 부랑 혐의로, 그다음 빌 토니와 조는 아내 구타죄, 방화죄, 폭행과 매춘 혐의를 포함한 다양한 죄목으로 체포되었다. 모두 직권남용, 부정행위, 직무유기 등으로 유죄선고를 받았다.

정숙하시오. 정숙. 정숙. 피고인 앞으로…… 증거 불충분, 판사가 술을 한 잔 따르며 말했다. 구식 칵테일을 젓고 있던 법정서기 주변에 갑자기 포도나무 잎사귀가 자라고 법정에서는 포도 향기가 났다. 밀수의 왕은 황소들의 뿔을 잡고 음매음매 우는 소들을 끌고 조용히 법원의 계단을 내려왔다. "빌어먹을, 휴정!" 물병에 진이 들어 있는 것을 보고 판사가 외쳤다. 기자들은 표범가죽을 걸치고, 오리엔트 댄서 피피의 등에 발을 얹고 있는 시장을 발견했다. 그는 시민 윤리 기념동상의 포즈를 취했다. 우리의 특파원은 뉴욕 시의 저명한 클럽맨 중 한 사람인 이모부 제퍼슨 T. 메리베일과 동석해 뱅커스 클럽의 창밖으로 몸을 내밀고 밖을 쳐다보는 중이며, 후추를 고루 뿌린 새끼양 촙 요리가 준비되고 있다. 한편에서는 웨이터들이 가우젠하이머 집안 사람들의 불룩 나온 배를 작은북 삼아 분주히 오케스트라를 편성하고 있다. 급사장은 델라웨어의 웰 워터드 가솔린 컴퍼니* 일곱 대표의 속 빈 대머리를 실로폰 삼아 〈그리운 켄터키 옛집〉을 신명나게 연주한다. 그동안 자꾸 흘러내리는 자줏빛 짧은 바지를 입은 밀수의 왕은 파란 리본이 달린 실크해트를 쓰고 황소를 몰며 브로드웨이를 걸었다. 소의 수는 234만 2501마리에 이르렀다. 소들은 스파이턴 다이블 수로에 이르자 용커스를 헤엄쳐 건너려다가 한 줄씩 물속으로 들어가 빠져죽었다.

이러고 앉아 있으니 인쇄기가 몸 안을 콕콕 찌르는구나, 지미 허프는 생각했다. 여기 있다간 인쇄기가 날 곰보로 만들고 말겠지. 그는 일어섰다. 조그만 누런 개가 벤치 아래 웅크리고 잠들어 있었다. 개는 아주 행복해 보였다. "우선 푹 자야 해." 지미가 큰 소리로 말했다.

"어쩔 작정이야, 더치? 전당포에 맡길 거야?"

"프랜시, 백만 달러를 준대도 요 권총은 못 내놔."

"제발, 돈 얘기는 그만해…… 경찰의 눈이 당신 엉덩이에 꽂히는 날엔 당장 설리번 법**으로 체포될 거야."

"날 잡아갈 경찰은 아직 태어나지도 않았어…… 그러니 신경 꺼."

프랜시가 훌쩍거리기 시작했다. "하지만, 더치. 우리 어쩌면 좋아,

---

* 물 섞인 석유를 파는 회사라는 뜻.
** 1911년 제정된 뉴욕 주 최초의 총기 규제 법안.

어쩌면 좋냐고?"

더치가 갑자기 권총을 주머니에 넣고 벌떡 일어섰다. 그는 아스팔트 포장도로를 걷다가 걸음을 멈추고 휙 돌아보는 동작을 반복했다. 안개 낀 저녁은 추웠다. 진창길을 달리는 자동차들의 불빛이 덤불의 마른 가지 사이로 거미집처럼 끝없이 이어졌다.

"맙소사, 그렇게 질질 짜니까 사람 맘이 뒤숭숭해지잖아…… 입 좀 다물지 못하겠어?" 그는 다시 뚱한 얼굴로 그녀 곁에 앉았다. "덤불 속에서 누가 움직인 것 같은데…… 이 빌어먹을 공원에는 사복형사들이 득실댄단 말이야…… 이 더러운 도시 어디에도 내 몸 하나 숨길 곳이 없으니."

"이렇게 비참한 기분만 아니라면 난 아무래도 좋겠어. 뭘 먹으면 토할 것 같고, 다른 애들이 눈치챌까봐 겁나 죽겠어."

"만사를 깨끗이 해결할 방법이 있다고 내가 그랬잖아. 며칠 내로 모든 걸 깨끗이 처리해준다고 약속해…… 어디 가서 결혼하자고. 어디 보자, 남부로 갈까…… 다른 지방으로 가면 일자리는 얼마든지 있다고 장담해…… 추워지는군, 여기서 나가자고."

"아, 더치!" 진창물이 번쩍이는 아스팔트길을 걸으며 프랜시가 지친 목소리로 말했다. "우리 예전의 좋았던 시절로 돌아갈 수 있을까?"

"한마디로 우린 지금 재수 옴 붙었어.* 하지만 언제까지나 그러란 법은 없어. 난 오리건 숲에서 가스에 중독되었을 때도 살아남았잖아? 지난 며칠 난 이모저모 궁리를 해봤어."

---

* 원문은 S. O. L. Shit out of luck은 1918년경에 자주 쓰인 욕설.

"더치, 당신이 체포되면 난 강물로 뛰어들 거야."

"체포되지 않는다니까!"

코언 부인은 오래된 사과처럼 얼굴에 검버섯이 피고 허리가 굽은 노파다. 그녀는 마디가 굵은 손을 배 위에 얹고 식탁 옆에 서서, 커피잔을 앞에 두고 꾸벅꾸벅 졸고 있는 애너에게 이디시어로 쉴 새 없이 잔소리를 늘어놓고 있다. 말하는 동안 온몸이 부르르 떨린다. "너 같은 건 젖먹이 때 죽어 없어지는 게 나았어. 에이그, 뭐하려고 아무짝에도 소용없는 것들을 넷씩이나 낳아서 키웠는지, 빨갱이에, 화냥년에, 깡패까지…… 베니는 두 번이나 유치장 신세를 지고, 솔 그 녀석은 대체 어딜 가서 또 사고를 치고 다니는지 모르겠고, 세라는 민스키스* 들락거리다 윗도리 벗고 쇼걸로 나서더니, 이젠 너냐? 재단사들 파업에 나서고, 어깨에다 팻말을 지고 창피한 줄도 모르고 거리를 활보하다니, 차라리 그 자리에 앉은 채 죽어버려."

애너는 빵을 뜯어 커피에 적셔 입에 넣었다. "아무튼 엄만 몰라요." 그녀가 한입 가득 빵을 문 채 말했다.

"몰라? 그래, 화냥질이랑 나쁜 짓은 모른다. 왜? 어째서 입 꾹 다물고 얌전히 급료나 타오지 못하는 게야! 전엔 돈도 잘 벌었지 않아? 댄스홀에서 그 이방인 놈과 붙어 다니지만 않았으면 결혼도 할 수 있었을 거다. 아이고, 내 팔자야. 이 나이에 성한 놈은 아무도 데려가지 않을 딸년을 뒀다니……"

---

* 민스키스 벌레스크는 1912~1937년 동안 운영된 뉴욕의 쇼극장.

애너가 일어나 째지는 소리를 질렀다. "엄마가 무슨 상관이에요. 난 그래도 지금껏 내 몫의 월세라도 꼬박꼬박 냈잖아요. 딸은 평생 노예처럼 마구 부려먹어도 된다고 생각하는 거예요? 내 생각은 달라요, 알겠어요? 잔소리 좀 제발 그만해요."

"에미가 늙었다고 이젠 말대꾸구나. 솔로몬이 살아 있었다면 당장 매를 들었을 텐데. 이교도처럼 어미에게 말대꾸나 하는 년은 뱃속에서 죽어 나오는 편이 나았어. 천벌을 받기 전에 썩 이 집에서 나가지 못해!"

"알았어요, 나가면 되잖아요." 애너는 트렁크가 거치적거리는 좁은 복도를 지나 침실로 가서 침대에 몸을 던졌다. 뺨이 타올랐다. 그녀는 조용히 누워 생각을 가다듬었다. 부엌에서 노파의 격하고 단조로운 흐느낌이 들려왔다.

애너는 일어나 앉았다. 반대편 벽에 걸린 거울에 눈물에 젖은 진 빠진 얼굴과 흩어진 긴 머리칼이 비쳤다. "세상에, 이게 무슨 꼴이람." 그녀는 한숨을 쉬었다. 일어날 때 뒤꿈치가 드레스 끝자락에 걸려 드레스가 북 찢어졌다. 애너는 침대 가장자리에 앉아 하염없이 울었다. 그러고 나서 꼼꼼한 바느질로 드레스를 세심하게 꿰맸다. 바느질을 하면서 마음이 한결 가라앉았다. 그녀는 모자를 쓰고 코에 파우더를 꾹꾹 눌러 발랐다. 그다음 입술에 립스틱을 가볍게 바르고 외투를 걸치고 밖으로 나갔다. 사월은 이스트사이드 스트리트에서 기대하지 않은 색깔들을 불러냈다. 파인애플을 가득 실은 수레에서 달콤하고 관능적인 향기가 풍겨왔다. 거리 모퉁이의 청량음료 판매대에서 로즈 시걸과 릴리언 다이아몬드가 코카콜라를 마시고 있었다.

"애너, 우리랑 콜라 마실래?" 그들이 동시에 물었다.

"너희들이 사준다면 마실게…… 난 땡전 한 푼 없어."

"파업수당 못 받은 거야?"

"엄마한테 다 줬지 뭐…… 그럼 뭐해. 종일 욕먹고 있는데. 이제 정말 노인네라니까."

"아이크 골드스타인 가게에 강도들이 들어와서 가게를 다 때려 부쉈다는 말 들었어? 망치로 다 때려 부수는 바람에 주인아저씨는 기절해서 옷가지 위에 쓰러졌대."

"아이, 끔찍해라."

"당해도 싸."

"그래도 그건 아니잖아. 남의 재산을 그렇게 마구잡이로 부수다니. 우리도 그걸로 생계를 유지하는데."

"생계유지 한번 잘하고 있지…… 난 죽기 직전이야." 애너가 빈 잔을 카운터 위에 쾅 내려놓으며 말했다.

"살살." 판매대 안에서 남자가 말했다. "유리잔 깨지겠어."

"제일 끔찍한 건," 로즈 시걸이 계속 말했다. "그 난리 속에 골드스타인 집에서 창밖으로 날아간 리벳이 구층 아래로 떨어지면서 마침 그때 트럭을 타고 지나던 소방관이 거기에 맞아 거리에서 즉사했다는 거야."

"왜들 그랬대?"

"누가 다른 사람 맞히려고 던진 게 창밖으로 날아간 거지 뭐."

"그래서 소방관을 죽였단 말이지."

애너는 엘머가 길 저편에서 그들을 향해 오는 것을 보았다. 마른 얼굴을 치켜들고 다 해진 외투 주머니에 손을 찔러넣고 있었다. 그녀는 두 친구를 남겨두고 그에게로 갔다. "우리 집 가는 길이었어? 가지 마, 할멈이 또 무섭게 욕을 해대…… 이스라엘의 딸들*에 집어넣든가 해야지. 더이상 같이 못 살겠어."

"그럼 조금 걷다가 광장으로 가지." 엘머가 말했다. "봄이 느껴지지 않아?"

그녀는 곁눈으로 흘낏 그를 바라보았다. "그치? 아, 엘머. 파업이 빨리 끝났으면 좋겠어…… 온종일 빈둥거리자니 미치겠어."

"하지만 애너, 파업은 노동자에게 굉장한 기회야. 노동자들의 대학이지. 공부도 하고, 책도 읽고, 시립도서관에 갈 기회잖아."

"하루이틀이면 파업이 끝난다면서 도서관은 가서 뭐해?"

"사람은 공부를 할수록 자기 계급에 유용한 사람이 되는 거야."

그들은 놀이터에 등을 돌리고 벤치에 앉아 있었다. 머리 위의 하늘은 노을빛을 받아 진주층을 펼쳐놓은 듯 빛났다. 아스팔트길 위에서 꼬질꼬질한 아이들이 고함을 치며 떠들썩하게 놀고 있었다.

"아!" 애너가 하늘을 올려다보며 말했다. "나는 파리제 이브닝드레스를 입고, 당신은 야회복을 입고 멋진 레스토랑으로 식사하러 간다든가 극장에 갈 수 있다면."

"조화로운 사회에서라면 그럴 수 있겠지…… 혁명이 끝나면 노동자들도 그런 즐거움을 누릴 수 있을 거야."

"하지만 엘머, 우리 엄마처럼 잔소리만 해대는 할망구가 다 되어서

---

* 1906년 뉴저지에 설립된 유대인 전용 양로원.

라면 그게 다 무슨 소용이겠어?"

"그럼 우리 아이들이라도 그렇게 하면 되지."

애너는 몸을 꼿꼿하게 펴고 앉았다. "난 절대 아이 따위는 낳지 않을 거야." 그녀는 이를 악물고 말했다. "절대로, 절대로, 절대로."

앨리스는 그의 팔에 손을 얹었다. 그들은 몸을 돌려 이탈리아 페이스트리숍의 진열장을 기웃거리고 있었다. 케이크마다 밝은 아닐린 착색제가 들어간 꽃과 세로 기둥 모양의 장식이 파여 있고, 그 위에 부활절을 기리는 양과 부활절 기가 꽂혀 있었다. "지미," 그녀는 케이크 위의 장미처럼 입술을 붉게 칠한 계란형 얼굴을 돌려 그를 바라보며 말했다. "로이 좀 돌봐주세요. 그 사람은 일자리를 찾아야 해요. 저렇게 인두편도비대증 환자 같은 얼굴로 집에서 빈둥거리며 신문이나 보는 꼴 계속 보다간 내가 미치고 말 거예요…… 내 말 무슨 말인지 알죠…… 그 사람이 당신 말은 듣잖아요."

"하지만 그 친구도 나름대로 일자리를 알아보고 있잖아요."

"전혀 그렇지 않다는 거 알면서 그래요."

"자기 딴에는 그런가보죠. 아무래도 그 친구는 스스로에 대해 이상한 생각을 가지고 있는 것 같아요…… 그런데 하필 나랑 일자리를 의논하다니……"

"왜 이래요, 대단하신 분이. 신문사 그만두고 글 쓸 거라고 다들 그러던걸요."

지미가 자기도 모르게 그녀의 커다랗게 뜬 갈색 눈을 내려다보았다. 우물 안에서 반짝이는 물처럼 저 눈동자 깊은 곳에서 뭔가가 반짝 빛났다. 그는 얼굴을 돌렸다. 목구멍에 뭐가 걸려 그는 기침을 했다. 그들은 환한 색깔들로 단장된 경쾌한 거리를 따라 걸었다.

레스토랑 입구에서 로이와 마틴 시프가 그들을 기다리고 있었다. 그들은 바깥쪽 방을 지나 긴 홀로 들어갔다. 초록과 파랑이 어우러진 두 점의 나폴리 만 그림 사이로 테이블들이 꽉 들어차 있었다. 파르메산 치즈 향와 담배 연기, 토마토소스 냄새가 짙게 풍겼다. 앨리스는 의자에 앉으며 얼굴을 살짝 찡그렸다.

"아, 당장 칵테일 한 잔 마셔야겠어요, 빨리!"

"난 머리가 좀 단순해서 그런가……" 허프가 말했다. "베수비오 산 앞에서 노니는 이 배들을 보면 어딘가로 떠나고 싶은 생각이 든단 말이야…… 난 이삼 주 안에 뉴욕을 떠날 참이야."

"어디로 가려고 그래, 지미?" 로이가 물었다. "못 듣던 얘기인데?"

"헬레나는 뭐라고 안 해요?" 앨리스가 끼어들었다.

허프는 얼굴이 빨개졌다. "그녀가 왜요?" 그가 쌀쌀맞게 말했다.

"계속 여기 있어봤자 별수 없다는 걸 알았어." 잠시 후 그는 그렇게 말하고 있었다.

"됐어, 우리 중에 자기가 원하는 걸 아는 놈은 아무도 없어." 마틴이 내뱉듯 말했다. "우리가 달리 긴 세대겠어."

"난 내가 원하지 않는 게 뭔지는 조금씩 알아가고 있어." 허프가 조용히 말했다. "적어도 내가 원하지 않는 일을 얼마나 싫어하는지 스스로 인정할 용기가 생겼어."

"굉장하네요." 앨리스가 외쳤다. "이상을 위해 직장을 때려치우다니."

"잠깐 실례." 허프는 의자를 뒤로 밀고 일어나며 말했다. 화장실에서 그는 일그러진 거울에 비친 눈을 들여다보았다.

"그만 떠들어." 그가 낮은 소리로 말했다. "하는 것도 없으면서 말은……" 술 취한 얼굴이었다. 그는 두 손에 물을 받아 세수를 했다. 그가 테이블에 돌아와 앉자 모두 그에게 갈채를 보냈다.

"방랑자 만세!" 로이가 말했다.

앨리스는 길게 썬 배 위에 얹은 치즈를 먹고 있었다. "내가 보기엔 스릴 있어요." 그녀가 말했다.

"로이가 심심한가보네." 침묵이 흐른 다음 마틴이 외쳤다. 커다란 눈 위에 뿔테안경을 쓴 얼굴이 뿌연 수족관 속의 물고기처럼 레스토랑의 담배 연기 속에 둥둥 떠 있는 것 같았다.

"내일 일자리를 알아보러 갈 곳들을 여기저기 생각 중이었어."

"일자리를 찾으려고?" 마틴이 드라마의 대사를 치듯 말했다. "가장 비싸게 사줄 곳에 네 영혼을 팔겠단 말이지?"

"할 수 없지, 그것밖에 팔 게 없다면……" 로이가 신음했다.

"아침잠이 걱정이야…… 개성이니 하는 따위는 전부 팔아치워야 한다는 것도 더럽지만. 일은 능력으로 하는 게 아니야, 개성이지."

"정직하게 일하는 건 창녀들뿐이지……"

"창녀들은 개성을 파는 거야."

"빌려주는 것뿐이야."

"로이도 따분하고…… 너희들도 따분하고…… 덕분에 나까지 따분해진다."

"우리는 지금 삶을 즐기고 있잖아요." 앨리스가 지지 않고 말했다.

"마틴, 따분한 자리라면 우리가 굳이 이 자리에 앉아 있겠어요?……
지미가 신비한 여행을 어디로 떠날지 말해줬으면 해요."

"아니, 당신은 속으로 그를 참 따분한 사람이라고 생각하고 있을
걸. 이 사회에 쓸모없는 사람이라고 생각하지? 돈도 없지, 예쁜 아내
도 없지, 말솜씨도 없지, 증권시장에서는 까막눈이지. 그는 사회에 불
필요한 짐이라고…… 예술가란 무거운 짐이야."

"그렇지 않아요, 마틴…… 당신 혼자 도통한 사람처럼 지껄이지 마
요."

마틴은 테이블 너머로 팔을 흔들었다. 와인잔 두 개가 쓰러졌다. 겁
먹은 웨이터가 붉은 액체를 냅킨으로 덮었다. 마틴은 아랑곳하지 않
고 계속했다. "모든 게 연기야…… 모두가 세 치 혀끝으로 거짓말만
늘어놓고 있어. 진짜 속마음을 털어놓을 용기가 없으니까…… 마지
막으로 잘 들어둬. 마지막이니까, 내 말은…… 어이, 웨이터 자네도
와서 인간 영혼의 컴컴한 심연을 들여다보라고. 허프는 따분하군. 너
희들은 모두 따분해, 따분한 파리들이 유리창 위를 윙윙거리며 날고
있어. 창유리를 방이라고 생각하면서. 그 속에 어떤 깊은 어둠이 있는
지도 모르고…… 내가 너무 취했군. 웨이터, 술 한 병 더!"

"마틴, 좀 천천히 마셔요. 이미 먹은 것만도 돈이 될지 모르겠어요.
마실 만큼 마셨어요."

"웨이터, 와인 한 병하고 그라파* 네 잔 가져오라고."

"어째 오늘 밤은 무사하지 못할 것 같은데." 로이가 신음하듯 말

---

* 이탈리아 중부나 북부 지방에서 주로 디저트로 마시는 술. 포도주를 만들고 남은 찌꺼
기를 증류해서 만든다.

했다.

"필요하면 내 몸이라도 팔지…… 앨리스, 가면을 벗어…… 가면을 벗으면 귀여운 어린애잖아…… 오늘 밤 나랑 심연 저 구석까지 가자고…… 너무 취해서 당신한테 하고 싶은 말이 잘 안 나오는군." 그는 거북껍데기테 안경을 휙 벗어 손으로 움켜쥐었다. 안경알이 튀어나와 마룻바닥에서 반짝거렸다. 입을 벌리고 바라보던 웨이터가 그것을 주우려고 테이블 밑으로 기어 들어갔다.

마틴은 잠시 눈을 깜빡이며 앉아 있었다. 나머지는 서로를 쳐다보았다. 그러다 그가 자리에서 벌떡 일어섰다. "너희들이 사람 무시하는 거 누가 모를 줄 알아. 이러니 같이 점잖게 밥을 먹을 수가 있나, 점잖은 대화를 할 수가 있나…… 난 대대로 이어온 나의 진정성을 증명해야겠어. 증명……" 그는 넥타이를 당기기 시작했다.

"마틴 이 친구야, 진정해." 로이가 되풀이했다.

"아무도 날 막지 못해…… 난 어두운 진정성 속으로 뛰어들어야만 해…… 이스트 강의 검은 부두 끝으로 달려가 몸을 던져야 해."

달려나가는 그를 뒤따라 허프도 레스토랑 밖의 거리로 달려갔다. 마틴은 입구에서 외투를, 모퉁이에서 조끼를 벗었다.

"어라, 사슴처럼 잘도 뛰네." 로이가 허프의 어깨에 부딪혀 숨을 헐떡이며 말했다. 허프가 외투와 조끼를 주워 겨드랑이에 끼고 레스토랑으로 다시 들어갔다. 두 사람은 창백한 얼굴로 앨리스의 양옆에 앉았다.

"갈까요? 정말 그럴까요?" 그녀가 거듭 물었다.

"가긴 뭘 가." 로이가 말했다. "집으로 가겠지. 그를 놀린 대가로 우릴 가지고 논 거야."

"그래도 정말 그럼 어떻게 해요?"

"이러다 얼굴도 보기 싫어질까 겁나…… 정말 좋아하는 친군데. 아이 이름까지 그 친구 이름을 따라 지었잖아." 지미가 우울하게 말했다. "하지만, 그 친구가 정말 그 정도로 불행하다면 우리로선 막을 도리가 없잖아?"

"아, 지미." 앨리스가 한숨을 내쉬었다. "우리 커피 좀 시켜요."

밖에서는 신음에 가까운 소리를 내던 소방차가 땅을 울리며 요란하게 지나갔다. 모두 손이 차가웠다. 그들은 말없이 커피를 홀짝였다.

프랜시는 파이브 앤 텐 스토어의 옆문으로 빠져나와 하루 일과를 마치고 귀가하는 인파 속에 섞였다. 더치 로버트슨이 그녀를 기다리고 있었다. 웃는 얼굴이 상기되어 있었다.

"아니, 더치, 대체 무슨……" 말이 목구멍에 걸렸다.

"왜 맘에 안 들어?" 그들은 14번가로 갔다. 흐릿한 얼굴들이 그들 옆을 지나갔다. "다 잘 굴러가고 있어, 프랜시." 그가 침착하게 말했다. 그는 가벼운 회색 봄외투와 그에 어울리는 얇은 중절모를 쓰고 있었다. 끝이 뾰족한 빨간 옥스퍼드 단화가 번쩍거렸다. "차림새 맘에 들어? 뭘 하든 외모가 단정하지 않으면 안 되겠다고 생각했어."

"근데 더치, 그건 어디서 났어?"

"담배 가게 녀석을 털었지. 별거 아니던데."

"쉿, 조용히 해. 누가 듣겠어."

"저들이 무슨 말인지 알 게 뭐야."

덴시는 루이 14세풍으로 꾸민 아내의 침실 구석에 앉아 있었다. 분홍색 등받이가 달린 도금한 의자에 쭈그리고 앉으니 불룩 나온 배를 무릎이 떠받치고 있는 꼴이었다. 푸르뎅뎅 축 늘어진 얼굴 가운데 살찐 코가 있고 콧구멍 옆에서 쭉 찢어진 양쪽 입언저리까지 팔자주름이 새겨져 있다. 그는 한 손에 전보뭉치를 들고 있었다. 맨 꼭대기에 전보를 해독한 푸른 종잇조각이 올려져 있었다. '함부르크 지점의 손실 대략 오십만 달러, 서명 하인츠.' 부슬거리고 반짝거리는 것들로 가득한 작은 방 어디를 보아도 자줏빛 글씨로 쓴 대략이라는 말이 둥둥 떠 있었다. 정신을 차려보니 주름장식이 달린 모자를 쓴 창백한 혼혈의 하녀가 방에 들어와 그를 바라보고 있었다. 그의 눈길이 그녀가 들고 있는 커다랗고 평평한 마분지상자로 쏠렸다.

"그게 뭐야?"

"주인마님 앞으로 왔는데요."

"가져와…… 흭슨 건가…… 대체 왜 그렇게 옷을 사들이는 거야…… 흭슨 거라고…… 열어봐. 너무 비싸 보이면 반송해버릴 거니까."

하녀는 얇은 종이를 조심스레 벗기고 복숭앗빛과 연둣빛 이브닝드레스를 꺼내 보였다.

덴시는 툴툴거리며 일어났다. "아직도 전쟁 땐 줄 아나보군…… 다시 돌려보내. 여긴 그런 사람 안 산다고 해."

하녀는 상자를 들고 나오면서 고개를 뒤로 젖히고 코끝을 쳐들었다. 덴시는 작은 의자에 앉아 다시 전보를 바라보기 시작했다.

"애애니, 애애니!" 날카롭게 부르는 소리가 안쪽 방에서 들려왔다. 이어 머리에 자유의 모자* 모양의 레이스 모자를 쓴 커다란 몸이 헐렁한 네글리제를 입고 나타났다. "아니, J. D., 당신 여기서 아침부터 뭘 하고 있어요? 난 미용사를 기다리고 있어요."

"아주 중요한 거야…… 방금 하인츠한테서 전보가 왔어. 여보 세레나, 블랙헤드 앤 덴시가 바다 건너에서도 어려운 상태에 빠졌어."

"네, 마님." 뒤편에서 하녀의 목소리가 들려왔다.

그는 어깨를 으쓱해 보이며 창가로 갔다. 피곤하고 언짢은데다 살이 찐 몸은 무거웠다. 거리엔 심부름꾼 소년이 자전거를 타고 지나갔다. 분홍빛 뺨에 미소를 짓고 있었다. 덴시는 어릴 적 자신의 모습을 보았다. 날렵한 몸에 모자도 쓰지 않은 채 자전거를 타고 파인 스트리트를 달리며 소녀들의 발목을 훔쳐보던 일을 떠올리니 잠시나마 마음이 훈훈해지고 몸이 가볍게 느껴졌다. 그는 다시 방 안쪽으로 갔다. 하녀는 가고 없었다.

"세레나," 그가 입을 열었다. "사태의 심각성을 이해하겠어?…… 불황이야. 설상가상으로 콩값까지 뚝 떨어졌단 말이야. 파산이라고……"

"그래서 나더러 어쩌란 말예요."

"절약…… 또 절약. 고무값 떨어진 것 좀 봐…… 힉슨에서 보낸 드레스 말인데……"

"그럼 나더러 블랙헤드네 파티에 시골 촌닭 여선생처럼 차리고 가

---

* 고대 로마에서 노예를 해방할 때 준 삼각두건.

510

란 말이에요?"

덴시는 끙 소리를 내며 고개를 저었다. "당신은 정말 조금도 이해를 못하는군. 파티 같은 건 이제 없을지도 몰라…… 이봐 세레나, 이건 농담이 아니야…… 언제라도 배를 탈 수 있게 짐을 꾸려둬…… 난 좀 쉬어야겠어. 마리엔바트로 요양을 갈까 해…… 당신한테도 좋을 거야."

그녀의 눈길이 갑자기 그와 부딪쳤다. 그녀 얼굴의 잔주름들이 일제히 깊어졌다. 눈 밑의 피부가 바람 빠진 장난감풍선처럼 오그라들었다. 그는 그녀에게로 다가가 어깨에 손을 얹고 입을 오므려 키스하려고 했다. 그녀는 갑자기 폭발했다.

"나와 내 재단사 사이에 당신이 끼어드는 건 용납할 수 없어요! ……그렇게는 못해요. 그렇게 못해요……"

"그럼, 마음대로 해!" 그는 살이 쪄 통통한 어깨에 머리를 파묻고 방을 나갔다.

"애애니이!"

"네, 마님." 하녀가 방으로 돌아왔다.

덴시 부인은 다리가 가늘고 작은 소파 한가운데에 털썩 주저앉았다. 그녀의 얼굴은 새파랬다. "애니, 암모니아 각성제하고 물 좀 가져다줘…… 그리고 애니, 힉슨에게 전화해서 착오가 있었으니 드레스를 다시 보내달라고 해…… 오늘 밤 입어야 하니까 받는 즉시 다시 돌려보내라고."

행복할 권리, 양도할 수 없는 권리…… 생명과 자유를 추구할 권리…… 달이 없는 어두운 밤. 지미 허프는 사우스 스트리트를 홀로 걷고 있다. 선창가 뒤편에 늘어선 배들이 밤을 향해 해골 같은 그림자를 던지고 있다. "제길, 그래, 난 끈 떨어진 신세야!" 그가 큰 소리로 말했다. 매일 사월의 밤을 쓸고 다니는 동안 마천루가 그를 강박처럼 뒤따랐다. 셀 수 없이 많은 환한 창이 달린 높은 빌딩들이 질주하는 하늘을 뛰쳐나와 그의 몸 위로 쓰러질 것만 같았다. 타자기가 니켈로 도금한 종잇조각 같은 비를 그의 귀에 쉴 새 없이 뿌렸다. 지그펠드의 인가를 받은 폴리즈 극장의 레뷰걸들의 얼굴이 창가에서 웃으며 그에게 손짓한다. 황금옷을 입은 엘리가, 금박으로 만든 진짜 살아 있는 것 같은 엘리가 창문이란 창문에 모두 나타나 손을 흔든다. 이 거리 저 거리를 헤매고 다녀도, 걸어도 걸어도, 윙윙 바람 소리가 나는 번쩍이는 창문이 달린 마천루의 입구는 찾을 수 없었다. 눈을 감을 때마다 꿈이 그를 붙잡는다. 당당하고 이성적으로 그 자신을 상대로 소리 내어 토론하는 것을 멈출 때면 어김없이 꿈이 그를 사로잡는다. 젊은 이여, 정신 차리려면 둘 중 하나는 해야 한다…… 여봐요, 아저씨. 이 빌딩 입구가 어디죠? 길목 돌아서요? 길목을 돌면 바로 저기라…… 누구에게도 양도할 수 없는 선택. 늘어진 더러운 셔츠를 입고 떠나든가 깨끗한 애로 칼라*를 입고 버티거나. 하지만, 일생을 걸고 파멸의 도시를 떠나는 것은 무슨 의미란 말인가? 너의 양도할 수 없는 권리는 어찌 되었나? 열세 개의 식민지는?** 그는 머릿속으로 말의 나래

* 셔츠를 세탁할 필요 없이 칼라만 탈부착하는 아이디어 상품. 1905년 일러스트레이터 J. C. 레이엔데커에 의해 '애로 칼라 맨'이 등장, 남성 정장의 대명사이자 남녀 모두의 이상적 남성상으로 부각됨.

를 펼치며 끈질기게 걷는다. 특별히 가고 싶은 곳이 있는 건 아니다. 아직도 말을 믿을 수만 있다면.

"골드스타인 씨, 안녕하십니까?" 기자는 담배 가게 카운터 너머로 내민 갈퀴 같은 손을 잡으며 경쾌하게 말했다. "전 브루스터라고 합니다…… 〈뉴스〉지에 유행범죄에 대해 쓰고 있지요."

골드스타인 씨는 곤충의 유충처럼 생긴 남자였다. 약간 휜 매부리코에 잿빛 얼굴을 하고, 주의 깊어 보이는 핑크색 귀가 예상치 못하게 불쑥 튀어나와 있었다. 그는 미심쩍은 듯 눈을 찡그리고 기자를 바라보았다.

"괜찮으시다면 어젯밤 일어난 일에 대해 듣고 싶은데요…… 불운한 사건에 대해……"

"이봐요, 젊은 양반, 별거 없수다. 그런 거 신문에 나봤자 어린놈들이 따라하고 싶게만 만들지."

"유감입니다, 골드스타인 씨…… 로버트 번스 담배 하나 주시렵니까? 언론이란 게 환기처럼 꼭 필요한 것으로…… 공기를 정화시켜주죠." 기자는 담배 끝을 물어 잘라내고 불을 붙였다. 그는 동그랗고 파랗게 피어오르는 연기 속에 선 채 생각에 잠긴 눈으로 골드스타인 씨를 바라보았다. "골드스타인 씨, 사실은 말입니다." 그가 여봐란듯이 말을 하기 시작했다. "우리는 이 사건을 인간적인 측면에서 다루려고 합니다…… 동정과 눈물…… 아시겠죠. 곧 사진사가 와서 사진을 찍

** 북아메리카에 있던 영국의 옛 식민지는 1776년 독립선언 후 미국이 됨.

어갈 겁니다…… 기사가 나오면 다음 몇 주 동안은 매상이 뛸 게 확실합니다…… 오지 말라고 전화하는 일은 없기를 바랍니다."

"거, 사람 참." 골드스타인 씨가 갑자기 말을 시작했다. "새 봄외투를 입은, 잘 차려입은 녀석이었소. 캐멀 한 갑 사러 들어왔지…… 좋은 밤입니다, 그러면서 담뱃갑을 뜯어 한 대 피워 물더군. 그때 보니까 같이 온 여자가 베일을 두르고 있더라고."

"그럼 단발머리는 아니겠군요?"

"내가 본 건 베일밖에 없다니까. 그 왜, 초상났을 때 뒤집어쓰는 것 같은 거 말이오. 여자가 카운터 쪽으로 오나 싶더니 내 가슴팍에다 권총을 대고 뭐라고 지껄이는 게 아니겠어. 뭐냐, 사람 놀리는 것 같은 말투 있잖아…… 어쩌면 좋을까 하는 사이에 사내 녀석이 계산대 안의 돈을 털고 나서 나한테 이러는 거요, '형씨, 바지 주머니에 돈 가진 거 있지?' 어찌나 식은땀이 흐르던지……"

"그게 답니까?"

"그럼. 경찰을 불렀을 땐, 빌어먹을, 이미 튄 다음이었고."

"돈은 얼마나 가져갔죠?"

"한 오십 달러 되나, 거기다 바지에 있던 육 달러까지."

"여자는 예뻤습니까?"

"몰라, 그럴지도 모르지. 그 얼굴을 묵사발 내고 싶군. 그런 놈들은 전기의자 같은 데 앉혀야 하는데…… 세상에 안전한 곳이 없어. 권총하나 장만해서 이웃사람 강도질만 해도 먹고사는 세상이라면 어디 일할 맘이 나겠소?"

"옷차림이 말쑥했다고 하셨는데요…… 부자처럼 보이던가요?"

"그렇다니까."

"제 생각엔 남자는 대학생, 여자는 상류사회 처녀로 그냥 재미 삼아 그런 게 아닐까 싶어요."

"남자 놈은 상판대기가 불량배였어."

"대학생 중에도 불량배처럼 생긴 사람들 있어요…… 골드스타인 씨, 이번 일요일자 신문에 '상류층 강도'라는 기사가 날 테니 보세요…… 〈뉴스〉 보시죠?"

골드스타인 씨가 고개를 저었다.

"어쨌든 한 부 보내드리죠."

"그런 못된 녀석들은 하루 빨리 유죄판결을 받아야 돼, 알겠소? 내 힘으로 할 수만 있다면…… 안전한 곳이라고는 없으니…… 일요 증보판이고 뭐고 난 상관없수다."

"사진기자가 곧 올 겁니다. 그럼, 전 사진 한 장 찍어주시는 줄 알고 갑니다, 골드스타인 씨. ……정말 감사했습니다. ……안녕히 계십시오, 골드스타인 씨."

골드스타인 씨는 갑자기 새로 산 반짝이는 권총을 꺼내 카운터 밑에서 기자를 향해 겨눴다.

"어이, 조심해."

골드스타인 씨는 냉소적으로 하하 웃었다. "그놈들, 다시 나타나기만 해봐, 이번엔 문제없어." 그는 이미 지하철 입구로 걸어가는 기자를 향해 큰 소리로 외쳤다.

"허프 부인, 우리가 할 일은 말이죠." 하프시코트가 그녀의 눈을 상냥하게 바라보며 잿빛 체셔고양이 같은 미소를 지었다. "서프보드를 탈 때처럼 유행의 흐름을 타다가 파도가 부서지기 직전에 해변으로 뛰는 거죠."

엘런은 반으로 쪼갠 아보카도를 스푼으로 조심스레 파내고 있었다. 시선은 접시에 고정되어 있고 입술은 약간 벌어져 있었다. 몸에 꼭 맞는 짙은 파란색 드레스가 시원하고 날씬한 느낌을 주었다. 넌지시 바라보는 시선과 세련된 대화가 오가는 레스토랑 한가운데에 앉아 엘런은 수줍어하면서도 주변을 살피는 것을 잊지 않았다.

"부인께서 다른 누구보다 재능을 가지고 있다고 난 예언할 수 있어요. 이제까지 보아온 어떤 여자들보다 아름다우시고요."

"예언이라고요?" 엘런이 그를 보고 웃으며 말했다.

"늙은이의 말꼬리를 잡고 놀리는 게 아닙니다…… 내 표현이 좀 서툴렀소…… 이건 위험한 징조인데. 내 말이 좀 우습게 들릴 수야 있겠지만, 그래도 무슨 뜻인지는 이해할 줄 압니다…… 그렇다고 하시죠…… 이런 잡지에서 우리가 요구하는 게 뭔지 그건 부인께서 나보다 훨씬 더 잘 설명해줄 수 있겠죠."

"물론 뭘 원하시는지 알고 있어요. 모든 독자들에게 생생한 현장성을 전달하라는 거죠."

"마치 그들이 바로 지금 앨곤퀸에서 점심을 먹는 것처럼 느끼게 말입니다."

"오늘은 아니라도 내일은, 하고 말이죠." 엘런이 덧붙였다.

하프시코트는 킬킬거리는 소리로 웃고 나서 역시 웃고 있는 그녀의 회색 눈 속 금빛 반점을 지그시 바라보았다. 그녀는 얼굴을 붉히며 반쯤 파먹고 남은 아보카도 접시를 내려다보았다. 뒤통수에 거울이라도 달린 듯, 그녀는 주변 테이블에 앉은 사람들의 뭔가를 파헤칠 듯한 날카로운 시선을 느꼈다.

진에 델 듯한 혀에 팬케이크가 달달했다. 지미 허프는 차일즈의 떠들썩한 취객들 한가운데에 앉아 있었다. 눈과 입, 이브닝드레스, 커피와 베이컨 냄새가 희미하게 뒤섞여 술렁였다. 그는 팬케이크를 공들여 먹고 나서 커피를 더 주문했다. 속이 뒤집히는 건 아닌지 걱정이었는데, 기분이 나아졌다. 그는 신문을 읽기 시작했다. 활자가 춤추며 일본의 물속꽃(水中花)*처럼 퍼졌다. 그러더니 다시 또렷하고 정연한 흑백의 접착제가 되어 그의 정연한 흑백의 뇌 속을 조용히 한 줄로 스쳐갔다.

시즌을 대비해 새로 장식한 코니아일랜드의 화려한 장식 속에서 길 잃은 젊음이 또다시 비극의 대가를 치렀다. 사복경찰에게 체포된 일당은 '더치' 로버트슨과 일명 '단발머리 갱'으로 불리는 젊은 여자 공범이다. 두 사람은 브루클린과 퀸스 일대에서 십수 차례 이상의 강도행각을 벌인 혐의로 심문을 받는 중이다. 경찰은 며칠 전부터 이들을 감시해왔다. 그들은 시크로프트 애비뉴 7356번지의 작은 부엌이 딸린 아파트를 임대해 거주하고 있었다. 처음 의혹을 산 것은 출산이 임박한 여자가 앰뷸런스로 커나시 프레스비테리언

---

* 물속에 넣으면 서서히 피어나게끔 만든 종이꽃.

병원으로 실려오면서부터였다. 병원의 직원들은 로버트슨의 주머니에서 돈이 샘솟듯 흘러나온다는 사실을 알고 놀랐다. 그는 특실에 입원한 여자에게 매일 값비싼 꽃과 과일을 병실로 보냈다. 남자의 요청으로 여자는 유명한 의사의 특진을 받았다. 출생한 여아의 이름을 기록할 때가 되었을 때 남자는 그들이 혼인관계가 아님을 고백했다. 간호조무사 한 명이 여자의 모습이 〈이브닝 타임스〉에 실린 단발머리 갱 일당의 인상과 닮았다는 것을 눈치채고 경찰에 신고했다. 두 사람이 시크로프트 애비뉴의 아파트로 돌아간 후 사복경찰은 수일 동안 그들의 뒤를 밟아오다가 오늘 오후 체포했다.

단발머리 갱의 체포는……

허프의 신문지 위로 뜨거운 비스킷 하나가 떨어졌다. 그는 깜짝 놀라 눈을 들었다. 눈이 까만 유대인 소녀가 옆 테이블에 앉아 그를 바라보며 얼굴을 찌푸렸다. 그는 고개를 끄덕이며 모자를 벗는 체했다. "귀여운 요정아가씨, 고마워요." 그는 잘 돌아가지 않는 혀를 움직여 말하고 비스킷을 먹었다.

"그따위 짓 그만두란 말, 못 들었어?" 여자 옆에 앉은 복싱 코치처럼 생긴 남자가 그녀의 귀에 대고 고함쳤다.

허프의 테이블에 앉아 있던 사람들이 입을 벌리고 웃었다. 그는 계산서를 들고 막연히 작은 소리로 굿나잇, 이라 말하고 밖으로 나왔다. 카운터의 시계는 세시를 가리키고 있었다. 밖에는 여전히 콜럼버스 서클 주변을 와자지껄 떠도는 사람들이 있었다. 비에 젖은 포도의 냄새가 자동차들이 내뿜은 배기가스 냄새와 뒤섞였다. 공원 쪽에서 젖은 땅의 냄새와 움트는 풀 향기가 바람을 타고 간간이 풍겨왔다. 그는 어디로 갈지 망설이며 오랫동안 서 있었다. 며칠째 밤이면 집으로 돌아가고 싶지 않았다. 그는 단발머리 갱과 그의 공범이 체포된 것이 어쩐지 측은하게 느껴졌다. 도망갈 수 있었더라면. 그는 매일 신문에 오르는 그들의 모험담을 은근히 기대했었다. 불쌍한 사람들, 하고 그는 생각했다. 게다가 이제 막 태어난 아기는 어쩌나.

그가 나온 뒤 차일즈에서는 소동이 일어났다. 그는 돌아가서 창문으로 레스토랑 안쪽을 바라보았다. 버터케이크 세 개가 철판 위에서 지글거리며 익고 있었다. 웨이터들이 힘을 모아 야회복을 입은 사내를 쫓아내려 했다. 그에게 비스킷을 던졌던 유대인 소녀의, 턱이 벌어진 남자친구를 그의 친구들이 제지하고 있었다. 그사이 문지기가 군중을 헤치며 지나갔다. 키가 작고 어깨가 넓은데다 움푹 들어간 지친 눈이 원숭이를 닮은 사내였다. 문지기는 아무 일도 아닌 듯 침착하게 키 큰 야회복 사내를 잡았다. 그리고 단숨에 문밖으로 내동댕이쳤다. 보도 위에 팽개쳐진 키 큰 남자는 어이없다는 표정으로 주변을 둘러보며 옷의 칼라를 펴려고 했다. 그때 경찰차가 요란한 소리를 내며 달려왔다. 경찰 두 사람이 뛰어내리더니, 엉뚱하게도 모퉁이에 서서 조용히 얘기 중인 이탈리아인을 재빨리 체포했다. 허프와 야회복을 입은 사내는 서로 마주 보며 말을 주고받는가 싶더니 술이 확 깨는지 각자 서둘러 다른 방향으로 걸어갔다.

5. 니네베의 무거운 짐

멕시코 만류의 안개로부터 붉은 황혼 속으로 흘러 들어와, 굳은 손가락 같은 거리 사이에서 놋쇠검의 목이 울부짖는다. 마천루의 유리로 덮인 눈을 찢고, 다섯 개의 다리의 도리를 떠받치고 있는 기둥에 빨간 납을 뿌린다. 비틀거리는 항구의 짙은 연기 속에서 발정 난 고양이 울음을 우는 예인선을 괴롭힌다.

봄은 우리의 입가를 간질이고, 봄은 우리를 소름 돋게 한다. 단조로운 사이렌 속에서 거대하게 자라나, 요란한 소음을 일으키며, 언 발끝으로 웅크린 주택들 사이의 정체된 교통을 뚫는다.

덴시는 모직 얼스터외투의 깃을 귀밑까지 올려 세우고 영국제 모자를 눈 위까지 푹 눌러쓴 채 볼렌덤호의 젖은 갑판 위를 초조하게 서성이고 있었다. 그는 가는 빗줄기 사이로 회색 부두의 창고와 선창 양옆의 빌딩들을 바라보았다. 쓰디쓴 하늘에 부식된 모습이었다. 난 망했어, 망했어. 그는 혼잣말로 계속 중얼거렸다. 마침내 배가 세번째로 기적을 울렸다. 덴시는 손으로 귀를 막고 구명보트 뒤에 숨어 서서 더러운 물이 고여 있는 배의 외벽과 부두 사이의 틈이 점점 넓어지는 것을 지켜보았다. 스크루가 돌아가기 시작하자 발밑의 갑판이 떨렸다. 회색 사진 같은 맨해튼의 빌딩들이 멀어지기 시작했다. 갑판에서 밴드가 〈오, 티티네, 티티네〉를 연주했다. 빨간 페리와 카페리, 예인선, 모래운반선과 목재를 실은 스쿠너, 부정기 화물선들이 그의 앞을 스쳐가고, 그 너머로 수증기를 뿜는 도시가 눈앞에 피라미드처럼 솟아올랐다가 만의 흙빛 섞인 초록 물속으로 안개처럼 가라앉기 시작했다.

덴시는 일등객실로 내려갔다. 노란 베일을 드리운 종 모양의 모자를 쓴 아내가 과일바구니에 얼굴을 묻고 소리 죽여 울고 있었다. "세레나, 울지 마요." 그가 목이 잠긴 소리로 말했다. "제발…… 마리엔바트가 마음에 들 거야…… 우리한테는 휴식이 필요해. 아직 가망이 없는 건 아냐. 난 가서 블랙헤드에게 전보를 치고 오리다…… 따지고 보면 회사가 이 꼴이 된 건…… 이게 다 고집 세고 성미 급한 그 친구 탓이지. 제가 무슨 왕이라도 되는 줄 알고…… 내가 떠난 사실을 알면 꼭지가 돌겠지. 사람이 욕먹고 죽을 수도 있다면 난 내일 이미 죽은 목숨일 거야." 놀랍게도 그의 얼굴에 깊이 파인 회색 주름이 미소로 변했다. 덴시 부인은 고개를 들고 입을 열어 그에게 뭔가 말하려 했지만 눈물이 앞을 가렸다. 그는 거울에 비친 자기 모습을 들여다보며 어깨를 펴고 모자를 고쳐 썼다. "자, 세레나." 그가 명랑한 기운이 묻어나는 목소리로 말했다. "이걸로 내 사업경력은 끝이야…… 가서 전보 치고 오리다."

어머니의 얼굴이 굽어보며 그에게 입을 맞춘다. 손으로 옷자락을 잡지만 어머니는 그를 어둠 속에 남겨두고 떠났다. 어둠 속에 부드러운 향기가 남아 그를 울린다. 어린 마틴은 침대 틀 안에서 버둥거린다. 밖은 어둡고, 벽 너머 밖에서는 또다시 어른들의, 무서운 덩치 큰 어둠이 우르릉, 부르르, 덩어리가 되어 창을 넘어 들어와 문틈으로 손가락을 뻗친다. 밖에서 들려오는 자동차 소리가 비명처럼 그의 목을 조른다. 주변에 쌓이고 쌓인 어둠의 피라미드가 그에게로 우르르 무너진다. 그는 비명을 지른다. 목이 메어 쉬다가 다시 비명을 지른다. 유모가 방문을 열고 빛의 구멍트랩을 밟아 아기침대 쪽으로 걸어온다. "무서워 마라…… 아무것도 아니야." 그녀의 검은 얼굴이 그를 내려다보며 웃는다. 검은 손이 구겨진 이불을 펴준다. "소방차가 지나간 것뿐이야…… 소방차 같은 건 무서워할 게 아니지."

엘런은 택시 좌석에 등을 기대고 앉아 잠시 눈을 감았다. 목욕하고 나서의 삼십 분 휴식으로도 사무실에서의 피곤한 기억들과 냄새, 타자기의 타닥거리는 소리와 끝없이 반복되는 말, 얼굴들, 타이프 친 종이들을 씻어낼 수는 없었다. 몹시 피곤했다. 눈 주위에 다크서클이 생겼는지도 모른다. 택시가 멈췄다. 앞에 보이는 유인신호등에 빨간불이 들어와 있었다. 5번 애비뉴는 연석까지 택시와 리무진, 버스로 만원이었다. 약속에 늦었다. 시계를 집에 두고 왔다. 일 분이 한 시간처럼 목 주위로 무겁게 늘어졌다. 그녀는 좌석 끝에 똑바로 앉아 주먹을 꼭 쥐었다. 장갑을 낀 손인데도 뾰족한 손톱이 살을 파고드는 게 느껴질 정도였다. 드디어 택시가 앞으로 움직이기 시작하자 배기가스가 뿜어져 나오고, 자동차의 대열이 머리 힐을 무겁게 움직이기 시작했다. 모퉁이에 시계가 보였다. 여덟시 십오 분 전이었다. 차들이 또다시 멈추고 택시에 브레이크가 끽 걸리며 몸이 앞으로 붕 떴다. 눈을 감고 다시 좌석에 기대자 관자놀이 근처가 뛰었다. 온몸의 신경이 날카로운 철삿줄이 되어 쨍 소리를 내며 살을 찌를 것 같았다. "뭐가 문제지?" 그녀는 줄곧 스스로에게 묻고 있었다. "그는 기다릴 거야. 서두를 것도 없잖아. 어디 보자…… 몇 블록 남았지? 스물까지는 아니고 열여덟." 숫자는 사람을 미치지 않게 하려고 만들어진 걸 거야. 신경증을 고치는 데는 쿠에*보다 구구단이 나아. 피터 스타이브선트인가 누군가가 도시에 번호를 붙여 나눠놓은 것도 그래서일 거야. 그녀는 혼자 웃음을 지었다. 택시가 다시 움직이기 시작했다.

조지 볼드윈은 짧은 간격으로 담배를 뻑뻑 피우며 호텔 로비를 서성였다. 그는 이따금 시계를 흘깃 쳐다보았다. 바짝 조인 바이올린 현처럼 몸 전체가 팽팽했다. 배가 고프고 하고 싶은 말은 목구멍까지 차올랐다. 사람들을 기다리는 건 질색이었다. 그녀가 상큼하고 부드러운 미소를 지으며 들어서자 그는 다가가서 뺨을 갈기고 싶었다.

"조지, 우리가 미치지 않는 건 차갑고 감정이 없는 숫자 덕분이라

---

* 프랑스의 약사이자 심리치료사 에밀 쿠에가 고안한 자기암시법.

고 생각하지 않아요?" 그녀가 그의 팔을 툭 치며 말했다.

"내가 아는 건 사십오 분 동안 누군가를 기다리다보면 미치고도 남는다는 거야."

"설명할게요. 시스템이라는 거예요. 택시를 타고 오며 줄곧 생각했어요…… 당신이 먼저 들어가서 아무거나 주문해주세요. 난 잠깐 화장실에 들렀다 갈게요. 마티니도 한 잔 시켜주시고요. 오늘 밤은 정말 죽음이에요. 딱 죽음이라니까요."

"이런 가엾어라. 주문해놓을 테니 어서 다녀와요."

무릎에서 힘이 빠졌다. 금빛으로 화려하게 꾸민 식당 안으로 들어가며 그는 자신이 얼음 녹듯 녹는 것을 느꼈다. 맙소사, 볼드윈, 마치 열일곱 풋내기 같군…… 벌써 몇 해째인데도…… 이래가지고 어쩌겠다고…… "조지프, 오늘 밤은 뭐가 괜찮지? 배고파 죽겠네…… 우선 프레드에게 생애 최고의 마티니 칵테일을 만들어달라고 하게나."

"알겠습니다, 나리." 코가 긴 루마니아인 웨이터가 대답하며 유려한 제스처로 메뉴판을 내밀었다.

엘런은 오랫동안 거울 앞에 서서 얼굴에서 여분의 파우더를 떨어내며 결정을 내리려 애쓰고 있었다. 그녀는 마음속으로 자신을 인형이라 생각하고 태엽을 감아 여러 가지 포즈를 취하게 했다. 여러 무대 위에서 작은 몸짓들이 잇따라 일어났다. 그러다가 갑자기 희디흰 어깨를 휙 돌려 거울을 등지고 서둘러 식당으로 갔다.

"오, 조지. 배고파 죽겠어요, 너무 배고파요."

"나도 그래." 그가 갈라지는 소리로 말했다. "그런데 일레인, 당신한테 들려줄 소식이 있소." 그녀가 말을 막기라도 할 듯 그는 서둘러 말을 계속했다.

"세실리가 이혼에 동의했어. 올여름에 파리에서 조용히 후딱 해치울 생각이야. 이제 내가 알고 싶은 건, 당신은?……"

그녀는 몸을 굽혀 테이블 모서리를 잡고 있던 그의 손을 톡톡 두드렸다. "조지, 우리 저녁부터 먹어요…… 먼저 머리를 식힐 필요가 있어요. 우리 둘 다 과거에 실수할 만큼 했잖아요…… 자, 우리의 범죄를 위하여!" 칵테일의 부드럽고 미세한 거품이 혀와 목구멍을 적시자 차츰 몸이 더워졌다. 그녀는 반짝이는 눈으로 그를 바라보며 웃었다. 그는 단숨에 잔을 비웠다.

"일레인," 그는 몸이 달아올라 참지 못하고 말했다. "당신은 이 세상에서 가장 멋진 사람이야."

저녁을 먹으며 그녀는 얼음처럼 차가운 것이 마약처럼 전신으로 번져가는 것을 느꼈다. 그녀는 결심을 한 터였다. 마치 자기 대신 자신의 사진이 똑같은 자세로 영원히 굳어버리는 것 같았다. 보이지 않는 쌉쌀한 비단 끈이 그녀의 목을 죄어왔다. 접시와 분홍빛 상아램프, 빵 부스러기 저편에 하얀 셔츠 위로 솟은 그의 얼굴이 흔들리며 고개를 끄덕였다. 그의 뺨은 빨갛게 타올랐다. 그의 코는 좌우가 교대로 빛을 반사하고, 누런 치아를 드러낸 입술은 뭔가를 말하려고 움직였다. 발목을 꼬고 앉아 있던 엘런은 옷 속의 몸이 도자기인형처럼 굳어지는 걸 느꼈다. 주변의 모든 것이 에나멜처럼 굳어가는 듯했다. 푸른 줄무늬의 담배 연기가 섞인 공기도 유리로 변하고 있었다. 그의 목각 마리오네트 인형 같은 얼굴이 그녀 앞에서 의미 없이 움직였다. 그녀는 몸서리를 치며 어깨를 으쓱해 보였다.

"일레인, 왜 그러는 거요?" 그가 갑자기 물었다. 그녀는 거짓말을 했다.

"아무것도 아녜요, 조지…… 별안간 몸이 오싹하네요."

"숄이나 뭐 걸칠 걸 가져다줄까?"

그녀는 고개를 저었다.

"그럼 그건 어쩌지?" 자리에서 일어나며 그가 물었다.

"뭘요?" 그녀가 미소를 지으며 물었다.

"파리에 다녀와서 어떻소?"

"당신만 참을 수 있다면 난 괜찮아요, 조지." 그녀가 조용히 말했다.

그는 택시의 문을 열어놓고 그녀를 기다리고 있었다. 갈색 중절모에 밝은 갈색 외투를 입고, 어둠을 배경으로 서서 미소 짓는 그의 모습은 일요신문의 컬러 화보에 실린 어느 명사처럼 보였다. 그녀는 그가 내민 손을 기계적으로 잡고 택시 안으로 들어갔다.

"일레인," 그가 떨리는 목소리로 말했다. "나도 이제야 인생의 의미를 찾아가고 있는 거요…… 내가 얼마나 오랫동안 허무한 인생을 보내왔는지 당신은 모를 거야. 양철로 만든 장난감처럼 속이 텅 비어 있었다고."

"우리 기계인형 얘기는 그만해요." 그녀가 볼멘소리를 했다.

"그래. 우리의 행복에 관한 얘기를 합시다." 그가 외쳤다.

피할 새도 없이 그의 입술이 그녀의 입술에 포개졌다. 물에 빠진 사람처럼 그녀는 곁눈으로 흔들리는 택시 유리창 너머 소용돌이치는 얼굴들, 가로등, 반짝이는 니켈 차바퀴가 웅웅 소리를 내며 회전하는 모습을 보았다.

체크무늬 모자를 쓴 노인이 얼굴을 두 손에 파묻고 갈색 사암현관 계단에 앉아 있었다. 브로드웨이의 번쩍이는 불빛이 등 뒤에서 빛나고 사람들이 쉴 새 없이 그를 지나 극장가로 걸어간다. 노인의 손가락 사이로 시큼한 진 냄새와 흐느낌이 새어나온다. 그는 가끔 고개를 쳐들고 쉰 목소리로 외친다. "난 안 돼, 보면 몰라, 안 된다는 걸?" 사람의 것 같지 않은 목소리는 널빤지라도 뚫을 것 같다. 행인들의 걸음이 빨라진다. 중년들은 외면하고 지나간다. 두 소녀가 노인을 바라보며 큰 소리로 킬킬거린다. 부랑아들이 서로 쿡쿡 치며 검은 인파 속을 드나든다. "싸구려 술 때문이야." "경찰 지나가면 끌려가." "금주법 위반이오." 노인은 손으로 가리고 있던 젖은 얼굴을 들어 충혈돼서 보이지도 않는 눈으로 물끄러미 바라본다. 사람들은 뒤로 물러나다가 뒷사람들의 발을 밟는다. 나무가 쪼개지는 듯한 노인의 음성이 튀어나온다. "보면 몰라, 안 된다는 걸? ……안 돼…… 안 돼."

앨리스 셰필드는 로드 앤 테일러를 출입하는 여자들 틈에 끼어 있다가 훅 끼쳐오는 옷 냄새를 맡고 머릿속에 뭔가를 떠올렸다. 그녀는 우선 장갑 판매대로 갔다. 판매원은 젊디젊은, 말려 올라간 긴 속눈썹을 가진 미소가 예쁜 여자였다. 회색 염소가죽 장갑과 작은 술장식이 달린 기다란 흰 염소가죽 장갑을 고르며 그들은 파마 컬에 대한 얘기를 주고받았다. 장갑을 껴보기 전에 판매원 여자가 목이 긴 나무 셰이커로 장갑마다 안쪽에 파우더를 뿌렸다. 앨리스는 여섯 켤레의 장갑을 주문했다.

"네, 로이 셰필드의 아내예요…… 네, 외상계정이 있어요. 여기 제 카드요…… 다른 것도 많이 배달시킬 거예요." 그러면서 속으로 스스로에게 말했다. 겨우내 누더기를 걸치고 다니라니 우습지도 않아…… 계산서가 오면 로이가 어떻게든 지불할 방법을 찾을 거야. 빈둥거리는 것도 이젠 그만둘 때가 됐어. 사람들이 몰라서 그렇지 나도 한때는 그를 위해 쓸 만큼 썼어. 그러고 나서 그녀는 연주황색 실크스타킹을 보기 시작했다. 가게를 나와서도 보랏빛 전기조명이 은은하게 비치는 기다란 계산대의 모습이 그녀 주위를 빙글빙글 돌았다. 꼰실자수와 술장식, 금련화 빛깔로 물들인 실크. 그녀는 여름드레스 두 벌과 이브닝숄도 주문했다.

메일러드에서 그녀는 키가 큰 금발의 영국인을 만났다. 왼뿔 모양의 머리에 코가 길고, 끝이 뾰족한 황담색 콧수염을 기른 남자였다.

"어머, 벅. 난 오늘 기분이 너무 좋아요. 로드 앤 테일러에서 미친 듯 쇼핑을 했어요. 옷을 사본 지가 일 년 반이나 된 거 알아요?"

"가엾어라." 그가 테이블로 그녀를 청하며 말했다. "어디 얘기 좀 들어볼까……"

그녀는 소파에 털썩 주저앉으며 갑자기 흐느끼기 시작했다. "아, 벅. 난 정말 지쳤어요…… 얼마나 더 견딜 수 있을지 모르겠어요."

"날 원망해선 안 되지…… 내가 당신한테 원하는 걸 알잖아……"

"원하는 대로 한다면요?"

"좋지. 우린 서로 잘 맞을 거야…… 그건 그렇고 우선 콘소메나 뭐라도 좀 먹을까. 기운 내야지." 그녀가 킬킬 웃었다. "맞아요, 지금 내게 필요한 건 그거예요."

"캘거리로 내빼는 건 어떨까? 거긴 일자리 주선해줄 만한 친구도 있어."

"그럼 당장 가요. 옷이든 뭐든 다 상관없어요…… 로이가 로드 앤 테일러로 돌려보내겠죠…… 벅, 돈은 좀 있어요?"

그의 얼굴은 광대뼈부터 붉어지기 시작하더니 관자놀이를 지나 납작하고 모양이 고르지 않은 두 귀까지 빨개졌다. "고백하는데, 자기…… 난 한 푼도 없어. 점심값은 낼 수 있지만."

"에라, 수표를 현금으로 바꾸죠. 구좌는 남편과 공동명의로 되어 있거든요."

"빌트모어라면 바꿔줄 거야. 날 알거든. 캐나다에만 가면 모든 일이 잘 풀릴 거라고 내가 장담하지. 왕이 다스리는 영토로 가면 벅 민스터라는 이름도 미국에서보다는 조금 무게가 나가겠지."

"알아요. 뉴욕은 돈만이 행세하는 곳이죠."

5번 애비뉴를 걸으며 그녀는 갑자기 그에게 팔짱을 꼈다. "벅, 아주 무서운 일이 있었어요. 생각만 해도 메스꺼워 죽을 것 같아요…… 왜 전에 내가 아파트에 이상한 냄새가 난다고, 쥐가 아닐까 말했던 거 생각나요? 오늘 아침에 일층에 사는 여잘 만났는데…… 생각만 해도 속이 울렁거려요. 그 여자 얼굴이 버스보다 더 파랗게 질려 있는 거예요…… 그 사람들이 아마 배관공을 불러서 살펴보게 했던 모양인데…… 위층에 사는 여자가 붙잡혔지 뭐예요. 어떻게 그럴 수가 있는지 당신한테 말도 못하겠어요…… 다시는 그리로 돌아가고 싶지 않아요. 그러면 죽을 것 같아요…… 어제 하루 종일 단수가 됐었어요."

"무슨 문제가 있었어?"

"너무 끔찍해요."

"나한테는 말해도 돼."

"벅, 듣고 나서 후회하지 않을 자신 있어요?"

"대체 뭐길래 그래?"

"위층 여자가 불법으로 수술을 받은 일이 있었어요. 낙태를…… 그래서 배관이 막혔던 거예요."

"저런, 저런!"

"더 기가 막힌 건…… 로이는 그 악취 속에 앉아서 태연히 신문을 읽고 있는 거예요. 그 지겨운 인두편도비대증 환자 같은 표정을 짓고 서 말예요."

"오, 내 가엾은 사람."

"그런데 벅, 수표를 이백 달러 이상은 바꿀 수 없을 거예요…… 초과인출이 되거든요. 그걸로 캘거리까지 갈 수 있을까요?"

"편안하게는 못 가겠지…… 몬트리올에 아는 사람이 있으니 일단 사회면 기사라도 써볼 수 있을 거야…… 비천한 일이지만, 가명을 쓰면 되겠지. 그리고 그 뭐라나, 쩐이 좀 모이면 거길 뜨는 거야…… 수표는 지금 바꾸는 게 어떨까?"

그가 표를 사러 간 동안 그녀는 안내데스크 옆에 서서 그를 기다렸다. 거대하고 둥그런 흰 천장이 보이는 역 한가운데에 서 있다보니 스스로가 왜소하고 외롭게 느껴졌다. 로이와 함께했던 시간들이 거꾸로 돌린 영화처럼 머리를 스치고 지나갔다. 속도는 점점 빨라졌다. 벅이 초록색 지폐와 티켓을 한 다발 쥐고 흐뭇하고 의기양양한 표정으로 돌아왔다. "일곱시 십분까지는 기차가 없어." 그가 말했다. "당신은 팰리스 극장에라도 가는 게 어떨까? 내 표는 매표소에 맡겨두고, 말이야…… 난 얼른 가서 짐 좀 챙겨 올게. 여기 오 달러 가지고 있어." 그가 가고 나서 그녀는 더운 오월의 43번가를 혼자 걸었다. 왠지 눈물이 나기 시작했다. 사람들이 그녀를 쳐다보았다. 그녀는 자신을 억제하지 못했다. 눈물이 얼굴을 타고 흘러도 그녀는 고집스레 길을 계속 걸어갔다.

"지진보험이라고, 말이 좋다! 신의 분노가 이 도시를 뒤흔들 때가 온다면 꽤 쓸모가 있겠지. 마치 사람이 말벌집을 들쑤시듯 쥐고 흔드는 거지. 고양이가 쥐를 흔들듯. ……지진보험이라!"

조와 스키니는 병 세척용 솔처럼 생긴 구레나룻을 기른 남자가 어서 사라져주기만 바라고 있었다. 사내는 그들이 피워놓은 모닥불 곁에 서서 중얼거리기도 하고 큰 소리를 치기도 했다. 혼잣말인지 들으라고 하는 말인지 분간할 수 없었다. 둘은 그를 없는 사람 취급하며, 초조하게 낡은 우산살로 만든 석쇠 위에 햄을 구울 준비를 하고 있었다. 레몬그린색 레이스를 두른 듯 움트는 나무들 저편에는 허드슨 강이 저녁놀을 받아 은빛으로 흐르고 어퍼 맨해튼의 아파트들이 흰 암벽처럼 빛났다.

"아무 말 마." 조가 속삭이며 귀언저리에서 손가락을 빙빙 돌렸다. "미친 사람이야."

스키니는 등골이 오싹하고 입술이 차가워지며 도망가고 싶었다.

"그거 햄인가?" 갑자기 사내가 가르랑거리는 듯한 목소리로 넌지시 물어왔다.

"그런데요." 조금 있다가 조가 떨리는 목소리로 말했다.

"하느님이 그의 자녀들에게 돼지고기 먹는 걸 금했다는 사실을 모르는가?" 그의 목소리는 다시 중얼거리다가 큰 소리로 변했다. "가브리엘이여, 형제 가브리엘이여! 이 자녀들이 햄을 먹는 것이 온당한가? ……옳거니. 가브리엘은 내 오랜 친구라서 한 번만 너희들을 봐주겠다는군. 조심하거라, 형제들이여, 햄이 타는구나." 스키니는 일어서 있었다. "앉거라, 형제여. 너를 건드리지 않을 것이다. 나는 아이들을 잘 이해하거든. 나도, 하느님도 아이들을 좋아하지. 너희들, 내가 떠돌이라 무서운가보지? 내가 말해두는데 무서워할 거 없어. 떠돌이들은 사람에게 해코지하지 않아. 착한 사람들이지. 예수님도 땅에 있는 동안은 떠돌이였어. 내 친구 가브리엘도 떠돌이 신세인 적이 몇 번이나 있었고…… 가만있자, 검둥이 할멈이 준 프라이드 치킨을 조금 가지고 있는데…… 아이고!" 그가 신음하며 두 소년 옆의 바위 위에 앉았다.

"인디언놀이 하려고 했는데 떠돌이놀이 하게 생겼네." 조가 조금 누그러진 말투로 말했다. 떠돌이 부랑자는 비바람에 초록색으로 변한 너덜너덜한 코트 주머니에서 신문지로 싼 것을 꺼내 조심스레 펴기 시작했다. 지글거리며 익어가는 햄에서 맛있는 냄새가 피어올랐다. 스키니는 다시 자리에 앉았지만 어느 것도 놓치지 않을 정도의 거리를 유지했다. 떠돌이가 잘라놓은 치킨을 그들은 함께 먹기 시작했다.

"가브리엘, 내 오랜 친구여! 저 꼴을 좀 보시게나." 떠돌이가 주문을 외우듯 소리를 지르자 소년들은 다시 겁에 질려 떨기 시작했다. 어두워지고 있었다. 떠돌이는 입에 먹을 것을 가득 문 채 닭뼈를 들고 체스판 모양으로 깜빡이는 리버사이드 드라이브의 불빛들을 가리켰다. "잠깐 여기 앉아 저걸 보게나, 가브리엘…… 이런 표현을 써서 미안하네만 저 매음녀를 보라고. 지진보험이라네. 암, 필요하겠지. 너희들, 하느님이 대탕녀 바빌론을 벌하는 데 얼마나 걸린 줄 아느냐? 칠분이야. 바빌론과 니네베를 무너뜨리는 데는 얼마나 걸렸을 것 같냐? 칠 분. 뉴욕 시의 한 블록에는 니네베의 일 제곱마일 안에 있던 것보다 더 많은 사악함이 뿌리박혀 있어. 만군의 여호와가 뉴욕 시와 브루클린과 브롱크스를 파괴하는 데 얼마나 걸릴 것 같냐? 칠 초야. 칠초…… 그런데 꼬마야, 네 이름은 뭐냐?" 그가 다시 목소리를 낮춰 가르랑거리며 닭뼈를 들고 조를 툭툭 치며 물었다.

"조지프 캐머런 파커…… 우린 유니언에 살아요."

"넌?"

"앤토니오 캐머런…… 다들 스키니라고 불러요. 사촌들이요. 쟤네 집은 파커로 성을 바꿨어요."

"성을 바꾸면 쓰나…… 율법서에는 내가 너희에게 진실로 고하나니 주의 날이 가까웠도다…… 가브리엘이 어제 내게 한 말이야. '어이, 요나! 우리 해치워버릴까?' 내가 답했지. '가브리엘, 친구여, 아무것도 모르는 여자와 아이들과 아기들을 생각해봐. 만약 자네가 지진을 일으키고 불과 유황을 하늘에서 뿌린다면 부자와 죄인들만 죽는 게 아니란 말이네.' 그랬더니 이러는 게 아니겠어. '좋아, 요나. 자네하고 싶은 대로 해봐…… 한두 주 유예기간을 두도록 하지.' ……하지만, 얘들아, 불과 유황과 지진과 해일로 고층건물들이 한꺼번에 무너진다는 건 생각만 해도 끔찍하구나."

조가 갑자기 스키니의 등을 탁 쳤다. "네가 술래야!" 조는 그렇게 말하고 달렸다. 스키니는 좁은 덤불 사이로 고꾸라지며 그의 뒤를 따랐다. 아스팔트길까지 이르러서야 그는 조를 따라잡았다. "그 사람 진짜 미쳤어." 스키니가 외쳤다.

"입 닥치지 못해?" 조가 말을 막았다. 그는 덤불숲 사이 길을 돌아보았다. 그들이 피운 모닥불에서 아직도 가는 연기가 하늘로 피어오르는 것이 보였다. 떠돌이의 모습은 보이지 않았다. "가브리엘, 가브리엘!" 하고 부르는 그의 목소리만이 들려왔다. 그들은 아크등이 일정한 간격을 두고 서 있는 거리를 숨 가쁘게 달렸다.

지미 허프는 하마터면 트럭과 정면으로 마주칠 뻔했다. 트럭의 흙받기가 레인코트 자락을 스쳐갔다. 그는 잠시 고가철도 기둥에 기대서 있었다. 등골에서 고드름 비슷한 것이 녹아 없어지는 것 같았다. 갑자기 앞에서 리무진이 열리며 누군지 알 수 없지만 귀에 익은 목소리가 들려왔다.

"허프 씨, 타세요…… 어디로 모셔다드릴까요?" 그는 기계적으로 차 안에 발을 들여놓으며 그 차가 롤스로이스라는 걸 알았다.

중산모를 쓴, 뺨이 불룩하고 붉은 사내는 콩고였다. "앉으세요, 허프 씨…… 반갑습니다. 어디 가는 길이세요?"

"특별히 갈 곳 없는데."

"그럼, 저희 집으로 가시죠. 보여드릴 게 있어요. 그동안 어떻게 지내셨어요?"

"아, 잘 지내지. 아니, 내 말은 엉망이라는 뜻이야. 아무려나 똑같은 말이지만."

"저는 내일 감방에 갈지도 모릅니다…… 육 개월이죠…… 아닐지도 모르고요." 콩고는 목청 높여 웃다가 조심스레 의족을 뻗었다.

"그럼 결국 덜미를 잡힌 거군?"

"음모죠…… 이젠 콩고 제이크는 없습니다, 허프 씨. 아르망이라고 불러주세요. 저 결혼했습니다. 파크 애비뉴의 아르망 듀발입니다."

"마르키 데 쿨로미에르는 어쩌고?"

"그건 영업용이죠."

"사업은 여전히 잘된다는 얘기군."

콩고가 고개를 끄덕였다. "애틀랜타행은 원치 않지만, 육 개월 살고 나오면 전 백만장자가 돼 있을 겁니다…… 허프 씨, 돈이 필요하시면 말씀만 하세요…… 천 달러 빌려드리죠. 오 년 안에 갚아주시면 돼요. 아는 사람 됐다 뭐 합니까."

"고맙네. 내가 원하는 건 돈이 아냐. 그게 말썽이지."

"부인은요? ……참 아름다운 분이죠."

"이혼하기로 했어…… 오늘 아침에 서류를 보내왔더군…… 이 빌어먹을 도시에서 내가 기다리고 있던 건 그것뿐이었어."

콩고가 입술을 깨물었다. 그리고 집게손가락으로 지미의 무릎을 톡톡 두드렸다. "이제 다 왔어요…… 아주 맛있는 술을 드릴 테니…… 어이, 잠깐 기다려." 콩고는 운전사에게 큰 소리를 치며 황금손잡이가 달린 지팡이에 의지해 절뚝거리며 걸었으나 당당했다. 그는 줄무늬 대리석이 깔린 아파트 현관 안으로 들어갔다. 엘리베이터 안에서 그가 물었다. "저녁 드시고 가시죠." "오늘 저녁은 좀 곤란할 것 같은데,

콩…… 아르망."

"솜씨가 좋은 요리사를 데리고 있죠…… 처음 뉴욕에 왔을 때, 그러니까 이십 년쯤 됐죠, 같은 배에 탄 친구가 있었는데…… 문은 이쪽입니다. 보세요, A. D., 아르망 듀발입니다. 함께 도망을 쳤는데, 녀석이 저한테 이러는 겁니다. '아르망, 넌 성공 못해. 너무 게을러, 여자들 꽁무니나 졸졸 따라다니고.' ……그러던 녀석이 제 요리사가 됐어요…… 일급 요리사죠, 르 코르동 블뢰 요리학교 아시죠? 인생 참묘한 거죠, 안 그래요, 허프 씨?"

"아, 좋은데." 지미 허프가 까만 호두나무 재목을 쓴 서재의 등받이가 높은 스페인식 의자에 몸을 기대며 말했다. 손에는 오래 묵은 버번 위스키 잔이 들려 있었다. "콩고…… 아니, 아르망이지 참. 내가 만약 하느님이라면, 그래서 이 도시에서 누가 백만 달러를 벌어야 하고, 누가 아닌지 결정해야 한다면, 난 맹세코 자넬 택할 거야."

"조금 더 있으면 마누라가 올 거예요. 아주 이쁩니다." 그는 손가락으로 머리칼을 돌돌 마는 시늉을 해 보였다. "숱이 많은 금발이죠." 그가 갑자기 인상을 찌푸렸다. "그런데 허프 씨, 언제든, 뭐라도 제가 도움이 된다면, 돈이든 뭐든 말씀만 해요. 우리가 알고 지낸 세월이 벌써 십 년인데…… 한 잔 더 하실래요?"

버번을 세 잔째 마신 다음 허프는 얘기를 시작했다. 콩고는 두꺼운 입술을 조금 벌린 채 듣기만 했다. 그는 가끔씩 고개를 끄덕였다. "자네와 나의 차이는 말이야, 아르망, 자네는 사회적 지위가 올라가고 있는데 난 내려가고 있다는 거지…… 자네가 기선에서 캐빈보이로 일한 시절에 난 리츠 호텔에 묵는 얼굴이 창백한 보기 싫은 어린애였어.

내 어머니와 아버지는 이런 버몬트 대리석과 검은 호두나무 목재로 둘러싸인 집에서 살았지. 바빌로니아의 왕처럼…… 나로선 도리가 없었어…… 여자들이란 쥐 같아, 알겠나, 가라앉는 배에서 도망치지. 그 여자, 볼드윈이란 남자와 결혼하기로 되어 있어. 최근 지검장으로 임명된 사람이지. 사람들 말로는 개혁파가 연대해 그를 시장후보로 밀고 있다더군…… 권력에 대한 환상에 사로잡힌 사람이야. 여자들은 제길, 그런 데 혹하지. 나도 돈이 필요하다고 생각했다면 그깟 백만 달러쯤은 지금이라도 당장 벌어올 힘이 있다고. 하지만 돈에는 요만큼도 흥미가 생기지 않아. 난 뭔가 새로운 것, 다른 걸 원해…… 콩고, 자네 아들도 그럴 거야…… 나도 제대로 교육을 받고 미리 출발했으면 대학자가 되었을지 몰라. 좀 더 카리스마가 있었더라면 예술가가 되었든가, 종교계로 나갔을지도 모르지…… 하지만 맙소사, 서른이 다 되어서도 이렇게 소심하니…… 좀 감상적인 사람이었다면 난 자살해버렸을 거야. 사람들 입에 오르내리고 싶어서. 난 심지어 철저한 주정뱅이가 될 자신마저 없단 말이네."

"그런 것 같네요." 콩고는 천천히 미소를 짓고 작은 유리잔을 채우며 말했다. "허프 씨는 생각이 너무 많아요."

"맞는 말이야, 콩고. 맞는 말이지. 빌어먹을, 그래서 나더러 어쩌란 말이야?"

"돈이 조금이라도 필요하다 싶으면 아르망 뒤발을 기억하세요…… 입가심으로 한 잔 더?"

허프가 고개를 저었다. "입가심이 아니라 술독에 빠져 죽겠어. 이만 가보겠네, 아르망."

대리석 기둥이 늘어선 홀에서 그는 네바다 존스와 마주쳤다. 그녀는 난초꽃을 달고 있었다. "네바다 아냐? 이 죄 많은 궁전에는 무슨 일로?"

"저 여기 사는데 무슨 말씀이에요? ……얼마 전에 결혼했어요. 있잖아요, 한때 당신 친구였던 아르망 듀발. 올라가서 만나보고 갈래요?"

"방금 만나고 오는 길이야…… 좋은 친구지."

"맞아요."

"토니 헌터 군은 어쩌고?"

그녀가 그에게로 가까이 다가와 낮은 목소리로 말했다. "그 사람과 저 사이는 그냥 잊어줘요. 아휴, 술 냄새…… 토니는 조물주의 실패작이에요. 저와 그는 끝났어요. 어느 날 그가 탈의실 바닥에서 뒹굴며 깔개 귀퉁이를 잘근잘근 씹고 있는 거예요. 곡예사와 눈이 맞아 날 배신하게 될 것 같아 무섭다나요…… 그래서 전 신경 쓰지 말라고 말해줬죠. 그 길로 끝났어요…… 하지만 전 이번에야말로 결혼생활의 행복을 누리고 싶어요. 참하게 살고 싶다고요. 그러니 아르망에게는 절대, 아무도 토니라든지 볼드윈에 대해 얘기 못하게 해줘요…… 물론 그 사람도 아무것도 모르는 숫처녀와 결혼했다고 생각하지야 않겠지만…… 올라가서 함께 식사하지그래요?"

"그건 안 되겠는걸. 행운을 빌어, 네바다!" 위스키 덕분에 속이 따뜻하고 손끝까지 짜릿했다. 지미 허프는 일곱시의 파크 애비뉴로 들어섰다. 택시가 내뿜는 가솔린과 레스토랑과 황혼의 냄새가 뒤섞이고 있었다.

제임스 메리베일이 메트로폴리탄 클럽의 회원이 된 이후 처음 그곳을 찾은 저녁이었다. 그는 지팡이를 들고 다니는 것이 구식이듯, 클럽이란 것도 조금은 구식이 아닐까 염려스러웠다. 그는 창가의 푹신한 가죽의자에 앉아 개당 삼십오 달러짜리 시가를 피우고 있었다. 무릎 위에는 〈월 스트리트 저널〉을, 오른쪽 허벅지 위에는 〈코즈모폴리턴〉을 펼쳐놓은 채 시선은 수정 같은 불빛들이 넘실대는 밤을 떠돌았다. 그는 몽상에 잠겼다. 경제불황…… 천만 달러…… 전후 경제난국. 이건 엄청난 파산이군. 블랙헤드 앤 덴시, 천만 달러의 부채를 안고 파산…… 덴시는 며칠 전 해외로 도피…… 블랙헤드는 그레이트 넥의 자택에서 두문불출. 뉴욕에서 가장 오랜 역사를 지닌, 신뢰받던 수출입 상사 중 하나였는데 천만 달러라니. 마음 맞는 친구들끼리 모이면 언제나 좋은 날씨라네.* 은행의 장점은 바로 그거야. 적자가 나도 담보라든가, 돌릴 돈이 있으니까. 사업이란 항상 어느 정도의 위험이 따르기 마련이지. 들어오고 나가고, 알겠나, 메리베일? 커닝햄이 잭 로즈를 섞고 있을 때 퍼킨스가 그에게 한 말이었다. ……테이블에는 술잔이, 노랫소리는 낭랑하게 우우울리네. 좋은 인맥이다. 메이지가 결국 제대로 찍은 거다…… 사내가 어느 정도 위치에 있다보면 언제나 공갈협박을 당하기 쉽지. 고소를 하지 않다니 어리석었어…… 여자가 돌았다고 했던가, 동명의 다른 남자와 결혼한 거라고…… 그런 경우는 요양원으로 보내버려야 마땅해. 까딱하면 내 손으로 그를 작살낼 뻔했잖

---

* 당시 유행가인 〈스타인 송〉.

아. 이젠 정황을 따져 혐의가 완전히 풀렸고 어머니도 인정하셨다. 도쿄에서나 로마에서나 오, 신드바드는 바쁘지…… 제리가 늘 부르던 노래다. 가엾은 제리는 메트로폴리탄 클럽에 끼어보려고 했지만 한 번도 제대로 어울리지 못했지…… 미천한 태생 탓이다. 지미를 봐라…… 그에겐 탓할 거리조차 없다. 완전한 실패자다. 애초부터 그는 적격이 아니었어…… 허프의 아버지는 알아주는 한량이었던 모양이다. 릴리 이모가 내내 참고 살아야 했다고 어머니는 말씀하시곤 했지. 그래도 기회를 잘 이용했으면 뭐라도 되었을 텐데…… 몽상가, 방랑벽…… 그리니치빌리지의 예술가 기질이 있어서. 아버지는 뭐든 그에게나 나에게 똑같이 해주셨는데…… 이제는 이혼까지. 불륜이라니…… 상대는 매춘부쯤 되겠지. 아마 매독에 걸렸을 거야. 천만 달러. 파산.

실패. 성공.

천만 달러의 성공…… 은행가 십 년의 성공…… 어젯밤 미국 은행가협회의 만찬에서 뱅크 앤 트러스트 컴퍼니의 총재 제임스 메리베일은 건배에 답하여 '십 년간 은행의 발전'에 대해 연설했다. ……닭고기를 좋아하던 어느 늙은 흑인이 생각납니다…… 이 즐거운 자리에서 약간 진지한 얘기를 해도 된다면(카메라 플래시) 한마디 충고의 말씀을 드릴까 합니다…… 미국 시민의 한 사람으로서, 국내, 좀 더 정확히는 국제적인, 아니 전 세계에 걸친 네트워크와 그에 따른 책임을 지고 있는 거대한 조직의 장으로서(카메라 플래시)…… 쏟아지는 박수갈채 속에서 제임스 메리베일은 겨우 목소리를 되찾고 강철 같은 은발을 위엄 있게 흔들며 열정이 담긴 연설을 계속했다. ……여러분, 분에 넘치는 영광입니다…… 한마디만 덧붙이겠습니다. 그동안 갖은 고난과 시련 속에서 제가 속절없이 모멸의 어두운 파도에 휩쓸릴 때 저를 붙들어주고, 빠른 속도로 변하는 저간의 평가 앞에 의연할 수 있게 해준 것은 제 아내와 어머니, 조국의 국기, 이 뗄 수 없는 세 가지에 대한 충성심이었습니다. 그들은 모두가 잠든 고요한 밤이나 만인이 들끓는 환한 낮이나 저의 지주였고, 제 생명의 양식이었으며, 제 영혼의 원천이 되어주었습니다.

시가의 긴 재가 무릎 위로 떨어졌다. 제임스 메리베일은 일어서서 바지에 묻은 재를 차분하게 떨어냈다. 그리고 다시 자리에 앉아 심각하게 이마를 찌푸리고 〈월 스트리트 저널〉의 외국환 시세란에 실린 기사를 읽기 시작했다.

그들은 간이식당의 스툴에 앉아 있다.

"젠장, 어쩌자고 이런 낡은 폐선을 예약한 거지?"

"동양으로 가는 건 이것밖에 없었어."

"중형에 처해야지. 선장은 마약쟁이에, 일등항해사는 감옥에서 나온 최악의 사기꾼에다, 선원들은 정체불명, 배는 침몰하면 구조할 장비도 없는 고물배야. 자네, 마지막으로 일한 게 어디야?"

"호텔의 야간프런트."

"이 친구 말 좀 들어보라지…… 나 참 기가 막혀서. 세상에, 뉴욕 고급호텔의 프런트 자리를 내던지고 언제 가라앉을지 모르는 증기요트의 급사 자리를 지원하겠다는군…… 장차 대단한 요리사 나오시겠어." 더 젊어 보이는 남자의 얼굴이 빨개진다. "햄버거는 어떻게 됐어?" 그는 카운터의 사내에게 소리를 지른다.

식후 커피를 마시며 젊은 남자는 친구를 바라보며 낮은 소리로 묻는다. "루니, 자넨 외국에 가본 적이 있나…… 전쟁 중에?"

"생나자르에 두어 번 가봤는데, 왜?"

"잘 모르겠는데…… 그때 병이 생긴 것 같아…… 이 년 동안 나가 있었는데 돌아오니 모든 게 변해 있었지. 그땐 그저 좋은 직장 얻고, 마누라 얻어 정착하는 게 소원이었는데, 이젠 이판사판이야…… 한 직장에서 육 개월을 못 버티고 근질근질한 거야, 알겠나? 그래서 동양 구경이나 해볼까 생각한 거지……"

"걱정 마." 루니가 고개를 설레설레 저으며 말했다. "보러 가고 있으니, 걱정을 마시게."

"얼마 나왔어요?" 젊은 남자가 카운터의 남자에게 물었다.

"어릴 때 붙들려갔군?"

"입대할 때 열여섯이었어." 그는 거스름돈을 챙겨들고 건들거리는 루니의 커다란 등판을 바라보며 거리로 나왔다. 길 끝의 트럭과 창고의 지붕 너머로 돛대와 증기선에서 내뿜는 연기와 수증기가 햇살을 받아 하얗게 피어오르는 것이 보였다.

"블라인드 내려." 침대에서 남자의 목소리가 들렸다.

"안 돼, 고장 났어…… 어렵쇼, 이젠 완전히 떨어져버렸네." 블라인드가 얼굴을 때리자 애너는 거의 울상이 되어버린다. "네가 고쳐봐." 그녀가 말하며 침대로 다가간다. "무슨 상관이야, 누가 들여다볼 수도 없는데." 남자가 웃으며 여자를 껴안는다.

"그래도 빛이 들어오잖아." 그녀가 탄식하며 지친 듯 그의 팔에 안긴다.

구두상자처럼 생긴 작은 방이다. 한구석에 철제침대가 놓여 있고 반대편에는 창이 있다. 요란한 거리의 소음이 건물의 V자 틈으로 시끄럽게 들려온다. 천장에는 브로드웨이의 전광판 불빛이 돌아가며 비친다. 하양, 빨강, 초록. 비누거품처럼 뭉쳤다가 다시 하양, 빨강, 초록.

"아, 딕. 저것 좀 고쳐주면 안 돼? 저 불빛들 때문에 미치겠어."

"예쁜데 뭘. 극장의 조명 같잖아, 애너. ……대도시의 하얀 불빛 ……불야성*이라고 그러잖아."

"그건 너 같은 촌놈한테나 통하는 거지, 난 귀찮아 죽겠어."

"애너, 이제 마담 수브린 가게에서 일하는 건가?"

"내가 파업을 그만뒀단 말을 하고 싶은 거지? 알아, 나도 안다고. 우리 집 할망구한테서 쫓겨났으니 일자리를 찾든가 뒤지든가 양자택일이란 말이야……"

"너같이 예쁜 애한테는 널린 게 남자일 텐데."

"아무튼 너네 구매부 애들은 질이 나쁘다니까…… 내가 너랑 논다고 아무하고나 노는 줄 아나본데…… 아니거든. 알았어?"

"그런 게 아니고 애너…… 오늘 밤에 상당히 예민하게 구네."

"예민할 만하지…… 파업에, 할망구한테 쫓겨나고, 수브린네 취직해서 파업방해자로 낙인찍히고…… 누군들 멀쩡하겠어. 난 이제 누가 뭘 하든 상관 안 해. 왜 사람을 가만두질 않는 거야? 난 살아오면서 한 번도 누군가에게 해를 끼친 일이 없어. 제발 날 그냥 내버려뒀

---

* 원문은 The Great White Way로, 브로드웨이의 속칭이자 뮤지컬 제목.

으면 좋겠어. 난 그저 월급이나 받고 재밌게 놀고 그럼…… 아, 딕 정말 못 견디겠어…… 혹시 지부의 여직원이라도 만날까봐 거리에 나가기가 무섭다니까."

"애너, 사태가 그리 비관적인 건 아냐. 정말 마누라만 아니면 너를데리고 서부로 가고 싶어."

애너는 칭얼거리며 말을 계속한다. "좋아서 같이 즐겼더니 이젠 날창녀 취급하네."

"내가 언제 그런 말을 했다고 그래. 꿈에도 그런 적 없어. 넌 나한테말이 통하는 좋은 친구야. 여느 여자들하고는 달라…… 자, 그만 진정하고. 블라인드는 내가 고쳐줄게."

그녀는 옆으로 돌아누워 뿌연 창을 통해 들어오는 광선을 배경으로그의 탄탄한 몸이 움직이는 것을 바라보았다. 드디어 이를 딱딱 맞부딪치며 그가 돌아온다. "빌어먹을, 못 고치겠어…… 아이고, 추워라."

"그만두고 침대로 들어와…… 벌써 늦은 것 같아. 여덟시엔 가게에 나가야 해."

그는 베개 밑에서 시계를 꺼낸다. "두시 반이네…… 이리 와, 자기."

천장에는 브로드웨이의 전광판 불빛이 돌아가며 비친다. 하양, 빨강, 초록. 비누거품처럼 뭉쳤다가 다시 하양, 초록, 빨강.

"그 사람, 날 결혼식에도 안 불렀어. 정말이야, 플로렌스. 결혼식에초대만 했어도 내가 용서했을 거야." 그녀가 커피를 가져온 흑인 하녀에게 말했다. 일요일 아침이었다. 그녀는 침대에 앉아 무릎 위에 놓인 신문을 펼쳤다. 그녀는 신문의 사진 섹션에 실린 사진을 보고 있었다. '잭 커닝햄 부부, 화제의 수상활주정 앨버트로스 7호로 신혼여행 첫 코스 출발.' "이 남자 잘생겼지?"

"그러게 말입니다. 아가씨…… 그런데 말릴 수가 없던가요?"

"말리기는커녕…… 그렇게 나오면 날 정신병원에 처넣겠다잖아. ……유카탄에서의 이혼이 적법이 아니라는 걸 잘 알면서도 말이야."

플로렌스가 한숨을 내쉬었다.

"남자들은 그저 불쌍한 여자들을 헌신짝 취급하죠."

"어차피 이런 결혼은 오래 못 가. 여자 얼굴만 봐도 저밖에 모르고 자란 티가 팍팍 풍기는걸…… 나야말로 하느님과 사람들 앞에서 맹세한 그의 진짜 아내라고. 그 여자에게 경고했어, 난. 하늘이 이어준 것을 인간이 끊지 못하리…… 성경에 그렇게 나오잖아, 아냐? …… 플로렌스, 오늘 커피 맛이 왜 이래. 못 마시겠어. 당장 부엌으로 가서 다시 만들어 와."

플로렌스는 이마를 찡그리고 어깨를 움찔하며 쟁반을 들고 사라진다.

커닝햄 부인은 깊은 한숨을 내쉬며 베개에 얼굴을 파묻는다. 밖에서 교회 종소리가 울린다. "아, 잭, 그래도 난 당신을 사랑해요." 그녀가 사진을 보며 키스한다. "잘 들어요, 여보. 우리가 고등학교 졸업파티에서 빠져나와 밀워키에서 결혼했을 때도 지금처럼 교회 종이 울렸죠…… 너무나 아름다운 일요일 아침이었어요." 그리고 그녀는 두번째 커닝햄 부인을 보았다. "너!" 그렇게 말하고 그녀는 손가락으로 신문지에 구멍을 뚫었다.

그녀는 자리에서 일어나며 법정이 천천히, 메스껍게 빙빙 도는 걸 느꼈다. 코안경을 걸친 창백한 물고기 얼굴의 판사, 얼굴들, 경찰들, 제복을 입은 교도관들, 회색 창문들, 누런 책상들, 모든 것이 가슴을 짓누르며 빙글빙글 돌았다. 대머리를 닦고 있는 흰 매부리코의 담당 변호사도 빙빙 도는 바람에 그녀는 곧 토할 것만 같았다. 법정의 진술은 귀에 들어오지 않고, 그녀는 귓가의 윙윙거리는 소리를 막으려고 눈을 감았다 뜨기를 반복했다. 더치가 등 뒤에서 고개를 양손에 파묻고 구부정하게 앉아 있음을 느낄 수 있었다. 돌아볼 엄두가 나지 않았다. 다시 몇 시간 후에 모든 것이 선명하고 확실해졌다가 또 아주 먼 곳의 일처럼 느껴지기도 했다. 판사가 그녀에게 소리치고 있었다. 좁은 깔때기 끝으로 그의 혈색 없는 입술이 물고기 입처럼 들락날락하는 것 같았다.

"……그리고 한 사람의 인간으로서, 이 훌륭한 도시의 시민으로서 저는 피고들에게 몇 마디 하려고 합니다. 한마디로 이런 종류의 사건은 근절되어야 합니다. 미합중국을 이룩한 위대한 선조들이 헌법에 명시한 바, 생명과 재산에 관한 침범할 수 없는 천부의 권리를 우리는 회복해야만 합니다. 공직에 있는 사람이든 아니든, 이 무법천지의 풍토에 온 힘을 다해 맞서 싸울 의무가 있습니다. 감상적인 신문기자들이 대중의 마음을 오염시키고, 여러분과 같은 약자와 사회부적응자들의 머릿속에 신성한 하늘과 인간의 법률을 어기고 사유재산을 침범해도 좋다는, 평화롭게 살아가는 시민이 피땀 흘려 번 돈을 강탈해도 그 죄를 모면할 수 있다는 사상을 불어넣는다 하더라도 저는 두 피고인에게 법이 허용하는 최고의 형벌을 구형하고자 합니다. 언론에서 형편없는 기사를 써대는 기자들이 제아무리 정상참작이란 것을 내세운다 해도 이제야말로 본보기를 보여야 할 때……"

판사는 물을 한 모금 마셨다. 프랜시는 판사의 코의 모공에서 작은 땀방울이 솟는 것을 보았다.

"이제야말로 본보기를 보여야 할 때입니다." 판사가 외쳤다. "제가 이 여성의 불행을 따뜻한 부성애로 바라보지 못해서가 아닙니다. 교육과 이상의 결여, 행복한 가정과 어머니의 보살핌이 결여된 환경이 이 젊은 여성을 도덕성이 결여된 비참한 생활로 이끌었습니다. 잔인하고 탐욕스러운 남성들의 유혹에 빠져 저 재즈 시대라고 이름도 잘 갖다붙인 무절제와 부도덕의 세계로 발을 들여놓은 것입니다. 이러한 점들을 고려해 준엄한 법의 심판을 자비로운 마음으로 완화시키려는 순간, 저는 머릿속에 떠오르는 다른 수많은 젊은 여성들을 떨쳐낼 수 없었습니다. 바로 이 순간에도 이 훌륭한 도시 안에서 수백 명에 이르는 소녀들이 로버트슨이라는 사내와 같은 잔인하고 파렴치한 유혹자의 마수에 걸려들 것입니다. 피고뿐 아니라 그와 동일한 범죄를 저지른 범죄자들에게는 어떤 형벌도 가혹하다고 할 수 없을 것입니다…… 저는 잘못된 자비는 긴 안목으로 볼 때 잔인함과 다를 바 없다는 사실을 기억하려 합니다. 우리가 할 수 있는 일은 잘못된 길로 들어선 젊은 여성들을 위해 한 방울 동정의 눈물을 흘리고, 이 불행한 여성이 범죄의 산물로 이 세상에 내보낸 저 죄 없는 어린아이를 위해 조용히 기도하는 것뿐……"

프랜시는 손끝이 콕콕 쑤시는 아픔이 팔로 전달되고 전신에 구토증세가 소용돌이치듯 번지는 것을 느꼈다. "이십 년!" 그녀의 귀에 법정의 낮은 술렁임이 들려왔다. 모두 입술을 축이며 낮게 "이십 년"이라고 속삭이는 것 같았다. "나 아무래도 쓰러질 것 같아." 그녀가 친구에게 말하듯 혼잣말을 했다. 사방이 온통 까맣게 변했다.

피니어스 P. 블랙헤드는 기둥에 파인애플 모양이 새겨진 식민지풍의 마호가니 침대에 앉아 있었다. 널따란 침대 한복판에 베개를 다섯 개나 포개고 기대 앉아 실크가운 같은 자줏빛 얼굴로 욕설을 내뱉었다. 큼직한 마호가니 목재로 마감한 방에는 벽지 대신 자바산 천이 드리워져 있고, 텅 빈 방에는 하얀 재킷에 터번을 두른 인도 하인이 홀로 침대 발치에 서 있었다. 그는 두 손을 허리에 가지런히 붙인 채 욕설이 마구 튀어나올 때면 고개를 끄덕이며 말했다. "예, 사히브. 예, 나리."

"이 빌어먹을 누런 인도 놈아, 위스키를 가져오지 않으면 당장 일어나서 네놈의 뼈를 하나하나 분질러줄 테다. 내 말이 안 들려? 염병할, 내 집에서 내 말을 안 듣고 누구 말을 듣는 거야? 내가 위스키라면 위스키인 거야, 오렌지주스가 아니라. 제기랄. 여기 있네!" 그는 사이드테이블에 있던 컷글라스 주전자를 번쩍 들어 인도인에게 던졌다. 그리고 입에 거품을 물고 숨을 헐떡거리며 침대 위로 쓰러졌다.

인도인은 조용히 두꺼운 발루치스탄 융단을 쓸어 유리 파편을 한 손에 들고 방을 나왔다. 블랙헤드는 호흡이 조금 편해졌지만, 푹 꺼진 눈은 축 늘어진 푸르뎅뎅한 눈꺼풀의 주름 속에 묻혀 보이지 않았다.

레인코트를 입고 젖은 우산을 든 글래디스가 들어왔을 때 그는 잠든 것처럼 보였다. 그녀는 발꿈치를 들고 창가로 걸어가 비에 젖은 회색 거리와 그 건너편의 오래된 무덤 같은 갈색 사암으로 지은 집들을 바라보았다. 아주 잠시 그녀는 아빠의 커다란 침대에서 일요일 아침을 먹으려고 잠옷 차림으로 내려온 어린 소녀였다.

그는 벌떡 잠에서 깨어나 핏발이 선 눈으로 주변을 둘러보았다. 시체 같은 보라색 피부 밑에서 턱 근육이 조이는 것이 보였다.

"그래, 글래디스, 내가 가져오라고 한 위스키는 어딨니?"

"아, 아빠! 톰 선생님 말씀 잊지 않으셨죠?"

"또 술을 마시는 날엔 죽을 거라고 했지…… 날 봐라, 아직 안 죽었잖아? 멍청한 놈."

"하지만 아빠, 조심하셔야죠. 그렇게 흥분하셔도 안 되고요." 그녀는 아버지에게 입을 맞추고 날렵하고 차가운 손을 그의 이마에 올려놓았다.

"내가 흥분 안 하게 생겼냐? 그 겁쟁이 녀석의 목을 비틀어놓을 수만 있다면, 에잇, 빌어먹을 자식…… 그 녀석이 그렇게 겁먹지만 않았다면 우린 어떻게든 해치웠을 거야. 그런 멍청한 놈을 동업자로 끌어들인 대가를 치르는 거지…… 이십오 년, 삼십 년 공들여 해온 일을 십 분 만에 무너뜨리다니…… 이십오 년 동안 내 말은 보증수표나 다름없었어. 이렇게 된 마당에 나도 회사와 함께 지옥으로 떨어지는 게 나아. 그런데 하느님 맙소사, 내 피붙이인 너까지 술을 마시지 말라니…… 아이고 하느님. 여봐, 밥…… 밥…… 이 염병할 하인 놈은 어디로 갔어? 어떤 개자식이든 오란 말이야. 월급은 거저 주는 줄 알아?"

간호사 하나가 문틈으로 얼굴을 내밀었다.

"나가." 블랙헤드가 소리쳤다. "흰옷 입은 여자들은 옆에도 오지 마." 그가 머리 밑의 베개를 집어던졌다. 간호사는 몸을 피했다. 베개는 침대기둥에 맞아 침대 위로 떨어졌다. 글래디스가 울음을 터뜨렸다.

"아, 아빠, 더는 못 참겠어요…… 항상 모든 사람들의 존경을 받던 분이…… 제발, 진정하세요."

"내가 왜 그래야 한단 말이냐…… 뭘 위해? 쇼는 끝났어, 왜 웃지 않냐? 막이 내렸다고. 이건 다 농담이야, 더러운 농담이란 말이다."

그는 정신 나간 사람처럼 웃기 시작했다. 그러고는 또다시 질식할 듯 주먹을 움켜쥐고 숨을 내쉬려고 애썼다. 그리고 가까스로 띄엄띄엄 말했다. "내가 위스키 덕에 숨을 쉬고 있다는 걸 모르겠니? 글래디스, 어서 나가서 저 빌어먹을 인도 놈을 들여보내거라. 내겐 언제나 네가 이 세상에서 제일이었다…… 너도 알 거다. 어서 가서 내가 말한 걸 가져오라고 해."

글래디스는 밖으로 나와 울었다. 밖에선 남편이 복도를 서성이고 있었다. "지긋지긋한 신문기자 놈들…… 뭐라고 해야 할지 모르겠어. 채권자들이 고소하겠다고 벼른다나봐."

"개스턴 부인." 간호사가 말을 끊었다. "남자 간호사를 채용하셔야 할 것 같아요…… 저는 못하겠어요……" 아래층에서 전화벨이 따르릉따르릉 울렸다.

인도인이 위스키를 가져오자 블랙헤드는 하이볼글라스에 한 잔 가득 따라 마셨다.

"아, 이제야 좀 살겠네, 염병할. 아흐메트, 넌 좋은 놈이야…… 이제는 결과를 받아들이고 글래디스가 물건을 처분하고 있어 다행이지. 갖고 있는 건 전부 팔아치울 거야. 애물단지 같은 사위 놈이 저런 천치만 아니라면. 모자란 놈들한테 둘러싸여 사는 게 내 팔자인가…… 감옥에 들어가는 게 낫다면 당장 들어가버리겠어. 안 될 건 뭐야? 인생이 감옥인데. 나중에 나와선 뱃사공이 되든가 부두의 야경원이 되든가. 그것도 괜찮아. 평생 아귀다툼을 벌여왔으니 여생은 조금 편하게 보내도 안 될 건 없지, 안 그런가, 아흐메트?"

"예, 사히브." 인도인이 고개를 숙이며 대답했다.

블랙헤드는 그 모습을 흉내 냈다. "예, 사히브…… 아흐메트, 밤낮 그 소리만 하면서 지겹지도 않아?" 그는 목이 죄는 듯한 소리로 킬킬 웃었다. "그게 제일 속 편한지도 모르지." 그는 웃고 또 웃다가 갑자기 더이상 웃을 수가 없었다. 움찔하는 경련이 손발로 퍼졌다. 그는 입을 비틀며 무슨 말인가 하려고 애썼다. 잠시 그의 눈은 방 안을 어리둥절 둘러보았다. 아픈 데가 있어 금방 울음을 터뜨릴 것 같은 어린아이의 눈이었다. 그러고 나서 그는 벌린 입으로 어깨를 문 채 베개 위로 쓰러졌다. 아흐메트는 차가운 얼굴로 한참 그를 바라보다가 얼굴에 침을 뱉었다. 그러고는 곧 리넨 재킷의 주머니에서 손수건을 꺼내 굳은 상아색 얼굴에 묻은 침을 닦아냈다. 그는 벌어진 입을 닫아주고 베개로 시체를 받쳐놓은 다음 병실을 조용히 빠져나왔다. 복도에서는 글래디스가 커다란 의자에 앉아 잡지를 읽고 있었다. "나리께서 많이 나아지셨습니다. 조금 주무실 모양입니다."

"그래요, 아흐메트. 잘됐네요." 그렇게 말하고 그녀는 잡지로 다시 고개를 돌렸다.

엘런은 5번 애비뉴와 53번가가 만나는 교차로에서 버스를 내렸다. 밝은 서쪽 하늘에 장밋빛 노을이 퍼지며 놋쇠와 니켈, 단추들, 사람들의 눈이 반짝였다. 길 동쪽의 창문들이 모두 새빨갛게 타올랐다. 길을 건너려고 입을 꼭 다물고 보도에 서 있자니 가는 덩굴처럼 얼굴을 스치는 향기가 있었다. 삼실 같은 머리의 마른 청년이 이국적인 모자를 쓰고 바구니에 담긴 딸기꽃가지를 내밀었다. 그녀는 한 다발을 사서 코에 가져다댔다. 오월의 숲이 혀끝에서 달콤하게 녹는 것 같았다.

경찰의 호루라기 소리가 나자 측면 도로에서 차들이 쏟아져 나오고 횡단보도는 사람들로 가득 찼다. 꽃바구니를 든 청년이 옆을 지나갈 때 몸이 닿는 걸 느끼고 엘런은 움찔했다. 꽃향기 사이로 얼핏 그의 오래 씻지 않은 몸 냄새가 풍겨왔다. 이민자의, 엘리스 섬의, 좁은 셋방의 냄새였다. 니켈도금과 금도금, 에나멜 칠을 한 오월의 거리에서 그녀는 퀴퀴한 냄새가 망가진 하수구에서 올라오는 악취처럼, 폭도처럼, 웅크린 덩어리가 되어 천천히 퍼져가는 걸 느낄 수 있었다. 그녀는 재빨리 교차로를 건넜다. 그리고 흠 없이 잘 닦인 놋쇠문패가 달린 문 안으로 들어갔다.

마담 수브린
부인복

마담 수브린의 고양이 같은 미소를 보자 모든 것이 잊혔다. 러시아인으로 보이는 까만 머리의 통통한 마담 수브린이 커튼 뒤에서 나와 팔을 벌리고 다가왔다. 조제핀 황후 살롱이라고 불리는 대기실 소파에 앉아 있던 손님들이 그 모습을 부러운 눈으로 바라보았다.

"어서 오세요, 허프 부인. 그동안 어디 가셨었어요? 옷이 완성된 지가 일주일도 넘었는데." 그녀가 지나칠 만큼 완벽한 영어로 외쳤다.

"아, 잠깐만요…… 잘 나왔어요…… 그런데 하프시코트 씨는 안녕하시고요?"

"제가 좀 바빴어요…… 저 직장을 그만둘까 해요."

마담 수브린이 알겠다는 듯 고개를 끄덕이고 눈을 깜빡이며, 가게의 태피스트리 커튼 너머로 그녀를 안내했다.

"바로 알지요…… 너무 과로하시면 안 돼요. 잔주름이 보이는걸요. 금방 다시 없어질 테지만요. 용서하세요, 부인." 마담 수브린이 굵은 팔로 그녀의 허리를 감싸고 꼭 안는다. 엘런은 몸을 약간 틀었다.

"부인은 뉴욕에서 가장 아름다운 분이세요…… 안젤리카, 허프 부인의 야회복." 그녀가 뿔닭처럼 갈라지는 목소리로 외쳤다.

볼이 홀쭉한 탈색한 금발 여자가 옷걸이에 걸린 옷을 가지고 들어온다. 엘런은 몸에 꼭 맞는 회색 정장을 벗었다. 마담 수브린이 가르랑거리며 그녀의 주위를 빙빙 돌았다. "안젤리카, 저 어깨 좀 봐, 머리 색깔하고…… 아, 이건 꿈이야." 그녀는 등을 긁어달라는 고양이처럼 엘런에게 바짝 다가섰다. 주홍색과 짙은 파란색 트임이 들어간 옅은 초록색 드레스였다.

"이런 드레스는 이걸로 끝이에요. 파란색과 초록색만 입어서 이젠 지겨워요……" 마담 수브린은 입에 핀을 잔뜩 물고 발치에 앉아 열심히 단을 접고 있었다.

"완벽한 그리스적 단아함, 아르테미스 여신처럼 잘록한 허리……
봄의 혼이 담긴…… 자유의 횃불을 높이 치켜든 현명한 처녀, 애넷
켈러먼*의 놀라운 자기 통제가 연상되는……" 그녀는 입에 문 핀 때
문에 웅얼거렸다.

그녀의 말이 옳아, 엘런은 생각하고 있었다. 내 얼굴은 시들어가고
있어. 그녀는 창과 창 사이에 걸린 커다란 전신거울에 비친 자신의 모
습을 바라보았다. 머지않아 몸매도 망가질 테지. 미용실도, 본실라 화
장품도, 성형도 갱년기를 막을 수는 없어.

"부인, 여기 좀 보세요." 드레스 디자이너 마담 수브린이 입에서 핀
을 빼고 일어나며 말했다. "수브린의 걸작이야!"

엘런은 갑자기 뭔가 따끔한 거미줄 같은 것이 엉키는 듯하면서 몸
이 화끈거리고, 염색한 비단과 크레이프와 모슬린 등에서 풍기는 불
쾌한 냄새로 머리가 아팠다. 그녀는 다시 거리로 나가고 싶은 마음이
간절했다.

"타는 냄새가 나요! 저쪽에 무슨 문제가 있는 것 같은데요." 금발
소녀가 갑자기 비명을 질렀다. "쉬잇." 마담 수브린이 제지했다. 둘은
거울로 덮인 문을 지나 사라졌다.

애너 코언이 가게 뒷방의 다락창 아래 앉아 잰 손놀림으로 드레스
가장자리 장식을 감침질하고 있었다. 그녀 앞의 테이블 위에는 튈**
이 거품을 낸 계란 흰자처럼 한 무더기 쌓여 있었다. 내 사랑, 찰리. 오,
내 사랑, 찰리. 그녀는 흥얼거리며 빠르고 작은 땀으로 미래를 꿰맸다.

---

* 소아마비를 극복한 오스트레일리아의 여성 수영선수이자 배우.
** 얇은 명주 망사.

엘머와 결혼한다면 잘 살 거야. 불쌍한 엘머. 좋은 사람인데 꿈이 많은 게 탈이야. 나 같은 여자를 좋아하다니 이상하지. 나이가 들면 좀 달라지려나. 하기야 혁명이 일어나면 위대한 인물이 될지도 모르지…… 엘머와 결혼하면 파티에는 발길을 끊어야지. 둘이 돈을 모아 에이 애비뉴의 좋은 길목에 작은 가게를 열 거야. 거기가 업타운보다 벌이가 나아. 라 파리지엔 모드.

두고 봐, 나도 저 여편네만큼 할 수 있어. 내 사업을 하면 파업이니 파업방해자니 하며 싸울 일도 없겠지…… 기회균등. 엘머는 그런 건 다 입에 발린 소리라고 한다. 노동자에게 혁명 외의 다른 희망은 없다고. 아, 나는 해리에게 미쳤어. 해리도 나에게 미쳤지…… 야회복을 입고 이어폰을 끼고 전화국에서 일하는 엘머는 발렌티노처럼 키가 크고 더그처럼 강하다.* 혁명이 선언되었다. 붉은 군대가 5번 애비뉴를 행진하고 있다. 금발의 곱슬머리인 애너는 겨드랑이에 새끼고양이를 끼고 그와 함께 가장 높은 창가에서 밖으로 몸을 내민다. 저만치 아래 회전통에서 비둘기가 푸드덕 날갯짓을 하며 공중으로 솟아오른다. 5번 애비뉴에서 붉은 깃발이 피를 흘리고, 행진하는 밴드는 빛이 난다. 이디시어로 목이 터져라 〈붉은 깃발〉을 부른다. 멀리 울워스 빌딩에서 바람에 깃발이 펄럭인다. "엘머, 저것 좀 봐!" 엘머 더스킨을 시장으로. 사무실마다 모두 찰스턴을 춘다. ……딴. 딴. 찰스턴 댄스. ……딴. 딴…… 어쩌면 나는 그를 사랑하나봐. 엘머, 날 안아줘. 발렌티노처럼 다정한 엘머는 더그처럼 강한 팔로 나를 으스러지게 안는다. 불꽃

---

* 루돌프 발렌티노는 1920년대 무성 영화 시대의 섹스 심벌로 평가되는 배우. 더글러스 페어뱅크스는 당대의 유명한 액션 배우.

처럼 뜨거운 엘머.

그녀가 꿈을 바느질하는 동안 하얀 손가락이 신호한다. 하얀 퇼은 눈부시게 빛난다. 하얀 퇼 사이에서 갑자기 붉은 손이 튀어나온다. 그녀에게 달라붙고 머리에 엉기는 붉은 퇼들을 떼어낼 수가 없다. 채광창은 소용돌이치는 연기로 까매진다. 방은 연기와 비명으로 가득하다. 애녀는 일어나 빙빙 돌며 사방에서 춤추듯 타오르는 퇼과 두 손으로 싸운다.

엘런은 피팅룸의 전신거울에 비친 자신의 모습을 보며 서 있다. 천이 눌어붙는 냄새가 더욱 강해진다. 그녀는 초조하게 서성이다가 드레스가 빼곡히 걸린 복도의 유리문을 지나간다. 자욱한 연기 속을 헤치고 나가 눈물을 흘리며 커다란 작업실을 바라본다. 마담 수브린이 테이블 주위의 그을린 옷감더미에 화학소화기를 들이대고, 그 뒤에서 소녀들이 비명을 지르며 아우성치고 있다. 타다 남은 천조각 속에서 그들은 끙끙대며 뭔가를 끌어내고 있다. 너덜너덜한 팔, 불에 데어 검붉게 변한 얼굴, 머리카락이 홀랑 타버린 끔찍한 머리가 보인다.

"아, 허프 부인, 부탁이니 다른 분들에게 별일 아니라고 해주세요. 정말 별일 아니에요…… 제가 곧 갈게요." 마담 수브린이 헐떡이며 그녀에게 외친다. 엘런은 눈을 감고 연기가 자욱한 복도를 지나 피팅룸의 맑은 공기 속으로 달려간다. 그녀는 눈물이 멎기를 기다렸다가 커튼을 열고 나가 대기실에서 기다리는 여자들에게 말한다.

"마담 수브린이 여러분들에게 별일 아니라고, 정말 아무 일 아니라고 전해달라는군요. 쓰레기가 조금 탔을 뿐이라고…… 마담 수브린이 손수 소화기로 불을 껐습니다."

"별일 아니래. 정말 아무 일도 아니라네." 여자들이 서로 그렇게 말하며 조제핀 황후 소파에 다시 깊숙이 몸을 묻는다.

엘런은 밖으로 나갔다. 소방차가 도착했다. 경찰이 몰려든 사람들을 뒤로 물러나게 했다. 그녀는 그곳을 벗어나고 싶지만 발길이 떨어지지 않는다. 뭔가를 기다리고 있다. 마침내 거리 저쪽에서 딸랑거리는 소리가 들려온다. 소방차가 요란한 소리를 내며 사라지고, 구급차가 온다. 구급요원들이 접힌 들것을 가지고 들어간다. 엘런은 숨이 막힐 지경이다. 그녀는 구급차 옆의 파란 제복을 입은 체격이 떡 벌어진 경찰 뒤에 서 있다. 자신이 그토록 동요하는 이유를 알기도 전에 마치 몸의 일부가 붕대에 감겨 들것에 실려 나가는 것 같다. 평범한 얼굴들 사이로 검은 유니폼을 입은 구급요원들이 들것을 들고 순식간에 밖으로 나온다.

"화상이 심한가요?" 그녀는 경찰의 겨드랑이 밑에서 겨우 그렇게 묻는다.

"죽진 않겠죠…… 그렇지만 여자한테는 가혹한 일입니다." 엘런은 인파를 헤치고 5번 애비뉴로 걸음을 재촉한다. 밤하늘의 불빛이 깊은 바다 속의 청명한 파랑으로 환하게 물결치고 있다.

내가 왜 이렇게 안절부절못할까? 그녀는 스스로에게 묻고 있다. 매일 일어나는 누군가의 불행일 뿐이야. 소방차의 신음하는 사이렌 소리와 덜컹대는 소리가 머릿속에서 잦아들 생각을 하지 않는다. 그녀는 문득 거리 한 모퉁이에 멈춰 선다. 자동차와 사람들의 얼굴이 덜컹덜컹 그 옆을 스쳐간다. 새 밀짚모자를 쓴 젊은 남자가 그녀를 곁눈질하며 말을 걸려고 한다. 그녀는 멍하니 그의 얼굴을 바라본다. 그는 빨강, 초록, 파랑색이 섞인 줄무늬 넥타이를 매고 있다. 그녀는 빠른 걸음으로 그를 지나쳐 반대편으로 건너가 업타운 쪽으로 돌아선다. 일곱시 반. 어디서 누군가를 만나기로 했는데 어디인지 생각이 나지 않는다. 그녀 안에 지칠 대로 지친 공백이 있었다. 아, 어쩌면 좋지? 그녀는 울먹이며 혼잣말을 한다. 다음 모퉁이에서 그녀는 택시를 잡아탄다. "앨곤퀸으로 가주세요."

이제 겨우 기억이 난다. 여덟시에 섀마이어 판사 부부와 저녁을 먹기로 했다. 집에 가서 옷을 갈아입었어야 했다. 이런 꼴로 불쑥 나타나면 조지가 화를 낼 것이다. 그는 크리스마스트리처럼 성장한 나를 보이고 싶어 한다. 이광비의 걷고 말하는 인형처럼, 지겨운 인간.

그녀는 눈을 감고 택시 한구석에 등을 기댄다. 긴장을 풀자, 좀 더 긴장을 풀 필요가 있다. 이렇게 나사를 조이고 돌아다니는 건 우스워. 분필로 칠판을 긋는 소리 같아, 모든 게. 내가 그 여자처럼 끔찍한 화상을 입어 평생 흉한 모습으로 살아야 한다면. 어쩌면 그녀는 수브린 할멈한테서 두둑이 돈을 받고 새 인생을 살지도 몰라. 나한테 말을 걸려던 보기 싫은 넥타이를 맨 그 젊은 남자와 가버렸다면…… 소다수 판매대에서 바나나스플릿을 먹으며 시시덕거리다가 버스를 타고 업타운으로 갔다가 돌아오겠지. 무릎을 꼭 붙이고 팔을 내 허리에 두른 채 어느 문 앞에서 격렬한 애무를 하고…… 남의 시선에 신경 쓰지 않으면 살아가는 방법은 여러 가지다. 무엇에 신경을 쓰는가, 무엇을 위해. 사람들의 시선, 돈, 성공, 호텔 로비, 건강, 우산, 유니다 비스킷. 내 머릿속에서는 늘 고장 난 태엽인형처럼 띵 소리가 울린다. 저녁을 아직 주문하지 않았으면 좋겠는데. 주문하기 전이라면 다른 곳

으로 가자고 해야지. 그녀는 화장도구를 열고 코에 파우더를 바르기
시작한다.

택시가 서고 키 큰 도어맨이 문을 열자 그녀는 춤추는 소녀처럼 사
뿐히 내려 요금을 지불한다. 발그레해진 뺨을 하고, 바다처럼 푸른 밤
거리의 불빛에 눈을 반짝이며 회전문 안으로 들어간다.

반짝이는 회전문은 그녀의 장갑 낀 손이 닿기도 전에 스르르 돌아
간다. 불쑥 뭔가 잊었다는 생각에 그녀는 화들짝 놀란다. 장갑, 지갑,
화장도구, 손수건, 모두 다 있는데. 우산은 가지고 오지 않았고. 택시
안에다 뭘 두고 내렸나? 그러나 그녀는 이미 생글거리며 걷고 있다.
검은 양복에 흰 와이셔츠를 받쳐 입은, 머리가 희끗한 두 신사가 일어
나 미소를 지으며 손을 흔든다.

밥 힐더브랜드는 파자마 위에 실내용 가운을 걸치고, 파이프를 문
채 긴 창 앞을 서성이고 있었다. 미닫이문 저쪽에서 잔이 부딪치는 소
리와 발을 질질 끄는 소리, 웃음소리가 들려왔다. 축음기의 무딘 바늘
끝에서 흘러나오는 희미한 〈러닝 와일드〉*가 귀에 거슬렸다.

"오늘 밤은 여기서 쉬어가는 게 어때?" 밥이 진지하고 낮은 목소리
로 물었다. "저 사람들 천천히 사라질 거야…… 카우치에서 자면 돼."

"고맙지만 사양할게." 지미가 말했다. "곧 정신분석 얘기가 시작되
면 모두 여기서 밤을 새울 거야."

"하지만 자넨 아침 기차를 타는 편이 나을 텐데."

* A. H. 깁스와 조 그레이, 레오 우드의 노래. 1922년 히트송.

"기차 같은 거 탈 생각 없어."

"저기, 허프, 그 필라델피아 남자에 관한 기사 읽었어? 5월 14일에 밀짚모자를 쓰고 있었다는 이유로 피살된 사내 말이야."

"아이고, 내가 신흥종교를 창시한다면 당장 그 친구부터 성인으로 모시겠네."

"안 읽어봤단 거야? 아주 걸작이야…… 이 남자는 용감하게 밀짚모자를 사수하려고 했어. 누군가 그걸 망가뜨리면서 싸움이 시작됐지. 그런데 늘 거리 모퉁이를 어슬렁거리던 폭력배 하나가 싸움판으로 끼어들어 뒤에서 그 친구 머리를 납파이프로 한 방에 내리쳤다는 거야. 일으켜보니 두개골이 박살 나 병원에서 죽었대."

"밥, 그 남자 이름이 뭐래?"

"그건 못 봤어."

"그야말로 이름 없는 용사군…… 그야말로 진짜 영웅이야. 때 아닌 계절에 밀짚모자를 고수하던 사나이의 화려한 전설인가."

더블도어 사이로 누군가 고개를 내밀었다. 얼굴은 빨갛고 머리카락이 눈을 가린 사내가 안을 들여다보았다. "진 한 잔 가져다줄까, 친구들? 그런데 여기 누구 장례식이지?"

"난 잘 거야. 진은 싫어." 밥이 퉁명스레 말했다.

"필라델피아의 알로이시우스라는 성자의 장례식이야. 동정의 순교자. 때 아닌 계절에 밀짚모자를 고수한 사나이지." 허프가 말했다. "난 진 한 잔 해도 좋겠는데. 곧 가야 하지만…… 잘 있게, 밥."

"잘 가, 신비로운 방랑자…… 가면 주소 알려주고. 알았지?"

기다란 앞방은 진과 진저에일 병, 타다 만 담배꽁초들이 수북한 재

떨이, 춤추는 커플들, 소파에 길게 누운 사람들로 가득했다. 축음기에
서는 같은 소리가 끊임없이 흘러나왔다. 여인이여…… 착한 여인이
여…… 진이 담긴 유리잔이 허프의 손에 억지로 쥐어졌다. 한 여자가
그에게로 왔다.

"우린 당신 얘기 하고 있었어요…… 당신이 수수께끼 같은 남자라
는 거 알아요?"

"지미." 누군가 술 취한 째지는 소리로 외쳤다. "자네는 단발머리
갱 혐의를 받고 있어."

"암흑가에서 활약해보는 게 어때요, 지미?" 여자가 그의 허리에 팔
을 두르며 말했다. "당신의 공판에 가겠어요. 정말이에요."

"내가 아니라는 증거도 없잖아요?"

"어머." 부엌에서 잘게 부순 얼음이 담긴 그릇을 가져오던 프랜시
스 힐더브랜드가 말했다. "어째 좀 수상한걸."

허프는 옆에 있는 여자의 손을 잡고 춤을 추었다. 여자는 금방이라
도 허프의 발 위로 고꾸라질 것 같았다. 그는 그녀와 춤을 추며 현관
문 앞으로 갔다. 문을 열고 폭스트롯을 추며 현관으로 나오자 여자가
키스를 기다리는 듯 기계적으로 입을 들었다. 그는 가볍게 입을 맞
추고 모자에 손을 뻗었다. "잘 자요." 그가 말했다. 여자는 울기 시작
했다.

거리로 나오자 그는 깊은 숨을 쉬었다. 행복했다. 그리니치빌리지
의 키스보다 더 좋았다. 그는 시계를 보려다가 전당 잡혔다는 사실을
떠올렸다.

때 아닌 계절에 밀짚모자를 고수하던 사나이의 화려한 전설. 지미

허프는 혼자 웃으며 서쪽으로 24번가를 걷고 있다. 내게 자유를 달라, 패트릭 헨리는 말했다. 5월 1일에 그의 밀짚모자를 눌러쓰고. 자유가 아니면 죽음을 달라. 그는 죽었다. 전차는 끊어지고 우유배달차들만 가끔 덜컹거리며 지나간다. 비탄에 젖은 첼시 지구의 벽돌집들은 어둠에 잠겨 있고…… 택시 한 대가 어지러운 노랫말 같은 것을 남기고 지나간다. 그는 9번 애비뉴 모퉁이에서 한 여자가 그를 바라보고 있는 것을 알아챈다. 세모난 흰 종이 같은 얼굴에 구멍을 뚫어놓은 것 같은 눈을 하고 있다. 레인코트를 입은 여자가 문가에서 그에게 손짓을 한다. 조금 더 멀리에서 두 명의 영국 선원이 술 취한 사투리로 다투고 있다. 강으로 다가갈수록 안개로 뿌옇게 흐려진다. 증기선의 높은 고함 소리가 멀리서 희미하게 들려온다.

그는 불그레한 불이 켜진 초라한 대합실에 앉아 오랫동안 페리를 기다린다. 담배를 피우며 행복하게 앉아 있다. 그는 아무것도 기억할 수 없는 사람처럼 보인다. 안개 낀 강과 페리 외에는 어떤 미래도 없다. 페리는 흑인의 웃는 입처럼 불을 쭉 밝히고 거대한 모습으로 떠 있다. 모자를 벗고 난간에 서 있으니 강바람이 머리카락 사이를 파고든다. 어쩌면 그는 미쳤는지도 모른다. 기억상실증이니, 긴 그리스식 이름이 붙은 그런 질병일지도. 호보컨의 터널에서 나무딸기를 따다 사람들 눈에 띌지도 모른다. 그가 큰 소리로 웃자 문을 열러 들어오던 노인이 그를 흘낏 곁눈질한다. 쯧쯧, 돌았군, 노인은 그렇게 혼잣말을 하겠지. 그가 옳을지도 몰라. 내가 화가라면 정신병원에서 그림을 그리게 할 텐데. 그럼 필라델피아의 성 알로이시우스를 그리는 거다. 머리에 후광 대신 밀짚모자를 그리고, 손에는 순교의 도구인 납파이프를 쥐여주는 거야. 그의 발밑에 엎드려 기도하는 내 모습도 작게 그려 넣고. 페리에 탄 사람은 그 혼자뿐이라 그는 선주처럼 배 구석구석을 활보한다. 지금 이 순간은 내 배다. 한밤의 무풍상태란 바로 이런 거군, 그가 중얼거린다. 왜 이렇게 기분이 좋을까. 그는 이유를 알려고 애쓴다. 술에 취해서가 아니다. 미쳤나? 그건 아닌 것 같은데……

페리가 출발하기 전 마차가 한 대 승선한다. 꽃을 가득 실은 망가진 스프링왜건이다. 광대뼈가 툭 튀어나온, 피부가 갈색으로 그을린 작은 사내가 마차를 끌고 있다. 지미 허프는 마차 주위를 빙 돈다. 엉덩이가 모자걸이처럼 생긴, 고개를 푹 숙인 말이 끄는 살짝 찌그러진 마차는 뒤에서 보니 생각보다 화려하다. 주홍색과 핑크색 제라늄이 담긴 화분들, 카네이션, 뜰냉이, 속성재배한 장미들, 푸른 로벨리아. 젖은 꽃화분과 온실의 냄새, 풍성한 오월의 흙냄새가 풍겨온다. 마부는 모자를 푹 덮어쓰고 말 위에 웅크리고 앉아 있다. 지미는 그에게 이 많은 꽃들을 싣고 어디로 가느냐고 묻고 싶은 충동을 느낀다. 그러나 꾹 참고 뱃머리 쪽으로 걸어간다.

호젓하고 어두운 안개 낀 강가에서 갑자기 선착장이 하품을 한다. 검은 입속의 불 켜진 목구멍이 보인다. 허프는 동굴처럼 어두운 안개 낀 거리를 서둘러 빠져나와 비탈길로 올라간다. 발밑에 철로가 보인다. 화물차가 덜컹거리며 느릿느릿 지나가고 기관차는 식식거린다. 언덕 꼭대기에서 그는 뒤를 돌아본다. 안개 속에 늘어선 희미한 아크등 말고는 아무것도 보이지 않는다. 그는 유쾌하게 숨을 내쉬고 두근거리며 포도를 밟는다. 이 세상의 것 같지 않은 목조 가옥들 사이를 걸어간다. 서서히 안개가 걷히고 어디선가 진주처럼 환한 아침햇살이 스며든다.

　연기가 자욱한 쓰레깃더미 사이의 시멘트길을 걷는 그의 모습을 햇살이 비춘다. 녹슨 기관차 보조엔진과 트럭의 잔해, 포드의 차골, 모양을 잃고 부식해가는 금속더미 사이로 붉은 해가 비친다. 지미는 냄새를 피해 서둘러 걷는다. 배가 고프다. 구두 속 엄지발가락에 물집이 잡히기 시작한다. 아직 대기신호가 깜빡거리고 있는 교차로에 주유소가 있고, 반딧불이라고 쓰인 간이식당차가 보인다. 그는 조심스레 마지막으로 남은 이십오 센트를 꺼내 아침식사에 써버린다. 남은 삼 센트가 그에게 행운을 가져다줄까, 아니면 불행을 가져다줄까. 커다란 가구를 실은, 노랗고 윤이 나는 트럭이 막 멈췄다.

　"좀 태워주실래요?" 그는 운전석의 붉은 머리 사내에게 묻는다.

　"어디까지 가는데요?"

　"글쎄…… 꽤 멀리요."

존 더스패서스의 뉴욕:
근대 자본주의 메트로폴리스의 파편적 혼돈

메트로폴리스라는 근대 독점자본주의 사회가 만들어낸 곳에서 사는 사람들이 일반적으로 경험하는 느낌 중 하나는 아무리 오래 살아도 가시지 않는 낯섦이라는 이질적 감정일 것이다. 이는 일상적 삶 속에서 타인들과 늘 거리에서 조우해야만 하고, 생활 속에서 스쳐 지나가는 익숙한 건물이나 고층빌딩일지라도 그 안에서 과연 무슨 일이 일어나는지 모르는 현대 도시인들이 어쩔 수 없이 느끼는 감정일지도 모른다. 그런 이유로 대도시라는 역사적 환경에서 피어난 모더니즘 문학에 자주 등장하는 전형적인 이미지 중 하나는, 창문 너머로 삭막한 거리를 홀로 내다보는 고독한 도시인이 느끼는 낯섦이다.

대도시에서 사람들이 이런 낯섦과 마주해야 하는 일상적인 상황으로 대중교통을 이용할 때를 들 수 있다. 독일의 사회학자 게오르크 지멜이 말했듯이 버스나 철도 등 근대 대중교통체계가 본격적으로 등장하기 전까지 인류는 그 어떤 시대에도 낯선 사람들이 좁은 공간에 모여앉아 말 한 마디 없이 서로 경계 어린 눈초리로 힐끔힐끔 쳐다보면서 한동안, 심지어 몇 시간씩 보내는 경험을 일상적으로 하는 경우가 거의 없었다. 버스나 전철 안에서 사람들은 청각보다는 시각에, 입과 귀를 통한 대화 없이 눈에 전적으로 의존하며 낯선 타인들과 상호작용해야 한다. 소통이 불가한 사람들은 항상 서로를 주시하며 경계해야 하기 때문에 관계 맺음이 파편적이며 단속적이다. 또한 거리의 교차로 반대편에서 마주 보며 횡단하는 사람들이 늘 그렇듯이, 상대방의 움직임을 시각으로만 파악해야 하기 때문에 교차하는 혼란함 속에는 놀람과 충돌의 가능성이 항상 잠재해 있다.

지멜이 언급한 대중교통체계 안에서의 낯선 어색함과 소통부재는 대도시에서 사람들이 맺는 인간관계의 본질, 즉 고립된 모나드(monad)로서의 개개인이 낯선 타인들과 벌이는 놀람과 충돌이 잠재된 파편적이고 단속적이며 혼란스러운 상호작용을 은유한다고 할 수 있다. 존 더스패서스가 『U. S. A. 삼부작』과 더불어 그의 대표작으로 평가되는 소설의 제목을 당시 세계자본주의의 메트로폴리스인 뉴욕의 대중교통체계를 중추적으로 연결하는 환승역인 '맨해튼 트랜스퍼'로 명명한 이유도 바로 이 소설을 통해 대도시라는 낯선 공간에서 고립되고 소외된 군중들이 펼치는 파편적이고 단속적이며 놀람과 충돌이 잠재된 혼돈스러운 삶의 풍경들을 그리고 있기 때문이다.

따라서 1차 대전 이후 대공황이 발발하기 이전까지 이른바 '재즈시대(Jazz Age)'라는 거품경제의 활황기인 1925년에 출간된 『맨해튼 트랜스퍼』는 전통적인 형식의 주인공이 등장하지 않고 스무 명이 넘는 등장인물의 이야기들이 개별적인 몽타주로 일정한 규칙 없이 파편적이고 단속적인 소용돌이를 이루며 혼란스럽게 펼쳐진다. 그리고 이 여러 명의 등장인물은 마치 버스나 전철에서 조우하는 사람들처럼 서로 낯선 타인들이며, 기존 소설의 관례와는 달리 작품 안에서 서로 유의미한 관계나 발전적인 인연도 맺지 않고 그저 스쳐 지나간다. 이들을 연결해주는 것은 메트로폴리스 전역에 거대자본주의의 생리에 맞게 펼쳐진 버스와 기차 그리고 페리선을 연결하는 대중교통망뿐이며, 이 중심에는 당시에는 비교적 최근에 건설된 중추 환승역인 '맨해튼 트랜스퍼'가 있다.

뉴욕이나 서울같이 아무리 오래 살아도 결코 익숙해지지 않는 메트로폴리스에 사는 사람들은 문득 이 거대한 도시의 실체에 대해 궁금해하기도 한다. 자신의 일상적 궤적을 벗어난 대도시의 총체적이고 본질적인 존재양상에 대해 알기를 원한다면, 비록 자신이 살고 있는 곳이지만 항상 낯설기 때문에 가벼운 외출이 아닌 불안한 여행을 해야만 한다. 그래서『맨해튼 트랜스퍼』는 뉴욕의 실체를 알기 위해 시내 중심으로 여행을 하는 허름하고 지친 노동자 버드 코르페닝의 일화로 시작한다. 버드는 지나가는 젊은이에게 "브로드웨이로 가려면 어떻게 해야 하오?(How do I get to Broadway?)"라고 물으면서 그는 '중심지'에 다다르고 싶다고 말한다. 여기서 문맥상 의미인 '중심지'가 '사물의 중심(the center of things)'으로 표현된 이유에 주목할 필요가 있다. 이는 단순한 도심지(downtown)가 아닌 당대 사회를 움직이는 중심, 즉 당시 서구자본주의 세계의 중심이 된 뉴욕을 움직이는 '질서의 원리' 같은 것을 알려는 욕구가 담겨 있다고 할 수 있다. 이를 위해서 버드는 여행을 하지만 중심을 찾기가 그리 녹록지 않다는 것을 독자들은 쉽게 예상할 수 있다.

『맨해튼 트랜스퍼』의 버드처럼 무언가를 찾기 위해 떠나는 여행자의 이미지와 모티프는 일반 독자들은 물론이고 영미문학 전공자들에게도 상당히 낯선 이름인 존 더스패서스의 작가로서의 독특한 경력을 효과적으로 설명해주는 출발점이 된다. 또한 정치논평과 희곡 그리고 미국 역사에 관한 픽션과 논픽션의 경계를 가로지르는 대표작 소설들을 비롯한 결코 적지 않은 수의 작품들로 이루어진 그의 문학세계에서도 여행은 상당히 핵심적인 모티프다. 실제로 그는 유럽뿐만 아니라 남미와 러시아 그리고 중동과 동아시아에 이르기까지 많은 곳을 여행했고, 『살아 움직이는 브라질』 같은 여행기를 출판하기도 했다. 그런 이유로 더스패서스에 관한 권위자인 루딩턴(T. Ludington)은 『존 더스패서스: 20세기의 오디세우스 *John Dos Passos: A Twentieth-Century Odyssey*』라는 제목으로 그의 전기를 출간하기도 했다.

오디세우스가 트로이 전쟁을 마치고 돌아가는 모험과 고난에 가득 찬 기나긴 여정을 통해 고향을 갈망하듯이, 존 더스패서스는 1차 대전 참전 후, 미국을 비롯한 유럽문명에 대한 낭만적 이상과 믿음을 상실하고 거대 자본주의체제의 모순과 압제 그리고 환락적인 상업문화의 천박함에 환멸을 느끼며 파리나 스페인 등으로 여행을 떠났다. 그는 궁극적으로 소수 대자본가가 부를 독점하는 자본주의나 부조리한 전쟁광인 제국주의의 무자비한 거대 체제에 맞서서, 진정한 민주주의

와 그 속에서 인간의 창조적 가치를 꽃피울 그런 고향을 갈구하는 여행자라고 볼 수 있다. 이런 더스패서스의 인생여정은 소위 '길 잃은 세대(Lost Generation)'라고 불리는 어니스트 헤밍웨이와 스콧 피츠제럴드 그리고 에드먼드 윌슨 등 동시대의 작가들과 궤를 같이한다. 실제로 그는 앰뷸런스 운전병으로 참가한 세계대전에서 헤밍웨이와 조우한 후, 비록 나중에는 정치적인 입장차로 사이가 멀어졌지만, 그의 문학세계에 깊은 영향을 끼친 우정을 당시 아나키스트 예술가들의 고향인 파리와 혁명의 기운이 충만한 스페인 내전의 전쟁터에서 나누기도 했고, 전쟁이 끝난 후 뉴욕의 문화예술거리인 그리니치빌리지 등에서 피츠제럴드 부부와 두터운 친분을 쌓기도 했다.

성장배경 면에서도 더스패서스는 비교적 부유한 중산층 출신이며 하버드와 예일 등 동부의 명문대학에서 교육받은 지식인 계급에 속한다는 점에서 이 '길 잃은 세대'의 작가들과 유사하다. 맬컴 카울리(Malcolm Cowley)가 말한 대로 이 세대의 예술가들은 "출신지역은 서로 다르지만, 그들 부모의 재정적 상태는 매우 유사"했고, 명문대학에서 고전에 충실한 비현실적인 교육을 받으며 미국과 서구문명에 대한 낭만적인 이상을 가꾸어왔다. 그러나 1차 대전 참전을 계기로 깨달은 근대 자본주의 문명의 비인간적 억압과 부조리한 모순 앞에 길을 잃고 정처 없이 보헤미안처럼 떠도는 여행을 했던 것이다. 그들이 품었던 추상적 이상의 상실이 지리적 상실로 이어져서, 이 작가들은 대서양 양안의 어느 사회에서도 적응하지 못하는 경계인 혹은 주변인이 되었다고 해도 과언이 아닐 것이다.

더욱이 더스패서스는 평범치 않은 출생정황을 볼 때 어쩌면 운명적으로 경계인 혹은 주변인적인 고독함을 가지고 태어났는지도 모른다. 포르투갈 이민계로 자수성가한 변호사인 존 랜돌프 더스패서스의 사생아로 태어나 뉴욕 상류사회 특유의 입소문을 피하기 위해 유럽 각지의 호텔방을 전전하며 어린 시절을 보내야 했던 그는 하버드 대학에 진학할 무렵에야 부모가 정식으로 결혼해 비로소 더스패서스라는 이름을 가질 수 있었다. 어느 후기 작품에서 자전적 주인공을 묘사하기 위해 더스패서스가 사용한 '이중 이방인(double outsider)'이라는 표현은 정체성의 위기를 겪어야 했던 그의 외로운 성장과정을 말해준다. 이렇듯 예술가로서뿐만 아니라 인간으로서도 그는 경계인적인 삶을 살았다.

미국과 서구문명에 대한 이상과 믿음을 상실하고 경계인적인 인생행로를 밟았지만, 미국문학사에서 더스패서스는 헤밍웨이와 피츠제럴드와 함께 '길 잃은 세대'를 대표하는 소설가로 확고한 위치를 점하고 있다. 파편적 몽타주 서사를 비롯하여 이미지즘 시학(詩學)과 현대 회화 등의 실험적 미학기법 등을 활용하여 언어예술로 재창조한 『맨해튼 트랜스퍼』에서 볼 수 있듯이, 모더니즘 미학의 실험정신과 저항문학 고유의 사회비판 정신을 자신의 문학세계에 조화롭게 승화시켜, 더스패서스는 장 폴 사르트르로부터 "우리 시대 최고의 작가"라는 찬사를 받기도 했다.

비록 헤밍웨이나 피츠제럴드보다는 대중적인 인지도가 떨어지긴 하지만, 더스패서스는 근대 자본주의사회의 억압과 부조리한 모순에 대한 대처 방식에서 문학적으로나 비문학인 사회활동 면으로나 이 두 작가보다는 진보적이고 생산적인 태도를 취했다고 평가할 수 있다. 다시 말해, 헤밍웨이는 근대 문명에 대한 이상과 믿음의 상실로 인한 허전함을, 간단히 말하자면『태양은 다시 뜬다』등에서 볼 수 있는 특유의 유미적인 도피주의나 염세주의적 방탕으로 채우려 했고, 피츠제럴드는 그 유명한『위대한 개츠비』에서처럼 과거에 대한 낭만적 이상과 향수로 메우려 했다고 볼 수 있다. 하지만 더스패서스는 이들보다 더 철저한 역사의식과 비판의식을 갖고 문학 창작을 통해 좀더 총체적이고 직설적으로 자본주의사회의 부조리한 모순과 불평등한 억압을 고발하고 나아가 사회를 진보적으로 개선하려 노력했다. 이런 면에서 더스패서스는 예술적 모더니즘의 실험성과 정치적 급진주의의 개혁성을 함께 융합하여 승화시킨 급진적 모더니즘의 작가라고 할 수 있다.

'길 잃은 세대'의 작가들과 달리 더스패서스의 문학이 가지는 변별성에 대해 평론가 앨프리드 카진(Alfred Kazin)은 헤밍웨이나 피츠제럴드의 소설에 등장하는 개인적이면서 "비극적인 나(tragic 'I')"가 더스패서스의 작품에서는 현대사회라는 "비극적이고 포괄적인 우리 (tragic inclusive 'we')"로 대체된다고 지적하면서 그의 소설에 내재된 공동체적인 사회성을 강조한다. 다시 말해, 헤밍웨이나 피츠제럴드의 소설은 보통 현실사회에 환멸을 느끼고 사적인 영역의 세계로 도피하는 개인을 중심인물로 내세우는 반면, 더스패서스는 사회 자체를 주인공으로 제시하며, 개별 등장인물들은 근본적으로 이를 위한 조연 역할을 맡을 뿐이다. 이렇게 볼 때『맨해튼 트랜스퍼』의 진정한 주인공은 스무 명이 넘게 등장하는 사람들이 아니라, 맨해튼 환승역을 중심으로 대중교통망이 혈관처럼 퍼져 있는 뉴욕이라는 메트로폴리스인 것이다. 제임스 조이스의 더블린이나 찰스 디킨스의 런던, 그리고 샤를 보들레르의 파리처럼 특정 도시가 한 작가에게 아주 중요한 창작의 모티브가 된 경우는 종종 있었지만, 『맨해튼 트랜스퍼』처럼 뉴욕이라는 한 도시가 주인공으로 전면에 등장한 경우는 처음이라고 해도 과장이 아니다. 실제로 더스패서스는 이 소설을 뉴욕에 대한 고발, 즉 비판적인 르포르타주를 염두에 두고 시작했다고 직접 밝혔다. 그는 이 소설의 창작 주제를 한두 명의 등장인물에 대한 내러티브로는 충분히 전달할 수 없었기 때문에 많은 수의 사람들을 불규칙적으로 등장시켰다고 말했다. 따라서 소설 속의 등장인물들은 뉴욕이라는 자본주의 대도시의 전형적인 특징들을 효과적으로 설명하는 한도 내에서만 유효하고 의미 있는 역할을 가진다.

『맨해튼 트랜스퍼』는 두 가지의 서사관점을 사용해 뉴욕을 역동적으로, 총체적으로 그리고 있다. 첫째는 생리학적인 관점으로, 끊임없이 움직이는 대도시의 생리를 하나의 생명체처럼 역동적으로 그린다. 마치 살아 있는 유기체의 혈관처럼 '맨해튼 트랜스퍼' 환승역을 중심으로 도시 전역에 퍼져 있는 대중교통망이 고독하고 소외된 도시인들을 자본주의체제에 공급하는 것처럼 소설은 그리고 있다. 따라서 이 소설은 벌레라든가 동물 등의 이미지에 빗대어 도시의 욕망을 투사하고 있으며, 회전문이나 소용돌이 등의 동적인 상징을 사용하여 도시 특유의 역동성을 묘사하곤 한다. 또 하나의 관점은 골상학적인 시각이다. 생리학의 동적인 모습과는 대조적으로, 주로 뉴욕의 정적인 형상들, 예를 들면 독점자본주의에 의해 초래된 메트로폴리스에서의 인간관계의 소외와 왜곡, 상품문화 특유의 이기적 망각 등의 분열적인 형상들을 파편적인 몽타주들의 불규칙한 상호작용을 뼈대로 한 서사전략을 통해 재현함으로써, 자본주의사회의 불길한 미래를 고발하고 있다.

이와 같은 서사전략 아래 『맨해튼 트랜스퍼』는 신문기자, 배우, 법률가, 공장노동자, 음식점 종업원, 밀주업자, 떠돌이 노숙자, 은행원, 이민자 등 다양한 사람들의 사연들을 파상적으로 그려낸다. 하지만 많은 등장인물 중에서 상품문화를 숭배하며 브로드웨이에서의 성공을 꿈꾸는 엘런 대처나 지식인으로서 천박한 자본주의사회에 환멸을 느끼는 지미 허프에 관한 스토리는 비교적 상세히 전개되기 때문에, 이 두 사람은 전통적인 의미에서 중심인물에 가깝다고 할 수 있다. 여러 등장인물 중에서 조 할랜드 같은 기업가나 볼드윈 같은 법률가는 엘런과 같이 배금주의에 편승하여 성공을 거두지만, 애너 코언 같은 저임금 노동자나 콩고나 에밀 같은 이민자들은 자본주의의 모순과 억압에 비극적으로 희생당한다.

이 등장인물들의 몽타주들은 서로 유기적인 연결 없이 브라운 운동을 하는 고립되고 소외된 입자들처럼 불규칙한 파편들로 배열되어 있다. 그러나 가끔씩 등장인물들이 서로 조우할 때가 있는데, 어떤 경우에는 고립과 소외를 극복하는 진취적인 연대감의 가능성이 암시되기도 한다. 대표적인 예로, 상류사회를 꿈꾸는 여배우 엘런은 유명디자이너의 옷가게에 들러 옷을 고르다가 뒷방 작업실에서 화재가 발생하는 바람에 재봉작업을 하는 애너가 불에 그슬려 화상을 입는 끔찍한 광경을 목격하게 된다. 이때 엘런은 그녀가 갈구하는 화려한 드레스에는 착취당하는 어린 소녀의 피와 땀이 담겨 있다는 사실을 어렴풋이 깨닫고 죄의식을 느끼며 안절부절못한다. 그러나 '반짝이는 회전문'이 상징하는 상품문화의 화려함에 휩싸이며 엘런은 곧 애너의 비극을 망각하게 된다. 한편 무기력한 반항아이자 지식인인 지미 허프는 길을 잃고 방황하게 된다. 중심을 찾으려는 버드 코르페닝과는 대조적으로 지미 허프는 겉으로는 상품광고로 휘황찬란하지만 속은 공허한 뉴욕의 중심을 떠나서 멀리 가려 한다. 하지만 버드의 경우와 마찬가지로 어디로 갈지는 미처 모른다. 뉴욕의 실체를 알기 위해 떠난 버드나 지미의 여행은 실패할 운명이지만, 아마도 대부분의 독자들은 무엇이 문제인지 이 소설을 읽고 나면 충분히 알 수 있을 것이다.

이준영(영남대 영어교육과 교수)

뉴욕과 서울 ― 다시, 잃어버린 세대

미국문학 연구자도, 그 분야의 전문번역가도 아닌 역자를 20세기 초의 뉴욕으로 이끈 사람이 있었다. 그는 『소설가 구보씨의 일일』 『천변풍경』 등으로 한국 모더니즘 소설의 새로운 지평을 연 작가 박태원이다. 더스패서스처럼 '카메라의 눈' 기법을 활용해 1930년대의 서울을 표현하고자 했던 『천변풍경』을 외국어로 번역하게 된 것이다. 번역을 진행하면서 무엇보다 외국의 독자들과 1930년대 서울이라는 특수한 배경 사이의 거리를 좁혀야 할 필요성을 느꼈다. 익숙한 것들로 낯선 것을 설명하는 것이 좋을 듯했다. 조이스의 『더블린 사람들』, 되블린의 『베를린 알렉산더 광장』, 디킨스의 『보즈의 스케치』, 위고의 『파리의 노트르담』 등 일련의 도시문학 작품들이 떠올랐다. 『천변풍경』의 공역자와 나는 기법이나 구성 면에서 『천변풍경』과 가장 유사해 보이는 작품을 찾았고, 그것이 더스패서스의 『맨해튼 트랜스퍼』였다. 박태원이 『천변풍경』을 쓸 당시 『맨해튼 트랜스퍼』를 읽었는지는 확인할 수 없었지만, 적어도 이 두 작품이 당시의 모더니즘 문학과 궤를 같이하고 있다는 사실만은 분명했다.

맨해튼 트랜스퍼는 1910년부터 1937년까지 뉴욕과 저지시티 사이에 실존했던 펜실베이니아 철도의 환승역이다. 서로 다른 교통시스템을 연결하는 이 환승역을 거치지 않고는 뉴욕의 중심지인 맨해튼 섬으로 들어갈 수 없었다. 아메리칸 드림에 부푼 이민자들이 뉴욕 항 엘리스 섬에서 입국수속을 마치고 발을 딛는 곳이자, 미합중국의 숱한 개인들이 그들의 삶과 시간을 갈아타는 곳이기도 했다. 소설 『맨해튼 트랜스퍼』는 아무런 설명 없이 독자들을 인파가 붐비는 이 환승역에, 19세기 말에서 20세기 초로 넘어가는 번잡한 뉴욕거리에 세운다. 독자의 눈앞에 서로 관련이 없어 보이는 페리 선착장과 신생아실이 연이어 나타나는가 하면 그 사이로 느닷없이 신문의 헤드라인과 광고문구들이 끼어들기도 한다. 이제 막 산업화를 거쳐온 거대도시의 광고문구들에서는 부에 대한 막연한 동경과 소외감이 동시에 느껴진다. 소설가 싱클레어 루이스는 1925년에 출간된 『맨해튼 트랜스퍼』의 서문에서 이 작품을 거트루드 스타인과 프루스트의 전 작품, 심지어 제임스 조이스의 『율리시스』보다 더 의미있는 작품이라고 극찬했다. 그가 『맨해튼 트랜스퍼』에서 당대의 많은 작가들이 시도했으나 실패했던 일, 즉 뉴욕의 파노라마, 본질, 냄새, 소리, 영혼을 재현해냈다는 루이스의 지적은 적절해 보인다. 거대도시의 압도적인 다성성(多聲性)을 끌어들임으로써 『맨해튼 트랜스퍼』 안에서 뉴욕은 의심할 바

없이 문학적 실재(實在)가 되었다. 도시를 테마로 한 작품들이 대개 그렇듯 도시의 본질은 어쩔 수 없이 그 안에 사는 사람들로 설명될 수밖에 없다. 뉴욕이란 도시의 법칙은 "속내를 알 수 없는 눈빛으로 휩쓸려가듯 뉴욕의 거리를 활보하는 사람들, 뉴욕의 관객이자 배우"*인 사람들의 삶의 비전과 행동양식을 통해 드러난다. 가난한 환경에서 자라나 변호사이자 정치가의 길을 걷는 성공한 뉴욕인 조지 볼드윈은 말한다. "뉴욕 생활의 지겨운 점은 지겨워도 빠져나갈 데가 없다는 거야. 그게 사람을 염증나게 한단 말이야. 더 오를 데가 없는 세상의 꼭대기니까. 할 수 있는 거라곤 다람쥐 쳇바퀴 돌듯 돌고 또 도는 거지." 뉴욕사람들에게 "성공보다 더 성공적인 것"은 없다. 그러나 "뉴욕에서 성공한 사람이 진짜 성공한 사람"이라는 말이 무색하게 그 중심에서 '관객'과 '배우' 들을 기다리는 것은 허무다. 뉴욕이라는 무대를 중심으로 삶은 밀물과 썰물처럼 밀려가고, 밀려온다.

더스패서스는 영화의 기법을 소설이란 장르에 능숙하게 도입한 작가다. 그는 소위 '카메라의 눈'—카메라의 회전, 겹침, 시점의 변화, 편집—을 통해 도시의 실재에 닿고자 노력했다.** 그가 택한 장면들이 스스로 말할 것을 믿으며 전통적인 내러티브의 연속성을 기꺼이 포기했다. 그의 카메라는 특정한 선별이나 조정 없이 기록 매개체 앞을 지나가는 '삶의 조각'을 전달해야 한다는 '카메라 아이'의 목적***을

---

* 프랑수아 베유, 『뉴욕의 역사』(문신원 옮김, 궁리), 14~15쪽.
** 지크프리트 렌츠, 〈차이트〉(1979.2.16).
*** N. Friedeman, *Point of View*, 1178~9쪽, 『소설의 이론』(김정신 옮김, 문학과비평사), 333쪽.

홀륭하게 달성했다. 그의 카메라에 비친 인물들은 누구나 맨해튼 트랜스퍼라는 뉴욕 철도의 환승역에 나타나는 뉴욕의 거주민일 뿐이다. 선원, 웨이터, 변호사, 우유배달부, 밀수업자, 파산한 은행가, 배우, 기자, 노동운동가, 재단사, 절도범, 정치가인 그들은 카메라의 눈이 닿아 확대되는 순간에만 익명성을 탈피한다. 새로운 화면이 나타나면 앞선 기억은 대개 흔적을 남기지 않고 사라진다. 『맨해튼 트랜스퍼』에서 일어나는 사건과 인물들을 지속적으로 연결하는 요소는 뉴욕, 맨해튼이라는 공간적인 인접성 외에는 거의 없다. 그러나 놀랍게도 카메라의 눈이 움직이는 대로 찢겨나간 삶의 이력들과 신문의 헤드라인, 광고문구, 재즈의 선율, 꺼지지 않는 불빛들, 마천루들을 따라가다보면 거대도시 뉴욕의 얼굴이 나타난다.

『맨해튼 트랜스퍼』와 『천변풍경』이 도시문학이라는 궤를 같이하고, 모더니즘의 실험적인 요소들을 공유하는 반면, 도시의 규모와 문화적 다양성, 다성성 등을 생각하면 20세기 초 뉴욕의 모습은 당시의 서울보다 21세기의 서울과 더 닮아 있었다.

서울은 당시의 뉴욕처럼 이민자들에게 '기회의 땅'이 되었고, 그만큼 그늘도 짙다. 청년실업의 증가와 극심한 부의 양극화 등 내부적인 문제들도 만만치 않다. 겉으로 보이는 상황은 비슷한데 더스패서스의 『맨해튼 트랜스퍼』나 피츠제럴드의 『위대한 개츠비』, 헤밍웨이의 『태양은 다시 뜬다』를 읽어보면 1920년대 뉴욕의 잃어버린 세대들에게서는 뭔가 '허무'를 직시할 만큼의 여유 같은 것이 느껴진다. 그것은 이 작가들이 배울 만큼 배운 중산층, 소위 가진 자들에 속했기 때문일까. 여하튼 1차 대전 이후 파리로 건너가 '꽃의 거리—뤼 데 플뢰르 27 번가'에 자리한 거트루드 스타인의 살롱을 드나들던 그들은 '잃어버린 세대'라는 이름을 얻음으로써 역설적으로 그들의 정체성을 획득했다. 시선을 돌려보면 21세기 초 서울의 곳곳에는 또 다른 잃어버린 세대들이 유영하는 것만 같다. 이따금 길을 잃었다기보다 빼앗긴 것으로도 보인다. 세상 어딘가에 그들의 삶과 시간을 갈아탈 환승역이 있기를 희망해본다. 거대한 도시의 비어 있는 중심을 바라볼 여유와 용기를 찾을 수 있기를.

『맨해튼 트랜스퍼』와 『천변풍경』의 번역이 끝나고 두 책이 거의 동시에 세상 빛을 보게 되었다. 출간에 앞서 더스패서스와 잃어버린 세대에 대해 오랫동안 진지하게 연구해오신 이준영 교수님께 감사의 말씀을 드리고 싶다. 영미문학에 대한 지식이 부족한 역자가 독자들을 위한 해설을 부탁했을 때 흔쾌히 허락해주셔서 기쁘고 든든했다. 『맨해튼 트랜스퍼』는 고 김병철 교수님의 1975년 초역에 이어 이번이 두 번째 번역이며 Houghton Mifflin Company의 2000년판을 원본으로 삼았다. 상업성과 관계없이 출간을 허락해준 문학동네에도 깊이 감사드리며, 더스패서스가 잃어버린 세대의 대표적인 작가이자 도시문학의 대가로 독자들의 기억에 오래 남을 수 있기를 기대해본다.

박경희

1896년   1월 14일 시카고의 한 호텔에서 포르투갈계 변호사 존 랜
         돌프 더스패서스와 버지니아 출생의 루시 애디슨 스프릭
         매디슨 사이의 혼외자로 태어남. 이미 결혼해서 가정을 이
         루고 있던 아버지에게는 몇 살 위인 아들이 있었음.

1904년   런던 교외의 초등학교에 입학하지만 열 살 때까지 어머니
         와 함께 아버지의 업무 관련지인 미국과 멕시코, 벨기에, 영
         국 등지를 전전함.

1907년   코네티컷의 초서 스쿨(현재의 초서 로즈메리 홀)에 입학.
         아직 어머니의 성을 따라 존 로더리고 매디슨이라는 이름
         을 사용. 학회지『초서 스쿨뉴스』의 편집부원이 되었으며
         에드워드 기번의『로마제국쇠망사』와 F. 매리엇의 해양탐
         험소설 등을 애독.

1910년   아버지가 첫 아내와 사별하고 어머니와 정식으로 결혼.

1912년   9월에 하버드 대학에 입학. 더스패서스라는 성을 얻음.

1913년   『하버드 먼슬리』에 단편「엘머Elmer」발표.

1915년   『하버드 먼슬리』의 정식 편집부원이 됨.

1916년   4월에 어머니가 세상을 떠남. 6월에 하버드를 우수한 성적
         으로 졸업. 노턴 하제스 야전의무대를 통해 1차 대전에 참
         전하고자 했으나, 아버지의 반대에 부딪혀 건축과 예술을
         공부하기 위해 스페인으로 떠남. 후에 절친한 사이가 되는
         스페인의 작가이자 번역가 호세 로블레스 파조스와 처음으
         로 만남.

1917년   아버지의 부음을 듣고 귀국했다가 커밍스, 로버트 힐리어

와 함께 노턴 하제스 야전의무대에 지원해 프랑스행. 8월에 더스패서스의 이미지스트풍의 시 7편이 포함된 『여덟 명의 하버드 시인들*Eight Harvard Poets*』이 출간됨. E. E. 커밍스, 로버트 힐리어 등이 참여함.

1918년 이탈리아 전선의 적십자대에 입대. 헤밍웨이와 교류를 시작. 데뷔작 『한 남자의 성인식*One Man's Initiation*』의 초고 완성. 이 작품은 1945년 『첫번째 조우遭遇』라는 제목으로 재출간됨. 펜실베이니아 주에서 입대. 휴전을 전후해 유럽에 파견됨.

1920년 런던의 앨런 앤 윈 출판사에서 『한 남자의 성인식』 출간.

1921년 유럽과 중동지방을 여행. 도런 사에서 『세 명의 군인*Three Soldiers*』이 출간되고, 이때부터 작가로서 주목받기 시작함. 하버드에서 성장한 작곡가와 샌프란시스코에서 온 노동자, 인디애나 주에서 온 농부의 아들, 전장에서 만난 세 사람을 주인공으로 전쟁의 허무와 잔혹함을 그린 『세 명의 군인』은 1차 대전을 다룬 빼어난 리얼리즘 소설로 평가받음.

1922년 스페인 여행기 『로시난테 다시 방랑길에 오르다*Rosinante to the Road Again*』와 시집 『갓돌의 손수레*A Pushcart at the Curb*』 출간.

1923년 『밤의 거리들*Streets of Night*』 출간. 스페인 여행. 『밤의 거리들』은 제임스 조이스의 『율리시스』와 T. S. 엘리엇의 「황무지」를 위시한 당대 유럽의 아방가르드적 기법과 사상적 영향을 보임.

1924년 파리에서 헤밍웨이 부부와 친교. 9월에 『맨해튼 트랜스퍼』의 중심인물이라고 할 수 있는 지미 허프의 소년 시절을 다룬 단편 「7월*July*」을 『트랜스 애틀랜틱 리뷰』에 발표.

1925년 하퍼 출판사에서 『맨해튼 트랜스퍼』가 출간되어 싱클레어

루이스 등의 격찬을 받음.

1927년   여행기『오리엔트 익스프레스*Orient Express*』출간. 사코와 반제티의 처형 반대운동에 적극적으로 참여.『전기의자를 마주하고*Facing the Chair*』에 미국 정부와 법조계의 부당한 판결을 강도 높게 비판하는 글을 기고.

1928년   소비에트 연방을 여행함.

1929년   8월에 캐서린 스미스와 결혼.

1930년   하퍼 사에서『북위 42도선*The 42nd Parallel*』출간.

1932년   3월에 하코트 브레이스 사에서『1919년』출간.

1936년   하코트 브레이스 사에서『거금*The Big Money*』출간. 스페인 내전이 발발하자 헤밍웨이와 함께 스페인으로 건너감. 내전중에 아나키스트 조직인 P. O. U. M. 민병대에 가담해 프랑코 장군 휘하의 우익세력과 싸우고 있던 조지 오웰과 만남. 훗날 출간한『자유를 주제로*The Theme is Freedom*』에서 당시 이미 폐결핵으로 고생하고 있던 오웰을 "실로 오랜만에 마음을 열고 대화를 나눌 수 있는 사람"이었다고 추억함. 오웰과의 만남은 훗날 그의 정치, 사회적 이념을 솔직하게 밝힐 수 있는 계기가 되었던 것으로 보임.

1937년   스페인 내전의 기록『마을은 스페인의 심장*The Villages are the Heart of Spain*』출간. 1월에『북위 42도선』『1919년』『거금』을 한 권으로 묶은『U. S. A. 삼부작』출간. 친구이자『맨해튼 트랜스퍼』의 스페인어 번역자인 호세 로블레스 파조스가 의문의 죽음을 당함.

1939년   『어느 청년의 모험*Adventures of a Young Man*』발표.

1940년   토머스 페인의 전기인『토머스 페인의 살아 있는 사상*The Essential Thomas Paine*』을 편찬, 출간.

1941년   역사연구『우리의 입장*The Ground We Stand On*』출간. 9

월 런던의 펜클럽 대회에서 〈작가의 의무〉라는 제목으로 강연. H. G. 웰스 방문.

1943년	소설 『넘버 원*Number One*』 발표.
1946년	전쟁 르포르타주 『의무의 여행*Tour of Duty*』 출간.
1947년	미국 인문학회의 회원으로 선출됨. 자동차 사고로 아내 캐서린과 사별하고, 자신은 한쪽 눈의 시력을 잃음. 캐서린의 묘비에는 "캐서린 스미스, 존 더스패서스의 사랑하는 아내, 1894~1947, 나의 연인, 나의 잃어버린 사랑"이라는 묘비명이 새겨짐.
1949년	소설 『위대한 기획*The Grand Design*』 발표. 엘리자베스 H. 홀드리지와 재혼.
1950년	엘리자베스 홀드리지와의 사이에서 딸 루시 햄린 더스패서스 출생.
1951년	자전소설 『선택된 나라*Chosen Country*』 출간.
1952년	『어느 청년의 모험』 『넘버 원』 『위대한 기획』을 한 권으로 묶어 삼부작 『컬럼비아 구*District of Columbia*』를 출간했으나 큰 주목을 받지 못함.
1954년	『토머스 제퍼슨의 지성과 감성*The Head and Heart of Thomas Jefferson*』, 소설 『전도유망*Most Likely to Succeed*』 출간.
1956년	평론집 『자유를 주제로』 출간.
1957년	역사연구서 『나라를 만든 사람들*The Men Who Made the Nation*』 출간.
1958년	자전소설 『위대한 나날*The Great Days*』 출간.
1959년	역사연구서 『황금시대의 전망*Prospects of a Golden Age*』 출간.
1960년	독일 작가 알프레트 안데르시와 함께 『제임스 딘의 죽음

Der Tod des James Dean』 출간.

1961년   소설『세기의 중심Midcentury』 출간.

1962년   1차 대전의 역사를 다룬『윌슨 씨의 전쟁Mr. Wilson's War』
출간.

1963년   3회에 걸친 브라질 여행의 체험을 토대로 기록문학『살아
움직이는 브라질Brazil on the Move』 출간.

1964년   역사연구서『토머스 제퍼슨—한 대통령의 형성Thomas
Jefferson the Making of a President』 출간.

1966년   『권력의 족쇄The Shackles of Power』, 자전적 회상록『최고
의 시절: 비공식 회상록The Best Times: An Informal
Memoir』 출간.

1967년   로마로 초대되어 안토니오 펠트리넬리 문학상 수상. 대작
『U. S. A. 삼부작』을 출간한 지 삼십 년 만에 유럽에서 문학
사적인 기여도를 인정받은 것임.

1969년   『포르투갈 이야기The Portugal Story』 출간.

1970년   『이스터 섬Easter Island』 출간. 저작활동을 계속하다가 9월
28일 볼티모어에서 세상을 떠남.

문학동네 세계문학전집 발간에 부쳐

세계문학은 국민문학 혹은 지역문학을 떠나 존재하는 문학이 아니지만 그것들의 총합도 아니다. 세계문학이라는 용어에는 그 나름의 언어와 전통을 갖고 있는 국민문학이나 지역문학의 존재를 인정하면서 그것을 넘어서는 문학의 보편적 질서에 대한 관념이 새겨져 있다. 그 용어를 처음 고안한 19세기 유럽인들은 유럽문학을 중심으로 그 질서를 구축했지만 풍부한 국민문학의 전통을 가지고 있는 현대의 문학 강국들은 나름의 방식으로 세계문학을 이해하면서 정전(正典)의 목록을 작성하고 또 수정한다.

한국에서도 세계문학 관념은 우리 사회와 문화의 변화 속에서 거듭 수정돼왔다. 어느 시기에는 제국 일본의 교양주의를 반영한 세계문학 관념이, 어느 시기에는 제3세계 민족주의에 동조한 세계문학 관념이 출현했고, 그러한 관념을 실천한 전집물이 출판됐다. 21세기 한국에 새로운 세계문학전집이 필요하다는 것은 명백하다. 우리의 지성과 감성의 기준에 부합하는 세계문학을 다시 구상할 때가 되었다.

문학동네 세계문학전집은 범세계적으로 통용되는 고전에 대한 상식을 존중하면서도 지난 반세기 동안 해외 주요 언어권에서 창작과 연구의 진전에 따라 일어난 정전의 변동을 고려하여 편성되었다. 그래서 불멸의 명작은 물론 동시대 세계의 중요한 정치·문화적 실천에 영감을 준 새로운 작품들을 두루 포함시켰다.

창립 이후 지금까지 한국문학 및 번역문학 출판에서 가장 전문적이고 생산적인 그룹을 대표해온 문학동네가 그간 축적한 문학 출판 경험을 바탕으로 새로운 세계문학전집을 펴낸다. 인류가 무지와 몽매의 어둠 속을 방황하면서도 끝내 길을 잃지 않은 것은 세계문학사의 하늘에 떠 있는 빛나는 별들이 길잡이가 되어주었기 때문이다. 우리가 자부심과 사명감 속에서 그리게 될 이 새로운 별자리가 독자들의 관심과 애정에 힘입어 우리 모두의 뿌듯한 자산이 되기를 소망한다.

문학동네 세계문학전집 편집위원
민은경, 박유하, 변현태, 송병선, 이재룡, 홍길표, 남진우, 황종연

지은이 **존 더스패서스**

1896년 시카고에서 태어났다. 참전 경험을 바탕으로 한 초기 작품들로 작가로서 입지를 굳혔으며, 피츠제럴드와 헤밍웨이 등과 교유하며 이른바 '잃어버린 세대'의 대표작가로 자리 잡았다. 대표작으로 『맨해튼 트랜스퍼』 『U. S. A. 삼부작』 등이 있으며 『토머스 제퍼슨의 지성과 감성』 『나라를 만든 사람들』 등 미국 역사 관련 저서로 비평가, 사회사가로도 명성을 얻었다. 1970년 볼티모어에서 사망했다.

옮긴이 **박경희**

독일 본 대학에서 번역학과 동양미술사를 공부하고 번역가로 일하고 있다. 『숨그네』 『흐르는 강물처럼』 『옌젠 씨, 하차하다』 『행복에 관한 짧은 이야기』 『베이징 레터』 『첫사랑 마지막 의식』 『암스테르담』 『슬램』 『아침 그리고 저녁』 『릴리와 옥토퍼스』 『내면의 그림』 『고양이와 쥐』 등을 우리말로 옮겼으며, 한국문학을 독일어로 번역해 해외에 소개하는 일도 하고 있다.

세계문학전집 098

맨해튼 트랜스퍼

1판 1쇄 2012년 10월 30일
1판 3쇄 2021년 3월 29일

지은이 존 더스패서스 | 옮긴이 박경희
책임편집 박신양 | 편집 고우리 안강휘 오동규 | 독자모니터 김영미
디자인 엄혜리 이주영 최미영 | 저작권 한문숙 김지영 이영은
마케팅 정민호 정진아 김혜연 정유선
홍보 김희숙 김상만 함유지 김현지 이소정 이미희 박지원
제작 강신은 김동욱 임현식 | 제작처 영신사

펴낸곳 (주)문학동네 | 펴낸이 염현숙
출판등록 1993년 10월 22일 제406-2003-000045호
주소 10881 경기도 파주시 회동길 210
전자우편 editor@munhak.com | 대표전화 031) 955-8888 | 팩스 031) 955-8855
문의전화 031) 955-8869(마케팅), 031) 955-1916(편집)
문학동네카페 http://cafe.naver.com/mhdn
문학동네트위터 http://twitter.com/munhakdongne
북클럽문학동네 http://bookclubmunhak.com

ISBN 978-89-546-1917-2 04840
     978-89-546-0901-2 (세트)

www.munhak.com

문학동네 세계문학전집

● 문학동네 세계문학전집은 계속 출간됩니다